KB166348

안녕, 우리들의 시간

HAPPILY EVER BEFORE vol. 1 (你好,舊時光)

일러두기

1. 이 책의 외래어 표기는 국립국어원의 외래어 표기법을 따랐습니다.
2. 책 제목은 『 』, 시, 단편은 「 」, 영화, TV 프로그램, 노래 제목은 〈 〉로
   표기했습니다.
3. 각주는 모두 옮긴이 주입니다.

안녕, 우리들의 시간

우리들의 시간

바웨창안 지음 강은혜 옮김

你好，舊時光

1

달다

차례

소중한 추억 1 ─

어린 시절의
역할놀이

1.
꼬마 위저우저우의 원맨쇼 제1막

여섯 살 여자아이 위저우저우가 침대 구석에 몸을 웅크렸다. 얼굴에는 나이에 맞지 않는 슬픈 표정이 떠올라 있었다. 한창 〈마신영웅전 와타루〉*의 한 장면을 재연하며 놀던 위저우저우는 혼자 여러 역할을 맡으며 대사를 이어갔다.

"너…… 괜찮아? 피가 엄청 많이 나!"

"히미코, 이 병 가지고 먼저 가!"

"싫어, 난 널 버리지 않을 거야! 나 혼자서는 안 갈 거라구!"

"어서, 어서 가! 시간이 별로 없어……."

침대 위로 고꾸라진 위저우저우는 희고 포동포동한 작은 손으로 침대보를 부여잡고 왼쪽 팔로 힘겹게 몸을 지탱하며 일어났다. 눈을 들어 눈물을 흘리고 있는 가상의 히미코를

---

* 일본 선라이즈사가 제작해 1988년에 방영한 애니메이션.

바라보면서, 제 딴에는 아주 처량하면서도 장렬한 미소를 지어 보였다.

이럴 때 피를 토할 수 있다면 딱일 텐데.

위저우저우는 2초간 멍하니 있다가 몸을 일으켜 맨발로 쪼르르 거실로 달려갔다. 낑낑거리며 보온병을 들어 따뜻한 물 한 잔을 따르고, 그걸 입에 한 모금 머금은 채 다시 쪼르르 작은 방으로 돌아와 침대 위로 폴짝 뛰어올랐다. 그런 다음 아까처럼 엎드린 자세로 몹시 괴로운 표정으로 침대보의 모란꽃 무늬가 땀에 젖어 구겨질 정도로 힘껏 움켜쥐고는 고개를 들어 계속해서 처량한 미소를 지었다.

그리고 천천히 입안의 힘을 조절하면서 따뜻한 물이 오른쪽 입꼬리에서부터 조금씩 흘러나오게 했다.

눈앞에 있는 히미코는 두려움에 휩싸여 눈을 휘둥그레 떴지만 아무 말도 하지 못했다. 말이 나오지 않는 것도 당연했다. 왜냐하면 히미코의 대사를 위저우저우가 더빙해야 하는데, 지금 입안 가득 물을 머금고 있으니 말이다.

그리하여 하는 수 없이 머릿속으로만 히미코의 목소리를 흉내 낼 수밖에 없었다. '죽지 마, 죽으면 안 돼!'

'새빨간 피'가 턱을 따라 흘러내리며 침대보 위로 뚝뚝 떨어졌다.

망했다. 침대보가 젖을 걸 깜빡했으니 엄마가 알면 분명 혼낼 거야.

그리하여 위저우저우는 '피'는 이 정도만 토하기로 하고 얼른 입안에 남은 물을 삼킨 후, 손을 뻗어 병을 낚아채서 존재하지도 않는 히미코 앞으로 밀었다. "반드시…… 반드시…… 전해줘……."

눈동자의 빛이 서서히 어두워지더니 건조한 어둠만이 남았다.

위저우저우는 무력하게 고개를 떨구고 전장의 불길이 흩날리는 아수라장 속에서 조용히 눈을 감았다.

2초 후, 그녀는 다시 펄쩍 뛰어올라 방향을 바꿔 침대 위에 무릎을 꿇더니, 왼손으로 입을 막고 눈을 휘둥그렇게 뜨며 못 믿겠다는 듯한 표정을 지었다.

"일어나……. 나 놀라게 하지 말고…… 얼른 일어나, 일어나라니까!"

지금 위저우저우는 히미코였다.

히미코는 바닥에 엎드려 고개를 흔들면서 눈물이 그렁그렁한 채 울부짖었다. "말도 안 돼, 말도 안 돼, 믿을 수 없어! 너 지금 나 속이는 거지? 나 속이는 거잖아!"

……

위저우저우의 엄마가 따끈따끈한 콜라카오* 한 잔을 받쳐 들고 방문을 열려다가 그대로 멈춰 서서는, 한참을 입꼬리를 실룩이다가 결국 한숨을 내쉬며 방향을 돌렸다. 위저

---

* Cola Cao, 스페인의 국민 핫초코.

우저우의 외할머니 방으로 간 그녀는 철제 걸이에 걸린 수액병을 확인하며 말했다. "엄마, 5분 지나면 바늘을 뽑아도 될 거예요."

외할머니가 고개를 끄덕였다. "저우저우는?"

"지금 한창 병이 도지는 중이에요."

……

히미코는 마침내 슬픔 속에서 걸어 나와 왼손으로 옆에 있던 병을 들었다. 눈앞이 눈물로 흐려졌지만 더없이 꿋꿋하게 작은 주먹을 꽉 쥐었다. "맹세할게. 이 성수를 반드시 그들에게 전해주겠어!"

여기서 말하는 성수는 바로 외할머니가 사용했던 수액병에 넣은, 고무마개로 봉인한 수돗물이었다.

병을 높이 들어 오른쪽 눈을 원통형 병에 딱 붙이니, 창밖에서 쏟아져 들어온 3월 초봄의 햇살이 병을 투과하며 그녀의 눈 밑에 밝게 빛나면서도 눈부시지 않은 찬란한 봄빛을 펼쳐놓았다.

"나는 광명을 봤어." 히미코가 벅찬 목소리로 말했다.

문밖을 지나가던 엄마는 그 말을 듣고 문지방에 발이 걸리고 말았다.

히미코는 병을 꽉 쥐고 경계하듯 사방을 둘러봤다. 그러다 갑자기 침대 위를 포복하며 천천히 기어가다가, 벌떡 일어나 벽에 딱 붙어 숨을 죽이기도 했다. 크지 않은 방 안에서 그녀는 마계의 수없이 많은 산과 강을 지났다.

"히미코히미코, 미코미코미!"

잽싸게 마법을 시전해 작은 토끼로 변신한 위저우저우는 앞니로 아랫입술을 깨물고 윗입술을 최대한 위로 끌어 올려 토끼 얼굴을 흉내 내면서, 침대 위를 깡총깡총 뛰어 머릿속에 끝없이 펼쳐진 대초원을 지나갔다.

"드디어…… 도착했구나."

그녀는 똑바로 서서 눈앞에 등장한 검푸른 얼굴과 무시무시한 송곳니를 가지고 흉악하게 웃고 있는 대마왕을 조금도 두렵지 않다는 듯 바라봤다.

그런 다음 곧장 몸을 돌려 두 손을 허리에 짚고 배를 불룩 내민 채 흉악하게 웃었다. "하하하하하, 양심이란 눈곱만큼도 없는 내 술책을 네놈에게 들켜버렸군. 하지만 상관없다. 넌 이제 죽을 때가 됐으니까. 아하하하하하하하하하……."

자신을 '양심이란 눈곱만큼도 없다'라고 칭하는, 상당히 겸손한 대마왕이었다.

그녀는 다시 몸을 돌려 침대 위에 놓인 병을 집어 들어 품에 넣었다. "너! 너! 너…… 죽어랏!"

뭔가 이건 아닌 것 같았다.

"너……." 위저우저우는 병을 내려놓고 미간을 찌푸리며 곰곰이 생각에 빠졌다. 일당백의 영웅이라면 지금 어떤 말을 해야 할까?

"네가 멋대로 굴던 나날도 이젠 끝이다. 각오해라, 내가

하늘을 대신해 도를 행하겠다!" 문밖에서 느닷없이 엄마의
목소리가 울려 퍼졌다.

위저우저우가 웃으니 눈이 초승달처럼 예쁘게 구부러졌
다. "고마워, 엄마."

"…… 천만에."

"하, 네가 멋대로 굴던 나날도 이젠 끝이다. 각오해라, 내
가 하늘을 대신해 도를 행하리라!!" 위저우저우는 큰 소리
로 외치며 다리를 들어 멋지게 돌려차기를 한 뒤, 로봇과 합
체해 조종하는 자세를 취했다. 피하고, 옆으로 구르고, 점프
하고, 몸을 숙이고…….

작은 방 안에서 기이하게 둔탁한 소리가 연신 울려 퍼졌다.

마지막으로, 위저우저우는 훌쩍 뛰어올라 벽 고리에 걸린
먼지떨이를 빼서 양손으로 쥐었다. 마치 사무라이처럼, 먼지
검 끝으로 허공에 원을 한 바퀴 그린 다음 숨을 깊이 들이마
시며 곧장 적의 머리를 내리쳤다!

동작을 마치자마자, 그녀는 다시 몸을 돌려 이마를 부여
잡고 침대에 무릎을 꿇은 채 믿을 수 없다는 듯 외쳤다. "어
떻게? 어떻게 네놈에게 질 수 있지? 말도 안 돼, 말도 안 돼,
인정할 수 없 ― 어 ―."

……

엄마는 외할머니의 수액 바늘을 뽑으며 작은 방에서 마지
막으로 둔탁하게 울리는 소리를 들었다.

외할머니에게 쌀죽을 다 먹인 뒤 그릇을 들고 주방에 설거지를 하러 가던 엄마는 작은 방 앞을 지날 때 안에서 흘러나오는 처량한 울음소리를 들었다.

대마왕을 물리친 거 아니었나? 왜 또 울지? 엄마는 발걸음을 멈추고 문에 귀를 갖다 댄 채 조용히 엿듣기 시작했다.

"여협, 여협, 죽지 마세요……."

"나는……, 오늘부터 무림 맹주의 자리를 두고 다투지 마시오. 그 자리는 피로 잔뜩 얼룩져 있어……."

엄마는 한숨을 내쉬며 앞으로는 위저우저우에게 이렇게 무절제하게 텔레비전 드라마를 보게 해서는 안 되겠다고 생각했다. 이게 무슨 엉망진창이람.

"총타주*, 총타주!" 거친 남자 목소리.

"총타주!" 이번에는 날카로운 여자 목소리.

위저우저우는 단숨에 네다섯 가지 목소리를 흉내 내며 여럿이 함께 울부짖는 모양새를 만들어냈다.

아까는 여협이라면서, 어쩌다 또 총타주가 됐을까? 엄마는 눈살을 찌푸리며 계속해서 귀를 기울였다.

"칼은 어떤 칼인가? 금사대환도金絲大環刀!

검은 어떤 검인가? 폐월수광검閉月羞光劍!

초**는 어떤 초식인가? 천지음양초天地陰陽招!

---

* 舵主, 문파의 한 지역 부서를 담당하는 사람.

** 무술에서 공격이나 방어 시 취하는 각각의 동작을 초(招), 이를 연결한 연속 동작을

사람은 어떤 사람인가? 처마를 넘고 벽을 타는 사람!
정情은 어떤 정인가? 미인이 영웅을 사랑하는 것!
으하하하하하하하하……."
…… 〈백미대협〉***의 오프닝곡.

더는 들어줄 수 없었다. 좀 있으면 위저우저우가 엔딩곡
이 끝난 다음 나오는 광고까지 모조리 따라 할 기세였다. 엄
마는 고개를 절레절레 흔들며 주방으로 들어가 수도꼭지를
틀었다. 물소리가 위저우저우의 작은 극장을 집어삼켰고, 그
후로는 아무것도 들리지 않았다.

이런 나이에 유치원에도 못 가고, 또래 친구들과 함께 놀
수도 없었다.

하지만 어쩔 수 없었다.

어쩔 수 없어, 저우저우. 엄마도 어쩔 수가 없구나. 엄마
를 탓하지 말아줘.

그런 생각을 하자 눈물이 흘러내렸다. 싱크대로 떨어진
눈물은 위저우저우의 엔딩곡과 함께 배수구의 소용돌이 속
으로 뱅글뱅글 흘러내려 갔다.

한 세대, 또 한 세대로 이어지는 삶은 마치 팽이처럼 뱅글
뱅글 돌며 되풀이되었다.

하나의 초식(招式)이라 한다.
*** 白眉大俠, 1995년에 중국에서 방영된 34부작 무협드라마.

2.
꼬마 위저우저우의 원맨쇼 제2막

"어쨌거나 난 절대로 네게 성스러운 알을 주지 않을 거야!" 아테나는 조금도 굴하지 않고 고개를 뻣뻣이 쳐들어 등 뒤로 긴 머리칼을 바람에 휘날렸다.

위저우저우 버전의 아테나는 지금 품 안에 '성스러운 알'을 꼭 끌어안고 있었다. 그 '성스러운 알'은 사실 주방에서 몰래 꺼내 온 하얀 계란이었다.

그녀는 광주리에 담긴 붉은 계란들을 한참 뒤진 끝에 하얀 계란 하나를 골라냈다. 껍질에 닭똥이 조금 묻어 있긴 했지만 열심히 깨끗이 씻어냈다. 하얀 계란은 붉은 계란보다 고귀하니까, 라고 그녀는 생각했다.

위저우저우의 사전에서는 만약 어떤 걸 고귀하게 보이려면 앞에 '성스러울 성聖'이나 '성스러운'이라는 수식어를 붙이면 됐다. 예를 들어 '성투사'라든지, '성수'라든지, 아니면…… '성스러운 알'이라든지.

머릿속에서 잘생긴 마왕이 인내심에 한계가 온 표정을 지었다. "아테나, 내가 널 해치게 하지 마라……."

여름밤, 창밖 풀숲에서 귀뚜라미가 신나게 울어대고 있었다. 엄마는 아직 돌아오지 않았고, 위저우저우는 혼자 불도 켜지 않은 채 어두운 방 안에서 자기만의 희비극을 연기했다.

그때 위저우저우가 지어낸 각본에서 대마왕은 단순히 사악한 얼굴만 가진 게 아니었다. 만화영화에서 아테나를 사랑하지만 이루어질 수 없었던, 끝내 어쩔 수 없이 성전에 물살을 흘려보내 여신을 익사하게 만든 잘생긴 마왕 포세이돈을 보면 저도 모르게 얼굴이 빨개지고 심장이 뛰었다.

그녀는 마왕 앞에서 얼굴을 붉히면서도 속으로는 거듭 되뇌었다. 안 돼, 내가 사랑하는 사람은 세이야라구.

그런데 저 성투사들이 이렇게까지 목숨을 걸고 날 보호하는 건, 그들 모두 날 사랑해서가 아닐까?

위저우저우 버전의 아테나는 두 손으로 얼굴을 감싸며 문득 이런 곤란한 감정 때문에 당황했다.

그녀는 아주 어릴 때부터 사랑은 아주 두렵고 아주 까다롭다는 걸 알았다. 비록 사랑이 대체 뭔지도 모르면서 말이다.

엄마가 외할머니를 보살피러 가서 위저우저우는 이 변두리 단층집에 혼자 남겨졌다. 그 집은 원래 살던 곳이 철거된다고 임시로 얻은 집이라 무척 누추했고 방도 하나뿐이었다. 주방은 몇 세대가 함께 사용해야 했고, 화장실은 실외 공동화장실이어서 더럽고 냄새나고 무서웠기에 위저우저우는 줄곧 혼자 화장실에 갈 엄두가 나지 않았다.

그녀는 외할머니 집에서 살고 싶은 마음이 굴뚝같았다. 외할머니 집은 시내 중심가의 대학 교직원 단지에 있는 다층집이었다. 위저우저우는 외할머니 집의 작은 방이 좋았다. 거긴 그녀의 작은 무대였다. 그 작은 무대에 있으면 영감이 충만해졌고 자유롭게 발산할 수 있었다.

그러나 외할머니 집에는 셋째 외삼촌 가족과 막내 외삼촌 가족이 들어가 살고 있었다. 방 네 개, 거실 하나에 일곱 명이 살고 있으니 위저우저우와 엄마의 자리는 없었다.

하지만 뛰어난 아테나 여신이 열악한 환경을 신경 쓸 리 없었다. 습기 때문에 벽에 곰팡이가 슬어 차마 눈 뜨고 못 볼 지경이라도 불을 켜지 않으면 괜찮으니까. 주변이 온통 칠흑 같은 어둠에 잠기면 방 안에도 더는 경계가 존재하지 않았다. 그것은 금빛 휘황찬란한 성전이었다가, 어두운 감옥이었다가, 때로는 신성하고 순결한 설산이 됐다가, 고요한 고원의 호수가 되기도 했다······.

마음의 크기에 따라 무대도 따라서 커졌다. 위저우저우가 그걸 깨달았을 때는 중앙텔레비전방송국이 아직 CCTV라는 명칭을 사용하기도 전이었다.*

---

* 중국 중앙텔레비전방송국의 영문 약자 CCTV 로고는 1998년부터 사용되었다.

위저우저우는 바닥에 서서 꿈쩍도 하지 않았지만 가상의 물소리를 들을 수 있었다. …… 그랬다, 마왕이 지금 잠시도 쉬지 않고 성전에 물을 흘려보내는 중이었다. 지금 벌써 복사뼈까지 물이 차올랐지만 그녀는 조금도 움직일 수 없었다. 누군가 그녀를 꼼짝 못 하게 만들었기 때문이었다.

아테나는 조심스럽게 성스러운 알을 쥐고 초조함과 걱정에 휩싸인 채 그 잘생긴 성투사들을 그리워했다.

아무리 최악의 상황에서도 용사들은 올 거야, 반드시.

여자아이는 누구나 다 아테나가 될 수 있어, 우리가 포기하지만 않는다면 말이지.

그렇게 생각하고 있는데 갑자기 창밖에서 누군가 크게 외쳤다. "위저우저우!"

깜짝 놀란 위저우저우가 손을 떠는 사이 계란이 책상 모서리에 찍혔고, 곧 왼손 검지와 중지 사이로 차갑고도 끈적이는 액체가 흐르는 게 느껴졌다.

사고 쳤다. 어떡하지?

창밖의 목소리는 잠잠해질 기미가 보이지 않았다.

"위저우저우, 위저우저우, 너 집에 있지? 날 또 무시하는 거야?"

여리고 겁에 질린 듯한 목소리, 딱 들어도 번번이라는 걸 알 수 있었다.

번번의 목소리는 아주 크진 않아도 한번 소리를 지르기 시작하면 끝이 없었다. 위저우저우는 깨져버린 '성스러운 알'을 어떻게 처리해야 할지 당황하며 고민하느라 대답할 겨를이 없었고, 이러지도 저러지도 못한 채 진땀만 흘렸다.

"위저우저우, 위 —"

"그만 좀 불러! 나 사고 쳤단 말야!"

아주 여러 해가 지난 후, 위저우저우는 그 요절해버린 하얀 계란을 떠올릴 때마다 도무지 이해가 가지 않았다. 기껏해야 계란 하나인데 그땐 왜 그렇게 두려워했을까. 마치 하늘이라도 무너진 것처럼.

그녀는 서랍에서 열쇠를 꺼내 목에 걸고 집 밖으로 나갔다. 손으로는 여전히 바들거리며 그 깨진 계란을 받친 채였다. 걸음을 뗄 때마다 흰자가 조금씩 새어 나와 손이 온통 미끌거렸다.

"왜 그래?" 번번이 궁금하다는 듯 가까이 다가왔다.

"성스러운…… 계란이 깨졌어."

"그럼 버리지 왜."

…… 맞아, 증거를 없애버리면 되잖아? 위저우저우는 멋쩍게 웃었으나 손에 묻은 흰자를 어떻게 처리할지는 여전히 고민이었다. 물티슈 같은 건 거의 없던 시절이었다. 감히 옷에 닦을 수는 없었기에 엉겁결에 얼굴에 문질러버렸다.

어차피 이따가 세수하면 되니까.

그런데 안타깝게도 보기에는 작디작은 계란에 흰자가 그렇게나 많이 들어 있었다. 작은 얼굴 구석구석 흰자를 발랐는데도 중지와 약지에는 여전히 흰자가 많이 남아 있었다. 위저우저우는 자신의 손을 몇 초간 멍하니 바라보다가 과감하게 손을 뻗어서…… 번번의 얼굴에 발랐다.

"뭐 하는 거야?!"

"자리 좀 빌려 쓸게."

번번은 얼굴을 붉혔다. 문 앞에 달린 주황색 전구 아래에서는 나방들이 맴돌고 있었다. 침침한 불빛이 번번의 얼굴도 제대로 밝혀주지 않아서 위저우저우는 그의 쑥스러우면서도 떨떠름한 표정을 볼 수 없었지만, 두 눈동자가 유난히 빛나는 건 볼 수 있었다.

마치 저녁 무렵 서쪽에 외로이 떠 있는 별처럼 보였다.

"그런데 넌 뭐 하러 날 찾아온 거야?" 위저우저우는 손에 묻은 흰자를 다 문질러 닦아내곤 그를 끌고 테라스 밖으로 향했다. 거기서는 번번과 이야기하면서 겸사겸사 집 안의 기척을 살피며 집을 지킬 수 있겠다는 생각에서였다.

위저우저우는 어렸을 때부터 자신은 무척 똑똑하다고 굳게 믿었다. …… 왜냐하면 성녀 아테나니까.

"아빠가 또 많이 마셨어……." 위저우저우의 질문이 번번의 눈물 꼭지를 열어버렸는지, 그는 감정이 격해지는 과정 따위 없이 곧장 울음을 터뜨렸다. 그러나 얼굴에 묻은 흰자가 바람에 말라 팽팽하게 당겨졌고, 그 바람에 입을 열 수가 없자 하염없이 눈물만 뚝뚝 흘렸다. 입술 사이로 반쯤 내뱉은 말에도 진한 울음기가 배어 있었다.

휴, 못나기는. 위저우저우는 속으로 중얼거리면서도 한편으론 마음이 조급해졌다. 어떻게 해야 눈앞의 이 예쁜 아이의 울음을 그치게 할 수 있을지 방법이 떠오르지 않았다.

번번과 그의 아버지도 변두리의 저렴한 집을 찾아 이주한 철거민이었다. 위저우저우는 번번의 진짜 이름이 뭔지 몰랐다. 다들 번번을 아명으로 불렀고, 그의 아버지조차 번번의 이름이 발음하기도 쓰기도 어렵다며 차라리 아명 '번번'을 실명으로 바꾸는 게 좋겠다고 구시렁거렸다. 위저우저우는 그 말을 듣고 무척 의아했다. 이름이 발음하기 어렵다면 왜 처음부터 쉬운 이름을 지어주지 않은 걸까?

그러다 나중에 우연히 이웃들의 잡담과 어른들의 추측과 아이들이 어른들 흉내를 내며 수군거리는 이야기를 듣게 되었다. …… 번번은 그 아버지의 친아들이 아니라는 거였다. 번번의 양부모는 불임이었다. 양부는 번번의 친부모에게 생명의 은인이었고, 번번의 친부모는 막둥이 아들 번번을 그들에게 양자로 보냈다.

그래서 이웃들은 이런 말도 했다. "봐, 분명 뒷배가 빵빵한 집안일 거야. 저렇게 대놓고 애를 여럿이나 낳았잖아." 다들 번번의 친부모는 굉장한 부자이고, 이 도시가 아닌 급속하게 발전 중인 동쪽 항구도시에 산다고 했다. 번번의 양부는 술에 취하기만 하면 번번을 때렸다. 조용한 밤, 아직 잠들지 않은 사람들이 많고 많았는데도 그들은 그저 번번의 울부짖는 소리를 듣고만 있을 뿐, 아무도 가서 말리지 않았다.

번번의 양부는 벌게진 눈으로 번번을 때리며 온갖 욕설을 퍼부었다. 혀 꼬부라진 발음이었지만 목소리는 아주 컸다.

그는 번번이 바로 흉살이라며, 번번의 친부모가 은혜를 원수로 갚았다고 했다. 자신은 그들을 위해 손가락 두 개가 잘렸는데, 그들이 이런 흉살을 보내는 바람에 아내가 죽고, 자신은 올해 실직을 했고, 철거 이주를 하면서 면적을 계산할 때도 철거사무소에 속아 넘어갔다는 거였다…….

"우냐? 그래, 계속 울어라! 씨부럴, 능력 있으면 네 부모나 찾아가! 그 사람들 돈 많잖아?!"

아주 여러 번, 위저우저우는 침대에 앉아 멀리 떨어진 단층집의 어두운 불빛을 뚫어지게 바라봤다. 아무리 애를 써도 잠이 오지 않았다. 귓가에는 번번이 울며불며 외치는 소리와 남자가 욕하는 소리가 들려왔고, 곁에 누운 엄마는 안타까운 한숨을 내쉬었다.

위저우저우는 한 번도 엄마에게 가서 싸움을 말려달라고 부탁하지 않았다. 아직 어린 나이였어도 그녀는 엄마와 자신이 과부와 딸린 자식 신분이라는 걸 어렴풋이 알았다. …… 좀 거북하게 말하자면, 위저우저우는 근본적으로 사생아였다. 옛날에 외할아버지와 외할머니가 어렵사리 연줄을 통해 호적 등록을 하지 못했더라면, 지금까지도 무호적자로 남았을 거고 내년에 초등학교 입학도 불가능했을 것이다.

이웃들의 뒷담화는 따지고 보면 아이를 성장시키는 가장 온화하고도 적절한 방법이었다. 위저우저우는 무슨 말을 듣든, 절대로 텔레비전에 나오는 것처럼 순간 안색이 창백해져 들고 있던 그릇이나 꽃병이나 사이다병 같은 것들을 바닥에 떨어뜨리고 울며 달려가는 일 따위는 하지 않았다. …… 다만 어디선가 주워 온 아이스크림 막대로 흙바닥에 끄적거리면서 놀다가, 남들에게 보이지 않는 곳에 숨어 그들이 했던 말을 일일이 떠올리면서 천천히 곱씹을 뿐이었다.

알아듣지 못할 말들이 많아도 상관없었다. 일단 기억하기만 하면 되는 거였고, 기억했으면 기다릴 수 있었다.

자신이 자라나기를.

왜냐하면 엄마는 늘 "크면 알게 될 거야"라고 말했으니까.

그래서 위저우저우는 아무것도 묻지 않았다. 많은 질문들은 입 밖으로 내뱉을 때 깊은 상처를 가져온다는 걸, 아이의 단순하고 예민한 직감이 그녀에게 알려주었다.

여름밤의 청량한 바람이 위저우저우의 앞머리를 흩트렸다. 번번은 연신 훌쩍이며 이야기를 늘어놨다. 아버지가 얼마나 무서운지, 자신은 얼마나 두려웠는지, 얼마나 집에 들어가기 싫은지……. 위저우저우는 방금 독한 모기에 물려 크게 부풀어 오른 왼쪽 팔을 살살 긁으며 말했다. "나랑 놀자."

번번의 울음소리가 뚝 그쳤다.

"뭐라고?"

"나랑 같이 놀자고. 울지 마." 위저우저우도 자신이 무슨 말을 하는지 몰랐다. "남자애가 한번 울면 끝이 없네……."

이러쿵저러쿵 말 많은 이웃들의 아주 저속하고도 생생한 표현에 따르면, 번번은 위저우저우가 무슨 방귀 뀌는 소리를 해도 어명처럼 받들 거라고 했다.

그리하여 순수하고 착한 번번은 위저우저우의 말을 듣고 자신이 우는 것에 대해 진심으로 자책하기 시작했다.

"우리 뭐 하고 놀아? 날도 어두워졌잖아. 나 웨웨랑 다른 애들이 담장 옆에 깜깜한 데서 '빨간불, 초록불, 작은 하얀불'* 하는 거 봤는데, 우리……."

"우리 둘만 놀 거야. 걔네들한테 안 가고."

"어?"

"우리 〈세인트 세이야〉** 놀이 하자." 위저우저우는 결심을 굳히고 조그맣게 말했다.

그 시절 번번은 알지 못했다. 이 뜬금없는 연극놀이는 위저우저우의 소중하고 비밀스러운 개인 세계라는 걸. 그녀가 그를 그 세계로 초대했다는 건 사실상 엄청난 양보였다.

---

* 우리나라의 '무궁화꽃이 피었습니다'와 비슷한 놀이.
** 1986년부터 1991년까지 일본의 만화 잡지 『소년 점프』에 연재된 만화. 〈성투사 성시〉라는 제목으로도 알려졌다.

위저우저우는 군색하게 놀이의 기본 규칙을 설명해주었다. 번번은 문득 깨달았다는 듯이 머리를 탁 치며 말했다. "그럼 네가 아테나야?"

활짝 웃는 번번을 보며 위저우저우는 고개를 가로저었다. "아니, 난 세이야야. 네가 아테나고."

"난 남자잖아!"

"이건 남자든 여자든 상관없어." 위저우저우는 애어른처럼 고개를 절레절레 흔들었다.

아테나와 세이야의 관계는 결코 남녀의 구분처럼 단순하지 않았다.

그것은 일종의 보호와 피보호의 관계였다. 위저우저우는 세이야, 즉 보호자였다.

아테나는 번번이었고, 엄마였고, 병약한 외할머니였으며, 그 밖에도 아주 많았다. 세이야는 혼자서 보호를 맡아야 했기에 끊임없이 코스모*를 폭발시킨다. 그러다 잠깐 쓰러질 때도 있지만 영원히 죽지 않는다.

물론 위저우저우는 그런 것까지 자세히 생각하지는 않았다. 그 시절 그녀의 마음속에는 뭐라 분명하게 말할 수 없는 영웅주의 심리와 정의감이 하늘을 찌르고 있었다.

---

* 〈세인트 세이야〉의 세계관에서는 몸에 깃든 작은 우주를 가리킨다. 코스모를 폭발시키면 순간적으로 엄청난 힘을 발휘할 수 있다.

그래서 그 여름밤, 아이들이 장난치며 떠드는 소리와 어른들이 카드놀이를 하면서 외치는 소리는 모두 아주 멀게만 느껴졌다. 어리둥절한 채로 위저우저우의 세상에 이끌려 온 번번은 그녀가 두 눈을 보석처럼 빛내며 격앙된 목소리로 말하는 걸 봤다. "전하, 얼른 가십시오. 여긴 제가 맡겠습니다!"

번번 버전의 아테나는 시종일관 침묵을 지키면서 위저우저우가 아이스크림 막대를 들고 주변의 잡초와 난장판이 되도록 싸우며 사방으로 '페가수스 유성권'*을 날리는 걸 바라봤다. 번번은 정말이지 묻고 싶었다. 그림자도 형체도 없으면서 어느 곳에나 있는 그 대마왕은 대체 언제쯤 쓰러지냐고 말이다.

전투가 너무 길어져서 벌써 졸음이 몰려왔다.

번번은 몰랐다. 운명이란 건 페가수스 유성권으로 해결할 수 있는 게 아니라는 걸.

---

* 세인트 세이야의 필살기.

3.
작은 벌레

위저우저우는 늘 번번이라는 이름이 참 좋다고 했다.

그 시절 텔레비전에서 방영하던 한 만화영화의 주인공은 범퍼카처럼 생긴 납작한 노란색 꼬마 자동차였는데, 풍선을 불어 만든 것처럼 무척 귀여웠다. 그 꼬마 자동차의 이름도 '번번'＊이었다. 꼬마 자동차는 한 남자아이와 친구가 되어 세상 방방곡곡을 돌아다녔다. 엄마를 찾기 위해서였다.

위저우저우는 대체 엄마가 얼마나 정신이 없으면 자식을 잃어버릴 수 있는지 이해가 되지 않아 꼬마 자동차 번번이 무척 안쓰러웠다. 만화영화를 엉터리라고 느낀 건 아마 그

＊ 1985년부터 1986년까지 일본 NHK에서 방영된 애니메이션 〈헤이! 붐부〉의 주인공 붐부. 한국에서는 〈꼬마 자동차 붕붕〉이라는 제목으로 방영되었으며, 중국 방영 시에는 '번번'이라는 이름으로 현지화되었다.

때가 처음이었을 것이다.

그녀는 자신의 옷에 단추를 달아주는 엄마를 보며 속으로 생각했다. 봐, 엄마는 영원히 곁에 있을 거야. 그러면서 아주 다행이라는 듯 가슴을 토닥였다. 마치 재난을 겪은 뒤 자신의 행복을 소중히 여기는 생존자처럼.

그러나 나중에 위저우저우는 실제로 번번이라는 남자아이를 알게 되었다. 엄마가 고의로 잃어버린 아이였다.

그 만화영화가 해피엔딩으로 끝나자, 위저우저우는 신나게 번번에게로 달려가 말해주었다. "너도 엄마를 찾을 수 있을 거야, 꼭."

어린 시절 위저우저우는 만화영화에 나오는 비참한 상황 — 예를 들어 꼬마 자동차 번번의 엄마가 번번을 잃어버리는 일 — 은 모두 엉터리라고 생각했고, 아름다운 상황 — 예를 들어 번번이 결국 엄마를 찾아 꽃밭에서 찬란하게 웃는 것 — 은 모두 진짜라고 생각했다.

그러다 크고 나서야 알았다. 그런 인식은 거꾸로 해야 비로소 맞다는 걸 말이다.

슬픔과 실망에 찬 사람들은 항상 아름다운 일들을 꾸며내 남들을 속였다.

번번은 언제나 의기소침했다. 자신은 어쩌면 평생 술주정뱅이 아빠를 못 벗어날 거라고 생각하면서. 위저우저우는 그런 그를 비웃으며 평생이라는 긴 시간에 벌어질 일을 어떻게 아냐고 물었다.

평생은 아주 긴 시간일까? 번번의 얼굴에 나이와는 조금
도 어울리지 않는, 무척이나 허탈한 쓴웃음이 떠올랐다. 위
저우저우는 그걸 본 순간 넋을 잃었다. 이유는 모르겠지만
그 웃음이 마음에 들었다. 아주 책임감 있고 어른처럼 보이
는 웃음. 하지만 가만히 생각해보니 번번은 그래도 우는 편
이 나을 것 같았다. 어린아이처럼 말이다.

"평생은 그렇게 길지 않을걸? 저번에 아빠가 날 밀쳐서
허벅지를 탁자 모서리에 찧었는데, 다음 날 보니까 부딪힌
곳이 보라색이 돼 있었고, 며칠 지나니 까만색이 됐다가 또
며칠 지나니까 자주색이 됐어. 그러다 조금씩 옅은 노란색
으로 변하더니 결국엔 없어졌고."

위저우저우는 이해가 되지 않았다. "그게 무슨 말이야?"

"그러니까, 내가 멍이 조금씩 사라져가는 날짜를 세고 있
는데, 먼젓번에 든 멍의 날짜를 다 세기도 전에 또 새로운 멍
이 생기는 거야. 그래서 계속 이렇게 날짜를 세다 보니까 시
간이 아주 빠르게 흘렀어. 평생은 아주 긴 시간일까?"

훗날 위저우저우는 번번이 어떻게 생겼는지도 거의 잊어
버렸지만, 시간의 흐름은 일력과 탁상 달력과 벽걸이 달력
으로만 계산하는 게 아니라는 걸 알려준 남자아이가 있었다
는 건 항상 기억했다.

시간은 상처가 아무는 주기로도 표기할 수 있는 거였다.

위저우저우는 번번을 보며 슬픔 — 만약 그 시절 자신의 그 감정을 슬픔이라고 부른다는 걸 알았다면 — 에 잠겼다. 만화영화는 얼마나 아름다운가. 꼬마 자동차 번번은 엄마를 찾고 싶다고 바로 길을 떠나 세계를 누빈다. 친구가 있었고, 먹고 마실 거나 휘발유 걱정도 없이, 길이 멀다고 걱정하거나 기차를 탈 필요도 없었다(왜냐하면 그 자신이 자동차였으니까)……

예전에 큰외삼촌네 차오 오빠가 "삶이란 종잡을 수 없는 그물"이라는 말을 한 적 있었다. 당시 위저우저우는 무슨 말인지 알아들을 수 없었지만, 고개를 들어 처마 귀퉁이에 붙어 있는 얇은 거미줄을 보며 생각했다. 삶이 거미줄이라면 우리는 뭐지? 그물에 붙어서 꼼짝달싹도 못 한 채 잡아먹히기만을 기다리는 작은 벌레일까?

"우리 엄마, 아빠도 맨날 싸워. 아주 살벌하게. 게다가 서로 물건을 던지기도 하는데, 내 머리 위로 잉크병이 날아온 적도 있다니까, 암."

위저우저우는 귀신에 홀린 것처럼 이런 말을 내뱉었다. 사실 아빠를 본 건 두세 번에 불과했고, 엄마와 아빠가 동시에 등장한 건 그중에서도 딱 한 번뿐이었다. 그런데 그 한 번의 만남에 두 사람은 집을 부술 기세로 싸웠다. 얌전하고 상냥한 엄마가 그렇게나 힘이 센 줄은 그때 처음 알았다. 어렸을 때 텔레비전을 보고 배운 표현이 두 개 있는데, 하나는 '히스테리'였고 다른 하나는 '이성을 잃고 미쳐 날뛴다'였다. 위저우저우는 이 두 표현을 각각 그날의 엄마와 아빠에게 붙여주고 싶었다.

물론 날아온 잉크병에 머리를 맞은 일은 없었다. 안 그랬으면 아마 지금까지 살아 있지도 못할 것이다. 하지만 그럼에도 진지하게, 심지어 자랑스럽게 큰소리로 이야기한 건 그저 번번을 위로하고 싶어서였다.

세상에서 가장 좋은 위로는 상대방에게 "다 잘될 거야"라고 하는 게 아니라, 얼굴을 찌푸리며 "울긴 뭘 울어. 봐, 내가 너보다 훨씬 비참하다고"라고 말하는 거였다.

그리하여 성공적으로 치유된 번번은 아주 간곡하게 말했다. "저우저우, 난 엄마는 필요 없어. 난 널 원해."

티 없이 순수한 여섯 살짜리 꼬마 둘은 당연히 그 말이 얼마나 듣기에 어색한지 알 리 없었다.

정의감에 휩싸인 위저우저우는 번번의 어깨를 토닥이며 굳게 맹세했다. "난 영원히 네 곁에 있을 거야."

그 말도 만화영화에서 배운 거였다. 두 사람 모두 자신과 상대방에게 감동했다. 우정이 뜨겁게 타올랐고 분위기도 이보다 더 좋을 수가 없었다.

난 영원히 널 떠나지 않을 거야. 이 얼마나 아름답고도 슬픈 거짓말인가.

나중에야 위저우저우는 자신이 살면서 했던 최초의 거짓말이 바로 만화영화가 하사한 것이었음을 알았다. 그녀는 잘못된 많은 것들을 믿었고, 더구나 믿어 의심치 않았다.

대잡원*에서의 생활은 이렇게 하루하루 평온하게 지나 갔다. 위저우저우는 여전히 매일 착실하게 집에 있으면서 매일 저녁 6시부터 7시 만화영화 시간은 무슨 일이 있어도 사수했다. 주말에는 외할머니 집에 갔고, 가끔 엄마가 집에 있는 저녁에는 밖에 나가서 꼬마 친구들과 신나게 놀았다.

이 밖에 나머지 시간은 상상 속 작은 극장 안에서 살았다. 때로는 상상을 펼치다가 머리에 쥐가 나는 것 같고 소재가 고갈되었다 싶으면 얼른 새로운 이야기를 보며 새로운 영감을 쌓았다. 위저우저우의 집에 있는 도서 전집은 딱 세 질뿐이었다. 『안데르센 전집』, 『그림 동화』, 그리고 『이솝 우화』.

삽화 없는 텍스트 무삭제판이었다. 위저우저우는 아는 글자가 아주 많았는데, 텔레비전을 볼 때 아래에 뜨는 자막도 같이 보며 눈에 익힌 거라서 기본적으로는 그저 보면 아는 정도였다. 이야기책을 볼 때면 어름어름 추측하며 대충 훑는 수준이었지만 그럼에도 무척 재미있게 볼 수 있었다.

그림이 아닌 글자는 오히려 그녀의 상상력을 키워줬다. 누군가 그려놓은 그림에 속박을 받지 않았기에 위저우저우는 『버드나무 아래서』와 『예다의 꽃』에 나오는 긴 풍경 묘사를 열심히 연구하며, 이제껏 들어본 적 없는 식물과 음식을 오직 자신에게만 속한 이미지로 그려냈다……

　＊　大雜院, 옛 사합원 건물을 여러 개의 쪽방으로 개조한 다가구 거주지.

그래서 초등학교 6학년 때, 린양이 스스럼없이 그녀를 집으로 초대해 디즈니의 〈백설 공주〉를 보여줬을 때, 위저우저우는 화면에 등장한 단발머리와 파란 치마, 맑은 눈동자와 하얀 이를 가진 백설 공주를 보고 멍하니 말했다. "아냐, 이건 틀렸어."

"뭐가 틀렸는데?" 린양이 사과를 우물거리며 물었다.

"백설 공주처럼 안 생겼는걸."

"하하." 린양이 웃었다. "살아 있는 백설 공주를 만나 보기나 한 거야?"

위저우저우는 입을 꾹 다문 채 그저 화면만 뚫어져라 바라봤다. 아직 열세 살도 되지 않은 어린 소녀의 얼굴에는 어쩔 수 없다는 피곤한 기색이 역력했다.

어쨌거나 그녀의 마음속 백설 공주는 그런 모습이 아니었다.

린양은 생쥐처럼 와작와작 사과를 씹었다. 위저우저우의 마음속에서도 생쥐 한 마리가 그녀에게만 속한 비밀의 화원을 와작와작 갉아먹고 있었다.

여섯 살 위저우저우가 맞닥뜨린 가장 심각한 위기는 바로 시市 방송국 채널과 성省 방송국 채널이 6시에 자신이 똑같이 좋아하는 만화영화 두 편을 동시에 방영하는 거였다. 그녀는 리모컨으로 채널을 빈번하게 바꾸는 것 말고는 다른 방법이 없어서 무척이나 괴로웠다.

어른이 되고 나서 친구가 양다리를 걸치고 있다는 이야기를 들었을 때, 그녀가 가장 먼저 떠올린 건 바로 여섯 살 때 수시로 채널을 돌렸던 텔레비전 화면이었다.

아름다운 시절은 그해 입추入秋에 끝났다.

가장 서쪽에 있던 집 막내딸이 죽었다.

시신은 대잡원에서 멀지 않은 도랑에서 발견되었고, 목이 졸려 죽었다고 했다. …… 물론 몇몇 여자들이 은밀한 표정으로 쑥덕거리는 것도 들었다. "글쎄, 죽을 때 옷이 싹 벗겨져 있었대, 쯧쯧쯧쯧……."

위저우저우는 나쁜 놈이 어째서 그 이모의 옷을 빼앗아갔는지 이해할 수 없었다.

그 이모에 대해 위저우저우가 기억하는 마지막 장면은 며칠 전 새로 산 나팔 청바지를 입고 파마를 한 그 예쁜 이모가 위저우저우네 집 앞을 지나면서 엄마에게 웃어주던 모습이었다. 엄마는 옷이 참 예쁘다고 했고, 예쁜 이모도 딱히 가식적으로 겸손한 척하지 않고 호호 웃었다. 새빨간 입술이 햇빛 아래에서 반짝거렸다.

확실히 참 예쁘구나, 위저우저우는 생각했다.

그 시절 위저우저우는 이미 아름다운 여자들을 감상할 줄 알았다. 훨씬 더 어렸을 때는 엄마나 외숙모가 지나가는 어떤 여자를 보고 세련되고 멋지다고 칭찬할 때면, 행인인 척 뒤뚱뒤뚱 그들 앞으로 걸어가서는 자신을 가리키며 말했었다. "엄마, 엄마, 얼른 말해요, 이 여자 정말 예쁘다고요."

그 이모네 가족은 마치 무척이나 부끄러운 일이라도 되는 것처럼 장례를 조용히 간소하게 치렀고, 우는 것마저도 애써 자제했다.

그 후 두부 가게 천 할머니네에도 도둑이 들어 서랍 속에 있던 200위안을 도둑맞았다. 대잡원의 분위기는 순식간에 흉흉해졌다. 외부인의 소행인지 아니면 대잡원 내부인의 소행인지 알 수 없어서 모두 불안에 떨었다. 엄마도 더는 위저우저우를 혼자 집에 둘 수 없어 낮에 일할 때 계속 데리고 다녔다.

위저우저우의 엄마는 대학입시에 실패해 성省급 의학 전문학교에 들어가 중의학을 전공했다. 그러다 일련의 사건들 때문에 이른 나이에 퇴직해 실업자가 되자, 직접 추나와 침 치료를 하는 작은 진료소를 열었다. 따지고 보면 그녀 혼자서만 안팎으로 바쁘게 뛰어다닐 뿐이었다. 추나 치료는 종종 고객의 집에 방문해서 진행되었기 때문에 엄마는 매일 대부분의 시간에 자전거를 타고 이 도시를 분주히 달렸다.

지금 자전거 뒷좌석에는 위저우저우가 앉아 있었다.

엄마는 딸을 너무 이른 나이에 자신을 따라 동분서주하게 만든 데 항상 너무나도 미안해했다. 그러나 위저우저우는 사실 무척이나 즐거웠다. 마치 거미줄을 벗어나 다시금 날아오른 작은 벌레가 되어 이제까지와는 다른 세계를 본 것만 같았다.

온갖 종류의 사람들, 이 세계는 이렇게나 컸다.

위저우저우는 어른들을 영리하게 상대하는 법을 배워서 말해야 할 때는 말하고, 침묵해야 할 때는 침묵했다. 간혹 어떤 고객들은 아이 혼자 기다리는 게 지루할까 봐 장난감이나 그림책을 쥐여주거나, 과일이나 간식을 주기도 했다. 그러나 그녀가 실은 전혀 지루하지 않았다는 걸 아는 사람은 없었다. 서로 다른 집에 사는 서로 다른 사람들은 모두 그녀에게 새로운 영감을 제공해주었다. 집에서처럼 멋대로 설치며 연극을 할 수 없었던 그녀는 조용히 구석에 틀어박힌 채, 머릿속으로는 질주하는 상상력을 따라서 저 하늘 밖 무한한 곳까지 마음껏 날아갔다.

겨울이 되자 북방의 노면에 얼음이 두껍게 얼어붙었다. 그나마 간선도로는 제때에 눈이 치워졌지만, 많은 골목들에 쌓인 눈은 오가는 차량 바퀴에 단단히 다져졌다. 미끄럼 방지 신발을 신고도 조심스럽게 걸어야 하는 상황에 자전거를 탄다는 건 당연히 무리였다. 이에 위저우저우는 엄마를 따라 걸어 다니며 붐비는 버스를 타기 시작했다. 때로는 버스 안에 사람이 너무 빽빽하게 들어차서 두 다리를 땅에 내딛지 못한 채로 허공에 떠서 간 적도 있었다. 그러나 그녀는 걷는 걸 좋아했다. 왜냐하면 매번 맛있는 냄새를 풍기는 젠빙궈즈* 가게나 빙탕후루**를 파는 리어카 앞을 지날 때면

---

* 煎餅果子, 전병에 소스를 바르고 갖은 재료와 튀김을 넣어 돌돌 말아낸 음식.

** 氷糖葫蘆, 과일을 꼬챙이에 꿰어 설탕이나 물엿 시럽을 발라 굳힌 것.

엄마가 뭐라도 사줬기 때문이었다.

위저우저우는 의외의 수확이라고 생각했지만, 엄마는 그걸 보상이라고 여겼다.

그해, 위저우저우는 인생에서 가장 기나긴 길을 걸었다. 그리고 그 길 끝에서 천안을 만났다.

4.

블루 워터

위저우저우가 기억하기로 그건 1993년 동짓날이었다. 엄마는 저녁때 집에 가서 만두를 빚어 먹자고 했다.

펑펑 쏟아지는 눈 때문에 교통은 거의 마비되었고, 버스는 아무리 기다려도 오지 않았다. 고객과 약속한 시간까지는 아직 45분이 남아 있었다. 위저우저우의 손을 잡고 있는 엄마 손에 힘이 꽉 들어가더니, 엄마는 마침내 결심한 듯 고개를 숙여 물었다. "저우저우, 우리 걸어서 갈까?"

"좋아!" 사실 위저우저우는 아까부터 내심 걸어가고 싶었다. 그러면 가는 길에 아직 아무도 밟지 않은, 새로 쌓인 부드러운 눈을 밟을 수 있어서였다.

눈을 밟으며 가는 게 아무리 재미있다 해도 20여 분을 걷고 나니 차디찬 북풍에 얼굴이 얼얼해졌고, 발도 감각이 사라졌다가 이따금씩 욱신거렸다. 목도리를 좀 더 위로 올리

고 싶었지만, 입에서 내뿜은 수증기가 목도리에 딱딱한 결
정으로 얼어붙어 있어서 얼굴에 닿으니 오히려 더 차갑기만
했다.

위저우저우는 고개를 들었다가 엄마의 눈시울이 붉어진
걸 봤다.

오늘 가야 하는 집은 특히나 아주 멀게만 느껴졌다.

외진 곳에 이르자, 모녀 두 사람의 뽀드득뽀드득 눈 밟는
소리만 들렸다.

"저우저우?"

그녀를 불렀는데도 한참 동안 대답이 없어서 엄마가 아래
를 내려다보니, 자신의 그 바보 꼬맹이는 멍한 눈빛으로 앞
에 있는 뭔가를 뚫어져라 보면서 바보같이 웃고 있었다.

정확하게 말하자면, 위저우저우는 그녀의 친한 친구인 토
끼 공작, 토끼 자작과 이야기를 나누는 중이었다. 방금 정형
외과 앞을 지날 때, 위저우저우는 멀리 1층 창문에서 누군가
밖으로 상자를 건네는 걸 봤는데, 어떻게 된 일인지 별안간
하늘을 선회하던 주황색 작은 비행체가 연기를 내뿜으며 그
창문 안쪽으로 곤두박질치는 걸 본 것만 같았다.

위저우저우의 영혼은 곧장 몸에서 빠져나와 훨훨 날아가
서는 그 창문 안쪽에서 토끼 두 마리를 찾아 밖으로 꺼냈다.
그들은 파란색 양복 재킷에 빨간 나비넥타이를 맸고, 바지
는 입지 않아 짧고 보송보송한 꼬리가 드러나 있었다.

"안녕하세요, 아가씨." 큰 토끼가 웃으며 커다란 앞니 두 개를 드러냈다. "전 별나라에서 온 그리그리 공작입니다. 이쪽은 제 아들, 크리크리 자작이고요."

위저우저우는 지구인의 품위를 지키며 예의 바르게 미소 지었다. "안녕하세요, 공작님."

다만 그녀는 그 바보 같은 미소가 정형외과 입구의 휠체어를 탄 할머니를 깜짝 놀라게 했다는 건 알지 못했다. 할머니 눈에 비친 위저우저우는 공허한 눈빛으로 멍하니 자신을 바라보며 괴이한 미소와 함께 점점 멀어져 갔다.

위저우저우는 가는 길 내내 쉴 틈이 없었다. 토끼 공작이 계속해서 질문을 던졌던 것이다. 토끼들은 자동차를 가리키며 환호했고, 그녀에게 질문을 쏟아냈다. 어떻게 하면 집을 왕장호텔처럼 높이 지을 수 있죠? 굴뚝 안에서는 뭘 태우고 있는 건가요? 빙탕후루를 파는 사람들은 밤에 자기 리어카 위에서 자나요? 위저우저우는 인내심 있게 차근차근 설명해 주었고, 그녀의 우아함과 친절함에 감동한 토끼들은 자기들의 나라에 와서 여왕이 되어달라고 청했다…….

깜짝 놀란 위저우저우가 얼른 사양했다.

"우리 나라에는 아가씨처럼 자애롭고 아름다운 여왕 폐하가 필요합니다. 부디 저희 부탁을 들어주세요!"

위저우저우는 얼굴을 붉히며 바보같이 웃었다. 좀 겸연쩍긴 했지만, 이들이 무턱대고 아첨하는 것 같지는 않았다. 그녀는 다시금 진지하고도 완곡하게 거절했다.

정신을 너무 집중했는지, 그녀는 자신도 모르게 상상 속 극장을 다시금 행동으로 표현하고 말았다.

그리하여 천안이 처음 본 위저우저우는, 빨간 목도리와 모자로 얼굴을 감싸고 예쁜 두 눈만 밖으로 내놓은 꼬마 아가씨가 오른쪽 풀숲을 마주하고 반달 눈웃음을 치며 코맹맹이 소리로 말하는 모습이었다. "호의를 베풀어주셔서 감사합니다. 하지만 전 반드시 지구에 남아 있어야 해요."

북풍이 소슬하게 불고 지나갔다. 엄마는 웃음을 참으며 그녀의 머리를 다독였다. 위저우저우는 그제야 퍼뜩 정신을 차리고 당황하며 눈앞에 있는 사람을 쳐다봤다. 하얀 패딩 점퍼를 입고 귀가 새빨갛게 얼어붙은 남자아이가 온화하게 웃고 있었다. 키가 그녀보다 머리 하나는 더 컸다.

"미안, 오래 기다렸니?"

"아니요, 저도 방금 내려왔어요. 아주머니, 얼른 들어오세요."

그의 목소리는 아주 듣기 좋았다. 똑같이 어린아이의 목소리였지만, 위저우저우가 사는 대잡원 개구쟁이들의 꽹과리 부수는 것 같은 목소리보다 몇 배는 더 듣기 좋았다.

그들은 천안을 따라 안전문 안으로 들어갔다. 천안의 집은 12층에 있어서 위저우저우는 난생처음으로 엘리베이터를 타봤다. 엘리베이터가 위로 움직이면서 몸이 무겁게 느껴지던 그 순간, 그녀는 신기한 느낌에 웃음을 터뜨렸다. 천안도 그녀를 돌아보며 웃어주었다. 이런 경험 덕분에 위저우저우는 그 후로 며칠 동안 창과 칼의 시대와 마법의 세계를 벗어나, 엘리베이터와 비행선 등 첨단 과학 기계들로 충만한 상상을 펼치게 되었다.

천안의 집은 복층 구조였는데, 위저우저우는 이렇게 큰 집은 처음 보는 거라 눈이 휘둥그레졌다. 집 안에 계단이 있다니 너무 신기해, 황궁 같아! 여러 해가 지난 후 어느 정치 수업 시간, 부자와 가난한 사람이 사는 집에 무슨 차이가 있냐고 선생님이 학생들에게 농담하듯 던진 질문에, 위저우저우는 계단이 집 밖에 있느냐 아니면 집 안에 있느냐를 봐야 한다고 대답했다.

엄마가 반신불수가 된 천안의 할머니에게 추나 치료를 해주는 동안, 천안의 엄마는 딱 한 번 등장해 인사를 하곤 곧장 방으로 돌아갔고, 천안 혼자 남아서 위저우저우를 챙겨주었다. 이유는 모르겠지만, 언제나 대범하고 침착하던 위저우저우는 그날 겉으로만 침착함을 유지했지 속으로는 무척 긴장하고 있었다.

긴장하는 것도 당연했다. 오늘 이곳은 무대가 아니라 진짜 궁전이었고, 눈앞에 있는 사람은 진짜 왕자였으니까.

다만 위저우저우는 유리 구두를 가져오는 걸 깜빡했다. 그건 모든 꼬마 신데렐라의 인증마크인데 말이다.

물론 이런 반응은 여자의 타고난 천성이었다. 비록 고작 여섯 살이지만 말이다. 하지만 사랑과는 무관했다. 어쨌거나 고작 여섯 살이니 말이다.

천안은 보송보송한 하얀 앙고라 슬리퍼를 신고 있었고, 역시 보송보송한 연청색 스웨터가 그의 얼굴을 유난히 뽀얗게 돋보이게 해주었다. 그는 위저우저우에게 따뜻한 우유를 한 잔 따라주었고, 가정부가 과일과 우유사탕이 가득 담긴 푸른 크리스털 쟁반을 들고 왔다. 위저우저우는 소파에 앉아 감히 숨소리도 크게 낼 수 없었지만, 그래도 얌전하게 미소를 지으며 가정부와 천안에게 말했다. "고맙습니다."

천안이 웃으며 친근하게 그녀의 머리를 쓰다듬었다. "이름이 뭐야? 몇 살이야?"

"위저우저우, 여섯 살." 그녀는 잠시 멈추었다가 반문했다. "넌?"

"천안이라고 해. 열두 살."

"어떻게 써?"

"응?"

"천, 안, 그거 어떻게 쓰냐고."

어리둥절했던 천안은 바로 이해하곤 곧장 서재로 달려가 원고지 한 묶음을 가져오더니, 볼펜으로 그 위에 '천안陳桉'이라고 썼다. 그런 다음 웃으며 물었다. "알겠어? 글자 읽을 줄 알아?"

위저우저우는 고개를 끄덕였다가 다시 절레절레 흔들며 '안' 자를 가리켰다. "이건 몰라. '안'이라고 읽는 거야?"

천안은 뒤통수를 긁적였다. "어, 응, 그건 유칼립투스 나무*라는 뜻의 '안桉'이야. 우리 부모님이 유칼립투스 나무 밑에서 처음 만나서 내 이름을 그렇게 지었대. 유칼립투스 나무는 북방엔 없어. 그건 그렇고, 네 이름을 써줄래? '위저우저우'라는 이름 참 듣기 좋다."

사실 그저 체면치레로 한 말이었지만, 위저우저우는 얼굴이 빨개져서는 펜을 들어 아주 서툴기 짝이 없는 글씨체로 '위저우저우余周周'라고 썼다. 삐뚤빼뚤 꼬부라진 글씨가 준수하고 가지런한 '천안' 밑에 놓이니 무척이나 좌절감이 들었다.

"정말 예쁘게 잘 썼네." 천안이 말했다.

위저우저우는 엄마를 따라 곳곳을 누비면서 많은 사람들을 만났고, 각양각색의 사람들에게 "안녕하세요" 하고 인사를 했고, 각양각색의 진심 어린 또는 가식적인 칭찬과 인사치레를 들어봤다. 하지만 천안처럼 이렇게나 진심을 담아 인사치레를 하는 사람을 보는 건 처음이었다. 그의 말은 모두 진실처럼 들렸다.

"우리 만화영화 보자." 천안은 탁자 위 녹색 원고지를 치우고 리모컨을 집어 들었다. 위저우저우는 파란 화면을 주시하며 그가 비디오테이프를 검은색 기계 안으로 밀어 넣고 익숙하게 버튼을 누르는 걸 바라봤다.

---

* 중국어로는 '桉樹'라고 쓴다.

"내가 어젯밤에 완결 직전까지 보고 잤거든. 먼저 마지막 남은 두 편을 다 본 다음에 〈톰과 제리〉를 보면 어떨까?"

천안이 틀어준 만화영화에는 피부가 가무잡잡한 단발머리 여자아이와 피부가 하얀 안경 낀 남자아이가 나왔다. 여러 해가 지난 후에야 위저우저우는 그 만화영화의 제목이 〈신비한 바다의 나디아〉라는 걸 알았다. 〈해저 2만 리〉를 각색한, 〈신세기 에반게리온〉을 만든 안노 히데아키의 작품이었다. 당시 위저우저우는 이 만화영화의 줄거리도 모른 채 그대로 천안과 함께 완결 편을 봤다.

악당 보스가 여자 주인공을 제압하고 다른 주인공을 협박했다. 안경을 쓴 남자아이는 무척 용감했지만 악당에게 총을 맞고 말았다. 마침내 정신을 차린 여자 주인공 나디아는 자신이 지닌, 신비한 힘을 가진 푸른 보석 '블루 워터'를 사용해 남자아이를 되살리려고 하지만, 나디아의 엄마는 만약 그렇게 한다면 다시는 블루 워터의 힘으로 신을 볼 수 없을 거라고 경고한다.

나디아는 당연히 조금도 망설이지 않고 신을 보는 것도 포기한 채 눈물을 흘리며 남자 주인공을 다시 살려낸다.

완결.

천안은 눈을 비볐다. 이런 결말이 좀 따분하고 재미가 없었는지, 그는 비디오테이프를 꺼내더니 다른 테이프를 집어들어 기계 안으로 밀어 넣었다.

"너무 지루했지?" 그는 웃으면서 과일 쟁반을 위저우저우 앞으로 밀었다. "사과 먹어."

위저우저우는 고개를 저었다. "괜찮아……, 지루하지도 않았어."

천안은 웃는 모습이 참 멋있었다. 그는 계속 멋있게 웃었다. 마치 앞에 있는 위저우저우가 아기라도 되는 것처럼 말이다. 위저우저우는 똑같이 열둘, 열세 살인데 늘 친구들과 오락실로 달려가 게임이나 하는, 자신의 존재를 무척이나 귀찮아하는 차오 오빠를 떠올리며 처음으로 사람과 사람의 차이는 정말 크다는 걸 느꼈다.

"이런 해피엔딩이 시시하다는 걸 뻔히 알면서도 보고 싶다니까. 보고 나서는 또 시시하다고 느낄 거면서."

위저우저우가 고개를 갸웃거리며 말했다. "'블루 워터'라는 이름 참 예뻐."

그녀는 그가 왜 자신이 무슨 말을 해도 웃는 건지 영문을 알 수 없었다.

"응, 그래. 나도 그 이름 좋아해."

칭찬을 받은 것처럼 기분이 무척 좋아진 위저우저우는 아까보다 대담해져서 말했다. "만약 오빠라면 신을 만나러 가는 걸 포기하고 그 남자아이를 구할 거야?"

천안은 눈을 동그랗게 뜨고 위저우저우를 바라봤다. 그녀는 부끄러워서 고개를 숙였다. 물론 '신을 만나러 가다'*라는 표현이 굉장히 어이없게 들린다는 것도 알지 못했다.

이번에 천안은 아이의 질문을 대충 대답하며 넘기지 않고 곰곰이 생각에 잠겼다. 너무 오랫동안 대답이 없어서 위저우저우의 고개 숙인 목이 시큰거릴 정도였다.

"아니."

그가 대답했다.

위저우저우는 그 순간 말로 표현할 수 없는 기쁨을 느꼈다. 그 순간의 직감은 자신이 처음으로 진지한 대우를 받았다는 걸 알려주었다. 왜냐하면 상대방의 대답이 진실하면서도 부족했기 때문이었다.

"넌?"

위저우저우도 진지하게 생각하기 시작했다. 아주 진지하게. 그녀의 사고 수준으로는 천안처럼 이해득실 면에서 이 문제를 따져볼 수 없었기에 가장 전통적인 방법을 사용할 수밖에 없었다. 눈을 감고 자신이 아까 본 만화영화 장면 속에 있다고 상상한 다음, 그 안경 쓴 남자아이가 총성이 들린 후 슬로모션으로 조금씩 쓰러지는 모습을 바라봤다.

다만 이번에는 안경 쓴 남자아이의 얼굴이 번번의 얼굴로 바뀌었을 따름이었다. 위저우저우는 이 안경 쓴 남자아이에게 아무런 느낌도 없었지만, 나디아의 친한 친구이니 차라리 번번으로 상상하는 게 더 좋겠다고 생각했다. …… 그녀는 눈을 뜨고 손으로 턱을 괴고 있는 천안을 보며 말했다.

---

* '죽다'의 비유적인 표현.

"난 구할 거야."

천안은 그녀의 대답을 예상한 듯이 웃었다. "착한 아가씨네."

위저우저우는 고개를 저으며 어색하게 변명했다. "사랑하는 사람이면 구할 거지만, 사랑하지 않는 사람이면 안 구해."

사랑하는 사람이라면.

천안은 폭소하며 그녀의 머리카락을 힘껏 흐트러뜨렸다. 위저우저우는 천안의 눈에 여섯 살짜리 여자아이의 사랑이 얼마나 천진난만하고 우습게 보이는지 알 턱이 없었으니 난처하기 짝이 없었다. 물론 위저우저우가 말한 사랑은 대부분 만화영화에서 배운 거여서, 그녀 기준으로 만화영화 속 친한 친구들은 서로 사랑하는 사이였다. 그러므로 자신과 번번도 서로 사랑했고, 사랑을 위해 '블루 워터'를 희생하는 건 당연한 거였다. 하지만 만약 죽은 사람이 딱히 정들지 않은 차오 오빠라면, 그녀는 결코 신을 만날 기회를 포기하지 않을 것이다.

이렇게나 단순했다. 아이의 지극히 단순하고 극단적인 세계관이었다.

두 사람은 계속해서 〈톰과 제리〉를 봤다. 역시 〈톰과 제리〉가 더 재미있었다. 저 두 녀석이 죽을까 봐 걱정할 필요도, 진퇴양난의 생사의 선택을 해야 할까 봐 걱정할 필요도 없었다. 그 세계에는 햇빛 찬란한 즐거움만 있을 뿐이었다.

"아까 눈 감고 무슨 생각했어?"

톰이 제리의 꼬리를 꽉 잡고 놓아주지 않고 있을 때, 천안이 불쑥 질문을 던졌다.

"난……." 위저우저우는 무척 쑥스러워하며 대답했다. "만약 내가 나디아라면 어땠을까 하고 생각했어."

"그럼 혹시 아까 집 앞에서도 외계인이랑 대화하고 있었던 거야? 그래서 넌 반드시 지구에 남아 있어야 한다고 늠름하게 외친 거고?" 천안은 갑자기 그녀에게 큰 흥미가 생겼는지 마치 신기한 장난감을 보듯 바라봤다.

딱 걸렸네. 위저우저우는 간신히 고개를 끄덕였다.

천안은 고개를 젖히고 소파에 기대어 무척이나 즐겁게 웃었다. 위저우저우의 눈에는 그의 이런 웃는 모습도 우아하게만 보였다. 약간의 호쾌함이 더해진 우아함이었다.

바로 그때, 엄마가 가정부와 함께 아래층으로 내려왔다. 엄마는 옷장에서 위저우저우의 검정 모직 코트와 빨간 목도리를 꺼내더니 천안에게 웃으며 말했다. "돌봐줘서 고맙구나. 저우저우, 와서 옷 입어. 이제 가야지."

위저우저우가 속으로 내뱉은 가벼운 탄식은 아무도 듣지 못했다.

천안은 만화영화 재생을 멈추고 일어나 그녀를 배웅했다. 위저우저우가 책상 위에 놓여 있는 그들의 이름이 적힌 원고지를 뚫어져라 쳐다보자, 그는 웃으면서 그 종이를 작은 사각형으로 두 번 접어 그녀의 손에 쥐여주었다.

안전문이 철컥 닫히는 소리와 함께 천안의 웃는 얼굴이 먼 곳에 갇혔다. 위저우저우는 엄마의 손을 잡고 눈밭으로 걸어갔다. 검푸른 하늘 밑에 새하얀 눈밭이 아득하게 펼쳐져 있었고, 온 세상이 함께 침묵했다.

위저우저우가 주머니에 손을 넣자 종이 모서리가 손바닥을 쿡쿡 찔렀다. 엄마가 물었다. "만화영화는 재미있었어?"

위저우저우가 고개를 끄덕였다. "응, 아주 재미있었어. 블루 워터가 아주 예뻤어."

천안 오빠도 아주 멋있었고. 그녀는 속으로 말했다.

5.

삶은 다른 곳에

집에 도착하니 벌써 6시였다. 엄마는 식탁 옆에 앉아 만두를 빚었고, 위저우저우는 텔레비전을 켜서 만화영화를 봤다.

"오늘 너무 추웠지? 그렇게 먼 길을 걸었으니."

"아니." 위저우저우는 고개를 저었다. 그 길을 어떻게 걸어왔는지는 기억도 나지 않았고, 조금도 피곤하지 않았다. 머릿속에 떠오르는 건 그저 토끼 두 마리의 커다란 앞니뿐이었다.

엄마는 딸이 자기 때문에 여왕이 될 기회를 포기하고 부귀영화 앞에서도 꿈쩍하지 않았다는 걸 전혀 알지 못했다.

"요즘 동네가 너무 위험해서 그래. 그게 아니면 너도 한겨울에 날 따라 여기저기 다닐 필요 없을 텐데. 저우저우, 엄마가 미안해." 엄마는 엄지와 검지로 만두피 가장자리를 가지런히 모아 모양을 만들면서 또다시 눈시울을 붉혔다. "이 근처에는 탁아소도 없잖아. 그때 성정부* 유치원에 들어갔으면 좋았는데."

매번 성정부 유치원 이야기가 나올 때마다 위저우저우는 무척 부끄러웠고 자책감이 들었다. 당시 유치원에서 원생을 모집한다는 소식을 듣고 엄마는 위저우저우를 데리고 면접을 보러 갔었다. 거기에는 굉장히 많은 학부모와 아이들이 면접을 담당하는 아주머니 세 명 앞에 줄지어 서 있었다. 위저우저우의 차례가 되자 셋 중에서 얼굴이 동그란 아주머니가 물었다. "우리 꼬마 친구는 무슨 특기가 있니?"

"특기요?"

"그래, 뭘 할 줄 아니?"

위저우저우는 잠시 침착하게 생각해봤다. 방금 여러 여자아이들이 노래하고 춤추는 걸 봤는데, 자신은 노래는 그럭저럭해도 춤은 영 아니었다. 하지만 그런 재주는 너무 평범해서 뭔가 특별한 걸 하고 싶었다.

"저는 무술을 할 줄 알아요."

엄마는 어리둥절해서는 자신의 딸이 엉거주춤한 기마 자세로 유치원 선생님들 앞에서 "히얍!", "하앗!" 하고 두 손을 휘두르는 걸 봤다…….

결국 당연하게도 합격하지 못했다. 한 시대를 풍미한 여협 위저우저우는 그 후로 강호에서 물러났고 그 일을 두고

---

* 省政府, 우리나라의 도청에 해당하는 기관.

두고 부끄러워했다.

그러나 그녀는 전혀 몰랐다. 그 '면접'이라는 건 그저 형식적인 절차였을 뿐, 진짜로 면접에서 보는 건 학부모의 배경과 사례금 액수라는 걸. 위저우저우가 떨어진 건 그녀의 무술이 면접 선생님 마음에 들지 않아서가 아니었다.

그 일에 대해 위저우저우와 엄마는 서로 다른 생각을 품고 각자 미안해했다. 다만 위저우저우는 그다지 아쉽지 않았다. 유치원 앞을 지나갈 때 앞뜰에 멋진 작은 미끄럼틀이 있는 것과 예쁜 아이들이 색색깔의 작은 탁자 앞에 앉아 누가 밥을 더 빨리 많이 먹나 시합하는 걸 보고 부럽지 않았던 건 아니었지만, 유치원에 다니는 아이들은 매일 점심때 반드시 강제로 낮잠을 자야 한다는 이야기를 듣고 자신은 무척 다행이라고 생각했다.

다만 위저우저우는 모를 뿐이었다. 언젠가 엄마가 그녀를 데리고 어느 공장 기숙사에 추나 치료를 갔을 때, 공장에 돌아다니는 길고양이를 안고 보일러 옆에서 쿨쿨 잠든 위저우저우를 보며 엄마는 능력이 없어 좋은 유치원에 보내주지 못한 게 미안해 한참을 흐느꼈다는 걸.

여러 해가 지난 후, 다 큰 위저우저우가 기억하는 건 여전사가 되어 성스러운 짐승(그 길고양이)을 타고 악마의 화산(보일러)에서 보스와 치열한 전투를 벌이는 광경뿐이었다. 그 모든 것은 즐거웠고 고생스러운 흔적은 전혀 없었다.

어린 위저우저우에게 삶은 전혀 힘들지 않았다. 기나긴

노정과 눈보라와 뙤약볕……, 이런 것들은 상상 속에서 신비로운 배경이 되었고, 그녀는 진작에 진짜 세상에서 벗어나 또 다른 나라에서 특별한 신분으로 살았다.

상상은 자기방어 결계였다. 그녀는 다른 곳에서 살았다. 근사하고 아름다운 '다른 곳'에서는 그 어떤 것도 그녀를 해칠 수 없었다.

때로는 모욕적이고 깔보는 눈빛을 마주칠 때도 있었지만ㅡ예를 들면 저번에 근사한 악기점을 지날 때, 엄마가 하얀 피아노를 가리키며 가격을 물어보자, 점원은 그들 모녀를 머리부터 발끝까지 적나라하게 훑어보더니 냉소를 지으며 어마어마한 가격을 불렀다ㅡ위저우저우는 그 여자 점원의 얼굴을 확실히 기억한 다음, 그녀의 얼굴을 대마왕의 얼굴에 걸어놓고 복수의 검을 들어 가리가리 찢어놓았다.

그런 다음 얌전히 탁자 앞에 앉아 탁자를 예쁜 하얀 그랜드피아노라고 상상하면서, 두 손을 가볍게 들어 올려 텔레비전에서 본 리차드 클레이더만처럼 가장 우아한 자태로 아무렇게나 탁자를 두드려댔다. 마지막에는 자리에서 일어나 있지도 않은 치맛자락을 끌어 올리며 살짝 무릎을 굽히고 아름다운 미소를 지었다.

위저우저우는 무척 즐거웠다.

다만 가끔 쓸쓸할 때도 있었다. 때로는 그리그리 공작과 크리크리 자작도 말이 없었고, 아테나와 세이야도 침묵했으며, 샤라쿠*는 아예 입에 X자로 테이프를 붙이기도 했다. 위저우저우의 상상력도 효과가 없을 때가 있었다.

이렇게 흔치 않은 쓸쓸함 속에서, 그녀는 놀랍게도 오후의 하늘에서도 달을 볼 수 있다는 걸 발견했다.

한 달에 며칠은 오후의 새파란 하늘에서 반달을 볼 수 있었다. 가장자리가 반투명한 것처럼 흐릿하고 창백한 게, 마치 새파란 캔버스 위에 실수로 바른 하얀 물감 같았다.

"번번, 저것 좀 봐. 하늘에 달이 한 줄기 떠 있어."

'한 줄기'는 여섯 살 위저우저우가 발명한 양사量詞였다. 나중에 초등학교 3학년이 되어 작문 시간에 '한 줄기 달'이라는 표현을 썼다가, 잘못 쓴 글자로 오해한 선생님이 거기에 동그라미를 치고 수정해주었다.

위저우저우는 어린아이의 쓸쓸함을 느낄 때면 번번과 수다를 떨었다. 수다라고는 하지만 사실상 위저우저우 혼자 이야기하는 거였다. 소심한 번번은 그저 옆에서 조용히 들을 줄밖에 몰랐다. 위저우저우는 번번에게 아주아주 많은 이야기를 들려주었다. 만화영화에서 따온 것도 있었고, 아무렇게나 지어낸 것도 있었다. 그 이야기들은 마음의 작은 구멍으로 빠져나가 어린아이의 우울함을 풀어주었다.

그러던 어느 날, 어쩌다 보니 그 하얀 피아노 이야기를 하게 되었다.

줄곧 옆에서 어눌하게 말이 없던 번번이 불쑥 입을 열었

---

* 일본 애니메이션 〈세 눈이 간다〉의 주인공.

다. "내가 우리 엄마보고 너한테 사주라고 할게."

"너네 엄마?"

그러나 번번은 엄마가 어디 있는지 알지 못했다. 상관없었다. 위저우저우가 설명해준 만화영화에서처럼 엄마를 찾으러 떠날 생각은 해본 적 없었지만, 위저우저우를 위해서라면 엄마를 찾아가고 싶었다. 자신을 받아달라는 말 대신 그저 위저우저우에게 하얀 피아노를 사달라고 부탁하고 싶었다.

다들 번번의 엄마는 아주 부자라고 하지 않았던가?

위저우저우는 무척 감동한 듯 번번의 얼굴을 살짝 꼬집으며 말했다. "응, 난 널 믿어."

그녀는 역시 자신과 번번은 서로 사랑한다고 생각했다. 그녀는 그를 위해 '블루 워터'를 포기할 수 있었고, 그는 그녀를 위해 어디 있는지도 모를 엄마를 찾아갈 수 있었으니 말이다.

그러나 번번과의 '감정'에 위기가 없었던 건 아니었다.

때는 이미 1994년 초봄이었다. 2월의 봄바람은 차디찬 가윗날처럼 얼굴을 스칠 때마다 쓰렸고, 한겨울 북풍보다 더 춥게 느껴졌다. 그러나 집에서 기나긴 겨울을 보낸 아이들은 좀이 쑤셔서 하나둘 집 밖으로 뛰쳐나와 아직 녹지도 않은 눈밭에서 뛰어 놀았다. '유리실 감전'*, '빨간불, 초록불, 작은 하얀불', '양쪽 성'**, '진짜 지뢰 가짜 지뢰'***……

각지각색의 보잘것없는 놀이를 하느라 아이들은 찬바람 속에서도 얼굴이 빨갛게 달아오를 정도로 달렸고, 파란 하늘 아래에서 가장 맑고 깨끗한 웃음을 터뜨렸다.

놀다가 지치면 다 같이 〈도라에몽〉에서처럼 시멘트 파이프 위에 얌전히 앉아 위저우저우의 이야기를 들었다. 위저우저우는 나이가 들쭉날쭉한 한 무리의 아이들 중에서 지극히 신망이 두터웠다. 비록 자주 나와서 아이들과 놀지도 않았고 아이들 내부에도 이미 파벌이 나뉘어 암암리에 서로 다투고 있었지만, 위저우저우가 나타나면 아이들은 모두 그녀를 둘러싸고 이야기 듣는 걸 좋아했다.

위저우저우는 아이들에게 사랑하는 사람을 구하기 위해 몰래 인간 세상에 내려와 금발 머리를 잘랐다가 결국 죽어버린 천사 이야기를 해주었다. 그리고 안데르센의 『버드나무 아래서』, 『작은 전나무』, 『인어 공주』도. …… 다만 이 이야기들의 결말은 위저우저우 입에서 모두 해피엔딩으로 바뀌었다. 오해는 사라졌고, 죽었다가 다시 살아났다.

---

* 술래가 10 이하의 숫자를 외치면 반대편에 서 있던 나머지 아이들은 그 숫자만큼 성큼성큼 걸어가 손을 뻗는다. 이때 술래가 제자리에서 손을 뻗어 누군가에게 닿으면 손이 닿은 아이가 술래가 된다. 만약 닿지 않을 경우, 술래는 '유리실'이라고 외친다. 이때 모두가 한 발로 뛰며 도망치고 술래도 한 발로 뛰며 잡으러 간다. 도망치던 아이가 '정전'이라고 외치면 술래는 잡을 수 없고, 다른 사람이 와서 '감전'이라고 말하면서 쳐줘야 다시 도망칠 수 있다.
** 럭비와 비슷한 놀이.
*** 우리나라의 '얼음땡'과 비슷한 놀이.

그녀의 기억에 따르면 천안은 해피엔딩이 시시하다고 했다.

그러나 위저우저우는 해피엔딩을 좋아했다. 삶이 이미 단란하지 않은데 이야기에서까지 또 깨뜨릴 필요는 없지 않을까?

입에 침이 마르도록 이야기보따리를 풀어도 모두들 여전히 아쉬워했다. 위저우저우는 문득 좋은 생각이 떠올라 흥분해서 말했다. "우리 '백사전白蛇傳' 놀이하자!"

아이들 모두가 숙연해졌다.

위저우저우가 손가락으로 여자아이 둘을 가리키며 말했다. "지금부터 너희 둘은 백 낭자랑 소청이야." 그리고 번번을 가리켰다. "너는 허선." 그런 다음 나이가 가장 많고 덩치도 가장 큰 남학생에게 말했다. "그리고 넌 법해!"

주요 인물 외에 나머지 아이들도 각각 언니, 형부, 관부 대인, 하인, 청루 여자 등 다양한 인물을 맡았다. 위저우저우가 대략적인 상황과 줄거리를 짜주자, 아이들은 곧 열의가 불타올라 그녀가 따로 지도하지 않아도 열정적으로 연기를 하기 시작했다. 위저우저우는 혼자 턱을 괴고 시멘트 파이프 위에 앉아 아이들이 개연성이라곤 전혀 없는 스토리를 신나게 연기하는 모습을 바라봤다. 서로 더 많은 분량을 차지하겠다고 다투는 상황도 종종 벌어졌고, 각자 자기 할 말을 하며 가만히 있지 않았다.

오직 위저우저우만 조용히 그 광경을 바라봤고, 오직 위저우저우만 기꺼이 쓸쓸히 있으려고 했다. 그 순간, 문득 쓸쓸함은 남들을 위에서 내려다보게 해준다는 생각이 들었다.

갑자기 자신이 남들과는 다르게 훨씬 깨어 있고 훨씬 기막힌 존재라고 느껴졌다. 그 깨어 있음과 기막힘 속에는 연령에 맞지 않는 고결함이 담겨 있어 도저히 떨쳐내려야 떨쳐낼 수 없었다.

시멘트 파이프 주변은 마치 노천 정신병원이라도 된 것처럼 마귀들이 난무하는 알 수 없는 무대극이 벌어지고 있었다. 날이 점점 어두워지면서 하늘 높이 떠 있던 달도 가라앉으며 점차 또렷해졌다. 퇴근한 아이 부모들이 하나둘씩 이 '정신병원'을 지나가며 '환자'들을 데려갔다. 무대는 서서히 썰렁해졌다. 마지막까지 남은 사람은 번번과 위저우저우, 그리고 '단단'이라는 이름의 꼬마 아가씨뿐이었다.

"저우저우, 가자. 나 너한테 할 말 있어." 단단이 위저우저우에게 친근하게 달라붙어 팔짱을 끼더니 번번에게 매섭게 쏘아붙였다. "저우저우한테서 떨어져! 안 그럼 내가 너 발가락 썩으라고 저주할 거야!"

위저우저우는 영문도 모른 채 단단에게 이끌려가며 번번을 돌아봤고, 번번은 무안해서 빨개진 얼굴로 그 자리에 덩그러니 서 있었다.

단단의 집 앞에 다다르자, 단단은 수상쩍게 주변을 살피더니 목소리를 낮춰 위저우저우에게 물었다. "저우저우, 너 번번 좋아해?"

위저우저우는 순간 고개를 끄덕여야 할지 저어야 할지 고민했다. 실은 좋아한다고 말하고 싶었다. 확실히 좋아하긴 했다. 하지만 아이들이 말하는 '좋아한다'는 의미가 자신이 생각하는 것과는 다르다는 건 어렴풋이 알고 있었다.

단단이 말하는 좋아함이란 어른들의 그런 감정이었다. 위저우저우는 번번이 아주 잘생겼다는 걸 알고 있었다. 많은 여자아이들이 번번과 같이 놀고 싶어 했고, 번번은 다른 남자아이들과는 다르게 욕을 하지도, 남을 괴롭히지도 않았다. 그러나 바로 그 점이 번번의 상황을 더욱 곤란하게 만들었다. 여자아이들은 번번을 좋아해서 일부러 싫어하는 척했고, 다른 사람이 있는 곳에서는 번번에게 말도 걸지 않았다. 남자아이들은 번번의 예의 바른 모습을 여자애 같다고 치부하며 자기네들과 같이 놀 자격이 없다고 여겼다.

위저우저우의 고독이 엉뚱한 상상력에서 비롯된 거라면, 번번의 고독은 현실이었다.

단단은 약간 초조해하며 다시 물었다. "너 번번 좋아하는 거 아냐?"

결국 위저우저우는 고개를 저었다. "아니." 단단은 그 대답을 듣고 마침내 마음을 놓았다는 듯 길게 한숨을 내쉬더니, 눈동자를 굴리며 조그맣게 속삭였다. "내가 뭐 하나 알려줄 테니까 절대로 다른 사람한테 얘기하지 마."

위저우저우는 속으로 헛소리라고 생각했다. 아마 다들 알고 있는 내용일 것이다. 각자 다른 사람에게 "이거 절대로 딴 사람한테는 말하지 마"라면서 이야기할 테니까.

"저번에 웨웨네 놀러갔을 때 내가 뭘 봤는지 알아?"

"뭔데?"

"웨웨랑 번번이……." 단단은 굉장히 민망한 듯 잠깐 멈췄다가 말을 이었다. "걔네 둘이 침대에 있었어. 아무것도 안 입고 말야!"

위저우저우는 입을 쩍 벌리고 제정신이 아닌 것 같은 단단을 빤히 쳐다봤다. 아직 '성性'이라는 것에 대해 잘 모르는 아이들이었다. 위저우저우는 심지어 '키스'가 뭔지도 몰랐고, '자신은 엄마, 아빠가 쓰레기장에서 주워 온 아이' 같은 말을 굳게 믿고 있었다. 하지만 아이들은 모두 어렴풋이 알고 있었다. 남자와 여자가 알몸으로 함께 있다는 건 분명 아주 부끄럽고 수치스러운, 아주아주 나쁜 일이라는 걸.

단단의 작은 입은 종알종알 끝도 없이 재잘거렸다. "웨웨는 줄곧 번번을 좋아했어.", "웨웨는 자기가 예쁜 줄 알고, 가끔 엄마 립스틱까지 바르고 나돌아 다녀.", "다들 네가 번번을 좋아하는 줄 알고 아무도 너한테 얘기해주지 않은 거야.", "넌 어떻게 웨웨랑 번번한테 백 낭자와 허선을 맡으라고 할 수 있어."…….

위저우저우는 혼자 집으로 걸어가다가 마침 번번이 쭈뼛거리며 문 앞에 서 있는 걸 봤다. 눈빛을 반짝이는 게 마치 단단이 위저우저우에게 무슨 말을 했는지 아는 모양새였다.

서로 물끄러미 바라보는 두 사람 사이에 이제까지 한 번도 없었던 서먹서먹함과 어색함이 생겨났다.

위저우저우는 고개를 숙이고 번번을 지나쳐서는 바로 문을 두드리며 외쳤다. "엄마, 나 왔어."

엄마는 문을 열었다가 문 앞에 멍하니 서 있는 번번을 보고 웃으며 말했다. "번번도 왔구나. 들어와서 텔레비전 보렴."

번번은 내내 고개를 숙인 채 오른쪽 발끝으로 바닥에 딱딱하게 쌓인 눈을 툭툭 쳐서 반달 모양의 구멍 여러 개를 내더니 조그맣게 말했다. "괜찮아요. 아주머니, 전 가볼게요."

안으로 들어온 엄마는 침대 옆에 앉아 텔레비전을 보는 위저우저우를 보며 살짝 걱정스럽게 물었다. "번번이랑 싸웠어?"

위저우저우는 멍하니 고개를 저으며 마치 혼이라도 빠져나간 것처럼 몸을 돌려 계속해서 광고를 봤다.

처음이었다. 어떻게 상상을 발휘해야 마음속 짜증을 해소할 수 있을지 감이 잡히지 않았다.

마치 아테나가 세이야에게 하는 말을 들은 것만 같았다. "미안해, 세이야. 내가 좋아하는 사람은 잇키야."

6.
푸른 초원이 하늘에 닿았네

   그 후로 번번과 그렇게나 긴 냉전이 이어질 줄은 생각지도 못했다.

   위저우저우는 여전히 엄마를 따라 이곳저곳을 다녔고, 가끔 아이들과 함께 놀 때면 번번을 그저 배경으로만 두었다. 마치 번번이 다른 사람들처럼 아무런 특징 없는 얼굴을 가진 것처럼, 마치 그가 번번이 아닌 것처럼, 마치 그의 말없이 고독한 시선을 못 본 것처럼.

   사실 번번에게 화가 난 건 아니었다. 위저우저우도 자신이 왜 이러는지 몰랐다. 마음속에 곤혹스럽고도 민망한 질문을 품고 있었지만, 그걸 엄마에게 어떻게 물어봐야 할지 몰라 아예 무시해버렸다.

   날씨가 갈수록 따뜻해져 엄마는 겨울옷을 정리하다가 위저우저우의 검정 코트 주머니에서 고이 접힌 원고지를 발견했다. 거기에는 이름 두 개가 덩그러니 적혀 있었다.

천안, 위저우저우.

궁금해진 엄마가 종이를 들고 저우저우에게 물었다. "이건 뭐니?"

위저우저우는 갑자기 무척 부끄러웠다. 웨웨와 번번의 일을 들었을 때와는 다른 민망함이었다. 그래서 아주 침착하고 아주 홀가분한 척하려고 애쓰며 말했다. "나도 몰라."

왜 거짓말을 했을까? 위저우저우도 알지 못했다.

엄마는 그녀의 표정을 신경도 쓰지 않았다. "그럼 버린다."

"아니!" 위저우저우가 날카롭게 외치는 바람에 엄마는 깜짝 놀랐다.

"뭐 하는 거니?" 엄마는 얼굴을 찌푸렸다. 딸은 폴짝 뛰어올라 그녀의 손에서 종이를 낚아채 다시 잘 접고는, 고개를 숙이고 알 수 없는 혼잣말을 중얼거렸다.

위저우저우는 손에 든 종이를 뚫어져라 보다가 문득 평소와 다른 기분을 느꼈다. 그것은 여섯 살짜리에게 속한 슬픔이었다. 마치 자신에겐 더는 현재와 미래만 있는 게 아니라, '과거'라는 게 있다는 걸 별안간 깨달은 것만 같았다. 과거는 천안의 웃는 얼굴처럼 잠깐 눈에 스쳐가며 오직 저 뒤쪽에만 존재했다.

위저우저우는 쪼그려 앉아 침대 밑에서 철제 과자 박스를 꺼내 이 종이와 조그만 장난감을 그 안에 조심스럽게 넣었다.

"참, 저우저우, 우리 다음 달에 외할머니 집으로 다시 이

사 갈 수 있어." 엄마가 별안간 웃으며 말했다.

위저우저우가 놀라 고개를 들었다.

"기쁘지 않니?"

"기뻐."

사실, 기쁘지 않았다.

그녀는 걱정스럽게 물었다. "엄마, 외할머니 집에는 빈방이 없다고 하지 않았어?"

엄마가 그녀의 머리를 쓰다듬었다. "링링 언니랑 팅팅 언니가 어른들이랑 방을 같이 쓰고, 원래 쓰던 방은 우리한테 비워줄 거야."

"왜 지금 비워주는 건데?"

"올해 9월부터는 네가 초등학교에 가야 하잖아. 외할머니 집이 네가 다닐 학교랑 가장 가깝거든." 엄마는 웃으며 무척 즐거워했다. "외할머니가 아는 사람한테 부탁해서 겨우 입학 신청을 넣었어. 이제 9월부터는 사대 부속초등학교에 가게 될 거야. 우리 시에서 가장 좋은 학교. 정말 좋지?"

마침내 유치원의 공백을 벌충했다는 기쁨이 담긴 엄마의 말투를 위저우저우는 눈치채지 못했고, 그보다는 링링 언니와 팅팅 언니가 분명 자신을 죽일 듯이 미워할 거라는 걱정에 휩싸여 있었다.

벌써 24일이었다. 다음 달은, 얼마 안 있으면 바로 다음 달인 것 같았다.

위저우저우는 번번이 슬픈 눈으로 자신을 바라보는 것과 그가 조금씩 옅어지더니 하늘에 걸린 반투명한 달이 되는 것과 이별 후 그가 천안과 마찬가지로 '과거'라는 이름을 가진 그 철제 과자 박스에 들어가는 게 눈에 선히 보이는 것 같았다…….

위저우저우는 고개를 돌려 창밖을 바라봤다. 억수같이 쏟아지는 빗줄기 사이로 멀리 번번이 사는 작은 집이 외롭게 서 있었다. 아이들에게 이야기를 들려줄 때마다 곁눈질로 보이는, 늘 무리에서 멀찍이 떨어져 서 있는 번번처럼 말이다.

1994년 5월 24일, 아직 일곱 번째 생일이 지나지도 않은 위저우저우는 문득 한 가지 이치를 깨달았다. 현재에 충실하자.

비가 그치자마자 그녀는 곧장 밖으로 달려나가 번번의 집 대문을 두드렸다. 아이들은 모두 번번의 술주정뱅이 아빠를 굉장히 무서워했다. 위저우저우도 이제껏 감히 번번을 부르러 집에 찾아가지 못했고, 매번 번번이 먼저 저우저우네 집으로 찾아와서 놀자고 했었다. 그러나 이번에는 무서운 것도 잊은 채 오로지 달려가는 것만 생각했다.

천만다행으로, 문을 열어준 사람은 번번이었다.

위저우저우는 순간 눈물을 왈칵 쏟을 뻔했다. "난 여길 떠나. 그래서 사과하러 왔어."

그런데 번번이 그녀보다 눈물을 더 펑펑 흘릴 줄이야. "정말 잘됐다." 번번이 말했다.

어안이 벙벙해진 위저우저우는 손을 뻗어 그의 귀를 잡아당기며 잔뜩 성난 얼굴로 소리쳤다. "너 그게 무슨 뜻이야?!"

번번은 영문도 모른 채 눈물을 글썽이며 대답했다. "네가 드디어 날 봐주잖아. 정말 잘됐어."

세이야가 자신의 아테나를 되찾는 데는 딱 1분이면 충분했다.

엉덩이 밑에 비닐봉지를 깔고, 두 사람은 비가 와서 축축해진 시멘트 파이프 위에 나란히 앉아 차츰 밝아지는 하늘을 바라봤다.

"야, 야!" 위저우저우가 흥분해서 번번의 소매를 잡아당겼다. "저거 봐, 무지개야!"

단층집들이 모여 있는 변두리 동네에는 시야를 가리는 높은 건물이 없어서, 먹구름이 반쯤 갠 맑은 하늘 위로 떠오른 거대한 무지개가 세상을 비현실적으로 보이게 했다. 위저우저우는 그 성대한 아름다움을 올려다보며 입꼬리를 올렸다. 눈앞에 마계산이 펼쳐진 것만 같았고, 자신은 곧 히미코와 함께 무지개를 타고 더 높은 곳으로 갈 것이었다.

"정말 예쁘다." 번번이 말했다.

무지개에 고무된 위저우저우는 마침내 그 질문을 할 용기가 생겼다. "너랑…… 너랑 웨웨 말야……."

번번이 순간 얼굴을 붉히며 고개를 숙이고 들릴락 말락한 목소리로 물었다. "어?"

"너랑 웨웨……." 위저우저우는 다시금 고개를 들어 무지개의 힘을 흡수했다. "한겨울에 옷도 안 입었다며. 안 추웠어?"

"……."

번번의 수줍기 그지없고 조리 없이 뒤죽박죽인 설명을 들으며, 위저우저우는 마침내 사건의 자초지종을 알게 되었다.

웨웨의 초대를 받아 그 집에 가서 놀고 있던 번번은 웨웨가 '공주와 강도 이야기' 놀이를 하자고 졸라서 하는 수 없이 같이 놀아주었다. 웨웨가 텔레비전에서 본 장면을 설명했고, 번번은 웨웨의 지시대로 옷을 벗었을 뿐이었는데 ― 사실 팬티는 입고 있었다고 거듭 강조했다 ― 그 광경을 단단에게 들킨 거였다.

마지막으로 번번은 힘겹게 최종 진술 한마디를 덧붙였다. "…… 진짜로 얼어 죽는 줄 알았어."

위저우저우는 크게 웃음을 터뜨렸다. 번번이 아주 창피한 짓을 했다는 생각에는 변함이 없었지만, 다른 사람이 시켜서 억지로 그런 거였다니 어찌 용서하지 않을 수 있을까?

"그런데 웨웨네 집 텔레비전에서는 뭘 본 거야? 공주와 강도 얘기?"

위저우저우와 번번 모두 당혹스러웠다. 그 시절 아직 어렸던 두 사람은 세상에 '19금 영화'라는 게 있다는 걸 알지 못했다.

오해가 풀리고 의심이 사라질 때면 늘 이야기는 거의 결말에 다다라 있었다. 위저우저우는 자신의 과자 박스를 안은 채, 외삼촌이 데려온 동료들이 엄마의 지휘에 따라 집안 물건들을 파란색 트럭에 싣는 걸 멍하니 바라봤다. 번번은 그녀 뒤에 서서 아무 말도 없었다. 심지어 "날 잊지 말아줘" 같은 말도 하지 않았다.

어쩌면 위저우저우가 자신을 잊지 않을 거라고 믿었는지도 모른다. 어쩌면 위저우저우가 그에게 했던 "난 영원히 널 떠나지 않을 거야"라는 말을 믿었는지도 모른다.

마지막으로 엄마가 차에 타라고 소리쳤을 때, 위저우저우는 눈물을 머금고 번번의 손을 살짝 쥐었다.

늘 훌쩍거리던 번번은 이번에는 오히려 울지 않고 줄곧 미소만 지었다.

"저우저우, 넌 앞으로 분명 굉장히 대단한 사람이 될 거야."

위저우저우는 무척 의아해하며 속으로 생각했다. '난 이미 아주 대단한 사람인걸.'

그녀는 세이야였고, 히미코였고, 여왕이었고, 샤라쿠가 짝사랑하는 여학생이었고, 대협이었고, 또……

번번은 애어른처럼 아주 엄숙하게 고개를 저었다. "내 말은, 진짜 대단한 사람 말야. 다른 사람 눈에도 아주 대단하게 보이는 그런 거."

위저우저우는 엄마에게 안겨 조수석에 앉을 때까지 연신 뒤를 돌아봤다. 흙길 위로 번번의 작은 그림자가 점점 멀어져 갔다. 위저우저우는 갑자기 당황스러워 "우와앙" 하고 울음을 터뜨렸다. 눈앞이 온통 흐릿했지만, 검은색 작은 점 하나가 그녀가 떠나가는 걸 조용히 바라보고 있다는 건 알 수 있었다.

시끄러운 트럭 엔진 소리가 조금씩 사라져갔다. 번번은 그 자리에 그대로 서서, 트럭이 모퉁이를 돌아 사라진 후에도 떠나지 않았다.

그는 위저우저우의 작은 세계에 들어가 본 유일한 사람이었기에 위저우저우가 그 안에서 얼마나 위풍당당한지 당연히 잘 알았다. 사실 그도 진심으로 그녀가 대단하다고 생각했다. 왠지 모르게 그는 그녀의 작은 세계가 언젠가는 결국 모든 사람들을 포위하고, 그녀는 진정한 여협이 될 거라는 믿음이 들었다.

그러면 그는 다른 아이들과 함께 그녀를 바라보면서 부러운 표정으로 멋지다며 환호해줄 것이다.

그날이 오면, 사람들에게 의기양양한 눈빛을 던지는 그녀가 부디 한눈에 그의 얼굴을 알아볼 수 있기를.

소중한 추억 2 ──

내 삶에 등장했던
남자아이

1.
누구에게나 비밀은 있다

외할머니 집에서의 새로운 생활은 모든 게 순조로웠다. 엄마는 새 일자리를 구했다. 외할머니 동료의 소개로 한 화장품 수출입 회사에서 일을 보게 된 것이다. 말만 들으면 방문 추나 치료보다 훨씬 고급스러운 일 같았지만, 위저우저우는 엄마의 새로운 직업이 마음에 들지 않았다. 왜냐하면 엄마가 점점 바빠지고 점점 즐거움이 사라져가는 걸 느낄 수 있었기 때문이었다.

더욱이 위저우저우는 외할머니 집에 얹혀사는 기분이 들었다. 셋째 외숙모와 막내 외숙모가 뭐라고 하지는 않았지만, 그 뜨뜻미지근한 태도는 민감하고 철이 일찍 든 위저우저우의 눈에 무척이나 거슬렸다.

방을 빼앗겨 불만에 가득 찬 두 언니는 말할 것도 없었다.

링링 언니는 열두 살, 팅팅 언니는 일곱 살이었다. 붉은 스카프를 매고 매일 등하교를 하는 링링 언니는 위저우저우에게는 신과 같은 존재였다. 언니는 초등학생이었다. 세상에, 초등학생이라니! 그 신분은 위저우저우를 절로 고개 숙이게 했다. 한번은 위링링의 숙제를 몰래 훔쳐본 적 있었는데, 노트에 가득 적힌 곱하기와 나누기가 마치 만화영화 속보물 상자를 여는 신비한 부호처럼 보여서 위저우저우는 깜짝 놀랐다.

언니는 엄청 대단해.

위저우저우는 링링 언니가 거실의 둥근 탁자 앞에 앉아 손으로 분홍색 Kiki&Coco 샤프펜슬을 돌리면서 미간을 찌푸리고 생각에 잠긴 모습을 홀린 듯이 바라봤다. 새하얀 책 커버, 깨끗하고 반듯한 산수 숙제 노트, 그리고 화려한 철제 필통…….

그러나 위링링은 위저우저우를 무척 귀찮아했다. 매번 위저우저우가 멍하니 자신을 쳐다보는 걸 볼 때마다 얼굴을 찡그리며 호통을 쳤다. "귀찮게 하지 마!" 그러나 위저우저우도 기개가 없진 않았다. '웃기시네, 난 이래 봬도 여협이라고!' 그래서 두 번 호통을 듣고 난 후로는 문구에 대해 일말의 흥미도 보이지 않았고, 심지어 위링링의 책상 앞을 지나갈 때는 그쪽으로 눈길도 돌리지 않았다. 이런 반응이 위링링을 더욱 짜증 나게 했다. 여섯 살짜리 꼬맹이에게 무시를 당하는 것보다 더 좌절감을 주는 일이 어디 있겠는가?

그래서 위링링은 숙제 노트를 덮고 침대에 가득 늘어놓은 십여 개의 솜 인형과 마론인형을 만지작거리면서, 한창 고개를 숙이고 책에 푹 빠져 있는 위저우저우를 거칠게 불렀다. "야, 이리 와봐!"

위저우저우는 벽에 딱 붙어서 슬금슬금 다가가며 언제든 도망칠 준비를 했다. 그러면서 속으로 생각했다. '난 한 시대를 풍미한 여협이자 환생한 세이야. 때로는 고난과 시련을 겪고 온몸이 만신창이가 되도록 맞게 되겠지. 그럼 코스모를 폭발시켜 한 방에 적을 없애버리는 거야.'

그런데 지금은 한 방에 적을 없앨 좋은 기회가 아니라, 온몸이 만신창이가 될 차례인 것 같았다.

위링링은 가장 못생긴 곰 인형 세 개를 위저우저우 앞으로 밀며 거칠게 말했다. "가지고 놀아!"

가장 못생긴 인형을 가지고 놀게 하는 건 위링링이 생각해낼 수 있는 최고의 응징이었다. 위링링은 마론인형의 옷을 갈아입히다가, 문득 위저우저우가 꼼짝도 하지 않고 침대 가장자리를 바라보는 걸 봤다. 자신이 준 곰 세 마리―하얀 곰 하나와 갈색 곰 두 마리―는 침대 가장자리에 나란히 벽을 보고 앉아 있었다. 위저우저우와 함께 가만히 앉아서 뭘 하는 건지 알 수 없었다.

"너 뭐 해?" 위링링이 침대 다른 쪽에서 기어 다가왔다.

위저우저우가 고개를 들고 가볍게 한숨을 쉬더니 하얀 곰을 가리키며 말했다. "백설이가 누굴 따라가야 할지 모르겠대."

위링링은 잠시 침묵하다가 손을 뻗어 곰 세 마리를 모두 품에 안고 방문을 가리켰다. "나한테서 멀리 떨어져."

위저우저우는 아주 침착하게 일어나 말없이 방을 나갔다. 위링링은 침대 위에 멍하니 앉아 있다가 별안간 비명을 지르며 인형을 죄다 바닥으로 던져버렸다.

그날 밤, 위링링이 위팅팅에게 정중하게 말했다. 절대로 위저우저우를 상대해주지 말라고, 위저우저우는 미쳤다고.

비록 위링링은 위팅팅을 ─ 위팅팅은 어릴 때부터 허영심 많고 잘난 체하기 좋아하는 약삭빠른 꼬마 아가씨였다 ─ 좋아하는 건 아니었지만, 그래도 몇 년을 같이 살았기 때문에 어떻게 다뤄야 하는지는 잘 알고 있었다. 그런데 위저우저우는 외계인과 다름없는 존재여서 여전히 어떻게 굴복시켜야 할지 자신이 없었다.

그리하여 위저우저우의 삶에서 '언니'는 결코 상냥하고 다정한 단어가 아니게 되었다. 외할머니 집에서 보낸 어린 시절에 그 단어는 '대마왕'과 거의 동일한 의미였다.

가끔 위링링이 위저우저우의 방문을 벌컥 열 때면, 각양각색의 스카프와 베갯잇과 침대보를 두건, 베일, 망토, 그리고 긴 치마로 삼아 온몸에 둘둘 두르고 있는 위저우저우를 볼 수 있었다. 위저우저우는 그런 꼴로 방 안에서 공작춤을 추는 자세를 취하며 오만하고 건방진 눈빛을 드러냈다. 그 눈빛은 위링링이 난입한 순간에도 전혀 당황함 없이 매섭게 쏟아졌다.

위링링은 위저우저우가 크게 고함치는 소리를 들었다. "어허! 이놈의 요괴, 어딜 도망가?!"

그리하여 위링링은 깨달았다. 이 사촌 여동생은 그냥 외계 인이 아니라, 지구인에게 아주 비우호적인 외계인이라는 걸.

그러나 곧 그들은 서로 간섭하지 않는 관계를 유지할 수 없게 되었다.

일기장을 어디에 뒀는지 깜박한 위링링은 당황하며 사방 을 찾다가, 마침 거실 구석 카펫 위에 책상다리를 하고 앉아 자신의 분홍색 일기장을 흥미진진하게 읽고 있는 위저우저 우를 발견했다.

"아아악!" 위링링이 비명을 질렀다. 그 소리에 놀란 외할 머니가 황급히 방에서 거실로 뛰어나왔다. "왜 그러니? 할머 니를 놀래 죽일 셈이야? 누가 네 꼬리라도 밟은 게야?!"

"할머니, 쟤가……." 위링링은 손가락으로 위저우저우를 가리켰다가 문득 그 일기장에 아주 사적인 내용이 적혀 있 다는 걸 떠올렸다. 할머니에게는 절대로 보여줄 수 없었기 에 그녀는 얼른 뒷말을 삼키고 손을 내저었다. "아니에요, 아무것도 아니에요."

겨우 외할머니를 돌려보낸 후, 허둥지둥 위저우저우에게 달려들어 일기장을 낚아챈 위링링은 손가락질을 하며 격앙 된 어조로 따지기 시작했다. "너너너너…… 어떻게 내 일기 장을 훔쳐볼 수가 있어?"

"그거 보면 안 되는 거야?" 위저우저우가 고개를 갸웃거렸다. "탁자 밑에서 주운 건데."

"일기장은 원래 보면 안 되는 거야!" 얘는 어쩜 이렇게 아무것도 모를까. 위링링은 목소리를 낮춰서 으르렁거렸다. "여기에는 비밀이 담겨 있다고, 비밀이!"

비밀? 위저우저우가 손을 풀었다. 비밀이 뭘까?

혹시 "린즈룽, 사실 난 널 싫어하는 게 아냐. 난 걔네들보다 훨씬 널 좋아한다구. 그렇지만 네가 타락하는 건 보고 싶지 않아. 네가 수업 시간에 딴짓하는 것도 보고 싶지 않고" 이 부분일까?

아니면 "노동 기술 선생님은 정말 왕수다쟁이다. 완전 짜증 나!" 이 부분?

그것도 아니면 "오늘 새로 배운 글자를 시험 볼 때 나랑 차오시얼이 같이 책상 밑으로 책을 넘겨 봤는데, 그 망할 할망구는 우릴 전혀 못 봤다"?

그러나 위저우저우는 물어보지 않았다. 그녀의 직감이 물어봤다가는 일이 더 귀찮아질 거라고 알려주었다.

"나 안 봤어." 위저우저우는 고개를 저었다.

"현장에서 딱 걸렸는데도 거짓말할 거야? 네가 안 봤다고?" 위링링은 펄펄 뛰었다.

"난 글자 몰라." 위저우저우는 계속해서 고개를 저었다.

위링링은 몸을 돌리더니 책장에서 위저우저우가 가져온 『이솝 우화』를 뽑아 들었다. "귀신을 속여라!"

이번에는 위저우저우가 짜증을 낼 차례였다. "내가 글자를 모른다고 한 건 언니를 위로하려고 그랬던 거야. 이제 됐어?"

아주 오랜 시간이 지난 후, 위링링은 마침내 웨딩드레스를 입게 되었다. 린즈룽, 차오시얼, 노동 기술 선생님이 어떻게 생겼는지는 잊은 지 오래였지만, 옆에서 들러리 예복을 입은 위저우저우를 보면 그 시절의 꼬맹이가 생각났다. 들러리 위저우저우가 아무리 해맑게 웃고 있어도 위링링은 여전히 마음이 켕겼다. 귓가에는 "난 언니를 위로하려고 그랬던 거야"라는 더없이 차분한 한마디가 계속해서 맴돌았다.

아주 기나긴 침묵 후, 위링링은 꿈꾸듯이 당부했다. "어쨌든 너 다른 사람한테 말하면 안 돼. 아무에게도 말하지 마. 이건 비밀이야!"

이 애가 "링링 언니가 린즈룽을 좋아한대"라고 큰 소리로 외치고 다닐지도 모른다는 생각을 하니 위링링은 온몸에 소름이 돋았다.

위저우저우가 고개를 저었다. "말 안 할 거야."

그 대답은 "난 다 알아"와 거의 동급이었기에 살상력이 더욱 컸다. 너덜너덜해진 위링링은 문밖으로 뛰쳐나갔다.

한편, 위저우저우는 제자리에 가만히 앉아 '비밀'의 의미를 진지하게 생각해봤다. 아무래도 비밀은 아주 미묘한 존재이고, 종종 음침한 것과 관련되어 있는 듯했다. 예를 들면 선생님을 욕한다든지, 시험 때 커닝을 한다든지……. 그런데 어째서 누군가를 좋아하는 것도 비밀인 거지?

남들에게 알리고 싶지 않은 건 모두 비밀인 걸까?

그럼 나한테는 비밀이 있을까? 위저우저우는 턱을 괴고 오랫동안 생각했다. 다른 사람이 모르는 일은 딱히 없는 것 같았다. 최소한, 엄마는 모든 걸 다 알았다.

잠깐! 위저우저우는 흥분해서 일어났다. 그랬다, 엄마가 모르는 일이 하나 있었다.

과자 박스 안에 누워 있는 원고지, 그리고 거기에 적힌 두 개의 이름. 천안, 위저우저우.

위저우저우는 작은 주먹을 꽉 쥐고 속으로 말했다. 저우저우, 오늘부터 너한테도 비밀이 있어.

2.
안녕, 사황비

가장 무더운 8월, 위저우저우는 일곱 번째 생일을 맞이했다.

그러나 그날은 일요일이 아니라서 엄마는 여전히 출근을 해야 했다. 이를 보상하기 위해 엄마는 오늘은 위저우저우를 외할머니 집에 혼자 두지 않을 거라며 그녀를 데리고 함께 출근했다. 그러나 위저우저우는 엄마와 함께 회사 안으로 들어간 게 아니라, 맞은편 성정부 유치원에 있는 한 아주머니에게 맡겨졌다.

"리 선생님, 죄송한데 오늘 하루만 애 좀 봐주세요. 제가 퇴근할 때 와서 데려갈게요."

알고 보니 예전에 위저우저우의 출중한 무술 실력을 얕봤던 그 성정부 유치원의 선생님이었다. 위저우저우는 두 손을 허리에 걸치고 금색 바탕에 검정색 글씨의 커다란 간판을 바라보며 잔뜩 인상을 썼다.

쳇.

유치원 아이들은 오전에 수업을 들으며 병음자모*와 산수를 배우고 그림을 그리고 노래를 불렀다. 위저우저우는 멀리서 들려오는 노랫소리를 들으며 나이 지긋한 선생님과 함께 얌전하게 문서 수발실에 앉아 시간을 때웠다. 리 선생님은 그녀에게 과일과 그림책을 가져다주면서 안뜰에 있는 미끄럼틀이랑 그네를 지금 가서 타도 된다고 말해주었다. 이 시간에는 서로 먼저 타려는 아이들이 없을 거라고 말이다.

그러나 위저우저우는 아까부터 미끄럼틀을 빤히 바라보며 우주 저 멀리까지 상상의 나래를 펼치고 있었다.

눈앞의 미끄럼틀은 폭포가 되었고, 위저우저우는 '성정부 유치원'이라는 사악한 종교 무리에게 쫓기고 있었다. 예전에 그 3인조 면접관 중에서 얼굴이 동그란 아주머니가 험악한 표정으로 커다란 구환도九環刀를 휘두르며 위저우저우의 등 뒤에 대고 고함을 질렀다. 중상을 입은 여협 위저우저우는 그들의 공격에 몰려 절벽 가장자리까지 밀려났고, 더는 물러날 곳이 없자 하는 수 없이 폭포로 몸을 날렸다!

리 선생님이 본 위저우저우는 바로 이렇게 고통스럽고도 정의감에 불타는 표정으로 미끄럼틀에서 미끄러져 내려왔다.

시간은 빠르게 흘러갔다. 오후 4시, 괴로운 점심 식사와 낮잠에서 해방된 유치원 아이들이 하나둘 뜰에 모여 놀기

---

* 拼音字母, 중국어 발음을 로마자로 표기하는 자모.

시작했다. 날씨가 너무 더워서 아이들 대부분은 선풍기가 있는 도서실에서 그림을 그리거나 노래를 부르며 놀고 싶어 했고, 밖에 나온 아이는 열댓 명뿐이었다.

리 선생님은 고개를 숙인 채 뜨개질에만 열중했다. 위저우저우는 화단 옆에 앉아 남자아이들이 미끄럼틀 위를 오르락내리락하고 여자아이들이 그네 세 개를 두고 다투는 걸 구경했다.

해가 서쪽으로 기울어가고 있었다. 위저우저우는 양손으로 턱을 괴고 심심하다는 듯 눈이 감기도록 하품을 했다.

다시 눈을 떴을 때, 눈앞에는 한 사람이 늘어 있었다.

말쑥한 남자아이였다. 미키 마우스가 그려진 흰 티셔츠에 옅은 회색 반바지, 품에는 주황색 고무공을 안고 있었다. 뛰어다니느라 땀을 뻘뻘 흘려서 마치 김이 모락모락 나는 만두처럼 보였다.

"넌 누구야?" 목소리도 참 듣기 좋았다. 번번에게는 없는 활력과 용기가 담겨 있었다.

"위저우저우."

"그걸 물어본 게 아닌데……." 남자아이는 한 손으로 뒤통수를 긁적이며 살짝 난처하다는 듯 미간을 찌푸렸다.

"그럼 뭘 물어보고 싶은데?" 위저우저우는 참지 못하고 또다시 하품을 했다.

무시를 당한 남자아이는 살짝 기분이 상했는지, 눈앞에

있는 이 외부인에게 큰 소리로 물었다. "넌 어디서 왔어?"

"우리 집." 위저우저우가 나른하게 대답했다.

사실 이런 대답은 하나 마나라는 걸 뻔히 알면서도, 이유는 모르겠지만 이 남자아이를 처음 보자마자 괜히 반대로 굴고 싶었다. 그의 표정이 안 좋아질수록 그녀는 즐거워졌다.

"너너너!" 남자아이가 공을 바닥으로 던지더니, 공이 바닥에 통통 튀며 멀리 굴러가는 것도 아랑곳하지 않고 위저우저우 앞으로 한 걸음 성큼 다가갔다.

"뭐 하는 거야?!" 위저우저우가 경계하듯 고개를 들고 남자아이를 매섭게 노려봤다.

"린양!" 그들이 대치하고 있을 때, 멀지 않은 곳에서 분홍색 공주 치마를 입고 머리를 양 갈래로 묶은 여자아이 하나가 자기 키만 한 벽걸이 달력을 들고 나는 듯이 달려왔다. "양 선생님이 우리한테 달력 주셨어!"

아이들이 하나둘 주변으로 모여들어 웃으면서 그 알록달록한 달력을 넘겨 봤다. 위저우저우도 곁눈질로 달력을 흘끔거렸다. 90년대 달력의 주제는 대부분 풍경 아니면 고급 자동차, 동물, 미인이었다. 번번네 집에 걸려 있던 달력에는 수영복을 입은 미인 사진이 붙어 있었는데 볼 때마다 얼굴이 살짝 화끈거렸다.

지금 이 꼬마 아가씨가 들고 있는 달력 사진은 전통 의상을 입은 미인이었다. 긴 치마에 금비녀를 꽂은 모습이 우아하기 짝이 없었다. 모두가 "우와" 하며 감탄했다. 꼬마 아가씨는 싱글벙글하며 기대하는 눈빛으로 '린양'이라고 불린 남자아이를 주시하며 득의양양하게 말했다. "이 달력 예쁘다고 그랬지? 봐, 내가 너 주려고 선생님한테 달라고 했어!"

린양의 흥미는 여전히 위저우저우에게 쏠려 있었다. 그는 고개를 돌려 꼬마 아가씨를 흘끗 봤다. "내가 그걸 가져서 뭐 해?"

꼬마 아가씨는 멈칫하더니 입술을 꾹 다물고 갑자기 발을 쾅 굴렀다. "네가 갖기 싫다고 하면 애들한테 나눠준다?"

"그럼 나눠줘."

위저우저우는 보물을 바치러 온 그 꼬마 아가씨에게 약간의 동정심이 들 지경이었으나, 린양은 계속해서 그녀에게 집요하게 캐물었다. "야, 너 우리 유치원에는 왜 온 거야?"

꼬마 아가씨는 한쪽에서 달력을 한 장씩 힘껏 뜯어내 주변의 환호하는 여자아이들에게 나눠주었다. 달력을 뜯으며 원망의 눈초리로 린양의 뒤통수를 쏘아보는 것도 잊지 않았다. 위저우저우는 미인도가 한 장 한 장 나뉘는 걸 보며 저도 모르게 한숨을 내쉬었다.

"마지막 한 장 남았어. 너 정말 안 가질 거야?" 꼬마 아가씨는 단념하지 않고 한층 누그러진 태도로 린양에게 마지막으로 한 번 더 물어봤다. 위저우저우는 아무도 골라 가지 않아서 남은 마지막 미인도를 보고 눈썹을 치켜올렸다. 그건 8월의 사진이었다. 푸른 옷을 입은 미인이 뒷모습만 보여서

인지 다들 마음에 들어 하지 않은 것 같았다.

"얘한테 줘!" 린양은 위저우저우의 마음을 눈치챘는지 손가락으로 그녀를 가리켰지만 표정은 여전히 뚱했다.

꼬마 아가씨는 "흥" 하더니 반질반질한 달력 종이를 위저우저우의 품에 밀어 넣고 곧장 몸을 돌려 달려나갔다. 위저우저우는 그 종이를 쓱 훑어보고는 방금 린양이 꼬마 아가씨에게 한 대답을 그대로 돌려주었다. "내가 이걸 가져서 뭐 해?"

린양이 미처 발끈하기도 전에 멀리서 한 남자아이가 목청껏 그를 불러댔다. "린양, 너 뭐 해? 놀 거야, 안 놀 거야?"

린양은 뾰로통한 표정으로 위저우저우의 손을 잡더니 그녀를 화단에서 잡아 일으켰다.

"뭐 하는 거야?"

"너……." 린양은 달력에 실린 미인의 뒷모습을 가리켰다. "지금부터 이게 네 초상화야."

"뭐?"

"너, 넌 지금 짐의 사황비*니까!"

"……."

위저우저우는 그제야 상황을 파악했다. 이곳 아이들은 줄곧 황궁놀이를 하고 있었던 거였다. 린양은 늘 황제였고, 양갈래 꼬마 아가씨는 황후였다. 주변의 다른 여자아이들은 황귀비 또는 공주를 맡았고, 남자아이들은 각각 왕야, 시위,

---

* 四皇妃, 네 번째 황비.

대신 역할을 맡고 있었다. 놀이 과정이 좀 혼란스럽긴 했지만, 어쨌거나 '공주와 강도'보다는 훨씬 수준이 높았다.

꼬마 아가씨의 분노가 주변의 여러 사람에게 전염되었는지, 아무도 '사황비' 위저우저우 친구를 상대해주지 않았고, 황후마마는 곧장 조서를 내려 그녀를 냉궁에 가둬버렸다. 위저우저우는 달력 종이를 들고 그네에 앉아 다른 아이들이 바람 속을 이리저리 뛰어다니며 흩어지는 모습을 구경했다. 각자 손에 든 달력 종이가 뒬 때마다 펄럭펄럭 소리가 났다.

그리고 황제는 계속해서 불퉁한 표정으로 그녀를 노려봤다. 마치 사황비가 아닌 자객을 보듯이 말이다.

그러다가 대신들과 시위들이 연합해 황실 정변을 일으켰다. 위저우저우는 황후와 후궁들이 흐느껴 우는 것과 린양이 두 남자아이에게 좌우로 붙들려 감옥으로 이송되는 모습을 보면서 결국 참지 못하고 쿡쿡거리며 웃었다.

그러자 모두의 시선이 이 미움받는 냉궁마마에게로 쏟아졌고, 위저우저우는 웃음이 쏙 들어갔다.

무리 중에서 시위 두 명이 그녀를 잡으려고 달려오자 위저우저우의 몸 안에 줄곧 억눌려 있던 여협 정신이 다시금 폭발했다. '성정부 유치원' 마교 무리가 감히 날 박해하다니, 어찌 두고 볼쏘냐! 그녀는 곧장 '페가수스 유성권'을 써서 시위들을 밀치고는 린양의 팔을 잡고 냅다 달렸다!

"쫓아라!" 황후가 날카롭게 외치자 한 무리의 후궁과 대신들이 한꺼번에 덤벼들었다. 어지러운 발자국 소리가 쿵쾅

쿵쾅 울렸고, 달력 종이 십여 장이 바람에 펄럭거리는 소리
가 났다…….

위저우저우도 자신이 뭘 잘못 먹었나 싶었다. 왜 황제를
잡고 같이 도망가는 거지?

그러나 그녀에게 팔을 잡힌 남자아이는 더는 아까처럼 뚱
한 표정이 아니었다. 어리둥절한 표정이 웃는 얼굴로 바뀌
기까지는 1초도 채 걸리지 않았고, 그는 곧 그녀의 손을 꽉
잡더니 함께 따스하고 부드러운 석양을 향해 성큼성큼 달려
가기 시작했다.

고개를 드니 분홍색과 자주색이 섞인 하늘에 높고도 고요
하게 깔린 구름이 보였다. 아이스크림처럼 부드럽고 아름다
운 구름이었다.

선생님의 등장에 황실 정변은 끝이 났다. 곧 하원 시간이
라 아이들은 교실로 돌아가야만 했다. 아이들은 하나둘 교
실 입구로 달려갔다. 양 갈래 꼬마 아가씨도 다가와 위저우
저우를 흘겨보곤 가쁜 숨을 몰아쉬는 린양에게 말했다. "안
들어갈 거야?"

린양이 웃으며 위저우저우에게 물었다. "너 내일도 여기
와?"

위저우저우가 고개를 저었다. "아니."

남자아이의 실망한 눈빛에 마음이 약해진 위저우저우는
잠시 생각하다가 대답했다. "그래, 올게."

린양의 얼굴에 순간 꽃보다 더 찬란한 웃음이 피어났다.

"응, 기다릴게!"

위저우저우는 제자리에 서서 아이들이 차례로 들어가는 걸 바라봤다. 린양은 연신 뒤를 돌아보며 계속해서 외쳤다.

"약속한 거다. 너 꼭 약속 지켜야 해!"

위저우저우는 웃으며 고개를 끄덕였다.

고개를 숙이니 자신이 쥐고 있느라 이미 손가락 자국이 나버린 달력 미인이 보였다. 문득 오늘의 석양이 유달리 아름답게 느껴졌다.

엄마는 리 선생님에게 거듭 고맙다고 인사하고는 위저우저우를 이끌고 가 생일 케이크를 산 후, 함께 외식을 하러 갔다.

"그게 뭐니?" 엄마는 위저우저우가 손에 둘둘 말아 들고 있는 달력 종이를 훑어봤다.

"이건 사황비야." 위저우저우가 진지하게 말했다.

"사황비가 누군데?" 엄마는 어처구니가 없었다.

위저우저우는 고개를 숙이고 잠시 생각하다가, 조그만 머리를 갸웃하며 눈이 휘어지도록 웃었다.

"비밀."

3.

먼지 속까지 내려가다

그러나 이튿날, 위저우저우는 약속한 대로 다시금 성정부 유치원에 잠입할 수 없었다.

어쨌거나 엄마가 문서 수발실의 리 선생님에게 또 부탁하는 건 아무래도 불편한 일이었다. 위저우저우는 집에서 안절부절못하며 하루 종일 기다렸다. 자신도 대체 뭘 걱정하는 건지 모르면서, 심장이 목구멍까지 튀어나올 것처럼 불규칙하게 뛰었다.

어쩌면 린양의 실망한 표정을 보고 싶지 않아서였을 것이다. 그녀는 린양이 불퉁하게 심통 부리는 얼굴을 보는 게 좋았지 실망한 얼굴을 보고 싶은 건 아니었다. 그때 자신이 "아니"라고 대답했을 때 지었던, 눈꼬리와 입꼬리가 함께 축 처지는 그런 얼굴 말이다.

그러나 그 이유를 설명할 수는 없었다. 천안과 마찬가지

로 우연히 만난 사이인데도, 위저우저우는 린양이 천안처럼
'과거'라고 불리는 과자 박스에 들어갈 것 같지 않았다. 심지
어 지금 이렇게 마음이 켕기는 건 린양이 화를 낼 거라는 두
려움 때문이 컸다. …… 다시 만나게 되면 이 녀석은 분명 화
를 버럭 내겠지. 난 이제 죽었어.

어린 나이의 이유 없는 믿음이었다.

일곱 번째 생일은 마치 분수령과도 같았다. 여협 위저우
저우의 인생은 롤러코스터를 타는 것처럼 단숨에 최고점으
로 올라갔다가 급격히 곤두박질쳤다. 막으려 해도 막을 수
없었다.

급전직하한 운명은 악담 한마디에서 비롯되었다. 악에 받
쳐 읊조린 세 글자의 악담.

'사생아.'

중앙백화점 1층의 향기로운 화장품 코너는 백화점 전체
에서 가장 밝고 세련된 구역이었다. 불현듯 뜨거운 시선을
느낀 위저우저우는 고개를 돌렸다가, 한 여자가 반쯤 쭈그
리고 앉아 남자아이의 귓가에 대고 무슨 말을 속삭이는 걸
봤다. 여자의 살짝 위로 들린 입꼬리는 예쁘면서도 악독하
게 보였다.

그리고 그들은 위저우저우를 향해 걸어왔다. 그 순간, 위저
우저우는 세상에는 진짜로 마녀가 있고, 진짜로 '빙결 마법'
이 있다는 걸 깨달았다. 마치 꼬리를 밟힌 것처럼 꼼짝도 할

수 없었고, 심지어 멀지 않은 곳에서 신규 브랜드 테스트 제품을 들고 매대 점원과 대화 중인 엄마를 부를 수도 없었다.

그들은 그대로 지나쳐가며 묵직한 악담을 남겼다. 가볍게 흐르는 웃음소리와 함께.

주변의 밝고 부드러운 스포트라이트 조명이 단체로 빛을 잃은 것만 같았다. 위저우저우는 또다시 세 살 때의 그 어두운 밤으로 되돌아간 느낌이었다. 그녀는 철거 때문에 비워진 집 앞에 혼자 쭈그려 앉아, 엄마가 울면서 아무 소용없는 논쟁을 벌이는 모습과 한 무리의 낯선 사람들이 웃고 욕하며 엄마가 애써 정리해둔 짐이며 신문, 목재, 잡동사니 등을 모조리 부수어 불을 붙이는 모습을 지켜봤다. 불씨가 타오르기 시작할 때, 위저우저우의 시선은 뜨거운 불꽃에 일그러진 공기를 뚫고 한 여자의 왜곡된 얼굴에 머물렀다. 자신과 비슷한 또래의 남자아이를 안은 그 여자는 마침내 세상 구석구석에 어둠을 전파해 득의양양한 마왕처럼 그렇게나 즐겁게 웃고 있었다.

위저우저우는 그들이 누군지 알았다. 아빠의 부인과 아들이었다.

이 얼마나 어색한 관계인가.

위저우저우는 돌연 몸을 돌려 이제 막 몇 걸음 지나쳐간 흔들리는 뒷모습을 바라보며 크지도 작지도 않은 목소리로 말했다. "살이 찌셨네요."

여자가 돌아봤다. 얼굴에 순간적으로 경악하는 빛이 스쳤지만, 위저우저우의 말에 담긴 뜻을 이해하지 못했는지 대꾸할 말을 찾지 못했다.

오히려 남자아이가 기세등등하게 자기 엄마 대신 맞받아쳤다. "너나 살쪘지!"

살상력이라고는 전혀 없는 말이었다. 위저우저우는 남자아이에게 눈길도 주지 않은 채, 그저 맑고 촉촉한 큰 눈으로 여자를 조용히 주시하며 말했다. "나 아줌마 기억해요."

이렇게 오랫동안 제자리에 서서 꼼짝도 하지 않는 이 이상한 세 사람을, 주변의 한가한 점원 몇 명이 다가와 구경하기 시작했다. 여자는 "흥" 하고 콧방귀를 끼더니 아들의 손을 잡고 성큼성큼 자리를 떠나며 한마디를 남겼다. "지 엄마랑 똑같구나. 커서도 천박한 년이 되겠지!"

위저우저우는 무표정한 얼굴로 그녀가 떠나는 모습을 지켜본 후, 주변의 호기심 어린 시선을 하나하나 맞받아쳤다. 그들 모두가 눈길을 돌릴 때까지.

엄마가 매대 점원 아가씨와 테스트 제품의 특징과 커미션, 증정 쿠폰 등에 대한 이야기를 마치고 뒤를 돌아보니, 위저우저우가 멀리서 천천히 걸어오고 있었다. 무표정한 얼굴에 눈빛이 활활 타오르는 게 마치 형장으로 달려가는 장제*같았다.

---

* 江姐, 중국의 혁명 열사.

"저우저우?" 엄마가 의심스러운 눈빛으로 그녀를 바라봤다.

위저우저우가 얌전하게 고개를 저었다. "아무것도 아냐. 이제 집에 가도 돼?"

그 이튿날은 토요일이었다. 저녁에는 온 가족이 나가서 해산물 식당에 룸을 잡고 돌아가신 외할아버지의 옛 동료 가족과 함께 식사를 했다. 위저우저우의 기분은 줄곧 어제의 우연한 만남에서 헤어 나오지 못했는지, 정확하게 말하자면 아무런 감정도 들지 않았다. 표정과 마찬가지로 기분은 그저 멍하기만 했다.

지루한 가족 모임에서 분위기가 썰렁해지면 아이들이 끌려 나와 재롱을 부리며 흥을 돋우는 법이었다. 이런 상황에서 어떻게 하느냐는 늘 아이들을 가장 골치 아프게 하는 문제였다. 줄곧 나서기를 좋아하는 위팅팅이 먼저 일어나 〈작디작은 소년〉을 신나게 불렀다. 청량한 아이 목소리가 룸 안에 가득 울려 퍼졌다. 위팅팅이 웃으며 엄마, 아빠에게 애교를 부리고 있을 때, 다른 집 손녀도 지지 않겠다는 듯 〈일곱 빛깔 빛〉, 〈작은 광주리〉를 연달아 불렀다. 전혀 힘들이지 않고도 위저우저우의 고막을 쩌렁쩌렁 울리는 걸 보면, 딱 봐도 성악을 배운 실력이었다.

당연히 어른들은 또 한바탕 칭찬을 늘어놓았다. 위팅팅의 엄마, 아빠는 예의를 차린답시고 진지하게 말했다. "역시 프로는 프로네요, 우리 팅팅보다 훨씬 잘 부르잖아요. 얘는 그냥 집에서 식구들이나 들어줄 정도고……."

어른들에게는 아무런 의미도 없는 인사치레였지만 아이의 귀에는 하늘이 무너지는 소리와도 같았다. 위팅팅은 벌떡 일어나 눈을 깜빡였지만, 상대방 꼬마 아가씨가 의기양양하게 무시하는 눈빛 앞에서는 뭐라 할 말이 없어서 다급한 와중에 손가락으로 위저우저우를 가리켰다. "그럼 애는요?!"

커다란 원형 식탁에 별안간 정적이 흘렀다. 스물두 명의 사람들은 서로의 얼굴만 쳐다보다가, 결국에는 엄마가 고개를 숙이고 슬쩍 물어봤다. "저우저우, 노래 부를래?"

여전히 허무함에 푹 빠져 있던 위저우저우는 별안간 정신이 번쩍 들어 얼른 고개를 저었다. "나 노래할 줄 몰라."

"한 곡 불러봐!" 위팅팅은 여전히 그녀를 놓아줄 생각이 없었다.

엄마가 웃으며 대신 사양했다. 그녀는 딸이 기분 나빠한다는 걸, 무척 기분 나빠한다는 걸 느낄 수 있었다. 그런데 프로 야역 스타의 엄마, 그러니까 식탁 앞에 앉아서도 한사코 선글라스를 벗지 않은 여자가 조롱 섞인 말투로 웃으며 말했다. "애들은 단련을 시켜야 해요. 사교성도 있어야 하고 대범하게 행동할 줄도 알아야죠. 엄마가 늘 품에 안고 보호할 순 없잖아요. 애를 그렇게 교육하면 안 돼요."

사람마다 각자 건드려서는 안 될 역린이 있다면, 위저우저우의 역린은 사랑하는 사람이었다. 사랑하는 사람이 남들에게 괴롭힘을 받거나 상처를 받아서는 안 되었다.

예를 들면 엄마라든지.

위저우저우는 벌떡 일어나 형장으로 달려가는 장제의 표정으로 주위를 둘러봤다. "네, 부를게요."

한 사람을 강하게 만드는 가장 좋은 방법은 그에게 보호하고 싶은 사람을 두는 것이다. 만화영화에서도 세이야가 코스모를 폭발시키는 건 매번 다 아테나와 동료들을 위해서이지 않았는가.

그러나 안타깝게도, 위저우저우는 만화영화나 영화 속 주인공처럼 막다른 길에 몰렸을 때 분연히 반격해 모두를 깜짝 놀라게 한 다음, 악당을 물리치고 정의를 수호할 수는 없었다.

그녀는 노래를 잘 못했다. 음정이 틀리진 않았지만, 맑고 영롱한 아이의 목소리를 기대한다면 솔직히 그저 그런 수준이었다. 화려하게 꾸며진 식당 룸 안에서 한 무리의 어른들을 앞에 두고 〈작디작은 소년〉을 부르는 건 아무래도 마음만으로는 역부족이었다.

다만, 최소한 위저우저우는 노래를 불렀다. 후렴 부분에서 하마터면 삑사리가 날 뻔했지만 말이다.

위저우저우가 가장 반감이 든 건 어른들의 마음에도 없는 칭찬이었다. 겉으로는 좋은 말을 하면서 암암리에 폄하하고, 활짝 웃으면서도 어딘가 억지스러워 보였다. 게다가 이런 억지스러움을 굳이 겉으로 드러내서 보는 사람이 알 수밖에 없게끔 했다.

그녀는 앉아서 고개를 숙이고 무심코 입꼬리를 끌어 올렸다. 그건 위저우저우 평생 처음으로 배운 비웃음이었다.

알고 보니, 어떤 보스들은 세이야가 아무리 열심히 코스모를 폭발시켜도 쓰러뜨릴 수 없었다.

위저우저우는 처음으로 자신의 작은 세계에서 신봉하는 준칙에 대해 의구심이 들었다.

그런데 위저우저우가 다시 고개를 들었을 때, 큰외삼촌네 차오 오빠가 자신을 향해 눈을 찡긋거렸다. 위저우저우는 어리둥절했지만 이내 웃어주었고, 차오 오빠는 그제야 안도의 한숨을 쉬었다. 차오 오빠가 왜 자신을 즐겁게 해주려고 노력하는 건지 이해가 되지 않았다. 오빠는 날 아주 귀찮아하지 않나?

"전 저우저우가 참 잘 부른 것 같아요." 차오 오빠가 큰소리로 말하며 묵은 식초로 버무린 해파리냉채를 집어 입으로 가져갔다. "요즘 누가 그렇게 목이 터져라 소리를 질러요, 고리타분하게."

식탁 분위기가 순간 얼어붙었다. 당황한 위링링은 저우저우와 위차오를 번갈아 흘끔거리며 속으로 이거 야단났다고, 위차오 오빠가 또 사고를 쳤다고 생각했다. 그런데 위차오가 더욱 사악하게 웃더니, 짐짓 모른 척 사람들을 둘러보며 어깨를 으쓱하는 것 아닌가. "제 말이 틀렸어요? 목청 높여 노래하면 얼마나 힘들겠어요."

말이 끝나기도 전에 위저우저우는 큰외삼촌이 '맨손으로 칼날 잡기' 기술로 오빠의 젓가락을 빼앗아 뒤통수를 후려치는 걸 봤다. "버르장머리 없이!"

"뭐가 버릇없다는 거예요?" 위차오는 소란을 피우려고 작정한 듯 벙글거리며 대꾸했다. "쟤네 둘은 칭찬해도 되고, 제가 저우저우를 칭찬하는 건 안 돼요? 저우저우, 오빠 말 들어. 쟤네들처럼 부르지 마, 목 다 상할라."

큰외삼촌은 머리끝까지 화가 났고, 식탁 위는 순식간에 아수라장이 되었다. 말리는 사람, 중재하는 사람, 불에 기름 붓는 사람……. 위저우저우는 이 혼란스러운 상황에서 위차오를 보며 웃었고, 위차오는 그녀에게 친근하게 눈을 찡긋해 보였다.

어른들이 가까스로 노력한 끝에 식사 자리는 어찌저찌 화목한 분위기를 회복했지만, 얼마 지나지 않아 파하고 말았다. 위저우저우는 외할머니가 줄곧 한쪽에 앉아 의미심장하게 웃으며 모두의 얼굴을 훑어보는 걸 눈치챘다. 뭘 관찰하는지 또는 뭘 기다리는지는 알 수 없었다. 모임이 파하자마자, 위차오는 재빨리 그의 아버지가 휘두르는 철사장*을 피하며 위저우저우 곁으로 도망쳐서는, 위저우저우의 엄마를 바라보며 환하게 웃었다. "작은고모, 오늘 밤에 아버지가 야간 당직을 서러 가신다는데, 우리 집에서 저우저우 자고 가

---

* 손을 무쇠처럼 단련하는 무공.

면 안 돼요? 같이 게임하면서 놀려고요."

위저우저우는 그가 무슨 꿍꿍이인지 도무지 짐작할 수 없었다. 왜 갑자기 이렇게 친근하게 굴면서 남매간의 정을 강조하는 걸까?

위저우저우는 목욕을 마치고 하얀 토끼 잠옷 차림으로 위차오의 침대에 앉았다. 그가 슈퍼 마리오와 함께 즐거운 밤을 보내려는 걸 보고 문득 생각나서 물었다. "차오 오빠, 오늘 무슨 약이라도 잘못 먹었어?"

위차오는 정지 버튼을 누르더니 쿠션을 집어 들어 대뜸 몸을 돌려 위저우저우에게 휘둘렀고, 위저우저우는 그 바람에 발라당 나자빠졌다. "쳇, 네가 뭘 알아?"

"그럼 왜 나한테 이렇게 잘해주는데? 게다가 같이 게임하자고 집에 부르기까지 하고."

"그건 우리 아빠가 가는 길에 날 때릴까 봐 널 끌어온 거야!"

"그럼…… 그럼 왜 나보고 노래 잘한다고 칭찬했어?"

"네가 노래를 잘해서가 아니라, 걔네 둘이 너무 못 들어주게 불러서 그런 거지……."

위저우저우는 담담하게 침대에서 뛰어내려 패미콤 전원을 뽑았다.

"야, 이 망할 계집애야, 죽고 싶어? 내가 스테이지 7까지 얼마나 힘들게 갔는데! 밥 먹으러 나갈 때도 아까워서 전원도 못 껐다고! 너너너…… 내가 가만 안 둔다!"

우당탕탕 추격전이 벌어졌다. 일곱 살 위저우저우가 어찌

열네 살 위차오의 적수가 될 수 있으랴. 그녀는 곧 목덜미를 잡혀 공중에 대롱거렸다.

"널 당장 밖으로 던져버릴까 보다!"

위저우저우가 "헤헤" 바보같이 웃으며 잔뜩 비굴한 표정으로 한참을 용서를 빈 끝에 위차오는 비로소 그녀를 놓아주었다.

"무슨 게임 할래?"

"콘트라(Contra)."

"할 줄 알아?"

"오빠가 할 줄 알면 되지."

그 말은 확실히 증명되었다. 위차오는 치사하게도 모든 무기를 최고 레벨로 맞춰놓고 각자 목숨 30개를 가지고 시작했다. 그렇지만 위저우저우의 수준은 위차오의 이를 갈게 만들기 충분했다. 스테이지 4, 두 사람은 동시에 위쪽으로 뛰어올라야 했다. 그런데 위저우저우는 서툴면서도 절대로 포기하지 않겠다는 의지로 계속해서 위차오의 발목을 잡았다. 결국 그는 울상을 지으며 애원했다. "저우저우, 제발 부탁인데 얼른 그 목숨 30개 다 써버려. 진짜로."

위저우저우는 더는 대들지 않고 말없이 바로 자신의 파란색 전사를 조종해 절벽 아래로 뛰어내리게 했다. 새로운 목숨 하나가 화면 위에 나타나자마자 다시 깔끔하게 절벽 아래로 뛰어내렸다.

곧, 남은 목숨이 깨끗이 사라졌다. 그런데 위차오는 게임을 계속하지 않고 정지 버튼을 누르더니 살짝 당황한 표정으로 물었다. "저우저우, 화났어?"

"아니."

위저우저우는 고개를 숙였지만, 눈물방울이 연청색 침대보 위로 뚝뚝 떨어지며 짙푸른 흔적을 남겼다. 화장품 매대 앞에서 잃어버렸던 감정이 이 순간 모조리 돌아왔는지, 그녀는 침대보 자락을 꽉 쥔 채 말없이 눈물만 흘렸다. 마치 제대로 잠기지 않은 수도꼭지처럼.

"내가 잘못했어, 응? 기다려봐, 나도 바로 자살할 테니까!" 위차오는 얼른 위저우저우가 했던 대로 자신의 목숨 30개를 모조리 절벽에 바쳤다. 화면에 'GAME OVER'라는 글자가 떠올랐다. 그는 귀한 보물을 바치듯 화면을 가리키며 말했다. "봐, 이번엔 우리 둘 다 깨끗하게 죽었지?"

위저우저우의 표정 습득 능력은 이날 일취월장해서 비웃음은 물론, 쓴웃음까지 배웠다.

자신이 그렇게나 무능력했기 때문이었다. 그녀는 허공에 있는 대마왕에게 사납게 무기를 휘두르고 가상의 세상에서 영웅 노릇만 할 줄 알았지, 진짜로 강한 상대 앞에서는 그들의 악독한 공격에 침묵할 수밖에 없었다. 설령 나선다 해도 오늘 저녁때 그랬던 것처럼 일을 더 엉망진창으로 만들 뿐이었고, 위험한 상황을 만회할 힘 따위는 없었다.

심지어 게임을 할 때도 남의 발목만 잡을 줄 알았다.

위저우저우는 자신의 무능함 때문에 우는 게 아니었다.

자신이 강한 척한 걸 견디기 힘들어서였다.

이제는 감히 그리그리 공작과 크리크리 자작을 마주할 수 없었다. 이렇게 우스운 꼬마 여왕을 그들은 그래도 받아줄 수 있을까?

4.
시간축 위 빨리 감기 버튼

위차오는 밤새 줄줄 새는 수도꼭지를 안고 잤다.

위저우저우가 그렇게나 잘 우는 줄은 전혀 몰랐다. 게다가 소리도 내지 않고 눈물만 줄줄 흘리는 건 애들이 짜증 내며 목 놓아 우는 것보다 더욱 그를 심란하게 했다.

"아이고 우리 아가씨, 내가 앞으로 평생 콘트라 게임은 절대로 안 할게. 그러니까 울지 마, 응?"

여름밤 선풍기가 윙윙 바람을 불어주었다. 위차오는 무척이나 유감스러웠다. 모처럼 이 붙임성 없는 꼬맹이가 맘에 들던 참이었다. 멍하면서도 꿍꿍이가 있고, 게다가 가장 중요한 건 어릴 적 자신처럼 귀여움을 받지 못하는 꼬맹이라는 거였다. 그야말로 운명의 순환 아닌가! …… 이 전도 유망한 후계자를 점찍어 놓고 이제 막 육성 계획을 시작했는데, 그까짓 여자의 눈물 때문에 그대로 꺾이고 말았다.

여자들이란! 절대로 나이로 여자를 무시하지 말지어다.

위차오가 세 살 때 그의 부모님은 이혼 도장을 찍었다. 원래는 '큰집 장손'으로서 귀여움을 받아야 했을 그는 엄마에 의해 외가로 보내져 친가 쪽 사람들과의 접촉이 일절 금지되었다. 외가의 여러 아이들 중 그는 이혼한 엄마 때문에 2등 시민으로 전락했다. 열한 살이 되어 이제 외할아버지, 외할머니와 정을 붙였나 싶었는데, 이번에는 엄마가 재혼을 하게 되었다. 처음에 죽기 살기로 아이 양육권을 쟁탈했던 위대한 어머니는 현실 앞에서 타협했고…… 그리하여 위차오는 다시 아빠네 집으로 보내졌다. 그리고 그제야 비로소 예전에 자신을 가장 아껴준 할아버지가 3년 전에 이미 돌아가셨다는 걸 알게 되었다.

위차오와 그 노동조합 위원장으로서 늘 바쁘고 조급하고 굳은 표정인 아버지는 마치 이제 막 인사를 나눈 낯선 사람과도 같았다.

열한 살과 마흔한 살.

갓 움을 틔운 사춘기와 막이 내리는 장년기의 조우.

3년의 시간은 거침없고 신속한 커플이라면 결혼해서 낳은 아이가 심부름을 다닐 정도로 클 시간이었다. 그러나 위차오 부자는 여전히 '그다지 친하지 않은 사이'였다.

품에 안긴 꼬맹이의 숨소리가 천천히 평온해졌다. 위차오는 생각했다. 얘가 열네 살이 되면 어떤 모습일까?

어쨌거나 나보다 못나지는 않겠지?

잠들기 전 위차오의 마음속에 약간의 미안함과 다정함이 있었다면, 이튿날 아침에 일어났을 때는 분통이 터져서 어젯밤의 감정을 모두 잊고 말았다. 여자는 정말로 귀찮은 존재였다.

그랬다, 그는 위저우저우의 머리를 빗겨주어야 했다. 가장 단순한 말총머리로 묶는 데만도 거의 30분을 낑낑거렸다. 위저우저우의 업신여기는 눈빛이 거울로 반사되어 그의 눈에 들어왔다. 아주 번뜩이면서도 적나라한 눈빛이었다. "만약 나중에 나한테 딸이 생기면," 위차오가 음흉하게 말했다. "머리카락이 자라는 즉시 목 졸라 죽여버릴 거야!"

위저우저우가 무척이나 진지하게 물었다. "오빠는 오빠랑 아이를 낳고 싶어 하는 사람이 있을 것 같아?"

……

위차오와 작별할 때, 위저우저우는 문득 좀 이해가 가지 않았다. 마음속에서 차오 오빠는 줄곧 모호한 이미지였다. 자신보다 일곱 살이나 많고 천안보다도 나이가 많은데, 하는 행동은 천안처럼 우아하고 진중하지가 않았다. 위저우저우가 봐온 차오 오빠는 자신에게 흉악한 표정을 짓거나 눈을 찡긋거렸고, 아니면 거칠고 우악스러운 말투로 "귀찮게 굴지 마"라고 말하거나, 그것도 아니면 사람들 앞에서 큰외삼촌에게 호통을 들었다. 차오 오빠는 바늘 하나 안 들어갈 것 같은 완고한 표정을 지으며 구석에 건들건들 서서, 타고

난 듯한 비웃는 표정으로 모두를 바라봤다. 마치 살아 있는 게 우스운 일인 것처럼 말이다.

그런데 지금, 차오 오빠는 엄마와 번번을 제외한 위저우저우의 세 번째 가족이 되었다.

세 번째 가족이란, 그녀가 그의 목숨을 위해서라면 '블루 워터'를 포기할 정도의 사람이었다.

시간은 늘 갑작스럽게 흘러갔다. 여름의 오후는 후덥지근하고 끈적끈적했지만, 당시에는 그렇게나 견디기 힘들었던 기나긴 오후가 막상 돌이켜 보니 위저우저우는 아리송하기만 했다. 자신은 대체 그 시간 동안 뭘 했던 걸까?

시간은 그렇게 흘러가 보이지 않았다.

위저우저우는 남은 시간 동안 공작과 자작을 거의 만나지 못했고, 아테나와 대마왕도 그녀의 세계에서 모습을 감추었다. 번번이 전에 없이 그리워졌다.

뒤를 돌아보면 네가 순수한 눈동자로 쭈뼛쭈뼛 날 바라보며 저우저우라고 부르는 걸 볼 수 있으면 좋겠어.

그래서 난 어지러울 때까지 계속해서 몸을 돌렸는데 넌 역시나 나타나지 않더라.

위저우저우는 슬픔에 잠겼다. 알고 보니, 이게 바로 그리움이었다.

여협 위저우저우가 전에 입은 몇 번의 타격에서 아직 회복되지 않은 와중에 8월은 어느새 끝자락에 다다랐다.

9월이 오면, 그녀는 새로 산 검정 책가방을 메고 학교에 가야 했다.

위저우저우는 외할머니와 위팅팅에게 손을 흔들곤, 고개도 돌리지 않고 학교 뒤 운동장의 교문을 지나 교정으로 성큼성큼 걸어 들어갔다.

분명 방금 외할머니에게 이끌려 아침 시장의 북적이는 인파 속을 누비고 다닐 땐 손바닥에 땀이 흥건했는데, 헤어진후 혼자가 되자 위저우저우는 오히려 두렵지 않았다. 입학당일에는 학교의 특별 규정에 따라 신입생 학부모는 자녀와함께 국기게양식에 참가할 수 있어서 많은 아이들이 엄마, 아빠 손에 이끌려 교문을 들어섰다. 그러나 외할머니가 같이 있어줄까 하고 물어봤을 때, 위저우저우는 다급하게 고개를 저었다.

외할머니는 심지어 그녀가 "제발 얼른얼른 가주세요"라고 눈으로 말하는 것도 볼 수 있었다.

그날의 식사 모임 이후 위저우저우에게는 후유증이 남았다.

바로, 아는 사람 앞에서만 긴장한다는 것이다. 이 '아는사람'의 범위에는 외할머니를 포함한 모든 친척 및 그들과관계 있는 죄다 비슷비슷하게 생긴 아저씨, 아주머니, 할아버지, 할머니가 해당되었다.

물론 직계 친족이 없을 경우 그들의 관계자들은 모두 낯선 사람에 해당했으므로, 그럴 때는 그들을 만나도 긴장하지 않았다.

이 후유증의 발현 조건은 설명하기가 무척 복잡했다. 간단히 말하자면, 위저우저우는 두려웠다. 자신이 중요한 순간에 친척들 앞에서 실수를 하고, 당황해서 주눅 들고, 능력이 달리는 것처럼 보일까 봐…….

그러나 위저우저우에게는 나름의 변명이 있었다.

자신은 그저 너무 착한 거였다. 가족들이 자신 때문에 쪽팔리고 난처해지는 걸 지나치게 두려워하지 않는다면, 가족들이 지나치게 기대했다가 실망하고 속상해하는 걸 크게 개의치 않는다면, 결코 긴장할 리 없었다.

당시 외할머니는 느긋하게 말했다. "사실 네가 착한 거랑 사람들 앞에서 실수하는 건 서로 모순된 게 아니야. 네가 설명한 건 원인이고, 난 결과를 말하는 거니까."

위저우저우는 몇 초간 멍하니 있다가 뻣뻣하게 웃으며 말했다. "어쨌거나…… 전 착하다고요."

외할머니는 눈썹을 치켜올리며 그녀를 한참 바라보다가 애써 웃음을 참으며 말했다. "그럼, 딱 보면 알지."

개학을 사흘 앞둔 저녁이었다. 날이 곧 어두워지려는데 혼자 밖으로 놀러나간 위저우저우는 아직 집으로 돌아오지 않았다. 외할머니는 위저우저우를 찾으러 밖으로 나갔다가, 평소에 화단 앞에 의자를 가져다놓고 함께 햇볕을 쬐던 할머니들이 둥그렇게 모여 앉아 있는 걸 봤다. 그 가운데에 자신의 어린 외손녀 위저우저우가 서서 고령의 팬들을 앞에 두고 감정을 듬뿍 실어 〈통쾌하게 해보자〉를 부르고 있었다. 관객들이 들쭉날쭉 박수를 치며 장단을 맞춰주는 소리에 흥분해서 얼굴이 온통 새빨개진 채였다.

"위씨 댁, 그 집 꼬마 외손녀가 정말 재간둥이네. 똑똑하지, 예쁘지, 거침없지, 노래는 또 얼마나 잘해……."

이 똑똑하고 예쁘고 거침없다는 외손녀는 그 전날 원로간부활동센터에서 열린 친목 만찬에서 자신을 앞에 두고 〈통쾌하게 해보자〉를 마치 초가을에 마지막으로 발악하는 모기 같은 목소리로 불렀었다. 엥엥엥, 엥엥엥, 노래를 하면서 부끄러움에 고개를 숙여 얼굴을 붉혔고, 왼쪽 발끝으로는 하염없이 바닥을 파고들었다. 마치 그 밑에 석유라도 묻혀 있는 것처럼.

외할머니는 위저우저우의 이런 공포증을 아는 것처럼, 그녀가 긴장할수록 더욱 무대 위로 밀어 올렸다.

위저우저우는 외할머니를 따라 집으로 올라가며 자신만만하게 말했다. "이, 이게 바로 제 진짜 실력이에요."

다만 어째서 그 진짜 실력이 착한 것과 공존할 수 없는지는 설명할 수 없었다.

오늘도 그랬다. 외할머니는 고개를 끄덕이며 위저우저우 혼자 교문 안으로 들어가도록 놓아준 후, 저우저우와 학년은 같지만 다른 반에 배정된 위팅팅은 직접 데려다주기로 했다.

고개를 드니 위저우저우가 가슴을 펴고 당당하게 걷는 뒷모습이 보였다. 말총머리가 발걸음 리듬에 맞춰 찰랑거렸고 깡마른 작은 몸에서는 '지금 다시 처음부터 정복하자'*와 같은 호방함이 풍겨 나왔다.

외할머니는 알지 못했다. 어젯밤 잠들기 전, 위저우저우는 문득 더는 이렇게 의기소침하게 지내면 안 된다는 걸 깨달았던 것이다. 〈바람과 함께 사라지다〉를 본 적은 없었지만, 그녀는 주먹을 꽉 쥐고 눈을 감고 이불 속에 누워 묵묵히 되뇌었다. 내일은 또 새로운 하루가 될 거라고.

위저우저우는 유치원도 다녀본 적이 없어서 사실 학교에 대해 아는 게 전혀 없었다. 다만 낯선 사람이 아주 많은 곳인 것 같았고, 그런 생각을 하니 흥분을 주체할 수 없었다.

이제 더는 친척이나 친구 집 아이가 춤추고 노래하고 재롱을 부려 환심을 살 때 구석에 웅크려 어눌하게 있는 바보 위저우저우가 아니었다.

오늘이 바로 새로운 하루였다.

위저우저우의 뜨거워진 가슴은 운동장 가득 북적이는 인파 속에서 차갑게 식어갔다. 자신이 어느 반으로 배정되었는지 잊어버린 것이다.

외할머니가 여러 번 말해줬는데, 왼쪽 귀로 들어가 오른쪽 귀로 흘러나가 버렸다. 위저우저우는 심장이 쿵 하고 내려앉으며 등에는 식은땀이 쫙 솟았다. 그녀는 곧장 몸을 돌

---

* 마오쩌둥의 시 「억진아·누산관(憶秦娥·婁山關)」에서 인용.

려 철문 쪽으로 내달렸다. 외할머니, 외할머니, 절대로 가면 안 돼요…….

나중에 위저우저우는 당시 상황을 회상할 때마다 누가 자신에게 그런 '전지적시점'을 줬는지 신기할 따름이었다. 그 기억은 마치 옆에서 모든 과정을 지켜본 것처럼 생생했다. 자신의 왼발이 운동장 아스팔트 길 위 작은 구덩이에 빠지면서 관성에 의해 상체가 앞으로 쏠렸고, 오른손에 들고 있던 그물주머니가 손을 벗어나 공중에 긴 포물선을 그리며 날아갔다…….

위저우저우는 그대로 바닥에 고꾸라졌다. 손바닥과 무릎이 먼저 바닥에 쓸리며 피부가 넓게 까졌고, 먼지가 잔뜩 묻은 상처에서는 피가 스며 나왔다. 그와 동시에 알루미늄 도시락과 오리 물병이 들어 있는 그물주머니가 "댕그렁" 하는 소리와 함께 누군가의 머리에 부딪혀 떨어졌다. 그녀는 그저 우당탕탕 하는 소리만 듣고 아마도 그물주머니가 터져서 점심 도시락이 온 바닥에 흩어졌을 거라고 생각했다.

한참을 참아도 여전히 코끝이 시큰거렸고, 입을 꾹 다물자마자 눈물이 바닥으로 뚝뚝 떨어졌다.

아팠다. 정말 아팠다.

누가 자신을 부축해 일으켰는지는 기억나지 않았지만, 어쨌거나 위저우저우는 온몸의 무게를 전부 그 사람에게 의지했다. 두 다리에 힘이 풀려 도저히 일어날 수 없었기 때문이었다.

눈물이 그렁그렁한 채 고개를 드니 정장 투피스와 검정 하이힐을 신은 아주머니가 복잡한 표정으로 자신을 바라보고 있었다. 짜증은 나는데 꼬마에게 화를 낼 수는 없어 꾹 눌러 참느라 괴로운 표정이었다.

위저우저우를 부축한 사람이 그녀의 머리 위쪽에서 온화하게 말했다. "꼬마야, 괜찮니?"

위저우저우에게 별안간 엄청난 두려움이 엄습했다. 진작에 주의했어야 하는 걸 이제야 알아차린 것이다. 5미터 앞 한 남자아이의 하얀 셔츠 등짝에 국물이 끼얹어져 있었고, 토마토계란볶음 냄새가 사방에 진동했다. 그리고 그 복잡한 표정의 아주머니는 티슈로 남자아이를 닦아주며, 사람으로 환생한 도깨비 같은 모양새의 위저우저우를 차디찬 눈빛으로 바라보고 있었다.

위저우저우는 세상이 무너지는 느낌이었다. 사람들의 눈빛 때문에 무의식적으로 고개를 숙이고 자신을 일으켜준 아저씨 뒤로 숨었다. 아저씨가 위로하듯 그녀의 어깨를 토닥이며 아주머니에게 말했다. "아이란, 양양 어디 안 다쳤지?"

"응, 그냥…… 참 낭패스럽네." 아주머니는 한숨을 쉬며 더는 위저우저우에게 책임을 따지지 않았다.

아저씨가 고개를 숙이고 위저우저우에게 조심스럽게 물었다. "몇 반이니? 이름이 뭐야? 국기게양식은 일단 참가하지 말자. 이따가 선생님 찾아서 양호실에 같이 데려다줄게.

피부가 까져서 소독하고 치료해야 해."

위저우저우가 눈물을 줄줄 흘리며 고개를 끄덕였다.

"바보야, 고개만 끄덕이면 어떡하니. 몇 반이냐니까?"

위저우저우는 아주 오랜 시간이 지난 후에도 그 상황을 떠올리면 여전히 얼굴이 화끈거렸다. 자신의 떨리는 목소리까지도 귓가에 선했다.

"저…… 잊어버렸……어요……."

그녀의 목소리를 들은 남자아이가 갑자기 뒤를 돌아보곤 멈칫하더니, 온몸에 토마토계란국물 냄새를 풍기며 달려들었다. 위저우저우는 생각했다. 망했어, 이젠 끝장이야, 얘가 나랑 결판을 내려나 봐…….

그런데 상대방은 그저 위저우저우의 옷깃을 꽉 쥐더니 이를 갈며 또박또박 말하는 게 아닌가.

"너, 다, 음, 날, 왜, 안, 왔, 어?!"

5.

도망칠 곳 없는

위저우저우는 린양네 집 소파에 앉아 린양의 엄마가 눈앞에 하얀 구급상자를 내려놓고 탈지면을 꺼내 작게 자르는 모습을 멍하니 바라봤다.

"고맙습니다, 아주머니." 그녀가 조그맣게 말했다.

"조금만 참아, 살짝 따가울 거야." 탈지면에 알코올을 묻혀 상처 위에 바를 때, 위저우저우는 마치 감전이라도 된 것처럼 머리카락 끝부터 발끝까지 부르르 떨었다.

"쌤통이다!"

하늘색 티셔츠로 갈아입은 린양이 거실 입구에 나타나서는, 왼쪽 손바닥과 무릎 위에 빨간약을 발라 잔뜩 꼴사나워진 위저우저우를 매섭게 노려봤다.

린양 아빠가 위저우저우에게 미안하다는 듯 웃더니 고개를 숙여 착 가라앉은 목소리로 엄하게 말했다. "린양, 그게 무슨 말이지? 어쩜 이렇게 예의가 없어?!"

위저우저우는 문득 이런 생각이 들었다. 만약 쌤통이라는 말을 한 사람이 차오 오빠였다면 진작에 큰외삼촌에게 한 대 맞고 쓰러져 피를 토했겠지? 이 아저씨는 참 상냥해. 마치…… 마치 천안처럼.

어쨌거나 자신의 주변 사람들과는 다른 세계에 속한 사람 같았다.

위저우저우는 문을 들어선 순간부터 그간 엄마가 가르친 대로 절대로 사방을 두리번거리지 않았지만, 린양의 집에 감도는 고급스러움은 느낄 수 있었다. 호화로운 천안의 집과는 달리 간결하고 시원스러운 스타일에, 공기 중에 떠다니는 향긋한 과일 향과 섬유유연제 향이 섞여 따스하고 아늑한 느낌이었다.

위저우저우는 상냥하고 우아한 린양의 아빠에게 미소를 지으며 얌전하게 말했다. "제가 잘못한 거예요. 죄송합니다."

한쪽에 서 있던 린양은 그 말을 듣고 눈이 튀어나올 뻔했다. 거짓말, 이 녀석 분명 내숭 떠는 거야!

그는 뭐라고 맞받아쳐야 할지 몰라 입술만 달싹거렸다. 그러나 위저우저우가 살짝 고개를 숙이고 하얀 나무 테이블 위에 놓인 머그컵을 보며 미소 짓는 모습을 보니, 홀연히 보드라운 깃털이 마음을 스치고 지나간 것 같은 느낌이 들었다.

됐어, 됐어. 이번엔 용서해주자.

그러나 린양은 전혀 몰랐다. 위저우저우가 탁자 위에 놓인 도날드 덕이 그려진 머그컵을 바라보며 속으로 계속 불만을 쏟아내고 있었다는 걸. 왜 애네 집은 이렇게 클까, 왜 애네 아빠는 이렇게 상냥하고 잘생기고 우아할까, 왜, 어째서, 무슨 이유로…….

위저우저우는 여전히 마음이 아팠다. '따스함'이라는 이름의 향기가 자꾸 그녀의 애써 침착한 척하는 신경을 습격하는 바람에 고개를 숙이고 머그컵을 바라봐야만 했다. 안 그러면 눈물이 나올 테니까.

그러니까 너야말로 쌤통이야. 내 도시락에 맞서서 쌤통이라고.

위저우저우는 자신이 잠시 하늘을 대신해 도를 행한 것뿐이라고 생각했다.

그들은 다시금 린양네 차를 타고 학교로 향했다. 린양 엄마는 조수석에 앉아 한숨을 내쉬었다. "이 난리를 피웠으니 국기게양식은 벌써 끝났겠구나."

위저우저우는 다시금 쭈뼛거리며 고개를 숙였다. "죄송합니다."

린양 엄마가 뒤를 돌아보며 웃었다. "괜찮아. 다리는 안 아프니?"

위저우저우는 고개를 저으며 눈물이 나올 뻔한 걸 참았다. 이렇게 한창 감정이 무르익고 있는데 갑자기 옆에 있던 린양이 그녀의 소매를 거칠게 잡아당겼다. 린양의 험상궂은 표정을 본 그녀가 의아해하고 있을 때, 그는 뜻밖에도 거칠게 한마디를 던질 뿐이었다. "난 국기게양식 따위는 참가할 생각도 없었어, 쳇."

어? 위저우저우는 멍하니 린양을 바라봤다.

운전을 하던 린양 아빠는 소리 없이 웃음을 지었다. 우리 집 귀염둥이 아들이 어쩌다 이렇게 어색해하는 거지? 다른 사람 위로를 하는 것도 이렇게나 어색하네.

그러나 린양 엄마는 미간을 찌푸리며 걱정스럽다는 듯 한숨을 내쉬었다.

아까 린양의 담임선생님과 인사를 나눴었다. 국기게양식에 참석하지 못한 건 그다지 큰일은 아니지만, 어쨌거나 개학 첫날이었으니 아쉽긴 했다. 원래는 꼬마 아가씨를 양호실로 데려다주고 얼른 린양을 집으로 데려가 옷을 갈아입힐 생각이었는데, 공교롭게도 양호 선생님이 아직 출근 전이었다. 그러자 그녀의 작은 어르신은 이 '갈 곳 없는' 꼬마 아가씨도 집으로 데려가서 약을 발라주자고 꽥꽥거렸다. 망설이지 않은 건 아니었다. 위저우저우의 부모가 곁에 없는 상황에서 무턱대고 아이를 데려가는 건 아무래도 부적절했기 때문이었다.

꼬마 아가씨 위저우저우는 딱 봐도 아주 예민하고 일찍 철이 든 아이였다. 그들이 고민하는 걸 눈치채곤 다친 건 괜찮다고, 약 바르는 건 급하지 않다고 다시 거듭 사과하더니, 그들에게 얼른 린양을 집으로 데려가 옷을 갈아입히시라고 권했다.

그런데 아들 녀석이 느닷없이 큰 소리로 외치는 것 아닌가. "너 또 도망가려고? 꿈도 꾸지 마. 네가 내 옷을 더럽혔으니까 넌 나한테 책임을 져야 해. 나랑 같이 집으로 가자!"

린양 엄마는 저도 모르게 다시 고개를 돌려 뒷좌석에서 자기 아들에게 괴롭힘을 당하는 꼬마 아가씨를 훑어보고는 어처구니가 없다는 듯 한숨을 쉬었다.

"참, 넌 몇 반이야?" 린양은 눈을 동그랗게 뜨고 기대하는 표정으로 물었다.

위저우저우는 말문이 막혔다. 잊어버렸다고 말하면 이 녀석에게 놀림거리가 되겠지? 그리하여 그녀는 성가시다는 표정으로 대꾸했다. "안 알려줄 거야."

린양이 음흉하게 웃었다. "하, 잊어버린 거지? 다 알아."

위저우저우는 작은 주먹을 불끈 쥐고 눈을 들어 앞좌석에 앉아 있는 린양의 부모님을 흘끔 보며 생각했다. 참자, 참자, 군자의 복수는 몇 년이 걸리더라도 늦지 않아.

"난 1반인데, 너도 1반이지?"

"아니."

"거짓말, 넌 네가 어느 반인지도 모르잖아."

"난…… 난 어쨌든 모르겠지만, 1반도 2반도 아니었다는 건 기억해."

린양은 입술을 깨물며 마치 전원 코드라도 뽑힌 것처럼 얌전히 앉아 아무 말도 하지 않았다.

린양의 집은 학교에서 무척 가까워 5분도 되지 않아 바로 학교 뒷문에 도착했다. 국기게양식은 아직 끝나지 않았다. 국기가 높이 걸리긴 했지만 학생과 선생님들은 뒤 운동장에 서서 도덕 주임의 연설을 듣고 있었고, 연설이 끝나면 주번 학생이 새로운 위생 규율 평가 기준을 발표할 차례였다.

교학 주임이 멀리서 그들을 보고 웃으며 다가왔다. 위저우저우는 태연히 한쪽에 서서 그들이 인사치레를 주고받는 걸 바라봤다. 린양 엄마가 대뜸 린양을 주임 선생님 앞으로 밀었고 그들은 하하호호 이야기를 나누었다. 보아 하니 주임 선생님이 린양을 잘 보살피겠다고 장담하는 것 같았다.

다들 아주 가식적이고 뻣뻣하게 웃고 있어, 위저우저우는 고개를 갸웃거리며 생각했다.

엄마는 웃는 얼굴이라는 건 항상 자신에게 쓸모 있는 사람에게만 보여주는 거라고 했다. 그러니까 주임 선생님이 저렇게 애써 웃는 걸 보면 린양의 부모님은 분명 아주 쓸모 있는 사람이겠지?

그러나 주임 선생님이 린양에게는 쓸모 있는 사람이 아니라는 건 확실했다. 왜냐하면 린양은 조금도 웃지 않았고 심지어 약간 짜증도 부렸기 때문이었다. 주임 선생님이 뒤를 돌아보며 외쳤다. "장 선생님, 자자, 이리 와봐요. 선생님 반 신입생이에요."

그리하여 또 다른 미소 짓는 가면이 바람처럼 다가왔다.

린양은 하필 이럴 때 위저우저우를 가리키며 고개를 들어 주임 선생님에게 말했다. "선생님, 얘는 몇 반이에요?"

주임 선생님은 그제야 위저우저우를 발견하곤 멈칫하더니 물었다. "얘, 넌 이름이 뭐니?"

"위저우저우요."

주임 선생님이 한숨을 내쉬더니 다시 몸을 돌렸다. "위 선생님, 선생님네 그 잃어버렸다던 학생이 여기 있네요!"

굉장히 난처해진 위저우저우는 짙은 회색 정장을 입은 젊은 여자가 자신에게로 걸어오는 걸 묵묵히 바라봤다. 그녀는 주임 선생님에게 고개를 끄덕이더니, 위저우저우가 상상했던 것처럼 자신의 손을 잡거나 쪼그리고 앉아 "꼬마야, 어쩌다 이렇게 다쳤니" 같은 말도 건네지 않았다……. 이 위 선생님은 뭘 물어보지도 웃지도 않고, 그저 담담하게 한마디만 건넸다. "따라오렴."

위저우저우는 그 뒤를 따라가려던 차에 곁눈질로 린양의 당황한 얼굴을 봤다. 어른들은 여전히 화기애애하게 웃음 지었고, 중간에 에워싸인 주인공은 고개를 돌려 그녀를 집요하게 바라보고 있었다. 위저우저우는 문득 마음이 말랑말랑해지는 걸 느꼈다. 모두가 자신을 공기 취급하고 있을 때, 오직 린양의 눈에는 자신뿐인 것만 같았다.

위저우저우는 고개를 들어 가장 얌전하고 귀여운 목소리로 물었다. "선생님, 저는 몇 반이에요? 죄송해요, 제가 잊어버렸거든요."

위 선생님의 냉랭한 얼굴에 약간의 웃음기가 떠오르더니 위저우저우를 흘끔 내려다봤다. "7반."

1학년 총 일곱 개 반에서 그는 머리에, 그녀는 꼬리에 있었다.

위저우저우는 얼른 고개를 돌렸다가, 린양이 어른들의 포위를 돌파할 기세로 '이놈의 요괴, 어딜 도망가!' 하는 다급한 표정을 짓는 걸 봤다. 위저우저우는 자신도 모르게 웃음을 터뜨리며 큰 소리로 말했다. "난 7반이야!"

그 맑은 목소리에 깜짝 놀란 어른들은 대화를 멈추고 약간 의아한 표정으로 일제히 그녀를 바라봤다.

위저우저우는 얼굴이 화끈 달아올라 고개를 돌리고 위 선생님의 발걸음을 쫓아 줄행랑을 쳤다.

등 뒤에서 기쁨이 섞였으면서도 여전히 툴툴거리는 고함 소리가 들려왔다. "하, 알겠어. 이번엔 어디로 도망치는지 볼 거야!"

그 시절 위저우저우는 린양의 기세등등한 말을 무척 하찮게 여겼다. 아마도 그때는 몰랐기 때문이었을 것이다. 운명으로 정해진 사람은 확실히 도망칠 곳이 없었다.

한 선생님이 다가와 주임 선생님과 담임인 장 선생님의 귓가에 몇 마디 하자, 두 사람은 린양의 부모님에게 웃으며 말했다. "잠시만 기다려주세요. 장 선생님 반에 일이 좀 있어서 가서 통화하고 다시 오겠습니다."

선생님들이 떠나자, 린양은 비로소 길게 안도의 한숨을 내쉬었다. 린양 아빠는 린양의 더부룩한 머리 위에 손을 올리고 웃으며 물었다. "그렇게 못 견딜 정도였어? 학교는 집이나 유치원에 다닐 때랑은 달라. 단정하고 예의 바르게 굴어야 해. 말 잘 듣고!"

린양은 고개를 끄덕였다. 별안간 등 뒤에서 날카롭고도 낮간지러운 목소리가 들렸다. "어머, 아이란. 내가 오늘 분명 마주칠 거라고 했잖아요."

린양은 속으로 울부짖었다. 맞은편에서 다가오는 두 여자는 하나는 링샹첸의 엄마였고, 다른 하나는 장찬의 엄마였다.

린양은 그 두 사람의 엄마가 가장 견디기 힘들었다.

"마침 장찬 엄마한테 물어보고 있었어요. 1반 대열을 앞에서부터 끝까지 몇 번을 살펴봐도 자기들을 못 찾겠더라구. 왜 이제 왔어요?" 두 여자와 린양의 엄마는 함께 모여 재잘재잘 떠들기 시작했다. 린양은 고개를 들었다가 아빠의 입가에도 살짝 경련이 이는 걸 봤다.

린양 엄마가 한숨을 쉬며 린양을 흘끔 봤다. "우리 집 귀한 아들이 글쎄 예쁜 꼬마 아가씨한테 치근덕거리지 뭐예요."

다른 두 엄마가 그 말을 듣고 웃음을 터뜨렸다. 깔깔깔, 호호호, 마치 알이 나오지 않아 꽥꽥 소리 지르는 암탉처럼. 그에게 사람을 물고 싶은 충동을 가장 유발시키는 웃음소리가 바로 이런 소리였다.

린양 엄마는 아침에 있었던 사건의 자초지종을 간단하게 설명했다. 링샹첸 엄마는 놀라서 입을 막았다. "누구네 집 애길래 그렇게 조심성이 없대요? 양양은 어디 다친 데 없죠? 어쩜 그렇게 천방지축이람!"

린양이 고개를 들어 그녀를 째려봤다. 무슨 상관이람?

장촨 엄마는 괴이쩍은 웃음을 지었다. "알아두세요. 남자애들은 다 이렇다니까요. 우리 장촨도 그래요. 예쁜 여자애만 보면 멈춰 서서 발을 안 뗀다니까요. 오늘은 얘한테 달라붙고, 내일은 쟤한테 달라붙고, 누가 예쁘다 싶으면 자꾸 달라붙으려고 해요."

세 엄마는 또 다 같이 수상쩍게 웃기 시작했다. 린양은 고개를 숙이고 조그맣게 툴툴거렸다. "쳇, 누가 장촨이랑 똑같다고!"

줄곧 침묵하던 아빠가 쪼그리고 앉아 린양에게 물었다. "방금 뭐라고 그랬어?"

린양은 아빠의 눈을 진지하게 바라보며 말했다. "난 장촨이랑 다르다고요."

"오? 뭐가 다른데?"

린양은 잠시 생각하다가 앳된 목소리로 지극히 엄숙하게 말했다. "남자라면 반드시 마음이 한결같아야죠."

린양 아빠는 크게 웃으며 그를 덥석 품에 안았다.

"그래, 우리 아들, 말 한번 잘했다."

6.
난 크리미 마미가 아냐

위저우저우는 나중에야 깨달았다. 세상에는 아무리 보잘
것없는 일이라도 저마다 돌아가는 이치가 있다는 걸. 예를
들면…… 자리 배치라든지.

뒤에서 두 번째 줄과 앞에서 두 번째 줄에는 큰 차이가 있
을까?

초등학생과 대학생의 대답은 다를 것이다.

위저우저우는 뒤에서 두 번째 줄에 앉아, 위 선생님이 아
까 키 순서대로 줄을 세울 때의 눈빛을 생각하며 고민에 빠
졌다. 분명 그 남자애는 그 여자애보다 훨씬 키가 컸는데도
앞에 섰다. 위저우저우는 고개를 돌려 가로로 보면 산맥이
고 옆에서 보면 봉우리가 된 줄을 호기심 어린 표정으로 바
라보다가 저도 모르게 웃음을 터뜨렸다.

그 결과로 얻은 건 위 선생님의 냉랭한 눈길이었다.

그녀는 얌전히 다시 고개를 집어넣었다. 엄마는 선생님을 화나게 하면 안 된다고 했다.

크고 나서야 알았다. 올림픽에는 VIP석과 일반석이 있고 호텔에는 프레지덴셜 스위트룸과 스탠다드룸이 있는 법이었기에 초등학교 교실에서 앞줄과 뒷줄에 도사리는 비리 같은 건 사실 딱히 신경 쓸 문제도 아니었다. 그러나 올림픽 관중석이든 호텔이든 극장이든, 그곳에서는 모두 적나라하게 등급이 나뉘어져 조금도 가식적이지 않은 반면, 위 선생님은 모두를 키 순서대로 줄을 세울 거라고, 자신은 공평하다고 말했다.

세상에서 가장 사람을 괴롭게 하는 건 우열의 구분이 아니라 남에게 속는 것이다.

하지만 이 모든 건 그녀가 돌이켜 봤을 때 비로소 깨달은 거였다. 그 시절 위저우저우는 눈앞에 하얀 필통을 똑바로 놓으며 온통 기쁜 마음으로 뒤에서 두 번째 줄 구석에 앉아 있었을 뿐이었다. 다친 무릎도 아프게 느껴지지 않았다.

다만…… 그들은 얼마나 오랫동안 이렇게 앉아 있어야 할까?

위저우저우가 학교에 가서 가장 먼저 배운 건 조용히 앉아 있는 거였다. 등을 똑바로 세우고 눈은 앞쪽을 바라본 채, 두 손은 등 뒤로 모아 왼손 손등을 오른손 손바닥에 붙여야 했다. 위 선생님이 강단 앞에서 뒤돌아 아이들에게 두 손을 어떻게 포개는지 시범을 보인 다음, 다시 돌아서서 말했다. "이제 우리 똑바로 앉아볼까요. 10분 후에 휴식할게요."

초등학교 3학년 때, 위저우저우는 국어 작문 시간에 이 광경을 어떻게 묘사해야 하는지를 배웠다.

"교실 안은 조용해서 바늘 하나 떨어지는 소리까지 똑똑히 들릴 정도였다."

위저우저우는 정말이지 선생님에게 묻고 싶었다. 우린 왜 앉아 있어야 해요? 우린 나눗셈을 배우면 안 되는 거예요? 위링링 언니가 공책에 끄적거리던 그 예쁜 부호 말예요.

그렇지만 위저우저우에게 이런 시간이 결코 견디기 힘든 건 아니었다. 그녀는 애써 정신을 집중해 위 선생님의 냉랭한 얼굴을 주시하면서 얼마 후 곧 딴생각에 빠져들었다.

눈 깜짝할 사이에 그녀는 절벽가에 서 있었고, 손바닥과 무릎은 모두 까져서 피가 줄줄 흘러내렸다. 눈앞에는 흉악하게 웃는 린양의 얼굴이 등장했다. "하하, 여협에게도 오늘 같은 날이 있군? 식골산*을 나한테 뿌리면 백성을 위해 화근을 없앨 수 있을 줄 알았나? 꿈 깨시지! 오늘은 나도 널 괴롭히지 않겠다. 네가 이 절벽 위에서 뛰어내리는 걸로 깔끔하게 끝내자!"

어떡하지? 위저우저우가 미간을 찌푸리며 고민하고 있을 때, 별안간 눈앞에 커다란 그림자가 드리워졌다. 얼른 고개

＊ 뼈를 침식하는 가루.

를 들어보니 위에서 위 선생님의 콧구멍이 자신을 내려다보고 있었다.

무슨 일이지? 위저우저우는 영문도 모른 채 고개를 들어 선생님을 바라봤다.

"너 왜 웃니?"

"네?"

위저우저우는 1인 2역을 하느라 무심결에 린양의 흉악한 웃음을 얼굴에 드러냈다는 걸 알지 못했다. 교실 가득 숨죽이며 엄숙한 표정으로 앉아 있던 아이들 중에 오직 위저우저우 혼자 생생한 얼굴을 하고 있어 특히나 눈에 띄었던 것이다.

위 선생님이 위저우저우를 흘겨보며 인상을 찌푸리자 주변에서 삽시간에 비난의 눈초리가 쏟아졌다. 선생님은 곧 신이었고, 선생님을 화나게 만드는 건 신에 대한 모독이었다. 위저우저우는 이제 죽은 목숨이었다.

10분간의 바르게 앉기 시간이 마침내 끝났다. 위저우저우는 책상에 엎드려 하품을 하며 고개를 돌려 짝꿍을 훑어봤다. 딱히 특징 없는 얼굴이었다. 크지도 작지도 않은 눈에 높지도 낮지도 않은 코, 까맣지도 희지도 않은 피부.

"넌 이름이 뭐야?"

"리샤오즈."

"난 위저우저우라고 해."

그런 다음 서로가 말이 없었다. 따분해진 위저우저우는 하얀 필통을 열었다 닫았다를 반복하며 철컥철컥 소리를 내다가 다시 입을 열었다. "정말 재미없어. 우린 왜 이렇게 앉아 있어야 하는 거야?"

리샤오즈의 얼굴에 마침내 표정이라고 할 만한 변화가 나타났다. "왜는 왜야, 너 유치원 다닐 때 뒷짐 지고 앉아본 적 없어?"

"난 유치원 안 다녔는데. 유치원에서는 다들 뒷짐 지고 앉아?"

"응, 선생님이 그렇게 앉아야 척추에 좋댔어. 그렇게 앉으면 척추가 휘지 않고, 우리도 규율을 지키는 습관을 기를 수 있대."

위저우저우가 리샤오즈를 바라보는 눈빛에 숭배의 빛이 더해졌다. "그렇구나……. 근데 척추가 뭐야?"

리샤오즈는 살짝 난처한 듯 고개를 숙였다. "…… 나도 몰라."

그건 어쨌거나 복잡한 전문용어였다. 게다가 리샤오즈는 척추를 '닭 기둥'*이라고 읽었다.

세 번째 '바른 자세로 10분 앉기' 시간이 끝나자, 위 선생님은 마침내 웃으며 말했다. "이제 수업을 마칠 시간이에요. 운동장이 작으니까, 여러분의 안전을 위해 고학년 학생들과

---

* 중국어로 '척추'와 발음은 같지만 성조는 다르다.

마주치지 않도록 고학년 수업이 시작될 때 우리는 수업을 마치는 거예요. 지금부터 문 쪽에 있는 분단부터 두 사람씩 짝을 지어 밖으로 나간 다음, 문 앞에 서서 선생님을 기다리세요. 말하면 안 되고 뛰어서도 안 돼요. 잘 알아들었죠?"

"네에에 —!"

말을 길게 늘여 빼지 않으면 죽기라도 하는 걸까? 위저우저우는 앳된 얼굴 가득 경멸하는 표정을 지으며 속으로는 정말 유치한 애들이라고 생각했다.

운동장에서 아이들은 멋대로 내달리지 않았다. 위 선생님은 모두에게 친하게 지내야 한다며 서로 자기소개를 하라고 했다. 그리하여 위저우저우는 솔선수범해 신나게 이리저리 오가며 아이들에게 인사를 건넸다. "난 위저우저우야. 넌 이름이 뭐야?"

그렇게 한 바퀴를 돌고 나니, 모두는 그 빨간 약을 바른 여자아이의 이름이 위저우저우라는 걸 기억했지만, 정작 위저우저우는 다른 아이들의 이름을 하나도 기억하지 못했다.

금방 또 시시해졌다. 학교 아이들은 대잡원 아이들처럼 활발하지 않았고, 다들 쭈뼛쭈뼛해서는 뭔가를 두려워하는 것 같았다. 위저우저우는 혼자 화단 옆에 앉아 다른 아이들에게서 등을 돌리고 자기만의 놀이를 시작했다.

그녀는 화단에 등을 기대고 환하게 웃으면서 머리카락을 가볍게 흔들며 아주 작은 소리로 외쳤다. "메리벨의 꽃의 마법, 변신!"

만화영화에서 긴 금발 머리와 미소가 매혹적이고 꽃의 마법이 특기인 메리벨은 위저우저우의 우상이기도 했다. 메리벨은 예쁘고 능력도 뛰어난 데다 엄마 마마벨, 아빠 파파벨, 할아버지 지지벨, 할머니 바바벨의 총애를 받았다. 그야말로 완벽한 생활이었다. 위저우저우는 변신이 가능하면서도 완벽하게 아름다운 캐릭터를 좋아했다. 만약 슈퍼맨이 팬티를 밖에 입지 않았더라면, 그리고 그 색상이 조화로웠다면 그녀는 분명 슈퍼맨도 좋아했을 것이다.

위저우저우가 아이스크림 막대를 주워 마법 지팡이처럼 휘두르고 있을 때 느닷없이 등 뒤에서 박수 소리가 들렸다.

그녀는 순간 들킨 줄 알고 얼굴이 빨개지기까지 했다.

그런데 뒤를 돌아보니, 운동장 곳곳에 뿔뿔이 흩어져 있던 어리바리한 아이들이 그녀가 있는 화단을 등진 곳에 옹기종기 모여 뭔가를 에워싸고 구경하고 있었다. 위저우저우는 자기 혼자만 덩그러니 밖에 서 있는 걸 깨닫고 난처해져서 얼른 박수 소리가 나는 쪽으로 달려갔다.

아이들 무리에 다가가기도 전에 누군가 시를 낭송하는 소리가 들렸다.

"가장 맑은 이슬 한 방울 채집해,
가장 화창한 아침 햇살 한 줄기 물고,
가장 따스한 바람 한 움큼 떠서,
가장 찬란한 노을 한 조각 집어드리고 싶어라.

하지만, 하지만,

이 모든 걸로도 내 마음 온전히 표현할 수 없네……."

위저우저우는 감정이 담뿍 실린 여자아이의 부드럽고도 낭랑한 목소리에 이끌려 넋을 잃은 듯 제자리에 그대로 멈춰 섰다.

…… 사랑 시일까? 동화 속 왕자가 공주에게 써주는 그런 거?

정말 아름다운 시야.

위저우저우가 여전히 황홀감에서 헤어 나오지 못하고 있을 때 마지막 한 구절을 낭송하는 소리가 들렸다.

"이런 날에 드릴 수 있는 가장 간단한 축복 한마디, 선생님, 고맙습니다."

…… 사랑 시가 아니었구나…….

다시금 우레와 같은 박수 소리가 울려 퍼졌다. 위저우저우가 무리 바깥에 다다랐을 때, 방금 그 부드럽고 아름다운 여자 목소리는 정상적인 어조로 돌아와 겸손하게 말하고 있었다. "이 시는 실은 작년에 지역 텔레비전 방송국에서 열린 '스승의 날 우수 교사 10인 표창식'에 참가할 때 쓴 멘트라 잘 기억나진 않아요."

"기억도 잘 안 난다면서 어쩜 이렇게 낭송을 잘하니? 그렇게 어린 나이에 방송국에서 하는 대형 행사를 진행한 거야? 아역 스타는 아역 스타구나, 정말 대단해."

지금 저 말을 하는 사람이 그 쌀쌀맞은 위 선생님인가? 목소리가 굉장히 부드럽다. 마치 상냥한 엄마 같아.

다들 학교에서는 선생님이 우리의 엄마 같은 존재라고 그랬지? 과연 틀린 말은 아니네.

위저우저우는 한쪽에서 자문자답을 하다가 문득 자기 옆에 서 있는 사람이 어눌한 리샤오즈라는 걸 깨달았다. 아까 반 아이들을 한 바퀴 돌며 자기소개를 했는데도 결국 자신이 아는 사람은 리샤오즈 한 명뿐이었다.

"리샤오즈, 방금 시 낭송한 애는 누구야?"

리샤오즈는 살짝 놀란 표정으로 물었다. "아, 너 쟤 몰라? 잔옌페이잖아, 꼬마 제비."

"꼬마 제비?"

리샤오즈는 더욱 놀랐다. "설마 너 〈빨간 모자〉 안 봐? 〈빨간 모자〉 진행자가 누군지 몰라?"

"진행자?" 위저우저우는 고개를 갸웃거리며 생각했다. "설마 빨간 모자랑 늑대야?"

만약 그 둘이 함께 프로그램을 진행한다면, 그게 바로 텔레비전에서 말하는 '하나 된 세상'이겠지…….

그런데 리샤오즈는 뜻밖에도 그녀를 흘겨보긴커녕, 아주 진지하게 말을 바로잡아 주었다. "늑대는 없어."

위저우저우는 나중에야 알았다. 잔옌페이, 예명은 '꼬마 제비'. 그리고 〈빨간 모자〉는 지역 방송국에서 가장 유명한 어린이 프로그램이자, 위저우저우가 치를 떨 정도로 싫어하는 프로그램이었다. 매주 화요일, 목요일 6시에 방송하며 만화영화 시간을 차지했기 때문이었다. 그래서 원래는 일주일에 일곱 편 방영될 수 있었던 만화영화가 〈빨간 모자〉 때문에 다섯 편으로 줄어들었다. 꼬마 제비는 그 프로그램의 세 진행자 중 하나이자, 나이가 가장 어린 아역 스타였다. 나머지 두 사람은 서른 살 여성이 가발을 쓰고 분장한 '외할머니'와 열한 살 여자아이가 분장한 '빨간 모자'였다.

과연 늑대는 없었다.

위저우저우는 그 프로그램에 전혀 호감이 없어서 한 번도 보지 않았고, 제목조차 제대로 기억하지 못했다. 그러니 잔엔페이가 얼마나 얼마나 유명한 아이인지 알 리가 없었다.

위 선생님이 일어나 이제 다시 교실로 돌아가 수업을 해야 한다며 모두에게 줄을 서라고 말했다. 모여 있던 아이들이 흩어진 틈을 타 위저우저우는 잔엔페이의 모습을 볼 수 있었다.

인형 같았다. 도자기 인형. 머리를 양쪽으로 땋아 내린 잔엔페이는 얼굴에 젖살이 통통했고 새카만 눈동자가 반짝거렸다. 연노랑 공주 치마를 입고 까만 가죽 구두를 신은 모습이 깔끔하고 우아해 영락없이 사랑스러운 마론인형 같았다.

위저우저우는 고개를 숙여 몸에 덕지덕지 발린 빨간약을 바라보며 입을 꾹 다물었다. 그제야 '꽃의 마법 지팡이'인 아이스크림 막대가 아직 손에 들려 있는 걸 깨닫고 얼른 손을 펴서 버린 후, 고개를 숙이고 대열 속으로 끼어들어 갔다.

교실로 돌아온 후에는 또다시 바른 자세로 앉아 있어야 했는데, 위 선생님은 이 시간을 틈타 학급 간부 명단을 발표했다.

잔옌페이가 반장. 쉬옌옌이 부반장. 이 밖에 각종 '위원'들과 눈 건강 체조를 담당하는 보건원 한 명과 소조장 네 명이 있었다.

당연히 위저우저우와는 상관없었다.

위 선생님은 나중에 다들 소년선봉대*에 가입하게 되면 중대장 직무도 생길 거라고 했다. 중대장은 학급에서 가장 높은 직위로, 아이들의 평소 태도를 근거로 선출될 예정이었다. 그리고 학급 간부들은 모두 임시직이었다. 맡은 일을 잘하면 최소한 계급장 한 줄에서 두 줄로 진급할 수 있지만, 잘못하면 바로 해임될 수 있었다. 선생님은 다들 학급 간부들에게 잘 협조해야 한다고 당부했다.

"다들 잘 이해했죠?"

"이— 해— 했— 어— 요!"

여전히 딴생각에 빠져 있던 위저우저우는 반 아이들이 말 끝을 길게 늘여· 빼며 대답하는 것에 아무런 논평도 하지 않았다.

---

* 중국공산주의청년단의 지도 감독을 받는 소년 조직, 약칭 '소선대'. 소속 대원은 붉은 스카프를 맨다.

그녀의 머릿속은 이름 하나로 꽉 차 있었다.

꼬마 제비.

두 번째 수업이 끝났을 때, 아이들은 더는 무리를 떠나 배회하는 어리바리한 거위 떼가 아니었다. 그들은 모두 잔옌페이 곁에 모여 그 애가 말해주는 방송국 이야기와 지역 연예계와 유명 개그맨에 관한 시시콜콜한 에피소드를 들었다……. 위저우저우는 끼어들지 못했다. 게다가 왠지 모르게 좀 울적해서 조금도 끼어들고 싶지 않았다. 그래서 리샤오즈와 함께 바깥으로 물러났지만, 호기심을 참을 수 없어 몰래 귀를 기울였다.

문득 예전에 번번이 해준 말이 떠올랐다.

그녀가 대단한 사람이 되길 바란다던.

위저우저우는 별안간 서글퍼졌다. 자신은 모두에게 자기소개를 했어도 그들이 자신을 기억하리란 보장이 없었다. 반면, 잔옌페이는 아무 말도 안 했는데 모두가 그 애 곁으로 모여들었다.

위저우저우는 고개를 들어 아득히 먼 하늘을 바라보며 속으로 말했다. 쟤네들은 아무것도 몰라, 위저우저우도 실은 아주 대단하다고. 잔옌페이는 변신하면 꼬마 제비가 되고, 위저우저우는 변신하면…….

여전히 위저우저우였다.

그녀는 터벅터벅 화단 옆으로 걸어가 걸터앉아서는, 작은 얼굴을 두 손으로 받친 채 고개 숙여 자신의 보라색 샌들을 바라봤다.

머릿속에 〈마법의 천사 크리미 마미〉가 변신할 때의 일련의 동작이 계속해서 반복 재생되었다. 변신 후 크리미 마미가 된 유우는 무대 위에서 멋진 노래를 부른다. 그녀는 눈부시게 빛나며 수없이 많은 팬들을 거느린다. 토시오가 좋아하는 것도 그런 크리미 마미였다.

위저우저우가 "난 크리미 마미야"라고 고독한 최면을 걸고 있을 때, 그녀는 자신이 어떤 확실한 즐거움을 잃어버렸다는 걸 전혀 의식하지 못했다. 게다가 크리미 마미는 아테나도, 여왕도, 여협도 아닌 그저 사람들의 시선을 끄는 평범한 사람이었는데, 이런 평범한 사람처럼 되고 싶다는 위저우저우의 갈망은 여신이 되는 것보다 훨씬 강했다.

갑자기 누군가 말총머리를 잡아당겼다. 눈을 떠보니 눈앞에 린양의 얼굴이 있었다.

"우리 반도 수업 끝났어. 네가 여기 혼자 앉아 있길래. 하, 혹시 아무도 널 상대해주지 않는 거야?"

…… 딱 걸렸네.

위저우저우는 그를 흘겨봤지만 속으로는 살짝 기뻤다. 마침내 아는 사람을 만났으니 아까처럼 외롭지 않을 수 있었다. 그녀가 그에게 무슨 말을 하려던 순간, 멀리서 남자아이들이 외쳤다. "린양, 빨리 와!"

반나절밖에 지나지 않았는데 린양에게는 같이 놀 새로운 친구들이 있었다. 위저우저우는 속으로 한숨을 내쉬었다. 문득 기운이 쭉 빠지는 것 같았다.

그래서 아주 나긋나긋하게 말했다. "친구들이 너 찾잖아. 얼른 가봐."

린양은 또다시 눈썹을 치켜올리더니 눈을 휘둥그렇게 떴다. '너 뭐 잘못 먹었어?' 하는 표정이었다. 그렇게 잠시 어리둥절해하다가 몸을 돌려 아이들에게 외쳤다. "너네 먼저 놀고 있어, 좀 이따 갈게!"

그러더니 위저우저우 곁에 앉아 고개를 갸우뚱하며 그녀를 바라봤다. "너 왜 그래? 다리 아직 아파?"

"안 아파."

"기분 안 좋아?"

위저우저우는 느릿느릿 한숨을 내쉬었다. "린양, 나 기분이 좋지 않아."

린양은 몹시 놀라 입을 쩍 벌리고 그녀를 바라봤다. 그는 줄곧 위저우저우가 다른 아이들과는 다르다고 느꼈다. 자신을 포함한 다른 아이들은 기분이 나쁘면 울거나 소란을 피우거나 바닥에 드러누워 데굴데굴 구르거나, 이것저것 요구하는 게 보통이었다. 절대로 어른들처럼 한숨을 내쉬며 "나 기분이 좋지 않아"라고 말하진 않았다.

"왜?" 그도 그녀 앞에서 진중해지기로 결심했다.

"나도 모르겠어."

그들은 어깨를 나란히 하고 앉아 똑같이 팔꿈치를 무릎 위에 대고 두 손으로 턱을 받친 채, 멍하니 앞을 주시하며 허공에 뜬 다리를 흔들었다.

"있잖아, 너 〈빨간 모자〉 본 적 있어?"

린양이 고개를 저었다. "그게 뭔데?"

위저우저우는 순간 살짝 즐거워졌다. 봐, 모든 사람이 〈빨간 모자〉를 본 건 아니라구.

"우리 반 반장이 〈빨간 모자〉 진행자야."

린양의 말투에는 변화가 없었다. "〈빨간 모자〉의 진행자라면…… 늑대야?"

그는 그녀가 자신을 흘겨보거나 욕을 할 줄 알았는데, 뜻밖에도 위저우저우는 그를 보며 웃고 있었다. 환한 웃음에 눈이 보기 좋게 휘었고 입꼬리가 올라간 게 마치 저녁 무렵 하늘에 걸린 초승달 같았다. 그는 살짝 어색해져 고개를 돌리며 헛기침을 했다. "반장이 뭐 대단하다고. 나도 우리 반 반장이거든!"

위저우저우는 그의 예상과 달리 빈정거리지 않고 오히려 무척 진심을 담아 말했다. "잘됐네. 반장 노릇 잘해. 우리 선생님이 그러는데 잘못하면 해임된댔어."

린양의 허영심이 단숨에 팽팽하게 부풀어 올랐다. 그는 자랑스럽게 가슴을 탕탕 치며 큰 소리로 말했다. "쳇, 해임? 난 앞으로 대대장이 될 거야! 대대장이 되면 교장선생님 빼고 다 내 말을 들어야 해!"

위저우저우가 눈을 가늘게 뜨며 웃었다. "응, 난 너 믿어."

린양은 개학 첫날을 평생 잊지 못할 것이다. 그날은 칙칙하고 흐린 날이었고, 지루하고 길었다. 하지만 그의 기억 속에서는 눈부시게 빛났다. 국기게양식 때 그렇게 많은 사람이 있었는데도 그녀의 도시락은 하필이면 그에게로 떨어졌다.

이게 바로 텔레비전에서 말하는 운명일까?

바람이 불어와 위저우저우의 머리카락이 흩날리며 그의 오른쪽 귓가를 간질였다. 린양은 무슨 말을 해야 할지 몰라 고개를 들고 음침한 회색 구름으로 시선을 던지곤, 멀리 날갯짓에 따라 울려 퍼지는 비둘기 호각* 소리를 들으며 위저우저우에게 가만히 말했다. "난 꼭 대대장이 될 거야."

아주 여러 해가 지난 후, 위저우저우는 어떤 로맨스 소설에서 세기의 영웅인 남자 주인공이 여자 주인공을 그윽하게 바라보며 말하는 대목을 봤다. "봐, 난 이 세상을 네 앞에 바칠 거야."

그러나 이런 세상과 미인에게는 영원히 좋은 결말이 있을 리 없었다.

7.

Lonely Walk

그날 저녁, 집에서의 식사 시간은 위팅팅의 단독 무대가 되었다.

위팅팅은 반 문예위원이 되었다.

"우리 반 반장은 린양이고, 부반장은 링샹첸이에요. 학습 위원은 장밍, 생활위원은 쉬자디, 체육위원은……." 위팅팅은 단숨에 우다다 쏟아내더니 입안에 든 단콩을 삼키며 이야기를 계속했다. "문예위원은 나예요! 음, 그리고 소조장 같은 것도 있는데 누군지는 기억이 안 나요."

말단 간부는 역시나 주목받지 못했다.

그러나 위저우저우는 위팅팅보다 더 나을 게 없었다. 기억하는 간부라곤 꼬마 제비 한 명뿐이었으니 말이다.

"장 선생님이 그러는데, 내일부터는 펜 잡는 자세랑 앉는 자세를 배울 거래요. 그런 건 유치원에서 다 배웠는데."

"장 선생님이 그러는데, 우리 1반은 전체 학년에서 가장 좋은 학급이래요."

"장 선생님이 그러는데, 1학년 애들은 혼자서 아래층 매점에 가서 사 먹으면 안 된대요."

"장 선생님이 그러는데, 복도에서 뛰고 시끄럽게 굴면 주번한테 잡혀서 학급 점수가 깎이고 혼날 거래요."

"장 선생님이 그러는데……."

아버지가 야간 당직 때문에 식사를 준비할 시간이 없어서 할머니네로 와서 밥을 얻어먹고 있던 위차오는 별안간 젓가락을 내려놓고 크게 웃음을 터뜨렸다. 위팅팅은 자신의 말을 뚝 끊어버린 데 화가 나서 눈을 부라렸지만, 위팅팅과 위링링 모두 이 괴상한 차오 오빠를 몹시나 무서워했기 때문에 평소에 쉬지 않고 나불거리던 작은 입을 퉁명스럽게 꾹 다물고 아무 말도 하지 않았다.

"있지, 선생님이란 건 말야……." 위차오가 웃다가 껙껙거리며 말했다.

"위차오! 입 다물어!" 큰외삼촌이 잽싸게 꿀밤을 먹였다.

위차오는 머리를 감싼 채 벽시계를 바라봤다. "아빠, 이제 가셔야죠. 이러다 지각하시겠어요."

"내가 가면 네가 마음껏 헛소리를 늘어놓을 수 있다는 거지?"

"아빠가 안 가셔도 전 계속 헛소리를 하고 있잖아요? 중요한 건, 아빠는 제가 무슨 말만 하면 다 헛소리라고 생각하신다는 거예요."

"요 쥐방울만 한 녀석이!"

위저우저우는 그릇을 쥔 채 고개 숙여 몰래 웃었다. 외할머니가 헛기침을 하자 식탁 위는 다시금 조용해졌고, 젓가락이 그릇에 부딪히는 소리만 들렸다.

"저우저우, 오늘은 어땠니? …… 다리 다친 거 말고." 외할머니가 말을 마치자마자 위차오가 위저우저우에게 익살맞은 표정을 지어 보였다.

"음, 아주 좋았어요." 위저우저우는 고개를 끄덕이며 젓가락으로 장조림을 집었다. "…… 모든 게…… 다 좋았어요."

위팅팅은 눈썹을 치켜올리며 웃는 듯 마는 듯한 표정으로 말했다. "난 네가 어쩌다 넘어졌는지 알아. 할머니한테 사실대로 얘기하지 않았잖아. 점심때 밥 못 먹었지? 왜냐하면 네가 도시락으로 우리 반 반장을 내려쳤으니까!"

위저우저우는 가슴이 철렁했다. 외할머니에게는 운동장에서 놀다가 넘어져서 다리를 다쳤다고만 말하고 린양의 일은 언급하지 않았다. 그녀가 안절부절못하고 있을 때 갑자기 위차오의 환호성이 들렸다.

"역시 내가 사람을 제대로 봤어. 과연 내 후계자야. 나도 개학 첫날엔 너처럼 용감하지 않았는데, 반장을 후려쳤다고? 짱이다! 악덕 지주를 때려잡아 혁명을 하고 싶어? 선배로서 내가 경험을 전수해줄게!"

위저우저우는 불난 집에 신이 나서 기름 붓는 위차오를 매섭게 쩨려보며 말없이 우걱우걱 밥을 몇 술 떠먹었다.

외할머니의 젓가락질이 멈췄다. "대체 어떻게 된 거니? 사람을 쳐서 다치게 한 거야?"

위저우저우가 고개를 젓기도 전에 위팅팅의 분개한 목소리가 들렸다. "그렇다니까요, 아주 정확하게 후려쳤어요! 제가 직접 본 건 아닌데 같은 반 애한테 들으니까, 반장이 애한테 맞아서 집으로 돌아가 치료를 받느라 국기게양식에도 참가하지 못했대요! 우리 반 반장은⋯⋯."

"걔는 아무렇지도 않은데 네가 왜 안달해?"

위저우저우의 가벼운 한마디는 위팅팅 입에 만두를 통째로 욱여넣은 것 같은 효과가 있었다. 위팅팅은 중간에 끊긴 말을 어떻게 다시 이어야 할지 몰라 입을 벌리고 한참을 멍하니 있다가 하는 수 없이 고개를 돌려 외할머니를 바라봤다.

"정말 괜찮겠니? 너희 선생님과 얘기해봐야 하지 않겠어?" 외할머니는 시종일관 눈을 내리깔고 밥을 먹었고 목소리에도 기복이 없었다.

"괜찮아요." 위저우저우는 텔레비전에 나오는 배우처럼 아주 덤덤하게 말했다. "다 지나간 일인걸요."

저녁 8시, 위저우저우가 작은 침대 위에 앉아 새로 받아온 국어책을 넘겨 보고 있는데 초인종이 울렸다.

최근 엄마는 계속 아주 늦게야 집으로 돌아왔다. 판매 담당자인 엄마는 늘 위저우저우에게 저녁에 접대가 있다며 집에 와서 밥을 먹을 수 없다고 했다. 위저우저우는 어째서 어른들은 밥 한 끼 먹는데 그렇게 오래 걸리는 건지 이해가 가지 않았지만, 엄마가 아주아주 힘들게 고생한다는 건 알았다.

"저우저우, 오늘은 어떻게 보냈니? 너 손이 왜 그래? 무릎도 까졌네? 왜, 넘어졌어?"

위저우저우는 솔직하게 말하기로 결심했다. "음, 내가 위팅팅네 반장을 후려쳤어."

마치 "오늘은 숙제 없어"라고 말하는 것처럼 평온한 말투였다.

기껏해야 린양을 후려친 것뿐인데, 어째서 엄마를 포함해 다들 이 이야기를 들으면 당황하는 걸까? 린양이 맞아서 바보가 된 것도 아닌데 — 원래부터 바보였다.

간단한 대화가 오간 후에야 엄마는 비로소 안심하곤 미간을 찌푸리며 앞으로는 침착하게 굴라고, 맨날 허둥지둥 사방을 뛰어다니지 말라고 타일렀다. 위저우저우는 신이 나서 새 교과서 한 무더기를 엄마 앞으로 내밀었다. "엄마, 선생님이 이것들 다 책 커버로 싸야 한대. 알록달록한 종이는 안 되고, 반드시 흰 종이로!"

초등학교 선생님은 언제나 엉뚱한 규칙을 한 무더기 정해 놓곤 했다.

엄마는 한숨을 쉬더니 웃으며 말했다. "그래, 그럼 우리 지금 책 커버를 싸자."

작은 방의 포근한 주황색 등불 아래, 위저우저우는 책상 옆에서 엄마가 하는 걸 지켜봤다. 수학 교과서를 새하얀 달력 종이 뒷면에 놓고 위치를 맞춘 다음, 연필로 조그맣게 표시를 해서 크기에 맞게 종이를 자르고, 눌러 접힌 자국을 내고……. 엄마가 고개를 숙일 때 잔머리 몇 가닥이 흘러내리며 옆얼굴이 머리카락 뒤쪽에서 우아한 곡선을 드러냈다. 입술을 살짝 다문 엄마의 세련된 화장과 그림같이 예쁜 얼굴, 위저우저우는 보다가 넋을 잃었다.

엄마는 이렇게나 아름다웠다.

위저우저우는 그 순간 책 커버 씌우는 걸 사랑하게 됐다. 고등학생이 됐을 때는 아무도 학생들에게 새하얀 책 커버를 씌우라고 시키지 않았다. 심지어 문구점에 가면 다양한 규격의 화려한 애니메이션 비닐 커버를 고를 수 있었다. 그런데도 그녀는 여전히 엄마가 하던 대로 정성스레 직접 달력 종이나 크라프트지, 제도지에 책 크기에 맞게 접힌 자국을 내면서 거울을 옆에 두고 앞머리를 살짝 늘어뜨리며 수시로 거울을 비춰봤다. 혹시라도 엄마와 닮은 모습이 있나 싶어서였다.

그 시절 그녀는 다양한 방식으로 그리워하는 법을 배웠는데, 이건 단지 그중 하나일 뿐이었다.

위저우저우의 초등학교 생활은 이렇게 서막을 올렸다. 아침에 전교생은 운동장에 학급 순서대로 줄을 서서 일렬로 교실에 들어갔다. 월요일에는 국기게양식을 하고 나머지 나흘간은 7시 20분부터 '붉은 스카프' 라디오 방송국에서 정규 교내 방송을 했다. 8시에는 정식으로 수업이 시작되었다. 수업은 45분, 쉬는 시간은 10분이었다. 오전 4교시, 오후 4교시, 오후 4시 15분에는 모든 수업이 끝났다. 당번을 제외한 나머지 학생들은 운동장에 다시 줄을 서서 체육위원과 담임 선생님을 따라 교문까지 걸어간 후 해산했다.

물론 이렇게 간단한 것만은 아니었다.

초등학생의 생활은 정말이지 단조롭고 지루했다. 이런 단조로움을 피하기 위해 선생님들은 흥밋거리를 찾아야 한다는 공감대를 이루었다. 백 년 전 청나라 황실 유모들처럼, 그들이 가장 좋아하는 일은 규칙을 정하는 거였다.

예를 들어 아침에 줄을 설 때는 반장들이 대열 안을 왔다 갔다 하며 순시를 했다. 고개를 돌려 속삭이는 건 용납되지 않았고, 아무리 귀가 간지러워도 손을 뻗어 긁으면 똑같이 혼이 났다. 때로는 반장이 대열에서 끄집어내서 맨 뒤로 보낼 때도 있었다. 그건 위저우저우 같은 평민들이 가장 두려워하는 상황이었다. 왜냐하면 이렇게 따로 줄을 선 아이는 선생님에게 일러바쳐져 비참한 말로를 겪게 되기 때문이었다.

편리하고도 보기 좋게 입장할 수 있도록 교실은 사형*으로 배열되어 있었다. 그래서 위저우저우가 있는 7반은 린양

---

* 蛇形, 시작점에서 반대편까지 갔다가 다시 돌아오는, 뱀처럼 구불구불한 형태.

과 위팅팅이 있는 1반과 죽어라고 붙어 있었다. 위저우저우는 매일 린양이 누구 하나 잡을 표정으로 득의양양하게 1반 대열을 돌며 순시하는 모습을 볼 수 있었다. 위저우저우는 감히 고개를 돌려 바라보지는 못하고 그저 곁눈질로 그가 눈앞에 왔다 갔다 하는 걸 볼 뿐이었지만, 사실 린양이 그러는 건 순전히 그녀에게 일부러 보여주기 위해서였다는 건 전혀 알지 못했다.

1반과 7반은 일주일에 두 번 있는 체육수업도 같은 시간에 배정되었다. 위저우저우는 어느덧 반 친구들과 친해져서 같이 고무줄을 넘거나 '양쪽 성'과 '진짜 지뢰 가짜 지뢰' 놀이를 하면서 운동장을 제멋대로 달렸다. 물론 때로는 고학년 학생들이 찬 축구공에 맞거나 달리다가 혼자 넘어져서 살이 까지기도 했다. 그런데 위저우저우를 가장 곤혹스럽게 한 건, 분명 린양은 남자아이들과 플라스틱 보검을 들고 각종 우스꽝스러운 필살기를 펼치며 신나게 놀고 있었는데, 매번 위저우저우가 쪽팔린 순간마다 — 예를 들면 '진짜 지뢰 가짜 지뢰'를 할 때 잡힌다든가, 고무줄놀이를 할 때 뛰는 박자를 틀렸다거나, '양쪽 성'을 할 때 반대 방향으로 달렸거나 할 때 — 멀지 않은 곳에서 린양의 하하하하 비웃는 웃음소리가 들린다는 거였다.

간혹 위팅팅을 마주치기도 했지만, 위팅팅은 한 번도 위저우저우를 아는 척하지 않았다. 마치 서로 모르는 사이처럼.

여학생은 참으로 신기한 동물이다.

자연스럽게 학교는 거대한 후궁들의 처소가 되었다. 마치 천성적으로 타고난 것처럼, 모든 초등학생들은 총애 다투는 법을 배웠다.

선생님이 누구에게 웃어주면 다른 아이들은 무척 부러워했다. 매일 하교 시간이 되면 담임선생님은 그날 하루를 종합적으로 평가했다. 혼이 난 아이들은 무척이나 괴로워했고, 칭찬을 받은 아이들은 교문 앞에서 해산하자마자 곧장 엄마, 아빠의 품으로 뛰어들어 의기양양하게 자랑을 늘어놓았다. 재미있는 건, 위저우저우와 리샤오즈는 마치 투명인간이라도 된 것처럼 한 번도 혼나거나 칭찬을 받은 적이 없다는 것이다. 바른 자세로 앉는 시간에 위저우저우가 아무리 허리를 곧게 펴고 앉아 있어도 칭찬받는 사람은 늘 정해져 있었다. 잔옌페이, 쉬옌옌, 천쉐잉……

위저우저우의 인생에는 새로운 목표가 생겼다. 바로 칭찬 게시판.

칭찬을 받으면 빨간 꽃, 잘못을 하면 검은 꽃을 붙이는 칭찬 게시판에 위저우저우의 칸은 여전히 0송이, 빨간 꽃도 검은 꽃도 모두 0송이였다. 위저우저우와 리샤오즈의 칸은 마치 기준선이라도 된 것처럼 슬픈 공백으로 남아 있었다.

마침내 개학 후 두 번째 주 수요일, 위저우저우는 저녁 식사 후 정중하게 외할머니에게 말했다. "외할머니, 앞으로는 저 혼자 집에 올래요."

외할머니의 수액 치료가 끝나자 의사는 매일 꾸준히 산책을 하라고 당부했고, 그래서 외할머니는 매일 아침저녁으로 위저우저우와 위팅팅의 등하교를 맡게 되었다. 사대 부속초등학교는 집에서 무척 가까워서 15분 정도밖에 걸리지 않았다. 게다가 큰길을 건널 필요도 없이 골목길과 건물 사이를 가로질러 가면 바로 집에 도착했다. 외할머니는 잠시 생각하다가 위저우저우의 머리를 쓰다듬었다. "하지만 할머니는 팅팅을 데려다줘야 하는데. 너희 둘이 같이 가면 훨씬 편하지 않니?"

"그치만 전 혼자 가고 싶어요."

외할머니가 눈썹을 치켜올리며 웃었다. "저우저우, 넌 팅팅을 좋아하지 않는구나, 그렇지?"

그랬다. 위팅팅은 가는 길 내내 참새처럼 쉬지 않고 반에서 있었던 일을 재잘거렸다. 장 선생님 이야기부터 린양, 빨간 꽃과 검은 꽃, 누가 칭찬받고 누가 혼난 것까지……. 위저우저우는 듣고 싶지 않았다. 조금도 듣고 싶지 않았다.

질투 때문인지는 확실하지 않았다. 위팅팅은 1반 칭찬 게시판에서 5등이었고, 집으로 가는 길에 하루도 빼놓지 않고 물었다. "위저우저우, 넌 오늘 빨간 꽃 받았어?"

무슨 상관이야? 거짓말을 하고 싶지 않은 위저우저우는 고개를 저을 수밖에 없었다. 위팅팅은 신나게 물어보고는 외할머니 손을 힘차게 흔들었다. 마치 외할머니가 손녀와 외손녀의 차이에 대해 뭐라고 말을 해줬으면 하는 눈치였다. 다행히 외할머니는 그럴 때마다 말없이 웃을 뿐이었다.

그러나 위저우저우는 외할머니에게 "싫어요"라고 말하고 싶지는 않아서 진지하게 변명을 늘어놓았다. "저희 반 위 선생님이 자립심을 키워야 한댔어요. 집이 멀지 않으면 부모님이 데려다주지 않는 편이 좋다고요."

위저우저우는 자신이 설마 진짜로 차오 오빠의 후계자인가 하고 생각했다. 입만 벌리면 말도 안 되는 소리를 늘어놓으니 말이다.

외할머니는 잠깐 생각하다가 웃으며 허락해주었다.

그래도 위저우저우가 홀로 집을 나선 첫날, 외할머니는 위팅팅의 손을 잡고 멀리서 소리 없이 위저우저우를 뒤따라갔고 걱정할 것 없다는 걸 확인한 후에야 비로소 마음을 놓았다.

위저우저우의 인생은 혼자 다니면서 조금씩 나아지기 시작했다. 낮 동안 학교에서 억누르고 있던 생각을 짧은 15분의 여정 동안 모조리 방출할 수 있었던 것이다. 머릿속 악당보스의 얼굴은 어느새 거만하게 우쭐거리는 부반장 쉬옌옌의 얼굴로 바뀌었고, 위저우저우는 꼬마 제비보다 더 눈부신 꼬마 스타로 변신해 쉬옌옌의 방자한 기세를 모조리 없애버렸다.

아큐정신*은 중화 민족의 본능으로, 위저우저우처럼 어릴 때부터 다잡아야 한다.

텔레비전에서는 새로운 만화영화 〈로빈훗의 대모험〉이 방영되기 시작했다. 위저우저우는 이 만화영화의 가볍게 듣기 좋은 오프닝곡을 무척 좋아했다. 일본어와 영어가 섞여 있긴 했지만 말이다.

"Lonely Walk, Lonely Walk……."

중학교에 다니는 차오 오빠는 영어를 할 줄 알았다. 오빠는 그 두 단어의 뜻이 '쓸쓸한 발걸음'이라고 했다.

아니, 조금도 쓸쓸하지 않았다.

그러나 위저우저우의 그 즐거운 쓸쓸한 여정은 딱 일주일 만에 끝나고 말았다.

그 사건은 악몽의 화요일에 벌어졌다…….

---

* 루쉰의 소설 『아큐정전(阿Q正傳)』에서 주인공 아큐가 모욕을 극복하기 위해 생각해낸 '정신승리법'.

8.

악몽의 화요일

사실 그 화요일은 날씨부터 이상했다. 위저우저우는 나가기 전에 을씨년스러운 하늘을 보고 자신의 조그마한 빨간 우산을 챙겼다. 나중에 날씨는 맑아졌지만, 그녀의 세계에는 장대비가 억수같이 쏟아졌다.

오늘은 첫 시험 성적이 발표되는 날이었다. 학교 입학 후 처음으로 치른 병음자모 시험이었고, 위저우저우는 시험을 꽤 잘 봤다고 생각했다. 마음속으로는 약간 불안하긴 했지만, 그래도 이번 시험으로 칭찬 게시판의 0송이는 벗어날 수 있을 거라고 믿었다.

40점. 새빨갛게 쓰여 있는 40점.

그리고 여섯 개의 커다란 가위표와 정답이라는 두 개의 체크 표시.

별안간 얼얼한 느낌이 뒷목부터 뒤통수까지 타고 올라왔

다. 반에서 100점을 받지 못한 사람은 고작 열 명뿐이었고, 그중에서 위저우저우의 점수는 뒤에서 두 번째였다. 위저우저우는 느릿느릿 앞으로 나가 위 선생님의 손에서 시험지와 눈총을 받은 후 몸을 돌려 고개를 숙이고 자리로 돌아가다가, 같은 책상에 나란히 앉은 쉬옌옌과 잔옌페이의 눈빛을 무심결에 보고 말았다.

쉬옌옌이 눈썹을 치켜올리고 입꼬리를 올리며 비웃고 있었다. 위저우저우의 뒷덜미가 더욱 얼얼해졌다. 그러나 그녀를 가장 괴롭게 한 건 쉬옌옌의 무차별적인 무시가 아니라 바로 잔옌페이의 눈빛이었다. 그 까맣고 예쁜 눈에는 웃음기 없이 선의에서 우러난 동정심이 담겨 있었다.

만화영화에서 주인공 얼굴에 종종 떠오르는 연민과 선의였다.

날 그렇게 보지 말아줘, 제발. 위저우저우는 고개를 돌리고 걸음을 재촉해 자리에 앉아서는 창밖을 바라보며 리샤오즈의 시선을 피했다.

위저우저우는 처음 병음자모를 배울 때 칠판에 적힌 운모*를 가리키며 곤혹스럽다는 듯 리샤오즈에게 물어봤다. "저건 뭐야? 우린 왜 한자를 안 배우고 저런 부호를 배워?"

위저우저우는 자신이 하는 많은 질문이 아주 바보 같다는 걸 알았기에 리샤오즈에게만 물었지만, 리샤오즈는 한 번도

---

* 韻母, 모음 역할을 하는 로마자.

'왜'라는 질문에 걸맞은 대답을 해준 적 없었다. 그의 대답은 늘 이랬으니까. "설마 예전에 이러저러하지 않았어? 유치원에서 이러저러하지 않았어?"

리샤오즈에게 세상에는 '왜'라는 게 없고 그저 관행만 있었다. 예전에 이렇게 했으니까 앞으로도 계속 이렇게 해야 했다. 마치 강물처럼, 왜 흘러가는지는 상관할 것 없이 그저 계속 앞으로 흘러가기만 하면 되는 거였다.

그리하여 모두가 유치원 또는 취학 준비반에서 배운 병음자모가 위저우저우에게는 굉장히 이해할 수 없는 존재가 되었다. '아, 오, 어, 이, 우, 위, 보, 포, 모, 포, 더, 터, 너, 러(aoeiuübpmfdtnl)……'. 선생님을 따라 읽으면서도 이 괴이한 부호들이 대체 뭔지는 여전히 알 수 없었다. 동화의 이야기 흐름에 따라 한자의 뜻을 추측하는 것에 익숙했던 위저우저우는 도저히 받아들일 수 없는 부호였기에 외워지지도 않았다. 선생님이 '브-아-바(b+a=ba)', '프-오-포(p+o=po)' 하는 병음자모 읽는 법을 설명하기 시작했을 때, 위저우저우는 완전히 방향을 잃고 말았다.

이게 다 뭐람?

위저우저우는 시험 시간에 최선을 다해 실력을 발휘했지만, 답안지에 적은 글자는 선생님의 화를 돋우었다.

40점, 40점, 40점, 40점…….

위저우저우와 리샤오즈는 드디어 교실 뒤에 커다랗게 붙

여진 칭찬 게시판의 0송이에서 벗어났다. 다만 안타깝게도 위저우저우가 얻은 건 검은 꽃이었다.

위 선생님은 앞으로 시험에서 100점을 받은 친구들에게는 상을 줄 거라고 선포했다. 상품은 문구점에서 하나에 2마오*짜리의 열두 띠 동물이 그려진 지우개였다. 위 선생님은 하얀 토끼가 그려진 지우개 두 상자와 각각 호랑이와 용이 그려진 지우개 한 상자씩을 샀다. 반 아이들이 속한 띠에 해당하는 거였다. 위저우저우는 리샤오즈의 지우개를 잠시 멍하니 바라보다가 입을 꾹 다물고 시험지를 잘 접어 국어책 안에 끼워 넣었다.

매일 용돈으로 1위안을 받았으니 직접 가서 지우개를 살 수도 있었다. 그러나 선생님에게 받는 지우개는 달랐다.

…… 성스러운 지우개.

위저우저우는 사물 앞에 '성스러운'을 붙이는 습관을 여전히 간직하고 있었다.

복은 겹쳐 오지 않고, 화는 홀로 오지 않는다.

1시간 후 수학 시간, 위 선생님은 숙제 노트 한 무더기를 안고 들어와 교탁 위에 쾅 하고 내려놓았다. 선생님은 오늘 비취색 카디건에 짙은 보라색 정장 바지를 입고 연청색 가방을 메고 있었다. 인류는 위험에 예민하게 반응하는 동물

---

* 1마오(毛)=1자오(角)=0.1위안(元)

적 본능을 잃은 지 오래였기에 위저우저우는 이런 화려하고도 변태적인 코디가 종종 재난의 대명사라는 걸 전혀 알지 못했다.

사실 옷 색깔로 추측할 필요도 없었다. 한 무더기의 노트 중 절반은 몇 장이 찢긴 채로 노트 안에 끼워져 있었다. 교탁 아래에서 보면 가장자리가 삐뚤빼뚤하고 너비도 일정하지 않은 종이가 노트에 끼워진 채로 높이 쌓여 있어서, 블록으로 쌓아 금방이라도 무너질 듯한 굴뚝 같았다.

또 한 무리의 사람들이 운 나쁜 일을 당하게 생겼다.

위저우저우를 포함한 모든 학생들은 잔뜩 굳은 얼굴로 교탁 위 굴뚝을 주시했다. 그것은 마치 그들의 운명을 결정하는 성스러운 탑인 것만 같았다. 위저우저우는 고개를 숙이고 책상 안쪽에 넣어둔 책가방에서 늘어뜨려진 어깨끈을 만지작거리며 거센 풍파를 겪은 여협의 침착함을 보이려고 노력했다.

그러나 여전히 신경질적으로 고개를 들어 교탁 위를 흘끔 보곤 얼른 고개를 숙였다.

담임선생님은 교탁 옆에 서서 학생들을 두어 번 쓱 훑어보며 그 등불 같은 두 눈으로 '조국의 57송이 꽃'을 바짝 구워 말렸다. 아이들은 두려워서 감히 숨도 크게 쉬지 못했다. 세상의 담임선생님들은 어째서 하나같이 그런 음침한 표정으로 모두가 두려워하는 공포 분위기를 조성하려는 걸까. 그렇게 하면 마치 천하를 다스리는 듯한 쾌감이라도 들어서

일까.

사실 이해되지 않는 건 아니다. 간단한 산수 문제 또는 유치한 문장 또는 심지어 재미없는 농담을 수십 년이나 반복해서 가르쳐야 하는 직업이라면, 이렇게 가끔 애들한테 겁을 주며 스트레스를 푸는 것도 괜찮았다.

다만 그들 대부분 적절한 정도를 지키지 못할 뿐이었다.

"체육 활동 시간을 너무 많이 준 거니? 계속 그렇게 뻔뻔하게 굴 거야? 미친 듯이 놀았지? 숙제할 때 머리는 언다 뒀어? 내가 묻잖아, 위저우저우!"

위저우저우가 흠칫 놀라 고개를 들었다. 선생님이 마침내 그녀의 이름을 불러주었고, 마침내 그녀를 바라봐 주었다. 그러나 위저우저우는 시작만 맞췄을 뿐, 결말은 맞추지 못했다.

위저우저우는 형을 앞둔 사형수처럼 고개를 깊숙이 숙였다.

"내가 숙제를 내면서 뭐라고 했니? 1부터 9까지 숫자 아홉 개를 격자 칸 오른쪽에 쓰라고 했어, 안 했어? 누가 너보고 왼쪽에 쓰래? 앞에 열 개는 오른쪽에 쓰더니, 어째서 쓰다가 왼쪽으로 옮겨간 거야? 대체 숙제할 때 무슨 생각을 한 거니? 병음자모 시험도 그렇게 엉망으로 보고, 대체 생각이 있는 거야, 없는 거야?"

숙제 노트가 멀리 날아갔다. 짙은 남색의 하드커버 노트 바인더는 바깥에 고무줄을 걸어 안쪽의 연습장을 감싸는 형태였는데, 지금은 공중에서 자동으로 해체되어 바인더가 셋째 줄에 앉은 남자아이의 머리 위로 떨어졌고, 안쪽의 하얀 노트는 페이지를 흩날리며 잔옌페이 발 옆에 나풀나풀 떨어졌다. 잔옌페이가 고개를 숙이고 노트를 줍더니 일어나 위저우저우 곁으로 다가와 숙제 노트와 노트 바인더를 함께 책상 위에 올려주었다.

바인더에 맞은 남자아이는 어쨌거나 선생님에게 맞은 것이라 감히 아프다고 하지도 못하고 오른손으로 머리를 감싸며 상징적으로 빠르게 문지르더니 재빨리 손을 내렸다. 마치 하나도 안 아픈 것처럼……. 그러나 아프지 않은 건 불가능했기에 몇 초 후 다시 참지 못하고 손을 뻗어 살짝 문질렀다.

위 선생님도 속으로 켕겼는지 남자아이를 흘끔거리다가 별다른 이상이 없는 걸 확인하곤 눈빛을 거두어 잔뜩 화난 표정으로 계속해서 위저우저우를 주시했다.

잠시 후, 숙제 노트가 찢겨진 학생들 이름이 하나하나 불렸고, 교실 안에는 연습장 종이가 마치 흰 비둘기 떼처럼 촤르르 흩날렸다.

이름이 불린 학생들은 하나씩 일어나 위저우저우처럼 고개를 숙였다.

마지막 이름이 불리고 나자, 앉아 있던 생존자들은 길게 안도의 한숨을 내쉬었다.

쉬옌옌이 고개를 들어 책망하는 눈빛으로 위저우저우를 바라봤다. 그 예쁜 큰 눈에는 무쇠가 강철이 되지 못하는 데 대한 원망이 담겨 있었다. …… 말 안 듣는 너희들 때문에 선

생님이 화가 났잖아. 모두의 시간을 지체시키고 학급에 먹
칠을 했으니 정말이지 너무 괘씸해.

　　오후 체육 활동 시간, 위저우저우는 나가서 노는 걸 허락
받지 못했다. 대신 나머지 십여 명의 학생들과 함께 자리에
앉아 숙제를 다시 해야 했고, 시험지에 틀리게 쓴 병음자모도
각각 스무 번씩 베껴 써서 선생님에게 제출해야 했다. 이 모
든 걸 다 마칠 때까지는 학교가 끝나고도 집에 갈 수 없었다.
　　위저우저우는 당황스럽고도 초조했다. 결국 두 번째 숙제
에서도 저도 모르게 또 숫자를 격자 칸 왼쪽에 쓰고 말았다.
위 선생님은 숙제 노트를 갈기갈기 찢어 위저우저우에게 던
졌다. "숙제할 때 무슨 생각을 하는 거야? 나가서 놀 생각만
하니? 이 노트는 보기만 해도 짜증 나니까 새 노트에 다시
쓰도록 해!"
　　위저우저우는 하는 수 없이 눈물이 그렁그렁한 채로 아래
층 매점에 가서 깍두기 노트를 새로 샀지만, 결국 주번에게
잡히고 말았다. 왼쪽 팔뚝에 붉은 완장을 찬 5학년 주번 언
니가 엄숙한 표정으로 위저우저우의 팔을 잡았다. "학교 규
정에 1학년 학생은 혼자 매점에 다닐 수 없어. 넌 붉은 스카
프도 안 맸구나. 1학년이지? 몇 반이야? 이름은?"
　　봐달라고 거듭 간청해도 소용없었다. 다급해진 위저우저
우가 금구슬 같은 눈물을 뚝뚝 흘리며 주번에게 이름을 말
하기로 마음을 굳게 먹는 순간, 갑자기 등 뒤에서 헤헤거리

는 소리가 들렸다. "야오야오 누나, 쟨 우리 반인데 이름 안 적으면 안 돼요? 내가 반장인데 친구들을 잘 관리하지 못했다고 선생님이 혼낼 거예요……."

주변이 결국 웃음을 터뜨리며 남자아이의 머리를 가볍게 툭 쳤다. "너도 참 가지가지 한다!" 그러더니 고개를 돌려 아까처럼 엄숙한 얼굴로 말했다. "학교 규정은 반드시 지켜야 해. 너희 반장한테 폐를 끼치지 말라구, 알아들었어?"

위저우저우는 고개를 끄덕이며 새로 산 숙제 노트를 들고 린양 곁을 지나 정신없이 도망쳤다. 린양이 등 뒤에서 자신의 이름을 외치는 걸 들었지만 감히 돌아볼 수 없었다.

교실로 돌아와 숫자를 절반 정도 썼을 때, 갑자기 선생님이 위저우저우의 이름을 불렀다.

문 앞으로 가보니 엄마가 와 있었다. 선생님에게 학부모 호출을 받은 것이었다.

위저우저우의 엄마는 판매 부서 회의를 하다가 학교로 불려왔다. 위저우저우가 무슨 큰 사고라도 친 줄 알았는데, 알고 보니 고작 40점짜리 시험지와 잘 쓰지 못한 숙제 노트 때문이었다. 엄마는 살짝 화가 났지만 그렇다고 선생님에게 화를 낼 수는 없었다. 위 선생님 말에 담긴 속뜻을 모르진 않았다. 학부모에게 '협조'를 구한다든지, 선생님이 부수입을 챙길 수 있는 열등생 보충학습반이 토요일마다 선생님 집에서 열린다든지……, 들을수록 짜증이 났지만 그저 웃으며 대충 넘겼다. 마침내 선생님이 자리를 떠난 후에야 엄마와 위저우저우는 서로 말없이 복도에 섰다.

"엄마, 미안." 위저우저우가 콧물 들이마시는 소리보다도 작게 울먹이며 말했다.

"저우저우." 엄마의 목소리는 살짝 지쳐 있었다. "엄마는 능력이 없어서 다른 부모들처럼 선생님한테 뭘 드리지 못해. 엄마는 아주 바쁘고 피곤해서 매일 네 숙제를 봐주거나 병음자모 받아쓰기를 도와줄 수도 없고. 넌 착한 아이잖아. 그러니까 좀 더 집중하고 노력해줄 수 있을까, 응?"

부끄러워진 위저우저우는 고개를 숙였다가, 느닷없이 나타난 그리그리 공작이 그녀의 치맛자락을 잡아당기며 슬픈 눈으로 그녀를 바라보는 걸 봤다. 마치 "여왕 폐하, 울지 마세요"라고 말하는 것 같았다.

하지만 어떻게 울지 않을 수 있을까? 여왕 폐하의 성은 이미 무너졌는데 말이다.

결국 다시 숙제를 제출했고, 체육 활동을 하러 나갔던 아이들도 줄줄이 교실로 돌아왔다. 위저우저우는 급수실에서 세수를 하고 교실로 돌아가 부드러운 석양빛을 받으며 앉아 멍을 때렸다.

머릿속도 온통 부드러운 공백뿐이었다.

저녁에 학교가 파한 후에는 모두 운동장에 서서 10분간 벌을 섰다. 위 선생님은 학급 전체가 줄 서는 시간이 너무 길다며 먼저 체육위원을 혼낸 다음, 모두 대열을 맞춰 서서 10

분 동안 움직이지 말라고 했다. 주변의 다른 반 아이들은 벌써 줄을 맞춰 운동장 교문을 향해 걸어갔고, 아이를 데리러 온 학부모들은 교문 앞에서 고개를 쭉 빼고 안쪽을 들여다보며 자기 집 꼬마 어르신의 그림자를 찾고 있었다. 위저우저우는 작은 벌레 한 마리가 이마 위를 기어 다니는 걸 느끼곤 손을 들어 쫓으려다가, 선생님의 싸늘한 표정을 떠올리곤 꾹 참았다.

위 선생님은 마침내 고개를 끄덕였다. 선생님의 허락이 떨어지자, 7반 아이들 모두 묵직한 짐을 내려놓은 것처럼 한숨을 내쉬며 교문을 향해 줄 맞춰서 걸어갔다. 빠르지도 느리지도 않은 딱 적절한 속도였다. 혹시라도 빨리 걸었다가 선생님의 화를 돋울까 봐 겁먹은 것처럼, 마치 "너희들 마음이 급하다 이거지? 좋아, 오늘 우린 계속 서 있을 거야. 얼마나 조급해하는지 보자!"라는 불호령과 함께 계속 벌서야 한다는 걸 예감한 것처럼 말이다.

느긋하고 서두르지 않는 기질은 확실히 어릴 때부터 다잡아야 한다.

사람은 자신의 욕망을 숨기는 법을 조금씩 배워나가야 한다. 얻고자 하는 게 있으면 먼저 줘야 하고, 매몰차게 굴면 위선적이라고 불린다.

드디어 교문에 다다르자 앞줄 학생들부터 흩어지기 시작했다. 다들 마치 둥지로 돌아온 어린 새처럼 다시 신나게 뛰어다녔다. 위저우저우는 인파 속에 서서 모두가 즐거워하는 모습을 보며 알 수 없는 미소를 짓더니, 고개를 숙이고 쓸쓸히 인파를 헤치고 나갔다.

학교 담장 밖에 일렬로 늘어선 작은 노점상들은 여전히 성황이었다. 비록 주기별로 학교 교무처에서 관례적으로 '숙청 토벌작전'을 벌이긴 하지만, 이튿날이면 아무 일도 없었던 것처럼 다시금 하나둘 들어섰다. 위저우저우는 서둘러 집으로 돌아가지 않고 멍하니 학교 담장을 따라 걸으며 노점상들을 하나하나 눈에 담았다. 뭘 사지도 도중에 발걸음을 멈추지도 않았다. 마치 말단 조직을 시찰하러 온 지도자 또는 영혼 없는 외부인처럼, 그저 초등학생들이 쪼그리고 앉아 이것저것 집중해서 세심하게 고르는 모습을 유심히 바라봤다. 남자아이들이 좋아하는 구슬과 각종 카드, 여자아이들이 좋아하는 학종이와 별종이, 그리고 저학년 아이들이 좋아하는 자질구레한 장난감과 고학년 아이들이 좋아하는 연예인 사진과 스탬프…… 거리 가득 알록달록하게 펼쳐져 있는 그 싸고 조잡한 상품들은 한 세대의 어린 시절을 지탱해주었다.

갑자기 누군가 뒤에서 말총머리를 세게 잡아당겼다.

뒤돌아볼 필요도 없이 린양이 틀림없었다. 위저우저우는 고개를 돌리지도 걸음을 멈추지도 않고, 아무런 반응 없이 천천히 앞으로 걷기만 했다. 린양이 가까스로 따라잡았다는 듯 곁으로 달려와 거친 숨을 몰아쉬었다. 그러나 저번처럼 자기 말만 늘어놓기는커녕, 그녀와 함께 목적 없이 담장을 따라 거닐기 시작했다.

결국 끝까지 참지는 못했지만.

"너…… 어디 언짢…… 기분이 안 좋아?"

위저우저우가 고개를 끄덕였다가 이내 가로저었다. 자신에겐 기분이 안 좋을 자격이 없는 것 같았다.

린양은 잠시 침묵하더니 그녀보다 더욱 낙심한 것처럼 눈을 내리깔았다. "네 짝꿍한테 물어봤어. 너한테 무슨 일이 있었는지 말해주더라."

위저우저우는 민망해서 더욱 린양을 상대하고 싶지 않아졌고, 이에 아무 대꾸도 없이 고개를 돌려 바닥에 놓인 소호대* 포스터만 바라봤다.

"병음자모가 뭔지 모르면 내가 가르쳐줄 수 있어. 사실 병음자모가 딱히 어려운 건 아니거든……."

"그래, 하나도 안 어려워, 내가 너무 멍청한 거지."

"아냐!" 린양이 다급히 손사래를 치며 그런 뜻이 아니라고 해명했지만, 이상하게 말을 하면 할수록 꼬이기만 했다. 결국 눈 딱 감고 전봇대에 붙은 작은 광고를 가리키며 물었다. "너 저 글자들 뭔지 알아?"

위저우저우가 광고를 흘끗 보고 대답했다. "알아."

"그것 봐, 난 모르거든!"

---

* 小虎隊, 대만의 남성 아이돌 그룹.

그 우렁찬 목소리는 위저우저우가 바보가 아니라는 걸 필사적으로 증명하는 듯했다. 위저우저우는 린양을 진지하게 바라봤다. 그 맑고 깨끗한 눈동자에 그녀 자신도 설명하기 힘든 감정이 일렁거렸다.

그녀는 "와앙" 하고 울음을 터뜨렸다. 오래전 그 가족 모임 때부터 쌓여온 의심과 두려움과 무능함이 한꺼번에 쏟아져 나왔다. 자신은 여왕도 크리미 마미도 아니었다. 자신은 아주 바보 같고 남들에게 비호감이었으며 엄마를 속상하게 했다…….

당황한 린양이 쩔쩔매며 그녀를 바라봤다. 달래기도 그렇고, 안 달래기도 그렇고, 한참을 어쩔 줄 몰라 하다가 작은 손수건을 꺼내 허둥지둥 눈물을 닦아주었다.

위저우저우가 마침내 울다 지쳤을 때는 이미 해가 진 뒤였다. 그녀는 린양에게 작별 인사를 하고 집으로 돌아가려고 했다.

"넌 저녁때 맨날 혼자서 집에 가?"

위저우저우가 고개를 끄덕였다. "너희 아빠가 차로 데리러 안 왔어?"

"아빠는 오늘 회의가 있어서 늦게나 오실 거야. 매일 가는 길에 나랑 장촨을 데려다주거든. 사실 우리 집 아주 가까워, 기억나지? 우린 가는 방향이 같은 거 같은데 앞으로 같이 갈래?" 린양은 잔뜩 기대하며 그녀를 바라봤다. "내가 아빠한테 잘 말해볼게. 난 신경 쓰지 말고 장촨만 데려다주라고. 어때? 넌 나한테 전봇대에 적힌 글자를 가르쳐주고, 난 너한테 병음자모를 가르쳐줄 수 있잖아. 어때?"

혹시라도 거절할까 봐 그는 애써 이유를 찾았고, 위저우저우는 울음을 그치고 웃으면서 순순히 고개를 끄덕였다.

린양은 너무나도 흥분한 나머지, 저도 모르게 위저우저우 앞으로 달려들어 그녀를 끌어안고 뺨에 힘껏 입을 맞췄다.

......

"나, 나나나난 교문 앞으로 돌아가야 해, 장찬이 거기서 날 기다리고 있거든. 우리 내일 교문 앞에서 만나자. 먼저 갈게, 너무 속상해하지 말고 울지 말고. 그럼 난 간다⋯⋯."

린양은 위저우저우가 미처 반응하지 못한 틈을 타 몸을 돌려 부리나케 줄행랑을 쳤다. 노점들을 지나 줄곧 내달려 교문에 이르러서야 비로소 가쁜 숨을 몰아쉬며 콩닥거리는 가슴을 탁탁 쳤다.

"내가 다 봤지롱." 린양보다 머리통 절반은 작은 장찬이 콧물을 들이마시며 말했다.

린양은 그를 흘겨보고는 부끄러워 아무 말도 하지 않았다.

"난 위팅팅이랑 링샹첸이 쟤보다 더 예쁜 것 같은데." 장찬이 아랑곳하지 않고 계속 말했다.

린양은 가볍게 웃었다. 장찬의 눈에는 남들보다 옷이 예쁘고, 남들보다 리본이 많고, 남들보다 머리카락을 복잡하게 묶어야 예쁜 여자아이였다⋯⋯.

"고작 그 정도 취향이냐." 린양은 고개를 저으며 조그맣게 말했다.

고개를 들어 위저우저우가 떠나간 방향을 바라보니, 긴 거리의 끝에는 석양이 이제 막 마지막 한 줄기 빛을 감추고 붉은 노을만 하늘 가득 남겨놓았다.

9.
가라앉은 물고기

그날 밤 위저우저우는 안절부절못하며 기다렸지만, 세수와 양치를 마치고 잠자리에 들 때까지 엄마는 집으로 돌아오지 않았다.

한밤중에 어렴풋이 따스하고도 차가운 부드러운 손이 이마를 쓰다듬는 게 느껴졌다. 차가운 물방울이 뺨에 떨어진 것 같기도 했다. 꿈속에서 내린 차디찬 빗줄기 같았다.

위저우저우는 말수가 부쩍 줄어들었다.

생활은 다시금 처음의 무미건조함으로 되돌아왔다. 칭찬 게시판에 붙어 있는 빨간 꽃은 여전히 0송이였지만 검은 꽃도 늘어나지 않았다. 위저우저우가 얼마나 열심히 숙제를 하든, 심지어 정해진 분량보다 훨씬 많이 해도 — 병음자모를 20개 쓰라고 하면 40개를 썼다 — 위 선생님은 시종일관 무관심했다.

주말의 열등생 보충학습반을 거부한, 그저 그런 배경의 꼬마 아가씨를 신경 쓸 게 뭐 있을까? 위저우저우는 몇 번의 시도 후에 더는 억지로 자신을 '향상'시키려 하지 않고, 착실하게 사람들의 바다로 돌아와 형체도 흐릿한 물방울 하나가 되었다.

딱 물방울 하나였다. 그녀가 붉은 스카프를 들고 다른 아이들과 함께 객석이 꽉 들어찬 노동자 문화궁으로 줄을 지어 들어가, 네 개 학교에서 온 1학년 아이들이 거대한 바다를 이루고 있는 걸 봤을 때, 모두의 얼굴은 멀리서 바라본 물결처럼 흐릿하기만 했다. 천장에는 거대한 샹들리에가 달려 있었다. 위저우저우는 고개를 들어 그 꽃 모양 샹들리에에 꽃잎이 몇 개나 달렸나 세어보다가, 눈이 흐릿해지고 목도 뻐근해진 후에야 내키지 않는 듯 고개를 숙였다.

텅 빈 무대 위에는 주황색 등불과 스탠드 마이크 세 개만 놓여 있었다. 모든 사람이 자리에 앉자 장황한 입대식이 마침내 막을 올렸다. 지도자 A, B, C, D, E의 훈화, 각 학교의 우수 소년선봉대 대대 지도원의 연설, 우수 소선 대원* F, G, H, I의 발표…….

각 반 담임선생님들은 수시로 일어나 자기 반 구역을 순시했고, 소곤거리는 학생을 발견하면 즉시 눈을 부릅뜨며 몇 마디 야단을 쳤다. 자리에 앉아 각종 연설을 듣던 위저우저

---

* 소년선봉대 대원의 약칭.

우는 흥분한 다른 아이들과는 달리 살짝 졸음이 몰려왔다.

아마도 이 모든 게 자신과 무관하다는 느낌이 들어서일 것이다.

마지막 대표의 연설이 끝나자, 위저우저우를 비롯한 학생들은 힘껏 박수를 쳤다. 우레와 같은 박수 소리 가운데, 무대 뒤 붉은 커튼 뒤에서 신입 소선 대원 대표가 걸어 나와 새카만 두 눈을 빛냈다. 주변에 새까맣게 앉은 사람들은 모두 배경이 되었고, 오직 그 아이 혼자 칠흑 같은 바다 위에서 빛을 발하고 있었다.

꼬마 제비였다.

꼬마 제비가 스탠딩 마이크 앞에 단정하게 서자, 선생님이 마이크 높이를 키에 맞게 조절해주었다. 앞선 대표들과 달리, 꼬마 제비는 원고도 없이 만면에 웃음을 띤 채 무대 밑 천여 쌍의 눈동자 앞에서 감정을 듬뿍 실어 연설을 시작했다. 초등학교 1학년 신입 대원 대표로서 무대 위 틀에 박힌 딱딱한 사람들과는 확연히 비교가 되었다.

마치 수업을 시작할 때마다 꼬마 제비가 외치는 "차렷", "경례", "앉아" 같았다. 다른 반 앞을 지나며 다른 반 반장이 외치는 "차렷", "경례", "앉아"를 못 들어본 건 아니지만, 꼬마 제비처럼 듣기 좋은 목소리는 없었다. 저 세 가지 구령을 외칠 수 있다는 건 모두의 눈에 그야말로 굉장히 대단한 일처럼 보였다.

위저우저우는 아직까지도 〈빨간 모자〉를 보지 않았다. 전에는 그 프로그램이 만화영화 시간을 차지했다는 것에 대한 분노 때문이었다면, 지금은 뭐라 확실히 설명하기 힘든 반항심 때문이었다.

그걸 보면 자신이 함락되어 마지막 남은 독립성마저 잃게 될 것만 같았다. 다른 사람들은 이 형체도 흐릿한 물방울인 자신을 분간할 수 없을지 몰라도, 최소한 그녀 자신은 거대한 바다에 완전히 삼켜지지 않았다는 걸 알았다. 그런데 만약 그녀 자신조차 자신이 누군지 알 수 없게 된다면?

그래서 매주 화요일과 목요일이면 6시가 지나갈 때까지 밥을 아주 느릿느릿 먹었다.

꼬마 제비의 연설이 끝나자, 객석에서는 다시금 박수가 터져 나왔다. 위저우저우는 고개를 들었다. 이번에는 커튼 뒤에서 초등학교 1학년 학생 셋이 걸어 나와 마이크 앞에 정삼각형으로 섰다. 뒤에 있는 둘은 모르는 사람이었고, 맨 앞에 서 있는 사람은 린양이었다.

그러나 위저우저우의 눈에 비친 무대 위 린양은 낯설기만 했다. 최소한 하굣길에 자신과 으르렁거리며 입씨름을 하던 린양과는 완전히 다른 사람 같았다. 그 순간 위저우저우는 느닷없이 번번이 생각났다. 만약 지금 무대 위에 서 있는 사람이 번번이라면 위저우저우는 분명 긴장해서 손에 땀을 쥐었을 텐데, 린양이라면 전혀 걱정되지 않았다. 어째서인지는 설명하기 어려웠다. 어쩌면 린양은 실수를 한다 해도 많은 사람이 달래줄 거고, 아무도 그를 탓하지 않을 것이며, 심지어 더 많은 기회를 줄 것이기 때문인지도 모른다. 그러나 실수를 한 사람이 위저우저우나 번번이라면, 한 번의 무능함으로 백 번의 기회가 사라져 다시는 만회할 여지가 없을 것이다.

드넓은 검은 바다에 서 있는 위저우저우는 전에 없이 번번이 그리웠다. 지금은 어디 있는지 모를 자신과 같은 부류가 그리웠다.

"일동 기립!" 린양의 목소리는 앳되긴 해도 침착하고 힘이 있었다. 모두가 따라서 일어나 오른손으로 주먹을 쥐고 귀 옆까지 올렸다.

"나는 선서합니다—!"

"나는— 선서— 합니다—!" 무대 아래의 학생들이 린양의 제창에 따라 선서문을 한 문장씩 큰 소리로 따라 읽었다.

오랜 경험으로 단련된 꼬마 제비의 노련함과는 달리, 린양의 의젓하고 진지한 모습은 타고난 듯했다. 태어날 때부터 스포트라이트를 받으며 모두의 시선이 집중되는 곳에 서 있어야 할 사람 같았다. 다듬어지지 않았음에도 이보다 더 적합할 수 없었다.

긴 선서문을 마침내 다 읽은 린양은 마지막으로 큰 소리로 말했다. "선서인, 린양."

"선서인, 리샤오즈", "선서인, 위팅팅", "선서인, 왕샤오밍", "선서인, 리펑펑"……. 무대 아래의 아이들도 선생님의 한마디에 잇달아 자기 이름을 말했다. 모두가 한목소리로 외치던 광경이 깨지고, 행사장에는 천여 개의 서로 다른 이름들이 마치 들끓으며 튀어 오르는 물방울처럼 제각각의 면모와 자태를 드러냈다.

그러나 위저우저우는 그 순간 말이 나오지 않았다. 이름이 목구멍에 딱 걸려서 제때에 말하지 못했다.

그 순간 그녀는 저항할 능력을 완전히 상실한 한 마리 물고기가 되어 있었다. 나중에 커서 '물은 열의 불량 도체'라는 걸 배울 때, 위저우저우는 비커에 담긴 물이 보글보글 끓는데도 비커 바닥에 있는 금붕어가 평온하게 헤엄치는 걸 보며, 문득 그 당시 자신의 모습은 이렇게 물 밑으로 가라앉아 조용히 침묵하는 금붕어 같았다는 생각이 들었다.

위저우저우가 갈수록 어둡고 말수가 적어지는 시기에 엄마는 갈수록 성격이 거칠어졌다. 위저우저우는 엄마가 일하면서 어떤 어려움을 겪는지는 몰랐지만, 직장 일을 비롯해 외할머니 집에서 함께 사는 외숙모와의 마찰이 이제껏 늘 상냥하기만 했던 엄마를 점점 더 날카롭게 만들고 있다는 것만은 잘 알았다. 엄마의 행동은 맹렬하고 신속해졌고, 말은 시시콜콜한 것까지 따지기 시작했으며, 심지어 눈빛마저도 날카롭고 매정해졌다. 린양의 도움으로 차츰 병음자모를 터득하게 된 위저우저우는 간혹 덤벙거려 작은 실수를 하는 것 말고는 시험 성적도 기본적으로 80점대를 안정적으로 유지했다. 그런데 처음에 40점짜리 시험지를 보고도 화를 내지 않던 엄마는 80점대 시험지에 화를 버럭 냈다.

엄마가 뭐라고 말하든 위저우저우는 줄곧 고개를 숙인 채 변명하지 않았고, "엄마, 다음엔 꼭 시험 잘 볼게요" 같은 맹세도 하지 않았다.

위링링과 위팅팅이 문틈으로 몰래 훔쳐보는 걸 봤는데도 말이다.

결국 외할머니가 문 앞에 등장해 한숨을 쉬며 엄마에게 말했다. "이리 와봐라, 내 방으로 와."

위저우저우의 작은 방은 외할머니의 방과 가장 가깝게 붙어 있었다. 그녀는 시험지를 들고 문 앞에 서서 외할머니의 묵직한 탄식을 어렴풋이 들었다.

"처음에 내가 널 말리지 않은 것도 아니잖니. 내가 한 말 다 잊은 게야? 넌 어른이야. 고집 부려서 애를 낳고, 또 애 아버지 도움을 안 받겠다고 한사코 고집을 부렸으면, 그에 대한 모든 결과를 감당해야 하는 거다. 이런 어려움도 포함해서 말이야. 혼자 버티느라 무척 힘들다는 거 안다. 네 올케 쪽은 내가 가서 얘기해보마. 하지만 말이다, 넌 어쩜 애한테 그럴 수 있니? 저우저우는 네가 낳았어. 걔가 너한테 낳아달라고 한 것도 아니야. 네가 한때 제멋대로 굴어서 이렇게 된 건데, 아직도 책임지는 법을 못 배운 게야?"

시험지가 손바닥의 땀에 젖어들며 그 위에 새빨갛게 적힌 '84점'이 온통 흐릿하게 번졌다.

위저우저우는 새로운 놀이에 푹 빠져들었다.

조그만 방에서 온몸에 '능라주단'을 걸치고 공주나 여협 역할을 하지 않은 지 얼마나 오래됐는지 이제는 기억도 나지 않았다. 위저우저우는 그림 그리기를 좋아하게 되었다. 연습장에는 조잡하고 비례가 맞지 않는 '미녀'들이 가득 그려졌다. 공주 치마 또는 하늘하늘한 웨딩드레스를 입었고, 검을 들고 있는 사람이 있는가 하면 성수가 담긴 주전자를 받쳐 든 사람도 있었다. 위저우저우는 종종 혼자 구석에 틀어박혀 진지하게 그림을 그렸다. 그녀가 무슨 생각을 하는지는 아무도 몰랐다. 그림들도 제각각 따로 놀아서 연결되지 않았고, 그저 하나하나 서툰 인물 초상화일 뿐이었다.

위저우저우의 사적인 비밀 세계에 돌연 엄청난 변화가 일어났다는 건 아무도 알지 못했다.

그녀는 더 이상 주인공이 아니었고, 직접 성수를 받쳐 들고 가시덤불을 헤쳐나가지도 않았다. 모든 이야기는 꼭두각시 인형극이 되었다. 그녀는 주연과 조연을 조종하며 공연을 펼쳤지만, 더는 그들의 희로애락과 벅찬 감정에 몸과 마음을 다해 몰입하지 않았다. 각각의 인물은 하나의 이야기였으며, 펜 끝이 종이 위에 닿는 순간부터 공연은 시작되었다.

생화 왕관을 그릴 때는 아기 공주가 태어났다.

아름다운 얼굴과 일본 만화 스타일의 커다란 눈을 그릴 때는 백성들이 열다섯 번째 생일을 맞이한 공주의 아름다운 자태와 미모를 극찬했다.

가녀린 허리를 그릴 때는 열여덟 살이 된 공주가 아름다운 춤으로 도성 전체를 압도했다.

풍성하게 부푼 치마를 그릴 때는 공주가 왕자를 처음 만났고, 왕자는 그녀에게 굴복해버렸다…….

한 인물을 다 그리면 하나의 이야기가 머릿속에서 막을 내렸다.

그러나 위저우저우는 그 공주가 아니었다. 위저우저우가 맡은 역할은 운명이었다.

이야기도 더 이상 단순하게 끝나지 않았다. 위저우저우는 갖은 고난을 겪는 평범한 꼬마 아가씨와 모두의 오해로 원한을 품고 죽은 여자 타주를 그리기 시작했다……. 운명의 신이 된 그녀는 더는 예전처럼 인자하지 않아 보였다.

이런 침묵의 시간은 모조리 종이 위에 새겨졌다. 다른 사람에게 조종당했으니 그녀도 다른 사람을 조종했다.

유일하게 밝게 빛나는 시간은 린양과 동행하는 하굣길뿐인 것 같았다. 무대 위 린양은 그렇게나 멀리 있는 것처럼 보였지만, 그가 옆에서 같이 걷고, 히죽거리며 자신의 말총머리를 잡아당기고, 각양각색의 재미있는 이야기를 해주고, 함께 만화영화 속 애증 관계에 대해 토론할 때, 위저우저우는 비로소 자신의 삶에도 햇빛이 충만하다는 걸 느꼈다…….

비록 석양빛이었지만.

10.
나비는 몇 마리 남았을까

위저우저우는 린양에게 성수에 관한 이야기를 해주었다. 예전에 실컷 역할놀이를 했던 〈마신영웅전 와타루〉의 이야기였다.

봄여름을 주관하는 남신과 가을겨울을 주관하는 여신이 서로 사랑에 빠졌다. 여러 신들은 그들을 막기 위해 두 사람을 조각상으로 만들어 각각 두 개의 다른 성역을 지키도록 했다. 다만 남신의 성역에는 눈보라가 휘날리고 빙판이 끝없이 이어졌으며, 여신의 성역에는 이글거리는 태양빛이 밤낮으로 쏟아졌다. 주인공들은 설산을 넘고 불바다를 건너 두 신의 증표를 교환했고, 마침내 얼음과 불길 속 모두를 구해냈다. 임무를 완수한 그들은 무지개다리를 타고 마계산의 더 높은 곳으로 올라갔다.

"그래서 어떻게 됐어?"

"어?" 위저우저우는 의아한 눈빛으로 린양을 흘끗 봤다. "어쩌긴, 다시 다른 대마왕과 싸우러 갔지."

"내 말은, 그 사랑에 빠진 두 신들 말이야." 린양이 아주 진지하게 그녀를 쳐다봤다. "나중에 그 둘…… 결혼했어?"

위저우저우는 고개를 들어 하늘에 드문드문 떠 있는, 마치 묽게 풀린 계란탕 같은 구름을 보며 말했다. "몰라."

"그게 무슨 결말이야." 린양이 입을 삐죽거렸다.

"근데 내 느낌엔 결국 헤어졌을 것 같아."

"왜?"

"왜냐하면……." 위저우저우는 조심스럽게 고민하다가 무척이나 자신 없이 한마디 내뱉었다. "…… 잘못을 되풀이할 수는 없으니까."

린양이 눈을 빛내며 순간적으로 지극히 홀린 듯 숭배하는 표정을 지었다가, 몇 초 후 즉시 표정을 가다듬으며 '별거 아니네' 하는 평소 모습으로 돌아왔다.

다만 그들 중 누구도 대체 이 사랑의 어디가 잘못되었는지는 알지 못했다. 만약 그 이유가 봄여름의 신이 가을겨울의 신을 사랑하면 안 되기 때문이라면, 어째서 봄여름의 신은 가을겨울의 신을 사랑하면 안 되는 걸까?

원인의 원인과 이유의 이유, 세상의 이면은 온통 칠흑같이 어두웠다.

린양은 자신이 미행당했다는 걸 전혀 몰랐다. 미행자는

당연히 그의 엄마와 아빠였다. 처음에 린양이 앞으로는 혼자서 하교하겠다며 제시한 이유는 위저우저우에게 자문을 받은 것으로, 바로 독립심을 기르고 싶다는 거였다. 물론 린양은 그의 엄마와 담임선생님이 서로 아주 빈번하게 연락한다는 걸 잘 알았기에 감히 위저우저우처럼 담임선생님이 그러라고 했다는 말도 안 되는 이유를 둘러댈 수 없었다.

린양의 엄마는 시험 삼아 그러라고 대답하고는 린양의 아빠를 이끌고 함께 멀리서 뒤따라가며 몰래 지켜봤다.

좋은 소식은, 귀염둥이 아들이 오락실에 들어가지 않았다는 거였다.

나쁜 소식은, 귀염둥이 아들의 하굣길이 누가 봐도 충분히 독립적이지 않았다는 거였다.

"있지……, 내가 린양한테 말을 해봐야 할까? 저번에 내가 장 선생님한테 그 여자애 이름을 언급하긴 했는데, 아무래도 선생님이 그 일을 잊어버린 것 같아. 그 아이 집안 배경을 좀 알아봐야 할 것 같은데……."

린양 아빠가 웃으며 말했다. "배경? 그걸 알아서 뭐 하게?"

"만약 그 여자애가 제대로 된 집안 아이가 아니면 어떡해? 왜 예전에 건너편 집에 살던 애 있잖아. 내가 마침 제때에 퇴근해서 망정이지, 걔가 우리 양양이랑 친구들을 오락실로 데려가려고 했다구……." 린양 엄마는 예전 일을 들먹이며 다시 살짝 흥분했다.

"당신은 생각이 많아." 린양 아빠는 아내의 어깨를 감싸 안고 멀리 걸어가는 두 개의 작은 그림자를 바라보며 웃음을 지었다. "아주 예의 바른 아이처럼 보이는걸. 당신 아들이 저 애를 나쁜 길로 이끌지 않으면 다행인 거야."

"당신 생각은 어때, 양양이 혹시 저 여자애를 좋아하는 거 아냐?"

"그게 뭐 말이 필요한가?"

"그럼 어떡해? 당신은 항상 이렇다니까, 뭐든 마음에 담아두질 않지. 애가 아직 이렇게나 어린데……."

"당신도 잘 아네." 린양 아빠의 웃는 얼굴이 차츰 어이없다는 표정으로 바뀌며, 멋진 눈썹이 8시 20분을 가리키는 시침과 분침처럼 아래로 처졌다. "이제 겨우 일곱 살이라고……."

석양을 마주하고 나란히 걷는 일곱 살짜리 작달막한 몸의 그림자는 열일곱 살의 몸처럼 길게 늘어나 있었다.

위저우저우의 고요한 생활은 조금씩 나아지고 있었다. 어쩌면 마침내 병음자모 학습을 마쳤기 때문일 것이다. 다만 안타깝게도 위저우저우는 마지막까지 하얀 토끼가 그려진 성스러운 지우개를 하나도 받지 못했다.

첫 번째로 배운 「가을이 왔어요」라는 본문은 마치 뒤늦게 찾아온 수수께끼의 정답 같았다. 한자 위에 표시된 병음자모를 보며, 1학년 위저우저우는 1학년 에도가와 코난처럼 머릿속에 한 줄기 번개가 스치더니 순식간에 깨달음을 얻었다.

위 선생님, 리샤오즈, 심지어 린양까지도, 다들 그저 위저우저우에게 병음자모 쓰는 법과 읽는 규칙을 외워야 한다고만 했을 뿐, 그게 한자 발음을 표시하는 데 쓰인다는 건 아무도 알려주지 않았던 것이다!!

머릿속에 얽혀 있던 수수께끼가 시원하게 풀렸다. 병음자모를 쓰고 조합하는 것도 갑자기 그다지 어렵거나 불규칙하게 느껴지지 않았다. 위저우저우는 문득 대세가 이미 기울어 때가 늦은 듯한 속상함을 느끼고 한참 이를 부득부득 갈다가, 그래도 결국 자리에 얌전히 앉아 홀로 울적함을 달랬다.

수업 시간에 선생님은 먼저 모두에게 자신을 따라 본문을 낭독하게 한 다음, 왼쪽 맨 앞줄부터 한 명씩 일어나 병음자모 표시대로 본문을 읽게 했다.

위저우저우는 많은 아이들이 이상한 발음으로 더듬거리며 읽는 것에 깜짝 놀랐다. 다들 무척이나 긴장한 듯했다. 간혹 유창하게 낭독하는 사람이 있어도, "감정을 실어서 낭독해야지, 너무 빨리 읽는구나"라는 평가를 받았다.

위저우저우는 조그맣게 본문을 쓱 읽어봤다. 음, 아주 쉽네.

베테랑 여배우 위저우저우는 자신의 대사 치는 실력에 줄곧 자신만만해 왔다.

앞앞줄 아이가 일어나 낭독을 시작하자, 위저우저우는 손바닥에서 땀이 나는 걸 느꼈다. 긴장이 아니라 흥분 때문이었다.

아주 흥분되었다.

위저우저우는 차례가 되자 일어나서는 위 선생님에게 당황스럽게 웃기까지 했다. 돌아온 것은 위 선생님의 놀란 눈빛이었다.

"가을이 왔어요.

날씨가 선선해졌어요.

노랗게 물든 나뭇잎이 하나둘 나무에서 떨어지네요.

남쪽으로 날아가는 기러기 떼는

때로는 화살표 모양으로, 때로는 일렬로 줄을 지어 날아가네요.

아! 가을이 왔어요."

그 '아!' 부분은 특히나 우렁차고 감정이 담뿍 담겨 있었다. 위저우저우는 자리에 앉아 눈을 크게 뜨고 잔뜩 기대하며 위 선생님을 바라봤다. 그 몇 초의 시간에 온 우주가 그대로 끝날 것만 같았다.

"다들 잘 들었죠? 위저우저우처럼 해야 감정을 실어서 낭독한 거라고 할 수 있어요. 유창하면서도 감정을 살려서, 안 그런가요?"

위저우저우는 오랜만에 나타난 메리벨과 그리그리 공작이 술잔을 높이 들어 자신에게 인사하는 걸 봤다. 그녀는 입을 꾹 다물고 웃음기 없이 '난 아직 멀었어' 하는 겸손한 표정을 지었지만, 속으로는 이미 신이 나서 십만 송이의 꽃이 활짝 피었다.

꽃들이 아무리 눈부시게 아름다워도 인생에서 처음으로 받은 꽃잎 네 장짜리 빨간 꽃에 비할 바가 아니었다.

좋은 일은 겹쳐서 왔다. 오후 첫 수업인 수학 시간에 위 선생님은 칠판 위에 꽃밭과 나비 여섯 마리를 그린 후 아이들에게 물었다. "꽃밭에 나비 여섯 마리가 있는데 지금 세 마리가 날아갔어요……"

위저우저우는 반 아이들 중에 이 문제를 풀지 못하는 사람은 아무도 없을 거라고 확신했다.

그런데 정작 위 선생님의 질문은 뜻밖이었다. "그럼 맞춰 볼까요? 선생님은 여러분에게 뭘 물어보려고 했을까요? 이 문제에서는 무슨 답을 구해야 할까요?"

아이들이 앞다퉈 손을 들었다.

"뺄셈 부호요!"

"꽃이요!"

"……요!"

모두가 왁자지껄한 와중에 위저우저우는 두 손으로 턱을 괴고 떠들썩한 교실을 조용히 바라봤다. 초등학교 입학 후 지금까지, 그녀는 한 번도 손을 들어본 적 없는 것 같았다.

"위저우저우? 네 생각은 어떠니?"

위저우저우는 당황했지만 아주 당연하다는 표정으로 말했다. "어…… 나비가 몇 마리 남았느냐요……"

많은 아이들의 얼굴에 삽시간에 '그렇구나' 하는 표정이 떠올랐다. 위 선생님이 웃으며 온화하게 말했다. "여러분, 맞나요?"

"맞아요 —"

천하를 호령하니 만백성이 호응하는 것 같은 착각이 들었다. 게다가 이번에 모인 사람들은 상상 속 작은 극장에 나타난 게 아니었다.

위저우저우는 이 금요일을 무척이나 얼떨떨하게 보냈다.

하지만 상관없었다. 주말 내내 되새길 수 있었으니 말이다.

그날 학교가 파하고 집으로 돌아가는 길에 린양도 위저우저우가 평소보다 기분이 좋다는 걸 느낄 수 있었다. 겉으로는 딱히 웃고 떠들지 않는 평소와 같은 모습이긴 해도 입꼬리가 은근슬쩍 위로 올라가 있었다. 비록 아주 미세한 곡선이었지만 말이다.

그 미세한 곡선을 그는 평생 잊을 수 없었다.

위저우저우는 그날 일찌감치 자리에 누웠지만 잠이 오지 않았다. 엄마가 돌아오자, 위저우저우는 몸을 일으켜 화장실에 가는 척하다가 침대에 앉아 심사숙고한 끝에 린양의 '별거 아니네' 하는 말투로 쑥스럽다는 듯 말했다. "나 오늘…… 선생님한테 칭찬받았어."

화장을 지우던 엄마가 그 말을 듣고 피곤한 표정으로 웃었다. "엄마는 우리 저우저우가 제일 착하다는 걸 쭉 알고 있었어."

칭찬 한마디가 어째서 이렇게 특별하게 들리는 걸까? 위저우저우는 제대로 분간할 수 없었지만, 여전히 기쁜 마음을 가득 안고 잠이 들었다.

따스한 바람이 나를 푸른 구름 위로 데려다주네.

이유의 이면에는 이유가 없다. 그 바람을 만나기만 한다면 말이다.

아니면 우리에게 온풍기를 보내주는 사람을 만나거나.

그때 위저우저우는 알지 못했다. 보름 후, 자신이 정말로 천하를 호령하게 될 줄은.

11.

아는 사람 1

"이게 다야. 음, 네 생각엔 어떤 영웅이 좋은 것 같아?"

"…… 여자 영웅이지?"

위저우저우는 고개를 쳐들고 한참 생각하다가 "여자 영웅이라고는 '열쇠검의 영광을 위하여! 나는 쉬라!'밖에 모르는데"라는 말을 목구멍 뒤로 꿀꺽 삼켰다. "여자 영웅에 누가 있는데?"

린양도 고개를 들어 한참을 골똘히 생각하더니 대답했다. "딱 두 명밖에 생각 안 나. 하나는 장제, 다른 하나는 자오이만*, 그리고 다른 한 명은 기억이 잘 안 나는데 추진**인지 추린인지 잊어버렸어……."

＊　趙一曼, 중국의 항일열사.
＊＊　秋瑾, 중국의 근대 여성 혁명가.

"그럼 장제와 자오이만으로 하자. 어차피 난 둘 다 모르거든."

린양은 주머니에서 금색 5마오짜리 동전을 꺼냈다. "앞면은 장제, 뒷면은 자오이만." 그러더니 동전을 공중으로 휙 던졌다. 동전은 공중에서 한참 빙글빙글 돈 후에야 손바닥으로 떨어졌다.

"뒷면. 자오이만."

위저우저우는 고개를 끄덕였고, 그렇게 자신의 출전 선수를 결정했다.

그날의 수학 시간 이후로 위 선생님은 부쩍 자주 위저우저우를 일으켜 발표를 시켰고, 위저우저우도 차츰 수업 시간에 손드는 걸 즐기게 되었다. 심지어 때로는 꼬마 제비와 함께 교과서 본문을 선창하며 낭독하기도 했다. 위저우저우가 한 구절 읽으면 나머지 아이들이 따라 읽는 모습은 마치 텔레비전에서 본 서당의 노선생이 한 무리의 서생들 앞에서 "공자왈, 맹자왈" 하는 것 같았다.

재앙은 다가오기 전에 본능적인 예감이 들게 하지만, 좋은 일은 늘 소리 없이 다가온다. 그날 위저우저우는 체육 활동 시간을 마치고 먼저 교실로 돌아왔다가 마침 위 선생님과 대대 지도원 리 선생님, 그리고 꼬마 제비가 함께 교실 문 앞에 서서 뭔가 이야기 중인 걸 봤다. 고개를 숙이고 교실로 들어가려는데 위 선생님이 그녀를 불렀다.

"마침 잘됐네요, 이 학생은 어때요? 위저우저우, 이리 오렴!"

위저우저우가 가까이 다가가자, 그 초등학교 1학년 신입대원들에게는 교주와도 다름없는 대대 지도원이 마치 시장에서 감자를 고르는 눈빛으로 그녀를 위아래로 훑어보더니 담담하게 말했다. "조그만 녀석이 참 예쁘게 생겼네요. 시험 삼아 교과서 낭독을 시켜보죠."

그리하여 위저우저우는 교실 안으로 달려가 국어책을 들고 나왔고, 영문도 모른 채 문 앞에 서서 대대 지도원 앞에서 본문을 낭독하기 시작했다. 낭독을 마치고 고개를 들어 살짝 기대를 품고 대대 지도원을 바라봤는데, 대대 지도원은 그녀가 뭘 읽었는지 전혀 자세히 듣지 않은 듯했다.

"대대부로 따라오렴, 네 국어책 들고."

위저우저우가 대대부 안으로 들어서자 거기엔 이미 여섯 명의 아이들이 와 있었다. 그중 세 명은 모르는 사람이었고, 나머지 셋은 위팅팅과 린양, 그리고 어딘가 낯익은 여자애였다.

곰곰이 생각해보니 생각이 났다. 바로 성정부 유치원에서 달력을 찢어 나눠주던 여자애였다.

알고 보니 성省 내 '캉화제약배杯' 어린이 이야기 콘테스트가 곧 열리는데, 학교에서는 1학년 한 명을 아동부에, 5학년 세 명을 소년부에 참가시킬 계획이었다. 지금 대대부에 모인 여섯 명은 모두 1학년 참가 후보자들이었다.

아이들은 모두 나무토막처럼 잔뜩 긴장해 있었다. 위팅팅도 작은 눈만 데굴데굴 굴리며 감히 숨도 크게 쉬지 못했다. 안에 긴 소파가 놓여 있었지만 아이들은 국어책을 품에 꼭 안은 채 서 있었고, 오직 린양 혼자서만 아무렇지도 않게 소파 끝에 앉아 있다가 위저우저우를 보자 깜짝 놀라더니 곧바로 웃으며 손을 뻗어 오라고 손짓했다.

"저우저우, 같이 앉자!"

위저우저우는 갑자기 날아드는 여러 명의 시선에 머리카락이 쭈뼛 서는 걸 느끼곤, 어쩔 수 없다는 듯 린양에게 무겁게 고개를 저어 보였다.

교과서 낭독은 한 명씩 돌아가며 진행되었다. 눈앞의 기회를 잡기 위해 모두는 본문을 친엄마 모시듯이 정성 들여 읽었고, 글자 하나하나를 길고 또렷하게 발음하며 떨리는 끝음을 살짝 끌어 올렸다. 어찌나 감정을 풍부하게 담는지 꽉 짜면 물이 뚝뚝 떨어질 것만 같았다. 위팅팅의 차례가 되었다. 위팅팅은 자신의 표정이 풍부하다 못해 심지어 흉악하게 보일 지경이라는 것도 의식하지 못했다.

위저우저우는 갑자기 너무 웃겨서 고개를 숙이고 본문을 살펴보는 척했다. 국어책으로 얼굴을 가리긴 했지만 눈은 이미 초닷새의 달처럼 구부러져 있었다. 고개를 들었을 땐 린양도 웃고 있었다. 아무래도 그녀를 비웃는 것 같았다.

다섯 번째는 린양이었다.

린양이 자리에서 일어나 국어책을 들고 본문을 읽기 시작했다. 크지도 작지도 않은, 남자아이의 앳되면서도 청량한 목소리였다. 입대식 때 모두의 앞에서 선서문을 제창할 때처럼 린양은 모처럼 진지해 보였다. 단정한 태도로 긴장하지 않고 적절한 속도로 편안하게 읽어서, 평소 말하는 것처럼 조금도 가식적이지 않았다.

위저우저우는 고개를 갸우뚱한 채 그를 보며 웃었다.

그래, 교과서는 사실 이렇게 읽어야겠지. 린양은 확실히 다른 애들보다 잘 읽었어.

마지막은 위저우저우였다. 린양은 위저우저우가 이미 '환골탈태'했다는 걸 모르고 있었다. 위저우저우에 대한 인상도 여전히 선생님에게 숙제 노트를 찢기고, 병음자모 시험에서 40점을 받고, 주번에게 잡혀 눈물을 뚝뚝 흘리던 꼬마 아가씨에 머물러 있었다.

이번에 위저우저우는 조금도 아름답지 않은 본문을 골라 린양이 했던 대로 편안한 목소리와 자연스러운 말투로 읽기 시작했다.

"아기 염소와 병아리가 친구가 되었습니다. 병아리가 아기 염소에게 벌레를 먹어보라고 권하자, 아기 염소가 말했습니다. '고마워! 난 벌레를 먹지 않아.'

아기 염소와 아기 고양이가 친구가 되었습니다. 아기 고양이가 아기 염소에게 생선을 먹어보라고 권하자, 아기 염소가 말했습니다. '고마워! 난 생선을 먹지 않아.'

아기 염소와 강아지가 친구가 되었습니다. 강아지가 아기 염소에게 뼈다귀를 먹어보라고 권하자, 아기 염소가 말했습

니다. '고마워! 난 뼈다귀를 먹지 않아.'

아기 염소와 송아지가 친구가 되었습니다. 송아지가 아기 염소에게 푸른 풀을 먹어보라고 권하자, 아기 염소가 말했습니다. '고마워!'

아기 염소와 송아지는 함께 푸른 풀을 뜯어 먹었습니다."

아기 염소는 친구를 찾았다. 세상에는 같은 부류만이 친구가 될 수 있었다. 뜻과 지향하는 바가 다른 사람들은 대개 어느 기이한 시간 동안 잠시 즐거운 동행이 될 뿐이었다. 시간의 홍수가 휩쓸고 지나간 후에도 끝까지 함께 모여 있다면 분명 같은 재질의 돌멩이일 것이다. 위저우저우는 당연히 그런 느낌이 뭔지 설명할 수 없었고, 이 본문을 고른 이유도 딱히 명확하지 않았다. 심지어 '마음에 들어 한다'는 것에 다른 무슨 뜻이 담겨 있는지도 전혀 모르면서 자신과 린양은 서로를 마음에 들어 하고 서로를 이해한다고 느꼈다.

한때 번번과는 서로를 목숨처럼 의지하며 함께 좁쌀을 쪼아 먹는 어린 새와 같았지만, 지금은 또 다른 어린 새를 만나서 자신은 좁쌀뿐만 아니라 벌레도 먹을 수 있다는 걸 깨달은 것만 같았다.

사실 린양과 알게 된 지 거의 두 달이 되는데도 위저우저우의 마음속에 린양은 시종일관 그저 '아는 사람'일 뿐이었다. 엄마, 아빠의 총애와 선생님의 신임을 받고 더할 나위 없이 행복한 '아는 사람 1', 무대 불빛 아래에서 모두를 이끌고 선서를 하던 특출난 '아는 사람 1'.

번번은 번번이다. 다른 누군가로 대체할 수 없는 가족이고, "난 아빠가 없어", "그 사람과 엄마가 싸우면서 물건을 던졌는데 하마터면 머리에 맞을 뻔했어"라고 아무렇지도 않게 말할 수 있는 가족이다.

그런데 아는 사람은…… 당연히 그저 아는 사람일 뿐이다. 아무리 매일 그가 귓가에 떠드는 농담과 괴성을 듣고, 말총머리를 잡히고, 서로 투닥거려도…… 위저우저우는 마음속으로 생각한 걸 그에게 말해주지 않을 것이다.

예를 들어 리샤오즈 역시 그녀에겐 아는 사람이었다.

하지만 바로 이 순간, 위저우저우는 자신이 린양과 매우 가깝다고 느껴졌다. 학교의 수백 명 되는 1학년 학생 중에서 오직 그들만이 가장 가까웠다. 번번이 위저우저우를 이해하는 건 그녀가 그에게 모든 걸 알려주기 때문이었다. 그런데 린양과 위저우저우는 서로를 이해하는 데 딱히 많은 말이 필요하지 않았다.

대대 지도원은 그 자리에서 바로 결정을 내리지 않았고, 위저우저우는 교실로 돌아왔다. 수업 두 개가 끝난 후, 위 선생님이 위저우저우를 찾아와 그녀가 학교 대표로 선발되었다고 말해주었다. 예선은 다음 주 수요일, 항일 영웅에 관한 내용으로 5분 길이의 이야기를 하는 거였다. 이야기 내용은 학부모가 먼저 초고를 써오면 대대 지도원이 검토하고 수정해준다고 했다.

하굣길에 다시 린양을 만났을 때, 위저우저우는 조금 미안함을 느꼈다. 그런데 린양은 후보에서 떨어진 것에 조금도 낙담하지 않은 듯, 오히려 흥미진진하게 그녀가 어떤 영웅 이야기를 해야 할지 조언을 해주었다.

"그래서 넌 자오이만이 누군지 알아?"

"…… 몰라." 위저우저우가 고개를 가로저었다.

"반드시 네가 직접 쓴 얘기여야 해?"

"당연히 아니지, 부모님이 써주는 거야. 하지만 우리 엄마는 나한테 써줄 시간이 없을 거야."

"그럼 아빠한테 써달라고 하지."

위저우저우의 마음속에 오후에 갓 만들어진 반듯한 '친구'표 작은 거울에 미세한 균열이 생겼다.

아무리 서로 마음에 들어 하는 사이라 해도, 린양의 온몸에서 발산되는 정오의 햇볕 아래 내보일 수 없는 일이 있기 마련이었다.

위저우저우는 고개를 들어 바람 때문에 눈을 찡그리는 척하며 눈을 문지르다가 적절한 대답을 생각해냈다.

"외할머니마저 요즘 노인대학 일로 바빠서 시간이 없을 거야."

외할머니 '마저', 이제는 소소한 언어유희도 구사할 줄 알아서 거짓말을 하고 싶지 않으면 교묘하게 피해갔다.

린양은 묵묵히 있다가 몇 초 후 별안간 활짝 웃었다. "그래, 그럼 우리 엄마한테 부탁하자. 엄마가 성정부 정책연구실에 다니는데 수하에 글 쓰는 사람들이 아주 많아. 영웅 얘기도 분명 잘 쓸 수 있을 거야! 기다려봐, 내가 집에 가서 엄마한테 부탁해볼게!"

"정말 그래도 괜찮아?"

"5분 분량이랬지? 알았으니까 걱정 마, 문제없을 거야!"

마음속 바윗덩어리를 마침내 내려놓은 위저우저우는 가볍게 한숨을 내쉬고는, 달콤하게 웃으며 진심을 담아 말했다. "린양, 고마워."

줄곧 나한테 이렇게 잘해줘서 고마워.

그날 저녁, 린양은 엄마의 팔을 흔들며 횡설수설 상황을 설명했고, 린양 엄마는 아들이 막무가내로 조르는 걸 보며 하는 수 없이 고개를 끄덕였다.

수하에 대학생들이 여럿 있었으니 자료를 찾아서 초등학생이 발표할 만한 5분짜리 항일 영웅 이야기를 쓰는 건 전혀 어려운 일이 아니었다.

린양은 환호하며 텔레비전을 보러 거실로 달려갔다. 린양 엄마는 한숨을 쉬고는, 줄곧 탁자 앞에 앉아 신문 보는 척하며 몰래 웃고 있던 남편에게 말했다. "당신 아들이 벌써부터 여자애 환심을 사려고 날 부려먹네. 정말 누굴 닮았는지, 배운 적도 없는데 안다니까!"

린양 아빠는 신문을 내려놓고 아내에게 다가가 뒤에서 안으며 다정하게 웃었다.

"나처럼 복이 많아서 좋은 마누라를 얻을 수 있으면 최고
지."

린양 엄마는 다시금 한숨을 내쉬었다. 과연 그 아버지에
그 아들이었다.

린양은 거실에 앉아 〈세 눈이 간다〉의 샤라쿠 이야기를
흥미진진하게 보고 있었다. 사실 오늘 대대 지도원은 먼저
린양을 찾아와 그가 선발되었다고 말해줬었다. 원래는 꼬마
제비에게 주어진 기회였는데, 꼬마 제비는 지역 방송국 활
동이 바빠서 완곡하게 거절했고, 7반의 위 선생님은 그 기회
를 다른 반에게 넘기고 싶지 않아서 또 위저우저우를 추천
한 거였다. 대대 지도원은 당연히 집안 배경 좋고 망신을 당
하지 않을 만한 사람을 뽑으려 했고, 린양보다 적합한 사람
은 없었다.

그러나 린양은 이렇게 말했다. "전 안 나갈래요. 어쨌거나
대회에 나가고 싶지 않아요."

자신이 기권하면 위저우저우에게 기회가 돌아간다는 걸
확신한 듯했다.

꼬마 린양은 어쩜 그렇게 순진했는지. 만약 대대 지도원
이 권세 있는 집안의 아이를 찾으려고 마음먹었다면, 아무
리 린양이 고집을 부려 기권한들 그 기회는 링샹첸이나 다
른 사람에게로 돌아갔을 거고, 절대로 위저우저우에게 주어
지지 않았을 것이다.

다행히 대대 지도원은 더는 귀찮아지는 게 싫었는지 본문을 아주 자연스럽게 읽은 위저우저우를 선택했다.

다행이었다.

안 그랬으면 '내 마음은 밝은 달을 향해 있는데, 밝은 달은 개울만 비추니 어찌하랴'*의 상황이 벌어질 수도 있었다.

그의 모든 것은 이렇게나 완벽하고 행복했다. 가끔 이렇게 천진하게 남을 도와줄 때도 요행으로 성공할 수 있었다.

린양은 전혀 깨닫지 못한 채 그저 소파에 앉아 만화영화를 보며 배꼽을 잡고 웃을 뿐이었다.

---

* 本將心向明月, 奈何明月照溝渠, 원나라 때 『비파기(琵琶記)』에서 인용된 시구.

12.
죽다 살아나다

"있잖아, 손을 들 때 다섯 손가락을 모아서 쫙 펴는 게 나을까, 아니면 주먹을 쥐는 게 나을까?"

위저우저우는 그 말을 듣고 고개를 돌려 옆에 있는 여자 아이를 멍하니 바라봤다. "어?"

무대 위에는 오렌지색 배경 조명만이 스탠딩 마이크와 심사위원석에 있는 네 명의 선생님을 비추었고, 무대 아래 관객석은 온통 어두컴컴했다. 위저우저우는 오육십 명의 비슷비슷한 또래 아이들과 함께 무대 아래에 조용히 앉아 발표할 원고와 추첨으로 뽑은 번호표를 손에 쥔 채 자신의 차례가 오기를 기다렸다. 예선전이었기 때문에 참가자 말고 다른 관객은 없었다.

"너한테 묻는 거야. 다섯 손가락을 모으는 게 나을까, 아니면 주먹을 쥐는 게 나을까? 얼른! 나 곧 무대 위로 올라간

다구!"

머리 위에 거대한 분홍색 리본을 단 꼬마 아가씨가 눈을 부라렸다. 화가 나서가 아니라 진짜로 무척 조급해서였다. 그리하여 위저우저우는 자신의 궁금증을 삼키곤 재빨리 대답했다. "어른들은 손을 들어서 시계를 볼 때 다들 주먹을 쥐었던 것 같아."

"그래, 그럼 주먹으로 해야겠다."

리본 아가씨의 말이 끝나자마자 무대 위 진행요원이 외쳤다. "37번, 단제제!"

"…… '단'이 아니라 '산'인데." 여자아이는 툴툴거리며 몸을 일으켰다. 여자아이가 곁을 지나갈 때, 위저우저우는 그녀가 긴장한 듯 파란 주름치마를 손으로 꽉 쥔 걸 봤다. 아코디언 주름치마에 주름이 하나 더 늘어났다.

산제제의 이야기 주제는 황지광*이었다.

이제까지 참가자들이 발표한 항일 영웅 이야기에는 황지광은 물론, 심지어 레이펑**과 라이닝***, 왕진시****도 있었다. 아이들은 그게 뭐가 틀린 건지 모르는 듯했다. 어차피 다 영웅이었으니 말이다.

산제제의 영웅 이야기는 지극히 격정적이었다. 긴장한

---

　　* 黃繼光, 전우를 대신해 기관총을 맞고 숨진 중국인민지원군 병사.

　 ** 雷鋒, 중국인민해방군 모범 병사.

　*** 賴寧, 15세에 화재 현장에서 사람들을 구하다가 숨진 중국의 소년 영웅.

**** 王進喜, '철인정신'으로 모범을 보인 중국의 석유 노동자.

탓에 말소리가 좀 빠르긴 했지만 목소리가 우렁찼고, 게다가…… 동작이 풍부했다.

"동쪽 하늘에 샛별이 떠올랐습니다!" 왼발을 앞으로 한 발 내딛으며 왼손을 높이 올렸다.

"지도원이 시계를 보았습니다." 오른손을 들어 주먹을 쥐고 고개를 숙여 손목을 쳐다봤다.

"벌써…… 6시입니다!" 왼손 엄지손가락과 새끼손가락을 펼치고 나머지 손가락은 둥글게 말아 커다랗게 숫자 '6'을 표시했다.

"황지광은 바로 그 순간 일어나 큰 소리로 외쳤습니다. '지도원님! 제가 가서 막겠습니다!'" 방금 '6'을 표시했던 손이 다시금 주먹을 쥐며 가슴을 탕탕 쳤다.

위저우저우는 심지어 산제제의 작은 몸에서 전해지는 메아리까지 들을 수 있었다.

이렇게, 산제제의 연기를 본 위저우저우는 객석에서 돌처럼 굳어버렸다.

그녀의 마음속은 여전히 갈등으로 복잡했다. 이런 연기가 솔직히 무척이나 우스웠지만, 마음속 깊은 곳에서는 이렇게 하는 것이야말로 올바른 연기 방식이 아닐까 하는 생각이 들었다. 산제제처럼 하는 게 옳았다. 특히 심사위원 선생님들이 흡족하게 고개를 끄덕이는 게 그걸 증명해주었다.

47번 위저우저우가 무대에 올랐다. 이야기를 시작하려고 준비하는데 별안간 호출기가 삑삑 울리는 소리가 들렸다. 심사위원 한 명이 재빨리 일어나 무대 뒤로 걸어가며 위저우저우에게 잠깐 기다리라고 눈짓했다. 그런데 잠시 후, 한 나이 지긋한 할아버지가 대회장으로 들어왔다. 나머지 세 심사위원이 얼른 일어나 할아버지에게 허리 굽혀 인사하면서 웃는 얼굴로 "구 선생님, 어떻게 여기까지 오셨습니까" 같은 말을 건넸다.

영감님은 눈빛이 상당히 매서웠고 다른 심사위원들의 자상한 표정과는 사뭇 달랐다. 그는 전화를 하러 간 선생님 자리에 앉아 책상 위 마이크에 대고 말했다. "47번, 시작하세요."

바로 앞의 참가자와 비교했을 때, 위저우저우의 이야기 솜씨는 평범하기만 했고 심지어 구어체에 가까웠다. 그래서 자오이만이 일본 침략자에게 고문을 당하는 장면을 이야기할 때, 줄곧 고개를 숙이고 참가자 명단을 훑어보던 할아버지가 고개를 들더니 자신을 보며 살짝 미간을 찌푸리는 걸 보고 말았다.

의미가 불분명한 눈빛이었다.

위저우저우는 원래부터 이런 어색한 영웅 이야기에 딱히 흥미가 없었던 데다, 원고에 포함된 대량의 사자성어와 만연체 문장을 외우는 것도 무척 힘들었기 때문에 실력을 발휘하는 데 한계가 있었다. 그 와중에 이렇게 갑작스럽게 차가운 눈빛을 받으니 깜짝 놀라 순간 평정심을 잃고 말았다.

"잔혹한 고문에 시달리던 자오이만은 저도 모르게 정신

을 잃었지만, 아무것도 말하지 않았습니다."

쓸데없는 소리, 기절했는데 어떻게 말을 할 수 있겠어?

"그러나 잔인한 적들은 자오이만을 풀어주지 않고 인정사정없이 물을 끼얹었습니다. 이성을 잃은 적들은 다시 정신을 차린 자오이만에게 더욱 혹독한 고문을 가하며 자백을 강요했습니다."

"잔혹한 고문에 시달리던 자오이만은 저도 모르게 정신을 잃었지만, 아무것도 말하지 않았습니다."

망했다, 똑같은 말을 또 했네…….

위저우저우는 잠시 말을 멈추고, 예상했던 대로 그 할아버지의 입가에 걸린 냉소를 — 일단 냉소라고 치고 — 봤다.

그녀는 다시 마음을 가라앉히고 숨을 깊이 들이마신 후, 마음대로 한 문장을 추가했다.

"이렇게, 자오이만은 기절했다가 깨어나고, 깨어났다가 다시 기절하는 걸 반복했지만…… 당의 기밀 사항에 대해서는 한 글자도 말하지 않았습니다."

그러면서 산제제가 했던 것처럼 왼손을 들어 주먹을 꽉 쥐고, '죽어도 굽히지 않겠다'는 손짓을 해 보였다.

할아버지는 마침내 웃었다. 이번에는 비웃음인 것 같았다…….

위저우저우는 이야기를 마치고 자리에 돌아가 앉았다가 자신의 얼굴이 온통 땀범벅이 되어 있다는 걸 깨달았다. 고개를 들어 심사위원석을 흘끗 보니, 마침 그 할아버지도 기이한 표정으로 그녀를 바라보고 있었다. 방금 한바탕 횡설수설을 끝낸 위저우저우는 하는 수 없이 부끄러워 고개를 숙였다.

30분 후, 스무 명의 본선 진출자가 발표되었다. 산제제는 긴장한 듯 연신 침을 삼켰다. 위저우저우는 그걸 보고 손을 뻗어 산제제의 손을 살짝 잡아주었다. 산제제는 흠칫하더니 고개를 돌려 위저우저우를 바라보며 가까스로 미소를 지어 보였다.

심사위원이 종이를 들고 무대에 올라 마이크를 받아 들고 명단을 발표하기 시작했다. 그 순간, 위저우저우는 마치 그때의 수학 시간으로 돌아간 것 같은 느낌이었다. 위 선생님이 찢긴 숙제 노트를 한 아름 안고 한 권씩 넘기며 이름을 부르던 모습이 눈앞에 선하게 떠올랐다. 마치 커다란 입을 벌린 괴수가 그녀와 같은 애송이들을 집어삼키려는 것처럼, 끝이 보이지 않는 공포와 당황스러움이 몰려왔다.

"37번, 위신초등학교, 산제제."

산제제의 굳어 있던 몸이 순식간에 부드럽게 풀렸다. 위저우저우가 그녀의 손을 꽉 쥐며 말했다. "너무 잘됐다."

"47번, 사대 부속초등학교, 위저우저우."

원래의 활발한 본색을 되찾은 산제제가 웃으면서 위저우저우를 껴안았다. "정말 너무 잘됐어!"

알고 보니 그 할아버지는 놀랍게도 지역 소년궁 총책임자인 구 선생님이었다. 그는 심사위원을 대표해 모두의 예선 활약을 평가한 후, 본선 시간과 장소 및 내용을 발표했다.

"영웅 이야기는 총점의 60프로를 차지하고 나머지 40프로는 현장 주제 점수입니다."

산제제가 손을 들었다. "선생님, 현장 주제가 뭐예요?"

구 선생님이 아이들을 흘끔 봤다. "커다란 종이 상자에서 주제가 적힌 쪽지를 뽑는 거란다. 쪽지에 적힌 주제어를 가지고 현장에서 즉흥적으로 이야기를 하는 거지."

무대 아래쪽에서 놀란 외침이 연신 터져 나왔다. 즉흥적으로 이야기를 지어내라고? 위저우저우가 멍하니 정신을 못 차리고 있을 때, 구 선생님이 담담하게 그녀 쪽을 흘끔 보는 게 보였다. 여전히 이상한 미소를 짓고 있었지만 아까보다는 훨씬 온화한 표정이었다. 마치 "힘내렴, 멋대로 이야기를 지어내는 꼬마 아가씨"라고 말하는 것 같았다.

"쳇, 알겠어." 산제제가 위저우저우의 귓가에 나지막하게 속삭였다. "이게 다 뒷문으로 들어온 애들을 위해서야. 분명 미리 주제를 알고 있는 애들이 있을 거라고."

"하지만 주제는 추첨으로 뽑는 거라며?"

"너 바보야?" 산제제가 위저우저우를 흘겨봤다. "조작하려고 마음먹으면 추첨 같은 건 일도 아냐!"

위저우저우는 반박할 수 없었다. 어쨌거나 산제제는 자신보다 컸고, 2학년 중대장으로서 위저우저우가 본 만화영화보다 훨씬 많은 경례를 해봤을 테니 말이다.

그러나 예선을 통과한 건 아주 기뻐할 만한 일이었다. 어두운 극장을 달려나가니 엄마가 밖에서 기다리고 있었다.

"엄마, 나 본선 진출했어!" 위저우저우가 꿀보다 더 달콤하게 웃었다.

엄마의 품은 영원히 가장 부드럽고 편안한 곳이었다. 다만 예전에 코끝에 맴돌았던 옅은 초목의 싱그러운 향기가 지금은 좀 더 세련된 향기로 바뀌었을 뿐이었다.

"우리 저우저우가 최고야!" 엄마가 위저우저우의 앞머리를 부드럽게 매만져 주었다. "본선은 언제래?"

"다음 주 일요일. 선생님이 그러는데, 우리가 소년궁의 큰 무대에 서게 될 거래. 관객들도 아주 많이 오고."

위저우저우는 "엄마도 올 수 있어?"라는 말을 그대로 삼켰다. 엄마가 늘 바쁘다는 걸 알기 때문이었고, 만약 무대 아래에 가족이 앉아 있으면 자신이 더 긴장할 수도 있기 때문이었다. 위저우저우의 잠재의식에 따르면, 무대 밑에 만 명의 관객이 앉아 있어도 자신이 모르는 사람들이기만 하면 전혀 두렵지 않았다.

엄마는 황급히 다시 회사로 돌아가면서 예선 통과 선물을 남겨놓았다. 바로 커다란 메도우 골드Meadow Gold 아이스크림 한 통. 위저우저우는 혼자 작은 방에 앉아 작은 숟가락으로 바나나 맛 부분을 파먹었다. 그녀는 친절하게 위팅팅에게도 아이스크림을 나눠줬지만, 돌아온 건 "뽐내지 마"라는 한마디였다. 그래도 링링 언니는 스스럼없이 위저우저우에게 축하해주며 아이스크림 한 그릇을 덜어갔다.

어쩌면 저번에 일기장 일 때문에 아직까지 신경을 쓰는 것일지도.

그 후 일주일간 위저우저우는 줄곧 기묘한 기분에 빠져 있었다. 예선을 통과했다는 흥분과 본선에 대한 약간의 걱정, 그리고 모두의 주목과 선생님의 칭찬이 가져다준 우쭐함…… 물론 어쩌면 곧 구름 끝에서 떨어질지도 모른다는 공포감이 더욱 컸다.

한 번의 무능함에 백 번의 기회가 사라진다. 한 번의 무능함에 백 번의 기회가 사라진다.

이제 막 떠오르는 학교의 새로운 일곱 살짜리 스타로서, 위저우저우는 확실히 생각이 좀 많았다.

먼지 속에서 꽃을 피운 위저우저우는 높은 곳에서 낮은 곳으로 떨어지는 것의 의미를 남들보다 훨씬 잘 알고 있었다. 전전긍긍하는 옹졸함과 두려움과 불안, 그리고 '총애'라는 것의 취약함과 무작위성을 깊이 알았기에…… 매일 린양과 하굣길을 걸을 때마다 자신도 확실히 설명하기 힘든 감정이 점점 더 부풀어 올랐다.

더 잘해야 하고, 더 높이 올라가야 하고, 최대한 빨리 자신의 힘에 의지해 더 중요한 사람, 더 강한 사람이 되어야 했다.

먼지 속에서 핀 그 꽃의 이름은 '욕망'이었다. '더'라는 수

식어로 가득한 인생이 이제 막 시작되었다.

그녀는 무겁게 가라앉은 석양을 향해 한 걸음, 한 걸음 걸어갔다.

본선 당일은 과연 인산인해였다. 위저우저우는 무대 뒤를 달려나가 몰래 비상 통로 옆 문을 통해 무대 쪽을 들여다봤다. 바글바글한 관객석을 보니 살짝 긴장되어 차가운 손바닥이 끈적끈적한 땀으로 흥건해졌다.

저우저우, 그녀가 자신에게 말했다. 이번엔 반드시 기억해야 해. 자오이만은 딱 한 번 기절한 거야. 다시는 헛소리를 늘어놓으면서 영웅님을 죽다 살아나게 만들어서는 안 돼.

그런데 별안간 등 뒤에서 웃음소리가 들려왔다. "야, 너 그때 그 여자애 맞지?"

위저우저우가 문손잡이에서 손을 떼고 뒤를 돌아봤다. 사람들이 오가는 비상 통로 중앙에 하얀 셔츠와 연회색 체크무늬 털조끼를 입은 남자아이가 서서 그녀를 보고 있었다. 말쑥한 얼굴에는 따스한 웃음이 걸려 있었다.

"천안?" 위저우저우는 놀랄 새도 없이 순간적으로 이름이 먼저 튀어나왔다. 말랑말랑한 그 이름은, 소리 내어 읽으면 입술과 이 사이에 부드러운 공명이 일었다.

그녀는 그가 자신의 이름을 부르려다가 멈칫하는 걸 볼 수 있었다. 이름이 기억나지 않는 게 분명했다.

그러나 그는 아무렇지도 않게 곧 다시 만면에 웃음을 되찾고 가볍게 물었다.

"무슨 일이야? 여왕 폐하도 대회 구경하러 왔어?"

13.
하지만 아직 이야기가 안 끝났는데요

위저우저우는 그 말을 듣자마자 속으로 예전에 그녀를 정성
껏 여왕으로 추대한 그리그리 공작 부자를 매섭게 질책했다.

정말 너무 나댔잖아.

그러나 위저우저우는 여전히 이 상상도 못 한 재회를 즐
거이 음미했다. 눈앞의 이 사람은 마치 그녀의 철제 박스에
서 튀어나온 것만 같았다.

그녀는 고개를 들어 반짝이는 두 눈이 휘도록 웃으며 아
주 예의 바르게 말했다. "내 이름은 위저우저우야."

자신이 이름을 깜빡했다는 걸 꼬마에게 인정사정없이 간
파당한 천안은 좀 민망했는지 웃으며 말했다. "그래, 저우저
우. 대회 보러 온 거야?"

위저우저우가 대답하기도 전에 멀리서 누군가 외쳤다.
"천안, 천안!"

그녀는 통로 입구에서 달려온 한 무리의 아이들에 의해 바깥으로 밀려났다. 그들은 모두 천안과 나이가 비슷하거나 살짝 많아 보였다. 남자아이 넷과 여자아이 다섯, 다들 각자 길고 넓고 납작하고 둥그런 악기 상자를 메고 있었다. 위저우저우는 그제야 천안의 손에도 검은색 상자가 들려 있는 걸 봤다. 모양을 보아 하니 바이올린 같았다.

위저우저우는 마치 냄비 옆에 서서 끓는 물을 주시하는 모양새였다.

"제2바이올린 조정한다는 얘기 들었어? 제2바이올린 수석 있잖아, 그 두꺼운 돋보기안경 쓰고 교정한 애. 걔가 너네 제1바이올린 쪽으로 간대. 어쩌면 네 부수석 자리를 차지할 수도 있다던데……."

"천 선생님도 참 막 나가시네. 뇌물도 정도껏 받아야지, 우리가 아무것도 모르는 줄 아나. 파트 배정 심사에서 떨어진 첼로랑 클라리넷 애들도 지난주 일요일 합동 연습 때 왔잖아? 쳇, 이번엔 엄격하게 조사할 거라고 처음에 누가 그랬냐? 어차피 자기 자신은 조사하지도 않을 거면서."

"다 학교 선택이랑 가산점 때문이지 뭐. 그냥 못 본 척 넘어가자, 이번이 처음도 아니고. 그치만 천안, 너도 조심해. 제2바이올린 수석은 결코 호락호락하지 않을 테니까."

"됐어, 제아무리 호락호락하지 않아봤자 감히 천안을 건드릴 만큼 간이 부었을 리도 없고……."

그들이 이러쿵저러쿵 늘어놓는 말을 위저우저우는 거의

알아듣지 못했지만, 그래도 조용히 옆에 서서 자리를 떠나지 않았다. 천안은 사람들 사이에 끼어 입을 꾹 다문 채 웃고 있었다. 마치 태어날 때부터 사람들에게 둘러싸이는 게 어울리는 사람처럼 말을 하지 않아도 여전히 상냥함이 느껴졌고, 다른 언니, 오빠들보다 훨씬 성숙하고 침착해 보였다. 위저우저우는 자신이 대체 뭘 기다리는 건지 알지 못했다. 도중에 한쪽에 내팽개쳐진 게 좀 속상하긴 했지만, 곁에 있는 소년소녀들로 둘러싸인 작은 세계가 그녀의 호기심을 자극했다.

그들은 선생님 험담을 했고, 그들은 주변을 신경 쓰는 것 같으면서도 제멋대로였고, 그들은 그녀가 알아듣지 못할 말을 했고, 그들은 각종 암묵적인 관행에도 태연했고, 그들은 서로 잘 알았고, 그들은…….

열등감, 분노, 부러움, 호기심……, 갖가지 감정이 위저우저우의 마음속에 끓어올랐다. 그녀는 사람들 속에 있는 그 소년을 태연하게 바라봤다. 그는 말수가 적은 자신과 함께 소파에 앉아 말없이 만화영화를 보던 오빠가 더는 아니었고, 두 사람의 이름을 적은 종이도 기억하지 못할 것이다. 이번에 그는 그의 세계와 함께 등장했다. 그 세계의 바깥은 투명한 공기로 덮여 있어서 위저우저우를 단숨에 몇 미터 밖으로 튕겨냈고, 그녀는 거기에 바보처럼 서서 멍하니 지켜볼 수밖에 없었다.

그들의 대화는 끝이 없었다. 위저우저우는 멀리서 진행자들이 입을 모아 외치는 소리를 들었다. "캉화제약배 어린이 이야기 콘테스트, 지금 시ー작ー합ー니ー다!"

소년부와 아동부 출전자는 총 45명이었고, 위저우저우의 순서는 41번째였다.

그러나 그녀는 그래도 몸을 돌려 무대 뒤 대기실로 돌아갔다. 등 뒤에서 일행들에게 대회 구경하러 관객석으로 가자고 부르는 천안의 목소리가 들려왔다. 알고 보니 천안의 작은고모네 사촌 여동생도 이번 이야기 콘테스트에 참가했는데, 천안은 이제 막 소년궁에서의 학생 오케스트라 연습이 끝난 김에 응원하러 온 거였다.

사람들을 보고 살짝 긴장했던 위저우저우는 천안을 만나고 나서…… 더욱 긴장되었다. 그런데 이상한 건, 방금 무시를 당하고 나니 오히려 마음이 차분해졌다.

처음에는 관객석에 아는 사람이, 그것도 아주 중요한 사람이 있다는 걸 알고 창피를 당할까 봐 두려웠다면, 묵묵히 자리를 떠나 대기실로 돌아온 지금은 '정말로 창피를 당한다 해도 상대방은 딱히 신경 쓰지 않겠지?' 하는 생각이 들었다.

그는 그저 꼬맹이가 저지른 웃음거리라고만 생각할 것이다.

위저우저우는 벽을 마주하고 이야기 내용을 빠르게 두 번 되새기며 확실히 외웠음을 확인하곤, 일어나서 커튼 옆으로 달려가 몰래 대회를 지켜봤다. 그런데 뜻밖에도 거기서 잔뜩 긴장한 산제제를 발견했다.

"제제?"

"언니*라고 부를 필요 없어. 난 너랑 동갑인데 학교를 일찍 들어간 것뿐이니까."

"…… 난 언니라고 부른 적 없는데."

산제제는 그제야 깨닫고 혀를 쏙 내밀었다. "미안, 내가 조금 긴장해서."

'조금'이 아닌 것 같은데? 위저우저우를 잡은 그녀의 손이 놀랄 정도로 차가웠다. "괜찮아?"

산제제의 원고는 이미 너덜너덜할 정도로 유린당했고 군데군데 닳아 찢겨 있었다. 그녀는 신경질적으로 중얼중얼 외우면서 원고를 접었다 폈다를 반복했다.

"우리 가족들 모두 내가 대회 나간다고 보러 왔어. 사촌 오빠랑 사촌 언니까지도 다. 나 실수라도 하면 어쩌지?"

위저우저우는 산제제의 울먹거리는 목소리를 듣고 문득 줄곧 자신 앞에서 2학년 선배 행세를 하던 꼬마 아가씨가 여동생처럼 느껴졌다. 그녀는 위로하듯 산제제의 등을 토닥이며 웃는 얼굴로 위로해주었다.

자신의 보호가 매우 필요하다고 느낀 사람은 번번 이후로 처음이었다. 비록 눈앞에 있는 사람은 번번보다 입심이 훨씬 세긴 했지만.

무대 위의 17번 꼬마가 주제 쪽지를 뽑고 있었다. 뽑은 쪽

---

* 중국어에서 '언니'는 '제제'라고 발음된다.

지를 진행자에게 건네자, 진행자가 큰 소리로 말했다. "네, 우리 17번 친구가 뽑은 쪽지에는 '2전, 붉은 스카프, 경찰 아 저씨, 얼룩 고양이, 할머니, 가지'라고 적혀 있네요." 혹시라 도 글자를 모르는 아이들도 기억할 수 있도록 진행자는 세 번이나 반복해서 말했다. "그럼 17번 참가자에게는 생각할 시간 45초가 주어집니다. 이야기 제한 시간은 3분입니다."

산제제가 다시 울상을 지었다. "이따가 이야기를 지어내 지 못하면 어떡하지……."

시간이 되었다. 17번 꼬마는 고개를 숙이고 쪽지를 바라 보며 천천히 입을 열었다. "일요일 아침, 붉은 스카프를 맨 아이가 길에서 2전을 주웠습니다. 아이는 얼른 2전을 경찰 아저씨에게 가져다주었습니다. 경찰 아저씨는…… 경찰 아 저씨는…… 아저씨는 돈을 받고 나한테 고개를 끄덕여주었 습니다……." 꼬마의 어조가 약간 노래하듯 바뀌기 시작했 고, 관객석에서는 선의의 웃음소리가 울려 퍼졌다.

"봐봐, 난 아마 쟤보다 더 형편없는 이야기를 지어낼 거 야……." 산제제는 금방이라도 울 것만 같았고, 대회를 위해 했던 화장은 땀 때문에 살짝 번져 있었다.

"집으로 돌아가는 길에 저는 얼룩 고양이를 만났습니다. 그리고 할머니는…… 할머니는 저녁때 가지를 먹을 거라고 했습니다."

17번 꼬마는 조금도 두려워하지 않고 마지막 한마디를 마 친 후, 황급히 허리 숙여 인사하고 곧장 무대 뒤로 달려나갔다. 관객석에 박수와 웃음소리가 울려 퍼졌다.

산제제가 곧 무대 위로 올라가야 할 차례가 되자, 위저우저우는 있는 힘껏 그녀의 귓가에 대고 "힘내!" 하고 외쳤다. 산제제는 깜짝 놀라 소파에 털썩 주저앉아 가슴을 부여잡고 소리쳤다. "뭐 하는 거야?! 나 놀래 죽일 셈이야?!"

산제제는 마침내 '제가 가서 막겠습니다'의 기세를 회복했다. 위저우저우가 산제제의 얼굴을 꼬집으며 웃었다. "이제 긴장되지 않지?"

산제제는 눈을 깜박거리며 멍하니 있다가 따라서 웃기 시작했다. "어라? 그런 것 같아……. 하핫, 고마워, 저우저우."

"고마워할 거 없어. 이건 우리 엄마가 내가 딸꾹질할 때 쓰던 방법이거든. 힘내!"

산제제의 발표는 순조롭게 진행되었다. 비록 마지막 즉흥 이야기는 기본적으로 각각의 주제어로 문장을 만들어 연결한 것이라 살짝 어색하긴 했지만 말이다. 산제제는 흥분해서 무대를 내려와 다시금 선배의 본색을 회복했다. 그리고는 위에서 내려다보듯이 위저우저우의 머리를 토닥이며 말했다. "힘내도록 해, 응."

위저우저우가 무대에 올라갔을 때, 무대 아래 관객들은 이미 지쳤는지 웅성거리는 소리가 끊임없이 들려왔다. 사실 자기 집 아이를 지켜볼 때 빼고는 다른 사십여 명 아이들의 애국주의 대폭격을 귀담아들을 사람은 없었다.

위저우저우는 자오이만의 이야기를 유창하게 마치고, 커

다란 종이 상자에서 쪽지 하나를 꺼내 진행자에게 건넸다.

진행자는 접혀 있는 쪽지를 펼쳐 큰 소리로 읽었다. "41번 친구가 뽑은 주제는 생쥐, 고양이, 노란 풍선, 대스타입니다."

위저우저우는 눈을 깜빡였다. 이게 대체 뭐람.

무대 아래 관객들은 즉흥 이야기 순서만 되면 조용해졌다. 왜냐하면 이 시간에는 썰렁한 농담 같은 이야기를 들을 수 있기 때문이었다. 위저우저우가 미간을 찌푸리며 생각에 잠겨 있을 때, 현장 조명에 갑자기 문제가 생겼는지 오렌지 색 배경 조명이 갑자기 꺼졌고, 무대 가장자리의 하얀 스포트라이트 두 개만이 그녀를 비췄다. 마치 텔레비전에서 미국 경찰 아저씨들이 자백을 강요할 때 범죄 혐의자를 비추는 불빛 같았다.

위저우저우는 당황하지 않았다. 무대 아래에서 폭발하듯 웅성거리는 소리는 아득히 멀게만 느껴졌고, 그저 그곳에 서 있는 그녀의 마음속에서는 신비로운 흥분이 솟아올랐다.

온통 어두컴컴한 세상에 오직 그녀뿐이었다.

오직 그녀 자신뿐이었다.

위저우저우는 눈물이 나올 것 같은 충동을 느꼈다. 그 순간 그녀는 세이야가 어째서 매번 쓰러질 때마다 눈앞에 친구와 가족과 아테나의 얼굴이 계속해서 아른거리고, 그러면 즉시 일어나 코스모를 폭발해 적들을 물리치고 승리를 거둘 수 있는 건지 이해할 수 있었다. …… 그녀는 확실히 봤다. 앞쪽 어둠 속에 토끼 공작과 샤라쿠, 그리고 성수병을 안고 있는 히미코와 변신 중인 크리미 마미가 있는 걸…….

그들이 말했다. 저우저우, 힘내.

조명이 교체되었고, 위저우저우는 다시금 현실로 돌아와 밝아진 빛에 적응하기 위해 눈을 가느다랗게 떴다. 진행자가 다시금 무대 위로 올라와 관객들에게 방금 발생한 고장에 대해 설명한 후, 몸을 돌려 위저우저우를 위로하며 혹시 시간이 더 필요하냐고 물었다.

"괜찮아요. 생각 다 했어요." 위저우저우가 가볍게 대답했다. 무대 밑 관객들은 순식간에 조용해졌고, 모두의 눈빛이 그녀에게로 쏟아졌다.

"옛날 옛날에…… 번번이라는 시골 생쥐가 있었습니다. 번번은 자신이 태어날 때부터 대스타라고 생각했어요. 무대 위에서 누구보다 멋지게 노래하면 모두가 그를 따라서 노래를 부르는, 세상에서 가장 대단한 사람…… 아, 생쥐라고요.

하지만 번번의 가족들은 번번을 믿지 않았습니다. 오직 번번의 가장 친한 친구만이 번번을 계속해서 격려해줬지요. 친구는 번번에게 도시에 가야 꿈을 이룰 수 있을 거라고 말해줬어요.

그래서 번번은 집을 나와 도시로 떠났습니다. 꼬리에는 커다란 노란 풍선을 매달고서요. 번번은 나중에 최고의 무대에서 노래를 부르게 되면 그 커다란 풍선을 공중으로 날릴 거라고 친구에게 말했어요. 아무리 멀리 떨어져 있어도 친구가 그 노란 풍선을 볼 수 있도록요.

도시에 도착한 번번은 극장으로 뛰어갔어요. 극단 사장이 번번에게 무슨 노래를 할 줄 아냐고 묻자, 번번은 똑바로 서서 진지하게 노래를 부르기 시작했습니다. '오, 생쥐!'

사장님이 말했습니다. '생쥐를 좋아하는 사람은 아무도 없어. 그러니 자넨 '오, 고양이!'라고 노래해야 해.'

번번이 말했습니다. '아니요, 전 절대로 고양이를 노래하지 않을 거예요. 전 고양이가 가장 싫어요.'

극단 사장이 말했습니다. '오, 고양이!'

번번이 말했습니다. '오, 생쥐!'

두 사람은 말다툼을 시작했고, 극단 사장은 번번을 극장 밖으로 뻥 하고 걸어찼어요. 번번은 한참을 굴러가다 벽에 부딪혔고, 꼬리에 묶어놓은 풍선은 '펑' 하고 터지고 말았습니다.

번번은 한참을 울었어요. 극단 사장이 그의 노래를 좋아하지 않아서가 아니라, 자신의 친한 친구가 그 풍선을 다시는 못 볼까 봐 슬퍼서였어요."

위저우저우는 이 대목을 이야기하면서 목소리가 침울해졌고, 관객석은 바늘 하나 떨어지는 소리까지 들릴 정도로 조용해졌다.

"꼬마 친구, 시간이 다 됐어요." 진행자가 작은 소리로 일깨워 주었다.

"하지만 아직 이야기가 안 끝났는데요." 위저우저우는 차분하게 진행자를 바라보며 마이크에 대고 말했다.

무대 아래에서 별안간 폭소와 함께 열렬한 박수가 터져나왔다.

위저우저우는 고집스러운 표정으로 관객석은 거들떠보지도 않은 채 극장에서 가장 멀리 떨어진 뒷문을 주시하며 진지하게 이야기를 계속했다. 번번이라고 불리는 작은 생쥐가 여러 곳에서 퇴짜를 맞은 후 마침내 인정을 받았다는 내용이었다.

"무대에 올라 공연하는 날, 사장님이 번번에게 준비됐냐고 묻자, 번번은 부탁이 하나 있다고 말했습니다.

사장님이 물었습니다. '무슨 부탁인가?'

번번이 대답했습니다. '저한테 노란 풍선을 하나 사주세요. 제가 노래할 때 그걸 하늘 위로 날리면 제 친구가 보고 제가 꿈을 이뤘다는 걸 알 수 있을 거예요.'"

위저우저우는 느닷없이 울고 싶은 충동이 들었다. 모두가 지켜보는 가운데 자신이 왜 이러는지 알 수 없었다.

"고맙습니다. 제 이야기는 끝났어요."

위저우저우는 깊이 허리 숙여 인사하고는 심각하게 시간을 초과한 이야기와 함께 퇴장했다.

등 뒤에는 전에 없던 박수 소리가 오랫동안 그치지 않았다.

14.
행복은 느닷없이 찾아온다

위저우저우가 무대 뒤로 돌아왔을 때, 소파에는 네 명의 참가자만 남아 있었다. 이야기를 마친 아이들은 만족했든 실망했든 모두 무대 아래 객석으로 돌아가 엄마, 아빠 곁에서 최종 결과를 기다렸다.

42번이 무대 위로 올라갔다. 나머지 세 사람은 모두 소년부 참가자여서 위저우저우보다 몇 살은 더 많았고, 딱 봐도 이미 소년의 모습이었다. 그중 한 언니가 위저우저우에게 웃으며 말했다. "우리 다 네 이야기 들었어. 시간은 초과했지만 아주 재밌더라."

위저우저우는 살짝 얼굴을 붉혔다. 방금 무대에서 자신은 끌려가지 않으려고 고집부리는 소처럼 진행자를 한 켠에 내버려 두고 이야기를 하는 것에만 푹 빠져 있었는데, 이제야 자신이 무슨 짓을 했는지 정신이 들었다. 위저우저우는 들릴락 말락 한 작은 소리로 말했다. "…… 고마워. …… 언니도 힘내."

객석에 가족이 오지 않아서 갈 곳이 없던 위저우저우는 대기실 소파에 앉아 대회가 끝나기를 기다렸다. 아까 무대 아래에서 터져 나온 박수 소리는 그녀를 무척이나 흥분시켰지만, 차츰 냉정을 되찾고 나니 약간 불안감이 들었다. 시간 초과의 결과가 어떨지는 몰라도 분명 점수에 큰 영향을 끼칠 것이다. 어쩌면 관객들은 이 개성 강한 꼬마 아가씨를 기억할지 몰라도, 대회가 끝나고 무대 아래에 새카맣게 모인 사람들이 흩어지면 그녀는 아무것도 아니게 될 것이다. 상을 받지 못하면 학교에 보고할 수 없고, 그럼 다시 원점으로 떨어질 것이다.

대대 지도원 선생님한테 자신이 사실은 발표를 아주 잘했다고 설명할 수도 없지 않은가?

그렇지만…… 그래도 무척 기뻤다. 충분히 그럴 가치가 있었다.

위저우저우는 몸을 소파에 푹 파묻었다. 대회가 끝나고, 결과가 어찌 됐든 이렇게 몸과 마음에 긴장이 풀린 느낌은 아주 좋았다. 너무 좋아서 살짝 졸음이 몰려오며 곧 위아래 눈꺼풀이 서로 싸우기 시작했다. 어렴풋이 진행자의 말소리가 들렸다. 10분간 중간 휴식을 하고 점수 계산이 끝나면 최종 결과를 발표한다는 내용이었다. 객석이 서서히 웅성거리기 시작하는 와중에 위저우저우는 서서히 몽롱함에 빠져들었다.

"저우저우?"

눈을 뜨니 천안이 앞에 서 있었다.

"너 정말 잘하더라."

위저우저우는 얼른 일어나 겸손하게 몇 마디 하려다가, 생각해보니 또 그럴 필요는 없을 것 같아서 고개를 끄덕였다. "고마워."

천안이 커튼 틈새로 밖을 내다봤다. "엄마, 아빠는 오셨어?"

"아니. 엄마는…… 다들 일이 있어서."

"어, 너의 이런 근사한 발표를 못 보셨다니 정말 아쉽다."

천안은 여전히 그 모습이었다. 이런 천편일률적인 상투적인 말을 하는데도 더없이 진실해 보였다.

위저우저우는 문득 그들은 일반적인 아는 사이가 아니라는 걸 깨달았다. 그들이 서로 알게 된 건 천안의 할머니가 엄마의 고객이었기 때문이었다. 그런 생각이 들자, 위저우저우는 고개를 숙이고 불쑥 한마디 내뱉었다. "엄마는 직업을 바꿨어. 지금은…… 무역 회사에 다녀."

어렴풋이 무역 회사가 아주 좋은 회사라는 건 기억하고 있었다. '무역'이라는 두 글자가 붙으면 뭐든지 고급스럽게 변하는 것 같았다.

왜 갑자기 그런 말을 했는지는 뭐라고 확실히 설명하기

어려웠다. 자신의 허영 때문일까, 아니면 엄마의 체면 때문일까, 아니면 그저 어린아이의 무의식적인 뽐내기일까? 그러나 그 대뇌를 거치지 않은 말이 입 밖으로 나오자마자 그녀는 후회했다.

왜냐하면 그 말은 원래 그다지 눈에 띄지 않던 자신의 열등감을 확대할 뿐이기 때문이었다.

위저우저우는 고개를 저으며 난처한 듯 웃었다. 감히 고개를 들어 천안을 바라볼 수도 없었다. 별안간 따스한 손이 머리 위를 덮는 게 느껴지자 그녀의 마음도 비로소 천천히 안정되었다.

"그렇구나, 정말 잘됐다. 우리 고모도 무역 일을 하는데 아주 바빠서." 천안이 반쯤 쭈그려 앉아 그녀에게 미소 지었다. "그러니까 저우저우도 꼭 엄마 말씀 잘 들어야 해. 걱정시켜 드리지 말고."

위저우저우는 무척 감격한 듯 고개를 들었다. 그는 그녀의 난처함을 이렇게 풀어주었다. 비록 철없는 어린아이를 대하는 방식이었지만. 물론 그와 비교하면 그녀는 확실히 철없는 어린아이이긴 했다.

"알았어, 난 말 잘 들을 거야." 그리고 끝에 한마디 덧붙였다. "고마워."

"응, 저우저우는 이렇게나 얘기를 잘하고 예의도 바르니까 엄마를 힘들게 하지 않을 거야, 난 알아."

그가 일어나 그녀의 뒤에 서서 어깨에 손을 올렸다. "부모님이 안 오셨는데, 그럼 대회 끝나고 어떻게 집으로 돌아가?"

"외삼촌한테 대회가 12시 반쯤 끝난다고 말해놨으니까, 그때 소년궁 정문 앞으로 데리러 올 거야."

"잘됐다. 혼자 무대 뒤에 있지 말고 나랑 객석으로 가자. 방금 깜빡했는데, 우리 고모네 그 사촌 여동생이 널 안다고 그러더라."

"어?"

"걔 이름이 산제제야."

"아, 그렇구나. 오빠네 여동생이었어? 나도 걔 알아."

"응, 우리 고모네 식구들 다 무대 아래에 있어. 같이 가자. 괜찮아?"

위저우저우는 살짝 불안했다. 그녀는 마음속에 가득 넘치는 감정이 뭔지 알 수 없었는데, 사실 그것은 기쁨이었다. 또 다른 종류의 감춰진 기쁨이었다.

"좋아."

위저우저우는 말을 마치자마자, 두 진행자가 명단을 들고 텅 빈 무대 뒤를 지나 마이크 앞으로 걸어가는 걸 봤다.

"관객 여러분께서는 자리에 착석해주시기 바랍니다. 곧 참가자들의 점수와 최종 결과를 발표하겠습니다."

위저우저우는 무의식적으로 천안의 손을 잡았다. 그녀의 작은 손은 얼음처럼 차가웠다. '최종 결과'라는 네 글자를 듣자마자 얼어붙은 것만 같았다. 천안의 손은 무척이나 컸고 손바닥은 따스하고 보송보송했다. 그는 위저우저우의 차가운 손이 닿자 살짝 움찔하더니, 손을 펼쳐 그녀의 손을 감싸고 다시 반쯤 쪼그려 앉아 곁에서 말했다. "긴장하지 마. 결과가 아주 좋을 것 같은 예감이 들어."

"그럴까? 난 시간을 초과했는데……." 얼마나 바보 같은 질문인지. 게다가 목소리에 울음기가 섞여 있기까지 했다.

"좋은 얘기는 더 많은 시간을 사용할 가치가 있지." 천안이 진지하게 말했다.

위저우저우는 고개를 돌려 곁에 있는 이 왼쪽 뺨에 눈에 잘 보이지 않는 작은 보조개가 있는 소년을 바라봤다. 그의 눈은 비가 그친 후 온화하고 촉촉해진 바다 같았다. 비록 그녀는 텔레비전에서만 햇살이 찬란한 해안을 봤지만 말이다.

위저우저우는 생각했다. 그러니 저한테 더 많은 시간을 주세요. 제가 더 좋은 이야기를 할 수 있을 거예요, 꼭.

먼저 스물다섯 명의 우수상 수상자가 발표되었다. 탈락한 참가자는 다 받게 되는, 딱히 의미 없는 상이었다.

그러나 그들은 위신초등학교 산제제의 이름을 들었다.

위저우저우와 천안은 서로 눈을 마주치곤 아무 말도 하지 않았다.

진행자는 이름을 아주 천천히 호명해서 마치 칼로 한 겹씩 포를 뜨는 것만 같았다. 3등상 열 명, 2등상 다섯 명, 1등상 세 명.

위저우저우는 끝까지 자신의 이름을 들을 수 없었다.

당황한 그녀가 구조를 요청하듯 천안을 바라보니 천안은 웃고 있었다. 그것도 무척이나 즐겁게. 그는 위저우저우의 손을 꽉 잡고 뒤에서 그녀를 품에 반쯤 안은 채 귓가에 대고 나지막하게 말했다. "내 말이 맞지? 봐, 마법의 순간이 왔어."

마법의 순간?

"이제 마지막으로 특등상을 발표하겠습니다!" 진행자가 만면에 웃음을 띠고 말했다.

위저우저우는 마법 시계의 초침과 분침이 조심스럽게 합쳐지는 걸 본 것만 같았다.

"소년부, 하이청초등학교 6학년, 위레이."

"아동부, 사범대학 부속초등학교, 위저우저우."

위저우저우는 멍하니 제자리에 섰다. 눈앞 무대 위는 온통 환했다. 행복이 예고도 없이 너무나도 급하게 들이닥쳐서 위저우저우는 치마 끝자락을 들어 올리며 우아하게 인사하는 것도 잊은 채, 그저 가만히 서서 갑자기 찾아온 행복을 바라보며 더듬더듬 말할 뿐이었다. "너, 너 어떻게 온 거야? 넌, 정말 날 찾아온 거야?"

정말로 내 행복이 맞는 거야?

무대 밑의 열렬한 박수에 위저우저우는 정신을 차렸다. 무대 뒤에 숨은 그녀는 커튼 밖에서 들리는 박수 소리가 자신에게 향한 거라고 거듭 되뇌었지만, 그래도 전혀 믿기지가 않았다.

천안이 갑자기 그녀를 안아 들었다. 위저우저우는 놀라 비명을 지르며 그에게 안긴 채 공중에서 한 바퀴 돌았고, 바닥에 착지하고 나서야 비로소 미소를 지어야 한다는 생각이 났다.

꿈만 같아서 눈이 휘어지도록 웃었다. 그저 그렇게 바보같이 웃을 뿐, 고양이가 혀를 물어간 것처럼 한 글자도 입 밖으로 나오지 않았다.

천안은 그녀를 내려놓으며 길게 한숨을 내쉬더니, 자신의 허리를 손으로 받치며 혀를 내둘렀다. "꼬맹아, 넌 겉으로는 참 말라 보이는데 왜 이렇게 무거워……."

그의 얼굴에 마침내 나이에 부합하는 소년의 장난기가 떠올랐다.

1994년 10월 23일, 평범하기 이를 데 없는 숫자 조합.

그러나 위저우저우는 인생에서 처음으로 단맛을 맛봤다.

여러 해가 지난 후, 그녀는 그 시절을 돌아볼 때면 늘 웃으며 눈물을 흘렸다. 그런 달콤함에는 중독성이 있어서 그때부터 도저히 떨쳐낼 수 없었다. 그녀는 먼지 속에서 태어날 수 있었고, 먼지 속에서 가장 아름다운 꽃을 피울 수 있었지만, 그때부터 다시는 그 작은 땅에 만족하며 살 수 없었다. 그 후로 어떤 역경과 괴로움을 맞닥뜨려도 추억 속에서 몰래 흡수한 달콤함으로 자신을 지탱하며 애써 난관을 극복했다. 그 달콤함은 마치 끝없이 샘솟는 힘의 보고처럼, 그게 없다면 그녀는 견뎌내지 못했을 것이다.

천만다행이었다.

그러면서도 만약 애초에 이런 달콤함을 맛보지 않았더라면, 그 후의 많은 일들이 그렇게나 고생스럽지 않았으리라는 생각은 한 번도 하지 않았다.

"좀 있으면 시상식을 할 거야. 진행자가 방금 모든 참가자는 무대 뒤로 모이라고 했으니까 난 객석으로 돌아갈게. 가서 사촌 여동생을 위로해줘야지."

위저우저우는 살짝 침울해졌다. 산제제 생각을 하니 뭐라고 말해야 할지 알 수 없었다. 승리자의 위로는 방관자의 조롱보다 참기 힘든 법이다. 괜히 민감하게 구는 건 아니지만, 예전에 위팅팅과 쉬옌옌의 득의양양한 눈빛 때문에 입은 상처를 여전히 기억하는 그녀는 지금은 최대한 산제제의 곁에 등장하지 않는 게 좋다는 걸 잘 알았다.

"있지…… 나 대신 전해줘…… 난……." 위저우저우는 한참을 버벅거리며 빨개진 얼굴로 뭐라 제대로 말을 잇지 못했다.

천안은 다시금 그녀의 머리카락을 흐트러뜨리며 다정하게 말했다. "알아. 걱정 마."

그가 안다니 얼마나 좋은가.

"천안!"

그가 몸을 돌려 가려고 할 때, 위저우저우는 돌연 큰 소리로 그의 이름을 불렀다. 소년이 몸을 돌리며 입꼬리를 살짝 올렸다. 왜 웃는지는 알 수 없었다.

그녀는 자신의 발끝을 바라보며 잠시 생각하다가 고개를 들었다. "천안…… 바이올린 켤 줄 알아?"

그는 눈썹을 치켜올리더니 곧 상황을 파악했다. "맞다, 아까 밖에서 내가 바이올린 들고 있는 거 봤구나? 응, 난 어릴 때부터 바이올린을 배웠거든. 지금은 소년궁 학생 오케스트라 단원이야."

"매주 일요일마다 소년궁에서 연습하는 거야?"

"응, 왜?"

"아무것도 아냐." 위저우저우는 고개를 저었다. 천안은 움직이지 않고 위저우저우와 함께 잠시 그대로 멍하니 서 있었다. 그녀가 돌연 웃으며 말했다. "안녕."

"안녕, 꼬맹아." 천안이 웃으며 빠른 걸음으로 무대 뒤 통로를 달려나갔다.

위저우저우가 잠시 서서 기다리자, 참가자들이 무대 뒤로 속속 들어왔다. 모두 진행요원의 지휘에 따라 줄을 서서 무대에 올라가 상을 받기를 기다렸다. 위저우저우는 커튼 사이로 많은 학부모들이 카메라를 들고 무대 아래쪽으로 몰려들어 자기 집 귀염둥이의 가장 기념할 만한 순간을 찍으려고 준비 중인 걸 봤다.

갑자기 등 뒤에서 익숙한 목소리가 들렸다.

"아이고, 우리 어르신. 한참을 안 오길래 잃어버린 줄 알았다. 저우저우 못 찾았니? 왜 아직도 여기 서 있어?"

위저우저우는 사람들 속에서 달려나갔다. 가장 먼저 본

건 린양의 엄마가 살짝 다급한 표정으로 몸을 살짝 숙인 모습이었다. 다시 몇 걸음 앞으로 걸어가 고개를 쭉 내밀어 보니, 스포트라이트와 의자와 상자 옆 그림자 속에 숨은 린양이 보였다. 그는 뒷짐을 지고 있었고, 얼굴에 걸린 표정은 평소의 풍부하고 생동감 있는 것과는 거리가 멀어 보였다.

"린양?"

린양 엄마가 웃으며 몸을 돌렸다. "저우저우구나, 드디어 찾았네. 축하한다, 정말 잘했어. 우리도 너 때문에 아주 기뻤단다!"

위저우저우가 예의 바르게 고개를 끄덕였다. "아주머니께서 제게 써주신 원고 덕분이에요. 정말 감사합니다, 아주머니."

린양은 여전히 고개를 숙인 채 말이 없었고, 그녀를 바라보지도 않았다.

린양 엄마는 자기 집 아들이 어색해하는 걸 전혀 눈치채지 못하고 반쯤 쪼그리고 앉아 저우저우에게 웃으며 말했다. "우리 집 꼬마 어르신이 그제부터 우리한테 대회를 보러가겠다고 소년궁에 데려다달라고 조르지 뭐니. 네가 아는 사람이 있으면 긴장한다고, 그래서 네 부모님도 대회에 안올 거라고 했다며? 그래서 애도 감히 너한테 간다고 얘길 못하겠다고 하길래, 우리가 몰래 데리고 온 거야. 방금 결과 발표하기 전에 애가 무대 뒤로 널 찾으러 간다고 하더라구. 만약에 네가 상을 못 받으면 여기 안 온 척 몰래 우리랑 집으로 돌아가고, 상을 받으면 가장 먼저 축하해주겠다고 말야.
호호, 그런데 이 바보 녀석이 한참이 지나도록 안 오지 뭐니.
난 또 얘가 길을 잃은 줄 알고 찾으러 왔는데, 보니까 널 찾
지도 못한 거 있지."

린양 엄마의 쏟아지는 말에 위저우저우는 몇 초간 멍하니
있다가 가슴속에서부터 감동이 빠르게 퍼져나갔다.

알고 보니 무대 아래에는 자신을 신경 써주는 사람이 있
었다. 심지어 자신이 긴장할까 봐 없는 척하기까지 했다.

"고마워, 린양." 위저우저우가 웃으며 먼저 손을 뻗어 그
의 팔을 잡았다.

그런데 그는 여전히 손을 뒤로 감춘 채, 고개를 들었을 때
는 얼굴에 약간의 울적함도 떠올라 있었다.

"너 왜 그래?" 위저우저우가 가만히 물었다.

린양 엄마가 아들의 머리를 토닥였다. "너 중간 휴식 시
간에 아빠 끌고 나가서 사 온 거 있잖아? 안 꺼내고 뭐 하니?
오늘 얘가 왜 이렇게 나무토막 같아? 아까 무대 밑에서는 아
주 활발하더니."

린양은 그제야 등 뒤에 감췄던 팔을 꺼냈다.

놀랍게도 수소 풍선이었다. 동그랗고 새빨간 수소 풍선.

린양이 가까스로 웃어 보였다. "미안, 빨간색밖에 없더라."

15.
넌 걔네들이랑 뭐가 달라?

위저우저우는 거의 풍선을 덮칠 듯이 달려들었다.

린양의 각도에서 보면 그에게로 덮친 거였다.

"고마워!" 위저우저우는 풍선을 안고 환하게 웃었다. 웃느라 눈동자도 보이지 않아서 린양은 그녀가 자신을 볼 수 있는지 의심스럽기까지 했다. 방금 전까지만 해도 왠지 모르게 울적했던 기분이 서서히 풀렸다. 그는 씨익 웃었다가 황급히 다시 정색하며 표정 관리를 하더니, 손을 주머니에 찔러 넣고는 멋진 척 냉랭한 얼굴로 입을 삐죽거렸다.

"쳇, 이렇게까지 기뻐할 정도야?"

위저우저우가 진지하게 고개를 끄덕였다. "응."

미소 짓고 싶을 때 아무렇지도 않은 척하기란 정말이지 너무 어려웠기에, 린양은 엄마의 소매를 잡아당기며 말했다. "엄마, 나 배고파요. 점심은 우리 저우저우랑 같이 먹어요."

린양 엄마는 옆에서 아들의 풍부하고도 미세한 표정 변화를 관찰하다가, 마침내 푸흡 웃음을 터뜨렸다. "저우저우, 너희 부모님은 대회 보러 안 오셨는데, 그럼 점심은 어떻게 하니? 혼자 집으로 가는 거야? 이 부근에 차들이 많이 다니는데 그럼 너무 위험하잖아. 우리랑 같이 밥 먹고 이따 린양 아빠가 차로 집까지 데려다줄게. 어차피 방향도 같잖아, 그렇지?" 그러고는 혼자 자주적으로 하교할 거라며 거짓말을 한 꼬마 어르신을 고개 숙여 흘끔 봤다. "어떠니, 저우저우?"

위저우저우가 대답할 새도 없이, 저쪽에 있던 선생님이 큰 소리로 외쳤다. "사대 부속초등학교 위저우저우? 위저우저우? 이리 와서 줄을 서렴!"

"어서 가봐. 이따가 다시 얘기하자." 린양 엄마가 위저우저우의 땋은 머리를 잡아당기며 이마에 흩어진 앞머리를 정돈해주었다.

"린양, 풍선 잠깐 들고 있어줘. 이따가 나한테 꼭 돌려줘야 해!"

"알았어, 정말 잔소리 많네." 린양은 귀찮다는 표정으로 툴툴거리며 풍선을 받아 들었다. 그러나 위저우저우가 몸을 돌려 떠나던 찰나, 그는 고개를 숙이고 바보처럼 활짝 웃었다.

린양은 엄마, 아빠와 함께 무대 근처로 비집고 들어갔다. 음악 소리와 함께 우수상 수상자부터 차례로 무대 위로 올라가 심사위원과 시상자의 손에서 상장과 상품을 받았다. 그러면 무대 아래에서는 플래시가 번쩍였고 학부모들은 자기 아이에게 소리쳤다. "상장을 들어봐. 그래, 살짝 왼쪽으로. 여기 보면서 웃어!"

린양은 문득 걱정이 들었다. 이따가 저우저우는 어떡하지? 그 애에게 "여기 봐, 웃어!"라고 할 사람은 아무도 없을 것이다.

그의 표정이 살짝 어두워졌을 때, 별안간 아빠의 손이 자신의 어깨 위에 놓이는 게 느껴졌다. 린양이 고개를 돌려 올려다보니 아빠가 가방에서 자동카메라를 꺼내고 있었다.

"아빠, 사진기 가져왔어요?" 린양이 흥분해서 외쳤다.

"그래, 이런 자리에 어떻게 기념사진을 안 찍을 수 있냐? 우리 바보 아들, 대회 보러 가자고만 졸라대지 준비할 줄도 모르고 말이야. 휴."

린양의 부모는 마주 보며 웃었지만, 린양 엄마는 웃고 웃다가 미간에 아주 미약한 의문과 근심이 떠올랐다. 무대 위에서는 최종 결과에 상관없이 오늘 참가한 모든 아이들이 상장을 들고 환하게 웃으며 특정 방향으로 서서 엄마, 아빠가 사진 찍어주기를 기다리고 있었다. 그런데 그 위저우저우는 외롭게 상장과 트로피를 들고 서서, 아까 무대에서 이야기를 할 때처럼 흐릿한 눈빛으로 사람들로부터 멀리 떨어진 어느 지점을 응시하고 있진 않을까?

자신을 보자마자 원고를 써준 일에 대해 예의 바르게 감사 인사를 하던 고작 일곱 살짜리 어린아이. 모르는 사람 앞에서는 린양도 아주 얌전하고 예의 바른 아이였지만, 자신이 뒤에서 살짝 언급해야 비로소 고맙다고 인사해야 한다는 걸 떠올렸을 것이다. 그런데 위저우저우는 자신을 보자마자 놀라지도 않고 의젓하기만 했다.

아무리 봐도 처음에 예상했던 그런 '올바르지 못한 집 아이' 같지는 않았다.

하지만 발라도 너무 바른 거 아닌가?

린양 엄마가 길게 한숨을 내쉬며 잡생각을 떨치자마자 진행자의 멘트가 들렸다. "다시 한번 뜨거운 박수로 1등상 수상자들을 축하해주세요!"

짝짝짝짝, 박수 소리가 울려 퍼졌다. 진행자는 싱글벙글하며 마지막 특등상 수상자 두 명을 무대 위로 이끌었다. 위저우저우는 태연하게 무대 위에 서서 얼굴에 미소를 띠고 있었다. 어린아이의 얼굴에는 나타나지 않을 법한 그 진지한 미소는 최소한 방금 무대 뒤에서 풍선을 안았을 때처럼 그렇게까지 환하지는 않았다.

위저우저우가 할아버지 시상자의 손에서 커다란 트로피를 받은 그 순간부터 린양 아빠는 계속해서 카메라 셔터를 눌러댔다. 구경하던 다른 학부모들도 위저우저우가 무척 호감이었는지, 여기저기서 플래시 불빛이 터지는 게 다른 아이들에 전혀 뒤지지 않았다. 린양 엄마가 내려다보니 자기 아들은 상을 탄 위저우저우보다 더 활짝 웃고 있었고 조그맣고 가지런한 이가 플래시 불빛 아래 하얗게 빛났다.

린양은 고개를 돌리다가 무심코 아까 무대 뒤에서 위저우저우와 대화하던 소년을 봤다. 그도 카메라를 들고 셔터를 누르는 중이었다. 얼굴 절반은 카메라에 가려져 있었지만 입꼬리가 살짝 위로 올라가 있는 걸 볼 수 있었다.

아까 위저우저우의 웃는 얼굴이 꺼뜨린 작은 불씨가 다시금 마음속에서 타오르면서, 린양은 저도 모르게 큰 소리로 외쳤다. "아빠, 빨리요. 더 힘껏 찍어요!"

린양 아빠는 어처구니가 없었다. "바보 녀석아, 셔터를 어떻게 더 힘껏 누르니?"

그러니까…… 어쨌든…… 린양은 속으로 한참을 더듬거렸지만 달리 까닭을 댈 수 없어 다시금 고개를 돌려 자신보다 한참은 큰 소년 ― 등에 바이올린까지 메고 있는 ― 을 바라봤다. 나 린양은 피아노 칠 줄도 알거든!

애송이 린양은 마음속에 어지럽게 일어나는 분노의 불길이 대체 어디서 비롯된 것인지, 왜 자신이 털을 쭈뼛 세운 스코티쉬폴드처럼 변했는지 자세히 생각해본 적 없었다. 어쩌면 그저 어린아이의 독점욕이거나, 어쩌면 소년에게서 풍기는 분위기가 은근히 열등감을 자극했거나…….

어쩌면 위저우저우가 그를 천안이라고 불러서인지도 모른다. 천안 오빠가 아니라, 천안.

그 '어쩌면'은 아무리 많아도 의미가 없었기에 결국엔 이 한마디만 터져 나왔다. "위저우저우, 이쪽 봐. 상장 들고, 웃어!"

주변의 많은 학부모가 훈훈하다는 듯 웃음을 터뜨렸다.

린양 부모는 아들의 외침에 깜짝 놀라 2초간 멍하니 있다가, 어이없어하며 아들의 입을 틀어막았다. 무대 위의 위저우저우는 마침내 꿈꾸는 듯한 옅은 미소를 거두고 린양에게 '난 널 경멸해' 하는 눈빛을 던졌다.

그런 다음 정말로 상장을 들고 린양 아빠의 카메라를 쳐다봤다. 눈웃음을 치며 입꼬리를 올린 그 찬란한 미소는 마치 두 개의 초승달이 수없이 많은 복숭아꽃을 환히 비추는 것처럼 눈부셨다.

위저우저우는 같이 식사하자는 린양 엄마의 제안을 완곡히 거절하고 커다란 트로피와 상장, 그리고 캉화제약에서 제공한 칼슘 드링크제 한 상자를 진행요원이 준 커다란 가방에 넣어 오른손에 들고, 왼손에는 그 새빨간 풍선을 쥔 채 소년궁 정문 앞에서 기다리던 큰외삼촌을 따라갔다.

몸을 돌려 린양 일가에 손을 흔들어 인사한 후, 위저우저우는 고개를 숙여 자신의 신발을 바라봤다. 한 걸음, 한 걸음 천천히 걸어갈 때마다 발밑에 꽃이 피어나는 것 같았다.

집으로 돌아온 위저우저우는 빨간 풍선을 조심스럽게 창문 빗장에 매달고 조심스럽게 쓰다듬었다. 가느다란 실에 연결된 통통 튀는 수소 풍선은 마치 꼬리가 긴 생쥐처럼 보였다. 위저우저우는 침대 위에 앉아 조용히 시상식 때를 회상했다. 환하게 터지던 플래시 불빛, 사람들의 박수 소리, 그리고 시상을 맡은 할아버지 구 선생님이 마침내 온화하게 웃는 얼굴로 상장과 트로피를 그녀의 손에 건넨 후, 그녀의 머리를 살살 다독이며 "힘내렴, 멋대로 이야기를 지어내는 꼬마 아가씨"라고 말해준 것까지.

위저우저우는 그 장면을 머릿속에서 한 번, 또 한 번 재생했다. 마음속이 새콤달콤해졌다.

월요일 아침 학교에 갔을 때, 위저우저우를 대하는 아이들의 태도는 딱히 달라진 게 없었지만, 그녀는 자신이 더는 형체가 흐릿한 물방울이 아니라는 걸 알았다.

국기게양식이 끝나기 전에 주번이 지난주 위생 규율 평가 상황을 보고하자, 이어 주임 선생님이 두 가지 일을 공표했다.

첫째, 1학년 학생들의 교복이 도착했으니 점심때 각 반에서는 2층 보급실로 사람을 보내 수령하라는 것.

둘째, 위저우저우 학생이 성 내 '이야기 대왕' 칭호를 받은 걸 축하한다는 것.

삽시간에 주변에서 쏟아지는 눈빛에 위저우저우는 손발을 어디에 두어야 할지 몰라 쩔쩔맸다.

어쩔 줄 모르는, 너무 달콤해서 어쩔 줄 몰랐다.

그녀는 환하게 웃는 린양을 보고 고개를 들어 웃음으로 화답했다.

그리고 바로 뒤에 서 있던 쉬옌옌이 크지도 작지도 않게 말하는 걸 들었다. "난 봤어."

위저우저우는 어리둥절해서 규칙도 잊고 뒤를 돌아보며

물었다. "뭘?"

쉬옌옌이 무표정하게 대답했다. "너네 엄마, 선생님한테 뇌물 줬잖아. 내가 다 봤어. 그래서 위 선생님이 너한테 교과서 본문 선창을 시킨 거야."

"거짓말."

"칫, 집에 가서 너네 엄마한테 물어봐."

위저우저우가 고개를 돌렸다. 박수 소리에 파묻힌 그 대화 때문에 머릿속이 멍해졌다.

뇌물을 주고, 칭찬을 받고, 교과서를 읽고, 이야기 대회에 나갈 기회를 얻고…….

그녀는 이 모든 걸 자신의 노력으로 얻은 줄 알았다. 신이 입김을 불어 자신을 가장 높은 무대로 데려다준 줄 알았다.

그런데 사실 그녀를 푸른 구름 위로 데려다준 건 결코 자연의 바람이 아니었다.

위저우저우는 린양의 웃는 얼굴을 망연히 바라봤다. 머릿속이 온통 하얘졌다.

16.
넌 물고기가 아냐

"위저우저우, 너네 엄마가 선생님한테 뇌물 줬어."

그 한마디는 마치 바늘처럼 위저우저우가 힘들게 모아놓은 분홍색 거품들을 하나하나 터뜨려 버렸다.

사실 그녀도 반 아이들이 수군거리는 걸 들어본 적 있었다. 집안 배경에 대해, 뇌물에 대해.

아이들은 자신이 깔보는 것과 무시하는 걸 은밀하게 드러내면서, 집으로 돌아가서는 엄마, 아빠에게 좀 더 노력해보라고, 다른 집 부모들처럼 자주 선생님과 '소통'하며 '관계'를 다져보라고 졸라댔다. 그리하여 매일 학교로 찾아와 선생님과 자녀 교육 문제와 품행에 대해 의논하는 학부모들이 갈수록 늘어났다. 위저우저우는 그 현상에 대해 어렴풋한 인상만 있을 뿐, 그런 잠재적인 관계가 존재한다는 건 알아도 엄마에게 뭐라도 좀 해보라고 간청할 생각은 한 번도 해본 적 없었다.

심지어 얼마 전 그녀가 여전히 물속에 가라앉아 홀로 헤엄치는 물고기였을 때만 해도 본능적으로 아큐의 정신승리법을 익혀서, 매번 눈 건강 체조나 대청소를 할 때 선생님이 자신의 노력을 무시할 때마다 속으로 생각했었다. 선생님이 딱히 뛰어나지 않아 보이는 학생을 칭찬하는 건 걔네 부모님이 선생님에게 뇌물을 줬기 때문이라고 말이다.

그저 그렇게 생각해야 마음이 그다지 괴롭지 않아서였는지도 모른다.

비록 쉬옌옌처럼 잔뜩 혐오하는 표정을 지으며 대놓고 "선생님이 널 칭찬한 건 너네 부모님이 뒷거래를 해서야"라고 말한 적은 없지만……. 그녀가 침묵한다고, 고결하고도 고독하게 무리 바깥을 떠도는 것처럼 보인다고 해서 한 번도 속으로 불만을 품지 않은 건 아니었다.

다만 이 순간, 모든 게 뒤바뀌었다.

머릿속이 온통 하얘졌을 때, 위저우저우는 쉬옌옌이 약간 미웠다.

상대방의 말이 진짜든 가짜든 말이다. 쉬옌옌의 말이 모두 진짜라 해도 원망했을 것이다.

왜냐하면 쉬옌옌은 위저우저우가 가까스로 얻은 달콤한 메도우 골드 아이스크림 위에 인정사정없이 간장을 끼얹었기 때문이었다. 혼자 남은 위저우저우는 그저 아이스크림 상자를 바라보며 꼼짝도 못 한 채 이러지도 저러지도 못했다.

맛이 가버린 달콤함이었다.

일요일의 위저우저우는 토끼 공작 무리와 함께 한바탕 기뻐한 후 선생님이 뭐라고 칭찬해주실까, 반 애들은 뭐라고 축하해줄까 상상했다. 심지어 이젠 학교 안을 다닐 때 더는 겁에 질린 손님 같은 느낌이 들지 않을 거라는 생각까지 들었다. 지금 자신은 주인이었고, 꼬마 제비 무리처럼 주인 의식이 충만한 채로 교실과 교무실 사이를 왔다 갔다 할 수 있었다. 어쩌면 선생님이 자신을 학급 간부로 세울 수도 있지 않을까…….

작은 침대에 엎드린 위저우저우의 머릿속에 지극히 세속적이면서도 따스하고 든든한 갖가지 아름다운 꿈들이 솟아올랐다.

그런데 지금은 코를 찌르는 이상한 냄새만 남아 있을 뿐이었다.

1교시 국어 시간, 위 선생님은 장장 15분 동안 위저우저우를 칭찬했다. 모두의 부러워하는 눈빛은 마치 파도처럼 그녀를 집어삼킬 것만 같았다. 꿈에도 그리던 순간이 마침내 도래했는데도 돌연 그 맛이 느껴지지 않았다.

위저우저우는 학습위원이 되었다. 꼬마 제비가 중대장, 쉬옌옌이 반장으로 승진하고, 기존 학습위원이 부반장으로 승진하면서 마침 그 빈자리를 위저우저우가 메꾼 거였다.

병음자모 시험에서 100점을 받은 적 없는 학습위원이었지만, 누가 신경 쓰겠는가?

위저우저우는 선생님에게서 흰 바탕에 붉은 막대 두 개가 그려진 새 계급장을 받았다. 죄악감이 하늘을 찔렀고 수치심이 폭발했다. 모두의 부러워하는 눈빛과 위 선생님의 자애롭고도 흡족한 눈빛을 마주하니 얼굴이 불타는 것처럼 난처할 따름이었다.

쉬옌옌은 그 일을 사방에 퍼뜨리지 않았다. 위 선생님이 들으면 분명 화를 내리라는 걸 알기 때문이었다. 어린아이의 논리에는 늘 기준이 여러 개였기에, 진짜로 비난을 받아야 하는 뇌물 수수자는 아이들 마음속에서는 티 없이 순결할 따름이었다. 그러므로 위 선생님에게는 잘못이 없었다. 왜 잘못이 없냐고? 아무튼 잘못이 없었다.

선생님이 어떻게 잘못할 수 있겠는가?

공평함을 위해서는 백 명의 노력이 필요하지만, 그걸 부수는 데는 한 명이면 충분했다. 위저우저우는 첫 번째 사람이 아니었고, 마지막 사람도 아니었다.

많은 사람들이 한때 자신이 무시하고 경멸하던 일을 하면서 그로 얻은 이익에 스스로 만족한다.

그러나 그들은 모두 위저우저우가 아니었다.

그들은 리샤오즈가 진심으로 웃으며 "위저우저우, 너 정말 대단하다"라고 말할 때, 마음이 켕겨서 고개를 숙이지 않을 것이다.

하굣길에 린양은 위저우저우에게 오늘 뭐 했냐며 끈질기게 물었다. 린양은 위저우저우가 무대 불빛 아래에서 자신감 넘치게 웃는 모습이 좋았다. 그런 위저우저우는 정말이지…… 무척 아름다웠다.

그녀가 상을 받은 데 대해 그는 그녀보다 더 기뻐했다. 국기게양식 때 모두가 그 꼬마 아가씨를 바라볼 때, 린양은 무척이나 자랑스러웠다. 왜냐하면 처음에 아무도 그녀를 주목하지 않았을 때 오직 그만이 그녀와 함께 있어주었기 때문이었다.

그런 느낌은 정말이지 너무나도 좋았다.

그래서 위저우저우가 오늘 즐겁게 지냈는지 끈질기게 물었다. 비록 위저우저우가 링샹첸이나 위팅팅처럼 자기 앞에서 신나게 뽐내진 않겠지만, 좋은 일에 대해 이야기하다 보면 위저우저우의 눈동자에는 생기가 돌고 무대 위에서처럼 자신감이 담길 거라고 생각했다.

그는 그 눈부신 빛을 보고 싶었다.

그런데 뜻밖에도 그 빛은 조금도 찾아볼 수 없었다.

린양은 결국 혼자서만 하던 질문을 그치고 그녀를 바라봤다. "저우저우, 왜 그래?"

위저우저우는 발만 쳐다보고 걸으며 두 손으로는 책가방 어깨끈을 잡고 있었다. 이마 앞에 흩어진 잔머리가 걸을 때마다 흔들거리며 예쁘장한 눈매를 스쳤다.

"말 좀 해봐!"

"린양……." 위저우저우가 고개를 들고 입술을 달싹이다가 다시 고개를 숙였다.

"누가 너 괴롭혔어? 누가 질투한 거구나, 그치?!" 린양이 목소리를 높이자, 위저우저우가 얼른 그의 소매를 잡아당기며 함부로 말하지 말라고 눈짓을 했다.

"아냐, 다들 내 일에 기뻐해줬어."

"그럼 왜 그러는데?"

지금까지도 위저우저우는 린양에게 마음속의 당혹감이나 괴로움을 말한 적 없었다. 이유는 모르겠지만, 그녀는 린양이 들어도 이해하지 못할 것 같았고, 그가 그녀를 위로하기 위해 알아듣는 척할지도 모른다고 생각했다. 그건 너무나도 무서운 일이었다.

"아무것도 아냐."

린양은 하마터면 텔레비전에 나오는 대협처럼 하늘을 바라보며 길게 포효할 뻔했다. 비록 그가 외치고 싶은 내용은 대협들과는 크게 달랐지만 말이다.

아, 여자들이란!

일곱 살 린양은 처음으로 이렇게 이를 빠득빠득 갈고 싶다는 생각이 들었다.

"말 안 하면 내가 계속 물어볼 거야. 짜증 나 죽을걸!" 린양이 위저우저우를 보며 으르렁거렸다.

위저우저우는 어안이 벙벙했지만, 린양은 마음을 굳힌 듯 집요하게 바라봤다. 그녀가 아무리 무시하는 눈빛을 던져도 그는 한 번, 또 한 번 물었다. "넌 왜 기분이 나쁜 건데?"

마침내 항복한 위저우저우가 얼굴을 찌푸렸다. "린양, 부탁이야. 내가 말할게, 다 말할게."

린양이 만약 50년 더 일찍 태어났다면 항일전쟁도 그렇게 힘들지만은 않았을 것이다.

"누가 나한테 그랬어. 내가 대회에 나갈 기회를 얻은 건 뒷거래를 해서래."

만약 뇌물을 주지 않았더라면 교과서 본문 선창을 맡거나 일련의 칭찬을 받지 못했을 거고, 선생님도 마침 그녀를 떠올려 대회 참가를 추천하는 일도 없었을 거고, 그녀도 지금의 영광을 얻지 못했을 거라는 뜻이었지만, 위저우저우는 이 복잡한 추리 과정을 모두 생략하고 간단한 결과만 도출해냈다. 그러나 위저우저우는 난처해서 고개를 푹 숙이고 있느라 그 한마디가 린양에게 어떤 의미인지 깨닫지 못했고, 린양의 안색이 순간 변하는 것도 보지 못했다.

"…… 다 헛소리야!" 린양이 소심하게 외쳤다가, 양심에 찔리는 표정으로 위저우저우를 몰래 흘끔거렸다. 자신이 양보한 것 때문에 남들의 입방아에 오르내렸으니, 그의 잘못이었다.

위저우저우가 한숨을 내쉬었다. "모르겠어. 만약 진짜 그런 거면 어떡해."

"저우저우." 린양이 다급하게 말했다. "네가 1등을 한 건

네가 얘기를 잘했기 때문이야. 그 기회가 만약 나한테 주어진대도 난 아마 상도 못 탔을걸. 그러니까 걔네들은 다 질투하는 거야. 넌 절대로……."

역시 무슨 말인지 모르는구나. 위저우저우는 고개를 저었다. "내 말은, 만약 진짜면 어떡하냐고."

린양은 어리둥절했다.

위저우저우가 어째서 이 일을 이렇게나 신경 쓰고 떨쳐내지 못하는 건지 이해가 가지 않았다. 린양은 하늘에서 뚝 떨어진 많은 기회와 호의에 이미 익숙했고, 거기에 대해 한 번도 왜냐고 묻지 않았다. 엄마, 아빠의 신분 덕분에 연줄을 이용하고 뇌물을 주고받는 건 흔히 봐온 일이었다. 음악회 티켓, 최신 트랜스포머 프라모델…… 심지어 장 선생님이 그와 링상첸, 장찬, 세 사람을 특별히 신경 써주는 것까지, 린양도 자신의 엄마, 아빠가 그 속에서 어떤 역할을 했는지 짐작할 수 있었다. 그게 뭐 잘못된 건가?

그런데 지금, 위저우저우가 그건 잘못된 거라고 했다.

린양은 처음으로 이 문제를 진지하게 생각해봤지만 머릿속은 흐릿하기만 했다.

한참 후, 그는 비로소 용기를 내 천천히 말했다. "저우저우, 그렇다 해도 네 잘못은 아니야."

"어?"

"만약 네가 그 기회를 낭비해서 전, 전……." 그도 아직 익숙하지 않은 표현을 시험 삼아 써봤다. "전력투구를 하지 않았다면 그게 비로소 네 잘못인 거야. 그 기회가 어떻게 주어졌는지는 중요하지 않아. 내 말은, 무슨 상황인지 확실히 모른다면 다 끝난 마당에 괜히 자책하지 말라고."

린양은 확고한 눈빛으로 그녀를 바라봤다.

위저우저우의 표정은 더는 그렇게 울적해 보이지 않았다. 비록 여전히 살짝 아리송한 표정이었지만, 그의 말이 어느 정도 효과를 발휘한 건 확실해 보였다.

"하지만 내가 그 기회를 얻는 바람에 어쩌면 그 기회를 얻을 수 있었던 사람이 놓치게 된 거잖아."

만약 엄마가 뇌물을 주지 않았다면 그 기회는 누구에게 돌아갔을까? 위저우저우는 여전히 생각이 정리되지 않았지만, 무의식적으로는 자신이 아무것도 모른 채 다른 사람 걸 빼앗아 갔는데, 그 사람은 빼앗긴 줄도 모르는 것 같은 느낌이 들었다.

린양은 오히려 홀가분하다는 듯 웃음을 터뜨렸다. "아, 그건 네가 걱정할 거 없어. 난 상관없으니까."

"뭐가 상관없다는 건데?"

궁지에 몰린 린양이 더듬더듬 둘러댔다. "내 말은, 그 기회가 다른 사람에게 주어졌대도 너보다 잘하진 못했을 거라고."

"네가 어떻게 알아? 넌 그 사람도 아니잖아."

"너도 내가 아니면서 내가 그 사람이 아니라는 걸 어떻게 알아?"

그들은 무심결에 수천 년 전 장자와 혜자의 대화를 반복했다. 위저우저우는 린양이 갑자기 입담을 발휘하자 말문이 막혀 한참을 고민해도 반박할 말을 찾지 못했다.

결국 그녀는 느릿느릿 입을 열었다. "처음에 내가 우리 반 열등생이었을 땐 다들 내가 이렇게 상 받는 날이 오리라곤 아무도 몰랐을 거야. 그러니까 린양, 열등생들 중에 제2의 위저우저우가 있을지는 너도 모르는 거라구."

린양이 미간을 찌푸리며 그녀의 말을 끊었다. "다른 사람이 네 기회를 빼앗아 가면 네가 다시 되찾아 오면 되는 거야. 그리고 제2의 위저우저우라니, 그런 불확실한 일을 왜 걱정해?"

위저우저우는 답답하다는 듯 린양을 바라봤다. 몇 번이나 말문을 막히게 만들다니, 오늘 이 녀석은 특히나 용맹했다.

린양은 여전히 입을 다물 뜻이 없어 보였다. "게다가 위저우저우는 한 명만 있으면 충분해."

위기를 성공적으로 넘긴 린양은 무척 신이 났다. "그래서 지금은 좀 기분이 좋아졌어?"

위저우저우는 칭찬을 바라는 못난이 강아지처럼 웃고 있는 린양을 보며 어이없다는 듯 씁쓸한 웃음을 지으며 고개를 끄덕였다. "많이 즐거워졌어."

린양이 함박웃음을 지으며 위저우저우 쪽으로 바짝 다가오자, 위저우저우가 재빨리 옆으로 비켰다.

"왜 피해?"

"나, 나는……." 위저우저우가 살짝 말을 더듬었다. "난 네가 또, 또 나한테 뽀뽀하려는 줄 알았지."

린양의 얼굴이 순식간에 새빨개졌다.

"누가 너한테 뽀뽀한다 그래?!"

온 거리에 린양의 외침이 메아리쳤다.

위저우저우는 마침내 웃음을 터뜨렸다. 오늘 처음으로, 완전히 아무런 부담 없이 웃은 거였다.

린양은 환하게 밝아진 위저우저우를 보며 마음 가득 성취감으로 부풀어 날아오를 것만 같았다.

"저우저우, 우린 영원한 친구지?"

"당연하지." 위저우저우는 잠시 고심하다가 결국 번번이게 했던 것처럼 진지하게 약속했다. "우린 영원히 헤어지지 않아."

린양의 웃는 얼굴은 저녁 무렵 떠오른 아침 해 같았다.

그러나 그들은 아무도 예상하지 못했다. '영원히 헤어지지 않을' 두 사람이 다시 나란히 집으로 돌아가게 되는 건 5년 후의 일이라는 걸 말이다.

'영원'이라는 말은 저주와도 같다. '영원히 함께', '영원히 널 사랑해', '영원히 좋은 친구', '영원히 널 믿어'…….

이런 저주는 특별히 '이별', '변심', '배반', '의심'을 소환하는 용도로 쓰인다.

그래서 영원히 영원을 말하지 말아야 한다.

17.

조요경照妖鏡

그날 저녁 식사 때 린양은 유난히 흥분해서는 학교에서 있었던 일을 쉬지 않고 떠들었다. 물론 주제는 처음부터 끝까지 '위저우저우'였다.

"아빠, 사진 현상했어요?"

"그렇게 빨리는 안 나와." 린양 아빠가 린양에게 꽁치 한 조각을 집어주었다. "아마 금요일 정도엔 완성될 거다. 류씨 아저씨가 요즘 바빠서 말이야. 문득 든 생각인데, 그때 저우저우한테 트로피를 안고 너랑 같이 기념사진 찍으라고 할걸 그랬구나."

린양이 밥을 삼키며 눈을 끔뻑거리는 게 살짝 아쉬운 눈치였다.

하지만 곧 번민을 떨쳤다. "괜찮아요. 기회는 또 많으니까 다음에 다시 찍으면 돼요."

린양 아빠가 웃으며 왼손으로 아들의 머리를 쓰다듬었다. 그런데 고개를 들어보니 아내가 줄곧 고개를 숙인 채 국을 뜨며 말이 없었다.

린양이 〈세 눈이 간다〉를 보러 거실로 달려가자, 린양 아빠는 그제야 재스민차 한 잔을 받쳐 들고 주방으로 들어가 설거지 중인 아내에게 물었다. "아이란, 왜 그래?"

린양 엄마는 복잡한 표정으로 손에 든 행주를 내려놓고 마지막 남은 접시를 닦아 찬장에 넣고는 한숨을 쉬었다. "안 그래도 이따 린양이 잠들면 당신한테 얘기할 참이었어."

"애가 학교에서 말썽이라도 부렸어?"

린양 엄마가 고개를 저으며 단도직입적으로 물었다. "당신, 그 위저우저우가 누군지 알아?"

"누군데? 결국 학교로 달려가서 선생님한테 물어본 거야? 선생님이 우리 아들이 조기 연애를 한다고 생각할지도 모르겠네." 린양 아빠가 가볍게 웃었다.

"차라리 장 선생님한테 들은 거면 그나마 낫지. 오늘 우리 부서에 누가 찾아왔게?"

"당신네 여자들은 왜 이렇게 말을 절반만 하는 걸 좋아해?"

"한 번에 다 말했다간 당신이 못 받아들일까 봐 그렇지!" 린양 엄마의 어두운 얼굴에 마침내 약간의 웃음기가 떠올랐다. 그녀는 남편을 흘겨보더니 길게 한숨을 내쉬었다. "오늘 저우 서기네 며느님이 왔어. 저우 국장 와이프. 성 위원회에 볼일이 있다는데, 뭐가 어떻게 된 건지는 모르겠지만 날 찾아왔더라구."

린양 아빠가 위로하듯 아내의 어깨를 토닥이며 웃음을 꾹
참았다. "정말 고생했겠네. 그 사람이 뭐래?"

"그 집 아들이 내년에 입학하잖아? 딱히 할 일도 없으니
린양, 장찬, 그리고 첸첸, 모두 사대 부속초등학교에 다닌다
는 애길 듣고 학교에 대해 물어보러 왔나 보다 싶었어. 딱히
할 말도 없어서 이런저런 잡담을 하는데, 한참이 지나도 안
가는 거야."

"다른 용건이 있었나 보네?"

"왜 아니겠어. 그 여자 얘기를 듣다 보니 알겠더라. 나한
테 뭘 물어봤는지 알아? 글쎄 우리 아들 반에 혹시 위저우저
우라는 애가 있냐고 묻더라니까."

"왜 그런 걸 물었대?"

린양 엄마는 남편의 얼굴에 마침내 흥미와 의문이 떠오른
걸 보며 만족스러워했다.

"옛날에 저우 국장 결혼 전에 사고 친 거 잊었어? 그때 그
아가씨가 애를 낳았잖아. 예전엔 그냥 허무맹랑한 소리인
줄 알았어. 그 애가 태어난 날이 마침 저우 국장의 결혼 피로
연 날이었다나. 물론 다 헛소리였겠지. 나중에 저우 서기가
실세를 잡으니까 그런 소문은 죄다 잠잠해졌고."

린양 아빠는 한참을 말없이 찌푸린 얼굴로 식기세척기만
주시하다가, 다시 입을 열었을 땐 말투에 약간의 분노가 담

겨 있었다. "그때 다 잠잠해진 일을 왜 다시 당신한테 언급하는 거래? 일을 더 크게 만들려고 안달이 났나. 약이라도 잘못 먹었대?"

"누가 알겠어, 그 며느님이 줄곧 제정신이 아니었는지." 린양 엄마가 앞치마를 풀었다. "심지어 이런 의심도 들더라니까. 위저우저우가 사대 부속초등학교에 다니게 된 건 혹시 저우 국장이 뒤에서 손을 쓴 건 아닐까, 그걸 마누라가 알고 둘이 한바탕 싸우고 나서 날 찾아와 정보를 캐내려던 건 아닐까 하고. 어쨌거나 난 모르는 척했어."

린양 엄마는 여기까지 말하고 거실 쪽을 흘끔 보더니 목소리를 낮췄다. "어쨌든 린양한테는 앞으로 위저우저우랑 같이 다니지 말라고 해. 걔가 싱글 맘 밑에서 자란 걸 신경 쓰는 건 아닌데……, 그냥 그 두 집안과 엮이고 싶지 않아. 그 며느님이 알면 뭐라고 생각하겠어. 우리가 일부러 망신 주려고 그런 거라고 오해할 수도 있잖아."

린양 아빠는 눈썹을 치켜올리며 무슨 말을 하려는 듯 잠시 뜸을 들였지만, 결국 내뱉은 건 짧은 한마디였다. "당신 아들은 말 안 들을걸."

"말 안 들으면 단속을 해야지, 어떻게 멋대로 굴게 둬? 말하지 않아도 돼. 어차피 애한테 그런 지저분한 일은 알게 하고 싶지 않으니까. 내일부터는 우리가 하굣길에 데려오자. 장 선생님한테 평소에 잘 지켜봐 달라고 부탁하고. 애가 쉬는 시간에 멋대로 돌아다니지 않도록 말야. 어차피 그 꼬마 아가씨랑 같은 반도 아니니 떼어놓는 게 어렵겠어?"

아내가 맞는 말만 늘어놓자, 그는 어쩔 수 없이 씁쓸하게 웃으며 말했다. "그렇게 해."

린양 엄마의 말투가 마침내 부드러워졌다. "솔직히 말해서 얼마나 괜찮은 애야. 그런데 어쩜 집안 배경이 그래? 난 그 여자애가 꽤 마음에 들었다구. 하지만 지금 이게 뭐야, 감히 불쌍하게 여길 엄두도 안 나잖아."

린양 아빠는 고개를 숙이고 소리 없이 웃었다. 동정심이라는 건 자신을 충분히 보호할 수 있는 상황에서만 베풀 수 있는 심심풀이 같은 거였다.

다만 너무 애석했다. 얼마나 보기 좋은 두 아이던가. 그는 아쉬움을 찻물과 함께 뱃속으로 삼켰다.

"애들이 아직 어리니까 친구 하나 줄어드는 것쯤은 감기처럼 지나갈 거야. 약을 먹거나 주사를 맞지 않아도 일주일이면 다 나을걸." 그는 자책하는 아내를 위로했다. "별거 아닐 거야."

거실에서는 다시금 린양의 웃음소리가 터져 나왔다. 〈세 눈이 간다〉의 샤라쿠가 또 그의 누님을 놀리기 시작한 건지는 알 수 없었다.

위저우저우가 집으로 돌아와 책가방을 내려놓고 외할머니에게 인사하러 가려는데 거실에서 위팅팅과 딱 마주쳤다.

그녀는 무의식적으로 옆으로 몸을 돌려 막대 두 줄이 붙은 왼쪽 팔뚝을 위팅팅에게서 감췄다. 자신이 어째서 이 이종사촌 언니를 자극할까 봐 걱정하는지는 알 수 없었다. 평소에는 상대방이 종종 빨간 꽃과 막대 두 줄로 그녀를 자극했는데도 말이다.

외할머니의 방은 문이 닫혀 있었다. 노크를 하고 문을 열자, 언제 퇴근했는지 모를 엄마가 외할머니와 무슨 이야기를 나누고 있었다.

"저우저우 왔니?" 외할머니가 엄마 얼굴에서 문 쪽으로 시선을 옮기고 웃으며 물었다.

"네."

"외할머니 수액 맞는 거 다 끝나면 밥 먹자. 엄마는 외할머니랑 할 얘기가 있으니까 먼저 가서 숙제하고 있으렴." 엄마는 일어나 철제 걸이에 걸린 수액병을 확인했다. 외할머니는 최근 다시 몸이 약해져서 얼마 전 끝난 수액 치료를 다시 시작했다.

"응." 위저우저우는 몸을 돌려 떠나려다가 별안간 다시 뒤를 돌아보며 자신의 왼쪽 팔뚝에 새로 붙은 막대 두 줄을 가리켰다. "엄마, 고마워."

엄마와 외할머니의 표정은 무척이나 복잡했다. 뜬금없는 감사 인사에 대한 놀람과 함께 막대 두 줄짜리 계급장에 대한 기쁨이 섞여 있었다. 엄마가 눈을 깜박거리며 물었다. "너 알았니? 선생님이 너한테 뭐라고 하든?"

위저우저우가 고개를 저었다. "아무 말도 안 했어. 고마

위, 엄마."

엄마가 옅게 웃었다. "엄마가 널 위해서 하는 일은 뭐든 당연한 거야. 뭐가 고맙니, 애어른처럼."

위저우저우는 여전히 고개를 저었다. "엄마한테 꼭 고마 워해야 해." 핵심은 뒤 구절에 있었다. "하지만 앞으로는 그 럴 필요 없어."

엄마의 얼굴에서 웃음기가 잠시 굳었다가 사라졌다.

"저우저우, 넌 몰라."

넌 몰라. 구해서 얻은 총애와 관심은 한 번의 거래로 영원 히 끝나는 게 아니거든. 그건 마치 입을 크게 벌린 괴수처럼 영원히 만족하지 않고 영원히 허기져 하지.

위저우저우의 엄마는 그녀에게 이런 난장판 이론을 가르 쳐줄 생각은 없었다. 다만 앞으로 다시 그 위 선생님에게 수 입 화장품을 가져다줄 땐 반드시 아이가 모르게 해달라고 당부하리라 결심할 따름이었다.

가장 아름다운 행복은 아무것도 모르는 것이다. 예전에는 능력이 없어서 딸에게 이런 단순하고 즐거운 생활을 못 누리 게 했다지만, 지금은 절대로 노력을 포기하지 않을 것이다.

위저우저우가 집요하게 바라보고 있어서 그녀는 하는 수 없이 고개를 끄덕였다. "그래, 엄마가 앞으로는 그러지 않을 게. 저우저우는 스스로 노력해서 잘할 수 있으니까, 그렇지?"

꼬마는 마침내 씨익 웃으며 엄마에게 눈을 깜박이더니 문 을 닫고 달려나갔다.

위저우저우의 엄마는 다시 웃음기를 거두고 고개를 돌려 자신의 모친을 바라봤다.

외할머니가 천천히 한숨을 내쉬었다. "정말 결정한 거냐? 그래도 내가 먼저 그 사람을 만나 보마."

그날 저녁 식사 때 위저우저우는 위차오의 손에서 닌텐도 패미콤 게임팩을 빼앗았다. 64게임 합본 팩으로, 그 안에 든 게임은 대부분 해본 적 없는 거였다.

저번에 린양이 자기 집에는 게임팩이 두 개밖에 없다고 그랬던 것 같았다. 이리저리 뒤져도 그 몇 안 되는 게임을 반복해서 하다 보니 재미가 없다고 말이다.

그럼 걔한테 빌려줘야겠다. 위저우저우는 그런 생각을 하며 게임팩을 꽉 안은 채 죽어도 손에서 놓으려 하지 않았다.

"공짜로 가져가는 게 어딨어! 아니면 네 그 트로피랑 바꾸자."

위저우저우는 멈칫하더니, 책장에서 하도 많이 넘겨 봐 너덜너덜해진 『그림 동화』를 꺼냈다. "이걸로 바꾸면 안 돼?"

"지금 나 놀리냐? 이 타락한 자식아!" 위차오는 화난 척 펄쩍 뛰더니 부들부들 떨리는 손가락으로 위저우저우를 가리켰다. "너무 타락했어, 너무 타락했다고! 계급장에 막대 두 줄을 달고 상까지 받다니……. 내가 눈이 삐어서 잘못된 후계자를 키웠다고 치자. 그런데 이제 내 머리 꼭대기까지 기어오르기냐! 위저우저우, 내가 오늘은 기필코 문파 질서를 정리해야겠어!"

말이 끝나기도 전에, 그의 뒤통수에 큰외삼촌의 묵직한 주먹이 꽂혔다.

"저우저우, 그 게임팩은 네가 가져가서 놀거라. 위차오가 하루 종일 공부를 안 하니까 네가 돌려줘도 내가 다시 압수할 거야."

위저우저우는 음산하게 웃었다. "차오 오빠, 나한테 고마워해야 해. 내가 대신 잘 보관해줄 거니까."

이렇게 어느 가을날 저녁, 열네 살 위차오는 배은망덕하다는 게 무슨 뜻인지 깊이 체득했다.

화요일 저녁에 학교가 파하자, 위저우저우는 왼손에는 도시락 주머니를 들고 오른손에는 게임팩을 쥔 채 교문 앞에 서서 린양을 기다렸다. 그런데 정작 다가온 사람은 린양과 종종 함께 놀던 키 작은 남자아이였다. 이름이 장촨이었던 것 같았다.

영원히 마르지 않는 콧물을 달고 다니는 것 같은 장촨은 몇 마디 할 때마다 콧물을 훌쩍거렸다.

"린양은? 오늘 학교 안 왔어?"

"걔네 엄마, 아빠가 데려갔어."

그럼 왜 나한테 미리 말해주지 않았지? 그러나 위저우저우는 묻지 않았다. 그녀는 수업 시간 내내 기쁨에 가득 차서 린양에게 게임팩을 건네는 순간을 기다렸다. 좋아서 펄쩍 뛰려나? 아니면 뻔히 원하면서도 툴툴거리며 애써 '별거 아니네' 하는 척을 하려나…….

기대를 너무 많이 해서 실망감이 드는 건지도 몰라. 하지만 정말 급한 일이 있었을 수도 있잖아? 위저우저우는 그렇게 생각하곤 장찬에게 웃으며 말했다. "알려줘서 고마워. 그럼 안녕."

"우리 엄마, 아빠도 나한테 너랑 가까이 지내지 말래."

위저우저우가 걸음을 멈추고 몸을 돌렸다. "무슨 말이야? 난 원래도 널 모르는데?"

장찬이 왜 그런 말을 하는지는 모르겠지만, 이유야 어쨌든 그 말은 위저우저우의 화를 돋우었다.

"어쨌든 우리 엄마랑 아빠가 너랑 가까이 지내지 말랬어." 장찬은 위저우저우보다 한 살이 어렸다. 아동기에 한 살의 차이는 아주 뚜렷해서 장찬은 늘 둔하고 유난히 바보같아 보였다.

그래서 유난히 솔직하기도 했다.

"너 왜 여기 있어? 엄마가 세 번째 기둥 앞에서 기다리라고 했잖아. 멋대로 돌아다니지 좀 마! 엄마 놀라 죽는 줄 알았잖아!" 장찬 엄마가 잔뜩 초조한 표정으로 달려왔다.

위저우저우는 장찬 엄마가 조요경*을 들고 그녀를 죽이러 쫓아오기라도 하는 것처럼 냅다 줄행랑을 쳤다. 머릿속

---

* 요괴를 비추어 본래 모습을 드러나게 한다는 요술 거울.

이 새하얘져서 무의식적으로 멀리까지 달아난 후에야 비로소 멈춰 섰다.

내가 왜 도망쳐야 하지? 난 요괴도 아닌데!

위저우저우는 사거리에 멍하니 섰다. 귓가에는 쿵쿵 뛰는 심장박동 소리만 들렸다.

이런 일이 처음은 아니지?

사실…… 그녀는 자신이 요괴라는 걸 쭉 알고 있었다.

어렸을 때부터.

손에 쥔 패미콤 게임팩에 붙은 스티커에는 어드벤처 아일랜드의 주인공이 짧은 반바지만 입고 아무것도 모르는 표정으로 그녀를 보며 웃고 있었다.

18.
너의 그림, 나의 동화

우리 엄마, 아빠가 너랑 놀지 말래.

우리 엄마, 아빠가 너랑 가까이 지내지 말랬어.

위저우저우가 번번을 만나기 전, 그러니까 원래 살던 집이 철거되기 전 기억도 가물가물하던 어린 시절, 이 두 문장은 결코 낯설지 않았다. 아이는 어른의 거울과도 같다. 아이들은 어른들이 하는 것처럼 전염병을 멀리하듯 자신의 깨끗함을 부각하려 했고, 나중에는 또 가슴을 쓸어내리고 길게 한숨을 내쉬며 재난에서 가까스로 살아남은 자의 두렵고도 다행이라는 듯한 표정을 지었다.

이 두 문장은, 집이 철거될 때 목재라도 건지려고 필사적으로 불을 끄던 엄마를 그저 옆에 서서 구경만 하던 이웃들의 웃는 얼굴과 함께 위저우저우의 머릿속에 각인되었다. 그때는 오직 본능적인 두려움뿐이었지만 무지했기에 그다지 아프지는 않았다. 그러나 그녀가 자라고 철이 들면서 예전 추억을 들출 때마다 그런 만성 독약 같은 상처는 갈수록 지독함을 드러냈다.

철이 든다는 것. 처음에 신이 무지함으로 막아주었던 마음 아픈 일을 알게 되는 것.

예전의 아픔은 누군가 그녀를 칼로 베었기 때문이라면, 지금의 아픔은 그들이 왜 그녀를 아프게 했는지 알았기 때문이었다.

그녀와는 무관하지만, 평생 벗어날 수 없는 터무니없는 이유.

위저우저우는 혼자 길가에 쭈그리고 앉았다. 눈물이 나오지 않았다. 어떻게든 짜내보려고 한참을 힘써 노력했지만 눈물도 그녀를 포기한 듯했다.

엄청난 분노도 억울함도 느껴지지 않았고, 그저 눈에 초점을 잃은 채로 쭈그리고 앉아 아무 생각도 하지 않았다. 예전에 번번네 이웃집에 산재로 오른손 엄지와 검지를 잃은 아저씨가 살고 있었다. 아저씨는 사람이 참 착해서 아이들은 가끔 그 집 뒤뜰에 가서 작은 나무판이나 대팻밥을 주우며 놀곤 했다. 위저우저우가 그 아저씨에게 손가락이 잘릴 때 아프지 않았냐고 물어보자, 아저씨는 기계가 쉬익 하고 지나간 순간 무슨 일이 벌어졌는지 깨닫기도 전에 손가락이 떨어졌다고 했다. 잘려진 단면은 하얬고 심지어 피도 나지 않았다고.

"거짓말이야." 단단이 조그맣게 말했다. "아프지도 두렵지도 않은 척하려고 뻥치는 거라고."

아저씨는 그 말을 듣고도 그저 웃기만 했다. "너무 갑작스러워서 신경도 반응하지 못했던 거야. 손가락이 잘린 걸 깨닫고 나서야 아프기 시작했지. 피도 굉장히 많이 흘렸고, 하마터면 아파서 기절할 뻔했단다."

위저우저우는 멍하니 있다가 퍼뜩 정신을 차리고 무심코 고개를 들어 석양을 바라봤다. 해는 어느새 종적을 감췄고, 하늘은 검푸른 잉크에 물든 것처럼 가장자리에만 은은하게 분홍빛이 감돌았다.

집으로 가자. 날이 어두워졌네.

그녀는 무표정하게 몸을 일으켜 발 옆에 둔 도시락 주머니를 들어 그 안에 게임팩을 집어넣은 후, 침착하고도 차분하게 집으로 걸어갔다. 저녁을 먹을 때는 늘 그랬듯 위차오 오빠와 고추잡채 속 고기채를 앞다퉈 골라 먹었고, 식사 후에는 새로 배운 글자를 열 번씩 베껴 썼다. 마침 오늘 위 선생님이 그녀와 다른 학생 세 명이 글씨를 반듯하게 쓴다고 칭찬했었다. 위차오와 함께 만화영화를 다 본 후에는 엄마와 지내는 작은 방으로 돌아갔다. 위차오가 그녀의 뒤를 쫓아와 다시 그 패미콤 게임팩을 요구했다. 위저우저우도 다시 책장에서 『그림 동화』를 꺼내 대치했다.

"다른 책으로 바꾸면 안 되겠냐? 이건 너무 유치하잖아!" 위차오는 몹시 분하다는 듯 『그림 동화』를 잡아챘다. "나처럼 한창 나이에 재능이 넘치고 품위 있고 앞길이 창창하고 이제 막 피기 시작한 미남이 꼭 『그림 동화』를 봐야겠어?"

위차오가 다다다다 쏟아낸 수식어를 하나도 알아듣지 못한 위저우저우는 집요하게 말했다. "이 책이 얼마나 좋은데."

"뭐가 좋아? '그 후로 그들은 오랫동안 행복하게 살았답니다' …… 귀신을 속이냐? 『그림 동화』는 충분히 증명한다구. 결혼은 사랑의 무덤이고, 사랑은 동화의 말로라는 걸……."

위저우저우가 대체 무슨 소리인지 종잡을 수가 없어 어리둥절한 눈으로 위차오를 쳐다보니……, 그는 어느새 큰외삼촌에게 귀를 잡힌 채 거실로 끌려나가고 있었다.

정말로 그렇게나 따분한 이야기일까?

예를 들면 특출나게 아름다운 목소리를 가진 가난한 집 아가씨가 길가에서 꽃을 팔며 노래를 불렀고, 마침 지나가던 왕자가 그 목소리에 반해 사람들의 반대를 무릅쓰고 그 아가씨와 결혼했고, 그 후로 함께 행복하게 살았다는 이야기…….

위저우저우는 책을 품에 껴안고 눈을 꼭 감은 채, 자신이 그 가난한 집 아가씨라고 상상하려고 최대한 노력했다.

그녀는 회전하며 뛰어올라 공기로 만든 치맛자락을 살짝 들어 올려 인사했고, 만면에 웃음을 지으며 가난한 아이에게 장미꽃 한 송이를 공짜로 주면서 아픈 어머니에게 선물하라고 했다. 이 얼마나 착한 아가씨인가! 위저우저우는 진지하게 미소 지으며 모두의 찬양과 감탄을 마주했다. 그리고 무심코 눈을 들었다가 백마가 눈앞에 멈춰선 걸 봤는데…….

갑자기 불빛이 무척 눈부시게 느껴졌다.

그녀의 상상이 이렇게 뜬금없는 이유로 끊긴 건 이번이 처음인 것 같았다.

당황한 위저우저우는 처음부터 다시 회전하며 자신의 치맛자락이 너풀거리는 걸 상상했지만…… 너풀거리지 않았다. 그래서 이번에는 수건을 허리에 두른 다음 계속해서 돌았다. 아주 좋아. 이번에는 복사뼈에 치맛자락이 너풀거리는 걸 느낄 수 있었다. 그녀는 다시금 꽃 파는 아가씨의 느낌을 끌어 올려 노래를 부르고 춤을 추다가, 엄지와 검지로 연필을 살짝 쥔 다음 날카롭게 소리쳤다. 이런! 장미 가시에 손을 찔렸잖아! 고개를 숙여 핏방울을 입으로 빨려는데, 갑자기 백마가 곁에 와서 멈춰 섰다.

위저우저우는 고개를 들었고……

불빛이 아까보다 더 눈부시게 느껴졌다.

위저우저우의 안색이 창백해졌다. 어디서 문제가 생긴 건지 그녀는 알았다.

장촨 엄마의 조요경이 그녀의 마법을 흡수해간 것 같았다.

위저우저우의 둔감한 신경이 마침내 각성되었다. 날카로운 아픔과 줄줄 흐르는 피가 그녀가 진짜로 상처를 입었다는 걸 알려주었다.

그녀는『그림 동화』를 다시 책꽂이에 꽂아놓았다.

목요일 오후 1반과 7반의 체육 활동 시간.

운동장에 린양은 없었다.

위저우저우와 아이들 네다섯 명은 함께 '양쪽 성' 놀이를 했다. 그녀는 오늘 유난히 즐겁게 뛰어다녔다. 사실 사람의 몸과 마음은 상상했던 것보다 훨씬 긴밀하게 연결되어 있어서 우울한 기분은 땀을 흘리는 방식으로도 배출될 수 있었다. 어린 위저우저우는 많은 방법이나 기교를 알지 못했지만, 스스로를 지키려는 본능은 있었다.

체육 활동 시간이 거의 끝날 무렵, 위저우저우는 마침내 익숙한 목소리를 들었다.

"위저우저우!"

그 순간 위저우저우는 무척 기뻤다. 역시나 무척 기대하고 있었다. 비록 평소와 다를 바 없는 척하긴 했지만, 왜 자신이 천하태평한 척했는지는 알 수 없었다.

기쁜 건 기뻐하고, 기분 나쁘면 기분 나빠하고, 웃고 싶으면 웃고, 울고 싶으면 울고.

위저우저우는 자신이 잃은 게 어린아이의 가장 좋은 특권이라는 걸 알지 못했다.

"저우저우, 나……." 린양이 손으로 무릎을 받친 채 거칠게 숨을 몰아쉬었다. "우리 선생님이 나보고 심부름을 하라면서 체육 활동 시간에 못 나가게 했어. 나 진짜 겨우겨우,

이제야…….”

“어.” 그녀는 고개를 끄덕였다.

린양이 마침내 숨을 고르게 쉬며, 비로소 눈앞에 있는 위저우저우가 어딘지 이상하다는 걸 깨달았다.

뭐가 이상한 거지?

그냥…… 평소보다 차분해 보이는데.

이것도 이상하다고 할 수 있을까?

린양은 위저우저우와 논의할 급한 일이 있어 그런 걸 따질 겨를이 없었다. “우리 엄마랑 아빠가 그러는데, 최근 학교 부근에서 고학년 학생들이 길을 막고 돈을 뺏는대. 그래서 나 혼자 집으로 하교하는 건 안전하지 않다며 앞으로는 매일 차로 날 데리러 오시겠대. 내가 한참을 사정했는데도 어제는 엄마가 화를 내면서 날 억지로 끌고 가버렸어. 너도 혼자 다니면 너무 위험하잖아. 내가 우리 엄마, 아빠한테 말해볼게. 어차피 우리 둘은 집도 가까우니까 앞으로는 나랑 같이 차 타고 집에 가자. 어때?”

그랬구나. 위저우저우는 찰나의 기쁨과 홀가분함을 느꼈지만, 다음 순간 그녀의 지나치게 똑똑한 머리는 일이 잘못되었다고 알려주었다.

어제 장촨은 “우리 엄마, 아빠‘도’ 나한테 너랑 가까이 지내지 말래”라고 말했던 것이다.

위저우저우는 고개를 갸웃하며 물었다. “그럼 너희 부모님은 뭐라실까?”

"우리 부모님?"

"날 너네 집 차에 태운다고 하면 너희 부모님이 뭐라고 하실까?"

린양은 입술을 달싹이다가 침묵했다.

린양은 어제 엄마가 자기 때문에 짜증이 나서 결국 버럭 소리쳤던 걸 떠올렸다. "넌 무슨 말이 그렇게 많아?! 좀 가만히 있으면 어디 덧나니?"

그리고 아빠는 온화한 말투에 내용은 그렇지 않았다. "양양, 요 며칠 첸첸이랑 장찬이 우리 집에서 너랑 같이 피아노 수업을 듣고 싶어 하는 것 같아서, 앞으로는 아빠가 너희 꼬마 셋을 같이 데려와야 할 것 같구나. 그래서 차에 여유 자리가 없을 것 같아. 게다가 우린 위저우저우의 부모님을 모르잖니. 섣불리 데려다줬다가 그 애 부모님이 뭐라고 할 수도 있어."

일리 있는 것 같으면서도 아주 어색하게 들렸다.

엄마와 아빠는 갑자기 위저우저우를 좋아하지 않게 된 것 같았다. 하지만 그걸 어떻게 위저우저우에게 말할 수 있을까? 게다가 엄마, 아빠처럼 좋은 사람이 어떻게 잘못을 저지를 수 있지? 그래서…… 그래서…… 린양은 자신의 세계가 온통 혼란스러웠고, 그저 달려와 위저우저우에게 이렇게 말할 수밖에 없었다. 지금 상황은 뒤죽박죽이지만, 최소한……

최소한 그의 마음은 뒤죽박죽이 아니라고 말이다.

린양의 침묵은 위저우저우의 마음속에서는 다른 의미였다.

역시 너한테 날 멀리하라고 하셨구나, 그렇지?

"우리 엄마가 날 데리러 올 거야." 위저우저우가 말했다.
"린양, 호의 고마워."

위저우저우는 생각했다. 고마워, 네가 날 찾아와 준 것만
으로도 이미 아주 좋은걸.

이미 충분해.

"저우저우…… 거짓말하지 마."

"아닌데."

"거짓말이잖아."

위저우저우는 조용히 린양을 바라봤다. 그녀의 무표정한
얼굴에 린양은 두려워지기 시작했다. 이런 모습의 위저우저
우는 한 번도 본 적이 없었다.

"사람들은 다 거짓말을 해, 린양."

린양은 왠지 모르게 마음이 쓰렸다. 이렇게 큰 위기를 맞
닥뜨린 건 처음이었다.

"참, 잠깐만 기다려줄래."

위저우저우는 황급히 반으로 돌아가 책가방에서 64게임
합본팩을 꺼냈다.

"너한테 주는 거야."

위차오 오빠가 알면 울겠지…… 위저우저우는 고개를 저
으며 오빠의 모습을 머릿속에서 지웠다.

"난 받을 수 없어……. 고마워. 내가 한동안 놀아보고 다

시 돌려줄게. 아니면 우리 바꿔가면서 놀자. 한 사람이 일주일씩, 어때?" 린양은 과연 함박웃음을 지었다. …… 다만 이번 즐거움은 그렇게 순수하지 않았고, 약간의 두려움과 환심을 사려는 의도가 섞여 있었다.

"그럴 필요 없어." 위저우저우는 뒷짐을 지고 계단 위에 서서 린양을 위에서 아래로 내려다봤다.

"린양, 난 다시는 너랑 놀고 싶지 않아."

창문 빗장에 매어놓은 빨간 풍선은 결국 서서히 공기가 새어나가 작고 말랑말랑한 타원형 물체가 되었다. 위저우저우는 그걸 떼어내 침대 밑 과자 박스 안에 넣었다.

그녀는 곤히 잠든 외할머니의 방으로 가 수액병을 확인한 다음, 바늘을 뽑을 때가 되었다고 엄마를 불렀다.

위저우저우는 옆에 서서 엄마가 수액병을 철제 걸이의 그물주머니에서 꺼내 탁자 가장자리에 놓는 걸 봤다.

텅 빈 병, 안쪽에는 샛노란 액체가 묻어 있었다.

위저우저우는 문득 성수를 떠올렸다. 예전에는 이런 병에 맑은 수돗물을 가득 채워서는 마계산을 넘어 가을겨울의 신과 봄여름의 신을 구하러 갔었는데.

린양이 이렇게 물었던 것도 생각났다. 그래서 나중에 어떻게 됐어?

나중에?

나중에 그들은 맺어진 거야?

아마…… 아닐걸.

왜?

이유는 없어.

소중한 추억 3 ―

사랑과는 무관하게
그저 자라날 뿐

1.
세월은 물처럼 빠르게 흐르고

위저우저우는 자신과 키가 거의 비슷한 공용 첼로를 품에 안고 조심스럽게 보호하면서, 비좁은 악기 창고 구석에 서서 단원들이 벌 떼처럼 몰려와 서로 밀치락달치락하며 자신의 악기를 자리에 놓는 모습을 바라봤다.

고개를 들자, 마침 천안이 그녀와 대각선을 이루는 곳에 서서 왼손으로 바이올린을 보호하며 똑같은 자세로 구석에 딱 붙어 있는 모습이 보였다. 미간을 살짝 찌푸리고 씁쓸한 미소를 짓는 표정이 마치 멀리서 메뚜기 재앙을 구경하는 것 같았다.

그도 위저우저우를 봤고, 두 사람은 어쩔 수 없다는 듯 서로를 보며 웃었다.

위저우저우는 자신이 천안과 세세한 부분에서 많이 비슷해서 즐거운 것인지, 아니면 그 즐거움을 느끼기 위해 자신도 모르게 그를 모방하는 것인지 도통 알 수 없었다.

마침내 사람들이 서서히 흩어졌고, 위저우저우는 그제야 첼로를 안고 거치대 쪽으로 걸어갔다.

"잠깐 기다려, 이거 내려놓고 올려줄게."

천안은 말하면서 자신의 바이올린을 단원 번호가 적힌 지정 상자에 넣은 후, 총총 다가와 그녀의 첼로를 거치대 두 번째 줄에 올려주었다.

"처음에 무슨 생각으로 설계한 걸까? 바이올린 거치대는 저렇게 낮은 곳에 두고, 첼로 거치대는 저렇게 높이 두고 말야."

위저우저우가 고개를 끄덕이며 말했다. "고마워. 난 얼른 가봐야 해."

천안이 눈썹을 치켜올렸다. "급한 일이야? 치 선생님이 회의한다고 모든 악기의 앞에서 세 번째까지는 모두 회의실로 모이랬는데."

위저우저우가 난감하다는 듯 고개를 들어 살짝 억울한 표정으로 그를 바라봤다. 그 맑은 눈빛에 천안은 얼른 자신의 눈을 가렸다. "알았어, 알았어. 진짜 너한텐 두 손 두 발 다 들었다니까. 내가 너 못 온다고 대신 말씀드릴게."

그녀는 그제야 활짝 웃었다. "헤헤, 고마워."

"무슨 일이길래 이렇게 급하게 가는 거야?" 천안은 그녀와 함께 악기 창고를 나오며 뒤쪽의 철문을 닫았다.

위저우저우는 입을 벌렸다가 고개를 숙였다. "아니, 그냥 오늘 연습이 너무 늦게 끝나서…… 아무래도…… 〈미소녀 전사 세일러 문〉을 놓칠 것 같아서…….”

천안의 폭소에 너무나도 민망해진 그녀는 연습실 입구까지 종종걸음으로 뛰어가 그를 보지도 않고 대충 손을 흔들었다. “안녕!”

“잘 가, 저우저우. 도저히 늦을 거 같으면 적당한 곳에서 변신해버려!”

위저우저우는 마치 물 한 바가지를 끼얹은 숯 화로가 된 기분이었다. 몸에서는 하얀 김이 모락모락 피어오르고 있었다. 방향을 돌려 문밖으로 달려나갔다. 손목시계를 보니 벌써 5시 45분이었다. 아직 25분이 남아 있었다.

그녀는 마치 억울함을 호소하려고 황제의 가마를 가로막듯이 이제 막 정거장을 출발한 22번 버스를 가까스로 멈춰세우곤 얼른 올라탔다. 그러다 문득 천안이 말한 변신이 진짜로 가능하다면 너무 좋겠다는 생각이 들었다.

결국 3분을 늦어버렸다. 집 안으로 뛰어들어 갔을 땐 위팅팅이 벌써 소파 앞에 자리 잡고 있었다. 그녀는 아이스크림 한 통을 안고 있다가 문 여는 소리가 들리자 고개를 돌리며 말했다. “급할 거 없어, 아직 광고 중이야. 오늘 광고가 유난히 기네. 너 정말 체면은 살았구나.”

위저우저우와 위팅팅 사이의 냉랭한 관계는 〈미소녀 전사 세일러 문〉으로 적지 않게 완화되었다. 같은 만화영화에 대한 사랑은 그들 사이에 존재하던 말로 표현할 수 없는 미묘한 적대감을 조금씩 와해시켰다. 비록 여전히 친밀한 자매나 친구라고는 할 수 없었지만, 최소한 서로 싸우지 않고 화목했다.

그러나 턱시도 가면의 소유권 문제는 여전히 그들 두 사람 사이의 금기였다.

위팅팅은 늘 극도로 경계하는 모습이었다. …… 원래 위저우저우는 자신이 〈미소녀 전사 세일러 문〉에서 좋아하는 사람은 턱시도 가면이 절대로 아니라고 말해주는 호의를 베풀 생각이었다. 그런데 위팅팅이 잔뜩 의심하는 표정으로 말을 하려다 마는 모습을 보니 오히려 짓궂은 즐거움이 솟았고, 그래서 턱시도 가면이 등장해 위팅팅이 얼굴을 붉힐 때마다 옆에서 굳이 추임새를 던졌다. "정말 멋져."

그러면 위팅팅이 빨개진 얼굴로 입을 삐죽거렸다. "뭐가 멋있어? 칫, 그렇게나 잘난 척하면서 가는 곳마다 장미를 들고 다니는 남자라니, 얼마나 역겨워."

위저우저우는 웃음을 참으며 다시금 텔레비전으로 시선을 던졌다. 삐딱하게 구는 게 꼭 린양 같네.

린양.

위저우저우는 자신의 이상한 생각에 깜짝 놀랐다. 그녀가 머리를 흔들자, 린양은 마치 실수로 난입한 작은 돌멩이처럼 머릿속에서 멀리 내던져졌다.

1998년 10월, 이제 막 초등학교 5학년이 된 위저우저우는 벌써 4년 동안 린양과 말 한마디 나누지 않았다.

오후 첫 교시가 끝나고 위저우저우와 산제제는 위 선생님의 호출로 교무실에 불려갔다.

2년 전, 3학년 첫 학기가 막 시작됐을 때, 심근염으로 반년 남짓 휴학한 산제제가 한 학년을 유급하고 위신초등학교에서 사대 부속초등학교로 전학을 와 위저우저우와 같은 반이 되었다.

세상의 어떤 사람들 간에는 태생적인 호감과 끌림이 존재했다. 예를 들면 위저우저우와 산제제처럼. 린양과 절교한 이후로 위저우저우는 줄곧 반 아이들을 모두 똑같이 대해 인간관계가 지극히 좋았다. …… 사실상 고독의 또 다른 표현 방식이었는데, 산제제의 등장은 위저우저우의 'lonely walk'를 끝내주었다. 비록 두 사람의 집이 가깝지는 않았지만, 최소한 일정 구간은 같이 동행할 수 있었다.

동행이라고 해서 반드시 끝까지 같이 갈 필요는 없다. 가는 길에 일부만이라도 상대방의 낭랑한 웃음소리를 들을 수 있다면 그걸로도 이미 충분하니까.

지금 위저우저우는 대대부 조직위원, 잔옌페이는 대대부 부대대장이었다. 그들이 계급장에 막대 세 줄을 단 학교 간부가 된 지도 이미 오래였다. 초등학교 1학년 때의 7반 학급위원회 구성원이 여러 번 교체되면서 쉬옌옌의 권력은 나날이 쇠퇴해갔다. 3학년 때는 학급 간부들이 조정되었다. 꼬마제비는 여전히 중대장을 맡고, 위저우저우는 단번에 반장으로 뛰어올랐으며, 산제제는 원래부터 반 아이들보다 성숙한 데다 성적도 좋아서 다크호스처럼 등장해 부반장이 되었다. 가장 실의에 빠진 건 쉬옌옌이었다. 구덩이 하나에 무 하나를 심어야 하는데, 무는 늘어나고 구덩이는 없으니 말이다.

그녀는 결국 세 명의 학습위원 중 하나가 되었다.

위 선생님 앞에서 모범적이고 학급 일에 적극 협력하던 쉬옌옌은 갑자기 날카로운 기세를 거두고 위저우저우에게 무서우리만치 친절하게 굴었다.

거기에 대해 리샤오즈는 이런 말을 했다. "저우저우, 쉬옌옌은 자기 친엄마보다 니가 더 반가운가 봐."

위 선생님이 책상 밑에서 갈색 종이 박스를 꺼내더니 가위로 그 위에 붙은 투명 테이프를 가르며 위저우저우와 산제제에게 말했다. "성省 위원회 청소년 사무실에서 개최한 행사 때 업체에서 협찬한 생리대야. 전교 5, 6학년 여학생들에게 무료로 제공하는 거고. 너희 둘이 어떻게든 방법을 짜내서 오늘 안으로 반 여자애들한테 일인당 두 팩씩 나눠주렴. 교무실에 두면 자리만 차지하니까. 단, 남학생들은 모르게 몰래. 알았지?"

두 사람은 고개를 끄덕이며 서로를 마주 봤다. 산제제가 말했다. "선생님, 어떻게 남자애들 몰래 나눠줘요?"

열한두 살 남학생들은 더는 어릴 때처럼 고분고분 말을 잘 듣지 않았고, 하나같이 반란을 일으키려는 듯이 시시덕거리며 끈질기게 굴었다. 아무리 쫓아도 쫓아낼 수 없는, 개조차도 싫어하는 파리 같았다.

위 선생님이 잠시 생각하다 대답했다. "아니면 오늘 오후에 체육 활동 시간을 주자. 남학생들은 다 나가고 여학생들만 교실에 남으라고 하고."

위저우저우는 고개를 끄덕였다. 두 사람은 함께 상자를 끌며 교무실을 나왔다.

"있잖아, 저우저우. 너 그거 시작했어?"

"뭐?"

"아이 참, 그거 말야. 그거, 그거!"

위저우저우는 산제제가 연신 종이 박스를 가리키는 걸 멍하니 바라보다가 비로소 깨닫고는 뺨을 살짝 붉혔다. "아직. …… 넌?"

"하하, 반년 전에. 그래서 매번 그날이 올 때마다 특히 난감했어. 저번 달에 한동안 내가 화장실 갈 때마다 너보고 앞에서 가리고 서 있으라고 했던 거 기억나?"

"아, 그럼 그때 그걸……." 위저우저우는 문득 이해하곤 겸연쩍은 듯 웃었다.

그 또래의 여자아이들 중에는 월경을 시작한 아이들도, 아직 하지 않은 아이들도 있었다. 학교 여자 화장실은 편리함을 위해 화변기 앞 작은 문이 모두 떼어져 있었다. 그래서 한 사람이 볼일을 보는 동안 그 앞에는 한 무리의 사람들이 줄을 서 있고, 쭈그리고 앉은 사람과 줄 맨 앞에 서 있는 사람이 서로 멀뚱멀뚱 쳐다보는 난감한 상황이 종종 벌어졌다. 어릴 땐 아무렇지도 않았는데, 조금 크고 나니 많은 여학생들이 친한 친구를 끌고 와 원래는 나무문이 달려 있어야 할 곳에 등을 돌리고 서서 프라이버시 보호벽 역할을 하게 했다.

"이따가 반으로 돌아가면 바로 남자애들을 밖으로 쫓아내자."

위저우저우가 고개를 끄덕였다. "그래, 그럼 넌 급수실 옆에서 박스 지키고 있어. 내가 애들 다 나가면 다시 부르러 올게."

갑자기 무척이나 흥분되었다. 마치 자신이 위험이 닥쳐서 은밀한 장소를 찾아 변신해야만 하는 세일러 문 세라가 된 것만 같았다. 아, 그래도 세일러 머큐리라고 하는 게 낫겠다, 세라는 살짝 바보 같으니까, 위저우저우는 생각했다.

"나랑 산제제가 선생님이랑 상의해봤는데, 다음 시간은 체육 활동을 할 거야."

심심하고 따분해서 조그맣게 소곤거리던 아이들은 위저우저우가 교실로 들어간 순간 조용해졌다가, 이 소식을 듣고 단체로 두 눈을 빛냈다. 위저우저우는 2년간 반장을 맡아오면서 한 번도 선생님의 총애를 등에 업고 반 아이들에게 기고만장하게 굴지 않았다. 그녀는 아주 약간의 교활함을 발휘해 학생들과 선생님 사이에서 균형을 잘 유지했고, 종종 남의 것으로 인심을 쓰면서 모두의 호감과 지지를 이끌어냈다.

딱히 문제될 것 없는 작은 거짓말. 예를 들어 어떤 아이가 수업 시간에 떠들어서 이름을 적히고 선생님한테 혼날까 봐 전전긍긍하고 있으면, 위저우저우는 "명단은 내가 찢었어. 다음엔 떠들지 마, 알았지?"라고 말했다. 또 예를 들어 지금처럼, 짐짓 백성을 대표해 청원을 올린 척하며 아이들의 환호를 얻었다.

"반장 대인, 정말 최고십니다!" 맨 뒷줄에 앉아 있던 남학생 몇 명은 벌써 축구공을 품에 안고 교실을 튀어나갈 준비를 했다.

"하지만 여학생들은 잠깐 10분만 교실에 남아줘. 할 얘기가 있어."

문 앞까지 튀어나갔던 남학생들은 별안간 단체로 고개를 돌렸다. "왜?"

"왜는 왜야? 너넨 얼른 나가서 놀아. 너희들이랑은 상관없어."

"안 돼, 이유를 반드시 말해줘야 해. 왜 우리 남학생들만 쫓아내는 건데? 분명 좋은 일은 아니겠지!"

"좋은 일이 아니라면서 왜 아직도 안 나가고 꾸물거려?!" 문예위원은 괄괄한 여자아이였는데, 같은 반 남학생에게 축구공으로 머리를 맞은 이후로 줄곧 남학생들을 날카롭게 대했다.

"아이고, 치킨 리틀*은 심기가 불편한가 보네? 내가 다

---

* 디즈니 장편 애니메이션 〈치킨 리틀〉의 주인공.

너희들 좋으라고 이러는 거잖아. 왜 이렇게 사리분간을 못 하냐?"

또 시작이군, 괜히 억지 부리는 이 녀석들이란. 위저우저우는 짜증을 애써 참으며 손을 휘저었다. "예술제 일이야. 여학생들이 단체로 프로그램을 하나 해야 하거든. 너 자꾸 쓸데없는 소리 하면 맨 앞에서 춤추라고 할 거야!"

어릴 적 버릇은 여전히 고쳐지지 않아서 입만 열면 아무렇게나 이야기를 지어낼 수 있었다.

남학생들은 단체로 숙연해져 신속하게 교실을 빠져나갔다.

위저우저우는 앞문과 뒷문을 모두 잠근 후 작은 목소리로 말했다. "사실 오늘은 모두에게…… 생리대를 나눠줄 거야."

교실에서 한바탕 웃음이 터져 나왔다. 위저우저우는 재빨리 교실 밖으로 달려나가 산제제를 불렀고, 두 사람은 힘을 합쳐 박스를 교실로 끌고 들어왔다. 여학생들은 박스 주변을 에워싸고 각자 분홍색과 파란색으로 포장된 주간용과 야간용 생리대 한 팩씩을 가져갔다.

"다들 책가방에 잘 넣어둬. 남자애들한테 들키지 말고." 산제제가 여러 번 반복해서 말하자 누군가 뒷문을 쾅쾅 두드렸다.

"뭔데 가방에 잘 넣어둬? 왜 남자들은 못 보게 하는 건데? 너네 지금 뭘 나눠주는 거야? 얼른 문 열어!!"

위저우저우는 깜짝 놀랐다. 교실 안 여학생들은 허둥지둥 생리대를 책가방 바닥으로 밀어 넣었다. 문이 부서져라 두

드리는 소리에 귀가 멀 지경이었던 산제제가 하는 수 없이 문을 열었다.

"뭐 하자는 거야? 귀신이라도 쫓아왔어?"

산제제는 줄곧 불같은 성격이었다. 여러 해가 지나 그녀가 스무 살 생일을 맞이했을 때, 위저우저우는 그녀에게 직접 쓴 붓글씨를 선물했다.

뭐라고 썼냐면…… '천생 왕언니'.

"양심에 거리낄 게 없는데 귀신이 뭐가 무섭냐?" 앞장선 축구공 남학생은 반에서 가장 짓궂은 쉬디였다.

"우리가 무슨 양심에 거리끼는 짓을 했다고 그래?" 산제제는 살짝 켕겨서 하는 수 없이 목청만 높였다.

"자신 있으면 방금 나눠준 물건 꺼내보시지!"

모두의 안색이 확 바뀌었다. 위저우저우는 얼른 강단 위에서 내려와 쉬디와 산제제 사이에 끼어들어 분쟁을 해결하고자 했다. 줄곧 앙숙이었던 두 사람이 싸우면 끝이 없을 게 분명했다.

"네가 잘못 들은 거야……." 위저우저우는 입을 열자마자 자신의 말이 엄청나게 설득력 없다는 걸 깨달았다.

"너네 왜 이렇게 시끄러워? 다른 반은 다 수업 중이야."

주변이 순식간에 조용해졌다.

린양이 위생 규율 평가 노트를 안고서 쉬디 무리 뒤쪽에 태연히 서 있었다.

"대대장!"

쉬디가 외쳤다.

위저우저우는 고개를 돌려 시선을 피했다.

4학년이 끝날 무렵, 린양은 자신이 말한 것처럼 대대장이 되었다.

그러나 시간이 흘러 상황이 변했고, 그건 이미 딱히 중요한 일이 아니게 되었다.

"⋯⋯."

린양은 학교에서 인간관계가 아주 좋았다. 거의 여학생들의 천하인 대대부와 학급 위원회에서 린양은 전교 남학생들의 모범이자 자랑이었다. 쉬디와 린양은 사이가 무척 좋았다. 이번에 괴상한 소리로 일부러 그를 대대장이라고 부른 건, 사실상 직함으로 위저우저우 무리를 제압하기 위해서였다.

쉬디가 상황을 쭉 설명했다. 산제제가 반박하려 하자, 위저우저우가 붙잡았다.

"확실히 다른 반은 지금 수업 중이니까 시끄럽게 굴지 말자. 어쨌든 해야 할 말은 다 했으니까 여학생들도 나가서 체육 활동을 하도록 해."

"그냥 이렇게 끝낸다구?" 쉬디가 축구공을 바닥으로 내던졌다. "위저우저우, 내가 모를 줄 알아? 네가 아무리 '건곤대나이'*를 써서 날 속이려 해도 어림없다구!"

위저우저우는 무심코 눈을 들었다가 린양이 구경하듯이

---

* 무협소설 『의천도룡기』에 나오는, 힘의 방향을 바꾸는 무림 신공.

팔짱을 낀 채 벽에 기대어 서 있는 걸 봤다.

4년의 시간 동안 그들은 서로를 낯선 사람 취급했다. 대부분 시간에 린양은 늘 이런 태도로 말없이 그녀를 바라봤다. 마치 그다지 웃기지 않은 우스갯소리를 보듯이 말이다.

한참을 대치하다가 그는 비로소 가식적인 웃음을 지으며 입을 열었다. "너희가 남학생을 이렇게 대하는 건 좀 불공평한 것 같아. 애네들이 기분 나빠하는 것도 당연해. 재산 분배도 아닌데 이렇게까지 숨길 필요 있어? 대체 뭔지 나도 좀 보여줘 봐."

남학생들이 단체로 환호했다.

민심을 얻은 자가 천하를 얻는 법, 위저우저우는 그 점에서 린양을 이길 수 없었다.

문득 마음 깊은 곳에 시큼쏩쓸한 기분이 솟았다. 위저우저우는 강단으로 달려가 파란색 야간용 생리대 두 팩을 꺼내 들고 린양 곁으로 한 걸음 한 걸음 다가갔다.

그리고 눈웃음을 지으며 생리대를 린양의 손에 쥐여주었다.

4년 만에 그녀가 마침내 그에게 첫마디를 건넸다.

"자, 이건 양이 많을 때 쓰는 거래."

2.
호르몬이 호르몬인 이유

린양은 입을 다물지 못한 채 흘끔 손을 내려다봤다가, 별 안간 그 부드러운 파란 비닐팩이 닿은 손바닥이 화끈거리기 시작했다.

내가 이걸 받아서 뭐에 써?!

그런데 정작 입을 열었을 때는 혀가 꼬여서 더듬거리다 이렇게 말하고 말았다.

"내가, 이걸, 어떻게 써야……."

……

그 사건 이후로 7반의 모든 남학생들은 아주 오랫동안 조용했고, 린양은 위저우저우의 시야에서 아주 오랫동안 모습을 감췄다.

쉬디가 이끌던 7반의 몇몇 말썽꾸러기들은 모두 의리 있게 침묵을 지켰다. 왜냐하면 따지고 보면 그들 자신도 책임을 면할 수 없었기 때문이었다. 교실 안에 있던 여학생들은 당시 소란과 멀리 떨어져 있어 밖에서 무슨 일이 있었는지 알지 못했고, 진실을 아는 사람은 위저우저우와 산제제뿐이었다.

생리대 때문에 위세가 꺾인 대대장이 온통 새빨개진 얼굴로 줄행랑을 쳤다는 걸.

그러나 위저우저우는 남들보다 조금 더 많이 알고 있었다.

아주 조금.

그러니까 린양이 생리대를 다시 그녀의 손에 돌려주던 순간, 그녀에게만 겨우 들릴 만한 소리로 이렇게 말했던 것이다. "위저우저우, 넌 날 괴롭힐 줄만 알지."

넌 날 괴롭힐 줄만 알지. 나만.

위저우저우는 그 말에 멈칫하며 방금 궁지에 몰려 폭발한 패기도 순식간에 사그라졌다. 그녀는 멍하니 서서 그가 계단실로 달려가 사라지는 모습을 바라봤다. 그의 새빨개진 얼굴에서 오로지 맑게 빛나던 두 눈에 얕게 눈물이 감도는 걸 어렴풋이 본 것만 같았다.

무의식적으로 그를 잡으려 손을 뻗었지만, 결국 손에 잡힌 건 그가 달려나가며 일으킨 바람뿐이었다.

다음 순간, 위저우저우는 냉정하게 손을 거둬 멜빵바지 주머니에 넣고는, 몸을 돌려 멍하니 서 있는 남학생들을 보며 말했다. "체육 활동 하기 싫은 거야?"

장난꾸러기 소년들은 밀치락달치락하며 걸음아 날 살려

라 하고 계단으로 사라졌다.

"공청단*!" 왼쪽 첫 번째 여자아이가 한 걸음 앞으로 걸어 나왔다.

"공청단!" 오른쪽 첫 번째 여자아이가 한 걸음 앞으로 걸어 나왔다.

"우리의 영원한 거목!" 왼쪽 두 번째 남자아이가 한 걸음 앞으로 걸어 나왔다.

"영원한 거목!" 오른쪽 두 번째 남자아이가 한 걸음 앞으로 걸어 나왔다.

"한 그루!!!" 네 사람이 이구동성으로 외쳤다.

눈앞의 네 사람이 경건하고도 엄숙하게 먼 곳으로 시선을 던졌다. 옆에 서서 구경하던 위저우저우는 참고 참았지만 더는 못 버틸 지경이었다. 아랫배 근육에는 이미 경련이 이는 게 느껴졌고, 입꼬리는 수상쩍게 치켜 올라가 웃는 듯 마는 듯한 살짝 공포스러운 표정이 되었다.

그래서 아예 활짝 웃으며 진심으로 감탄하는 표정을 지었다.

"쉬옌옌, 어디 봐? 눈빛이 왜 그렇게 흐트러졌어? 오늘은 계속 웃기만 하고 표정 관리가 안 되잖아, 대체 정신을 어따 두는 거니? 또 웃으면 머리핀 압수할 거야! 네가 계속 거울 보는 거 내가 모를 줄 알아? 너희 넷, 곁눈질할 줄 알아 몰

---

* 중국공산주의청년단.

라? 눈은 밥 먹으라고 달렸니?! 발을 내디딜 땐 곁눈질로 옆 사람과 줄 맞추는 것도 몰라? 장촨은 마지막으로 나와야 하는데 니들 하는 걸 봐, 네 사람이 각각 네 줄로 서면 어떡해? 한 걸음이니 망정이지, 안 그랬으면 무대에 다 들어가지도 못할 뻔했어! 이게 벌써 몇 번째 연습이니? 아직 잠이 덜 깬 거야?"

대대 지도원 리 선생님의 립스틱 색깔은 오늘 유난히 튀어서, 그 선명한 오렌지색 입술이 벌어졌다 닫혔다 하는 걸 보다 보면 환각에 빠져들 것만 같았다. 비록 혼난 건 위저우저우가 아니었다지만, 그녀는 그래도 감히 웃을 수 없어 하는 수 없이 눈을 내리깐 채 옆에 섰다.

방금 대대 지도원이 네 명의 헌사 공연자를 혼낼 때, 그녀는 멀리서부터 침방울 하나가 날아와 입술에 튀는 걸 느꼈다.

대대 지도원은 점심때 부추를 먹은 게 분명해. 위저우저우는 한없이 괴로워하며 생각했다.

고개를 드니 방금 웃는다고 혼난 쉬옌옌이 여전히 몸을 미세하게 떨고 있었다. 도저히 웃음을 참을 수 없는 듯했다.

그러나 위저우저우는 알았다. 방금 합동 연습 때, 쉬옌옌은 자신처럼 웃음이 터져 나오려는 걸 꾹 참았지만, 대대 지도원이 원고를 둘둘 말아 그녀의 머리를 쳤을 때부터 이미 웃음이 나오지 않았다는 걸.

계속해서 못 참는 척하는 건 그저 체면을 만회하려는 심리였다. 민망해서 귀까지 빨개졌는데도 아무렇지 않은 척하고, 낭송사와 대대 지도원 모두 너무 웃기다고 여기는 척하는 거였다.

쉬옌옌의 가식적인 모습에 위저우저우는 속으로 한숨을 내쉬었다. 그런데 바꿔 생각해보니, 자신이 이렇게나 사람 마음을 잘 파악해서 그녀의 가식을 꿰뚫어 볼 수 있는 건, 자신도 그녀처럼 가식적이어서가 아닐까?

어쩌면 같은 부류들은 늘 서로가 서로를 거슬려 하는지도 모른다. 위저우저우는 문득 자신이 최근 잡생각에 빠지는 걸 특히 좋아한다는 사실을 깨달았다. 걸핏하면 멍하니 정신을 딴 데 팔았고, 생각이 종종 좁은 골목 안으로 파고들어가 뱅뱅 돌며 나오지 않았다.

비록 예전에도 종종 멍하니 상상에 빠지곤 했지만, 이번에는 달랐다.

내가 왜 이러지? 위저우저우는 고개를 갸웃했다. 정신이 갈수록 산만해지면서 주의력은 벽면에 살짝 벗겨진 벽지부터 시작해 대대 지도원의 브래지어 어깨끈에까지 이르렀다. 검정색 끈이 연청색 원피스 아래에서 아주 또렷하게 보였다. 위저우저우는 순간 얼굴을 살짝 붉히며 얌전히 시선을 내리깔고 자신의 코끝을 바라봤다. 보다 보니 눈이 몰려 미간이 살살 아파왔다.

지난 주, 엄마가 갑자기 손을 뻗어 그녀의 가슴을 만졌다. 위저우저우가 얼굴이 귀밑까지 새빨개져서 비명을 지르자, 엄마가 웃으며 말했다. "너한테 사줘야 하나 고민했는데……, 지금 보니까 아직 이르구나."

위저우저우는 그 자리에 뻣뻣하게 서서 팔로 가슴을 감쌌다. 이제 막 딱딱해지기 시작한 작은 씨앗은 살짝만 건드려도 아팠다. 가슴의 통증은 그녀에게 뭔가 변화가 일어나고 있다는 걸 시시각각 알려주었다. 두려우면서도 괜스레 은근히 기대하게 되는 그런 변화 말이다.

이런 생각은 그만하자……. 잘은 몰라도, 이런 일은 무척 부끄러운 거라고 직감이 알려주고 있었다. 위저우저우는 약간 시선을 돌려 대대 지도원의 복사뼈 부근에 삐져나온 유백색 스타킹 올을 주시했다. …… 위험한데, 곧 올이 풀리겠어. 아슬아슬해라.

정신을 차려보니 대대 지도원은 원고를 바닥에 내동댕이친 뒤였다. 창밖의 확성기에서 치지직거리며 목소리가 흘러나왔다.

린양의 목소리였다.

"리 선생님, 리 선생님! 얼른 운동장으로 와주세요. 고적대의 큰북과 나팔 박자가 서로 맞지 않아요."

위저우저우는 그제야 밖의 운동장에 있던 고적대가 오랫동안 잠잠했다는 걸 깨달았다.

대대 지도원은 "다 외워놔!"라는 한마디를 남기고 곧장 밖으로 나갔다. 방금까지 꼿꼿하게 펴졌던 네 아이의 어깨가 금방 무너져 내렸다. 쉬엔엔은 소파에 털썩 주저앉으며 가식적으로 웃으며 말했다. "정말 정상이 아냐."

위저우저우는 산제제를 이끌고 소파 옆 작은 의자에 앉았다. 그 자리는 문을 등지고 있어서 대대 지도원의 활기찬 하이힐 소리가 들려오면 바로 알 수 있었다.

성 공청단 표창식에서 사대 부속초등학교 대대부는 고적대, 꽃다발 환영대, 소선 대원 대표 발언에서부터 헌사 낭송에 이르기까지 전권을 맡았다. 위저우저우와 잔옌페이는 표창식에서 연설을 맡은 소선 대원 대표였고, 쉬엔엔과 산제제, 장찬 등은 헌사 낭송 공연자였다.

어떤 사람은 이번 행사가 쉬엔엔의 부활전이라며 농담하기도 했다.

그리고 린양은 대대장으로서 각 부분을 조율하는 동시에 고적대의 두 지휘자 중 하나였다.

소파에 앉은 쉬엔엔은 다시 무의식적으로 손을 들어 머리핀 위치를 매만졌다. 그런 다음 입술 트는 걸 막아주는 조그마한 투명 립글로스를 꺼내더니 살짝 입을 벌려 슥슥 두 번 바른 다음, 위아랫입술이 서로 밀착되도록 다물었다가 떼는 걸 두어 번 반복했다.

이 짜증 나는 가을에 소리 없이 변화를 맞이한 건 위저우저우의 가슴 통증뿐만이 아니었고, 선생님을 대하는 학생들의 무성의만도 아니었다. 쉬엔엔의 작은 거울과 립글로스도 있었다.

"나 어제 하이차오서점 입구에 갔는데, 사람이 진짜 미어 터지게 많더라. 임시로 설치한 무대 주변엔 보안요원들이 쫙 깔려 있었어. 안 그랬으면 팬들이 죄다 무대 위로 달려들 었겠지! 어떤 여자애가 뒷사람에게 밀려 넘어지는 것도 직 접 봤다니까. 보안요원이 바로 일으켜줘서 망정이지……"

위취안*을 무척 좋아하는 쉬옌옌은 어제 낮에 있었던 사 인회 이야기를 아침부터 쉬지 않고 떠들어 댔다.

"그럼 넌 어떻게 위취안 사인을 받았어? 비집고 끼어들어 간 거야? 위취안이 〈가장 아름다워〉도 불렀어?"

장촨의 평소 말투는 시 낭송을 하듯 약간 여성스러웠고, 얼굴엔 늘 어리벙벙한 표정이 걸려 있었다.

쉬옌옌은 자신이 신나게 이야기를 하고 있을 때 누군가 끼어들어 말을 끊었는데도 처음으로 화를 내지 않았다. 왜냐 하면 상대방의 질문이 자신의 입맛에 딱 맞았기 때문이었다.

"무슨 생각을 하는 거야? 내가 왜 줄을 서? 우리 엄마가 주최 측과 아는 사이라 난 곧장 서점 빌딩으로 들어가서 분 장실에서 사인을 받은 거야. 돌아오는 길에는 아빠가 도브 에서 이번에 나온 신상 초콜릿도 사줬어. 도브 다크초콜릿. 요즘 텔레비전에서 광고하는 거 있잖아. 난 다크초콜릿 맛 에 익숙해졌나 봐. 이제 밀크초콜릿은 느끼한 거 있지. 너무

---

* 羽泉, 중국의 남성 2인조 록그룹.

달아서 못 견디겠더라고…….”

“정말 짜증 나.” 줄곧 옆에서 말이 없던 산제제가 마침내 참지 못하고 투덜거렸다. 솔직한 산제제는 이제껏 좋고 싫은 걸 감추는 법이 없었다.

쉬엔옌이 얼굴을 붉히며 뭐라고 반박하려다가 눈을 굴리더니 별안간 웃음을 터뜨렸다.

“야, 산제제. 너랑 장쉬톈은 어떻게 된 거야?”

요즘 도는 뜬소문을 언급하는 말투가 어딘지 어색하고 지나치게 과장되어서, 오히려 쉬엔옌이 질투하는 것처럼 들렸다.

산제제는 쉬엔옌을 흘겨보곤 상대도 하지 않았다.

그러나 위저우저우는 산제제의 뽀얀 목덜미에 순간 옅은 분홍빛이 떠오른 걸 눈여겨봤다.

위저우저우가 기억하기로, 어제 학교가 끝나고 산제제와 함께 교문을 나설 때, 쉬엔옌은 교문 앞에서 여학생 몇 명과 큰 소리로 떠들고 있었다. 한 여학생이 삐딱한 말투로 한마디 했다. “옌옌, 네 장쉬톈 있잖아…….”

“뭐가 내 장쉬톈이야? 나랑은 전혀 상관없어!” 도발을 당한 쉬엔옌은 발끈하며 관계를 부인했다. 특히 곁눈질로 산제제와 위저우저우를 곁눈질로 흘끔 보고 나서는 “나랑 아무 사이도 아냐”라는 말을 속사포처럼 쏟아내더니, 다시 크지도 작지도 않은 목소리로 말했다. “산제제라니까……. 나랑은 아무 사이도 아냐. 너네가 자꾸 헛소리하면 산제제가 화낼 거라고…….."

열한두 살짜리 여자아이들이 모여 조심스럽게 남학생에 대해 이러쿵저러쿵 이야기할 때, 일단 다른 사람과 관련된 스캔들에 대해서는 무척이나 거침없고 대범했다. 하지만 만약 자신과 관련된 스캔들이라면, 혹시라도 "사귀면서 참 뻔뻔스럽다"라는 말을 들을까 봐 해명하기에 급급하면서도 한편으로는 논란의 주인공이 되었다는 흥분을 몰래 즐겼다.

아주 약간의 짜릿함과 부끄러움이 섞인 흥분.

설령 자신이 휩싸인 스캔들의 남주인공이 얼굴에는 여드름이 가득하고 목소리는 문틈에 꼬리가 끼인 고양이 같다 해도 그게 무슨 상관일까? 일단 그 당사자와 마주쳤을 때 주변에서 놀려대기만 하면 얼굴이 붉어지고 색다른 두근거림이 느껴졌다.

위저우저우는 그 가을에 호르몬이 뭔지 알게 되었다. 비록 그 당시에는 그런 이상한 반응이 호르몬 때문이라는 걸 알지 못했지만 말이다.

왼쪽 귓가에서는 쉬옌옌이 조잘거리는 소리가 들렸고, 오른쪽 귓가에서는 또각거리는 하이힐 소리가 멀리서부터 점점 가까이 들려왔다. 창밖의 고적대가 다시 귀를 괴롭히는 소음을 만들어내기 시작했기 때문에 다른 아이들은 발걸음 소리를 듣지 못했다.

위저우저우는 산제제를 슬쩍 밀었다. 두 사람은 티 내지 않고 자연스럽게 기지개를 켜는 척하며 일어나 원고를 들고 문 쪽으로 걸어갔다. 나머지 세 사람이 한창 신나게 수다를 떨고 있을 때, 문이 쾅 하고 열렸다. 쉬옌옌이 가장 먼저 허둥지둥 일어나려고 했지만 소파가 너무 푹신해서 반쯤 일어서다가 다시 털썩 주저앉았다.

문 앞에서는 위저우저우와 산제제가 아무렇지도 않은 얼굴로 서서 손에 원고를 들고 있었다.

대대 지도원의 얼굴이 먹구름처럼 어두워지며 살짝만 건드려도 바로 천둥번개가 칠 것만 같았다. 그녀가 책상 위로 열쇠 꾸러미를 던졌다. 열쇠 꾸러미가 책상 유리와 부딪히면서 난 챙그랑 소리는 고적대가 연주하는 배경음악 속에서 그다지 크게 울리지 않았지만, 이제 막 똑바로 일어선 세 사람은 열쇠가 떨어지는 것과 동시에 몸을 흠칫 떨었다.

"정말 재주도 좋구나, 재주도 좋아. 내 말이 다 헛소리로 들리지? 내가 너흴 어쩌지 못할 것 같지, 응?!"

대대 지도원 선생님은 알고 보니 아주 무지막지한 사람이었구나, 위저우저우는 생각했다.

하지만…… 혼나도 싸.

그녀는 저도 모르게 심술쟁이 꼬마 여우처럼 웃었다.

3.
사랑의 이유

위저우저우의 작은 심술 덕분에 쉬엔엔을 비롯한 세 사람은 대대부에 남아 계속해서 대사를 외워야 했고, 산제제와 위저우저우는 예외적으로 성은을 입어 교실로 돌려보내졌다. 학생들 대부분 운동장 뙤약볕에서 고적대와 꽃다발 환영대 연습을 하고 있어서 텅 빈 교실은 한가로운 오후를 보내기에 아주 적절했다.

위저우저우와 산제제는 계단을 내려가다가 마침 올라오고 있던 고적대 학생 셋을 마주쳤다. 그중 두 명은 고적대의 순백색 지휘복 차림이었고, 나머지 한 명은 녹색 나팔수 복장이었다.

가장 왼쪽의 하얀 옷 소년은 린양이었다. 다른 두 남자아이들은 그보다 살짝 키가 크고 건장했다.

오늘의 위저우저우는 감각기관이 유달리 예민했다. 이 남자아이 셋이 등장하자마자 옆에 있던 산제제는 가슴을 쭉 펴고 고개를 숙인 채, 마치 시위가 지나치게 팽팽하게 당겨진 활처럼 뻣뻣하게 굳어버렸다.

표정은 또 전형적인 '여성항일구국연합회' 간부의 표정이었다. …… 한눈팔지 않는 확고한 눈빛, 다만 얼굴 표정이 지나치게 굳어 있을 따름이었다.

위저우저우는 산제제의 이런 모습을 이해할 수가 없어 하는 수 없이 영문도 모른 채 따라서 앞만 바라봤다. 어쨌거나 그녀도 린양과 대치하고 싶지는 않았으니 말이다.

한편, 린양은 시종일관 평소와 다를 바 없는 표정으로 그녀와 똑같이 앞만 보는 게 흡사 공허함 속을 걷는 것 같았다.

그러나 대대 지도원의 말이 맞았다. 곁눈질은 공짜 밥을 먹을 때만 쓰는 게 아니었던 것이다. 위저우저우는 그들이 서로 스치며 지나갈 때, 가운데에 있던 키가 가장 큰 남학생이 재빨리 눈을 들어 산제제를 흘끔 쳐다보는 걸 곁눈질로 보고 말았다.

그가 눈을 치켜뜰 때 너무 힘을 줘서인지, 위저우저우는 상대방의 아래 흰자위까지 볼 수 있었다. 가장 오른쪽에서 걷던 모르는 남자아이가 작은 생쥐처럼 웃었다. …… 생김새도 생쥐를 닮아 있었다. 뾰족한 입과 원숭이 볼, 얼굴은 홀쭉하고 길었다. 그는 헤헤 웃으며 팔꿈치로 키 큰 남자아이의 옆구리를 쿡 찌르더니, 능글맞은 눈빛으로 산제제를 흘끔 보며 턱짓을 했다.

"쟤야?" 다소 호들갑스러운 목소리였다.

위저우저우는 산제제가 이를 꽉 깨물어 귀밑 턱뼈가 아가미처럼 벌어지는 걸 봤다.

그녀들이 어릴 때부터 지금까지 스쳐 지나가 본 것 중에 가장 기나긴 시간이 소요되었다.

드디어 끝났네. 위저우저우가 길게 한숨을 내쉬었다. 계단 모퉁이까지 걸어가서 살짝 뒤를 돌아보는데, 등 뒤에서 휘파람과 괴성이 들려왔다.

위저우저우는 별안간 웃음을 터뜨렸다.

그녀는 몸을 돌려 뺨이 발그레해진 산제제를 바라보며 아까 쉬옌옌이 했던 말을 짓궂은 말투로 되풀이했다.

"너랑 장쉬톈, 어떻게 된 일이야?"

산제제의 마음속에서 남학생이란 얼굴이 흐릿하고 각각 다른 이름을 갖고 있지만 하나같이 미운 녀석들이었다.

하찮고, 잘난 척하고, 생각 없고, 학급 명예의식이 없고, 규율을 지키지 않고, 겸손하게 비판을 받아들이지 않고, 히죽거리며 말대꾸하기를 좋아하고……. 그들은 쉬옌옌처럼 예쁜 옷을 입고 거울 보기를 좋아하는 여학생들에게 장난치는 것만 좋아했다. 머리를 잡아당기고 치마를 들춘 다음, 여학생이 쫓아오길 히죽거리며 기다렸다가 복도에서 쫓고 쫓기는 추격전을 벌였다. "너 거기 서!", "싫은데~"

그러다 결국엔 주번에게 잡혀 점수를 깎이고 학급 명예에

먹칠을 했다.

그런데 그런 산제제가 위저우저우에게 이렇게 말할 줄이야. "걘 솔직히 아주 잘생겼잖아. 예의도 아주 바른 것 같고. 아무튼 봐봐, 옆에 있는 그 남학생이랑은 다르잖아. 안 그래?"

한 줄기 바람이 스치고 지나갔다. 앞뜰의 이미 낙엽이 지기 시작한 등나무 시렁 아래에서, 위저우저우는 이따금씩 다리를 흔들며 수시로 고개를 들어 맞은편에 앉아 고개를 숙인 채 뭘 고민하는지 모를 친한 친구를 바라봤다.

고적대의 귀에 거슬리는 선율은 아주 아득하게만 들렸다. 시원한 가을바람이 불어오며 마음 깊은 곳까지 간지럽혔다.

"그래서 대체……." 종잡을 수 없는 대답에 위저우저우는 그저 놀라울 따름이었고, 결국 하는 수 없이 결론을 짓기 위한 쓸데없는 질문을 던졌다. "대체 어떻게 된 건데?"

"어쨌거나…… 어쨌든 그냥 그렇게 된 거지 뭐. 딱히 말할 게 뭐 있겠어. 애들 말은 다 헛소리야."

산제제는 살짝 짜증이 난 것처럼 보였다. 하지만 자세히 관찰하면 그녀가 그저 얼렁뚱땅 짜증 난 척하며 부끄러움을 감추고 있다는 걸 알 수 있었다.

위저우저우는 그녀의 친한 친구가 확실하게 말해줄 생각이 없는 것 같아 살짝 실망스러웠다.

그녀는 턱을 괴고 자신을 위로했다. 누구나 다른 사람에게 말할 수 없는 일들이 있는 법이야, 그게 아무리 친한 친구라 해도.

그래서 위저우저우는 더는 캐묻지 않았다. 그들은 오후 등나무 시렁 아래 마주 보고 앉아 침묵했다. 고개를 들면 보이는 새파란 하늘은 조각조각 나뉘어서 마치 흐트러진 퍼즐 같으면서도 무심하게 아름다웠다.

위저우저우는 알지 못했다. 남학생들을 모두 똑같은 눈으로만 바라보던 산제제가 사실 인파 속에서도 장쉐톈을 한눈에 알아볼 수 있다는 걸. 장쉐톈은 무슨 옷을 입든지 맨 윗단추 두 개는 잠그지 않았고, 왼뺨에는 여드름이 나 있었으며, 키가 아직 쥐콩만 한 다른 아이들과는 달리 전교에서 손에 꼽을 정도로 키가 커서 이미 160센티미터는 넘어 보였다. 다만, 남학생의 키가 열두 살에 160센티미터 정도까지 자랐다면, 평생 그 키에 머물러 있을 가능성이 지극히 높다는 사실을 당시의 산제제는 알지 못했다.

그리고 장쉐톈의 옆모습은 우치룽*을 닮았다. 바로 소호대에서 산제제가 가장 좋아하는, 처음에는 이름을 '무기력한 용'**이라고 잘못 알아들었던…… 그 사람…….

산제제는 자신이 그를 알아본 건 그가 특별하기 때문이라고 위저우저우에게 말하고 싶었다.

하지만 그는 진짜로 특별할까? 다른 남학생들보다 키가

---

*　吳奇隆, 타이완의 배우이자 그룹 소호대의 멤버.

**　無氣龍, 중국어로 발음이 '우치룽'과 같다.

좀 크고 잘생기면 특별한 걸까?

그녀도 확실히 말하긴 어려웠다. 너무나도 쑥스러워서 몇 번이나 입을 열려 했지만 그저 손을 내저으며 위저우저우에게 그만 물어보라고 할 수밖에 없었다.

사실 위저우저우에게 말하지 않은 게 있었다. 어제 오후에 그녀 혼자 고개를 숙이고 운동장을 가로질러 고적대 옆을 지날 때 주변 사람들이 모두 수군거리며 놀려댔었다. 그녀는 굳은 표정으로 고개를 들지 않았지만, 시선은 그래도 장쉬텐의 다리를 스치고 지나갔다. 고적대 복장이 그에게는 조금 작아서 종아리 부분이 댕강 올라가 있었고, 발목에 드러난 흰 양말이 검은색 신발과 선명한 대비를 이루었다.

그리고 허벅지가 튼실했다.

아까 남학생 세 명이 등장했을 때, 산제제는 그 특징으로 그를 알아본 거였다.

어떻게 순간적으로 그를 알아볼 수 있었을까? 그 점을 의식하고 나니 산제제는 도저히 받아들일 수 없을 정도로 너무나 부끄러웠다.

"마지막으로 한 가지 물어봐도 돼?"

그들이 교실로 돌아가려고 몸을 일으켰을 때, 위저우저우가 가만히 물었다.

산제제가 고개를 끄덕였다. "뭔데?"

"넌 그 장쉬텐을 어떻게 알게 된 거야?"

가장 먼저 물어봤어야 하는 질문을 꾹꾹 참다가 마지막에야 묻다니.

말문이 막힌 산제제가 고개를 저으며 아주 서툴게 화제를 돌렸다. "얼른 교실로 돌아가자."

그리고 속으로 조용히 대답했다. '저우저우, 그거 알아? 난 지금도 그 애를 몰라.'

장쉬텐이라는 이름이 처음 등장한 건 여학생들의 재잘거리는 수다 속에서였다.

"너 들었어? 장쉬텐이 산제제를 좋아한대."

그 후로 산제제는 그 말을 얼마나 많이 들었는지 기억도 나지 않았다. 4반 장쉬텐이 7반 산제제를 좋아한대! 교실에서는 남학생들이 큰 소리로 떠들었고, 복도에서는 여학생들이 귓속말로 소곤거렸다. 언제부터인지는 모르겠지만, 반 아이들이 그녀를 바라보는 눈빛도 사뭇 달라졌다.

위저우저우마저도 간혹 그 말을 들으면 궁금하다는 눈빛으로 자신을 쳐다봤다. 하지만 감사하게도, 위저우저우는 그녀가 약간 망설이는 걸 눈치채면 입을 꾹 닫고 아무것도 묻지 않았다.

그 후로 산제제가 복도를 걸어갈 때마다 다른 반 여학생들은 몰래 그녀를 흘끔거리며 수군댔다. "바로 쟤야, 쟤. 쟤가 바로 산제제야." 여학생에게 쫓긴 남학생이 복도를 질주하는 걸 본 산제제가 얼굴을 찌푸리며 "그만해, 복도에선 뛰지 마!"라고 소리치면, 남학생은 그녀를 돌아보며 놀리듯이 외쳤다. "장~쉬~텐~~"

그러던 어느 날, 산제제가 운동장에서 고무줄놀이를 하고 있을 때였다. 별안간 누군가 와서 부딪히는 바람에 휘청거린 그녀가 잔뜩 화가 나서 뒤를 돌아보니, 어떤 남자애가 히죽거리며 키 큰 남학생을 그녀에게 힘껏 밀고 있었다. 키 큰 남학생이 "왕량, 너 이 새끼 죽고 싶냐!"하고 욕을 퍼붓곤 얼른 그녀에게로 고개를 돌려 모두가 왁자지껄 웃는 가운데 겸연쩍은 미소를 지어 보였다. 방금 들었던 사나운 포효는 마치 그녀에게만 들린 환청 같았다.

그리고 어제, 산제제가 급히 대대 지도원을 찾으러 원고를 들고 고개를 숙인 채 운동장의 고적대 앞을 지날 때였다. 그녀의 등장에 고적대 대원들은 단체로 흥분했고, 여기저기서 터져 나오는 놀림과 괴성이 마치 마법 주문처럼 그녀를 에워쌌다. 산제제는 속으로는 무척 당황했지만 겉으로는 감정을 극도로 자제했다. 다만 발걸음이 아주 조금 흐트러졌을 뿐이었다. 주변의 어지러운 소리에 에워싸인 와중에 그녀는 그가 자신 앞에 있는 걸 봤다. 무리에게 떠밀려 나온 그가 약간은 수줍고도 까불거리는 모습으로 그녀의 길을 막고 있었다.

산제제는 고개를 숙이고 그를 돌아 종종걸음을 쳤다.

그런데 어찌 된 일인지 고개를 숙인 그 순간 그의 흰 양말과 검은색 신발과 튼실한 다리를 기억해버렸다.

그건 일종의 신분증처럼, 오늘도 그를 한눈에 알아볼 수 있게 해주었다.

알고 보니 남학생 한 명과 중간에 둘러싸여 놀림을 받는 느낌은, 이렇게 좋은 거였다.

전에 장쉬톈이란 이름을 못 들어본 건 아니었다. 진짜로 '듣기만' 한 거였다. 어느 날 점심시간, 간식으로 먹을 건매실을 사려고 교문 밖으로 나온 그녀는 학교 앞 거리에 학생들이 모여 있는 걸 봤다. 남학생이 외쳤다. "장, 쉬, 톈!" 여학생이 바로 말을 이었다. "쉬, 옌, 옌!"

아마 애들한테 둘러싸인 거겠지. 당시 산제제는 위저우저우의 손을 잡고 있었고, 두 사람은 마주 보며 웃었다. 그녀는 생각했다. '정말 부끄럽지도 않은가 봐. 에워싸고 구경하는 애들은 더 시시하고. 이렇게 두 사람 이름을 교대로 부를 땐 목이 터져라 외치면서, 월요일마다 국가를 부를 땐 왜 그렇게 목소리가 작은 거야? 다른 사람 이름 부르는 게 그렇게 재미있나? 유치해, 정말 유치해!'

그런데 지금은 쉬옌옌의 이름이 그녀의 이름으로 바뀌었다.

산제제는 문득 이런 생각이 들었다. 자신이 예전에는 '그들'을 똑같이 무시했었는데, 언제부터 쉬옌옌을 특히나 무시하게 된 걸까? 설마, 혹시…….

감히 더 깊이 생각할 수 없었기에 아예 그 과정을 생략해 버렸다.

어쨌거나 그녀는 그들이 하는 말을 들었다. "장쉬톈, 넌 산제제 같은 애도 좋냐? 걘 맨날 무뚝뚝한 표정에 불같은 성격에, 고집불통에 드세기만 하잖아…….”

장쉬텐, 넌 산제제 같은 애도 좋냐?

이 질문은 그녀의 마음속에 심어졌고, 그녀는 어느 날 말을 빙빙 돌리고 돌린 끝에 위저우저우에게 물었다. “저우저우, 있잖아…… 휴, 걔네들 정말 싫어. 순 아무 말이나 지껄이잖아. 글쎄 장쉬텐이…… 있지, 난 걔랑 그렇게나 다른데 걔가 날 어딜 봐서 좋아한다는 거야? 그런 소문을 내다니 정말 헛소리도 가지가지야.”

하지만 그때 하필이면 『소년 만화』에 푹 빠져 있던 위저우저우는 입에 건매실을 집어넣으며 우물우물 대답했다. “세라는 바보 같고 게으르지만, 턱시도 가면은 세라의 착한 마음씨를 좋아해. 다른 사람들은 다 속물이잖아.”

그 대답에 산제제는 희비가 교차했으나 위저우저우는 알지 못했다.

어쨌거나 산제제는 자신도…… 장쉬텐을 좋아하는 건지도 모른다는 느낌이 들었다.

장쉬텐이 어떤 사람인지도 모르면서 그를 좋아하는 건, 단지 그가 그녀를 좋아하기 때문이었다.

하지만 그게 뭐 어떻겠는가? ‘난 장쉬텐을 좋아해’라는 말을 떠올리는 것만으로도 얼굴이 토마토처럼 새빨개지고 고개를 푹 숙인 채 돌처럼 굳어버리는데, 그렇다면 진정한 사랑이든 아니든 또 뭐 어떠랴?

그녀들은 그저 좋아한다는 것만 알 뿐이었다.

위저우저우는 교문 앞 노점에 우르르 모여 학종이를 고르는 여학생들 곁을 비집고 지나가 나는 듯이 달려갔다. 오늘은 청소를 하느라 늦게 나와서, 빨리 달려가지 않으면 6시 10분에 시작하는 〈미소녀 전사 세일러 문〉을 놓칠 수도 있었다.

집에 도착했을 때는 6시 5분이었다. 그녀는 숨을 몰아쉬며 책가방을 내려놓고 위팅팅 옆에 앉아 조용히 오프닝곡이 시작되길 기다렸다.

이건 달을 대신해 뜻을 행하고 요괴를 물리치는 이야기였다. 마지막에 세라는 턱시도 가면을 껴안은 채 활짝 펼친 우산의 저항력을 이용해 발코니에서 뛰어내렸고, 늘 그랬듯 무사히 착지했다.

그런 다음…… 그들은……

입을 맞췄다…….

위저우저우는 눈을 휘둥그렇게 뜨고 예쁜 두 얼굴이 점점 더 가까워지는 걸 봤다. 당황한 그녀가 입을 벌리고 눈앞의 광경을 도저히 믿을 수 없어 하고 있을 때, 별안간 누군가 열쇠로 문을 여는 소리가 들렸다. 산책 갔던 외할머니가 돌아온 듯했다. 위저우저우는 텔레비전 속에서 아직 떨어지지 않은 두 얼굴을 흘끗 봤고, 곁에 있던 위팅팅은 깜짝 놀라 머리털이 쭈뼛 곤두섰다. 그들은 얼른 일어나 허둥지둥 리모컨을 찾아서는 잽싸게 버튼을 눌렀다. 화면은 바로 지역 뉴스로 바뀌었다.

성 위원회의 어느 지도자가 농촌을 시찰했고, 길 양옆으로 늘어선 사람들의 열렬한 환영을 받으며 비닐하우스와 돼지우리와 메탄가스 탱크를 둘러봤다는……

"너네 왜 거실에 서 있니? 뉴스는 뭐 하러 봐? 만화영화 다 끝났어?"

외할머니는 의아한 눈빛으로 리모컨을 품에 꽉 안고 있는 위저우저우와 위팅팅을 바라봤다.

저녁을 먹을 때는 늘 말이 많던 위팅팅도 유달리 조용했다. 가끔 위저우저우가 고개를 들어 서로 눈이 마주치면 즉시 얼굴을 붉히며 고개를 돌렸다.

뭐가 그렇게 어색한지는 전혀 알 수 없었다.

저녁 식사 후, 위저우저우는 혼자 책상에 엎드려 멍하니 있었다. 숙제는 학교에서 다 해놨고, 스탠드 줄을 만지작거리며 켰다가 껐다가, 켰다가 껐다가를 여러 번 반복했다.

심란하긴 해도 짜증 나는 건 아니었다.

어째서인지 그녀는 침대 밑에서 철제 박스를 끄집어내 위에 쌓인 먼지를 털고 낑낑거리며 뚜껑을 열었다. 그런 다음 안에 담긴 물건들을 하나씩 정리하기 시작했다.

빈틈없이 꽉 찬 철제 박스 안에는 추억이 가득 담겨 있었다.

위저우저우는 문득 마음이 텅 빈 것처럼 느껴졌다. 공작 대인과 크리미 마미로는 메울 수 없는 공허함이었다. 성장이 그녀의 마음에 구멍을 하나 뚫어놓았다. 뭔가 부족한 느낌……, 그런데 그 부족한 것은 산제제조차 이미 가지고 있는 거였다.

위저우저우는 하는 수 없이 고개를 숙이고 과자 박스를 뒤집어엎어 하나씩 하나씩 뒤지며 찾기 시작했다.

마음속 구멍을 메울 수 있는 것, 또는 한 사람을.

4.
그 여자의 생사

끝내 위저우저우는 매우 낙담하며 철제 박스를 닫았다.

어렸을 때 애지중지하던 보물들과 학교 다니면서 조금씩 모아둔 쪽지, 카드, 배지를 모조리 훑어보니 마음이 따스해지는 걸 느꼈고, 가슴도 더는 허전하지 않은 것 같았다……. 그런데 그 쪼글쪼글해진 빨간 풍선이 눈에 들어오고 말았다.

각종 문예 활동에서 여러 번 진행을 맡았던 위저우저우는 자신이 처음으로 얻은 '이야기 대왕' 칭호에 대한 기억은 이미 흐릿했지만, 당시 쏟아지는 칭찬에 몸 둘 바를 몰라 했던 걸 떠올리니 입꼬리가 주체할 수 없이 위로, 또 위로 올라갔다.

린양이 빨간 풍선을 건네주던 순간을 회상하자, 최대치로 휘어졌던 그녀의 입꼬리는 곧장 아래로 쳐지며 약간의 씁쓸함까지 느껴졌다.

정신을 가다듬은 위저우저우는 너저분하게 늘어놓은 것

들을 잽싸게 다시 철제 박스에 옮겨 담았다.

결국 그녀는 찾지 못했다⋯⋯. 사실 찾고자 했던 건 그저 산제제와 쉬옌옌의 얼굴에 떠오른 것과 같은 표정이었다.

내면에서 우러나오는, 종잡을 수 없는 신비로운 표정. 위 저우저우는 아무리 애써도 따라 할 수 없는 거였다.

위저우저우는 물을 마시러 거실로 나왔다가, 위팅팅이 당황하며 허리를 굽혀 뭔가를 꽉 쥔 채 품속에 감추는 걸 봤다.

"너⋯⋯ 지금 뭐 해?"

"가위 찾아."

"찾았어?"

"찾았어."

"⋯⋯ 가위를 품에 안고 있으면 너무 위험하지 않아?"

"신경 꺼!" 위팅팅이 앙칼지게 대꾸했다. 그녀가 고양이였다면 등쪽 털이 진작에 곤두섰을 것이다.

위저우저우는 고개를 갸웃거리다가 언뜻 탁자 위에 놓인 하늘색 바탕에 하얀 별이 가득 찍힌 포장지와 남색 리본을 봤다.

"포장하고 있었어?"

"신경 끄시지!"

"⋯⋯ 다른 말을 할 순 없어?"

"신경 끄라고!"

위저우저우는 어쩔 수 없다는 듯 고개를 저으며 몸을 돌려 거실을 나갔다. 방으로 돌아오고 나서야 물 떠오는 걸 깜빡했다는 게 생각났다.

됐어, 그냥 참지 뭐.

새벽 5시 15분. 위저우저우는 엄마 손에 이끌려 이불 속에서 나왔다.

오늘은 정식 공연이 있는 날이다. 시정부 광장에서 오전 10시에 '성 공청단위원회 설립 xx주년 기념 및 표창식'이 열릴 예정이었기에 학생들은 6시 30분까지 학교에 집합해야 했다. 산제제 등은 선생님에게 이끌려 대대부로 가서 공연복으로 갈아입고 화장을 했으며, 꽃다발 환영대와 고적대는 창고에 집합해서 꽃다발과 악기를 수령했다. 7시 30분, 모두가 차에 올라탔고 초등학생들을 가득 실은 버스 세 대는 시정부 광장으로 출발했다.

위저우저우와 잔옌페이는 상황이 훨씬 나았다. 자신이 선택한 옷을 입을 수 있었고 무시무시한 무대 화장을 할 필요도 없었다. 반면 산제제를 비롯한 네 명은 참혹했다. 산제제는 한사코 거울 보기를 거부했다. 거울을 보든 말든, 화장의 치명적인 효과는 그대로일 테니 말이었다.

산제제의 머리는 양 갈래로 높이 묶여 치렁치렁한 붉은 리본에 감겨 있었다. 몸에는 샛노란 바탕에 연두색 스팽글이 달린 원피스를 입고 발에는 하얀 니삭스에 빨간 플랫슈즈를 신었다. 지금 그녀와 위저우저우는 버스 앞문 근처에 앉아 있었다. 가끔 버스가 불빛이 어두운 곳을 지날 때면 유리창에 어렴풋이 비치는 자신의 시뻘건 입과 원숭이 엉덩이처럼 붉은 볼터치를 볼 수 있었고, 속눈썹에 붙은 끈적이는 건 뭔지 모르지만 감히 만질 수도 없었다.

가장 심각한 건, 놀리는 소리가 들려오는 방향으로 보아 장쉬텐이 같은 버스의 뒷문 쪽에 타고 있다는 거였다. 산제제는 감히 그쪽을 바라볼 수 없어서 애써 고개를 돌려 등을 그가 있는 뒷문 쪽으로 향했다. 사실 그 자세로는 손잡이를 잡고 있기가 어려워서 차가 흔들릴 때마다 위저우저우의 소맷자락을 꽉 쥘 수밖에 없었다.

위저우저우는 산제제의 복잡한 마음을 전혀 모른 채 그저 산제제가 오늘 유난히 말이 많다고 생각했다. 평소에도 말이 많기는 했지만, 오늘은 평소 그녀가 무시하던 오지랖쟁이들에게도 특히나 친절하게 굴었다. 산제제는 끊임없이 시시한 농담을 던지며 간간이 투덜거렸다. "지도원 선생님도 참, 어떻게 화장을 이렇게 해놓냐? 완전 귀신이잖아, 귀신⋯⋯."

위저우저우는 무척이나 곤혹스러웠다. 얘가 공연 때문에 긴장한 걸까?

그들이 처음 만났을 때처럼 말이다.

산제제는 확실히 긴장하고 있었지만, 위저우저우가 추측한 이유 때문은 아니었다.

지금 이렇게 눈 가리고 아웅하듯 화장이 얼마나 이상한지 거듭 설명하는 건 단지 누군가 장쉬텐에게 자신의 모습을

말해주거나 "야, 산제제 정말 못생겼다"라고 한마디 던지지
는 않을까 걱정되어서였다.

단지 이렇게 단순했다.

또 그렇게 복잡하기도 했다.

가는 길 내내 버스가 출발하고 멈출 때마다 정처 없이 흔
들리는 소녀의 마음.

대대 지도원은 공연자들 몇 명과 함께 광장 무대 뒤쪽에
맥없이 앉았고, 고적대 대원들은 악기를 옆에 쌓아둔 후 바
닥에 앉았다. 위저우저우는 쉬옌옌이 또 그 갈색 머리핀을
땋아 내린 머리 옆에 살그머니 꽂는 걸 봤다. "이건 진품 대
모*머리핀이야. 진짜 대모라고. 정말이야, 엄청 비싸." 쉬옌
옌은 월요일부터 그 말을 계속 되풀이하고 있었다.

눈을 드니 마침 장쉬톈과 린양이 걸어오는 게 보였다. 새
하얀 제복을 입고 있어 멀리서 보면 군관처럼 보였다.

지휘자인 린양과 장쉬톈은 네 명의 헌사 공연자가 등장하
기 전 무대 위로 올라가 고적대 전주곡을 지휘한 후 퇴장하
며 공연자들을 맞이하고, 헌사가 끝나면 다시 무대 위로 올
라가 지휘를 해야 했다.

그래서 그들도 대대 지도원에게 불려와 함께 무대 뒤 대
기실에 앉았다.

---

* 바다거북의 일종으로, 등과 배 껍질이 주로 장식품을 만드는 데 쓰인다.

산제제는 더 이상 4년 전 자기 차례가 되면 긴장해서 어쩔 줄 모르던 그 꼬마 아가씨가 아니었다. 요 몇 년간 위저우저우처럼 크고 작은 행사에 적지 않게 참가했기에 백전노장까진 아니더라도 경험은 풍부했다. 그래서 원래는 전혀 긴장하지 않았는데, 지금 모든 게 달라져 버렸다……. 추태를 부리면 어떡하지? 그 애 앞에서 망신을 당하면 어떡하지? …… 산제제의 손은 차가웠지만 땀이 흥건했다. 치마에 슥 닦으니 미끌거려서 아무 소용이 없었다. 손바닥은 여전히 축축하고 끈적거렸다.

더 중요한 건, 감히 그를 마주하지 못하겠다는 거였다. 이 귀신 같은 얼굴을 하고 다른 사람을 본다는 건 용기가 필요했다. 산제제는 쉬옌옌도 최대한 그에게서 등을 돌리고 앉아, 아까 그 쉴 새 없이 재잘거리던 모습에서 지금은 대갓집 규수처럼 변한 걸 보고 처음으로 깨달았다. 그녀들이 서로 얼마나 싫어하든 간에 여자의 마음은 항상 통한다는 걸.

산제제의 불안이 하나도 빠짐없이 위저우저우의 눈에 들어왔다.

위저우저우는 문득 자신의 친구가 살짝 걱정스러웠다.

위저우저우는 어쩔 수 없다는 듯 한숨을 내쉬고 뒤를 돌아봤는데, 가장 먼저 눈에 들어온 건 대대 지도원에 의해 역시 귀신처럼 화장을 한 고적대의 장쉬톈이었다.

제제, 너 숨을 필요 없어. 너희 모두 피차일반이야.

그리고 린양은 자리에 앉아 난감하다는 듯 고개를 들고

입을 꽉 다물고 있었다. 대대 지도원은 왼손으로 우악스럽게 그의 턱을 쥐고 오른손으로 립라이너를 들어 한 번, 또 한 번 그의 입술에 윤곽을 그렸다.

위저우저우는 별안간 웃음을 터뜨렸다.

분을 바른 린양의 얼굴이 순간 더욱 창백하게 변했다. 그는 대대 지도원이 손을 푼 찰나, 재빨리 고개를 숙이고 "화장실 다녀올게요"라는 말을 남긴 채 몸을 돌려 뛰쳐나갔다.

나간다 해도 친구들에게 붙잡혀 구경거리가 되겠지만, 린양에게는 한 무리의 아이들에게 웃음거리가 되는 게 어느 누구에게 웃음거리가 되는 것보다 훨씬 나았다.

산제제와 쉬옌옌은 말이 없었고, 잔옌페이는 또 대대 지도원과 함께 나가서 위저우저우와 다른 세 남학생들만 서로 멀뚱멀뚱 쳐다보고 있었다.

위저우저우는 느닷없이 짜증이 솟았다.

왠지 장쉬톈이 마음에 들지 않았다. 좀 느글거리는 느낌이랄까, 비록 겉모습은 확실히 다른 남학생들보다 잘생긴 편이었고 느끼하지도 않았지만 말이다.

뭐라 설명할 수 없는 직감이었다.

위저우저우가 산제제를 돌아보며 말했다. "화장실 갈래?"

산제제는 고개를 저었고, 위저우저우는 일어나 혼자 나갔다. 야외 세면대로 가서 수도꼭지를 틀고 손을 씻을 때, 갑자기 등 뒤에서 어수선한 발걸음 소리가 들렸다. 현장 담당자가 꽃다발 환영대가 서 있을 위치를 조정하는 바람에 모두 일어나 위저우저우가 있는 방향으로 이동 중이었던 것이다. 그녀는 다시 고개를 돌려 계속해서 차가운 물로 팔을 씻었다. 아무 생각 없이, 다만 뭘 해야 할지 모른 채.

어쩌다가 생각이 또 그 입맞춤 장면으로 흘러갔다.

위저우저우는 주변 공기가 별안간 후끈해지는 걸 느끼며 눈을 감고 속으로 말했다. 한 번…… 한 번만 뻔뻔해지자.

상상 속에서 얼굴 하나가 자신에게 점점 가까이, 가까이 다가와 따스하고 향긋한 숨결이 얼굴에 느껴지는 듯했다.

네프라이트의 얼굴이었다.

위저우저우는 여태껏 위팅팅에게 자신이 좋아하는 건 하늘 위로 끌어 올려진 턱시도 가면이 아니라고 말해주지 않았다.

그녀가 좋아하는 건 다크 킹덤 사천왕 중 하나인 네프라이트였다. 산제제에게 '미역 머리'라고 불리는 이 다크 킹덤 전하는 늘 흑수정 앞에서 "별은 모르는 게 없지"라고 차갑게 말하곤 했다.

위저우저우가 〈미소녀 전사 세일러 문〉을 보면서 유일하게 눈물을 흘린 건 바로 네프라이트가 죽을 때였다. 그는 악당이었지만 세라의 친구 한나를 사랑하게 되었다. 위저우저우는 그게 바로 사랑일 거라고 생각했다. 비록 한 번도 말해본 적 없지만, 비록 그를 배신한 동료들이 한나를 납치해 그를 협박할 때도 성가시다는 듯 "그 여자의 생사가 나랑 무슨 상관이지?"라고 말하긴 했지만……, 그는 결국 그녀를 구하러 갔고 목숨까지 잃고 말았다.

겁에 질린 한나가 눈물을 글썽이며 나무 밑에 누워 죽어가는 네프라이트에게 물었다. "다크 킹덤 조직은…… 주말에 쉬나요? 우리 같이 아이스크림 먹으러 갈래요?"

위저우저우의 눈물도 따라서 하염없이 흘러내렸다.

그리고 머릿속으로 한나를 따라 하며 조용히 물었다. '우리 같이 아이스크림 먹으러 갈래요?'

별안간 한바탕 웃음소리가 들려왔다.

위저우저우는 그제야 고개를 돌렸다가 빨간 공연복 차림의 꽃다발 환영대 남학생이 곁에서 멀리 달려나가는 걸 봤다. 달리느라 바람에 부풀어 오른 옷 때문에 오히려 옷 안쪽의 깡마른 윤곽이 더욱 두드러져 보였다. 그는 마치 위저우저우의 반응을 무척 기대하는 듯이 달리면서 연신 뒤를 돌아봤다. 주변의 남학생들은 꽃다발을 흔들며 과장되게 소란을 떨었고 여학생들은 빨개진 얼굴로 재잘거렸다. 모두가 흥분을 감추지 못하는 모습이었다.

나중에 위저우저우가 이 모든 걸 회상했을 때, 모두의 얼굴은 흐릿했지만 그 순간에 살짝 어찌할 바 몰랐던 기억만큼은 또렷했다.

이때 느닷없이 하얀 뒷모습이 나타났다.

린양이 잽싸게 뛰어가 남학생의 뒷덜미를 잡아당기자, 그 반동으로 옷깃에 목이 졸린 남학생은 체면도 없이 다시 튕겨 돌아와 허리를 굽히고 기침을 하며 눈물, 콧물을 줄줄 흘렸다. 린양은 여전히 손을 풀지 않았다. 모두 옆에서 의아하게 지켜봤고 현장은 쥐 죽은 듯 조용했다.

린양의 나른한 목소리가 폼 잡는 것 같은 느낌을 더해주었다.

"죽고 싶냐?"

키 작은 남학생은 놀라서 감히 소리도 내지 못하고 기침만 계속할 뿐이었다. 어쨌거나 따지고 보면 그 역시 꼬맹이에 불과했으니 말이다.

그제야 상황을 파악한 공연자들이 달려가 두 사람을 떼어놓았다. 키 작은 남학생은 그대로 줄행랑을 쳤지만 린양은 웃으며 모두에게 말했다. "선생님 지휘에 따라 얼른 제자리로 돌아가! 다들 빨리 움직여!"

목소리는 크지 않았지만 위엄이 서려 있었다. 곧 모두 제각각 흩어졌다.

린양은 어느새 화장을 지운 채였다.

위저우저우는 의아한 눈으로 그를 바라봤다.

린양은 딴 곳을 바라보며 얼굴을 살짝 붉힌 채 아무렇지도 않은 목소리로 말했다. "우리 반 애야. 내가 대신 사과할게."

위저우저우는 고개를 갸웃거리며 웃었다. "걔가 뭘 했는데?"

린양이 깜짝 놀라 입을 쩍 벌리며 그녀를 빤히 쳐다봤다. "농담하는 거지?"

"나 진짜 몰라서 그래. 다들 웃길래 돌아봤더니 걔가 달려가고 있었어."

"하지만 걔가, 걔가 방금, 치고 갔잖아, 너의 그……." 린양의 목소리가 갈수록 기어들어 갔다.

"뭔데?"

"…… 엉…… 덩이……." 목소리가 작아서 거의 들리지 않았다.

"어?" 위저우저우가 뒤통수를 긁적였다. "몰랐어. 느낌이 없었는데."

린양이 새빨개진 얼굴로 눈을 똥그랗게 뜨더니, 다시 고개를 돌리곤 성큼성큼 대기실 입구 쪽으로 걸어갔다.

"린양!"

"왜?"

뒤를 돌아본 소년의 얼굴에는 알아차리기 쉽지 않은 기쁨과 쑥스러움이 떠올라 있었다.

"고마워."

나중에 위저우저우는 네프라이트의 얼굴도, "그 여자의 생사가 나랑 무슨 상관이지?"라는 대사도 기억하지 못했지만, '엉덩이'라는 단어를 어떻게든 우아하게 말하려고 노력했던 린양은 줄곧 마음 한구석에 서 있었다.

위저우저우는 그제야 알았다. 사실 그녀의 마음속에 구멍이란 건 없었다고, 그러니까 메울 것도 없다고.

5.
못 지나갈 게 뭐 있어

　중요한 인물들이 모두 지각을 했다. 예를 들면 지도자라
든지.

　결국 10시 반이 되어서야 만면에 웃음을 띤 지도자들이
서로 인사말을 나누고 서로 양보하며 하나둘 연단에 앉았
고, 진행자는 행사가 개최되었음을 정식으로 선포했다.

　각 지도자와 공청단위원회 대표들이 돌아가며 연설을 마
친 끝에, 기다리다 지쳐 거의 벽을 긁을 지경이었던 위저우
저우가 마침내 무대에 오를 시간이 되었다. 똑바로 서서 경
례하고, 가식적인 미소를 지으며 자신이 쓴 닭살 돋고 서정
적이며 닳고 닳은 상투적인 원고를 읽었고, 박수 속에 다시
금 경례를 한 후 무대를 내려왔다.

　무대 뒤 헌사 공연자 네 명은 이미 일렬종대로 서서 꽃다
발을 받쳐 든 채 무대에 오를 준비를 했다. 고적대가 제자리

에 섰고 꽃다발 환영대도 무대 밖에서 자리 조정을 끝냈다. 이따가 지휘 명령이 떨어지면 고적대의 연주와 함께 꽃다발을 높이 들고 장내로 돌진할 예정이었다.

위저우저우가 그들 곁으로 다가가 산제제에게 말했다. "힘내."

쉬옌옌도 갑자기 장찬에게 조그맣게 말했다. "어떡하지, 나 갑자기 너무 긴장돼."

쉬옌옌은 이렇게 큰 행사에 참가하는 게 처음이었다. 산제제는 저도 모르게 잠시 편견을 내려놓고 약간의 동정심이 들었다. 하물며 장쉬텐의 존재 때문에 자신도 살짝 긴장이 되었기에, 태어나서 처음으로 권위적인 모습을 버리고 뻣뻣하게 위로의 말을 건넸다. "뭐가 무서워서 그래, 긴장할 게 뭐 있다고."

바로 그때, 장쉬텐과 린양이 무대로 들어섰다. 네 명의 공연자들을 스쳐 지나가는 순간, 장쉬텐은 뜻밖에도 산제제에게 눈을 찡긋하더니 가볍게 웃으며 말했다. "네가 하는 거 볼게."

쉬옌옌이 차갑게 웃으며 산제제의 위로에 조그맣게 대꾸했다. "맞아, 무서워할 건 없지. 다만 이따가 무대 위에서 누가 망신을 당할지는 모르는 거야."

그 말을 듣는 것과 동시에 산제제는 마침 장쉬텐이 무대에 올라 허리를 곧게 펴고 바른 걸음으로 걸어가는 걸 봤다. 하얀 뒷모습이 왕자님처럼 보였다.

산제제는 별안간 자신이 말해야 할 첫 번째 단어가 뭔지 생각나지 않았다. 당황해 순간 땀이 확 솟았고, 하는 수 없이 고개를 돌려 눈을 크게 뜨고 두려움에 질린 눈빛으로 위저 우저우를 바라봤다.

마치 절망에 잠겨 눈빛으로 외치는 것만 같았다. "살려줘!"

위저우저우가 그 눈빛에 반응할 새도 없이, 가장 바깥에 서 있던 장환이 조그맣게 말했다. "준비, 출발!"

산제제는 허둥지둥 앞에 있는 장환을 따라 무대에 올랐다.

다행히 산제제는 배경음악이 울려 퍼지자 본능적으로 첫 문장을 말할 수 있었다. 마음이 약간 놓이면서 얼굴의 가식적인 미소도 살짝 풀어졌다. 기계적으로 헌사를 내뱉으며 무심결에 짙푸른 고적대의 물결로 눈길을 돌렸을 때, 나팔수 행렬의 두 남학생이 귓속말로 뭔가를 속삭이는 게 보였다. 손으로는 자신의 방향을 연신 가리키고 있었다.

혹시…… 저 애의 친구가 지금 날 품평하고 있는 건가? 당황한 산제제는 살짝 넋이 나가버렸다.

"공청단!" 쉬옌옌이 한 걸음 앞으로 걸어 나왔다.

"공청단!" 산제제가 한 걸음 앞으로 걸어 나왔다.

"우리의 영원한 거목!" 세 번째 남자아이가 한 걸음 앞으로 걸어 나왔다.

"영원한 거목!" 마지막으로 장환도 한 걸음 앞으로 걸어 나왔다.

"한 그루!!!" "거목!!!"

장내에 1초간 침묵이 흘렀다.

세 사람은 "한 그루!"라고 외치며 오른손으로 경례했다.

그런데 산제제는 "거목!"이라고 외치며 왼손으로 경례했다.

정확히는 "거, 거목!"이라고 외친 거였다. 첫 번째 '거'가 입에서 튀어나왔을 때 다른 사람이 '한'이라고 외친 걸 들었지만, 이미 뱉은 말을 주워 담을 수도 없어 멈칫하다가 더듬거리며 말해버린 것이다. "거목."

거목.

무대 아래에서 터져 나오는 웃음소리가 들렸다. 산과 바다를 뒤엎을 기세였다.

위저우저우는 산제제가 계속해서 억지웃음을 지으며 후반부 헌사를 마치는 걸 봤다.

활짝 웃으며 무대를 내려오는 것도 봤다.

그리고 산제제의 입꼬리가 어떻게 조금씩 밑으로 쳐지는지, 눈물이 어떻게 한 방울씩 뚝뚝 떨어지는지 지켜봤다.

위저우저우는 산제제의 손을 잡았다. 대대 지도원이 침을 튀겨가며 한바탕 호되게 꾸짖을 때 손을 꽉 쥐어주었다.

중요하지 않아, 이건 다 중요한 게 아냐. 애들이 뭐라고 비웃든, 뭐라고 수군거리든, 하나도 중요하지 않아.

그들은 서로의 차가운 손가락과 손바닥에 끈적이는 땀만 느낄 수 있었다.

산제제는 눈물을 흘리면서도 입을 꾹 다물어 여전히 여성

항일구국연합회 간부 같은 엄숙한 표정을 지으려고 노력했다. 위저우저우는 아무 말도 하지 않고 줄곧 잡은 손도 풀지 않은 채, 산제제와 나란히 버스 앞문 근처에 섰다. 올 때는 버스가 흔들리는 대로 둥실거리던 소녀의 마음은 지금 시큼 씁쓸하게 불어나 바닥으로 묵직하게 가라앉았다. 아무리 애를 써도 꿈쩍도 하지 않았다.

사람들이 왁자지껄하게 떠드는 소리는 공포스러운 배경음악이 되었고, 간혹 귀에 거슬리는 잡음도 튀어나왔다.

예를 들면 쉬옌옌이 꾀꼬리 같은 맑은 목소리로 일부러 말꼬리를 길게 늘어 빼며 "모두가 고생고생하면서 오랫동안 연습했는데, 정말 아~ 쉽~ 네~~" 하는 말이라든지.

또는 뒷문 근처에 서 있는 장쉬톈과 한 무리의 남녀 학생들이 시시덕거리며 장난칠 때 수시로 들리는 비명 소리라든지.

위저우저우는 고개를 돌렸다가 쉬옌옌의 대모 머리핀에 반사된 햇빛에 눈이 찔려 따가웠다.

"너 진짜 짜증 난다." 위저우저우가 무표정하게 던진 말은 들끓는 웃음소리에 묻혀버렸다.

그러나 그 순간, 분노한 위저우저우의 마음속에 약간의 즐거움이 떠올랐다.

남의 불행을 고소해하는 그런 음침한 즐거움이 아니었다. 위저우저우는 이 작은 기쁨이 무척 못마땅했지만 자신의 기분을 지울 수는 없었다. 산제제가 마침내 자신과 평등해진 것만 같았다.

또는 산제제가 마침내 자신을 이해할 수 있을 것 같았다.

시원시원하고 열정적인 산제제는 줄곧 위저우저우의 친한 친구였지만, 친밀하다고 해서 사이에 틈이 없는 건 아니었다. 산제제는 위저우저우에 대해 깊이 알지 못했고, 그녀가 하루 종일 멍하니 무슨 생각을 하는지도 몰랐다. 그녀의 작은 과시욕과 타고난 우월함, 그리고 거침없이 당당한 말투는 모두 위저우저우의 인내와 포용을 필요로 했다. 산제제는 한 번도 고립되거나 상처를 받은 적이 없었다. 그녀의 세계는 정의와 햇살로 가득했고, 가끔 위저우저우의 매끄러운 중립적인 태도를 이해할 수 없다며 솔직하게 말하기도 했고, 심지어 아주 약간 하찮게 보는 느낌도 있었다.

위저우저우는 이제까지 그저 고개를 숙인 채 웃으며 논쟁하지 않았다.

그런데 지금, 그녀는 산제제의 어깨를 토닥이며 묻고 싶었다. 이제는 알겠어?

이 세계는, 남의 불행을 고소해하는 걸 좋아해.

이 세계는, 큰 물고기가 작은 물고기를 먹어.

이 세계는, 아주아주, 불친절해.

학교에 도착한 후, 대대 지도원의 끝나지 않는 원망 소리를 들으며 산제제는 말없이 공연복을 벗어 선생님에게 반납한 다음, 위저우저우에게 이끌려 화장을 지우러 갔다.

위저우저우는 산제제에게 해줄 말이 너무도 많았다. 위로

든 하소연이든…… 마침내 돌파구가 생긴 것이다. 이 친구와 좀 더 가까워질 수 있는 돌파구가.

그런데 교문 앞까지 걸어가 말을 꺼내려는 순간, 산제제가 별안간 대성통곡하더니 곧장 앞으로 달려가 한 단발머리 아주머니의 품으로 뛰어들었다.

수치심과 억울함이 한데 섞여 눈물로 흘러나오는 바람에, 산제제는 더듬거리기만 할 뿐 말 한마디를 온전하게 할 수 없었다. 그러나 산제제의 엄마는 아무것도 묻지 않고 그렇게 그녀를 안아주었다. 위저우저우는 그들 곁으로 다가갔다가 산제제 엄마의 옷에서 나는 향긋한 섬유유연제 향을 맡았다. 그 향은 천천히 콧속으로 흘러 들어와 특히나 마음을 안정시켜 주었다.

"왜 울고 그래. 방금 아빠가 오늘 저녁에 솜씨 발휘한다고 전화 왔더라. 발효 콩 소스로 생선머리조림을 만들 거라니까 기분 풀어!"

위저우저우는 아쉬웠다. 방금 음침한 심리 작용으로 발견했던 그 작은 돌파구가 순식간에 닫혀버린 것이다.

살짝 실망스러웠지만 한편으론 진심으로 산제제를 위해 기뻐했다.

역시나 달랐다. 상대방도 슬픔과 좌절감 때문에 자신과 같은 부류로 변할 거라고 멋대로 상상했지만, 상대방이 아무것도 없는 불쌍한 사람이 아니라는 점을 잊고 있었다.

위저우저우는 그래도 결국 웃었다. 진심으로 웃었다.

어리석은 생각이었지만, 왠지 자신과 같은 부류는 적을수록 좋을 것 같았다.

"넌 어쩜 한번 울면 끝이 없니? 우리 큰아가씨야, 못 지나갈 일이 뭐 있다고 그래?" 산제제 엄마는 계속해서 딸의 등을 다독였다.

위저우저우는 옆에서 따스한 미소를 지었다. 그래, 못 지나갈 게 뭐 있어.

산제제의 엄마는 나중에 사흘 동안 휴가를 내고 쉬면서 기분 전환을 한다며 딸과 함께 놀러 다녔다. 산제제는 마침내 더 이상 울지 않았다.

그러므로 눈물은 지나갈 것이다.

산제제가 다시 학교에 나왔을 때, 위저우저우와 함께 다니다 보니 사람들의 수군거림과 호기심 어린 눈빛도 갈수록 줄어들었다.

그러므로 비웃음도 지나갈 것이다.

스캔들의 여주인공이 망신을 당해 인기가 떨어지자, 학교에서는 장쉬톈이 산제제를 좋아한다는 소문이 자취를 감추었고, 교문 앞에서는 또 "장쉬톈!", "쉬징잉!"을 부르며 놀리는 소리를 들을 수 있었다.

그러므로 사랑도 지나갈 것이다.

위저우저우도 장쉬톈이 왜 산제제를 좋아했는지 알게 되었다.

점심시간, 위저우저우가 둘째 줄에 앉아 갈비를 뜯고 있을 때, 등 뒤로 여자아이들 몇 명이 큰 소리로 장쉬톈의 바람기에 대해 떠들기 시작했다. "걔가 처음엔 산제제를 좋아했잖아. 자기는 턱이 뾰족하고 눈이 크고 머리가 긴 여자를 좋아한다면서, 마침 지나가던 산제제를 보고는 바로 저런 사람이라고 그랬었다고. 근데 알고 보니 완전 뻥이었어. 봐, 걔가 지금 좋아하는 그 쉬징잉, 어휴, 그 사각 턱에 커다란 얼굴이라니……."

위저우저우는 산제제에게 말해주지 않았다. 그들은 그 후로 장쉬톈의 이름을 다시는 언급하지 않았다.

다만 어느 날 저녁, 위저우저우와 함께 청소 당번이던 여학생이 청소를 끝내고 문을 잠글 때 그녀에게 불쑥 물었다. "저우저우, 산제제 혹시 아직도 계속 장쉬톈 좋아해?"

위저우저우는 고개를 들어 얼음장 같은 얼굴에 한 가닥 미소를 띠었다.

"장쉬톈을 좋아하는 건 너잖아. 너네 다 장쉬톈 좋아하잖아!"

그때 그녀는 이 말이 아주 여러 해가 지난 후에 유행하리라곤 생각지도 못했다.

청춘의 아픔과 상처는 확실히 그리 쉽게 지나가는 건 아니다.

하지만 그들에게는 아직 시간이 많았다.

6.
바이쉐와 리샤오즈의 이야기

"잠깐!" 잔옌페이가 한창 허리를 숙여 책상을 밀고 있던 리샤오즈를 불러 세우더니, 그를 쳐다보지는 않고 살짝 찌푸린 얼굴로 엉망이 된 교실을 둘러봤다.

성 내 소년선봉대 중대 활동 시범 공연, 4학년 7반은 아주 오랫동안 준비한 끝에 예선을 통과했고, 심사위원의 조언에 따라 다시금 순서와 프로그램을 수정해 쉬지 않고 리허설을 계속했다. 리샤오즈를 포함한 남학생 스무 명은 잔옌페이의 지휘하에 교실의 책걸상을 옮겼다. 처음에는 벽에 바짝 붙여 일렬로 배치해 자리를 남겨뒀다가, 나중에는 다시 흐트러뜨려 원 모양을 만들었다. 교실 안에 책걸상 다리가 시멘트 바닥에 끌리는 소리가 가득 울려 온몸에 소름이 돋을 지경이었다.

"또 왜?" 쉬디가 더는 참지 못하고 툴툴거렸다. "작작 좀 해! 이렇게 계속 똥개 훈련만 시킬 거냐?"

리샤오즈는 태연하게 동작을 멈추고 땀을 닦고는, 책상 옆에 기대어 잔옌페이의 새로운 지시를 기다렸다. 짜증스러운 기색은 전혀 보이지 않았다.

"역시 그냥 밖으로 빼는 게 좋겠어." 잔옌페이가 손에 든 진행 멘트 원고를 돌돌 말아 허공에 동그라미를 그리더니 문밖을 가리켰다. "책상은 모두 복도로 빼고 의자만 교실에 남겨놓자. 반원형으로 교실을 에워싸는 것처럼 배치하고."

그 말에 모두가 벙쪘다. 쉬디가 무척 언짢은 듯 한마디 하려고 입을 여는 순간, 갑자기 날카로운 마찰음이 들렸다. 리샤오즈가 어느새 고개를 숙이고 책상을 문밖으로 밀기 시작한 것이었다.

남학생들은 서로 얼굴만 쳐다보다가 하나둘 고개를 숙이고 책상을 입구 쪽으로 밀었다. 교실 안은 삽시간에 다시 소음으로 가득 찼다.

강단 앞에 쭈그리고 앉아 시 낭송 배경음악 테이프를 되감고 있던 위저우저우는 고개를 들어 리샤오즈의 작고 여윈 뒷모습을 바라보며 알 수 없는 기분을 느꼈다.

무대 조명 아래에서 마지막 총 리허설이 진행되었다. 중대장 잔옌페이가 중대 활동 시작을 선포하면 모두가 기립하고 네 개 소조의 단체 인원수 보고가 이어진다. 그런 다음 국민체조를 하고, 소대장들이 다 같이 연습한 종종걸음 치는 자세로 차례로 잔옌페이 앞으로 달려와 똑바로 서서 경례한 후 큰 소리로 외친다. "중대장께 보고합니다. 제X소대 소선 대원 총인원 XX명, 금일 출석 XX명, 전원 출석, 이상 보고 끝!"

잔옌페이가 맞경례를 하면 소대장이 뒤로 돌아 다시금 종 종걸음 치는 자세로 자리로 돌아간다.

바로 이렇게 간단한 과정인데 리허설을 꼬박 다섯 번이나 했다.

위저우저우는 위 선생님에게 심하게 혼나는 리샤오즈를 보며 원고를 꽉 쥐었다.

"이 두 문장도 못 외우겠니? 대체 얼마나 더 더듬거릴 거야? 네가 모두의 시간을 5분이나 까먹었어. 반 전체가 57명인데 한 사람당 5분이면 얼마나 많은 시간을 낭비한 건지 네가 직접 계산해볼래?"

이런 말을, 위 선생님은 초등학교 1학년 때부터 지금까지 계속해왔다. 모두가 바른 자세로 앉아 있을 때, 누가 살짝 움직이기라도 하면 시간은 10분 더 연장되었고, 이 한마디가 덧붙여졌다. "네가 모두의 시간을 지체시켰어. 한 사람에 10분이면 반 전체가 XX명이니까 네가 직접 계산을⋯⋯." 그러면 모든 아이들이 이 사태를 일으킨 장본인을 원수처럼 쳐다봤다.

시간은 공평했다. 만 명의 사람에게 5분은 똑같이 5분이었다.

위저우저우는 고개를 숙였다. 한편으론 입꼬리에 가볍게

떠오른 경멸의 미소를 감추기 위해서였고, 다른 한편으론 뜨거운 무대 불빛 아래에서 리샤오즈의 땀으로 번들거리는 이마를 보고 싶지 않아서였다.

잔옌페이와 함께 무대 앞에서 화려한 멘트를 주거니 받거니 하며 프로그램을 하나하나 소개할 때마다, 그녀는 어렴풋이 뒤를 돌아보고 싶다는 생각이 들었다.

등 뒤에 교복을 입고 가지런히 앉아 있는 학생들 중에 얼굴이 유난히 희미한 사람이 있었다.

위저우저우는 가끔 오후 자습 시간에 숙제를 마치고 심심해지면 책상 위에 엎드려 창밖의 하늘을 바라봤다. 교실 창문 맞은편 방향에서는 항상 오후의 달을 볼 수 있었다.

"봐, 확실히 '한 줄기' 맞지? 실수로 붓으로 그어 남긴 흔적 같잖아." 위저우저우가 작은 목소리로 리샤오즈에게 말했다. 3학년 때 선생님이 잘못 쓴 글자인 줄 알고 고쳐버린 '한 줄기 달'이라는 표현은 항상 그녀의 마음속에 남아 있었다.

리샤오즈는 그녀가 가리키는 방향을 보며 먼저 놀란 표정으로 웃었다가 다시금 표정을 거두고 진지하게 생각하더니 말했다. "시험 칠 땐 그래도 그렇게 쓰지 마……. 선생님이 틀린 표현이라고 하셨어."

위저우저우는 어안이 벙벙해져서 웃었다. "걱정 마, 안 그럴 거야."

아주 신기하게도, 2학년 때부터 리샤오즈는 한 번도 100

점을 맞지 못했다. 그는 늘 딱히 심각하지 않은 실수를 저질렀다. 덤벙거린다든가, 양식을 틀린다든가……. 하지만 선생님에게 단독으로 혼난다거나 지적을 받을 정도는 아니었다.

대청소나 겨울의 제설 작업을 할 때, 그는 아주 열심히 하면서도 남들 앞에서 그 노력을 충분히 드러내지 않았다. 최소한 어떤 학생처럼 자신의 적극성과 긍정성을 드러내기 위해 바닥에 무릎을 꿇고 손으로 눈을 퍼서 쓰레기봉투에 넣고, 쓰레기를 버릴 때 일부러 감독관 선생님이나 주임 선생님 앞으로 돌아가는 행동 따윈 하지 않았다. 그래서 매번 선생님의 총평이 있을 때마다 그가 듣는 칭찬은 늘 똑같았다. "다른 학생들도 무척 수고했어요. 모두 열심히 했네요."

위저우저우는 말수가 적었고 리샤오즈도 그랬다.

하지만 일단 표현하고자 하는 게 있을 때 위저우저우는 말을 했지만 리샤오즈는 여전히 침묵했다.

리샤오즈가 대체 언제쯤 논쟁이 하고 싶어질지, 또는 자신처럼 큰 소리로 표현해 남의 주목을 끌지는 위저우저우도 사실 알지 못했다.

어쩌면 모두가 변신한 크리미 마미가 되는 꿈을 꾸는 건 아닐지도 모른다.

위저우저우가 아는 건, 리샤오즈가 라쿤표 라면스낵에 들어 있는 삼국지 인물 카드 모으는 걸 무척 좋아하지만, 조자룡 카드는 끝내 얻지 못했다는 것뿐이었다.

어느 날 점심시간, 위저우저우는 산제제와 교문 밖으로

나가 노점을 한 바퀴 구경하다가 다른 아이들이 "장쉬톈!", "쉬징잉!"이라고 놀리는 소리를 듣고 식욕이 떨어져 곧장 교실로 돌아왔다가, 리샤오즈가 마침 책상 위에 엎드려 그의 수집품을 만지작거리는 걸 봤다.

"나 밖에서 조자룡 카드 파는 거 봤는데 얼마인지는 모르겠어. 지금 가서 살래? 이따가 가면 없을 거 같은데. 바로 식품점 맞은편에 있는 노점이야. 할머니가 장사하는."

리샤오즈는 그 말을 듣고 고개를 들어 겸연쩍게 웃었다. "괜찮아, 난 내가 수집하는 게 좋아."

"그럼 시간이 오래 걸리잖아. 네가 라면스낵을 배 터져 죽을 때까지 먹어도 못 얻을지도 몰라."

리샤오즈가 고개를 들고 미소를 지었다.

"하지만 난 좋아."

위저우저우가 리샤오즈의 이렇게 고집스럽고 자기중심적인 말투를 들은 건 이번이 처음이자 유일했다.

하지만 그는 좋아했다.

6학년 2학기, 4월이 되자 북방의 버드나무가 1차로 푸르러지기 시작했다.

소년들의 마음도 1차로 푸르러졌다.

누가 처음으로 떠들어 댔는지는 모르겠지만, "〈미소녀 전사 세일러 문〉에서 난 변신 부분만 봐!"라는 말에 한 무리의 남학생들이 모여 수상쩍게 웃었다.

누가 먼저 불량 청소년인 척하기 시작한 건지는 모르겠지만, 하나둘 교복 안에 화려한 옷을 겹쳐 입고는 기회 있을 때마다 겉옷을 벗고 괜히 복도를 어슬렁거리기 시작했다.

또 누가 먼저 아무개가 아무개를 좋아한다는 소문을 사방으로 퍼뜨렸는지도 알 수 없었다. 물론 전부 다 헛소문은 아니었다. 7반의 오지랖녀 연맹과 오지랖남 클럽은 누구나 좋아하는 사람이 반드시 있어야 한다는 입장을 막무가내로 밀어붙였다. 그리하여 많은 사람들이 이런 질문을 받아야 했다. "넌 우리 반에서 누굴 좋아해?"

마치 일종의 신분 증명과도 같았다. 갖은 핑계로 대답을 회피해도, 진실을 말하든 뻥을 치든 어쨌거나 대답은 해야 했다.

그리고 스캔들 때문에 몹시 괴로워하는 사람도 있었다. 예를 들면 위저우저우라든지.

그러나 위저우저우가 작은 칼을 들고 책상 위에 몰래 한 획씩 그으며 누군가를 저주하고 있을 때, 리샤오즈의 부러워하는 눈빛을 그녀는 의식하지 못했다.

일종의 확실치 않은 부러움이었다.

위저우저우는 속절없이 책상에 엎드려 교실 안에서 지난 소문과 새로운 소문이 엎치락뒤치락 입방아에 오르내리는 걸 들었다. 체육 활동 시간에 여학생들은 더는 고무줄놀이를 하지 않았다. 발육이 시작되자 운동장 뛰어다니는 걸 좋아하지 않게 된 것이다. 고무줄넘기든 줄넘기든, 가슴의 그

거추장스러운 건 아프기도 하고 수줍기도 해서 여학생들은 화단 옆이나 등나무 시렁 밑에 삼삼오오 모여 재잘재잘 수다를 떨었고, 시도 때도 없이 흥분인지 부끄러움인지 모를 비명을 질러댔다.

남학생들도 마음이 들뜨기 시작했다. 그들은 여전히 축구를 했지만 슛 성공률이 예전보다 떨어졌다. 마치 여학생들이 모여 있는 곳에 골대가 있는 듯, 그쪽으로 공을 찼을 때 여학생들의 비명과 욕하는 소리가 슛을 넣었을 때의 기쁨보다 더욱 큰 만족감을 느끼게 해주었다. 때로는 다 같이 장난스럽게 스캔들 당사자인 남학생을 그의 여자친구에게로 밀며 무척이나 즐거워했다.

해가 서쪽으로 기울며 저녁놀이 위저우저우를 부드럽게 감쌌다. 교실에는 리샤오즈와 그녀만이 자리에 앉아 딴생각에 빠져 있었다. 위저우저우는 그냥 갑자기 움직이는 게 귀찮아서였는데, 어째서 리샤오즈도 그대로 앉아 있는지는 알지 못했다.

"오늘 바이쉐가 학교로 날 찾아왔어." 리샤오즈의 목소리는 아주 작았다. 지극히 수줍어하면서 심지어 약간 망설이기까지 했다.

텅 빈 교실에서, 그 한마디에 눈빛이 흐리멍덩해진 위저우저우는 환청을 들은 줄 알았다.

"어?"

"아무것도 아냐." 그는 더는 말하지 않고 일어나 다급히 교실 밖으로 달려나갔다.

바이쉐? 위저우저우는 고개를 갸웃거리며 그의 뒷모습을 바라봤다.

여전히 그렇게나 작고 여윈 뒷모습이었다.

그런데 나중에, 줄곧 존재감 없던 리샤오즈가 갑자기 유명인이 되어버렸다.

위저우저우는 '바이쉐'라는 이름이 어떻게 오지랖쟁이들의 토론에 등장하게 된 건지 알 수 없었다. 리샤오즈는 갑자기 남학생들에게 인기가 많아졌고, 그의 일거수일투족은 굉장한 주목을 받았다. 기존의 놀려대기 놀이에도 선택지가 하나 더 늘어났다.

그건 바로 '바이쉐'였다.

"야, 저우저우, 너 바이쉐가 누군지 알아?" 학교가 끝나고 집에 가는 길, 산제제가 물었다.

"들어본 적 있어."

"누군데?"

"몰라."

"진짜? 모른 척하지 말고 좀 알려주라!"

"나 정말 몰라."

"안 물어봤어? 너넨 짝꿍이잖아~"

위저우저우는 리샤오즈가 좀 이상하다고 생각했다. 리샤오즈는 자신을 슬슬 피했고, 모두의 갑작스러운 관심에 어찌할 바 모르면서도 달갑게 여기는 듯했다. 전보다 훨씬 명랑해진 그는 남학생들과의 관계도 친밀해져서 다 같이 〈미소녀 전사 세일러 문〉이나 〈슬램덩크〉, 〈캡틴 츠바사〉에 대해 이야기할 때 끼어들 수 있었다.

그가 세일러 머큐리를 좋아한다고 하면 누군가 괴상한 목소리로 물었다. "바이쉐랑 비교하면 누가 더 예뻐?"

리샤오즈, 바이쉐, 리샤오즈, 바이쉐…….

마침내 그도 이렇게 무리에게 에워싸였다.

물론 이 상황이 못마땅한 사람은 옆에서 시큰둥하게 한마디 던졌다. 이름은 참 예쁜데 생긴 건 그저 그럴 거라고 말이다.

위저우저우는 정말 생각지도 못했다. 그 말을 듣고 얼굴이 시뻘게진 리샤오즈가 그 불손한 말을 지껄인 사람을 때릴 줄이야. 그들은 마치 두 마리 작은 야수처럼 모두의 비명 속에 엉겨 붙어 서로의 옷깃과 머리를 잡아당겼다.

주변에서 황급히 그들을 떼어놨고, 둘은 교무실로 불려가 선생님한테 혼이 났고, 리샤오즈는 여학생들에게 영웅적인 본보기가 되었다.

여자를 위해 싸운 남자는 그 어떤 나이대에서도 여자들의 사랑을 받는 법이었다.

설령 바이쉐가 누군지 아무도 모른대도 말이다.

누군가 물어볼 때마다 그는 늘 이렇게 대답했다. "오늘 저녁에 바이쉐가 아마 우리 학교로 올 거야. 우린 같이 집에 가거든."

"걔가 누군데?"

"검은색 책가방을 메고 있어. 미키 마우스가 그려진 검은색 책가방."

산제제가 다시 위저우저우에게 바이쉐가 누구냐고 물었을 때, 위저우저우는 이렇게 대답해주었다. "검정 책가방을 멘 다른 학교 여자애야. 아, 미키 마우스가 그려진 검정 책가방이래."

중학교 진학 제도가 갑자기 개혁되었다. 이제는 추첨을 통해 사대 부속초등학교 졸업생의 절반만 맞은편에 있는 사대 부속중학교에 입학할 수 있었다. 거긴 시에서 가장 좋은 중학교였다. 나머지는 그보다 약간 떨어진 제8중학교에 가야 했다.

추첨이란 사실상 학부모들에게 주는 신호였다. 그들은 뇌물을 주는 등 행동을 개시해 그 절반의 자리를 획득했다.

리샤오즈는 제8중학교에 갔다.

그는 슬퍼하기는커녕 만면에 웃음을 띠며 말했다. "바이쉐도 어쩌면 8중에 배치될지 몰라."

위저우저우는 고개를 갸웃하며 웃었다. 그래? 그럼 너무 잘됐네.

중학교 3학년 때, 위저우저우는 잡지 가판대를 지나다가 『동만시대』* 한 권을 샀다. 돈을 지불하려는데 마침 버스를 타려고 지나가던 한 무리의 학생들과 부딪히는 바람에 그녀는 누군가의 발을 밟고 말았다.

미안하다고 말하며 고개를 들어보니, 발을 밟힌 소년이 어딘가 눈에 익었다.

"저우저우?" 그가 미소 지었다.

리샤오즈였다. 하지만 아닌 것 같기도 했다. 리샤오즈는 한 번도 이렇게 웃은 적이 없었다.

근황 이야기를 하고 시 모의고사 등수에 대해 몇 마디 주고받다 보니 갑자기 할 말이 없어졌다.

예전에도 그들은 할 말이 별로 없었다.

위저우저우는 하늘 가득 휘날리는 버들개지를 바라보다가 문득 아득한 표정으로 질문을 던졌다. "바이쉐…… 잘 지내?"

리샤오즈가 영문을 모르겠다는 듯 반문했다. "누구?"

그제야 정신을 차린 위저우저우는 살짝 민망해져 얼굴에 철판을 깔고 다시 말했다. "…… 바이쉐."

리샤오즈는 자라면서 얼굴이 폈다. 잘생겼다고 할 수는 없었지만 시원시원한 이목구비가 보기에 좋았다. 그는 위저우저우를 한참 어리둥절하게 바라보다가 크게 웃음을 터뜨렸다.

리샤오즈가 조금도 리샤오즈 같지 않게 웃는 걸 보며 위

＊　動漫時代, 1998년 11월에 창간된 중국 최초의 만화 정보 간행물.

저우저우는 저도 모르게 미소를 지었다. 다들 컸구나.

"아직도 기억하고 있었네." 그가 머리를 긁적였다.

"왜?"

소년의 눈빛이 알 수 없는 먼 곳을 바라봤다. 눈빛에는 약간의 자조와 약간의 다행스러움, 그리고 뭐라 표현할 수 없는 아쉬움이 조금 담겨 있었다.

"저우저우, 바이쉐는 애초부터 존재하지 않았어."

그건 그가 유일하게 규율을 벗어났던 수줍은 세계였다. 바이쉐는 피부가 하얗고 머리가 길었으며, 착하고 다정하고 연한 미소를 짓는 여자아이였다. 그녀는 그의 옆에서 요동치는 사춘기와 고독의 시작을 함께 지나왔다. 심지어 쓸쓸함을 이기지 못해 의식적으로 그녀의 존재를 살짝 드러내자 전에 없던 주목을 받기도 했다.

바이쉐가 마음속에 있으면 하굣길은 쓸쓸하지 않았다. 왜냐하면 상상 속의 그 검정 책가방을 멘 다정한 여자아이가 가는 길 내내 그의 고민을 들어주었고, 그가 학교에서 있었던 소소한 일과 자기 생각을 말하는 걸 듣다가 공감하는 부분이 있으면 살짝 웃어주었기 때문이었다.

바이쉐가 모두의 입방아에 오르내릴 때, 그는 교실에서도 더는 쓸쓸하지 않았다.

위저우저우는 모를 것이다. 6학년 때 모두의 주목을 받게 된 게 줄곧 말수 적고 수줍음 많은, 얼굴마저도 모호했던 리샤오즈의 인생 궤도를 어떻게 바꿔놓았는지를.

그리고 자신이 한때 그녀와 그들을 얼마나 질투했는지도.

다행히, 바이쉐가 나타났다.

비록 오래전에 떠났지만 말이다. 바이쉐는 그의 마음속에서 걸어나가 다시는 돌아오지 않았다.

그러나 그는 그녀를 기억했다.

바이쉐 어떻게 지내? 위저우저우가 기억하고 있다니.

리샤오즈는 그녀를 바라보며 활짝 웃었다. 햇살이 느릅나무 잎사귀 사이로 내리쬐며 그의 얼굴에 얼룩덜룩한 무늬를 그려내고 있었다. 무척이나 눈이 부셨다.

"바이쉐는 아주 잘 지내." 그가 말했다.

7.

첫눈

위저우저우는 11월을 매우 좋아하지 않았다.

왜냐하면 11월에는 기본적으로 딱히 쉬는 명절이 없기 때문이다.

한 학기는 가장 지루한 중반까지 진행되었고, 날씨는 추워져서 먹고 싶기만 하고 움직이기는 싫어졌다. 하늘은 영원히 잿빛이었다. 첫눈을 만들어내고 있는 것 같으면서도, 우물쭈물 어색하게 굴며 도통 내리려고 하지 않았다.

그래서 이렇게 머리 위를 짓누르고 있었다.

외할머니는 집에 있는 세 여자아이가 요 며칠 특히 조용하다고 느꼈다.

고등학교 2학년인 위링링은 매일 워크맨 이어폰을 귀에 꽂고 영어 테이프를 들으면서 끝없이 나오는 숙제를 하는 듯했지만, 며칠 후 그녀가 듣고 있던 건 영어 테이프가 아니라 록 음악이라는 게 밝혀졌다. 한 남자가 다 죽어가는 목소리로 시끄러운 배경음악에 맞춰 웅얼웅얼 노래를 불렀다. "내 사랑은! 적나라해……." 또한 그녀가 하던 것도 숙제가 아니었다. 숙제 노트 밑에는 포켓판 로맨스 소설이 펼쳐져 있었다.

소설책이 찢기고 카세트테이프를 압수당한 위링링이 부모님과 냉전을 벌일 때, 두 5학년 여자아이 위저우저우와 위팅팅도 특히나 잠잠했다.

물론 위저우저우는 예전에도 잠잠했고 앞으로도 줄곧 잠잠할 거였다. 만약 위차오가 외할머니 집으로 와서 저녁밥을 얻어먹지 않는다면 말이다.

빈둥거리던 위차오는 1998년 가을 대입시험을 쳤고, 이 도시의 2류 대학에 합격해서 모두를 깜짝 놀라게 했다. 국가에서 아직 대학 입학 정원 확대를 실시하지 않은 시절이었기에, 위차오는 단번에 '하늘의 총아' 대열에 합류한 것과 마찬가지였다.

줄곧 표정이 어둡던 큰외삼촌마저도 웃느라 입을 다물지 못할 정도였다. 위차오는 줄곧 열심히 공부하는 것과는 거리가 멀었고, 그저 게임과 학교 땡땡이치는 걸 무척 좋아했다. 하지만 고3 마지막 3개월간 막판 스퍼트로 단번에 대학 신입생에 섞여 들어가게 되었다.

위저우저우는 무척 기뻤지만, 위차오가 예전에 그랬던 것처럼 몹시 원통하다는 듯 그를 가리키며 말했다. "차오 오빠, 오빠가 타락한 꼴을 좀 봐…….”

위차오가 씨익 웃더니 위저우저우의 말총머리를 잡아당기며 음흉하게 말했다. “이게 바로 적의 내부에 잠입하는 거야. 호랑이 굴에 들어가야 호랑이 새끼를 잡지 않겠어? 넌 시야가 너무 좁아서 나의 와신상담을 이해할 수 없겠지.”

위저우저우는 어리둥절했다. “무슨 호랑이 새끼를 잡으려고?”

위차오의 표정은 그야말로 득의양양하게 설치는 소인배와 흡사했다.

“호랑이 새끼를 잡으려면 먼저 암컷 호랑이를 찾아야 해. 두고 봐, 이 차오 오라버니가 곧장 적의 내부로 들어가서 네 올케 언니의 투항을 받아올 테니까!”

그 목소리는 결코 작지 않았지만, 이번에는 큰외삼촌이 위차오의 뒤통수에 여래신장을 쓰지 않았다. 마치 모두가 묵인하는 듯했다. 대입시험은 일종의 경계선이었다. 시험 전날까지 사랑은 여전히 떳떳하지 못한 조기 연애이고, 발전이 없는 어리석음이고 부끄러움을 모르는 거지만……, 일단 사랑과 전혀 상관없는 무미건조한 시험을 통과하고 나면 그들은 어른이 되어 서로 손을 잡을 수 있고 껴안을 수 있고 광명정대하게 사랑 만만세를 노래할 수도 있게 되었다.

위저우저우는 아주 어릴 때부터 합격 통지서라는 건 모든 걸 포함하는 허가증 같다고 어렴풋이 느꼈다. 새장 안에 간혀 있던 어중간하게 큰 아이들은 풀려나자마자 환호하며 날 뛰지만, 새장이 열린 그 찰나 그들이 바라던 곳에 꼭 도달하 리라는 보장은 없었다.

컴퓨터 게임과 암컷 호랑이 사냥에 푹 빠진 위차오는 기숙사에 살면서 외할머니 집에 와서 밥을 먹는 경우가 드물어져 위저우저우는 완전히 침묵하게 되었다.

외할머니는 위저우저우가 조용한 것에 익숙했기에 그저 인내심 있게 위팅팅에게 혹시 학교에서 안 좋은 일이 있었는지 거듭 물었지만, 위팅팅은 그저 고개만 저을 뿐, 아무 말도 하지 않았다.

위저우저우도 고개를 숙인 채 밥만 먹으며, 눈앞에 벌어진 상황에 대해 아무것도 모르고 아무 관심도 없는 척했다.

그저 말하지 않았을 뿐이다. 때로 세상에 가장 잔인한 일은 상대방에게 이렇게 말하는 것이다. "야, 난 다 알고 있어." 그걸 깨달았을 때, 위저우저우는 비로소 자신이 아주 어릴 적 그런 방식으로 위링링을 위협했다는 걸 떠올렸다.

하지만 위팅팅의 고민이 뭔지 그녀는 모르지 않았다.

위팅팅은 누군가를 좋아하고 있었다.

지난주 수요일 저녁, 위저우저우가 첼로 연습을 마치고 허리를 숙여 첼로 몸통에 붙은 하얀 송진 가루를 닦고 있는데, 별안간 등 뒤에서 그윽한 목소리가 들렸다. "저우저우, 너 좋아하는 사람 있어?"

위저우저우는 깜짝 놀랐다. 줄곧 깡충거리며 돌아다니길 좋아하던 위팅팅이 이렇게 소리 없이 다니는 능력을 습득하다니. 위저우저우는 놀란 듯이 뒤를 돌아보며 물었다. "뭐라고?"

"좋아하는 사람이 없을 리 없어." 위팅팅은 뭐가 긴장되는지 표정까지도 엄숙했다.

그 말은 위저우저우의 반에서 자백을 강요하던 여학생들이 하던 말과 똑같았다. 그들은 기필코 위저우저우의 자백을 받아내고야 말겠다며 단체로 맹세했다. 반 여학생들 중에 그녀와 잔옌페이만 누굴 좋아하는지 말하지 않았다는 건, 정말이지 말도 안 되는 거였다. 다들 이 두 사람이 너무 단정한 척하고 너무 가식적이라면서, 학급 간부라고 삐기는 거라고 수군거렸다.

학급 간부와 연애 사이의 배척 관계가 대체 뭔지는 아무도 추론해내지 못했지만 말이다.

위저우저우는 여전히 고개를 저었고 얼굴에는 저항과…… 부끄러움으로 가득했다.

그녀의 아주 미약하게 붉어진 얼굴은 위팅팅의 눈에서 다시금 아주 강렬하게 색이 덧입혀졌다. 위팅팅은 끝까지 물고 늘어졌다. "너 오늘은 꼭 말해야 해!"

위팅팅은 고집을 부리기 시작하면 죽기 살기로 매달렸다.

몇 번의 실랑이 끝에, 위저우저우는 손바닥에 묻은 송진이 땀 때문에 끈적거리는 걸 느꼈다. 그녀는 어색하게 손을 비비며 새빨갛게 달아오른 얼굴로 마침내 정의롭고도 늠름하게 입을 열었다.

"…… 난 우에스기 카즈야*를 좋아해."

그녀가 조그맣게 말했다

위팅팅이 멍한 표정으로 되물었다.

"누구?"

"우에스기 카즈야. 카즈야야, 타츠야가 아니라! 다들 타츠야를 좋아하는데 난 카즈야가 더 좋아. 하지만……." 위저우저우는 여전히 제자리에서 몸을 배배 꼬다가 고개를 들고 나서야 위팅팅의 분노한 얼굴을 봤다.

"왜 그래?"

"너 진짜 재미없다. 진실이라고는 한마디도 없어. 됐어, 너한테 묻는 것도 아까워." 위팅팅은 몸을 홱 돌려 자리를 떠났다.

위저우저우는 잠시 어안이 벙벙했지만, 곧 가슴속에 솟은 불씨 하나가 머리끝까지 퍼졌다.

"재미없는 건 너야!" 그녀는 두 손으로 허리를 짚은 채 허공에 대고 말했다. 그녀가 얼마나 솔직했는지는 하늘이 알 것이다. 부끄러워서 그렇게나 오래 망설이다가 겨우 용기를 낸 거였는데.

정말 호의도 알아주지 않네.

당시의 위저우저우는 아직 위팅팅의 마음을 이해할 수 없

---

* 아다치 미츠루의 야구 만화 『터치(Touch)』의 등장인물.

었다. 그런 고민은 선생님에게 혼나고 속상한 것처럼 금방 지나가지 않았고, 운동장을 미친 듯이 한 바퀴 달리고 땀투성이가 된다고 해서 증발되지 않았다. 그런 고민은 처음에 산제제가 놀림거리가 된 것 때문에 일어난 파문보다 더욱 깊숙하고 은밀했다. 어쨌거나 그것은 어디에서나 존재했고 잔상은 사라지지 않았다.

위팅팅은 그가 눈앞에 아른거리기만 하면 내내 마음이 괴로웠다. 그가 눈앞에 아른거리지 않아도 그녀의 기억 속에서 아른거렸다.

누군가를 좋아한다는 건 그 무엇보다도 가장 어쩔 수 없는 거였다.

위씨 집안의 세 여자아이는 각기 다른 표정을 하고 11월의 음침한 하늘 아래에서 조용히 첫눈이 내리기를 기다렸다.

11월의 꼬리를 잡고 북쪽 도시에는 마침내 첫눈이 내렸다.

너무 오랫동안 웅어리져 있었는지, 이번 눈은 오랫동안 그치지 않고 아침부터 오후 2시 넘어서까지 펄펄 내리다 비로소 그쳤다. 선생님들은 특별히 자비를 베풀어 모두 운동장에 나가 눈싸움을 하게 해주었다. 왜냐하면 규칙에 따라 이튿날에는 전교생이 나와 제설 작업을 해야 했으니, 차라리 이 참에 충분히 놀게 하는 게 나았기 때문이었다. 위저우저우가 빙그레 웃으며 발끝으로 평평한 눈밭에 글씨를 쓰고 있을 때, 이미 잔뜩 흥분한 산제제가 던진 눈덩이에 느닷없이 어깨를 맞고 말았다. 차가운 눈이 뺨에 튀면서 기이한 촉감이 느껴졌다.

바닥에 쌓인 눈은 아주 부드럽고 폭신폭신한 데다, 지나치게 마음이 급했던 산제제가 눈덩이를 어설프게 뭉치는 바람에 그 한 방의 위력은 아주 작았다.

옅은 회색 털모자를 쓴 위저우저우는 산제제를 등지고 그녀가 등 뒤에서 부질없는 집중 공격을 펼치는 걸 무시한 채, 허리를 굽히고 두 손으로 눈을 떠서 손바닥으로 감싸 꽉꽉 다지며 눈덩이를 단단하게 뭉쳤다.

입꼬리에 수상쩍고도 음산한 곡선이 떠올랐다.

제제, 넌 죽었어. 위저우저우가 씨익 웃으며 생각했다.

그런 다음 재빨리 몸을 돌려 산제제 방향으로 그 단단하게 뭉쳐진 거대한 눈덩이를 최대한 힘을 실어 던졌다.

위저우저우에게는 완벽한 계획과 탁월한 인내력과 우수한 장비가 있었다.

그리고 가장 최악의 조준 실력까지.

그녀와 산제제는 넋이 나간 듯이 제자리에 멍하니 서서, 눈앞에 있는 사람이 말없이 얼굴에 묻은 눈을 털어내는 걸 보고만 있었다.

"넌, 죽, 었, 어." 그가 차분하게 말했다.

린양이었다. 머리를 정통으로 맞은.

그 이후의 장면은, 그들이 최근 배운 사자성어로 묘사하자면 바로 '아비규환'이었다.

한 번의 실수가 천추의 한이 된다.

위저우저우와 산제제는 도망치면서 부질없이 산발적인 반격을 가했다. 사실 산제제는 도망칠 필요가 없었다. 왜냐하면 린양의 커다란 눈송이는 안정적이고도 정확해서 빗나가는 법 없이 위저우저우 한 사람만 맞췄기 때문이다.

그리하여 궁지에 몰린 위저우저우는 초등학교 1학년짜리 꼬마 여자아이만 할 법한 일을 했다. 실외 여자 화장실로 뛰어 들어간 것이다.

"능력 있으면 나와보시지!"

"능력 있으면 들어와 보시지!"

산제제는 어이없다는 듯 한숨을 내쉬었다.

"몇 살인데 아직도 이러고 노냐……." 그녀는 화장실 입구에서 대치하며 시끄럽게 떠드는 두 사람을 한심하다는 듯 바라보고는 장갑에 묻은 눈을 털고 몸을 돌려 가버렸다.

그리고 그 두 사람은 이런 상태로 한참 동안 으르렁거렸다. 위저우저우는 진퇴양난이었고 린양은 희희낙락했다.

두 진영의 대치를 중지시킨 건 낭랑한 목소리였다.

"린양, 린양! 여자 화장실 앞에서 뭐 하는 거야, 너 변태야?!"

'변태'라는 말은 이제 막 유행하기 시작한 '멋지다', '쿨하다'처럼 초등학생들이 늘 입에 달고 다니는 말이었다.

위저우저우는 화장실 냄새를 참는 데 한계에 이르렀다.

린양이 그 여학생과 말하는 사이, 그녀는 허리를 숙이고 슬그머니 입구 쪽으로 움직였다.

"나 이거 네 책상에서 봤는데, 누가 준 거야?"

"그게 뭔데?"

"딱 봐도 선물이잖아. 얼른 말해. 누가 줬어?"

위저우저우는 많은 여자아이들이 시시덕거리며 소곤거리는 소리를 들었다. 대장 격인 여학생이 구경꾼들을 잔뜩 데려온 듯했다.

"내가 그걸 어떻게 아냐?" 린양의 목소리에 약간 짜증스러움이 묻어났지만, 그래도 여전히 자제하며 예의 바르게 대꾸했다. "링샹첸, 너 내 책상 뒤지지 않는 게 좋을 거야. 얼른 갖다 놔."

위저우저우는 문득 린양이 자기 앞에서만 괴상한 표정을 지으며 아무런 품위도 인내심도 없이 구는 것 같다는 생각이 들었다.

역시 이 녀석은 나만 못살게 구네, 정말 짜증 나.

그녀는 이렇게 생각하며 적의 상황을 확인하기 위해 모퉁이에서 고개를 슬쩍 내밀었다. 그런데 눈앞에 펼쳐진 색깔에 놀라 그 자리에 얼어붙고 말았다.

하늘색 바탕에 하얀 별.

링샹첸의 손에 햇불처럼 높이 들린 그 익숙한 포장지는 여러 여자아이들의 다양한 의미가 담긴 웃음에 둘러싸여 있었다.

하지만 그 웃음은 탐구하는 듯한 웃음이었고, 위저우저우를 불안하게 하는 게 담겨 있었다. 마치 남의 불행을 고소해하는 거라든가, 음모라든가, 아니면…… 어쨌든 뭔가 선량하지 않은 것에 가까워지는 느낌이 들었다.

그 포장지.

위저우저우는 꿈을 꾸는 것처럼 무의식적으로 입을 열었다.

"넌 왜 남의 물건에 멋대로 손을 대는데?"

8.
눈 다 녹겠다

위저우저우는 이런 가지런한 눈빛과 기이한 침묵이 무슨 의미인지 알지 못했다. 그녀가 미처 의식하지 못한 상태로 불쑥 던진 한마디가 사람들의 표정을 이렇게나 복잡하게 만들어버렸다.

위저우저우가 기억하는 건 당황하며 가위를 품에 넣은 어린 이종사촌 언니였다. 비록 그녀와 위팅팅의 관계는 늘 평범하기만 했고, 저번에는 위팅팅이 그녀가 좋아하는 사람을 무시해서 관계가 더 냉랭해졌지만 말이다. 하지만 지금 그녀는 그래도 위팅팅을 위해 진심으로 나섰다.

위저우저우가 사람 마음을 잘 이해하는 건 늘 그녀의 왕성한 상상력에서 비롯되었다. 입장을 바꿔 생각해보는 것이다.

만약 지금 아사쿠라 미나미*가 자신이 카즈야에게 준 선물을 높이 들고 있는 거라면?

즉시 화가 머리끝까지 솟았다.

위저우저우는 화장실에서 나와 구경꾼들 바깥에 섰다.

폭설로 덮인 세상은 무척이나 조용했다. 눈싸움을 하던 아이들의 시끌벅적한 소리도 마치 유리 덮개 밖으로 격리된 것만 같았다. 위저우저우는 중학교 2학년 때 물리 문제집을 풀다가 갓 내린 눈의 성긴 구멍이 소리를 흡수하는 작용을 한다는 걸 알게 된 순간, 볼펜 끝에 시선을 고정한 채 5학년 때 그 눈 내리던 날을 눈앞에 떠올렸다.

한 여자아이가 쭈뼛거리며 고요함을 깨뜨렸다. "설마…… 이 선물…… 네 거야?"

원래 할 말을 다 생각해놓았던 위저우저우는 그 질문에 완전히 얼떨떨했다.

내 거냐고?

그녀를 더욱 아찔하게 한 건 줄곧 옆에서 보고만 있던 린양이 별안간 희색이 만면해서는 링샹첸의 손에서 잽싸게 선물을 낚아챘다는 것이다. 그는 모두의 놀란 눈빛 앞에서 살짝 헝클어진 리본을 그럴듯하게 정리하고는 가식적인 얼굴로 담담하게 말했다. "다들 가서 놀기나 해. 오지랖은 좀 그만 부리면 안 되겠냐?"

그 말은 린양이 평소 여학생을 대하는 태도와는 전혀 달랐다. 그는 다른 남학생들처럼 여자아이들에게 오지랖쟁이

---

* 아다치 미츠루의 야구 만화 『터치(Touch)』의 여주인공.

라든지, 참견꾼이라든지, 짜증 난다고 말하는 법이 없었다. 냉담하긴 해도 줄곧 아주 예의 바르게 굴었다. 최소한 겉으로는 말이다.

그래서 그의 말이 떨어지기가 무섭게 주변 여자아이들 모두 어안이 벙벙해져 얼굴에도 놀라움과 난처한 표정이 떠올랐다. 몇몇은 그의 말을 따라 뿔뿔이 흩어졌다. 링샹첸의 시녀 노릇을 하던 몇 명도 뒤에서 망설이듯이 그녀의 소매를 잡아당겼다. "첸첸…… 가자."

링샹첸은 꼼짝도 하지 않고 거칠게 숨을 몰아쉬었다. 가슴이 오르락내리락하는 게 억울해서인지 화가 나서인지 아니면 다른 이유 때문인지는 알 수 없었다. 그녀는 린양을 보지 않고 위저우저우만 뚫어지게 쳐다봤다.

링샹첸은 아주 예쁘장하게 생겼다. 작은 얼굴은 늘 뺨이 발그레했고, 가늘고 길게 위로 살짝 치켜올라 간 봉황눈이 박혀 있었다. 위저우저우는 중학생이 된 후 우연히 책에서 '복숭아 같은 얼굴'이라는 표현을 보고 가장 먼저 링샹첸을 떠올렸다.

위저우저우는 이 여자아이를 알았고, 이 여자아이도 자신을 알 거라고 믿었다. 링샹첸과 위저우저우는 모두 계급장에 막대 세 줄을 단 대대위원이었다. 평소에 회의를 하거나 행사를 준비할 때도 종종 마주쳤다.

하지만 그들은 한 번도 말을 나눠본 적 없었다.

위저우저우와 린양이 서로 피하고 쌀쌀맞게 구는 건 서로

가 일부러 그러는 거였다. 하지만 위저우저우와 링샹첸 사이의 이런 뭐라 말하기 어려운 분위기는 어떻게 설명할 길이 없었다.

어쩌면 린양의 친한 친구라서, 그래서…… 장찬처럼 날 멀리해야 했겠지. 위저우저우는 이렇게 생각하며 그 뒤에 감춰진 이유를 떠올렸다. 비록 순간적으로 따끔하긴 했지만 태연하게 받아들였고, 링샹첸이 대대부 회의 때 수시로 던지던 약간은 탐구하는 듯한 고고한 눈빛을 받아들였다.

그녀는 몰랐다. 자신이 실은 절반만 맞췄다는 걸.

위저우저우는 옛날에 누가 사황비 달력을 자신의 손에 쥐여주었는지 잊어버린 듯했고, 저녁놀 아래에서 누가 한 무리의 비빈과 대신, 궁녀, 태감들을 이끌고 자신과 황제를 죽이러 쫓아왔었는지도 잊어버린 듯했다.

어린 시절에 했던 놀이를 마음에 그토록 오랫동안 담아둘 필요는 없지만, 링샹첸은 그걸 마음속에서 떨쳐낼 정도로 자라진 않았다.

어린 시절 그 한 번의 황실 정변이 결국엔 진짜로 모든 사람의 운명을 바꿔놓을 줄은, 위저우저우는 꿈에도 생각지 못했다.

"이거 네가 준 거 아니잖아." 링샹첸의 목소리에 약간의 표독스러움이 담겨 있었다.

방금 직감적으로 느낀 불순함이 다시금 위저우저우의 등 뒤로 기어올랐다. 바로 이런 느낌……. 아까 화장실 입구에서 훔쳐본, 한 무리의 아이들을 이끌고 선물을 높이 들고 달려온 링상첸은 사실 누가 준 선물인지 진작에 알고 있었던 것이다.

위저우저우는 침묵했다.

이런 침묵은 천부적인 능력이었고, 후천적으로 조금씩 매끄럽고도 예리하게 다듬은 거였다. 그녀는 곤경에 처할 때면 늘 침묵했다.

침묵은 초조해하는 상대방에게 선택권과 딜레마를 건네는, 무책임한 행동이자 상처를 피하는 행동이었다.

린양한테는 내가 준 선물이라고 절대 말하지 않을 거야. 너한테는 그게 위팅팅이 준 선물이라고 절대 말하지 않을 거야.

상대방은 자신의 침묵을 어떻게 이해할까? 마음이 켕기는 거? 묵인? 아니면 부끄러움 또는 짜증?

선택권은 너희 손에 있어. 위저우저우는 고개를 갸웃하며 옅게 웃을 뿐, 긍정도 부정도 하지 않았다.

예전에 산제제가 무심코 말했었다. "저우저우, 넌 약간 우리 사촌 오빠 같아."

천안?

위저우저우와 산제제는 한 번도 천안에 대한 이야기를 꺼내지 않았다. 어쨌거나 그는 그들보다 훨씬 나이가 많아서 이미 고등학교 2학년 학생이었고, 완전히 딴 세계 사람이기 때문이었다.

위저우저우는 웃으며 아무 말도 하지 않았다. 산제제는

곧장 펄쩍 뛰며 그녀의 웃는 얼굴을 가리켰다. "이거 봐, 이거 봐! 바로 이런 거! 넌 우리 오빠랑 너무 닮았어. 오빤 맨날 이런 꼬락서니라니까……."

꼬락서니? 위저우저우는 어처구니가 없었다. 자신이 천안을 닮았다는 말을 들었을 때 마음속에 이상한 느낌이 들었다.

이때 린양이 미간을 찌푸리며 링샹첸에게 거칠게 손을 휘둘렀다. "너네 얼른 가서 놀아. 이따가 눈 다 녹겠다."

눈이 다 녹는다니……, 이런 헛소리는 그야말로 링샹첸에게는 최대의 모욕과 다름없었다. 그녀는 침을 꿀꺽 삼키고 표정을 가다듬었다. 옆에 있는 여학생들에게 꼬투리를 잡히지 않으려 애써 분개한 표정을 감춘 후, 생글거리며 흥미로운 표정으로 옆에 있는 여학생들에게 말했다. "가자, 가자. 저 커플이 초조해하잖아. 우린 다 꼽사리야!"

여자아이들이 그제야 꺄르르 웃음을 터뜨리며 사방으로 뿔뿔이 흩어졌고, 둘셋씩 모여 소곤거리면서 수시로 그녀를 돌아봤다.

위저우저우는 '커플'이라는 단어에 담담하게 반응했지만, 린양은 여학생들의 뒷모습에 대고 설명할수록 수상하게 들리는 전형적인 말을 외쳤다. "무슨 헛소리야? 누가 누구랑 커플이라고?!"

"너랑 위저우저우지. 얼굴 빨개졌네?" 한 여학생이 웃으며 소리쳤다가 마지막 음절이 입 밖으로 나오기도 전에 링샹첸에게 거칠게 끌려갔다.

마침내 주위가 고요해졌다.

장갑에 묻은 눈 때문에 포장지가 젖을까 봐 린양은 이미 장갑을 벗고 그 크지도 작지도 않은 상자를 품에 안고 있었다. 그는 진짜로 얼굴을 붉히며 눈동자를 데굴데굴 굴렸고, 목을 몇 번이나 가다듬었지만 끝내 한 글자도 말하지 못했다.

"너……."

"그 선물은 내가 준 게 아냐."

화장실에서 나온 후 한마디도 하지 않던 위저우저우가 마침내 입을 열었다.

높낮이 없이 맑고 잔잔한 목소리.

린양의 긴장해서 추켜올라 간 어깨가 별안간 축 처졌다.

"뭐?"

"내가 준 게 아니라고." 그녀가 반복했다.

"그럼 아까는 왜……." 린양의 말투에 아주 약간의 허둥거림이 담겨 있었다. 위저우저우는 의아하다는 듯 그를 바라봤다. 눈앞에 있는 사람이 무슨 약을 잘못 먹은 건지 이해가 되지 않았다.

어쩌면 그녀도 어렴풋이 알았을 것이다. 그게 아니라면 린양에게 그 선물을 자신이 준 거라고 오해하게 만들지 않았을 것이다.

마치 원래 선물에 대해 아무 상관없다는 태도를 보이던 린양이 그런 오해 때문에 적극적으로 자신을 편들어 줄 거라고 확신한 것처럼.

잠재의식 속에서 그렇게나 확신했다. 그렇게나 자연스러운 확신에 대해 이제까지 한 번도 이유를 생각해본 적 없었다.

별안간 자신의 생각에 깜짝 놀란 위저우저우는 황급히 그 수면 위로 올라온 생각을 누르며 물속에 잠긴 진실을 못 본 척했다.

"내가 뭘?" 그녀는 그의 눈빛을 피했다.

"너 왜 그렇게 말을……." 린양은 말하다가 멈칫했다. 그랬다. 위저우저우는 자기가 준 선물이라고 말한 적 없었던 것이다.

"난 그냥 너랑 똑같이 걔네들이 다른 사람 물건에 멋대로 손대면 안 된다고 생각했을 뿐이야."

위저우저우는 아무것도 모른다는 표정으로 웃었다.

린양은 순간 무척 화가 났다. 이유 없는 분노였다. 작은 상자는 그의 두 손힘에 눌려 곧 찌그러질 것처럼 보였다. 위저우저우가 상자를 바라보며 조용히 말했다. "살살해, 상자 부서지겠어."

"너랑은 상관없잖아!" 린양은 이를 악물고 나지막하게 대꾸하면서도 손에는 힘을 살짝 풀었다.

두 사람은 잠시 말없이 서로를 마주 봤다. 린양이 갑자기 억지스럽게 웃더니 고개를 숙이고 재빨리 포장지를 뜯기 시작했다. 위저우저우의 놀란 눈빛을 앞에 두고, 그는 상자 안에서 투명한 뽁뽁이로 감싼 보라색 사과를 꺼냈다.

보라색 유리 사과. 새하얀 눈밭에 대비되며 은은한 빛을 반짝이는 게 무척 아름다웠다.

얼마나 예쁜 사과인가. 위저우저우는 이 선물을 칭찬하고 싶었지만 끝내 입을 다물었다. 자신이 지금 뭐라고 한마디 하면 린양이 당장 그 사과를 담장 밖으로 던져버릴 것 같다는 직감이 들었다.

상자 안에서 작은 쪽지 한 장이 떨어진 걸 본 위저우저우는 허리를 굽혀 쪽지를 주워서 린양에게 건넸다. 훔쳐볼 생각은 없었지만 쪽지가 접혀 있지 않아서 한 번 흘끔거린 것만으로도 내용을 볼 수 있었다.

딱 두 줄뿐이었다.

"생일 축하해.

넌 줄곧 내 마음속에서 가장 우수한 대대장이야."

보낸 사람 이름은 없었다.

위저우저우는 갑자기 마음이 몽실몽실해지는 걸 느꼈다. 이렇게 해서 어린 이종사촌 언니의 마음에 닿게 되는구나.

그런데 린양은 한참을 어리둥절해했다. "대체 누구지?"

위저우저우는 미소를 지었다. "너한테 누군지 알리고 싶지 않은 거니까 너도 알 필요 없잖아. 얼마나 좋아."

얼마나 아름다운가.

그러나 린양은 입가를 실룩거렸다. "내 생일은 3월인데……."

위저우저우는 경악했다. 위팅팅이 입수한 정보가 이렇게나 사실과 동떨어질 줄이야!

그녀는 말을 더듬거렸다. "그건…… 너…… 그냥 음력 생일로……."

"내 생일은 봄이라고! 너네 집은 음력과 양력 생일이 반년이나 차이 나냐?!"

위저우저우가 웃음을 터뜨리자 어릴 때 유치원에서 처음 봤을 때와 똑같이 눈이 초승달처럼 구부러졌다. 그녀는 다시금 방금 린양이 링상첸을 쫓아낼 때 했던 말을 그에게 돌려주었다.

"뭐가 걱정이야. 눈 다 녹겠다."

방금까지만 해도 모락모락 풍기던 화약 냄새가 서서히 사라졌다. 린양도 고개를 숙이고 손에 든 카드를 부드럽게 바라보며 웃었다. 위저우저우는 고개를 들어 이미 옅은 회색이 되어 더는 음침하지 않은 하늘을 바라보며 마침내 감히 입을 열었다.

"얼마나 예쁜 사과야." 그녀가 웃었다.

그리고 무심코 고개를 돌렸는데, 린양의 아빠와 엄마가 후문에 서서 조용히 그들을 바라보고 있었다. 손에 사과와 포장 상자를 든 그들을 보고 있었다.

린양은 순간 당황했다.

"오랜만이구나, 저우저우……. 벌써 이렇게 컸구나." 린양 엄마가 싱긋 웃었다.

9.
악역

린양 엄마가 온화하게 미소를 지으면서도 눈으로는 린양의 손에 들린 선물을 주시하고 있었다. 둘 중 누군가 해명해주길 바라는 것 같았다.

린양이 어디서부터 말을 해야 할지 고민하고 있을 때, 위저우저우는 어느새 미소를 지으며 린양 엄마와 아빠에게 예의 바르게 허리를 굽혀 인사를 하고 있었다. "아저씨, 아주머니, 안녕하세요."

그런 다음 고개를 돌려 린양에게 말했다. "너네 부모님이 너한테 볼일이 있으신가 봐. 난 친구한테 갈게, 안녕."

린양은 위저우저우가 자신의 부모님께 작별 인사하는 걸 멍하니 바라봤고, 무슨 반응을 할 새도 없이 그 짙은 회색 그림자는 쏜살같이 달려나갔다. 이런 느낌은 뭐라 설명하기 어려웠다. 마치 위저우저우가 갑자기 변신이라도 한 것처럼, 분명 곁에 서 있는데도 존재가 느껴지지 않았다.

위저우저우가 떠난 후, 린양 엄마는 더는 웃지 않았다. 깐깐한 눈빛으로 린양과 그의 사과를 머리부터 발끝까지 몇 번이나 훑어보는지, 유리 사과가 그 따가운 시선에 금이라도 갈 지경이었다. 그녀는 무슨 말을 하려다가 말고 결국엔 남편을 바라봤다.

린양 아빠는 그녀의 도움 요청에 응하는 대신 아들의 머리를 다정하게 토닥였다. "아빠 회사의 천 할머니 병세가 많이 위중하시다니까 같이 병원에 가보자. 너 어릴 적에 천 할머니 댁에 잠시 널 맡겼었는데, 할머니가 널 아주 예뻐해주셨거든. 우리랑 같이 할머니 보러 가자."

린양이 고개를 끄덕였다. "그럼 이따가 다시 학교로 돌아와요?"

"아니, 내가 장 선생님께 결석계 냈어."

"그럼 교실 가서 책가방 가져올게요."

"다녀오렴."

린양은 무거운 짐을 벗은 것처럼 교실 건물로 쏜살같이 뛰어 들어갔다. 입에서 하얀 입김을 토해내는 게 마치 작은 기차 같았다.

린양 엄마는 남편을 질책하듯 흘겨봤다.

"양양이 갈수록 뺀질거리네. 당신은 방금 애가 당황할 때 물어봤어야지, 이따가 당신한테 말도 안 되는 이유를 지어낼 게 뻔해."

린양 아빠가 웃으며 고개를 숙이고 코를 만지작거렸다. 아내가 이런 말투로 이야기할 때마다 나오는 그의 버릇으로, 얼핏 보면 고등학생 같기도 했다.

"내가 뭘 물어봤어야 하는데?"

"그게⋯⋯." 린양 엄마는 잠시 말을 멈추고 한숨을 내쉬었다.

확실히 뭐라고 물어봐야 할지 난감하긴 했다. 그게 아니었다면 방금 남편에게 뭐라고 말 좀 해보라는 눈짓도 하지 않았을 것이다.

'위저우저우'라는 이름은 기억에서 사라진 지 아주 오래였다. 4년 전 아들의 꼬마 친구였지만, 한때 그들에 의해 계략적으로 끝나버린 유치한 우정이었다. 린양 엄마는 그 후로 린양과 다른 꼬마 친구들이 함께 즐겁게 어울리며 무럭무럭 자라나는 걸 볼 때마다, 그들이 그 크지도 작지도 않은 문제를 가장 직접적이고도 가장 완곡한 방식으로 해결해서 무척 다행이라고 생각했다. 린양 엄마는 남편의 말이 맞다고 생각했다. 아이들의 우정이란 아주 쉽게 끊어질 수 있었던 것이다. 그들은 꼬박 일 년 동안이나 린양을 학교까지 데려다주고 데려왔지만, 사실 일주일이 지나니 린양은 위저우저우의 이름을 더는 꺼내지 않았다.

그녀가 문제를 복잡하게 생각한 거였다. 모든 게 상상하기 어려울 정도로 순조로웠다.

방금 장 선생님의 안내로 학교 뒤 운동장에 왔을 때, 운동장 가득 알록달록한 겨울옷을 입은 아이들이 뛰어 놀고 있었다. 그들은 한참을 찾은 끝에 놀랍게도 담장 부근에서 아들을 발견했다. 아들은 한 여자아이와 이야기를 하면서 매우 다급하게 포장지를 뜯더니 유리 사과를 손에 들고 만지작거렸다. 게다가 말할 때도 눈을 치켜올리고 표정이 시시각각 변해서 약간 변덕스럽게 보일 정도였다.

다른 아이들과 함께 있을 때는 한 번도 보지 못한 모습이었다. 다른 아이들과 있을 때의 린양은 총지휘를 맡은 애어른 같아 보였는데, 유리 사과를 안고 있을 때는 짓궂은 꼬마처럼만 보였다.

그것도 아주 생떼를 부리는.

린양 엄마는 한쪽에 서서 멍하니 그 모습을 바라봤다. 예전에 봤지만, 아주 오랫동안 나타난 적 없었던 아들의 표정이었다.

아들의 사소한 일 하나하나가 그녀에겐 모두 대단히 중요했다.

그래서 린양 엄마가 옆으로 돌아가 그 여자아이의 어딘가 익숙한 옆모습을 봤을 때, 그녀는 농락당한 느낌이 들어 어처구니가 없었다.

알고 보니 아이들은 이제껏 왕래가 끊긴 게 아니었다.

귀염둥이 아들이 자신을 4년 넘게 속여온 것이다.

린양 엄마는 속으로 '앞으로 커서는 어떡하지'라고 조그맣게 중얼거렸지만, 분노하고 속상해하는 게 아들의 거짓말 때문만은 아니라는 걸 자각하진 못했다.

린양이 책가방을 메고 아래층으로 내려왔다. 린양 엄마는 입술을 달싹이다가 결국 말을 삼켰지만, 의심이 목구멍에 걸려 도통 내려가지 않았다. 그러다 그들이 차에 타서 문을 닫은 순간, 차에 시동을 거는 부릉부릉거리는 소리와 함께 그녀는 망설이다 질문을 던졌다.

"양양, 너 예전에 저우저우랑…… 저우저우랑 같이 안 논다고 하지 않았니?"

2학년인가 1학년이 끝날 무렵이었을까. 그녀는 문득 그 애어른처럼 이야기를 하던 꼬마 아가씨를 떠올리곤 린양에게 저우저우와 같이 노는지, 학교에서도 종종 보는지 떠보듯 물어봤었다.

린양의 반응은 아주 정상적이었고 지극히 가벼웠으며, 말투도 심지어 조숙한 애어른처럼 인생을 다 산 것 같았다. "그게 다 언제 적 일이에요. 같이 안 논 지 오래됐어요. 만나지도 못하는데."

아주 단호한 말투였기에 의심할 여지없게 들렸다.

지금 와서 회상할수록 린양 엄마는 가슴이 서늘해졌다.

혼자 뒷좌석에 앉아 있던 린양은 엄마가 묻는 대상이 사과가 아니라 저우저우일 줄은 생각지도 못했다.

엄마가 위저우저우와 사과를 똑같이 두려운 존재라고 굳게 믿는다는 걸 그는 알지 못했다. 마치 린양은 아무것도 모르는 백설 공주이고, 마녀가 독을 발라 보랏빛을 띠는 사과를 들고 찾아온 것처럼 말이다.

게다가 백설 공주 린양은 뭐가 옳고 그른지 구분도 못 하는 거짓말쟁이였다.

린양은 단번에 긴장을 풀고 히죽거리며 말했다. "저우저우요, 원래는 같이 안 놀았는데 지금 다시 사이가 좋아졌어요!"

"다시 사이가 좋아졌어요"라고 할 때의 마지막 '요'는 가볍게 위로 올라가 조금도 가식적이지 않고 감춰지지도 않은 기쁨이 담겨 있었다.

린양 엄마는 오히려 말문이 막혔다. 그녀가 앞뒤를 고려해 생각한 계획들이 린양의 대답 한마디에 투명하게 변해버렸다. 확실히 그들은 한 번도 명확하게 말한 적이 없었다. 최소한 장찬이나 링샹첸의 부모들처럼 아이에게 저우저우와 같이 놀면 안 된다고 당부한 적도 없었다. 그래서 린양의 대답에 할 말이 없었다.

린양이 한 술 더 떴다. "게다가 예전에 사이가 좋지 않았다고 해서 다시 좋아질 수 없는 건 아니잖아요!"

이번에 '요'는 먼젓번보다 몇 음 더 위로 올라가 하늘까지 닿을 기세였다.

린양 엄마는 숨을 깊이 들이마셨다. "엄마랑 그 위저우저우가 강물에 빠지면, 넌 누굴 구할 거니?"

줄곧 침묵하던 린양 아빠가 푸흡 웃음을 터뜨리며 급정거를 했다. 세 사람은 일제히 앞으로 기울어졌고, 뒷좌석에 앉

아 있던 린양은 안전벨트를 하고 있지 않아 하마터면 앞좌
석으로 튕겨나갈 뻔했다.

그는 버둥거리며 겨우 바로 앉아서는 엄마를 진지하게 바
라봤다.

"엄마, 정말 유치해요."

린양 아빠는 크게 웃으며 다시금 차에 시동을 걸었다.

린양이 차에 앉아 태연하게 창문에 입김을 불고 있을 때,
다른 곳에 있던 위저우저우는 이상한 분위기에 시달리고 있
었다.

방금 위저우저우를 가리키며 눈짓을 하고 속닥거리던 1
반 여학생들은 수업 마치는 종소리가 울리자 하나둘 다시
교실로 돌아갔다. 1초 전까지만 해도 모두와 함께 웃고 떠들
던 링샹첸은 언제 이쪽으로 돌아왔는지 위저우저우의 등에
대고 복잡한 말투로 말했다. "우리 엄마가 나보고 너랑 가까
이 지내지 말랬어."

위저우저우는 발걸음을 멈추지 않고 그저 희미하게 웃을
뿐이었다.

"그러니까 넌 네 엄마 말을 잘 들어야 해."

링샹첸은 그 말에 어안이 벙벙해서 몇 초간 생각한 끝에
야 위저우저우의 말에 담긴 뜻을 깨닫고 내키지 않는 듯 쫓
아가 덧붙여 말했다. "우리 엄마는 네가 제대로 된 집안 애
가 아니랬어."

위저우저우는 여전히 걸음을 멈추지 않았다.

"너네 엄마 정말 유치하구나?"

링샹첸은 이번에는 그 말뜻을 생각할 필요가 없었다. 그녀는 비명을 지르며 달려들어 위저우저우의 모자를 잡아챘다. 옅은 회색 털모자가 그녀의 손에 이리저리 당겨지며 모양이 변했다. 위저우저우는 제자리에 가만히 서서 비명 소리에 모여든 구경꾼들과 함께 링샹첸이 힘껏 모자에 분풀이하는 모습을 지켜봤다.

"첸첸, 너 왜 그래?" 평소 겁이 없는 여자아이가 달려들어 링샹첸을 말리고 나섰다.

"쟤가 우리 엄마 욕했어!" 링샹첸이 검지로 위저우저우를 매섭게 가리키며 다른 손으로는 모자를 바닥에 내동댕이쳐서 발로 힘껏 밟기 시작했다. 그러면서도 수시로 눈을 들어 위저우저우의 반응을 살폈다.

위저우저우는 여전히 웃고 있었다. 마치 평생 다른 표정은 지을 줄 모르는 것처럼 말이다.

"그래서 네가 내 모자를 벗긴 거잖아. 우린 비긴 거야."

링샹첸은 그 말에 벙쪘다. 발은 여전히 털모자를 밟고 있었지만, 신발 밑에 쌓인 눈이 깨끗했기 때문에 모자도 전혀 더러워지지 않은 상태였다.

"뭐라고?"

"우리가 비겼다고. 내 모자는 다시 안 줘도 돼. 너네 엄마는…… 네가 알아서 하고."

위저우저우는 뒷짐을 지고 몸을 돌려 자리를 떠났다. 털모자의 정전기 때문에 잔머리 몇 가닥이 거만하게 솟구쳐 있었다.

등 뒤로 한 무리의 얼빠진 관중을 남겨둔 채.

위저우저우의 얼굴에 떠오른 미소는 아무도 없는 급수실에서야 그쳤다. 그녀는 붉은 페인트로 교훈이 쓰여 있는 지저분한 거울을 보며 이보다 더 가식적일 수 없는 자신의 웃는 얼굴을 봤다.

몇 번 시도했는데도 입꼬리가 내려오지 않았다. 웃느라 후유증이 남은 것 같았다.

너희들은 내가 아직도 그 위저우저우인 것 같아? 그녀는 자신이 검은색 쫄쫄이와 헐렁한 망토를 걸치고, 입만 열면 정의를 외치는 성투사들을 인정사정없이 짓밟고는 아주 잘 어울리는 흉악한 웃음을 짓는 걸 본 것만 같았다.

그러고는 그런 자신에게 깜짝 놀랐다.

가슴께에 이상한 느낌이 들었다. 당황, 두려움, 흥분…….

손가락으로 몸속에서 펄떡거리는 영혼을 쓰다듬었다.

위저우저우는 처음으로 아무렇지도 않은 척했다. 그녀는 '제대로 된 집안 애가 아니'라는 말을 들었을 때 솟구친 분노를 애써 억누르며 얼굴 가득 웃음을 짜냈다.

악역이 되는 건 악역을 물리치는 것보다 즐거웠다.

위저우저우는 거울 속 그 가짜 얼굴을 쓰다듬었다. 입꼬리가 올라가서 검지로 눌러도 내려오지 않았다.

그러다 교실 안에서 엄청난 웃음소리와 비명이 터져 나오는 걸 들었다.

10.

상전벽해

위저우저우가 교실 문 앞에 다다랐을 때 아까의 그 날카로운 비명과 웃음소리는 잠잠해져 있었다. 문 안쪽에서는 담임선생님의 포효가 이미 모든 소란을 잠재운 뒤였다.

"다들 재주가 대단하구나? 응? 체육 활동 시간을 줬더니 너네가 누군지도 잊어버린 거야?"

이런 식의 말에 이미 익숙한 위저우저우는 몸을 돌려 앞문이 아닌 뒷문을 열고 들어가 강단 앞에서 벌어지고 있는 모든 상황을 피했다. 마침 문 앞에서 산제제와 마주쳤다.

"제제, 무슨 일이야?" 위저우저우가 조그맣게 묻자, 산제제가 웃으며 대답했다. "쉬디랑 다른 애들이 방금 교실로 들어오면서 투닥거리다가 물통을 발로 차서 엎는 바람에 잔엔페이가 쫄딱 젖었지 뭐야."

위저우저우는 이해가 가지 않았다. "그럼 아깐 다들 왜 웃은 거야?"

"누가 지금 잔옌페이를 운동장으로 옮겨서 30분쯤 얼리면 바로 눈사람이 될 거라고 농담을 했거든."

"그게 뭐가 웃겨서?"

산제제가 그녀를 살짝 밀며 조그맣게 말했다. "너 바보야? 눈사람이 어떻게 생겼어? 잔옌페이 몸매는 어떻고?"

그제야 상황을 파악한 위저우저우는 우글거리는 인파 너머로 시선을 돌려 강단 가운데에 서서 훌쩍이는 여자아이를 바라봤다. 한때 작고 둥글둥글한 경단처럼 귀여웠던 도자기 인형은 발육이 시작되는 난감한 나이가 되자 소녀의 늘씬한 아름다움도, 어린아이의 앳된 귀여움도 사라져버렸다. 한때 누구나 부러워했던 피부는 지금도 여전히 새하얗고 깨끗했지만, 옛날엔 어린 백설 공주처럼 티 없이 맑고 뽀얬다면 지금은 눈사람처럼 하얬다.

위저우저우는 자신의 느낌을 뭐라 설명하기 힘들었다. 산제제가 그 말을 설명해줬을 때 확실히 웃기다고 생각했지만, 그 작은 눈사람에게 눈빛이 닿았을 때 문득 마음속에 씁쓸함이 번져나갔다.

반 아이들이 잔옌페이를 대하는 태도를 그녀도 모르지 않았다. 1, 2학년 때는 다들 잔옌페이를 맹목적으로 숭배하며 제2의 꼬마 선생님처럼 떠받들었고, 수업이 끝나면 그 애 주변으로 몰려들어 방송국 녹화 때 있었던 에피소드와 그녀가 본 개그맨과 유명인들의 평소 모습에 대한 이야기를 들었다……. 누군가 잔옌페이와 다투기라도 하면 일의 경위가 어떻든 잔옌페이는 무조건 옳았다. 마치 위 선생님이 영원히 틀리지 않는 것처럼 말이다.

그런데 언제였는지는 모르겠지만, 아이들은 성 내 학생 신문에 실린 잔옌페이와 관련된 인터뷰 기사에서 '일 년 내내 각종 프로그램 녹화와 드라마 촬영을 해야 했지만 우리의 꼬마 제비는 늘 공부를 소홀히 하지 않았다. 한번은 거의 한 학기 동안 수업을 온전히 듣지 못했는데도 기말고사에서 학급 1등이라는 좋은 성적을 얻었다'라는 부분을 봤고, 수업 시간 내내 웃음소리가 끊이지 않았다. 그 후로는 모두가 꼬마 제비에 대해 수군거리기 시작했다. 4, 5학년 아이들은 사춘기와 〈미소녀 전사 세일러 문〉에 속하는 핑크빛 소문을 퍼뜨리면서, 한때 자신들의 손으로 직접 세운 신상神像을 무너뜨리기에 급급했다.

위저우저우는 '꼬마 제비'라는 신상이 언제 이렇게 산산조각 났는지도 기억나지 않았다.

선생님이 처음으로 그녀의 숙제 양식이 틀렸다고 혼냈을 때일까?

지역 방송국에서 처음으로 창립 기념일 문예 콘서트에서 그녀의 시 낭송 무대를 편집해버렸을 때일까?

〈빨간 모자〉에 새로운 '꼬마 제비'가 들어왔을 때일까?

영원히 작고 귀여운 아이는 없었다.

하지만 작고 귀여운 아이는 영원히 존재했다.

어린 시절은 착취해도 되는 거였다.

나중 일에 대해서는 아무도 관심을 갖지 않았다. 위 선생님은 예전처럼 잔옌페이를 엄하게 보호해주지 않았다. 잔옌페이는 원래부터 집안 배경이 썩 좋은 아이가 아니었고, 그녀의 배경은 원래부터 그녀 자신뿐이었다.

무서운 점은, 그녀가 성장했다는 거였다.

꼬마 제비가 성장한다고 해서 당연히 큰 제비가 되는 건 아니었다.

"부모님한테 데리러 오라고 전화하렴. 집에 가서 옷 갈아입고 와, 찬바람 쐬면 감기 걸리니까. 그리고 너희들, 이게 다 무슨 소란이니? 앞으로 체육 활동 안 하고 싶어? 얼른 깨끗이 치우지 못해!"

이 일은 이렇게 마무리되었다. 예전엔 절대로 이렇게 간단하게 끝나지 않았을 텐데 말이다.

위저우저우는 별안간 가슴이 죄어드는 것 같았다. 뭐라고 설명할 수 없는 느낌이었다. 반 아이들의 고소해하는 표정, 담임선생님의 가벼운 언급, 그리고 연약하게 훌쩍이는 잔옌페이, 이 모든 것이 뭔가 변했다는 걸 그녀에게 알려주고 있었다.

위저우저우는 아직 너무 어려서 아주 오랜 시간이 지난 후에야 비로소 알게 되었다. 이런 느낌은 바로 같은 부류의 불행을 함께 슬퍼하는 거였다.

인심이 흩어지면 사람들을 이끌기 어려워진다. …… 지금 학생들이 학급 간부들에게 아직 고분고분하게 구는 건 단지 이제껏 쌓인 위세가 있기 때문이란 걸 그녀가 어찌 모르겠는가. 더군다나 지난주에 위 선생님이 학교 개혁을 실시할 거라며, 학기 중 학급 간부 선발도 경선 투표 제도로 바뀔 거라고 선포한 이후로 쉬디 같은 남학생들이 학급 간부들을 대하는 말투도 바뀌었다. "잘해, 안 그럼 너한테 투표 안 해준다."

그러나 위저우저우가 걱정하는 건 선거 때 득표수 문제만이 아니었다. 예민한 직감이 어렴풋이 알려주고 있었다. 기존의 경력증명서는 이미 기한이 지났고, 소위 찬란한 시대는 이제 끝이라고 말이다.

그 시절의 위저우저우는 아직 이 모든 걸 또렷하게 볼 수 있는 높이까지 자라지 못했다. 그녀는 그저 제자리에서 올려다보며 시간의 파도에 잠기기를 기다릴 수밖에 없었다.

일요일 아침, 위저우저우는 가장 먼저 연습실에 도착해 두 손을 난방기 위에 올려놓고 온기에 녹이면서, 연신 발을 구르며 꽁꽁 얼어붙은 발가락을 풀고 있었다.

"저우저우, 일찍 왔구나."

위저우저우가 돌아보니 마침 구 선생님이 연습실로 걸어 들어오고 있었다. 메아리 효과가 아주 좋은 연습실에 울리는 그의 목소리에서는 특별한 세월감이 느껴졌다.

구 선생님을 못 본 지도 벌써 두 달이었다. 한때 소년궁

총책임자였던 구 선생님은 3년 전에 퇴직했다가, 학생 오케스트라 주관 및 고문으로 초빙되어 다시 소년궁으로 돌아왔다. 위저우저우는 앞에 신기한 거울이 서 있는 것만 같았다. 그녀는 나날이 자라고 있는데 거울 속 구 선생님은 나날이 늙고 등이 굽어만 갔다. 몇 번의 행사에서 그의 건망증 때문에 크지도 작지도 않은 공연 사고가 있었다. 비록 아무도 그를 탓하진 않았지만, 다른 선생님과 단원들은 다 늙어서 왜 매일 오케스트라에 와 야단이냐며 수군거린 지 오래였다.

그들의 수군거림이 신기하게도 저주의 역할을 했는지 작년 겨울부터 구 선생님의 건강은 점점 나빠지기 시작했다. 구 선생님은 고문 직위에서 물러났지만 그래도 여전히 매주 오케스트라에 나와 둘러보고 가곤 했다. 그 주기는 서서히 길어졌다. 일주일에서 이 주, 삼 주, 한 달, 두 달……

"구 선생님." 위저우저우가 공손하게 일어났다.

구 선생님은 변함없이 무척 엄숙했다. 가끔 위저우저우의 허튼소리를 들을 때면 오른쪽 입꼬리에 비웃음처럼 보여도 사실은 칭찬인 옅은 미소가 걸리기도 했지만, 어쨌거나 지금 위저우저우는 더는 그를 보고 뜨끔해서 두려워하지 않았다.

구 선생님은 좋은 분이다.

위저우저우는 자라오면서 다양한 방식으로 사람들을 관찰하며 그들의 행동과 품성을 평가하거나 깊이 새기는 법을 배웠다. 하지만 구 선생님에 대해 위저우저우는 영원히 가장 단순하고도 직접적인 한마디를 선택할 것이다.

구 선생님은 좋은 분이다. 그는 위저우저우의 인생 궤도를 바꿔주었다.

4년 전, 그는 학교로 위저우저우를 찾아와 그녀를 데리고 발표 수업에 참가했고, 무대 위에 서는 법을 알게 해주었다.

처음에는 약간 조심스럽고 가식적이었던 위저우저우는 그의 지도하에 조금씩 긴장을 풀고 자연스러워질 수 있었다. 처음에는 꼬마 제비가 학급 회의와 학교 예술제 무대에서 하던 걸 무의식적으로 모방했는데, 그런 천진난만하고 귀여운 목소리가 그녀의 입에서 튀어나올 때마다 구 선생님은 늘 배꼽을 잡고 웃어댈 뿐이었다.

"눈을 감고 네 자신이 대스타가 됐다고 상상해보거라. 네가 어떤 모습을 표현하든 무대 아래 관객들은 바보처럼 그게 바로 네 스타일이라고, 네가 가장 뛰어나다고 생각할 거야. 주변이 온통 아름다운 불빛으로 가득하고 모든 사람이 무대 아래에서 널 응원한다고 상상하면서 눈을 감고 대사를 다시 한번 말해보렴." 구 선생님이 차근차근 일러주었다.

저우저우가 멍하니 반문했다. "크리미 마미처럼요?"

"크리미 마미?" 이제는 구 선생님이 어리둥절해질 차례였다. 하지만 그는 바로 웃으며 대답해주었다. "그래, 네가 바로 크리미 마미인 거야."

그 순간 위저우저우가 얼마나 흥분했는지는 말로 표현할 수 없을 정도였다.

처음으로 한 어른이 기꺼이 그녀의 관객이 되어주며 이렇게 말했다. 그래, 지금 넌 크리미 마미야.

그런데 위저우저우가 지역 내 각종 행사에서 두각을 보이기 시작할 때 구 선생님은 방송국의 초청을 거절했다. 위저우저우가 꼬마 제비와 같은 방향으로 나아가길 바라지 않는 듯했다.

"저우저우는 이 할아버지를 원망하지 않겠지?" 위저우저우의 머리를 토닥이는 구 선생님의 얼굴에는 웃음기가 조금도 없었다.

위저우저우는 빙그레 웃으며 혀를 내밀었다. "할아버지 표정이 그런데 제가 어떻게 감히 원망하겠어요?"

"요 계집애가." 구 선생님의 얼굴에도 미소가 떠올랐다. 두 사람은 조명이 꺼진 극장 안에 서 있었다. 무대 가장자리의 주황색 작은 등불만 부드럽게 빛났다.

"난 젊었을 때부터 소년궁에서 일하면서 아이들이 아주 어려서부터 이곳에 와서 서예, 노래, 진행, 연기, 악기, 춤 등을 배우는 걸 봤단다……. 그리고 그 아이들이 커가는 걸 봤지. 그 길을 쭉 가는 사람도 있었고, 중도에 포기한 사람도 있었고, 계속 갈 수 없는 게 뻔한 데도 돌이키지 않는 사람도 있었다. 세상의 많은 길이 굉장히 좁은데, 사람들은 모두 자신이 그 길을 갈 수 있는 행운아라고 생각해. 난 그걸 여기서 오랫동안 지켜보며 진작에 깨달았단다……. 휴, 이렇게 말하면 좀 심각하겠지만, 어릴 때 길을 잘못 들면 오랜 시간이 지난 후에 비로소 깨닫게 돼. 깨달은 다음에는 또다시 아주 오랜 시간이 지나야 그걸 바로 볼 수 있고, 비로소 잘못을 인정하고 만회하려고 하지."

구 선생님은 1학년 꼬마 아가씨의 어리둥절한 표정을 내려다보고는 그 주제에 대한 이야기를 멈췄다. "저우저우, 내가 무슨 말을 하는지 이해할 수 있겠니?"

초등학교 1학년 위저우저우는 당연히 알아듣지 못했다. 그러나 여러 해가 지난 후 돌이켜 봤을 때 갑자기 할아버지 구 선생님의 말이 이해되었다. 만화영화 속에서 유우는 결국 중요한 순간에 영원히 크리미 마미가 될 기회를 포기하고 원래의 순수하고 즐거운 꼬마 아가씨로 되돌아온다. 구 선생님은 그녀에게 마음속으로 꿈꾸던 크리미 마미가 되라고 하면서도 꼬마 제비의 길을 가는 걸 막았기에, 그녀에게는 다시금 즐거운 유우가 되어 마음 편히 자라날 기회가 남아 있었던 것이다.

그러나 당시 어린 위저우저우는 그저 고개를 숙이고 잠시 생각하다가 고개를 들어 맑은 눈빛으로 눈앞의 할아버지를 바라보며 말했다. "무슨 말인지 잘 모르겠어요. 하지만 할아버지는 분명 제가 잘못된 길을 가게 하지 않으실 거예요."

구 선생님이 크게 웃음을 터뜨렸다. "네가 이렇게 듣기 좋은 말도 잘하는 줄 예전엔 왜 몰랐을까?"

위저우저우가 엄숙한 표정으로 말을 바로잡았다. "전 진지해요."

구 선생님이 활짝 웃으며 객석을 바라봤다. 무슨 생각을 하는지는 알 수 없었다. 키가 작은 위저우저우는 고개를 들어 그를 올려다봤다가, 다시 캄캄해서 끝이 보이지 않는 객석을 바라봤다. 문득 쓸쓸한 느낌이 들었다.

할아버지 구 선생님에게 속한 쓸쓸함이었다. 그의 곁에 서 있으니 비로소 느껴졌다.

그런 느낌은 그녀가 초등학교를 졸업할 때 다시금 마음속에 떠올랐다.

그곳에 우뚝 선 회색의 교실 건물은 입을 벌려 한 해, 또 한 해 학생들을 삼키고 뱉으면서, 그들이 똑같이 어리벙벙하고 천진난만한 표정으로 교문을 들어섰다가 다시 다양한 형태로 다듬어져 천차만별의 표정으로 나가는 걸 지켜봤다. 마치 청춘의 세월을 삼키고 뱉는 괴물과도 같았다.

그러나 이 홀로 시간의 강 한가운데 서서 사람들이 한 세대, 또 한 세대 밀려왔다 밀려가는 걸 속절없이 지켜보는 괴물이 얼마나 쓸쓸하고 마음 아플지는 아무도 알지 못했다.

"저우저우, 악기 배우고 싶지 않니?"

"악기요?"

"악기를 배우면 정서에 도움이 되지. 더구나 이쪽 길로 쭉 갈 필요도 없고 그냥 재미로 배우는 거야. 어떠냐?"

"하지만 무척 비싸잖아요." 위저우저우의 대답은 간단명료했고 표정도 진지했다.

구 선생님은 그녀의 머리를 쓰다듬었다. "괜찮아, 내가 가르쳐줄게. 네가 말도 이렇게 예쁘게 하니 수업료는 안 받지 뭐."

위저우저우는 망설이지 않고 곧장 '수업료'를 냈다. "할아버지, 할아버지는 진짜 좋은 분이세요."

"그리고 또?" 구 선생님은 눈썹을 치켜올리며 눈앞에 있는 애송이를 웃으며 바라봤다.

"그리고……." 위저우저우는 뱃속에 몇 개 남지 않은 좋은 단어를 있는 대로 꺼내며 무미건조하게 말했다. "그리고 할아버지는 안목이 참 좋으세요."

구 선생님은 그녀의 머리에 호되게 꿀밤을 먹였다. "넌 대체 누굴 칭찬하는 거냐?!"

4년 전 위저우저우는 처음으로 윤기가 아름답게 빛나는 첼로의 몸체를 만져봤다. 구 선생님 말에 의하면, 누군가 첼로 소리는 마치 건장하고도 착한 사람이 입을 꾹 다물고 노래를 흥얼거리는 것 같다고 표현했다고 한다.

위저우저우는 그 표현이 마음에 들어 미소를 지으며 물었다. "누가 한 말이에요?"

"막심 고리키."

위저우저우는 깜짝 놀랐다. 알고 보니 고리키는 '책은 인류 진보를 위한 사다리다'라는 말만 남긴 게 아니었구나.

"저우저우, 무슨 생각하니?"

딴생각에 빠져 있던 위저우저우는 얼른 정신을 차렸다. 구 선생님도 곁에 서서 난방기 위에 손을 녹이고 있었다.

"아…… 예전에 선생님께서 하신 말이 생각나서요. 첼로 소리는 마치…… 헤헤, 그 고리키가 했던 말이요."

"그래, 그래. 기억나는구나." 갈수록 건망증이 심해지는 구 선생님도 여전히 기억하고 있었다.

그들은 침묵했다. 머리 위에서 반짝이는 하얗고 커다란 등불은 마치 거대한 버튼처럼 한 번 누르면 시간이 정지할 것만 같았다.

"저우저우도 이제 곧 6학년이 되는구나."

"네, 반년 남았어요."

"내년 여름에 첼로 9급 시험 보지?"

"네, 선 선생님이 지금부터 준비해야 한다고 하셨어요."

구 선생님은 2년 전 마지막 제자인 위저우저우를 소년궁에서 명성이 자자한 선 선생님에게 맡겼다. 위저우저우의 학비는 여전히 다른 사람들보다 저렴했다. 선 선생님은 구 선생님의 제자였기에 위저우저우에게도 각별히 신경을 써주었다.

"상하이음악대학 부속중학교에 갈 생각이 있니?"

"네?" 위저우저우가 고개를 들었다.

"계속 이 길로 나아가고 싶냐는 거야."

위저우저우는 구 선생님이 결코 자신을 잘못된 길로 이끌지 않을 거라고 말한 적 있었지만, 방금 그 말을 듣고는 무슨 상황인지 바로 반응하지 못했다.

"아니요." 거의 생각할 새도 없이 대답이 불쑥 나왔다. 이유는 없었다.

구 선생님은 놀라지 않고 그저 미소를 지으며 창문 위에 두껍게 낀 서리꽃을 바라봤다.

"넌 정말 천안과 똑 닮았구나." 구 선생님이 말했다.

"하지만 그래도 고려해보렴." 구 선생님은 뒷짐을 지고 천천히 연습실을 가로질러 사무실로 되돌아갔다.

위저우저우는 조용히 이 할아버지 선생님의 구부러진 뒷모습을 바라봤다. 문득 두려움이 아무 이유도 없이 마음속에 흘러넘쳤다. 마치 운명이 귓속말을 하는 것 같았지만, 그녀는 알아듣지 못했다.

소중한 추억 4 ——

돌아갈 수 없는
그 이름은 어린 시절

1.
집에 오는 길

전체 오케스트라 연습이 끝난 뒤에도 위저우저우는 서둘러 첼로를 반납하지 않았다. 오늘은 오케스트라의 공용 악기를 사용하지 않고 직접 첼로를 메고 왔기 때문이었다.

15분 후, 그녀는 다시 새해맞이 발표 공연을 위한 연습에 참가해야 했다. 위저우저우는 천안 등과 함께 4중주를 하기로 되어 있었다.

사람들이 모두 빠져나가자, 그녀는 비로소 조심스럽게 첼로를 안고 책가방을 멘 채 또 다른 중형 연습실로 향했다. 천안과 다른 두 단원이 한창 수다를 떨고 있었다. 천안은 고2, 나머지 두 단원은 모두 중3이었고 위저우저우 혼자만 아직 애송이였다.

"선배, 조만간 우리 아빠가 선배네 집에 전화해도 돼요? 휴, 부모님 때문에 너무 짜증 나요. 내가 전화고에 합격하길

바라시는데, 얼마 전에 본 시 전체 학력평가에서 500등 안에
도 못 들었더니 하마터면 아빠한테 가죽이 벗겨질 뻔했다니
까요. 오케스트라도 원래 하고 싶지 않았는데, 부모님이 나
보고 고입시험 때 가산점 5점 받아야 한다면서 억지로 보낸
거예요. 아빠가 선배한테 지금 전화고 고3 선생님들에 대해
물어보고 싶대요. 내년에 제가 입학할 때면 지금 고3 선생님
들 대부분 고1로 내려올 거니까 먼저 알아두고 싶다고요."
동그란 얼굴의 비올라 연주자는 말하면서 활 끝의 조임나사
를 돌렸다.

옆에서 바이올린을 닦던 단발 여자아이가 큰 소리로 웃
었다. "너네 아빠는 정말 멀리도 생각하신다. 네가 전화고에
합격할 수 있는지가 문제인데 벌써부터 분반 문제를 고민하
시잖아. 참 멀다, 진짜 너무 먼 얘기야."

동그란 얼굴의 남자아이는 살짝 언짢아했다. "그게 뭐. 정
안 되면 돈 써서 정원 외로 들어가면 되잖아. 고작 몇만 위안
인데."

"고작 몇만 위안? 그래, 너네 집 돈 많구나, 너네 집 정말
돈 많아." 단발 여자아이는 입을 삐죽거리며 등을 돌렸다.

천안은 줄곧 옆에서 말없이 미소 지으며 그들의 말다툼을
지켜보다가, 멀리 문 옆에 기대어 첼로를 안고 서 있는 위저
우저우를 발견하고는 그제야 싸움을 말리고 나섰다. "연습
시작하자. 저우저우 왔어. 우리가 일찍 끝내야지, 안 그럼 얘
가 6시에 시작하는 만화영화를 놓치고 말 거야."

다른 두 사람이 푸흡 하고 웃음을 터뜨렸다. 동그란 얼굴
의 남자아이는 괴성을 지르기 시작했다. "청춘이네, 이게 바
로 청춘이야……."

위저우저우는 얼굴을 붉히며 천안을 사납게 째려봤다. 그
는 손을 풀며 조금도 양심에 거리낄 것 없다는 듯 씨익 웃어
보였다.

연습은 아주 순조로웠다. 중간에 천안이 연주를 몇 번 멈
추고 화음이 잘 맞지 않는 곳을 다시 조정해 몇 번 맞춰보고
나니 5시 15분이었고, 그는 연습을 마치겠다고 말했다.

다른 두 사람은 서둘러 농업대학 부근에 있는 고입시험
전력 대비반에 가야 했기 때문에 천안은 위저우저우 대신
첼로를 메고 집까지 데려다주었다.

"진짜로 이럴 필요까진 없는데." 위저우저우가 부끄러운
듯 사양했다.

"춥고 길이 미끄럽잖아. 너 혼자 이렇게 큰 첼로를 메고
붐비는 버스를 타고 가는 건 너무 안전하지 않아." 천안이
말할 때 내뿜은 입김은 순식간에 사라졌다. 위저우저우는
고개를 들어 그의 하얀 입김 뒤에 숨겨진 온화한 눈을 바라
보니 자신도 모르게 마음속이 따스해졌다.

"고마워."

천안은 여전히 위저우저우의 머리를 부비며 위에서 내려
다보는 걸 좋아했다. 그녀가 작은 털모자를 쓰고 있어서 그는
모자 위로 늘어뜨려진 작은 털방울을 이리저리 잡아당겼다.

"고맙긴 뭘."

북방의 겨울밤은 빠르게 어두워져서 거리에도 화려한 등불이 켜지기 시작했다. 위저우저우는 조심스럽게 발밑을 주시했다. 오늘은 굽이 없는 부츠를 신고 있어서 발밑이 유난히 미끄럽게 느껴졌다.

별안간 오른손이 꽉 죄어드는 걸 느꼈다. 천안이 그녀의 손을 잡은 거였다. 짙은 회색 장갑이 그녀의 옅은 회색 장갑을 손바닥으로 꽉 감쌌다. 그녀가 웃으며 말했다. "고마워, 이 구간이 특히 미끄럽네."

"그래서 너 혼자 첼로를 메고 가면 아주 위험하다는 거야." 그들은 소년궁 앞 광장을 가로질러 대문 앞까지 갔고, 천안은 거기서 손을 휘둘러 택시를 잡았다.

"저우저우, 요즘은 무슨 만화 봐?" 조수석에 앉은 천안이 뒤를 돌아보며 물었다.

위저우저우는 그 말을 듣자 더는 차분한 표정을 지을 수 없었다. "〈슬램덩크〉. 아주아주, 아주 재밌어!"

천안의 보기 좋은 눈매도 초승달처럼 휘었다. "아, 그거 나도 좋아해."

위저우저우가 〈미소녀 전사 세일러 문〉 같은 만화영화를 언급할 때마다 천안은 그저 어이없다는 표정이었는데, 이번에는 자신도 좋아한다고 말했다. 위저우저우는 즉시 자리에서 펄쩍 뛰어올랐다가 천장에 머리를 세게 부딪히고 말았다.

"괜찮아? 뭘 그렇게 흥분해?"

위저우저우는 아파서 눈물을 글썽거리며 고개를 들어 맞은편 차량등을 바라봤다. 순간 두 눈에 물이 찰랑거리는 등불 두 개가 환하게 밝혀진 것 같았다.

"왜냐하면…… 아주 재밌어서."

천안이 낭랑한 웃음을 터뜨렸다. 위저우저우가 또래 아이들보다 조숙하다는 것과 말이며 행동이며 주관이 뚜렷하다는 건 그도 잘 알았다. 하지만 그녀는 매번 굉장히 중요시하는 사람이나 사물을 언급할 때면 늘 어휘력이 부족해져서, 가장 단순하고 소박한 단어를 거듭 반복하는 방식으로 서툴게 좋아하는 마음을 표현하곤 했다.

"맞아. 나도 예전에 텔레비전에서 보고서는 곧장 달려가서 VCD 전집을 빌려왔었어. 나중엔 또 전국 대회 부분을 보고 싶어서 만화책도 소장했고. 확실히……." 천안은 잠시 말을 멈췄다가 결국 고개를 숙이고 웃으며 위저우저우가 했던 대로 말했다. "확실히, 아주 재미있어."

순간 위저우저우의 여학생다운 특성이 폭발했다. "그래서 오빠는 누가 좋아?"

천안은 몹시 원통하다는 표정으로 고개를 저었다. "이럴 줄 알았어. 너희 여자애들이 〈슬램덩크〉를 보는 건 축구를 보는 거랑 똑같아. 잘생긴 남자를 보려는 거지 뭐."

"난 아냐!" 위저우저우가 엄숙해진 얼굴로 눈을 동그랗게 떴다.

"오?" 천안이 눈을 가늘게 떴다. "그럼 넌 왜 나한테 누굴 좋아하냐고 물어본 건데?"

위저우저우는 한참을 멍하니 입을 달싹이다가 결국 손을 뻗어 그의 패딩 점퍼를 잡았다. "아무튼 오빠는 누굴 좋아하는데?"

천안이 어깨를 으쓱했다. "난 강백호랑 양호열."

위저우저우의 예상을 벗어난 대답이었다. 확실히 그녀 주변 사람들은 모두 강백호를 좋아했고, 강백호가 망신당하는 장면을 좋아했다. 하지만 아무도 강백호를 '최애'라고 말하지 않았다. 그는 재롱을 부리는 주인공이었다. 사람들은 그를 좋아했지만 사랑하지는 않았다.

천안은 그녀의 반응을 이미 예상한 듯했다. "봐, 내가 말했잖아. 너희들은 잘생긴 남자들만 본다니까. 넌 누굴 좋아해? 서태웅?"

위저우저우는 고개를 저었다.

"윤대협?"

위저우저우가 또 고개를 저었다.

"그럼 누구야?"

위저우저우는 고개를 갸웃하며 한참을 생각하다가 더없이 진지한 표정으로 천천히 입을 열었다. "내가 좋아하는 건 한 사람이 아니야. 난 그들 모두를 좋아해⋯⋯. 그들의 모습이 좋아. 매일 학교에 가는 모습, 농구하는 모습. 그리고 그들은 용감하게 도전하고 대담하게 큰소리치지만, 열심히 노력하기도 해. 게다가 지는 걸 두려워하지 않고 부끄러워하지도 않아. 져도 깨끗이 승복하고."

어리둥절해진 천안은 고개를 돌려 위저우저우를 진지하게 뜯어봤다.

눈앞의 이 꼬마 아가씨의 표정은 엄숙하고도 꿈꾸는 듯했다. 두 눈은 주황색 차량등을 반사하면서 의미 불명의 광채를 번뜩여 자칫 방심하면 화상을 입을 것만 같았다.

천안은 다시 그녀에게서 고개를 돌렸다. "저우저우, 넌 지면 승복 못 할 거 같아?"

위저우저우가 고개를 끄덕였다. "승복할 수 없을 것 같아."

천안은 더는 말하지 않았다.

위저우저우의 외할머니 집 부근에 도착하자, 천안은 택시 기사에게 돈을 건넨 다음 차에서 내려 뒷문을 열고 첼로를 위저우저우의 품 안에서 받아 들었다.

"오빠는 바로 차 타고 가는 거 아냐?"

"너희 집 문 앞까지 데려다줄게." 천안이 첼로를 어깨에 멨다. "너 올라가는 거 보고 갈 거야."

위저우저우는 더는 사양하지 않았다. 다만 이번에는 그녀가 먼저 적극적으로 천안의 손을 잡았다.

문득 옛날 생각이 났다. 그때도 이렇게 얼음과 눈으로 뒤덮인 계절이었고, 그녀는 자신의 세계에 푹 빠져 걸어가다가 고개를 들었을 때 천안을 봤다. 이번에 그들은 집으로 돌아가는 길을 함께 걸을 수 있었다.

위저우저우는 갑자기 단순한 기쁨이 마음속 가득 넘치는 걸 느꼈다. 무슨 느낌인지 확실히 설명하긴 어려웠지만 안정적이고 확실했다. 매번 천안을 볼 때마다, 그의 항상 침착하고 흔들림 없이 잔잔한 모습을 볼 때마다 위저우저우는 세상에 뭐 별거 있냐는 생각이 들었다. 까다롭고 쉽게 화를 내는 대대 지도원, 차갑고 이기적인 담임선생님, 교실 안의 염량세태. 위저우저우가 견디기 어렵다고 느끼는 이 모든 것들이 천안 앞에 놓이면 그는 그저 웃어넘길 게 분명했다.

천안은 그녀의 본보기였다. 위저우저우는 시시각각 자신에게 말했다. 넌 천안처럼 되어야 해, 반드시 천안과 똑같아져야 해.

그러나 그녀는 그 모든 게 단지 졸렬한 모방일 뿐이란 걸 알았다. 그녀는 가식적으로 웃을 순 있었지만 그것도 결국 따지고 보면 거짓이었다. 마음은 여전히 아팠고, 여전히 신경 쓰였고, 여전히 불만스러웠다.

"저우저우." 집 앞에 도착하자, 천안이 어깨에 메고 있던 첼로를 내려놓았다. "너한테 말해주는 거 깜빡했네. 이번에 새해 공연이 끝나면 난 오케스트라를 떠날 거야."

첼로를 받아 들던 위저우저우가 순간 멈칫했다. "왜?"

"수학 경시대회랑 물리 경시대회를 준비하고 있거든. 경시대회에 나가는 건 추천입학 기회를 얻기 위해서야. 원래부터 고1이 되면 오케스트라와 예전에 체결한 계약도 종료

되는 거였거든. 게다가 고입시험 때 그 가산점 5점도 이용하지 않아서 중학교 때 탈퇴해도 상관없었어. 하지만 구 선생님이랑 나한테 바이올린을 가르쳐준 장 선생님 때문에 이제까지 오케스트라에 남아서 바이올린부를 맡았던 거야. 구 선생님이랑 장 선생님 모두 곧 오케스트라를 떠나신다니, 내가 여기 남아 있을 의미가 없어졌어."

위저우저우는 한참을 멍하니 있다가 비로소 고개를 끄덕였다. "어, 그것도 좋네." 그녀는 당황한 듯 고개를 저었다. "그것도 좋아."

천안은 꼬마 아가씨가 고개를 저으며 "그것도 좋네" 하는 걸 미소를 지으며 보다가, 손을 들어 그녀의 머리 위에 올렸다. "그래도 가끔 오케스트라에 구경하러 올 거니까 우린 다시 만날 수 있을 거야."

이런 약속은 분명 믿어서는 안 될 것이다.

위저우저우는 고개를 들고 미소를 지었다. "알았어, 꼭이야. 오빠도 공부 열심히 해야 해."

그녀는 첼로를 등에 메고 천안에게 손을 흔든 후 몸을 돌려 자리를 떠났다.

"저우저우!"

위저우저우가 돌아보니 천안이 두 손을 주머니에 찔러 넣고 주황색 가로등 밑에 서서 그녀를 보며 웃고 있었다.

"사실, 저우저우, 넌 져도 깨끗이 승복할 줄 아는 멋진 꼬맹이야. 만화영화는 현실보다 훨씬 과장되고 순수하지만, 현실도 만화영화보다 훨씬 잔혹하고 다채롭기도 해. 늘 남들을 부러워하지만 말고, 늘 상상 속에 살지도 마."

위저우저우는 뭐라고 말하고 싶었지만 느닷없이 코끝이 찡해져서 얼른 몸을 돌려 문 쪽으로 성큼성큼 걸어갔다. 어째서 멋있는 뒷모습을 보여주고 싶었는지는 모르겠다. 엔딩곡에서 공을 튕기는 소년들처럼 굳세고 자신 있는 뒷모습. 위저우저우는 왼손으로 첼로 어깨끈을 잡고 오른손으로는 공을 튕기는 시늉을 하면서 귓가에 엔딩곡 선율을 떠올렸다. 문득 아주 비장하고도 호기로운 느낌이 들면서 열정과 청춘이 샘솟는 듯했다.

그런 다음 미끄러졌다.

온몸으로 쓰레기 더미를 덮치고 말았다.

천안 오빠 말이 맞아. 위저우저우는 생각했다. 현실은 확실히 만화영화보다 훨씬 잔혹하고 다채롭다고.

또는 꼭 다채롭진 않아도 잔혹한 건 분명했다.

2.

나도 일부러 이런 게 아냐

"야, 쉬디 하는 꼬락서니 좀 봐!" 산제제가 갈비를 우물거리며 한 무리의 아이들에게 둘러싸인 쉬디를 험상궂게 노려봤다.

'화뤄겅'*배 전국 수학 올림피아드에서 1반 린양과 7반 쉬디가 금상을 받았다.

위저우저우는 일약 신세를 고친 쉬디가 희색이 만면해서 사람들 사이에서 뻐기는 모습을 보며 문득 이런 생각이 들었다. 만약 쉬디에게 꼬리가 있다면 지금은 비행기 프로펠러보다 훨씬 빠르게 흔들고 있겠지?

갑자기 예전 모습이 떠오르지 않았다. 그들이 수학 올림피아드 공부를 하고 있을 때, 그녀는 뭘 하고 있었을까? 수

---

* 華羅庚, 1910-1985, 중국의 수학자.

학 올림피아드는 아주 장기적인 투자와도 같았다. 위저우저우와 잔옌페이 등이 무대 앞에서 짧은 즐거움을 얻고 있을 때, 많은 사람들이 책상 위에 엎드려 숫자와 씨름을 했고, 결국 언젠가 진짜로 무대 위에 서는 건 그들이었다.

위저우저우가 맡고 있는 '붉은 스카프' 라디오 방송국에서는 린양과 쉬디를 표창하는 공고를 사흘 연속 내보내서, 어느 날 아침 그녀는 두 사람의 이름을 읽자마자 토하고 싶을 지경이었다. 이게 무슨 느낌인지는 모르겠지만, 수학 올림피아드에 대한 열광이 한바탕 큰불을 일으켜 그녀와 그들을 모조리 불태워 버릴 것만 같았다.

영원히 말도 안 되게 정확한 게 여자의 직감이었다.

학교에 수학 올림피아드 보충반이 개설되었다. 매주 수요일, 토요일, 일요일에 수업을 하는데 거의 반강제적이라, 각 반에서 선생님의 눈에 든 학생이라면 모두 가서 수업을 들어야 했다.

"저우저우, 넌 갈 거야?" 산제제는 갈비를 뜯고 남은 뼈다귀를 책상 위에 뱉었다.

위저우저우는 더 이상 아무것도 모르는 1학년 꼬맹이가 아니었다. 이런 보충반은 어느 정도 시대 흐름을 따르기 위해서였고, 어느 정도는 수익 창출을 위해서라는 걸…… 아주 잘 알고 있었다.

그러나 위 선생님은 학습위원이 보고한 명단에 위저우저우와 잔옌페이의 이름이 없는 걸 보고는 한때 학급의 기둥이었던 두 사람을 교무실로 불렀다.

위저우저우는 조용히 벽 쪽에 서서 위 선생님의 유리컵 안에서 위아래로 떠다니는 찻잎을 주시했다.

"너희는 그냥 이렇게 지나갈 줄 알았어? 자기 애도 수학 올림피아드 보충반 듣게 해달라고 부탁하는 학부모들이 얼마나 많은데, 다른 애들한테도 안 준 기회를 줬더니만 감사해하지도 않고. 내가 할 일이 그렇게나 없는 줄 아니?"

잔옌페이가 고개를 숙이고 조그맣게 말했다. "선생님, 전국학생연합회 쪽에 일이 계속 있어서요. 그래서……."

"그 학생연합회 어쩌고 하는 거, 전부터 말하고 싶었는데 다 사기 치는 거야. 네가 유명하니까 거기 네 이름을 걸어두려는 거라고. 넌 정말로 거기 껴서 평생 살 수 있을 거 같니? 정신 차려, 곧 중학교 올라갈 녀석이. 과거는 과거일 뿐이야. 옛날에 아무리 빛났어도 다 지난 일이라구. 너 지금 성적으로는 우리 반에서도 버티기 힘든데 중학교 올라가면 남들 따라갈 수 있을 것 같니? 응? 너희 부모님은 시야가 좁아서 널 위해 생각을 못한다고 치자. 그렇다고 선생님도 네가 멋대로 하는 걸 두고 봐야 하니?"

위저우저우는 여전히 말없이 고개를 숙인 채, 곁눈질로 꼬마 제비의 눈가에 눈물이 반짝이는 걸 봤다.

"학교에서 보충반을 마련한 건 너희들을 위해서야. 그런데 왜 하나같이 사리분간을 못한다니? 선생님이 듣기 싫은 말 한다고 생각하지 마. 중학교는 초등학교랑은 달라. 네가 노래랑 춤이랑 시 낭송을 잘하는지는 아무도 신경 안 쓴다고. 내 말 잘 들어. 여자애들은 천성적으로 둔해서 고학년으로 갈수록 뒤처지기가 쉬워. 날 때부터 남자애들처럼 머리가 똑똑하지 않은데, 스스로 노력도 안 하면 중학교 올라가서 꼴찌나 할 셈이야? 고등학교 입학시험에는 진행자 과목도 첼로 과목도 없어. 너희가 봐도 너희가 너무 바보 같지 않니? 응?"

위저우저우는 가슴이 철렁했지만 겉으로는 여전히 천안 같은 표정을 유지했다. 그녀는 자신이 침착하게 구는 거라고 생각했지만, 선생님 눈에는 도무지 말이 들어먹히지 않는 전형적인 고집불통으로만 보였다.

"그리고 위저우저우. 전부터 너희 어머니와 얘기를 해보고 싶었는데, 오늘 기왕 말이 나온 김에 너한테 먼저 확실하게 말해야겠다. 지금 중학교 진학 제도 개혁 때문에 사대부초 학생들 중 절반만 사대 부중에 들어갈 수 있고 나머지 절반은 8중에 가야 하는 상황이야. 그런데 넌 처음부터 우리 학교에 지원해서 들어온 거고, 호적지도 여전히 철거 전의 너희 집 관할지로 돼 있어서 원칙적으로는 중학교도 기존 호적지에 있는 중학교로 가야 해. 이쪽에 남을 수 있는 유일한 방법은 사대 부중과 8중 같은 좋은 학교의 입학시험을 치르는 거야. 시험을 통과하면 예외적으로 입학이 허가되거든. 시험 과목은 당연히 올림피아드 수학이랑 영어고, 아주 우수한 아이들만 합격할 수 있어. 하지만 미리 말해두는데, 그쪽 사람들은 네가 예전에 우리 시의 모범 학생이었든, 첼로 몇 급이든, 시 낭송을 잘하든 상관하지 않아. 그런 것들은 아예 거들떠도 안 보니까, 너도 잘 생각해보도록 하렴."

위 선생님의 말투는 예전보다 백배는 냉랭했다. 한때 선생님이 머리를 쓰다듬으며 칭찬했던 그 '재주'들은 순식간에 한 푼 가치도 없는 빛 좋은 개살구가 되어버렸고, 한때 선생님에게 사흘이 멀다 하고 심하게 혼나기만 했던 쉬디는 순식간에 학급 유명 인사가 되었다. 학교가 끝나고 청소를 하던 위저우저우는 위 선생님이 쉬디의 뒤통수를 쓰다듬으며 얼굴에 웃음을 가득 띠고 쉬디의 아버지에게 말하는 걸 봤다. "전 남자애들이 좋아요. 머리 똑똑하지, 재기 발랄하지. 앞으로 쉬디에게 제 아들 녀석 좀 데리고 다니라고 해야겠어요. 제 아들도 말썽꾸러기거든요. 어찌나 심하게 말썽을 부리는지, 그런데 이렇게 말썽꾸러기 녀석들이 다 똑똑해요. 쉬디만 봐도 그렇잖아요. 장난치는 걸 좋아해도 얼마나 영리해요."

위저우저우는 한 분단을 왔다 갔다 세 번을 쓸면서, 계속 그녀의 치마를 잡아당기는 남자아이를 귀찮다는 듯 밀어냈다. 담임선생님의 이 귀한 아들은 올해 여섯 살로, 똑똑한지 아닌지는 지금 어떻게 판단할 방법은 없었지만 고집만큼은 놀랄 만큼 셌다.

"감히 날 밀어? 엄마한테 이를 거야. 너 혼내주라고!" 남자아이가 위저우저우의 하얀 캔버스화를 인정사정없이 밟았다.

위저우저우는 치밀어 오르는 분노를 애써 누르고 오히려 환하게 웃으며 뒷문 근처에 서서 주번과 이야기 중인 부교장을 가리키며 조용히 말했다. "날 발로 차는 게 뭐 대단해. 능력 있으면 저 사람을 발로 차봐."

남자아이는 콧구멍이 하늘로 향할 정도로 목을 꼿꼿이 세우고 달려가 뒤에서 부교장의 무릎 뒤쪽을 걷어찼고, 정신이 딴 데 팔려 있던 부교장은 그대로 무릎이 꺾여 넘어지고 말았다.

교실 밖에 비명 소리가 울려 퍼졌다. 위저우저우는 손을 등 뒤로 돌려 빗자루를 참새 꼬리처럼 까딱거렸다. 그러고는 담임선생님이 부리나케 부교장에게 사과하며 아들의 뒤통수를 힘껏 후려치는 걸 미소를 지으며 지켜봤다. 남자아이는 우아앙 울음을 터뜨렸고, 교실 밖은 삽시간에 뒤죽박죽 엉망진창이 되었다.

위저우저우는 얼굴을 들어 창밖의 울창한 초록색을 바라봤다. 언제부터인지 초여름이 이렇게 북방의 작은 도시를 뒤덮고 있었다. 그녀가 교실 바깥에서 들려오는 울고 떠드는 소리로부터 얻은 작디작은 즐거움은 그녀의 어지럽고 시큰한 고민 속에서 힘겹게 자라났다. 그런 음침한 복수는 마치 담쟁이덩굴처럼 잠깐 방심하자 마음 가득히 자라났다.

그러나 위저우저우는 그래도 갔다. 수요일 저녁, 고개를 숙이고 학교의 수학 올림피아드 보충반으로 슬그머니 들어갔다.

5, 6학년을 담당하는 뛰어난 수학 선생님들이 돌아가며 수업을 했고, 위저우저우는 고개를 숙이고 구석에 웅크리고 앉아 바쁘게 필기를 했다.

필기를 할 수밖에 없었다. 왜냐하면 전혀 알아들을 수 없었기 때문이었다.

위저우저우는 나중엔 아예 포기하고 말았다. 선생님이 칠판에 뭔가 쓰기 시작하면 두 줄도 채 쓰기 전에 학생들 중 하나가 답을 말하며 구시렁거렸다. "이런 문제는 벌써 몇백 번이나 풀었다구. 너무 고리타분한 유형이잖아. 정말 시시해."

그래, 인생이 너한테 전혀 새롭지 않다면 그냥 가서 죽어버려. 위저우저우는 펜을 돌리며 속으로 비난을 퍼부었다. 그들이 빈번하게 말을 끊는 바람에 선생님이 내는 문제는 갈수록 어려워졌고, 게다가 매번 그녀가 문제를 다 베끼기도 전에 답이 튀어나왔다. 그럼 선생님은 즉시 '역시 가르칠 만하군' 하는 기쁜 표정으로 문제 쓰기를 멈추고, 제자리에서서 분필을 만지작거리며 천재 소년들이 한 문제에 대해 각종 풀이법와 접근 논리를 적극 설명하는 걸 들었다.

30분이 지나자, 위저우저우의 노트에는 다양한 수학 올림피아드 문제의 앞부분이 가득 적혔다.

시작 부분을 맞출 수는 있어도 결말 부분은 맞출 수 없었다.

"선생님, 좀 재미있는 거 풀면 안 돼요? 어렵거나 새로운 유형 문제로요. 이런 건 농업대학 구 선생님네 반에서 벌써 몇백 번이나 설명했단 말이에요."

위저우저우는 귀를 쫑긋했다. 그 말을 한 사람은 린양이었다.

농업대학 구 선생님의 수학 올림피아드반은 예전에 산제제가 위저우저우에게 말해준 적 있었다. 300명 정도 수용할 수 있는 대형 교실에서 수업이 진행되고 매달 시험 성적순으로 자리가 배치된다고 말이다. 그런데도 그 반에 자기 아이를 들여보내려고 어떻게든 인맥을 찾아 여기저기 부탁하는 사람들이 부지기수라고 했다.

선생님은 살짝 난처한 듯 웃었다. "너희 몇 명은 이 문제를 알겠지만, 모르는 학생들도 있잖니. 선생님은 대다수 학생들을 살펴야지 너희만 가르칠 순 없어."

린양이 웃음기 섞인 목소리로 대꾸했다. "설마요. 이렇게 쉬운 문제를 누가 못 풀어요?"

못 풀면 바보다. 그의 말에 담긴 뜻을 알아들은 위저우저우는 고개를 숙이고 흰 종이 위에 조그만 사람 하나를 그렸다. 옆에는 '린양'이라고 쓰고 샤프심으로 그 머리를 쿡쿡 찔렀다.

"못 믿겠다고? 그래, 그럼 어디 한번 볼까." 선생님의 그 말에 위저우저우는 가슴이 서늘해졌다. 미처 샤프를 집어넣기도 전에 선생님이 손에 든 명단을 내려다보며 기쁘게 말하는 게 들렸다. "오, 명성이 자자한 위저우저우도 수업 들으러 왔구나? 자, 칠판 앞으로 나와서 문제를 풀어보렴!"

위저우저우는 시간이 멈춘 것만 같았다. 자리에서 일어났을 때 의자 다리가 시멘트 바닥에 끌리는 소리가 영원히 그치지 않을 것처럼 길게 귀를 찔렀다.

모두의 시선을 받으며 강단 위로 올라간 위저우저우는 이미 기억도 다 나지 않을 만큼 여러 번 무대에 올랐었고 수천 명의 관중 앞에서도 딱히 긴장한 적 없었다. 그런데 지금, 교실 안에는 고작 수십 명뿐인데도 그들의 빛나는 눈이 무섭게만 느껴졌다. 동물원 원숭이를 보는 듯한 그들의 표정에 그녀는 처음으로 도망치고 싶다는 생각이 들었다.

선생님은 아랑곳하지 않고 칠판에 문제 두 개를 적었다. 위저우저우는 마침내 중간에 반토막 나지 않고 완전하게 쓰인 문제 두 개를 볼 수 있었다. 하지만 지금은 차라리 구석에 앉아 허리가 잘린 문제를 보고 싶었다.

첫 번째 문제. 닭과 토끼가 같은 우리에 갇혀 있다. 총 100마리가 있는데 다리는 316개이다. 그렇다면 닭은 몇 마리이고 토끼는 몇 마리일까?

위저우저우는 눈앞이 막막해졌다. 직접 세어보면 되지 않나? 이렇게 계산을 하다니 정신이 어떻게 된 거 아냐?

두 번째 문제. 수영장에 갑, 을, 병, 세 개의 급수관이 있다. 수영장에 물을 가득 채운다고 했을 때, 갑 급수관만 사용하면 20시간이 걸리고, 갑, 을 급수관을 함께 사용하면 8시간이 걸리고, 을, 병 급수관을 함께 사용하면 6시간이 걸린다. 그렇다면 병 급수관 하나만 사용하면 얼마나 걸릴까?

위저우저우는 경악했다. 물을 낭비하는 건 부끄러운 일인데, 정신이 어떻게 된 게 틀림없어.

그녀는 2분간 칠판을 뚫어져라 쳐다보고만 있었다. 그 견디기 힘든 침묵 속에서, 그녀는 문득 운명을 받아들인다는 게 뭔지 깨달았다.

그건 바로 잔엔페이가 씁쓸하게 웃으며 "만약 천성적으로 둔한 거라면 나도 어쩔 수 없어"라고 했던 것과 같은 받아들임이었다.

위저우저우는 고개를 저었다. "죄송해요. 저는 모르겠어요."

선생님은 '봐라, 내 말이 맞지?' 하는 표정을 지었고, 학생들은 웃음을 터뜨렸다. 쉬디는 특히나 큰 소리로 웃으며 과장되게 몸을 들썩였다. 그 몸짓에서는 '지주를 타도하고 농지를 나누어 해방된 농노가 노래를 부르는' 듯한 쾌감이 느껴졌다.

위저우저우는 오히려 웃으며 고개를 돌려 린양 쪽을 바라봤다. 그는 얼굴이 새빨개진 채 그녀를 바라보고 있었다. 당황스러움이 가득 담긴 눈빛은 마치 필사적으로 말하는 것 같았다. 고의가 아니었다고.

위저우저우는 고개를 숙이고 미소를 지었다. 그렇게 웃고 웃다 보니 불현듯 울고 싶어졌다.

위 선생님이 한 말은 괜한 으름장이 아닐지도 모른다. 그 시절이 지나갔다는 건 진작에 알았고, 알 수 없는 미래가 자신을 기다리고 있다는 것도 이미 알고 있었다. 그러나 그걸 깨달았을 때, 그제야 비로소 주변 사람들은 훨씬 전부터 달려갈 자세를 취하고 있었다는 걸 보게 되었다. 오직 그녀만이 바보같이 서서 "죄송해요, 저는 모르겠어요"라고 말하고 있었다.

린양, 네가 일부러 그런 게 아니라는 거 알아.

나도 일부러 이렇게 아둔한 게 아닌 것처럼.

3.

세상에 변하지 않는 게 뭐가 있을까?

수업이 끝나자, 교실 안이 어수선해졌다. 고개를 숙이고 책상 위 필통과 노트를 챙기던 위저우저우는 교실 반대편에 있던 린양이 다급하고도 필사적으로 교실 오른쪽 뒤 그녀가 서 있는 곳으로 비집고 다가오는 걸 눈치채지 못했다.

"저우, 저우저우!" 린양 옆으로 비뚤어진 붉은 스카프가 살짝 우스꽝스럽게 보였다.

위저우저우는 고개를 들어 그에게 웃어 보였다. "무슨 일이야?"

위저우저우의 웃는 얼굴을 본 린양은 그 자리에 우뚝 멈춰 섰다.

또 이런 미소였다.

예전에 그는 위저우저우에게 말한 적 있었다. 만약 속상하거나 화가 나면 그걸 얼굴에 표현하는 게 좋다고 말이다.

"저번에 엄마, 아빠랑 같이 나이 지긋하신 중의학 선생님 댁에 간 적 있는데 그분이 그랬어. 희로애락을 얼굴에 드러내야 한다고, 그거 이렇게 말하는 거 맞지?" 린양이 묻는 눈빛으로 위저우저우를 흘끔 봤다.

"응, 희로애락이 얼굴에 드러난다." 위저우저우가 고개를 끄덕였다.

"맞아." 긍정적인 대답을 들은 린양이 웃으며 말을 계속했다. "희로애락을 드러내는 게 몸에 좋댔어. 너도 항상 기분을 억…… 억압…… 그래, 억압하려고 하지 마. 건강에 좋지 않아. 그러면 음…… 몸 안의 독을 효과적으로 내보낼 수 없대." 나이든 중의학 선생님의 입에서 나온 많은 단어들을 린양은 도저히 이해할 수 없어서 멋대로 알아들은 중요한 부분만 골라 더듬더듬 말했다.

위저우저우의 얼굴에 또다시 린양이 전혀 이해하지 못할 미소가 떠올랐다. 그녀는 눈을 가느다랗게 뜨고 린양을 훑어보며 품에 7반 위생 규율 평가 노트를 안고 담담하게 말했다. "희로애락을 얼굴에 드러내려면 밑천이 필요해."

린양은 몸을 돌려 나가는 위저우저우의 뒷모습을 멍하니 바라봤다. 그녀의 말총머리는 언제나 고고하게 살랑살랑 흔들렸다. 그녀가 전혀 이해할 수 없는 말을 할 때마다 느껴지는, 마치 위에서 내려다보는 듯한 알 수 없는 소외감처럼 말이다.

"저우저우, 너 변했어."

시끄러운 교실 안에서 린양은 해명과 미안함을 가득 품고 다가갔지만 결국 입 밖으로 나온 건 뜬금없는 말이었다. 위저우저우가 종종 하던 말처럼. 위저우저우는 그 말을 듣더니 더는 웃지 않고 고개를 숙인 채 책가방을 챙겼다.

변하지 않는 게 뭐가 있을까? 거의 5년간 떨어져 있었다. 학교 주변 노점상들은 도시미관 행정관리팀에 의해 간이 천막에 수용되었고, 식품점은 여러 번 주인이 바뀐 끝에 결국 가구 매장으로 바뀌었다. 심지어 성정부 유치원도 다른 곳으로 옮겨 갔고, 그 자리에는 시민 휴식 광장이 조성될 예정이었다.

원래의 그 귀갓길로는 더는 집으로 돌아갈 수 없었다.

변하지 않는 게 뭐가 있을까, 린양? 희로애락을 얼굴에 드러내는 것과 절대로 바뀌지 않는 것과 절대로 타협하지 않는 것, 이런 것들을 하려면 모두 밑천이 필요한걸.

위저우저우는 작은 책가방을 메고 린양에게 손을 흔들고는 뒷문으로 나갔다.

예상했던 대로 링샹첸의 목소리가 들려왔다. "린양, 너 왜 여기 있어? 마침 장찬이랑 너한테 물어볼 참이었는데, 너 다음에도 올 거야? 이 수업 너무 시시하잖아. 이렇게 쉬운 문제나 가르치고. 하긴, 한 문제도 풀 줄 모르는 사람도 있으니까……."

"넌 지겹지도 않냐?" 린양은 몸을 돌려 링샹첸에게 버럭 소리치곤 황급히 사람들을 헤치고 위저우저우가 나간 문 쪽으로 돌진했다.

링샹첸은 얼굴이 붉으락푸르락했고, 옆에 있던 장환은 늘 그렇듯 콧물을 훌쩍이더니 별안간 웃음을 터뜨렸다.

"남 얘기할 거 없어. 너희들은 하나같이 바보 같다니까."

위저우저우는 인파가 몰리는 중앙 계단을 피해 빙 돌아서 옆 계단을 통해 아래로 내려갔다. 어렴풋이 등 뒤에서 우당탕 달려오는 발걸음 소리를 들었다. 린양이라는 걸 예상했지만, 몇 번을 노력해도 입꼬리가 올라가지 않았다. 방금 린양이 그녀를 불렀을 때 보여준 그 미소가 이미 한계였다.

사실 위저우저우는 너무너무 난처했기 때문에 그 순간에는 조금도 린양을 보고 싶지 않았다. 강단 위에 서서 모두의 따가운 시선을 받으며 수학 문제를 풀지 못했을 때의 난처함은 마치 이마에 '바보'라고 새긴 것과 같았다. 그녀는 한 번도 린양을 탓하지 않았다. 왜냐하면 린양의 말은 틀리지 않았기 때문이었다.

위저우저우는 고개를 들어 창밖에 붉게 번져가는 하늘을 바라봤다. 벌써 7시가 넘어 있었다. 비록 여름이 가까워져 해가 갈수록 늦게 졌지만, 오늘은 날이 흐려서 밖은 이미 꽤 어두워져 있었다.

그녀는 처음으로 뭔가 색다른 묵직함을 느끼며 처음으로 '미래'라는 걸 생각하기 시작했다.

어릴 때 들었던, 큰외삼촌이 위차오를 혼내면서 했던 말을 어찌 잊었겠는가?

"좋은 중학교에 못 가면 좋은 고등학교에 못 가고, 좋은 고등학교에 못 가면 대학에 못 가. 대학에 못 갈 거면 나가서 길거리 청소나 해! 너 하는 꼬락서니를 보면 거리 청소도 깨끗하게 못 할 거 같으니까, 서북풍이나 마시고* 살 각오나 해!"

서북풍이 동남풍보다 맛있는 걸까? 위저우저우는 스스로 던진 이 농담이 너무 너절하게 느껴졌다.

그것은 손가락 끝을 덜덜 떨리게 만드는, 미래에 대한 두려움이었다.

위저우저우는 심지어 이성을 잃고 자신을 원망하기 시작했다. 처음에 어째서 좀 더 일찍 수학 올림피아드의 중요성을 알지 못했을까, 어째서 좀 더 일찍 수학을 열심히 공부하지 않았을까, 어째서⋯⋯.

지난 일은 뒤쫓을 수 없다. 후회와 무기력감에 휩싸인 위저우저우는 아무도 없는 계단실에 서서 아득히 먼 암홍색 하늘을 멍하니 바라봤다.

발걸음 소리가 점점 가까워졌다. 그녀는 하마터면 "린양, 나 좀 잠깐 혼자 있게 해줄래?"라고 불쑥 내뱉을 뻔했다.

뒤를 돌아보니 낯선 얼굴이 있었다.

"너네 엄마 결혼 못 했지? 그렇지?"

---

    * 喝西北風, '서북풍을 마시다': 중국에서 '굶주리다, 굶어 죽다, 입에 거미줄을 치다' 등의 뜻을 가진 속어.

"뭐?" 위저우저우는 머릿속이 새하얘졌다.

"우리 엄마가 나보고 학교에서 너 모른 척하라더라. 우리 아빠한테 나쁜 영향을 끼칠 거라고. 그치만 그날 엄마가 얘기하는 걸 들었어. 그 사람이 너네 엄마랑 결혼하길 꺼린다고. 너네 엄마가 그 사람 붙잡고 한참을 얘기했는데도 결국 차여서 결혼을 못 하게 됐다고 말야!"

위저우저우의 손발이 얼음처럼 차가워졌다. 그녀는 책가방 끈을 꽉 쥐고 입술을 깨물며 아무 말도 하지 않았다.

기억났다. 몇 년 전, 엄마가 그녀를 데리고 한 아저씨를 만나러 가서 세 사람이 함께 밥을 먹었다. 비록 그때는 아직 아무것도 모르던 때였지만 어렴풋이 그 아저씨가 엄마에게 구애하고 있다는 걸 알아챌 수 있었다. 저우저우는 이제껏 엄마가 세상에서 가장 아름다운 여자라고, 만화영화에 나오는 그 어떤 엄마보다 더 예쁘다고 생각했다. 이렇게 선녀 같은 엄마는 반드시 좋은 사람과 결혼해야 했다.

그 아저씨는 그들에게 무척 잘해주었다. 하지만 최근에는 확실히 본 적이 거의 없었다.

위저우저우는 한 번도 물어보지 않았다. 엄마가 그녀에게 그 아저씨가 좋으냐고 물어볼 때마다 위저우저우는 늘 힘껏 고개를 끄덕였다. 그녀는 다른 어른들이 떠들던 말을 기억하고 있었다. 부모가 재혼할 때 자녀가 가로막는 경우가 종종 있다고 말이다. 위저우저우는 자신이 그 장애물이 될까봐 늘 기회 있을 때마다 엄마에게 개의치 않는다고 안심시켜 주었다.

"넌 누군데?" 그녀가 고개를 들고 물었다.

"저우선란!" 린양이 씩씩거리며 계단 앞에 나타나서는 거칠게 저우선란의 옷깃을 잡았다. 그 동작에 위저우저우는 문득 떠오르는 게 있었다. 저번에 공청단 표창식 때, 모두가 웃고 떠드는 와중에 그녀의 엉덩이를 툭 치고 달아났다가 린양에게 뒷덜미를 잡힌 마르고 까무잡잡한 남자아이.

"네가 뭔데 멱살을 잡아? 내가 뭘 잘못했는데?" 저우선란의 목소리는 날카로웠다. 변성기가 일찍 왔는지, 마치 새끼 오리가 살려달라고 꽥꽥거리는 것만 같았다.

"수업도 끝났는데 여기서 뭘 어슬렁거리고 있어? 또 여자애들 괴롭히냐? 빨리 가!"

"린양, 이거 놔! 안 놓으면 엄마한테 이른다? 너네 엄마가 우리 엄마한테 약속했거든? 저번에 그 많은 사람들 앞에서 날 때렸을 때, 너네 엄마가 우리 엄마한테 사과까지 했다고. 그런데도 감히 내 멱살을 잡아? 맞고 싶어?!"

"왜 자꾸 엄마 얘기가 나와? 몇 살인데 아직까지 엄마한테 이른다고 하냐? 새끼, 쪽팔리지도 않냐?!"

위저우저우는 린양이 처음으로 쏟아내는 험한 말을 듣고, 아까 그 남자아이의 말 때문에 놀라 얼어붙었던 신경이 서서히 되살아났다. 그들의 대화 덕분에 위저우저우는 더는 막연하지 않았다.

이 저우선란이라는 애가 바로 그 사람의 아들이겠지.

그들이 이렇게 오랫동안 같은 학교에 다니고 있었다니, 그들이 '나쁜 영향'을 걱정하지 않았더라면 그녀의 세계는 진작에 이 남자아이와 그 배후의 사람에 의해 뒤죽박죽이 되었을 것이다.

위저우저우의 등에 난 식은땀이 하얀 교복 윗옷에 스며들었다. 그녀는 창턱에 기대어 린양과 저우선란이 서로 으르렁거리는 걸 멍하니 바라봤다.

"린양, 네가 뭔데 참견이야? 아하, 알겠네. 너 위저우저우 좋아하지, 그렇지?" 저우선란이 히죽거리며 머리를 흔들었다. "너 위저우저우 좋아하잖아. 위저우저우는 사생아야!"

똑같은 호칭이 윗세대에서 다음 세대로 전해졌고, 멸시와 악독함은 유산보다 훨씬 더 쉽게 계승되었다.

말이 끝나기도 전에 린양의 주먹이 먼저 날아갔다.

"쟤가 사생아면 넌 애초부터 쓸모없는 자식이야!"

린양 인생에 딱 두 번 등장한 욕은 모두 저우선란에게 바쳐졌다. 그들은 한데 엉켜 계단 위쪽에서 위저우저우의 발 옆까지 굴러왔다.

위저우저우는 그저 묵묵히 계단실에 서며 그들을 보며 한마디도 하지 않았다. 냉랭한 눈빛으로 바닥 타일을 주시하는 그녀의 눈동자에 물기라곤 전혀 보이지 않았다.

린양, 쟬 때려죽여 버려.

위저우저우는 자리에 앉아 얼굴을 살짝 붉힌 채 린양이

엄마에게 혼이 나며 저우선란에게 사과하는 걸 봤다. 코가 시퍼레지고 눈이 퉁퉁 부은 저우선란은 뭔가 말하고 싶어 했지만, 입이 벌려지지 않아서 조그만 눈으로 분노의 불꽃만 쏘아댔다. 당직하던 미술 선생님이 옆에서 상황을 수습하려 애쓰고 있었다. 주변의 시끌벅적함 속에서 오직 위저우저우 혼자 문 앞 작은 의자에 앉아 그들을 바라봤다.

위저우저우는 마음이 무척 괴로웠고 무척 당황스러웠다. 아까 그 분노와 억울함이 뒤섞인 감정 때문에 그녀는 자제력을 잃고 린양이 저우선란을 때릴 때 큰 소리로 "힘내"하고 외치고 싶었지만, 그저 멍하니 서 있기만 했고 그들을 말리지도 않았다. 지금은 비로소 진정되었다. 고개를 들어 차가운 백색 불빛과 불빛 아래에 그다지 진실되어 보이지 않는 린양과 저우선란을 보면서 그녀는 마침내 정신이 번쩍 들었다.

사고 쳤다.

위저우저우는 아무 말도 나오지 않아, 그저 고집스러운 표정으로 고개를 숙인 린양을 미안한 눈빛으로 바라볼 수밖에 없었다. 화가 단단히 난 린양 엄마는 린양을 혼내면서도 수시로 위저우저우에게 칼날 같은 눈빛을 쏘아댔다. 위저우저우는 고개를 숙이고 자신의 보라색 구두의 끈만 쳐다보다가 왼쪽 구두끈 위에 갈라진 자국이 하나 생긴 걸 발견했다. 그다지 또렷하진 않았다. 그녀는 그 옅게 갈라진 자국을 뚫어져라 바라봤다. 너무 긴장하고 집중해서인지 보다 보니 뒤통수가 지끈거렸다.

"위칭, 너무 걱정 말아요. 지금 바로 란란을 병원으로 데려갈 테니까. 내가 우리 집 작은 어르신 때문에 정말 화가 나서 미치겠어요. 요 며칠 애가 우리랑도 싸우고 할아버지, 할머니랑도 싸운다니까요. 집에서만 말썽을 부리면 그나마 낫지. 올림피아드 수업에서까지, 란란까지 괴롭히고 말이에요. 아무래도 상 하나 받았다고 우쭐해서 애가 이상해진 것 같은데, 이따 집에 가서 혼쭐을 내야지 안 되겠어요! 자자, 화가라앉히고요. 내가 지금 바로 운전해서 제2성립병원으로 데려갈 테니까, 자기는 회의부터 다녀와요."

위저우저우는 고개를 숙이고 린양 엄마가 통화하는 걸 들으며 린양 엄마와 그 여자가 서로 아는 사이라는 걸 쉽게 추리할 수 있었다. 어쩌면 아주 친한 사이일지도 몰랐다.

그 순간 위저우저우는 심장이 멈춘 느낌이었지만, 머릿속은 이상하리만치 또렷하기만 했다.

그래서 장찬이 알고 있었고, 링샹첸이 알고 있었고, 린양도…… 분명 알고 있을 것이다.

그래서 아주 오래전에 그들은 이렇게 말했던 것이다. "우리 엄마가 너랑 가까이 지내지 말래."

방금까지 위저우저우의 눈시울에 그렁그렁하던 눈물이 순간 말라붙었다. 고개를 들자 심장이 튀어나올 것처럼 쿵쿵거리는 게 느껴졌지만, 오히려 완전히 차분해졌다.

옆에서 상황을 수습하다가 지친 미술 선생님은 전쟁의 불씨를 위저우저우에게까지 퍼뜨렸다. "거기 꼬마 아가씨, 위저우저우 맞지? 이리 와, 와서 같이 사과해. 네가 아니었으면 일이 이렇게까지 안 커졌잖아. 얼른 와서 일 마무리 짓도록 하자."

왜 나보고 사과하라고 하지?! 위저우저우는 일어나 마침내 용기를 내어 현장에 있는 사람들을 한 사람 한 사람 똑바로 쳐다봤다.

그녀는 린양 엄마의 눈빛을 기억했다. 처음 린양 엄마를 봤을 때, 그러니까 그녀가 도시락의 토마토계란국물로 귀한 아들을 연루시켰을 때, 린양 엄마는 교양 있으면서도 아이를 무척이나 보호하는 학부모였으므로 자제하려는 마음과 비난을 퍼부으려는 마음이 서로 대치하며 지극히 복잡한 눈빛을 하고 있었다.

오늘, 그녀의 눈빛은 똑같이 복잡했지만, 이번에는 비난과 원망, 분노가 더 많았다.

고개를 숙이고 분쟁을 끝내야 할까, 아니면 절대로 잘못을 인정하지 말아야 할까?

위저우저우는 처음으로 무척 두려움을 느꼈지만 반드시 허리를 곧게 펴야 했다.

"저우저우랑은 상관없어요. 다 내가 잘못한 거예요!" 린양이 얼굴을 들고 외쳤지만, 린양 엄마에게 호되게 뒤통수를 한 대 맞고 말았다. 린양은 순간 말을 잃고 뒤통수를 감싼 채 고개를 숙이고 입술을 깨물었다. 울지 않으려고 최대한

참는 것 같았다.

린양 엄마는 손을 내렸다. 아들을 보는 눈빛에 후회와 안타까움이 가득 담겨 있었지만, 그래도 지극히 엄숙하고 화가 난 표정을 지었다.

벽에 기대어 있던 위저우저우의 입가에 별안간 냉소가 떠올랐다.

그녀는 두 어른이 지켜보는 가운데 저우선란의 앞으로 걸어갔다.

미안해. 위저우저우는 허리를 숙이고 조그맣게 말했다.

4.
문어

위저우저우는 저녁의 〈슬램덩크〉를 포기하고 "미안해"라는 한마디를 함으로써 학교에서 강제로 구매한 '화뤄겅 수학 올림피아드' 교재 한 권과 많은 연습 문제가 절반 정도만 적힌 노트를 얻었다.

위팅팅이 위저우저우와 말을 하지 않은 지도 아주 오래되었다.

그 유리 사과 사건이 끝나고 얼마 되지 않아서였다. 위팅팅은 씩씩거리며 위저우저우의 방으로 쳐들어와 그녀를 한참 손가락질했지만, 끝내 아무 말도 하지 못했다. 어쩌면 무슨 말을 해야 하는지 몰라서였을 것이다. 위팅팅은 위저우저우가 그 사과의 주인을 사칭했다고 생각하곤 따질 생각이었으나, 그 사과가 실은 자신이 준 거라는 걸 큰 소리로 선포하기에는 부끄러웠다.

그런데 위저우저우가 고개를 갸우뚱하며 웃더니, 당시 상황을 처음부터 끝까지 설명해주는 것 아닌가.

"그래서 넌 어쩌다 린양의 생일을 잘못 기억한 거야?"

위팅팅은 한마디도 못하고 고개를 숙였다. 콩알만 한 눈물이 뺨을 타고 굴러 떨어졌다. "걔네들이 그렇게 말했어."

말끝에 울음기가 짙게 묻어 있었다. 위저우저우는 침울했다. 어쩐지, 그래서 여자애들은 예상했던 선물을 보고 그렇게나 흥분해서는 보란 듯이 운동장으로 들고 와 모두에게 보여주었던 거였다.

위팅팅은 그 후로 무척 말수가 적어졌고, 줄곧 책이라곤 보지 않더니 갑자기 어떤 소설에 확 꽂혀서는 위저우저우에게 열렬히 추천하기까지 했다.

위저우저우는 위팅팅의 책상 앞으로 다가가 수학책 밑에 감춰진 표지를 그녀처럼 몰래 힐끔거렸다. 위에 적힌 제목이 무척 눈에 띄었다.

『꽃의 계절, 비의 계절花季雨季』.

"무슨 얘기야?"

"고등학생들 얘기야."

위저우저우는 입을 쩍 벌렸다. "재밌어?"

위팅팅은 이런 따분한 질문을 무시한 채 나지막하게 한숨을 내쉬며 오른손으로 책 표지를 살살 어루만졌다. "이제 막 주인공 신란이 일하던 곳을 떠나는 부분을 봤어. 신란은 떠나면서 우는데, 자기 자신도 왜 우는지 몰라."

위저우저우는 『꽃의 계절, 비의 계절』을 본 적은 없었지만, 책의 모든 내용이 이미 위팅팅의 얼굴에 쓰여 있는 것만 같았다.

환상에 빠진 듯한 그런 표정이라니, 마치 이미 또 다른 세계로 가버린 듯했다.

"팅팅, 너…… 린양 좋아해?" 위저우저우는 뒷짐을 지고 고개를 갸우뚱하게 기울이며, 『꽃의 계절, 비의 계절』에서 화제를 돌리려고 했다. 그 질문을 던졌을 때, 자신의 마음속에서도 북소리가 울렸다. 위저우저우는 얼른 팅팅의 눈을 뚫어져라 바라보며 가슴 안쪽의 콩닥거리는 소리를 무시했다.

그런데 위팅팅은 이미 유리 사과의 그늘에서 벗어난 듯, 두 손으로 턱을 받친 채 창밖을 바라보며 오른손 검지 끝으로 표지에 쓰여 있는 글자를 그리는 듯 마는 듯 따라 썼다.

"우린 그냥 친구야." 위팅팅이 말했다.

여러 해가 지난 후, 위저우저우는 위팅팅이 그 말을 할 때의 유치한 말투와 가식적인 표정을 떠올릴 때마다 웃음을 터뜨렸다. 그렇게나 정색하면서 짐짓 담담한 척 가식을 떨면서도 더할 나위 없이 진실했다. 슬픔 속의 절반은 모방이었고 절반은, 진짜 속상함이었다.

그러나 당시 위저우저우는 아주 확실한 충격을 받고 멍하니 서 있을 수밖에 없었다. 마음속 가득 설명하기 힘든 기분이 일었다.

아마도 부러움인 것 같았다.

그녀는 위팅팅의 그런 자태는 분명 그 신기한『꽃의 계절, 비의 계절』에서 유래했으리라고 확신했다. 그 책은 이렇게 위팅팅을 변화시켰고, 위팅팅이 꿈꾸는 듯한 표정으로 위저우저우를 무시하며 멀어지게 만들었다. 위팅팅의 눈빛은 지극히 멀고도 먼 곳을 향해 있었고 위저우저우, 링샹첸 등을 모조리 허구의 배경으로 만들었다.

하지만 지금 위팅팅에 대한 위저우저우의 부러움은 이미 『꽃의 계절, 비의 계절』을 뛰어넘었다. 위팅팅은 1반 선생님이 수학 올림피아드반으로 가라고 한 말을 듣지 않았다. 그녀의 호적으로는 최소한 8중에 진학할 수 있었으니 굳이 입학시험을 치를 필요가 없었던 것이다.

난 수학 올림피아드 문제를 풀 줄 모르고, 영어도 배워본 적 없는데. 위저우저우는 고개를 숙이고 손에 들린 수학 올림피아드 교재를 넘겨 보며 차례를 훑어봤다. '우리에 갇힌 닭과 토끼 문제', '나무 심기 문제', '합을 구하는 문제', '배수와 차로 구하는 문제'……. 그녀는 빼곡히 적힌 글자들에 무너져 어디서부터 시작해야 할지 알 수 없었다. 방 안에는 벽에 걸린 쿼츠 시계의 똑딱거리는 소리만 들려왔다. 심각한 갈등에 빠진 위저우저우의 이마에도 미세한 땀방울이 솟아났다.

어떡하지……. 이제 곧 6학년이고, 기말고사가 있고, 첼로 9급 시험도 있는데, 난 어떡하지?

눈을 감으니 다시 그 키 작은 저우선란이 눈을 가늘게 뜨고 째려보는 모습과 눈이 빨개진 린양이 고개를 숙이고 그녀 곁을 지나갈 때 스쳐간 부드러운 바람이 떠올랐다.

난 왜 이렇게 멍청할까? 위저우저우는 넓은 의자에서 미끄러져 내려와 바닥에 쪼그리고 앉았다. 방금 가출했던 눈물이 지금 뺨을 따라 툭, 툭 흘러내렸다. 두 팔로 몸을 감싸니 별안간 모든 기대가 무너지는 느낌이 들었다.

마음속에 드리워진 당황스러움은 아직도 누그러지지 않았다. 그녀는 여전히 무서웠다. 내일 학교에 갔을 때 위 선생님이 저녁때 저우선란이 맞은 일로 그녀를 혼낼까 봐 무서웠고, 린양이 그녀 때문에 처분을 받을까 봐 무서웠고, 저우선란 집안사람이 엄마를 찾아와 곤란하게 할까 봐 무서웠고, 자신이 수학 올림피아드 문제를 못 풀어서 좋은 중학교에 입학하지 못할까 봐 무서웠고, 또⋯⋯.

생각은 어느새 초등학교 1학년 때 무대 위에 서서 트로피를 안고 린양 아빠가 들고 있는 사진기를 향해 미소 짓던 그 순간으로 흘러갔다. 기억하기론, 플래시 불빛이 그녀의 눈동자에 비춰준 미래는 대단히 화려하고 밝게 빛났다. 하지만 아무도 알려주지 않았다. 빛이 눈부실수록 잡을 수 없다는 걸.

지금의 그녀는 위 선생님에게 '너무 멍청하고 아무것도 아닌 애'라고 혼나던 어린 시절과 근본적으로 다를 게 없었다.

위저우저우는 침대보를 꽉 쥐고 정상적인 5학년 아이처럼 펑펑 울었다.

다만 소리를 낼 수는 없었다.

얼마나 흘렀을까. 마침내 울다 지친 그녀는 수건으로 얼굴을 닦고 코를 들이마신 뒤 일어나 스탠드 밑에 조용히 누워 있는 그 수학책을 보며 천천히 눈을 감았다.

북산고 농구팀은 항상 궁지에 몰린 후에야 폭발적으로 실력을 발휘했다. 위저우저우는 안경 선배 권준호처럼 말했다. "시합은, 지금부터가 진짜 시작이야."

아직 5분이 남아 있긴 하지만, 주인공의 코스모가 폭발하기만 한다면 앞부분은 아무것도 아니었다.

시합은, 지금부터가 진짜 시작이다.

위저우저우는 그 순간 비로소 천안이 했던 말을 이해할 수 있었다. 현실은 만화영화보다 훨씬 잔혹하고 다채롭다고 말이다. 위저우저우가 마주한 적수는 다리가 여러 개 달린 커다란 문어 같았다. 하지만 그녀는 무섭지 않았다.

투지로 가득 차오른 위저우저우의 작은 얼굴이 새빨갛게 달아올랐고, 귓가에는 〈슬램덩크〉의 오프닝곡이 맴돌았다. 그녀는 손에 쥔 곰돌이 푸 샤프를 꽉 쥐고 '우리에 갇힌 닭과 토끼' 문제가 실린 페이지를 펼쳤다.

10분 후.

위저우저우는 바닥에 쭈그리고 앉아 계속 울었다.

그녀는 잊고 있었다. 만화영화 속 크리미 마미도 수학 문제를 풀 줄 몰랐고, 세인트 세이야도 수학을 공부하지 않았다. 그리고 강백호는 낙제왕이었다.

왜 난 봐도 이해가 가지 않을까? 위저우저우는 다시 책상 앞으로 기어가 속으로 되뇌었다. 너무 조급하게 굴었던 것뿐이야. 천천히 하자. 분명 적의 허점을 찾아낼 수 있을 거야!

…… 10분 후.

적은 허점이라곤 전혀 없었다.

위저우저우는 무력하게 손을 늘어뜨렸다. 처음 알았다. 세상에는 자신의 아버지가 누구인지보다 훨씬 더 사람을 무력하게 만드는 것도 있다는 걸. 그것의 이름은 바로 수학 올림피아드였다.

난 좋은 중학교에 못 가고, 좋은 고등학교에 못 가고, 대학에도 못 갈 거야……. 위저우저우는 처음으로 현실의 잔혹함이 자신과 이렇게나 가까이 있다는 걸 깨달았다. 그 문어발의 흡착판까지 또렷하게 보일 정도로 가까웠다.

창백한 등불 아래, 위저우저우는 새 수학 올림피아드 교재를 품에 안고 계속 살아가는 게 진짜로 의미 있는 일인지 묵묵히 생각에 잠겼다.

갑자기 전화벨 소리가 울렸다. 외할머니가 전화 받는 목소리가 거실에서 들려왔다. 1분 후, 위저우저우는 노크 소리를 들었다.

"저우저우, 너 찾는 전화구나."

위저우저우가 얼른 얼굴의 눈물을 닦고 문을 열어 거실로 달려갔다.

"여보세요?"

"저우저우니? 나 천안이야."

위저우저우는 별안간 마음속 깊은 곳에 청량한 감로수가 주입되는 걸 느꼈다.

"응." 그녀가 수화기를 꽉 잡았다.

"저우저우, 지금 부모님이 널 제2성립병원으로 데려다주실 수 있을까?" 천안의 목소리는 텅 빈 곳에서 울려 퍼지는 듯이 무척이나 멀게 느껴졌다.

"왜?"

"구 선생님, 아무래도 힘드실 것 같아."

5.
좋은 사람

위저우저우는 외할머니에게 상황을 설명한 후, 위링링의 방으로 달려갔다. 셋째 외삼촌에게 제2성립병원까지 데려다 달라고 부탁할 생각이었다.

그런데 문 앞에 다다르자 목소리를 낮추고 다투는 소리가 어렴풋이 들렸다.

"내가 애를 단속할 때마다 당신은 항상 날 말리고 들지. 그러면서 애 교육은 시키지 않고 종일 그 친구 무리랑 밖에서 죽어라고 술만 마시잖아. 당신이 술 마시는 거 나 안 말려. 하지만 남들은 사업 때문에, 집에 돈 벌어다 주려고 술을 마시는데 자기는 뭐야? 애가 갈수록 당신 집안사람들이랑 똑같아지잖아. 고집은 죽어라 세지, 하루 종일 엉뚱한 생각에만 빠져서 할 일은 안 하고 이런 사랑이 어쩌고저쩌고 하는 쓸데없는 책만 본다니까. 당신은 애가 대학도 못 가서 그 작은고모처럼 되는 걸 뻔히 지켜볼 참이야?!"

위저우저우는 '작은고모'라는 말을 듣자마자 문 앞에서 뒷걸음을 쳤고, 부끄럽고도 분한 듯이 문손잡이를 노려보며 한참을 생각하다가 결국엔 자신의 방으로 되돌아갔다.

위팅팅은 엄마, 아빠와 함께 밥을 먹으러 나가서 위저우저우에겐 다른 방법이 없었다. 구 선생님을 만나러 급히 병원으로 가야 했기에, 거실에서 텔레비전을 보는 외할머니를 귀찮게 하지 않고 조용히 외투를 입은 후, 서랍에서 100위안짜리 지폐를 꺼내 바지 주머니에 넣고 문을 열어 잽싸게 나갔다.

처음으로 혼자 택시를 타보는 위저우저우는 뒷좌석에 앉았다. 머릿속에서는 석간신문 귀퉁이에서 본 강도 살인사건에 대한 보도가 뒤죽박죽 반복해서 떠올랐다. 위저우저우는 문손잡이를 손으로 꽉 잡고 언제든지 차에서 뛰어내릴 준비를 했다.

아니면…… 아니면 만약 이 인상이 좋지 않은 털보 기사 아저씨가 진짜로 악당이고 그녀가 그를 제압한다면…… 신문에 실린 용감한 시민처럼 모범 소선 대원으로 뽑혀 사대부중에 추천입학으로 들어갈 수 있지 않을까?

위저우저우는 갑자기 흥분되었다.

악당 아저씨, 도와주세요!

그녀가 창문을 보며 여전히 환상에 빠져 있을 때, 별안간 택시가 급정거를 하는 바람에 조수석 등받이에 부딪히고 말

434

았다.

"다 왔다." 털보 아저씨가 간단명료하게 말했다.

위저우저우의 아름다운 상상은 의자 등받이에 부딪혀 산산조각 났다. 그녀는 다시 몸을 똑바로 세우고 앉아 차 문을 열었다.

"꼬마 아가씨, 돈 내놔!"

위저우저우는 나가려던 자세 그대로 멈춘 채, 살짝 긴장한 듯 바지 주머니 위를 감쌌다. 100위안짜리 지폐가 허리춤에서 화끈거렸다.

"저……, 아저씨……, 저는 돈을 많이 안 가져왔는데요……."

위저우저우와 아저씨는 서로를 멀뚱히 마주 보았고, 몇 초 후 아저씨가 하하 웃음을 터뜨렸다.

"넌 돈을 많이 가져오지 않았고, 나도 많이 원하는 거 아냐. 10위안, 잔돈은 빼주마. 너도 공짜로 택시를 타면 안 되지. 우리 둘 중에 대체 누가 강도짓을 하는 거냐?"

위저우저우는 얼굴이 화끈거릴 정도로 달아올라 머리 위로 김이 모락모락 피어올랐다. 그녀가 100위안짜리 지폐를 건네자, 아저씨는 주황색 차량 실내등 밑에서 그 돈이 위폐가 아닌지 간단히 살펴보고는 거스름돈으로 90위안을 건넸다.

방금 엉뚱한 생각을 하고 괜히 한바탕 놀란 덕분에 위저우저우는 수학 올림피아드 때문에 가라앉았던 기분에서 벗어났지만, 제2성립병원에 들어서자마자 얼굴에 확 끼쳐오는 소독약 냄새와 창백한 불빛 때문에 대번에 또 다른 혼돈에 빠져들었다.

구 선생님이 힘드실 것 같아. 아주 간단하고도 잔혹한 사실.

사람의 감정은 4월의 날씨처럼 수시로 변덕을 부렸다. 위저우저우는 한 번도 가까이서 죽음을 접해본 적 없었지만, 인류의 가장 본능적인 반응인 듯 '죽음'이라는 단어를 떠올리기만 해도 눈물이 봇물 터지듯 흘러나왔다.

간호사가 알려준 길을 따라 그녀는 5층으로 뛰어 올라가 중환자실 복도에 도착했다.

이런 상황에서도 위저우저우는 여전히 엉뚱한 생각에 빠져 있었다. 그게 구 할아버지를 존중하지 않는 행동이라는 걸 알면서도 자제할 수가 없었다. 머릿속에서는 흰 가운을 입은 의사들이 응급실에서 걸어 나와 마스크를 벗으며 말했다. "저희도 최선을 다했습니다만……." 그리고 모든 학생들이 병상 주변에 모여 흑흑 우는 장면으로 바뀌었다. 구 선생님은 힘겹게 마지막 당부의 말을 하면서 자상하게 그들의 머리를 토닥이고…….

위저우저우는 곧 드라마는 모두 사기라는 걸 깨달았다.

중환자실 바깥은 조금도 황량하거나 고요하지 않았고, 긴장이 감돌지도 않았다. 심지어 무리 지어 서서 눈물을 흘리는 학생들도 없었다.

오직 천안 혼자서 하얀 셔츠 차림으로 거기 서 있었다. 마치 말세의 천사처럼 보였다.

"저우저우? 혼자 온 거야?"

위저우저우는 거친 숨을 몰아쉬며 손바닥으로 무릎을 짚었다. 힘들어서 말이 나오지 않아 그저 고개만 끄덕였다.

"이렇게 늦은 시간인데 위험하게. 내가 너네 집에 전화해 줄게." 천안은 말하면서 크기가 작지 않은 검은색 휴대폰을 꺼내 전화번호를 눌렀다. 위저우저우는 엄마 손에서도 비슷한 휴대폰을 본 적 있었고, 그 휴대폰으로 뱀 꼬리 잡기 게임을 한 적 있었다.

"네, 걱정 마세요. 아마 너무 다급해서 혼자 뛰쳐나왔나 봐요. 다행히 위험한 일은 없었고요. 네네, 제가 데려다줄 거니까 마음 놓으세요. 그래도 걱정되시면 언제든지 제 휴대폰으로 전화 주시고요. 네, 제 이름은 천안이고요, 번호는 139xxxxxxxx……."

천안은 전화를 끊고 위저우저우의 머리를 쓰다듬으며 말했다. "다음엔 절대로 이러지 마."

위저우저우는 입술을 꾹 다물고 고개를 끄덕였다. "나도 어쩔 수 없었어."

천안은 그녀를 이상하다는 듯이 바라보며 잠시 생각하더니, 더는 추궁하지 않고 그저 유리문만 가리켰다. "구 선생님이 혼수상태셔서 응급처치 중이야."

위저우저우는 까치발을 하고 유리문 안쪽을 한참 바라봤

지만 아무것도 보이지 않았다.

"어째서 우리뿐이야? 다른 사람들은?"

"또 누가 있겠어?" 천안은 고개를 숙이고 그녀를 바라봤다.

그래, 또 누가 있을까? 구 선생님에게는 자녀가 없었고, 부인은 유선암으로 오래전에 세상을 떠났다. 소년궁은 그가 온 마음을 쏟아부은 곳이었고, 그는 가족이 없었다.

"다른 단원들은? 그리고 소년궁 선생님들은?"

"오케스트라 선생님 몇 분이 오셨는데 방금 근처로 옷을 사러 가셔서 아직 돌아오지 않으셨어."

"옷을 산다고?"

"수의."

"수의……사?"

천안은 웃었다. "사람이 죽으면 장례를 치르려고 입는 옷이야. 자신의 장례를…… 치르려고."

구 선생님은 아직 응급처치 중인데 수의는 벌써 마련되어 있었다.

"반드시 죽은 직후에 갈아입혀야 하거든. 안 그러면 몸이 딱딱하게 굳어서 나중에 수의를 입히기가 힘들어져."

천안의 목소리는 지극히 차분해서 아무런 감정도 느껴지지 않았다. 그는 여전히 옅은 미소를 띠고 있었지만 조금의 온도도 느껴지지 않았다. 위저우저우는 이렇게나 낯선 천안을 보며 살짝 당황했다. "오빠는…… 이런 절차를…… 아주 잘 아네?"

"아." 천안은 하던 생각이 끊겼는지 다시 원래 모습으로 돌아와 위저우저우를 보며 고개를 끄덕였다. "외할아버지가 돌아가셨을 때 내가 수의를 입혀드렸거든."

위저우저우는 무척 슬펐지만 무슨 말을 해야 할지 몰라 그저 멍하니 유리문만 바라보며 뻣뻣하게 말했다. "다른 학생들은 왜 안 와?"

"그 애들이 왜 와야 하는데?" 천안이 그녀를 냉정하게 바라봤다.

"다른 학생들은 오면 안 돼? 이렇게나…… 처량한데." 위저우저우는 작문에서만 써본 단어를 시험 삼아 말해봤다. "이건 너무 처량하잖아."

"그래, 확실히 그렇지. 와서 작별 인사를 하는 사람은 많을수록 좋고, 많을수록 따스하고, 많을수록 감동적이야." 천안의 말투는 살짝 빈정거리는 듯했고 심지어 약간의 분노도 담겨 있었지만, 위저우저우는 그가 자신을 겨냥하는 게 아니라는 걸 직감으로 알 수 있었다.

천안의 눈빛은 복도를 통과해 위저우저우가 모르는 영역에 도달해 있었다.

"하지만 아무리 따스하고 감동적이라도 죽은 사람과는 상관없는 일이야. 그런 건 다 살아 있는 사람들에게 보여지는 거니까. 응급실 밖에 두 명이 서 있든 이백 명이 서 있든 다를 바 없어. 죽은 사람은 볼 수도 없고, 슬픈 느낌도 안 들

테니까."

천안은 잠시 말을 멈추고 반쯤 쭈그려 앉아 위저우저우의 눈을 똑바로 들여다봤다. "슬퍼하는 건 사실 너야. 더구나 그것도 너뿐이고."

이런 모습의 천안은 무척이나 무서웠고, 불쌍하기도 했다. 위저우저우는 머리가 작동을 멈춘 것만 같았다. 천안이 하는 말을 이해할 수 없었지만, 이해할 수 있을 것 같기도 했다.

"그럼 오빠는 왜 날 오라고 한 거야?" 위저우저우가 쭈뼛 거리며 물었다.

"왜냐하면 넌 구 선생님을 진심으로 좋아하고, 구 선생님 도 널 좋아하니까."

"다른 사람은 구 선생님을 좋아하지 않아?"

천안은 알 수 없는 미소를 지으며 위저우저우를 다정하게 끌어안고 밑도 끝도 없이 물었다. "저우저우, 넌 구 선생님 이 어떤 사람 같아?"

"구 선생님은 좋은 사람이야." 위저우저우는 더없이 진지 하게 한 글자 한 글자 힘주어 말했다.

"그럼 좋은 사람은 어떤 사람인데?"

위저우저우는 어리둥절할 따름이었다. 천안의 웃는 얼굴 은 그렇게나 요원하고 아득하게만 보였다.

"이 세상에서 너한테 잘해주면 좋은 사람이고, 잘해주지 않으면 나쁜 사람이지." 천안이 그녀의 이마를 콕 찔렀다. "이렇게 간단한 거야."

"아냐!" 위저우저우는 살짝 분노했다. 이런 모습의 천안이 마음에 들지 않았다.

"좋은 사람은 모두 착하고, 아주…… 공정해. 다른 사람을 무시하지 않고, 편애하지도 않고, 게다가……." 위저우저우는 애써 머리를 짜내며 자신이 생각하는 좋은 사람을 정의했다. 한밤중의 텅 빈 복도에서, 희미하게 웃는 오빠에게 헛된 변론을 늘어놓았다.

"구 선생님은 널 친절하게 대했고, 너한테 공정했고, 널 무시하지 않았고, 편애하지도 않으셨어. 아니지, 편애하셨어, 널. 그래서 너한테 구 선생님은 좋은 사람인 거야. 하지만 만약 내가 이런 얘기를 하면 어떨까. 네가 나한테 투덜거렸던 다른 선생님들처럼 구 선생님도 뇌물을 받았고, 장래성 없는 애들한테 소년궁에서 꿈을 좇지 말라고 말리기는커녕 허풍을 떨면서 학부모들을 속였다면? 오케스트라 자리를 배치할 때도 공정하지 않고 편파적이었어. 많은 사람들은 구 선생님을 좋아하지 않아. 다른 사람들에게 구 선생님은 나쁜 사람이야."

위저우저우는 "거짓말!"이라고 소리치거나 눈물을 흘리며 달려나가지 않고 그저 조용히 서 있었다. 그녀는 천안의 말을 진지하게 생각하면서 다른 오케스트라 단원들이 구 선생님을 대하던 태도를 되새겨 봤다. 그리고 고개를 숙이고 신속하게 판단을 내렸다.

한참 후에야 고개를 든 위저우저우가 고집스럽게 말했다.
"나한테 좋은 사람인 걸로 충분해."

천안이 미소를 지었다. "이해한 것 같네."

위저우저우는 여전히 만화영화와 환상 세계에서의 순수한 흑백 선악을 기대했지만, 그 순간 그녀는 다른 방식으로 자신을 위로하는 법과 다른 방식으로 이 '다채롭고도 잔혹한' 세계를 보는 법을 배웠다.

그녀의 눈에 아무리 잔인하고 매정하고 이기적으로 보이는 사람이라도, 사실은 다른 누군가에게는 자신의 사랑과 열정을 쏟고 있을 것이다. 다만 그 누군가가 그녀 자신이 아닐 뿐. 마치 반의 많은 학생들이 위 선생님을 책임감 있고 다정한 좋은 선생님이라고 보는 것처럼 말이다. 설령 그게 환상이라 할지라도, 굳이 깰 필요는 없다.

"천안 오빠, 오빠는 구 선생님이 좋은 사람인 것 같아?"

천안은 고개를 돌려 그녀의 어깨를 다정하게 토닥였다.

"선생님은 나한테 무척 잘해주셨어." 천안이 말했다.

천안은 줄곧 흑백에 속하지 않는 외곽에서 조용히 방관하는 사람이었다.

이번에 그는 위저우저우도 관람석 위로 끌어 올려줬다.

비록 위저우저우는 그가 어째서 자신에게 손을 내밀었는지를 줄곧 몰랐지만 말이다.

6.
이별은 조금씩 죽어가는 것

    소년궁 선생님 몇 명이 도착했을 때 마침 의사들이 문을 열고 나왔다. 위저우저우는 입구에서 문 안쪽을 들여다봤다가, 구 선생님이 마치 펄떡거리는 잉어처럼 의사들의 손에 들린 두 개의 커다란 흡판에 '흡입'되어 일어났다가 다시금 육중하게 떨어지는 모습을 봤다. 그의 가냘프고 창백한 가슴에는 갈비뼈가 또렷하게 드러나 있었다. 위저우저우는 놀라 입을 틀어막고 고개를 들어 도움을 요청하듯 천안을 바라봤다.

    "전기 충격일 뿐이야. 무서워할 것 없어."

    천안은 여전히 지극히 다정했지만, 그 순간 위저우저우는 문득 그가 아주 어릴 적 봤던 달 같다는 느낌이 들었다. 오후의 달은 만져지지 않을 정도로 연해도, 마치 홀린 듯이 오랫동안 바라보게 하는 힘이 있었다.

"옷은 다 준비되셨어요?" 심폐소생술을 하느라 얼굴이 온통 땀범벅이 된 의사가 땀을 닦으며 선생님들에게 물었다. 한 여자 선생님이 그에게 콜라 한 병을 건네면서 웃으며 말했다. "의사 선생님, 이거 방금 사 온 건데 목 좀 축이고 좀 쉬세요."

앞에 있는 사람들이 모두 구 선생님의 가족이 아니어서인지, 의사의 말도 무척이나 직설적이었다. 그는 콜라병을 열어 꿀꺽꿀꺽 마신 뒤 코를 찡그리며 말했다. "아무래도 어려울 것 같습니다. 이제 준비하시죠."

그 말은 마치 사신에게 보내는 신호와도 같았다. 위저우저우는 문 앞으로 달려가 문가에 붙어 안쪽을 빤히 바라보다가, 구 선생님이 눈을 뜨고 그녀를 똑바로 바라보는 걸 보고 말았다.

말라붙은 눈에 마지막 광채가 번뜩였고, 위저우저우는 순간 눈물을 펑펑 쏟았다.

"할아버지가 하실 말씀이 있으신 거 같아!" 그녀가 몸을 돌려 큰 소리로 외쳤다. "할아버지 얼굴에 있는 마스크 좀 떼어주세요!"

천안은 위로하듯 그녀의 어깨를 다독였다. "저우저우, 진정해."

하지만 할아버지는 할 말을 못 하고 있는걸. 위저우저우는 흐느끼며 천안의 소매를 꽉 잡았다. 바쁘게 움직이던 의사와 간호사들이 눈물로 흐릿해진 시야 속에서 모두 멈췄는가 싶더니, 구 선생님의 몸에 달려 있던 각종 호스와 기기들을 떼어내고는 옆에 있던 선생님들에게 몇 마디 건넸다.

"천안, 애 데리고 밖에서 기다리렴. 우리가 들어가서 수습하마."

천안은 위저우저우를 안고 그녀의 머리를 살살 토닥였다.

"죽음은 멀리 떠난 거랑 다를 바 없어. 다시는 못 보는 것뿐이야. 그러니까 구 선생님이 그냥 멀리 떠난 거라고 생각해. 어렸을 때 친구들이나 곧 다른 중학교로 떠날 친구들처럼, 모든 건 그저 사라질 뿐이야."

"달라." 위저우저우가 고집스레 고개를 저었다. "그 사람들은 어쩌면 다시 만날 수도, 만나지 못할 수도 있잖아. 하지만 죽은 사람에게는 이제 '어쩌면'이라는 게 없다고."

말문이 막힌 천안은 그저 머쓱하게 웃었다. "대다수의 '어쩌면'은 다 거짓말이야."

약 30분 후, 구 선생님의 시신은 영안실로 이동할 준비를 마쳤다. 위저우저우는 쭈뼛쭈뼛 병상 옆으로 다가갔다가 침대 위에 누워 있는 사람의 얼굴이 너무나도 낯선 것에 경악하고 말았다.

"이건……."

"사람은 죽으면 모습이 변해. 네가 커서 지식을 많이 쌓게 되면 알게 될 거야."

위저우저우의 눈물이 순식간에 쏙 들어갔다. 이렇게 낯선 얼굴을 마주하자 눈물이 나오지 않았다.

눈물이 쏙 들어간 사실에 위저우저우는 무척이나 당황스러웠다. 울지 않는 건 냉혈한이라는 걸 의미했고, 효의 정신이나 예의에도 맞지 않았고, 또……. 이런 걱정들 때문에 그녀는 필사적으로 눈물을 짜내려고 애쓰면서, 머릿속으로는 옛날에 구 선생님이 그녀가 새로 산 첼로 현에 미세조절기를 달아주면서 몸을 굽히고 빙그레 웃던 모습과 무대 위에 섰을 때 그 무한히 쓸쓸해 보이던 구부러진 뒷모습을 끊임없이 떠올렸다. …… 그저 미친 듯이 회상할 뿐이었다. 회상을 위한 회상이 아니라, 그저 잃어버린 슬픔을 불러일으키고 싶을 따름이었다.

위저우저우는 고개를 숙였다. 천안의 숙연한 옆모습이 그녀를 더욱 부끄럽게 만들었기에 감히 고개를 들어 갑자기 말라붙은 두 눈을 들키고 싶지 않았다.

"눈물이 안 나오면 억지로 짜내진 마."

그런데 우습게도 그 다정한 말이 위저우저우의 눈물 꼭지를 순식간에 열어버렸다. 구 선생님에 대한 추모 때문이 아니라 순전히 다급해서 나온 울음이었다.

"구 선생님은 늘 네 그 작은 마음을 잘 아셨으니까 이해해주실 거야."

천안은 정말이지 눈물을 이끌어낼 줄 알았다. 위저우저우는 그 뭉클한 말을 듣고 눈물이 그렁그렁해서 무한히 감격해하며 그를 바라보다가, 다시 병상 위에 누워 있는 낯선 사람을 바라봤다.

장례식 때 소년궁은 구 선생님의 체면을 충분히 세워주었다. 빼곡하게 들어찬 화환 바다와 강제로 장례식에 참석해 '제자들이 아주 많다'는 걸 증명해줄 북적거리는 학생들…… 위저우저우는 천안 곁에 기대어 그의 팔을 꽉 잡은 채, 혹시라도 사람들에게 자신이 울지 않는 걸 들킬까 봐 고개를 숙였다.

위저우저우는 몸의 어떤 기능이 잠시 고장 난 것만 같았지만, 자신도 눈치채지 못한 순간에 다시 제자리로 돌아와 다시금 일을 하기 시작했다. 어느 일요일 아침, 일찌감치 텅 빈 오케스트라 연습실에 도착한 위저우저우가 책가방을 내려놓고 차디차게 식은 난방기 앞으로 걸어가 섰을 때, 불현듯 시공이 뒤엉킨 듯한 위화감을 느꼈다.

그녀는 손을 뻗었다. 새하얀 손등과 가늘고 긴 손가락을 난방기 위에 살며시 내려놓았는데 조금의 열기도 느껴지지 않았다.

별안간 등 뒤에서 문이 끼이익 열리는 소리가 났다. 위저우저우가 홱 돌아보자, 어느 틈에 한 쌍의 커다란 손이 그녀의 심장을 거칠게 움켜쥐었다.

사무실 문이 천천히 열렸다. 위저우저우는 긴장해서 숨을 들이켜며 눈을 휘둥그렇게 뜨고 문틈으로 들어오는 미약한 불빛을 주시했다.

"있죠, 애는 일단 저한테 보내세요. 형수님한테는 걱정

마시라고 하고요. 우리 사이에 뭘 그렇게 사양하고 그럽니
까…….”

배가 불룩 나온 신임 단장이 문을 밀고 걸어 들어와 로비
입구 쪽으로 걸어가며 큰 소리로 통화를 하고 있었다.

거칠고 투박한 목소리가 멀어지자, 연습실 문이 쾅 하고
닫혔다. 위저우저우는 사무실의 그 여전히 끼익거리는 나무
문을 멍하니 바라보다가 별안간 아래턱이 차가워지는 걸 느
꼈다.

손을 뻗어 쓱 닦아보니 눈물이었다.

결국, 눈물이 나왔나?

총애하는 눈빛으로 뒷짐을 지고 빙그레 웃으며 “저우저
우, 지난주에 첼로 연습을 열심히 하지 않은 거냐?”라고 묻
는 사람은 이제 더는 없었다.

곁에 서서 그녀와 함께 난방기에 손을 녹이고, 구부러진
뒷모습으로 창문에 두껍게 얼어붙은 서리를 바라보며 한숨
을 내쉬는 사람은 이제 더는 없었다.

이제 다시는 없을 ‘어쩌면’.

멀리 떠난 그 사람은 다시는 돌아오지 않을 것이다.

“저기, 벌써 송진을 네 번이나 발랐어. 활이 너무 뻑뻑하
지 않을까?”

위저우저우는 고개를 갸웃거리며 옆에 있는 여자아이에
게 물었다. 여자아이는 한 시간 전부터 계속해서 자신의 바

이올린을 가만 놔두지 못하고 있었다. 피아노 음에 맞춰서 A 현을 대여섯 번 조정하고, 화음을 몇 개 켜고 나서는 활에서 악기 위로 떨어진 송진가루를 마른 수건으로 신경질적으로 닦아냈고, 그런 다음 장방형의 조그만 상자를 꺼내서는 활의 약간 누렇게 변색된 말총 위에 왔다 갔다 힘껏 비벼댔다.

여자아이도 고개를 돌려 부자연스럽게 웃더니 위저우저우의 첼로 밑 엔드핀을 가리키며 조용히 물었다. "넌 걱정도 안 돼? 이따가 시험 볼 때 음계를 다 연주하지도 않았는데 엔드핀이 갑자기 헐거워져서 악기가 쑥 내려가……."

위저우저우도 안색이 싹 바뀌었다. "좀 좋은 일을 생각할 순 없어?"

여자아이는 울상을 지었다. "그러고 싶은데, 좋은 일이 생각나지 않아."

"설마 급수 시험 처음 봐?" 위저우저우는 그렇게 말하면서도 몸을 수그려 첼로의 엔드핀을 있는 힘껏 돌려 고정한 다음, 더는 돌아가지 않는다는 걸 확인하고 나서야 고개를 들었다. 역시 긴장은 전염되는 법이었다.

"아니거든? 처음부터 10급 시험 보는 사람 봤어? 난, 난 말이야……." 여자아이가 침을 꿀꺽 삼켰다. "난 올해 S시 음악대학 부속중학교 입시를 준비하고 있거든. 오늘 심사위원 세 명 중에 가운데 있는 사람이 바로 S중의 올해 신입생 모집 담당 선생님이셔. 사실 예전에 저분을 스승으로 모신 적 있는데, 우리 엄마가 자꾸만 나보고 돈으로 쌓은 실력이라면서 이번 기회에 그 선생님한테 좋은 인상을 남겨주래. 이 번엔 반드시 실력을 발휘해야 한다며 오는 길 내내 잔소리를 들었는데, 어떻게 긴장하지 않을 수 있겠어?!"

위저우저우는 느닷없이 흥미가 솟았다. "방금…… 스승으로 모신다고? 왜? 언니는 선생님이 없어?"

위저우저우보다 한두 살 정도 많아 보이는 여자아이가 자리에서 일어나더니, 짐짓 성숙한 척 위저우저우를 흘겨보며 그녀의 이마를 손가락으로 쿡 찔렀다. "딱 봐도 아무것도 모르네. 연주 실력만 좋으면 음대 부속중학교에 들어갈 수 있는 줄 알아? 멍청하긴. 연줄이 얼마나 필요한데. 처음에 우리 엄마가 나 때문에 여기저기 인사한다고 돌아다니면서 나보고는 제대로 못한다며 어찌나 구박하던지, 정말 짜증 나 죽는 줄 알았다구."

위저우저우는 자세를 바로 하고 앉아 아부하듯 웃으며 짐짓 천진난만하고 아무것도 모르는 척 물었다. "언니, 언니가 말하는 연줄이라는 건 무슨 뜻이야?"

"신입생 모집을 담당하는 사람. 아주 많아. 게다가 입학시험 전에 음대 부중 선생님들과 미리 연락을 해놔야 해. 내부에 아는 사람이 없으면 합격 자체가 불가능하거든."

여자아이는 신나게 이야기를 늘어놓았다. 말투에는 어린 티가 다분했지만 표정에서는 이미 어른의 모습이 약간 보였다.

위저우저우는 허리를 굽히고 양손으로 얼굴을 받친 채 눈웃음을 지었다. "그럼 만약 언니 실력이 아주 뛰어나면? 그래도 그렇게 해야 하는 거야?"

여자아이는 다시금 위저우저우의 머리를 쿡 찔렀다. "멍청하다고 했더니 진짜로 멍청하게 구네. 넌 내가 입학시험에 합격하려고 연줄을 찾는 거 같아? 합격하기 위해서가 아니라, 연줄을 가진 다른 애들한테 밀려서 떨어지지 않기 위해서야! 우리 엄마가 그랬어, 이건 자기방어라고!"

앞쪽 멀지 않은 곳에 있는 하얀 나무문이 열리고, 앞서 심사를 마친 아이가 바이올린을 들고 걸어 나왔다. 여자아이는 잠시 멈칫하더니, 다시 얌전히 자리에 앉아 송진을 들고 자신의 활을 계속해서 학대하기 시작했다.

하얀 나무문 옆 어두운 색 철문도 열리더니 심사를 마친 남자아이가 첼로를 안고 걸어 나왔다. 위저우저우도 더는 웃지 않고 몸을 숙여 엔드핀을 힘껏 조였다.

"참, 아까 말한 그…… 자기방어 있잖아." 위저우저우는 고개를 숙이고 작은 목소리로 가장 핵심적인 질문을 던졌다. "돈을 얼마나 써야 해?"

여자아이가 스스럼없이 웃으며 반문했다. "뇌물 말이야?"

위저우저우는 고개를 푹 숙이고 가볍게 웃었다. "응."

"칫, 우린 뇌물 같은 거 안 써. 대신 직접 수업을 듣지. 입학 담당 선생님한테 수업을 듣는 거야. 수업 한 번에 40~50분, 300위안. 난 초반에 수업료로만 3만 위안 넘게 썼어."

"초기에만?"

"돈 들어가는 곳은 그것뿐만이 아냐. 앞으로 진짜로 S시에 가게 되면 우리 엄마가 나랑 같이 가야 하니까, 그때 가면 지출이 더 많아지겠지."

"그럼 언니는 왜…… 왜 음대 부중에 가려는 거야? 바이올린을 너무 좋아해서?"

여자아이의 얼굴에서 마침내 나이가 많아서 비롯된 우월감이 사라졌다.

그녀는 위저우저우의 질문에 바로 대답하지 않고 손에 든 활과 송진을 내려놓더니, 턱을 괴고 창밖을 멍하니 바라봤다.

"난 당연히…… 내가 모차르트가 아니란 건 진작에 알고 있었어."

여자아이가 조용히 말하며 생긋 웃었다.

7.

왼쪽

위저우저우는 고개를 숙였다가 왼발에 신은 하얀 부츠에 커다란 발자국이 찍혀 있는 걸 발견했다.

아마도 차에서 아이를 안고 있던 그 아주머니에게 밟혔을 때 찍혔을 것이다. 위저우저우는 한숨을 내쉬고 사범대학 정문 앞 북적거리는 인파를 향해 걸어갔다.

또 이런 11월이었다. 잿빛 하늘은 또 연례행사처럼 모두의 머리 위를 억누르기 시작했다. 고개를 숙여 시계를 보니 이제 겨우 7시 25분이었다. 아주 일찍 도착할 줄 알았는데, 한창 붐비는 출근 버스에서 40여 분을 낑겨 와보니 자신보다 더 일찍 나온 사람들이 아주 많았다.

시에서 개최하는 '새싹배杯' 수학 올림피아드. 여기서 1등을 하면 각 명문 중학교에서 앞다퉈 데려간다고 했다. 위저우저우는 학교 수학 올림피아드반에서 반년 넘게 버텼지만 여전히 머릿속은 뒤죽박죽이기만 했다. 수업 시간을 힘들게 버티며 필기를 하고, 머리를 짜내고, 교재에 나온 예제와 연습문제를 풀었다. 하지만 연습문제 답지에는 답만 적혀 있고 계산 과정이나 풀이 방향이 나와 있지 않아서 모르는 문제는 아무리 해도 알 수가 없었다. 위링링은 학교의 고3 수용소에서 지내는 중이었고, 위팅팅은 수학 올림피아드 공부를 하지 않았으며, 위차오는 암컷 호랑이 사냥에 바빴기 때문에 홀로 남은 위저우저우는 아무 도움도 받을 수 없었다.

수학 올림피아드반 선생님께 가서 물어봐도 되었지만 그러기에는 부끄러웠다. 위저우저우는 처음으로 소위 '열등생'의 마음을 체감할 수 있었다. 선생님이 신이 나서 한 무리의 천재들의 발표를 듣고 있을 때, 수학 올림피아드 교재를 안고 한쪽에 선 위저우저우는 자신이 빨간 펜으로 번호에 동그라미를 친 문제들을 내려다보니 하나같이 너절해 보였다.

그래서 고개를 숙이고 풀이 죽어 자리를 떠났다.

물론 린양에게 가서 물어볼 수도 있었다. 다만 그날 이후 린양은 학교의 누추한 수학 올림피아드반에 나오지 않았다.

어쩌면 학교의 수업 수준이 높지 않아서일 것이다.

어쩌면 다른 이유 때문일 것이다.

예전에는 늘 린양을 만날 수 있었는데, 나중에는 늘 린양을 만날 수 없었다.

위저우저우는 그 순간부터 어렴풋이 추측하기 시작했다. 이 세상에 애초부터 우연이나 인연 같은 건 없고, 모든 것의 모든 것은 인위적인 게 아닐까 하고 말이다.

　7시 40분, 위저우저우가 정문 밖에서 15분 정도 서 있느라 손발이 꽁꽁 얼어붙었을 때, 커다란 철문이 열리고 학생들이 우르르 몰려 들어갔다. 교실 건물 쪽에 있는 운동장에서는 선생님들이 고사장 번호가 쓰여 있는 큰 팻말을 들고 한 줄로 서 있었다. 모두 수험표에 적힌 번호로 자신의 고사장을 찾아 줄을 섰다.

　위저우저우는 제14고사장의 줄 끝에 섰다. 고개를 들어보니 앞쪽에 있는 한 여자아이의 모자가 왠지 낯익다는 느낌이 들었다.

　모두 줄을 지어 고사장 교실로 들어가 책상 왼쪽 위에 붙은 흰 종이 위에 쓰인 수험번호에 따라 자리를 찾을 때, 위저우저우는 비로소 그 여자아이가 역시나 아는 사람이라는 걸 알았다.

　링샹첸, 그 아이가 위저우저우의 왼쪽 자리에 앉은 것이다.

　위저우저우는 최대한 평소와 다름없는 표정을 유지하려고 했지만, 왼쪽에서 들려오는 미세한 인기척이 신경을 거슬리게 했다. 링샹첸이 가볍게 코웃음을 치고, 링샹첸이 책상에 엎드려 하품을 하고, 링샹첸이 수험표를 던지며 장난을 치고, 링샹첸이 턱을 괴고 그녀를 흘겨보고, 링샹첸이 그녀를 비웃고, 링샹첸이……

　위저우저우는 자신이 만화영화 속 연출처럼 고개를 돌려

아주 당당하고 혈기 왕성하게 "뭘 봐? 내가 꼭 널 이기고 말 테니까 각오해!"라고 말할 수 있을 줄 알았다.

그러나 이곳은 농구장이 아니었고 마계산도 아니었다. 10분 후 손에 쥐어진 건 수학 올림피아드 시험지였다. 수학 올림피아드, 수학 올림피아드인 것이다.

그녀는 자신이 없었기에 보고도 못 본 척할 수밖에 없었다. 위저우저우는 연기를 한다고 해서 주인공이 되는 건 아니라는 걸 처음으로 알았다. 옆에서 구경하는 사람들은 그들이 결국 잠재력을 폭발시켜 결국 승리한다는 걸, 그들이 죽지 않고 패하지 않는다는 걸 알았다. 하지만 실제 생활에서 그녀의 머리를 토닥이며 이렇게 말해주는 사람은 없었다. "꼬마야, 걱정 마. 넌 주인공이니까 마음껏 허풍을 떨어도 돼. 어차피 마지막에 승리하는 건 너일 테니까."

세상에는 '총알받이'라는 역할이 있었다. 자질이 평범한 그들은 열심히 노력하지만, 항상 주인공을 일깨워 주고 격려하며 오해를 만들거나 해소하는 역할을 하고 결국엔 주인공 대신 총알을 막기까지 한다. 그중에서도 오직 운이 좋은 사람만이 주인공 품에서 죽으며 눈물 두 방울을 얻는다.

그 시절의 위저우저우는 아직 이런 곤혹스러운 일을 이해할 수 없었지만, 그 잿빛 아침에 음울하고 어두침침한 교실 안 왼쪽에서 들려오던 갖가지 바스락거리는 소리는 마치 바늘처럼 기억 속에 박혔고, 매번 돌이켜 추억할 때마다 참을 수 없는 뻐근함을 느꼈다.

감독관 선생님이 갈색 대봉투를 높이 들어 완전하게 봉인되었다는 걸 모두에게 보여준 후, 그 자리에서 개봉하고 시험지를 나눠주었다.

위저우저우는 앞줄 학생이 전달한 시험지를 받아 들고 필통에서 곰돌이 푸 볼펜을 꺼내 왼쪽에 조심스럽게 수험번호와 이름, 학교를 적고 시험지를 훑기 시작했다.

빈칸 채우기 문제 스무 개와 주관식 문제 여섯 개.

1번 문제, 배수와 차로 구하는 문제. 2분 동안 계산해 풀었다.

다시 조심스럽게 검산을 해봐도 문제없었다.

2번 문제, 나무 심기 문제. 아주 순조로웠다.

위저우저우는 살짝 흥분되기 시작했다. 빈칸 채우기 여섯 문제를 아주 희망적으로 풀고 나서, 7번 문제는 약간 어려워서 문제 번호에 동그라미를 치고 잠시 젖혀둔 다음 8번 문제로 넘어갔다. 음, 가까스로 답을 추측해 원래 문제에 대입해보니 그럭저럭 맞는 것 같았다. 좋았어, 9번 문제로 넘어가자.

20분 후, 위저우저우는 무척이나 난감했다.

처음에는 못 푼 문제 번호에 동그라미를 치다가 나중에는 동그라미 치는 것도 포기했다. 왜냐하면 전체 시험지에서 동그라미가 그려지지 않은 건 딱 그 일곱 문제밖에 없었기 때문이었다.

위저우저우는 한참을 문제를 풀려고 시도했지만 결국엔

책상 위에 엎드려 손목시계 초침이 째깍거리는 소리만 묵묵히 들었다.

그녀는 정말로 노력했다. 첼로 급수 시험을 준비하면서 수학 올림피아드 수업에도 빠진 적 없었다. 비록 문제를 풀 때면 살짝 겁이 났고 그저 겉핥기식으로 지나가서 매번 운에 맡겨야 했지만, 반년이라는 시간 동안 아무것도 보이지 않는 아득함 속에서 늦깎이로 끼어들어 어릴 때부터 수학 올림피아드 훈련을 받은 똑똑한 아이들과 경쟁을 한다는 것 자체가 정말이지 너무나도 힘들었다.

사실은 알고 있었다. 자신이 지나치게 갈구하고, 지나치게 겁이 많고, 지나치게 바라면서 또 지나치게 신경 쓴다는 걸 말이다.

그러나 위저우저우는 그래도 다시 일어나 앉았다. 계속해서 문제 풀이를 연구하려는 건 아니었다. 그저 고집스레 펜을 쥐고, 연습지 위에 부질없이 반쯤 잘린 무의미한 계산식을 끄적거릴 뿐이었다.

왼쪽에 있는 여자아이가 문제를 아주 순조롭게 풀며 연습지를 펄럭펄럭 넘기는 경쾌한 소리는 마치 잔인하면서도 신나는 노래 같았다.

링샹첸은 문제를 다 풀고 기지개를 쭉 편 다음, 위저우저우 쪽으로 고개를 돌리며 알쏭달쏭한 미소를 지었다.

위저우저우는 연습지로 시험지를 최대한 가렸다. 주관식 여섯 문제의 공백은 어떻게 해도 너무나 눈에 띄었다.

$3 \times 7 = 21$

시험 종료를 알리는 종소리가 울리고 나서야 위저우저우는 자신의 연습지 위에 이런 곱셈식이 잔뜩 배열되어 있는 걸 알았다.

$3 \times 7 = 21$

'삼칠에 이십일'이든지 말든지 무턱대고 목숨 걸고 뛰어들어 성공한다는 건, 어쩌면 만화영화에서만 존재하는 건지도 모른다.

선생님에게 시험지를 제출한 위저우저우는 고개를 숙여 링샹첸의 생글거리는 눈빛을 못 본 척하며 볼펜을 필통에 넣었다. 조심스럽고도 경건한 표정으로, 마치 손에 든 게 대대로 전해지는 옥새라도 되는 듯이 말이다.

이 나이 때의 작디작은 허영은 종종 거만한 얼굴을 하고 있었다.

위저우저우는 교실을 나서자마자 여자 화장실로 달려갔다. 딱히 화장실에 가고 싶어서가 아니라, 그저 링샹첸의 뒷모습을 지워버릴 시간을 벌고 싶었다.

그러나 인파가 뜸해진 후 학교 정문을 나섰을 때, 정문 왼쪽에 승용차 세 대가 정차해 있는 게 한눈에 보였다. 어른들 몇 명이 아이 넷을 둘러싸고 서로 인사치레를 주고받고 있었는데, 무슨 말을 하는 건지는 들리지 않았다.

위저우저우는 고개를 숙이고 초록불이 꺼지기 전에 그다

지 넓지 않은 길을 건넜다. 그런 다음 맞은편 육교 밑에서 선 글라스를 쓰고 얼후二胡를 연주하는 눈먼 노인 악사 곁에 서 서, 연주에 귀를 기울이는 척하며 눈으로는 길 건너의 몇몇 가족들을 저도 모르게 계속 흘끔거렸다.

린양 엄마가 린양의 머리를 쓰다듬으며 다른 두 아이의 학부모에게 웃으면서 말을 건네고 있을 때, 장찬은 고개를 숙이고 린양의 엉덩이를 발로 찼고, 린양은 몸을 돌려 장찬 에게 발차기를 되돌려주었으며, 링샹첸은 옆에 서서 웃고 있었다. 그리고 저우선란은 몸을 굽혀 그에게 뭔가를 당부 하는 엄마에게 짜증 난다는 표정을 짓고 있었다.

칙칙한 배경색과 대비되어 이 사람들과 그 뒤쪽 검정 승 용차 세 대는 하나의 강력한 결계를 이루며 굉장한 압박감 을 발했다.

위저우저우는 그 광경을 한참 동안 멍하니 보면서 뭐라 설명하기 힘든 기분을 느꼈다.

"꼬마야, 너도 내 연주를 제대로 듣고 있지 않구나."

위저우저우는 깜짝 놀랐다. 그 노인은 고개를 숙이고 선 글라스 위쪽 틈새로 위저우저우를 흘겨봤다. 잔뜩 잠긴 목 소리가 텅 빈 육교 아래에 오랫동안 메아리쳤다.

위저우저우는 동문서답하듯 대꾸했다. "할아버지는 눈이 멀쩡하시네요."

그 말에 화가 난 노인이 다시 위저우저우를 흘겨봤다. "내 가 장님이라고 말한 적 있냐?"

위저우저우는 아빙*을 떠올리곤 "얼후는 시각 장애인들만 연주하는 줄 알았어요"라고 대답하려다가 문득 자신이 너무 바보같이 느껴졌다. 그래서 헤헤 웃으며 뒤통수를 긁적이다가, 주머니에서 5마오짜리 동전을 꺼내 허리를 굽혀 노인 앞에 놓인 지저분한 머그잔 안에 가만히 내려놓았다.

몸을 돌려 다시 교문 앞에 서 있는 사람들을 보는데, 놀랍게도 그들이 일제히 그녀가 있는 쪽을 바라보고 있었다. 방금 노인의 커다란 외침 때문임이 틀림없었다.

위저우저우는 순간 얼어붙었다. 마치 꼬리를 밟힌 새끼 여우처럼 온몸이 굳어서는, 누구와 눈길을 마주쳐야 할지 감이 잡히지 않았다. 건너편의 그 일고여덟 명은 하나의 덩어리를 이루어 위저우저우의 눈빛을 흐트러뜨렸다.

바로 이때, 등 뒤에서 얼후 연주 소리가 크게 울려 퍼졌다. 마치 이 난처한 장면에 황당한 배경음악을 까는 것만 같았다. 퍼뜩 놀라 정신이 든 위저우저우가 뒤를 돌아보자, 노인이 또 황급히 연주를 멈춰 음악은 답답하리만치 뚝 끊겼다.

"할아버지, 이건……."

"이게 5마오어치다. 네가 조금 더 주면 계속 연주하고."

위저우저우는 노인 악사가 그저 농담을 던지는 것임을 알았다. 어쩌면 일부러 자신의 곤란함을 풀어주려는 것일 수

---

* 阿炳, 시각 장애를 가진 중국의 유명 얼후 연주가.

도 있었다. 그러나 그녀는 정중하게 5위안짜리 지폐를 꺼내 다시금 허리를 숙여 머그잔 안에 넣었다.

"5위안이면 충분할까요?"

노인이 씨익 웃더니 두말없이 다시금 자세를 잡고 연주를 시작했다. 엉터리 박자와 음정의 연주가 텅 빈 육교 밑에서 매서운 찬바람에 실려 멀리 날아갔다. 위저우저우는 제자리에 서서 얼후 선율과 함께 우수수 떨어지는 새하얀 송진 가루를 뚫어져라 바라보고 있자니 마음이 서서히 평정을 되찾았고, 심지어 얼후 연주보다 훨씬 터무니없는 선율이 마음속에서 메아리쳤다.

한 곡이 끝나자, 노인은 눈을 들어 선글라스를 벗고 커다란 안대를 드러냈다.

"내가 작곡한 곡이야. 좋으냐?"

위저우저우는 표정이 없었다. "솔직하게 얘기해도 돼요?"

노인은 다시금 위저우저우를 흘겨봤다. 위저우저우가 몸을 돌렸을 때 교문 앞은 이미 텅 비어 있었고, 마지막 승용차가 갈림길에서 옆으로 방향을 꺾으며 남긴 승용차 꽁무니 절반과 검은 연기를 볼 수 있었다.

위저우저우는 노인 악사에게 웃으며 말했다. "고맙습니다, 할아버지."

그런 다음 모자를 제대로 고쳐 쓰고 다시금 음침한 잿빛 하늘 아래로 걸어 들어갔다.

8.
지친 새는 둥지로 돌아갈 줄 모른다

그 후로 위저우저우는 늘 무심결에 그 얼후 연주곡을 흥얼거렸다. 확실히 듣기 좋은 건 아니었지만, 그 선율은 기억 속에 엉겨 붙은 것처럼 아무리 떼어내려 해도 떼어지지 않았고, 실오라기 하나를 남겨놓아 난감했던 그날의 낮을 떠올리게끔 했다.

12월이 이제 막 시작된 어느 날 오전, 느닷없이 엄청난 눈이 쏟아지기 시작했다. 체육 시간에 선생님은 특별히 자비를 베풀어 달리기 대신 자유롭게 활동하도록 풀어주었다. 옷을 아주 두껍게 껴입은 위저우저우는 한참을 낑낑거린 끝에 혼자 철봉 위로 올라가 조심스럽게 앉아서는 운동장에서 이리저리 달리는 학생들을 구경했다.

"저우저우, 내려와서 같이 눈싸움하자!" 산제제가 달려와 눈뭉치를 높이 들고 살벌하게 외쳤다.

위저우저우는 고개를 저었다.

산제제는 위저우저우를 살펴보더니 뭐라고 중얼거리며 멀리 달려갔다. 그녀는 요즘 위저우저우가 어째서 이렇게나 말이 없어졌는지 이해할 수 없었다.

이 세상에 친구는 아주 적지만 같이 놀 사람은 아주 많았다. 목청껏 부르기만 하면 많은 아이들이 눈뭉치를 들고 와서 함께 뛰어 놀았다.

위저우저는 멀지 않은 곳에서 쉬디를 비롯한 몇몇 남자아이들이 진지하게 눈사람 만드는 걸 봤다. 옆에는 삽과 물통을 두고, 눈을 조금 뭉치면 위에 물을 뿌려 더욱 단단하게 얼어붙게 했다.

눈사람의 모습이 대강 만들어지자, 모두들 눈싸움을 멈추고 하나둘 눈사람 주변으로 모여들었다. 쉬디 무리는 득의양양해하면서도 짐짓 무뚝뚝한 표정으로 구경하는 여학생들을 그럴듯하게 지휘했다. "비켜, 다들 멀리 떨어져. 부딪혀서 넘어지면 가만 안 둔다!"

위저우저우는 하얀 입김을 호호 내뱉고 있었는데, 자신의 웃는 얼굴이 언제부터 또래 친구들과 미묘하게 달라졌는지 알아차리지 못했다.

그녀는 그 나이 때 잘난 척할 수 있는 고결함과 소원함을 품고 높은 곳에 앉아, 아래쪽에서 즐거워하는 아이들을 내려다보는 걸 좋아했다. 비록 여러 해가 지난 후 그 시절 자신의 태도를 돌이켜 봤을 땐 무척이나 웃겼지만, 당시의 위저우저우는 진심으로 쓸쓸함을 느꼈다. 예전에는 후광이 밝게 빛나서 형체가 드러나지 않았다가, 구렁텅이로 돌아온 지금 다시 슬그머니 줄기를 뻗어 올라가는 쓸쓸함이었다.

추락하는 건 다시 기어오르기 위해서다. 또는 단지 추락하기 위해 기어오르는 걸 수도 있다.

위저우저우는 고개를 들어 하늘을 바라봤다. 이해되지 않는 일들이 너무도 많았지만, 더는 어릴 때처럼 단순히 열정에 들끓어 노력만 하면 언젠간 가장 높은 곳에 올라갈 수 있을 거라는 환상을 품지는 않았다. 왜냐하면 그렇게 하는 게 대체 무슨 의미가 있는지 의구심이 들기 시작했기 때문이었다.

세이야는 쓰러지면 다시 일어나고, 또 쓰러지면 다시 일어났다.

세이야의 존재는 대체 쓰러지기 위해서일까, 아니면 일어서기 위해서일까? 그게 아니면, 그에겐 더 많은 사명이 있는 걸까?

메리벨은 세상의 아름다움과 자연의 영원한 조화로움을 위해 존재했고, 세이야는 아테나를 보호하기 위해 존재했으며, 미소녀 전사 세일러 문은 달을 대신해 정의를 행하기 위해 존재했다. 우에스기 카즈야는 고시엔*에 진출하기 위해 훈련했고, 북산고는 전국 제패를 위해 분투했다. …… 그렇다면 여협 위저우저우는 대체 무엇을 위해 사는 것일까?

---

* 甲子園. 일본의 전국 고교야구 선수권대회.

수학 올림피아드와 중학교 진학 때문에 우울한 심경에서 나온 이 질문은 그녀를 심란하게 했다.

강호에 이름을 날리기 위해서?

위저우저우의 강호는 너무나도 심오하고 심오했다.

졸업 분위기가 이미 학생들 사이에 파다했기에 이번 크리스마스카드와 새해 덕담은 일찌감치 정해져 있었다. '졸업 후에도 좋은 친구로 지내자', '우리는 영원히 좋은 친구야', '너의 앞날이 창창하길 바랄게'. …… 그랬다. 앞날이 창창하다는 말은 초등학생에겐 무척이나 현묘하면서도 의미가 결여된 말이었다.

앞날이 뭘까? 수학 올림피아드 문제를 풀 줄 모르는 아이에게도 앞날이 있을까? 위저우저우는 하늘이 아무리 땅보다 훨씬 넓다고 해도, 땅 위에 서 있는 보잘것없는 자신이 볼 수 있는 건 오직 머리 위쪽의 건물들로 분할된 이 협소하고도 불규칙적인 한 조각뿐이라는 걸 깨달았다. 이게 바로 사람마다 마주할 앞날로, 고작 이렇게 작은 조각일 뿐이었다. 너무 작아서 수학 올림피아드 하나로도 절반을 덮을 만큼 말이다.

위저우저우는 철봉 위에 멍하니 앉아 꼼짝도 하지 않았다.

린양은 교실 건물을 나오자마자 철봉 위에 조용히 앉아 있는 눈사람을 봤다.

한참을 멍하니 문 앞에 서 있는데 뒤에 있던 남학생이 그의 등을 툭 쳤다. "뭐 하냐? 안 나가고 뭐 해? 가서 축구나 하자. 눈밭에서 축구하기로 했잖아. 저번에는 눈이 너무 적게 와서 잇새에 끼지도 않을 정도였다고!"

한 여학생이 옆에서 웃음을 터뜨렸다. "넌 가서 서북풍이나 마셔. 왜 눈을 잇새에 끼우고 난리야!"

그들이 티격태격하는 소리에 린양은 비로소 정신을 차리고 쭈뼛쭈뼛 위저우저우에게로 다가갔다. 그러나 막상 철봉 옆에 서고 보니 이 고요함을 어떻게 깨야 할지 망설여졌다.

"저우저우?"

너무 오랫동안 대화를 나누지 않아서 이름을 부르는 것도 무척 어색했다.

심지어 이번에 사이가 멀어진 건 그 4년 전 꼬마들의 소꿉놀이 같았던 '의절'보다 훨씬 처참했다. 무슨 이유인지는 모르겠지만, 어쨌거나 그날 엄마는 화가 나서 부들부들 떨며 그에게 삿대질을 했다. "내 말 좀 들으면 안 되겠니? 말썽 좀 안 부리면 안 되겠어? 며칠만이라도 좀 평온하게 지내보자. 그리고……."

린양은 울면서 고개를 끄덕였다. 그럴게요.

어른의 세계는 그가 본 것보다 훨씬 복잡했다. 그는 저우선란의 부모님 앞에서 그렇게나 가식적으로 아첨하는 엄마가 마음에 들지 않았지만, 그렇다고 자신에게 가장 다정하고 예쁜 엄마를 싫어할 수도 없어서 머리가 복잡했다. 정말이지 이해할 수가 없었다.

3학년 저우선란이 월반을 해서 린양과 같은 반으로 들어온 후부터 그는 엄마, 아빠의 태도가 아주 이상하다고 느꼈다. 어쩌면 다른 사람의 아첨에 대해 그저 담담하게 반응하는 엄마의 모습을 보는 데 익숙해서인지, 일단 엄마 얼굴에서 그들처럼 조심스러워하는 기색을 보는 건 무척 참기 힘들었고, 너무 속상했다.

그래서 그는 "엄마, 제가 잘못했어요"라고 말했다.

위저우저우가 내려다보며 말했다. "린양이구나. 무슨 일이야?"

린양이 고개를 숙였다. "아무 일도 아냐."

뒤통수를 긁적이다가 자신의 행동이 참 바보 같다는 생각이 들었다. 반 아이들 대부분은 예방접종을 받으러 갔고, 접종을 미리 맞은 학생들 몇 명은 자유롭게 체육 활동 시간을 가졌다. 그러니 지금 위저우저우에게 몇 마디 하는 건 선생님에게 들키지 않을 거고, 링샹첸 무리가 고자질하지도 않을 것 같았다.

그래서 하는 수 없이 아무 말이나 던졌다.

"저우저우, 지난주에 시험은…… 어땠어?"

"못 봤어. 어떻게 푸는 줄 몰라서."

린양은 말문이 막혔다. 고개를 들자 눈송이가 드문드문 얼굴 위로 떨어지며 찬 기운이 느껴졌다.

"그건 있지……." 그는 위저우저우를 어떻게 위로해야 할지 몰라 난감했고, 한편으로는 정말 이해가 가지 않았다. 수학 올림피아드 문제가 뭐가 어려워서 이렇게 똑똑한 위저우저우가 모르겠다고 하는 걸까?

"사실, 저번에 내가 들었던 수학 올림피아드반 선생님이 그러는데 수학 올림피아드 공부는 굳이 안 해도 된댔어. 아무 쓸모도 없는 거라고……."

"그럼 넌 왜 공부하는 건데?" 위저우저우가 고개를 갸우뚱하고 물었다.

이 뜬금없는 대화에 아무런 준비가 되어 있지 않은 린양은 말문이 막혔다. 그는 난처한 듯 위저우저우를 바라봤지만, 그녀는 그저 멀리 눈사람을 둘러싼 무리를 주시할 뿐 그에게는 눈길도 주지 않았다.

그는 침묵했다. 위저우저우는 다른 사람의 눈사람을 보고 있는데, 그는 자신의 눈사람을 보고 있었다.

눈사람이 별안간 환하게 웃으며 얼굴에 다시금 다섯 개의 초승달이 활짝 펼쳐졌다.

"린양, 저번엔 내가 너한테 고맙다고 말할 새가 없었네."

"…… 뭐가?"

"너 나한테 아빠가 없다는 거 알지?"

너무나도 갑작스럽게 튀어나온 그 질문에 린양은 놀라서 하마터면 펄쩍 뛰어오를 뻔했다. 당황한 그가 눈으로 덮인 신발을 내려다보며 어떻게 대답해야 할지 고민하고 있을 때, 위저우저우가 갑자기 철봉 위에서 뛰어내려 쌓인 눈이 사방으로 튀었고, 어깨에 쌓였던 눈송이도 흩날리며 떨어졌다.

"린양, 넌 앞으로 뭘 하고 싶어? 넌 왜 수학 올림피아드를 준비하고, 왜 대대장이 되려고 한 거야? 넌 사대 부중에 들어갈 거고, 좋은 학교에 합격할 거야. 내가 듣기로 우리 성에서 가장 좋은 고등학교는 전화고등학교고, 전국에서 가장 좋은 대학은 베이징北京에 있댔어. 넌 베이징으로 갈 거야? 그다음엔 뭘 하고 싶은데?"

위저우저우가 이렇게 빠른 속도로 린양에게 질문을 쏟아낸 건 처음이었다. 린양이 질문 하나에 대한 답도 생각하지 못하고 있을 때, 위저우저우는 어느새 그의 앞에 서서 생긋 웃으며 그의 머리를 토닥여주었다. 그것도 까치발을 하고. 린양은 그제야 자신이 위저우저우보다 키가 크다는 걸 깨달았다.

"그냥 물어본 거야."

그는 안도의 한숨을 내쉬었다.

"그래서 우리는 어쩌면 다시는 못 만날 수도 있어."

위저우저우는 여전히 빙그레 웃고 있었다.

린양은 멍하니 제자리에 서서 그의 눈사람이 뒷짐을 지고 사람들을 향해 한 걸음씩 다가가는 뒷모습을 바라봤다.

"저우저우!" 린양이 다급하게 외쳤다. "너 괜찮아? 왜 그래?"

위저우저우는 뒤돌아보지 않았다.

구경하는 무리들에 가까이 다가가서야 위저우저우는 눈사람을 만들던 아이들이 살짝 격앙되어 있다는 걸 알았다.

"내가 아니라고 했잖아!"

잔옌페이가 목이 터져라 소리쳤다. 하지만 방금 눈이 내린 운동장 위에서 그녀의 외침은 이름 모를 괴물에게 빨려들어갔는지, 아무리 고래고래 소리쳐도 아주 맥없이 들릴 뿐이었다.

"눈사람 만들 때 안 끼워줬다고 이렇게까지 할 건 없잖아?" 쉬디가 흥 하며 삽을 바닥에 거칠게 내동댕이쳤다.

"무슨 일이야?" 위저우저우가 곁에 있던 리샤오즈를 슬쩍 밀었다.

리샤오즈는 살짝 난처한 듯 갈등의 중심에 있는 몇 사람을 흘끗 봤다. "눈사람이 거의 다 완성됐거든. 아주 딴딴하게 얼어붙었어. 그런데 누가 눈사람 등에 발자국이 난 걸 발견한 거야. 누가 밟은 건지는 모르겠는데, 처음에 다들 눈치채지 못하고 그대로 물을 부어서 이제는 평평하게도 못 다듬어."

"그게 잔옌페이랑 무슨 상관인데?"

"누가 한 말인지는 모르겠는데……, 어쨌든 그게 잔옌페이가 밟아서 그런 거라더라고. 아까 잔옌페이가 눈사람 옆에서 얼쩡거렸는데, 쉬디가 일하지 않을 거면 멀리 떨어지라고 해서 쉬디랑 싸우기까지 했고."

"쟤가 밝은 거라고 누가 그래?"

"몰라. 어쨌든 누군가 그랬어."

'누군가'는 세상에서 가장 신기하고도 가장 강력한 사람이다.

위저우저우는 잔옌페이가 한 무리의 남녀 학생들과 헛되이 대치 중인 모습과 잔옌페이와 맞서는 무리 중에서 쉬옌옌이 쌤통이라는 듯 웃는 것까지 봤다. 위저우저우는 살짝 마음이 아팠지만, 이렇게 많은 사람들을 적으로 돌리고 잔옌페이 곁에 서서 그녀를 옹호할 용기가 없었기에 그저 고개를 숙이고 자신만 호되게 경멸했다.

"됐어, 됐어. 이렇게 되긴 했지만 어차피 다 만들었잖아. 다들 손잡고 원을 만들자. 그럼 내가 삽으로 눈사람을 부술게!"

모두들 결국 툴툴거리며 흩어져 손에 손을 잡고 납작하지도 둥글지도 않은 커다란 원을 만들었다. 위저우저우 왼쪽에는 리샤오즈가, 오른쪽에는 산제제가 서서 조금씩 팔을 뻗어 거리를 벌렸다. 원이 어느 정도 커지자, 모두들 문득 원 한가운데에 쉬디와 눈사람은 물론, 잔옌페이가 서 있다는 걸 깨달았다.

이 커다란 원을 멍하니 바라보던 잔옌페이는 사람들 한가운데 서 있는 게 무척이나 민망해서 황급히 어느 두 사람 사이로 끼어들어 가 손을 잡으려 했지만, 그 두 사람은 서로 손을 꼭 잡은 채 잔옌페이에게는 눈길도 주지 않았다.

마치 조리돌림을 당하는 죄인 대하듯이.

잔옌페이는 자리를 옮겨 서너 번을 시도했다. 위저우저우는 이 추운 날씨에 잔옌페이의 이마에 미세한 땀방울이 스며 나오는 게 보이는 듯했다.

위저우저우는 지금 잔옌페이를 바라보는 자신의 눈빛이 바로 5년 전 수업 시간에 빨간 가위표가 잔뜩 표시된 병음자모 시험지를 들고 자리로 돌아갈 때 잔옌페이가 그녀를 바라보던 눈빛과 판박이라는 걸 알지 못했다.

연민.

그러나 아주 미세하게 다른 점이 있었다.

"잔옌페이!"

위저우저우는 무의식적으로 이름을 불렀다가 스스로도 흠칫 놀랐다. 리샤오즈의 놀란 눈빛을 뒤로한 채, 그녀는 리샤오즈를 잡고 있던 손을 풀었다.

"이쪽으로 와."

모두가 위저우저우를 바라봤지만, 그녀는 그저 알 수 없는 비장한 눈빛으로 잔옌페이만 바라봤다.

날개 꺾인 꼬마 제비가 지친 듯이 그녀 곁으로 한 걸음 한 걸음 다가왔다.

9.
거짓말쟁이

삽이 거침없이 눈사람의 뒤통수를 가격했다. 눈사람이 산산조각 나서 바닥으로 쓰러질 때 모두의 비명과 웃음소리가 터져 나왔다. 쉬디는 코를 쓱 문지르며 아주 즐겁게 웃었고, 신사들이 하듯이 왼손을 윗배 앞에 올리고 사방에 허리 굽혀 인사하면서 다시금 폭소와 조롱을 이끌어냈다.

위저우저우는 두꺼운 장갑을 통해 잔옌페이가 떨고 있는 걸 느꼈다. 마치 부서진 건 눈사람이 아니라 잔옌페이인 것만 같았다.

모두가 흩어질 때 산제제가 무슨 할 말이 있는 것처럼 위저우저우를 쳐다보자, 위저우저우는 그녀를 달래듯 웃으며 말했다. "먼저 쟤네들이랑 같이 놀고 있어."

그리하여 산제제는 아쉽다는 듯 연신 뒤를 돌아보며 달려갔고, 위저우저우는 잔옌페이를 이끌고 철봉 위로 올라갔다. 그러나 잔옌페이는 아무리 해도 철봉 위로 올라오지 못했다.

"넌 어떻게 올라가 앉은 거야?" 더는 시도하기를 포기한 잔옌페이는 철봉 위에 앉아 두 다리를 흔들고 있는 위저우저우를 어이없다는 듯 바라봤다.

"올라오기 어려워?" 위저우저우가 눈을 휘둥그렇게 떴다.

잔옌페이가 고개를 숙였다. "아마 내가 너무 뚱뚱해서 그럴 거야."

위저우저우는 문득 마음이 무척 쓰려왔다. 잔옌페이를 비웃는 아이들이 많다는 건 알고 있었다. 얼굴에 여드름이 나기 시작했고, 뚱뚱해졌고, 방송국에서도 불러주지 않고……

"나도 옷을 많이 껴입었는걸." 위저우저우는 자신의 두꺼운 외투와 둥글둥글한 배를 팡팡 치며 말했다. "네가 아직 기술을 익히지 못해서 그래. 이번엔 내가 밑에서 부축해줄게!"

"괜찮아." 잔옌페이는 고개를 저으며 위저우저우를 호기심 어린 눈빛으로 바라봤다. "넌 어쩌다 소용녀처럼 철봉 위에 올라가게 된 거야?"

"소용녀가 누군데? 그 사람도 철봉 위에 올라가는 걸 좋아해?" 위저우저우는 곰처럼 철봉 위에서 뛰어내렸다.

"소용녀는 밧줄 위에서 잠을 자. 어렸을 때 방송국에서 프로그램 녹화할 때마다 내가 맨날 우니까 어떤 프로듀서 언니가 나한테 소용녀 얘기를 해줬어. 소용녀는 세상에서 가장 예쁜 여자래. 참, 텔레비전 드라마로도 나왔었는데 본 적 없어? 제목은 〈신조협려神雕俠侶〉야. 아, 맞다, 소용녀는 곽정이랑 황용하고도 아는 사이야. 하지만 그들보다 나이는 한참 어리고, 게다가 양강의 아들을 좋아하지."

"양강의 아들? 하지만 양강은 나쁜 사람인데." 위저우저우는 몹시 놀랐다.

비록 위저우저우가 어릴 때 83년판 〈사조영웅전射雕英雄傳〉에서 완안강* 소왕야를 연기한 그 잘생긴 배우를 아주 좋아하긴 했지만 말이다.

잔옌페이가 어깨를 으쓱해 보였다. "나쁜 사람의 아들이라고 해서 꼭 나쁜 사람은 아니잖아."

그 말에 위저우저우는 순간 멈칫했다. 불현듯 자신의 처지가 떠올랐고, 엄마를 불여우라고 욕하면서 자신도 나중에 크면 똑같이 불여우가 될 거라고 떠들던 사람도 생각났다. 어릴 때는 그런 말을 들으면 무척 화가 나고 불만스러웠지만, 사실 자신도 그들과 마찬가지로 무의식중에 독단적이고 고집스럽고 남에게 상처를 주는 추측을 한 적이 많았다.

"그럼 그 아들은 좋은 사람이야?" 위저우저우가 넌지시 물었다.

"양강의 아들은 대협이야. 아주 잘생겼지, 무공 뛰어나지, 의협심 강하지, 거기다 독수리도 한 마리 키워." 잔옌페이가 확신에 차 말했다.

---

* 극중에서 양강의 다른 이름.

476

위저우저우는 독수리를 기르는 게 뭐가 대단한 건지 알지 못했지만, 대협이 독수리를 키우는 것에는 그만한 이치가 있을 거라 생각했다. 대협이라면 양손에 각각 닭을 한 마리씩 들고 있어도 분명 아주 멋있을 것이다.

그러나 여협은 수학 올림피아드 문제를 풀지 못하면 무척이나 쪽팔렸다.

남녀가 불평등한 극악무도한 사회 같으니라구.

위저우저우와 잔옌페이는 동시에 침묵에 빠져들었다. 하늘에서는 다시 눈이 내리기 시작했다. 위저우저우가 눈송이를 잡아보려고 손을 뻗는데 갑자기 잔옌페이의 조그마한 목소리가 들렸다. "고마워."

불의를 보고 고함을 쳤던 여협 위저우저우는 얼굴을 붉히며 고개를 저었다.

"벼…… 별거 아냐. 걔네들이 너무 심했어."

잔옌페이가 웃었다.

"사실 그 발자국, 내가 밟은 거 맞아."

……

위저우저우는 몇 초간 돌처럼 굳었다가 가까스로 고개를 돌려 미소 짓는 꼬마 제비를 바라봤다.

"너…… 날…… 죽일 셈이지……. 그런 거야?"

"나도 왜 그랬는지는 모르겠어. 어쨌든 밟고 싶더라고."

잔옌페이는 고개를 숙였지만 입꼬리는 웃고 있었다. 위저우저우는 이런 잔옌페이가 약간 무섭게 느껴졌다.

"오늘 아침에는 학교에 오면서 엄마한테 한바탕 혼났어. 요즘 엄마는 날 맨날 혼내. 그러면서 방송국 사람들은 다들 잇속만 차린다고 배은망덕하다고 하고. 오늘 아침에 머리를 감을 때 엄마가 나보고 따뜻한 물 남겨두라고 한 말을 못 들어서 머리 감고 나서 남은 물을 모두 변기에 부어버렸거든. 그랬더니 엄마가 화를 버럭 내면서 내 뺨을 때리는 거 있지."

위저우저우는 깜짝 놀라 입을 틀어막았다. 잔옌페이는 오히려 위로하듯 그녀의 얼굴을 토닥거렸다. "괜찮아, 내가 멀리 피해서 하나도 안 아팠으니까. 봐, 손자국도 안 났잖아. 안 그랬으면 오늘 감히 학교에 나올 생각도 못 했을 거야."

"그런데 또," 그녀가 말을 계속했다. "누군가 또 2년 전에 『소년선봉보』에 실린 내 인터뷰 기사 얘기를 꺼내더라. 그때 난 사실 시험을 망쳤었는데, 그 기자들은 멋대로 지어내서 기사를 썼어. 우리 같은 아역 스타를 인터뷰하는 그 아저씨, 아줌마들은 이미 기사 쓰는 공식을 만들어뒀더라고. 인터뷰를 할 필요도 없이 그 공식에 맞춰 쓰면 되거든. 기사에는 내가 한 학기 동안 수업을 못 갔는데도 기말고사 때 국어랑 수학 만점을 받았다고 실렸는데, 사실 다 그 사람들이 멋대로 지어낸 거지, 내가 말한 게 아냐. 그땐 다들 나한테 대단하다고 감탄했으면서, 지금은 쉬옌옌 패거리가 그 기사를 들먹이면서 나보고 허풍쟁이래. 수학 시험 때 그 점수를 받고도 두 과목 만점이라고 떠벌렸다고……."

위저우저우는 이런 상황에서 무슨 말을 해야 할지 전혀 알지 못했다. 기억하기론 어렸을 때 번번이 아빠에게 심하게 맞았다고 말할 때마다 그녀는 자신의 더욱 엉망인 상황을 털어놓으며 위로했고, 그가 더는 외롭지 않고 가장 운이 없고 비참하지 않다는 걸 느끼게끔 해주었다.

하지만 잔옌페이에게는 무슨 말을 해줘야 할까? 잔옌페이는 번번이 아니었다. 설령 그렇더라도 지금의 위저우저우는 어릴 때처럼 자기에게는 아빠가 없다는 사실을 솔직하게 말할 수 있을지 확신할 수 없었다.

잔옌페이를 못 믿어서가 아니다.

다만 번번과 그 아무 걱정 근심 없었던 어린 시절 모두 이미 과거의 일이 되었을 뿐.

"우리 엄마도 날 때려." 위저우저우는 헛소리를 늘어놓기 시작했다. "게다가 아주 아파. 내가 첼로 연습을 게을리하면 엄마는 날 때려. 게다가 난 수학 올림피아드도 완전히 망했어. 난 아마 사대 부중에는 못 갈 거야. 시험 봐도 못 붙겠지. 어쩌면 아주 별 볼일 없는 중학교에 가야 할 거고, 머리가 나빠서 진도를 따라가지 못할 거고, 그럼 좋은 고등학교에 못 갈 거고……, 넌 이런 기분 알아?"

위저우저우는 말을 마치고 스스로도 깜짝 놀랐다. 처음에는 거짓말이었는데 말하다 보니 진실이 흘러나온 것이다.

예전에 번번을 위로할 때는 어떻게든 머릿속에서 슬픈 일을 찾아내야 했기 때문에 "난 아빠가 없어", "엄마가 버림받았어", 이 두 가지 일을 종종 꺼내 보이곤 했다. 그런데 몇 년이 훌쩍 지나고 보니, 위저우저우는 자신에게 다른 사람을 위로할 만한 슬픔이 이렇게나 많다는 데 깜짝 놀랐다.

이렇게나 많았다.

아무거나 하나 골라도 오래오래 이야기할 수 있었다.

그러나 맨 처음의 두 가지 일은 여전히 살상력이 가장 컸다. 예전엔 몰랐지만, 지금은 그 두 가지 사실을 스스로도 두려울 정도로 잘 알았다. 그래서 깊숙이 묻어둔 채 다시는 꺼내지 않았다.

그런데 놀랍게도 잔옌페이가 생긋 웃으며 이렇게 말하는 게 아닌가. "나도 그래."

"뭐?"

"난 어렸을 때 특별전형으로 사대 부초에 들어왔거든. 우리 집 호적지도 이곳이 아니라서 중학교에 올라갈 때는 다시 청시城西로 돌아가야 해. 게다가," 잔옌페이는 여전히 웃는 얼굴이었다. "이번에 사대 부중에서는 날 특별전형으로 뽑지 않을 거고."

위저우저우는 철봉을 꽉 쥐었다. 아주 꽉. 그러면서도 이런 '동병상련'에 어떻게 반응해야 할지 몰라 막막했다.

"옛날에 방송국에 있던 어른들은 늘 나만 보면 칭찬을 했어. 똑똑하고 예쁘다고, 앞으로 유명한 스타가 될 거라고도 하면서. 그런데 다 거짓말쟁이였어."

잔옌페이가 웃으며 하는 말에 위저우저우가 퍼뜩 고개를 들었다.

"어른들은 다 거짓말쟁이야."

꼬마 제비는 철봉에 기대어 고개를 숙이고 여전히 웃고 있었다.

위저우저우는 장갑을 벗어 손가락으로 잔옌페이의 왼쪽 얼굴에 있는 보조개를 쿡쿡 찔렀다.

"그만 좀 웃어." 위저우저우가 한숨을 내쉬었다.

펑펑 내리는 눈발 사이로 지워지지 않는 슬픔이 자욱하게 퍼졌다.

수업 시작종이 울렸는데도 위저우저우와 잔옌페이는 여전히 철봉에 기대어 멍하니 있었다. 린양이 그들 곁을 뛰어가며 연신 뒤를 돌아보다가, 그래도 결국엔 어색하게 다가왔다.

"수업 시작했어. 너네 반 애들도 다 교실로 돌아갔고."

위저우저우가 린양을 바라봤다. "넌 수업 들으러 가."

"그럼 너네는 왜 안 가는데?"

위저우저우가 고개를 들어 하늘을 봤다가 다시 잔옌페이에게로 시선을 돌리나 싶더니, 별안간 입가에 못된 미소가 떠올랐다.

"있잖아, 우리 수업 땡땡이치자."

잔옌페이가 깜짝 놀랐다. "어떻게 그래?"

"왜 안 돼?" 위저우저우는 훌쩍 몸을 돌려 철봉 위에 안정적으로 앉아 아래쪽을 내려다보며 기세등등하게 말했다. "선생님이 물어보면 대대 지도원 선생님이 불러서 갔다고 하면 돼. 지도원 선생님이 우릴 부른 적 없다고 하면, 누군가가 우리한테 대대 지도원 선생님이 부른다는 말을 전해줬다고 하는 거지. 만약 그 '누군가'가 누구냐고 끝까지 물어보면 우리도 모른다고, 아마 누가 장난친 것 같다고 하지 뭐. 어쨌든…… 어쨌거나 우리 잘못은 아냐!"

린양은 기막히다는 듯 입을 쩍 벌렸다. "위저우저우, 너 거짓말 정말 잘한다."

위저우저우의 마음이 분별없이 날뛰기 시작했다.

이미 이렇게 된 마당에 누구한테 보여주려고 고개를 숙인단 말인가?

어차피 이 세상에 잘 보일 방법도 없었다.

위저우저우는 씨익 웃으며 손가락으로 잽싸게 린양을 가리켰다.

"이제, 얘를 죽여서 입을 막자."

10.

시간축 위 일시 정지 버튼

린양은 기겁했다. 위저우저우의 이렇게나 빠른 기분 전환에 좀 적응이 되지 않았다. 아까 철봉 위에 앉아 있던 공허한 눈빛과 차분한 말투의 눈사람은 어디서 왔는지 모를 열정으로 단숨에 불타오른 것 같았다.

그렇지만 그는 매우 기뻤다. 그는 위저우저우가 자신의 머리를 쓰다듬으며 이상한 말을 늘어놓는 게 싫었다. 그런 말들은 마치 보호벽처럼 그와 그녀의 사이를 멀리 갈라놓았다.

"얼른 손을 쓰자구!" 위저우저우가 잔옌페이를 재촉했지만 상대방은 난처한 듯 린양만 바라볼 뿐이었다.

"왜 내 입을 막아야 하는데?" 뾰로통해진 린양이 고개를 들어 철봉 위에서 기세등등한 위저우저우를 바라봤다.

순간 대꾸할 말을 찾지 못한 위저우저우는 텔레비전에서 본 어떤 아저씨의 음침한 목소리를 흉내 내며 말했다. "왜냐하면 죽은 사람만이 비밀을 지킬 수 있기 때문이지."

린양이 소리쳤다. "헛소리 그만해! 넌 죽여서 입을 막는 방법밖에 몰라?"

잔옌페이가 옆에서 솔직하게 물었다. "그럼 어떻게 해야 하는데?"

린양이 별안간 앞으로 한 발짝 다가가더니 위저우저우의 소매를 잡아당겨 그녀를 철봉 위에서 쌓인 눈 위로 끌어내렸다. 눈이 풀풀 날리는 와중에 그는 환하게 웃음을 터뜨렸다. 그 자신도 오래전에 메마른 줄 알았던 그런 환한 웃음이었다.

"나도 공범으로 끌어들이면 되잖아!"

위저우저우는 어이가 없었다. 의기양양한 린양 학생은 딱히 끌어들일 필요도 없이 알아서 풍덩 뛰어들어 무척이나 즐거워했다.

방금까지 겁이 나서 어리바리하게 굴던 잔옌페이도 마침내 웃었다. "대대장, 너 정말 타락했구나."

귀순하자마자 절대적인 리더 지위를 차지한 린양은 위저우저우의 손을 잡고 흥분에 찬 눈빛으로 운동장을 둘러봤다. "우린 밖으로 나가야 해. 안 그랬다간 다른 학생들한테 들킬 거야. 지금은 오후 3교시니까 앞으로 두 교시는 쨀 수 있어. 그런 다음 바로 교실로 돌아가 책가방을 가지고 오는 거지. 누가 물어보면 대대 지도원 선생님이 우리한테 맞은편 복사실에 가서 교내 신문을 가져오라고 시켰는데, 한참을 기다려도 없길래 허탕 치고 왔다고 둘러대면 돼. 교문이 아직 안 잠겼으니까 가자, 가자. 나가서 놀자!"

위저우저우는 완전히 충격을 받았다.

"린양, 너 처음으로 땡땡이치는 거 맞아……?"

잔옌페이가 주목한 건 다른 거였다.

"대대장, 너 엄청 흥분했어……."

린양은 그제야 방금 순간적으로 피가 끓어올라 속사포처럼 말을 늘어놨다는 걸 깨닫고 쑥스러운 듯 뒤통수를 긁적이다가 한참 후에야 겨우 입을 열었다. "전에 미술 수업 한 번 짼 적 있어……. 집에 가서 농구 경기 보려고……."

위저우저우는 그제야 걱정이 들기 시작했다. 마지막에 입 막음을 당하는 건 아무래도 자신일 것 같았다.

길게 한숨을 내쉬자 하얀 수증기가 마치 작은 비행기처럼 선회하며 날아갔다.

"그러니까," 위저우저우는 왼손으로 잔옌페이의 손을 잡고, 오른손은…… 린양에게 꽉 잡힌 채 숨을 깊이 들이마시고 큰 소리로 외쳤다. "지금…… 튀자!!!"

부드럽고 두껍게 쌓인 눈밭 위를 달리는 건 쉽지 않았다. 하지만 위저우저우는 신이 나서 앞으로 돌진했고, 뒤늦게 상황 파악을 하고 한 걸음 늦게 출발한 양쪽의 두 사람은 마치 고삐라도 된 것처럼 가까스로 그녀의 속도를 제어해주었다. 위저우저우는 불현듯 어렸을 때 하늘에서 종종 볼 수 있었던 비행기 생각이 났다. 늘 세 대씩 삼각형을 이루어 함께 날고 있었는데……, 마치 지금 그들처럼 말이다.

커다란 철문 밖으로 달려 나온 후에야 위저우저우는 천천히 걸음을 멈추고 허리를 굽혀 가쁜 숨을 내쉬면서 잔옌페이의 손을 놓았다.

잔옌페이가 고개를 갸웃거리며 웃었다. "대대장, 왜 아직도 저우저우를 잡고 있어?"

린양은 그제야 불에 덴 것처럼 흠칫하며 위저우저우의 손을 던졌다. 위저우저우도 찔끔하며 고개를 숙였다. 얼굴이 저도 모르게 붉게 달아올랐다.

꼬마 제비의 몸에도 눈이 잔뜩 묻어 있었다. 통통한 뺨에 조그마한 보조개 두 개가 떠오르는가 싶더니, 민망해하는 두 사람을 보며 의미심장하게 웃었다.

린양이 얼른 화제를 돌렸다. "근처에 공사가 중단된 건물이 있어. 저번에 아빠랑 차 타고 골목길을 지날 때 아빠가 알려준 건데, 거기 가서 눈싸움하자."

위저우저우는 고개를 저으며 아직도 앙심을 품고 있다는 듯이 말했다. "난 널 못 이기는데."

그러나 잔옌페이는 매우 찬성하며 고개를 끄덕였다. "가자, 우리 둘이 한 팀을 먹고 2대 1로 싸우자구!"

그 폐건물은 가히 천연 놀이공원이라고 할 수 있었다. 린양은 어디선가 커다란 타이어를 끌고 와서는 힘겹게 잔토 더미 꼭대기로 밀어 올렸다. 두꺼운 눈이 쌓인 잔토 더미는 작은 설산이 되었고, 그는 산꼭대기에 서서 위저우저우에게 손을 흔들었다. "올라와, 내가 아래로 밀어줄게."

위저우저우의 표정이 어두워졌다. 역시 쟤가 나한테 손을 쓰려는 거구나.

그것도 나보고 직접 목숨을 바치러 오라고 하다니.

위저우저우의 얼굴에 떠오른 두렵고도 조심스러운 표정에 린양은 어처구니가 없었다. "내 말은, 네가 타이어 안에 앉으면 내가 밑으로 밀어주겠다는 거야. 아주 재밌다구. 못 믿겠으면…… 잔옌페이, 잔옌페이, 네가 먼저 와!"

잔옌페이가 뒤로 한 걸음 물러났다. "대대장, 너무 편애하는 거 아냐? 얘가 무서워한다고 왜 나한테 테스트하려는 건데?"

다시 살짝 얼굴이 빨개진 린양이 약이 올랐는지 그들을 가리키며 말했다. "다들 이렇게 겁이 많아서야. 내가 하는 걸 봐!"

말을 마치자마자 린양은 펄쩍 뛰어 타이어 안에 앉았고, 그 충격에 타이어가 높은 눈 더미 위에서 빙글빙글 돌며 빠른 속도로 미끄러져 내려갔다. 위저우저우와 잔옌페이의 비명과 함께 그는 무사히 지면으로 미끄러졌고, 마침 바닥이 빙판이어서 천천히 감속하며 두 사람의 발 옆까지 가서 멈춰 섰다.

"어때? 재밌겠지?" 린양이 싱글벙글하며 고개를 들어 위저우저우를 바라봤다. 마치 귀한 보물을 바치는 듯한 표정이었다.

위저우저우는 무표정하게 오른발을 들어 타이어 가장자리를 밟고 있는 힘껏 앞으로 걸어찼다. 린양은 타이어에 앉은 채로 빙판을 따라 시멘트 파이프 쪽으로 미끄러지더니 결국 우스꽝스럽게 뒹굴고 말았다.

"확실히 진짜 재밌네." 위저우저우가 즐겁게 웃음을 터뜨렸다.

그리고 다음 순간, 린양이 좀비처럼 그녀를 잡아당기는 바람에 눈 더미 위로 넘어졌다.

위저우저우를 타이어 안으로 밀어 넣은 린양은 오른발로 타이어 가장자리를 밟아 금방이라도 미끄러질 것 같은 상태를 유지하고는, 무서워서 안색이 창백해진 위저우저우를 보며 사악하게 웃었다.

"나도 한번 놀아보자구." 그는 말을 마치자마자 타이어를 아래쪽으로 걸어찼다.

잔옌페이마저도 이 타이어 '후룸라이드'를 무서워하지 않게 되었을 때, 그들은 마침내 놀다 지쳐 눈밭에 아무렇게나 널브러져서는 흩날리는 눈송이가 몸 위를 덮도록 두었다.

"시간이 여기서 멈췄으면 좋겠다."

잔옌페이의 목소리는 어릴 때처럼 달콤하고 부드러웠다. 위저우저우는 문득 잔옌페이를 처음 봤을 때가 떠올랐다.

그때도 사람들의 벽을 사이에 두고 있어서 얼굴은 보지 못하고, 마음속을 어루만지는 듯한 그 부드럽고 아름다운 목소리만 들을 수 있었다.

위저우저우는 잔옌페이를 잡았던 손을 어루만지며 꽉 쥐었다.

린양이 웃으며 대꾸했다. "하지만 난 어른이 되고 싶은데? 어른이 되면 얼마나 좋아. 저우저우, 넌?"

잔옌페이가 옆에서 놀리듯이 웃었다. "저우저우, 저우저우, 저우저우, 저우저우……. 대대장, 너 저우저우 좋아하지?"

예상했던 반박은 들려오지 않았다. 평소에는 아이들이 남자애와 여자애를 에워싸고 둘 사이를 지레짐작하며 장난스레 놀리면, 놀림 대상이 된 주인공들은 얼굴이 빨개진 채 큰소리로 부인했다. 그러면서 상대방의 단점과 잘못을 열거하며 "내가 얘 같은 애를 좋아할 리 없어"를 증명했고, 그럼 주변 아이들은 2차 공격을 실시하며 웃고 놀려댔는데…….

그런 게 전혀 없었다. 옆의 두 사람은 소복소복 눈 내리는 소리가 놀랠까 봐 숨 쉬는 것마저 멈춘 것 같았다. 온 세상이 조용하고 창백했고, 폭신하고도 아름다웠다.

잔옌페이는 오랫동안 숨을 죽이고 있느라 자신이 방금 뭘 물어봤는지도 잊어버릴 지경이었다.

"…… 응."

"뭐?" 잔옌페이는 살짝 놀라 저도 모르게 반문했다.

"…… 응." 다시 똑같은 대답.

수줍은 작은 목소리는 온화하고도 진중했다.

"대대장, 너 저우저우 좋아하지?"

"응."

마치 이건 지구가 태양 주위를 도는 것처럼 세상에서 가장 간단한 사실이라는 듯한 대답이었다.

그러나 지금 잔옌페이는 일어나 앉아서 히죽거리며 둘 사이를 계속 캐묻거나, "대대장, 그거 진심이야?!"라고 소리지르기가 어렵게 느껴졌다……. 뭐라 말로 표현할 수 없는 분위기였다. 긴장감과 미묘함이 뒤섞여 있는데, 한편으론 괜스레 미소 짓고 싶어지는 이 분위기.

봐, 시간이 정말로 멈췄어.

얼마나 오랫동안 침묵했을까. 위저우저우가 별안간 깜짝 놀라 튀어 오르더니 등과 엉덩이에 붙은 눈을 세차게 털어내며 큰 소리로 외쳤다. "망했다, 망했어. 지금 몇 시야?"

잔옌페이도 그제야 가슴이 철렁해 얼른 소매 안에서 전자시계를 꺼내 봤다. "4시, 4시 10분이야."

멋대로 시간을 잠시 멈춘 건 유죄였다. 그건 시간을 배로 빨리 흐르게 만들 수 있었으니 말이다. 위저우저우와 잔옌페이가 허둥지둥 서로의 몸에 묻은 눈을 털어주고 있을 때, 린양은 아직 혼이 완전히 들어오지 않은 듯 옆에 멍하니 서 있었다.

"멍하니 서서 뭐 해, 얼른 정리해. 우리가 눈싸움하러 나간 걸 선생님한테 들키면 안 된다구!"

린양은 "어" 하고 대답하면서도 여전히 서서 꼼짝하지 않았다. 그는 아까 고요하게 침묵이 이어질 때 위저우저우가 무슨 생각을 했는지는 몰랐지만, 지금 이것만은 확실했다. 두려움이 이미 위저우저우와 잔옌페이에게 불을 붙였고, 아까까지 수업을 땡땡이치자고 했던 호방한 마음은 이미 재가 되어 날아갔다는 걸. 여전히 멀뚱하게 서 있는데 위저우저우가 달려들어 그의 등을 미친 듯이 두들기기 시작했다.

"아파!" 위저우저우에게 호되게 엉덩이를 맞은 그가 소리쳤다. "지금 보복하는 거야?"

"너한테 뭘 보복해?"

"내가 좋아한다고 해서……." 린양은 민망해서 새빨개진 얼굴로 말을 잇지 못했다.

맞은편의 위저우저우가 눈을 휘둥그렇게 떴다. 보송보송한 속눈썹 위에 눈꽃이 내려앉아 있어서, 그녀가 당황해서 눈을 깜빡일 때마다 마치 하얀 나비가 눈앞에서 위아래로 팔랑팔랑 날갯짓하는 것처럼 보였다.

"그게 어떻게 보복이야? 보답이겠지?" 잔옌페이가 옆에서 툭 받아친 알 수 없는 한마디에 세 사람 모두 얼음이 되었다.

……

"얼른 뛰어!" 그래도 여협 위저우저우가 가장 전체적인 상황을 고려할 줄 알았다. 그녀는 다시금 왼손으로 잔옌페이를 잡고 오른손으로 린양을 잡은 채, 학교 방향으로 냅다 달리기 시작했다.

차가운 바람이 뺨을 스치며 얼얼하게 아파왔지만, 위저우저우의 안절부절못하는 마음속에는 의외로 약간의 흥분과 달콤함이 있었다. 어렴풋이 느낄 수는 있었지만 생각할 여유가 없었고, 일부러 잠시 덮어두고 생각하지 않는 것 같기도 했다.

"저우저우!" 운동장에 들어선 잔엔페이가 별안간 울먹이며 외쳤다. "안 되겠어, 나 화장실 가야 해. 도저히 더는 못 참겠어!"

그때 이미 하교 종소리를 들은 위저우저우는 가슴이 쿵쿵 뛰었다. 지금 빨리 가지 않으면 책가방을 멘 다른 학생들과 좁은 길에서 마주치게 될 거고, 그 결과가 어떨지는 뻔했다. 수업을 땡땡이친다는 건 무척 중대한 사안이었다. 아무리 품행 나쁜 열등생이라도 수업을 째고 나가서 노는 경우는 드물었다. 지금 그들의 이런 낭패스러운 모습으로는 아무리 해명해도 해명이 되지 않을 것이다.

그러나 위저우저우는 여협이었다. 줄곧 그래왔다. 그녀는 마음을 굳게 먹고 잔엔페이에게 웃어주었다. "얼른 다녀와. 내가 문 앞에서 기다리고 있을게."

후다닥 여자 화장실로 달려가던 잔엔페이는 갑자기 뒤를 돌아보더니, 두 다리를 꽉 오므리고 허리를 살짝 굽혀 간신히 참으면서도 잊지 않고 굴욕적으로 소리쳤다. "저우저우, 나 버리고 가면 안 돼!"

위저우저우는 어안이 벙벙해졌다. 이런 상황이라면 "먼저 가, 난 신경 쓰지 말고!"라고 말하는 게 당연하지 않을까?

"얼른 가. 내가 먼저 가면 난, 난 바로 이거야!" 위저우저우는 큰 소리로 외치며 오른손 새끼손가락을 들었다.*

잔옌페이는 감격한 듯 웃으며 안심하고 여자 화장실로 뛰어 들어갔다.

옆에 있던 린양이 위저우저우의 새끼손가락을 보며 조그맣게 말했다. "몇 살인데 아직도 그걸로 맹세하냐."

위저우저우는 그에게 따지기는커녕, 오히려 진지하게 바라보며 말했다. "넌 얼른 너네 반으로 돌아가. 절대로 우리랑 같이 놀러 나갔다고 하면 안 돼. 어차피 넌 혼자니까 아무 이유나 대도 되는데, 대대 지도원 선생님이 불렀다는 그 이유는…… 우리한테 양보해주면 안 될까?"

린양이 고개를 삐딱하게 기울였다. "난 안 가."

순간 화가 치밀어 오른 위저우저우는 뭐라고 한마디 하려다가, 린양이 "난 안 가"라고 말한 뒤의 태연하고도 확고한 눈빛에 별안간 한 방 먹고는 고개를 숙여 아직 채 털지 못한 눈이 붙어 있는 발끝만 쳐다봤다. 머릿속이 온통 뒤죽박죽이었다.

---

* 중국에서 새끼손가락을 드는 건 보잘것없고 하찮다는 의미로, 엄지를 드는 것과는 반대다.

잔옌페이가 없으니 린양과 둘이서만 나란히 서 있어야 했다. 위저우저우는 린양의 숨소리를 또렷이 들을 수 있었다. 심장이 다섯 번 뛸 때마다 린양은 숨을 한 번 쉬었다.

마음속에 묻고 싶은 게 있는데 어떻게 말을 꺼내야 할지 망설여졌다. 그러나 중요한 순간이 다가올수록 그 질문은 마음속에서 더욱 신나게 날뛰었다.

"린양?"

"응?"

"…… 아무것도 아냐."

위저우저우는 뭘 물어보고 싶은지, 뭘 기다리는지도 몰랐다. 다만 린양이 뭔가 말해줘야 하지 않나 하고 느낄 뿐이었다.

그러나 위저우저우는 알지 못했다. 린양에게 "난 널 좋아해"라는 말의 의미는 바로 "난 널 좋아해"였고, 어른들의 세계에서 "난 널 좋아해" 또는 "난 널 사랑해"라는 말에는 항상 "사귀자"라는 파생적인 의미가 담겨 있다는 걸 린양은 아직 모른다는 걸.

사귄다는 건 아주 복잡한 일이다. 여러 방면에 두루두루 관련되어 있으며, 다른 여러 사람들에게도 영향을 미친다. 사귄다는 건 매우 취약하고 오래 지속되기 어렵다. 하지만 사람을 더욱 취약하게 만들고 사귄 기간보다 오래 남는 상처를 줄 수도 있다.

그래서 어른들은 "사랑해"라고 말하기 전에는 반드시 심사숙고를 한다. 왜냐하면 그 말이 너무나도 많은 걸 대표하기 때문이다.

그러나 린양에게는, 잔옌페이가 "너 저우저우 좋아해?"라고 물어서 "좋아한다"고 대답했을 뿐이었다.

질문이 하나니 답도 그저 하나면 되었다.

아주아주 간단한 답.

심지어 위저우저우의 생각을 알 필요도 없었다.

'좋아한다'는 감정이 이보다 더 분명할 수 없었던 열두 살 린양은 "응"이라고 대답하기만 하면 되었다.

그는 자신의 시간축 위 정지 버튼을 가만히 눌렀다. 눈이 소리 없이 내렸고 곁에 있는 여자아이는 말없이 침묵했다.

새하얀 세상은 온통 평안했다……. 비록 그들은 무척이나 살풍경하게 여자 화장실 입구를 바라보고 있었지만 말이다.

하지만 그게 또 무슨 상관일까.

11.
미로의 갈림길

위저우저우는 린양이 어째서 자기 옆에서 기다리겠다고 하는 건지 이해할 수 없었지만, 나중에 그들 세 사람이 함께 위 선생님을 올려다보게 되었을 때 비로소 린양의 중요성을 체감할 수 있었다.

싱글벙글한 위 선생님 앞에서, 린양은 진지하고도 당당하게 청산유수로 상황을 설명하기 시작했다. 누군지 모르는 낯선 아이가 어떻게 그들 셋을 속여서 불러냈는지 직접 겪은 것처럼 생생하게 묘사하면서, 세 사람이 인쇄소 밖에서 얼마나 격렬한 사상투쟁을 벌였는지 그 과정까지 세세하게 늘어놓았다. 위저우저우는 누군가 장난친 거라면서 돌아가자는 입장을 고수했지만, 린양과 잔옌페이는 반신반의하며 조금만 더 기다려보자고 해서 결국 다 함께 하교 시간이 될 때까지 기다렸다는 내용이었다.

잔옌페이는 줄곧 무서워서 고개를 숙이고 있었고, 위저우 저우는 입가가 실룩거리는 걸 오랫동안 꾹 참았다.

린양, 우리 중에 누가 거짓말쟁이인 거야?

사실 위저우저우는 거짓말의 성공률은 입담과 임기응변 능력에만 달려 있지 않다는 걸 잘 알고 있었다. 그 거짓말이 뛰어난지 아닌지는 사실상 그 거짓말을 하는 사람이 누구냐에 달려 있었다.

만약 린양이 그들 셋이 외계인에게 잡혀갔다가 세일러 문에게 구출되어 돌아왔다고 말한다면, 위 선생님은 아마 "와, 세일러 문은 정말 좋은 사람이구나"라고 말하며 그들의 흠뻑 젖어 비밀을 드러낸 외투는 못 본 척 넘어갈 것이다. 심지어 빙그레 웃으며 린양의 머리를 쓰다듬고는 정말 똑똑하다고 칭찬할지도 모른다.

위저우저우는 의기양양하고 태연자약한 린양을 슬쩍 보며 희미하게 웃음 지었다.

린양은 자신이 상상한 것처럼 단순하지 않았다. 그는 타고난 영향력과 친화력을 늘 잊지 않았고, 어떻게 활용해야 할지 끊임없이 배우고 연구했다. 마치 아주 어릴 때 주변 누나에게 위저우저우 대신 봐달라고 웃으면서 떼를 썼던 것처럼, 또는 지금처럼 두 사람이 당황하는 걸 보고 곁에 남아 선생님께 나서서 헛소리를 하는 것처럼 말이다.

린양과 위 선생님의 대화는 이미 수업을 땡땡이친 화제에서 벗어나 '중학교 진학', '수학 올림피아드'를 거쳐 "나중에

분명 칭화淸華대나 베이징대 같은 명문대에 들어갈 거야",
"너네 장 선생님은 네 얘기만 하면 무척 자랑스러워하셔" 등
으로 이어졌다. 린양은 얌전히 웃고만 있었고, 위저우저우와
잔옌페이는 민망하게 한쪽에 서서 말없이 배경 역할을 했다.

"넌 어쩜 이렇게 똑똑하고 철이 들었니? 우리 아들이 너
같으면 정말 원이 없겠다! 우리 반 애들하고는 다르다니까.
시험 결과를 보니까, 본선 진출자는 쉬디 하나뿐이고 나머
지 애들은 어쩜 그리 멍청한지 죄다 탈락했지 뭐니."

위저우저우가 퍼뜩 고개를 들었다.

시험 결과가 벌써 나왔나? 이렇게 빨리?

시험을 망친 건 진작에 알고 있었지만, 아무리 기분이 울
적해도 아주 미약하고도 어렴풋한 희망은 품고 있었다. 마
치 궁지에 몰린 주인공이 기적을 바라는 것처럼 말이다. 그
러나 지금 그녀는 더는 안절부절못하지도, 심란해서 괴로워
하지도 않고 다시금 고요한 정적 속으로 되돌아왔다.

눈밭에서 제멋대로 들떴던 기분은 교실이 있는 건물의 잿
빛 대리석 타일과 새하얀 벽면에 짓눌려 가루가 되어버렸
고, 눈밭에 우수수 흩날리며 흔적도 없이 사라져버렸다.

시간은 멈추지 않는 법. 그것은 냉담하고 매정하게 한 걸
음씩 앞으로 나아가며 우리에게 결정을 독촉한다.

지난주 일요일, 선 선생님이 위저우저우에게 상하이음악
대학 부속중학교 입학시험을 쳐보지 않겠냐고 정식으로 말

을 꺼냈다.

"구 선생님께서 여러 번 말씀하셨어. 넌 손가락 조건이 아주 타고난 건 아니지만, 아주 영리하고 노력도 열심히 한다고 말야. 구 선생님은 네가 올 여름 10급 시험을 준비하면서 음대 부중도 함께 준비하길 바라셨어. 나름 그분의 유언인 셈이지."

위저우저우는 엄마와 이 일에 대해 줄곧 상의하지 않았다. 자신이 뭘 피하는 건지는 알 수 없었다.

불현듯 그날 일이 떠올랐다. 바이올린을 안고 계속해서 활에 송진을 바르던 언니의 얼굴은 이미 흐릿해졌지만, 목소리만큼은 머릿속을 배회하고 있었다.

"난 내가 모차르트가 아니란 건 진작에 알고 있었어."

"이쪽 분야로 나가서 대가가 되는 사람이 몇 명이나 있겠어?"

"어차피 난 공부도 못해. 좋은 고등학교에 들어가지 못할 바엔 차라리 예술학교나 음대 부중에 가는 게 나아. 아무리 못해도 음대 시험을 칠 수 있으니까. 몇 년 배우고 졸업하면 오케스트라에 들어가서 안정적으로 일할 수 있고, 선생님이 되어서 학생들도 가르칠 수 있거든. 넌 모르지? 악기 선생님이 되면 돈을 엄청 벌 수 있다구! 우리 엄마가 나보고 열심히 노력하면 평생 안정적으로 살 수 있을 거랬어."

위저우저우는 첼로 위에 엎드려 조용히 물었다. "그게 다야?"

"그럼 넌 뭘 어쩌고 싶은데?" 여자아이는 위저우저우와 그녀의 첼로를 위아래로 훑어봤다. "이 정도면 훌륭하지. 넌 네가 누구라고 생각하는데? 이 세상에 요요마*가 몇 명이나 된다고?"

위저우저우는 고개를 저으며 더는 따지지 않았다.

그 길은 물론 좋았지만 그녀가 좋아하는 길은 아니었다.

구 선생님이 잘못된 길을 가르쳐줄 리는 없었지만, 그렇다고 맞는 길이 이거 하나뿐인 건 아니었다. 최소한 이 길이 위저우저우가 원하는 길이 아님은 분명했다.

첼로를 좋아하지 않는 건 아니었지만 열렬히 사랑하지도 않았다. 음대 부중이라는 길은 한눈에 끝이 보이는 듯했다. 그녀의 미래는 늘 안개로 뒤덮여 있었다. 그러나 그녀는 이제껏 당황하기는커녕 오히려 동경으로 가득했다.

비록 한때 〈슬램덩크〉의 세계에 들어가는 환상을 가졌고, 미소녀 전사의 약간은 쑥스러운 세일러복을 언젠간 입을 수 있을 거라는 환상을 가졌고, 히미코의 손을 잡고 무지개에 올라타 마계산으로 도전을 떠나는 환상을 가졌지만……, 이 모든 것들은 사실 위저우저우 자신의 세계와는 비교도 되지 않았다.

그녀의 이야기는 아직 서막도 오르지 않았다. 번번이 말했었다. 저우저우, 넌 분명 굉장히 대단한 사람이 될 거야.

---

* Yo-Yo Ma, 첼리스트.

굉장히 대단한 사람은 어떤 모습일까, 위저우저우는 알지 못했다.

그러나 지금 이런 모습은 분명 아니었다.

누군가 팔꿈치로 그녀를 쿡 찔렀다. 위저우저우는 순간 깜짝 놀라 고개를 들었다가 위 선생님이 그녀를 무표정하게 주시하는 걸 봤다. 생각에 정신이 팔려 방금 무슨 일이 있었는지 전혀 모르는 위저우저우는 고개를 숙였고, 잔엔페이가 옆에서 조그맣게 속삭였다. "선생님은 네 이름만 불렀지, 아무것도 안 물었어."

린양이 웃으면서 위저우저우가 한 번도 들어보지 못한 말투로 위 선생님에게 말했다. "위저우저우가 얼어서 바보가 됐나 봐요. 아까 교문 밖에서 보초 설 때 애가 옷을 가장 얇게 입고 있었거든요."

위 선생님은 린양이 상황을 무마하려는 것에 아랑곳하지 않고 말투를 바꿔 냉담하게 말했다. "위저우저우, 언제 네 어머니께 학교 좀 오시라고 해. 내가 휴대폰으로 전화를 해봤는데 늘 통화중이시더라. 무슨 일로 바쁘신지는 모르겠지만, 아무리 돈 버느라 바빠도 아이 교육이 가장 중요하지 않니. 나 혼자 학생들을 오육십 명이나 관리하려니 힘들어서 죽을 거 같아. 그러다 보니 아무래도 세세하게 신경 쓰지 못하는 부분도 있을 거고. 다른 애들 부모님은 진작에 와서 진학 상담을 받았어. 저번에 학부모 회의 때 말씀드렸는데,

너희 어머니는 아무 반응이 없으시더라고. 네 장래는 네 자신의 일이지만, 학부모가 관심이 없으면 나도 뭐라고 해줄 말이 없어. 관심도 없는데 말해봤자 쓸모없지 않겠니?"

쏟아지는 말에 린양은 머리가 어질어질할 지경이었다. 그는 고개를 들어 위저우저우가 고집스럽게 입을 꾹 다물고 냉담한 표정으로 한쪽에 서 있는 걸 봤다. 마치 학급에서 비호감에 미련하고 융통성 없는 열등생 같아 보이면서도, 얼굴에는 남들에게는 없는 차분함이 있었다.

저건 위저우저우일까?

4, 5년의 눈부신 시간을 뛰어넘어, 그는 다시금 1학년 때의 어느 날 오후로 되돌아간 것 같았다. 그는 멀리서 그녀가 깍두기 노트를 쥐고 금방이라도 울 것 같은 표정으로 인정사정없는 고학년 주번에게 조그만 목소리로 사정하는 걸 봤다. 보는 사람이 마음 아플 정도로 애처로운 모습이었다.

아주 비슷했지만 아주 달랐다. 고개를 숙이고 선생님의 불평을 듣는 위저우저우의 표정은 무척이나 냉담했고, 어릴 때처럼 동정을 구하거나 동경하는 표정은 찾아볼 수 없었다. 주의력이 언제 또 어디로 날아갔는지, 지금 눈앞의 여자아이는 어느새 다시 철봉 위에 앉아 있던 눈사람이 되었고, 수많은 산과 강으로 가로막혀 다가갈 수 없었다.

"저우저우, 집에 같이 가자."

그는 생각도 하지 않고 불쑥 외쳤다. 위저우저우는 마침내 자신의 작은 세계에서 끌려 나와 눈을 동그랗게 뜨고 그

를 바라봤다. 오히려 반응이 재빠른 건 잔옌페이였다. 잔옌
페이는 즉시 몸을 돌려 달려나가며 소리쳤다. "걱정 마, 난
바로 갈게. 다른 애들한테도 말 안 할 거야!"

린양은 침을 꿀꺽 삼키며 오늘은 어떤 희생을 치르더라도
나서야겠다고 생각했다. 비록 엄마, 아빠가 그를 학교로 데
리러 오지 않은 지 오래였지만, 그래도 매일 하교는 장찬, 링
샹첸과 함께해야 했다. 부모님이 위저우저우를 좋아하지 않
는다는 건 전부터 민감하게 느껴서 알고 있었다. 최근에는
어렴풋이 그 이유도 알았기에 "같이 가자"라는 말을 할 때
속으로 두렵지 않았던 건 아니었다.

두려움. 엄마, 아빠를 속이고 나쁜 일을 할 때와 같았다.

위저우저우는 고개를 삐딱하게 기울이고 알 수 없는 눈빛
으로 그를 바라봤다.

린양은 마음을 모질게 먹고 아주 진지하고 아주 큰 소리
로 말했다. "저우저우, 집에 같이 가자."

"집에 같이 가자."

그렇게나 가볍고 자연스러운 한마디였다. 마치 어제, 그
제, 작년, 재작년…… 줄곧 함께 집에 같이 가던 그들이 오늘
도 그저 늘 하던 대로 인사를 나눈 것처럼 말이다.

오늘 집에 같이 가는 거 잊지 마.

위저우저우는 고개를 숙이고 열심히 눈을 밟았다. 남들이
밟은 부분 말고 아무도 밟지 않은 조용하고 평평한 곳만 골

라서 밟았다.

"…… 저우저우?"

"응?"

"방금 너네 담임선생님이 네 진학에 대해 얘기하던데……."

"별거 아냐." 위저우저우는 얼른 고개를 돌리고 몇 초간
침묵하다가 불쑥 물었다. "린양, 넌 크면 뭘 하고 싶어?"

린양은 얼떨떨했다. 위저우저우가 철봉 위에서 했던 질문
을 또 했다. 그리고 이런 질문은 그의 아빠, 엄마, 삼촌, 이모
그리고 담임선생님들만 묻는 거였고, 더구나 아주 어릴 때
에만 국한된 거였다.

그 시절 그는 큰 소리로 대답했었다. "저는 천문학자가 될
거예요!"

옆에 있던 장촨은 콧물을 훌쩍이며 조그맣게 말했었다.
"전 유엔 사무총장이요."

유엔 사무총장은 장촨이 생각해낼 수 있는 세상에서 가장
높은 관직이었다. 그러나 나중에 크고 나서야 그게 실은 세
상에서 가장 쓸모없는 관직이라는 걸 알게 되었다.

위저우저우의 질문 앞에서 린양은 고개를 저을 수밖에 없
었다. "모르겠어." 말을 마치고는 무척 부끄럽다는 듯이 한
마디 더 보탰다. "그치만 계속 앞으로만 가면 될 거 같아."

"계속 앞으로 간다고?"

"응." 린양의 얼굴에 자신 있는 미소가 떠올랐다. "아빠가
그러셨어. 만약 아직 생각이 정리되지 않았다면 계속 앞으

로만 가면 된다고. 가장 잘할 때까지 열심히 노력하고, 가장 좋은 중학교에 들어가고, 가장 많은 재주를 배우고, 가장 좋은 학교에 들어가고, 가장 많은 책을 보고, 가장 많은 지식을 배우는 거야. 아빠 말로는 이런 게 다…… 밑천이래." 린양은 잠시 생각에 잠겼다가 '밑천'이라는 단어를 잘못 사용하지 않았음을 확신하곤 다시 말을 계속했다. "그러다가 어느 날 하고 싶은 일이 생기면, 그땐 내 손에 충분한 능력이 갖춰져 있을 테니까 그 방향으로 노력하면 될 거고 후회하지도 않게 될 거야."

위저우저우가 눈을 들어 린양을 바라봤다. 해맑게 웃는 얼굴은 마치 눈밭에 우뚝 선 백양나무의 연두색 나뭇가지가 바람을 맞아 흔들리는 것처럼, 봄이 일찌감치 다가온 것만 같았다.

"그거 참 좋네." 그녀가 웃었다.

"저우저우, 넌?"

"나?" 위저우저우는 그를 보는 대신 고개를 숙이고 주변 1미터 안에 새로 쌓인 눈을 모조리 밟은 다음 고개를 들었다. "나도 몰라."

"그럼 나랑 똑같네!" 린양은 아주 기쁜 듯이 위저우저우의 늘어진 책가방 끈을 잡아 이리저리 흔들었다.

위저우저우는 웃으며 고개를 저었다.

"아니, 린양. 우린 달라."

12.
살려줘

"뭐가 다른데?"

위저우저우는 딱히 설명하기가 어려웠다.

이 세계 이면에 흐르는 맥을 짚어보고자 시도했지만 복잡하게 얽히고설킨 운명선 앞에서는 아무것도 제대로 보이지 않았다.

린양은 더는 묻지 않고 하얀 입김을 내뿜으며 쌓인 눈을 툭 차더니 막연하게 물었다. "저우저우, 넌 어른이 되고 싶어?"

위저우저우는 고개를 저었다. "아니."

예전에는 무척 그러길 바랐다.

"너도 설마 잔옌페이처럼……."

"아니." 위저우저우가 계속해서 고개를 저었다. "난…… 어릴 때로 돌아가고 싶어."

"어릴 때?" 린양이 손을 뻗어 위저우저우의 꽁지머리를 살짝 잡아당겼다. 예전처럼 위저우저우의 말총머리를 잡아당기지 않은 지도 아주 오래되었다. 차갑고 부드러운 위저우저우의 머리카락이 장난기 많은 물고기처럼 손가락 사이로 빠져나갔다. 린양은 위저우저우의 약간 울적해진 표정을 눈치채지 못하고 다시 손을 뻗어 재미있다는 듯 계속해서 만지작거렸다.

"왜냐하면 어릴 땐 아무것도 모르고 아주 즐거웠거든." 위저우저우는 눈을 감았다가 유감스럽게도 그리그리 공작과 크리크리 자작의 얼굴이 기억나지 않는다는 걸 깨달았다.

너희는 여왕 폐하를 원하지 않는 거야? 아니면 비행기 수리가 끝나서 너희 별로 돌아간 거야?

그녀는 작별 인사조차 하지 못했다.

다시 눈을 떴을 때, 위저우저우는 살짝 흠칫하더니 재빨리 방향을 돌려 내달렸다. 두껍게 눈이 쌓인 길 위로 그녀의 살짝 굼뜬 뒷모습이 린양을 멀리 따돌렸다. 린양의 손이 허공에 멈췄다. 그 까만 잉어는 그렇게 그의 손에서 훌쩍 떠나 다시는 잡히지 않았다.

"저우……." 갑작스런 상황에 미처 반응하지 못한 린양은 위저우저우가 달려간 방향을 한참 멍하니 바라보다가 비로소 멀리서 누군가 자신을 부르는 걸 들었다.

"린양!" 소리 나는 쪽을 돌아보니 몇십 미터 떨어진 모퉁이에 장촨의 왜소한 그림자가 보였다. 장촨이 린양을 향해 달려왔고, 그 뒤에는 링샹첸이 따라오고 있었다.

"볼일은 다 끝났어? 네가 우리보고 먼저 가라고 하긴 했는데, 링샹첸이 우리가 천천히 걸어가면 네가 나중에 뒤따라올 수 있을지도 모른다고 하더라고. 봐, 과연 이렇게 만났네."

"어, 어……." 린양은 넋 나간 듯이 고개를 끄덕였다.

위저우저우는 삼륜차와 잔토 더미 뒤에 숨어 있다가 한참 후에야 슬그머니 고개를 내밀어 그들이 서 있던 곳을 바라봤다. 린양은 이미 보이지 않았다.

다시 그곳으로 돌아가 보니 바닥에는 발자국이 어지럽게 찍혀 있어서 어떤 게 린양의 발자국인지 구분할 수 없었다.

위저우저우는 어째서 도망쳤는지 알지 못했다.

어쩌면 단지 그가 엄마에게 호되게 뒤통수를 맞은 후 눈을 붉힌 채 더없이 낭패스러워하는 모습을 다시 보고 싶지 않아서일지도 모른다.

단지 그뿐이었다.

위저우저우는 엄마가 집에서 저녁밥을 안 먹은 지 대체 얼마나 오래되었는지 기억도 가물가물했다.

막 식사를 하려는데, 방범문 바깥에서 또각거리는 하이힐 소리가 들려왔다.

"저우저우, 네 엄마가 오늘 저녁엔 집에서 밥을 먹나 보다." 외할머니의 목소리는 무척이나 힘이 없었다. 외할머니는 매일 맑은 죽만 먹었고 반찬도 따로 덜어서 먹었다.

"엄마, 방금 루오우백화점을 지나오는데 마침 전기 온풍기 특가 세일을 하더라구요. 올해는 집에 난방이 잘 안 들어오는 거 같은데 엄마는 무릎도 다시 아프다면서요? 그래서 하나 사 왔어요. 엄마 방에 두고 밤에 한번 써봐요. 방이 따뜻하면 무릎도 덜 아플 거예요."

위저우저우는 엄마가 허리를 숙이고 하얀 포장 박스를 거실 구석에 세워두는 모습을 지켜봤다. 검정 캐시미어 코트가 엄마의 아름다운 허리 곡선을 드러내주었다. 엄마는 코트를 옷걸이에 걸며 고개도 들지 않고 말했다. "다들 먼저 드세요, 난 가서 손 좀 씻고."

위저우저우는 고개를 숙이고 입안으로 밥을 떠 넣다가, 무심코 외숙모가 고개를 숙인 채 줄곧 엄마를 흘겨보는 걸 보고 말았다.

위저우저우는 눈동자를 코밑 쌀밥에 고정했다. 눈에 너무 힘을 줘서인지 약간 사팔뜨기가 되면서 이마가 지끈거렸다.

"저우저우, 오늘은 만화영화 안 보니?"

엄마는 화장대 앞에서 화장솜에 클렌징오일을 묻혀 얼굴을 닦는 중이었다. 위저우저우는 조용히 침대 가장자리에 앉아 고개를 저었다.

"응, 보고 싶지 않아."

6시에 지역 방송국에서 방영해주는 만화영화는 안 본 지 오래됐고 〈커다란 풍차〉도 더는 보지 않았지만, 엄마는 전혀 모르고 있었다.

그들 모녀는 이렇게 서로의 인생을 놓치고 있는 것만 같았다. 위저우저우는 엄마가 언제부터 다정하고 온화한 미인에서 세련되고 날카로운 커리어 우먼으로 변해서 생활 템포도 엄마의 하이힐처럼 굉장히 빨라진 건지 생각나지 않았다. 그리고 엄마는 아마도 더는 예전처럼 콜라카오 한 잔을 들고 문밖에 서서 자신의 작은 극장에 대사를 알려주지 못할 것이다.

위저우저우는 엄마가 무척 힘들다는 걸 알고 있었다. 전에 자는 척하면서 엄마가 밤늦게 돌아와 곁에 누운 걸 확인한 후에야 안심하고 잠든 적이 여러 번 있었는데, 그때 어렴풋이 엄마의 억눌린 흐느낌을 들었다.

위저우저우는 아주 열심히 착한 아이 노릇을 해왔지만, 엄마 마음속 팽팽하게 당겨진 활시위를 조금도 누그러뜨리진 못한 것 같았다.

"숙제는 다 했어? 요새 혹시 또 돈 내야 할 거 있니?"

"아무것도 없어."

엄마는 마침내 손에 든 화장솜을 내려놓고 몸을 돌려 위저우저우를 바라봤다. "저우저우, 왜 그래?"

말이 끝나기도 전에 은백색 신형 모토로라 휴대폰이 울렸다. 엄마는 전화를 받아 엄격한 말투로 "네, 네" 대답하더니 휴대폰을 닫고 다시 분주히 화장을 하기 시작했다. 그런 다음 가방과 외투를 걸치고 밖으로 나갔다.

위저우저우는 침대 위에 앉아 텅 빈 화장 거울을 주시하며 한참 동안 멍하니 있었다. 고개를 숙이자 별안간 울고 싶어졌다.

그녀는 오랫동안 준비했다. 심지어 수학 올림피아드를 망치고 위 선생님에게 혼났다는 걸 엄마가 알고 화를 내거나 실망할까 봐 너무나도 두려운 나머지, 아주 오래오래 자신을 격려해야만 했다. 그런 후에야 비로소 엄마와 대화를 나누기 위해, 자신의 앞날에 대한 '대화'를 하기 위해 조마조마하며 방으로 들어왔다.

결국 하려던 말은 그대로 묻혀버렸다.

위저우저우는 전에 없이 구 선생님이 그리웠다.

죽음은 비수였고, 상처를 입고 피를 흘리는 건 산 사람이었다.

위저우저우는 방에 앉아 자신의 짧은 12년 삶 속에서 친한 사람이 누가 있을까 돌이켜 봤지만, 놀랍게도 아무도 없었다.

그녀는 망연자실 방을 둘러보다가 전화기에 시선이 꽂혔다.

13.

Fly away

강가의 이 오솔길은 특히나 길었고 약간 경사가 져 있어 아주 미끄러웠다. 위저우저우는 조심스럽게 한 발 한 발 내딛다가, 왼손을 들어 힘겹게 손목시계를 확인해보니 아직 5분 전이었다.

얼른 가자! 조심스럽게 달리기 시작한 그녀는 간혹 휘청거리며 하마터면 나동그라질 뻔하기도 했다.

마침내 오솔길 끝에 도착해 모퉁이를 돌아 고개를 들었다.

가로수로 가려진 곳을 벗어나자 시야가 탁 트였다. 얼음으로 뒤덮인 드넓은 강물이 새하얀 용처럼 조용히 천안의 등 뒤에 엎드려 있었다.

하얀 패딩 점퍼를 입은 천안은 여전히 귀가 새빨갛게 얼어붙은 채로, 처음 만났을 때와 같은 모습이었다.

그는 하얀 세상에 서서 하얀 웃음꽃을 피웠다.

"오래 기다렸지." 위저우저우는 갑자기 약간 어색해져 예의 바르게 허리를 굽혔다. 그 찰나에는 심지어 존재하지도 않는 치맛자락을 들고 무릎을 굽혀 인사를 하고 싶다는 생각이 들기까지 했다.

나중에 위저우저우는 그날 저녁을 떠올릴 때마다 감탄이 절로 나왔다. 천안은 늘 그녀에게 기적 같은 순간을 선사해주는 사람이었다.

위저우저우는 오랫동안 전화기만 주시하다가 갑자기 울음이 터져 나왔다.

그녀는 전화기 앞으로 한 걸음씩 다가가 가만히 수화기를 들어 귀에 갖다 댔다. 흐느끼느라 말이 나오지 않았다.

누구라도 좋으니 나한테 말해줄 수 있어요?

"난 어떻게 해야 해요……." 울음 섞인 목소리가 전화기 안으로 파고들어 갔다. 흐느끼는 숨소리와 함께 위저우저우는 뜨거운 눈물이 용암처럼 얼굴 위로 흘러 떨어지는 걸 느낄 수 있었다.

"뭘 어떻게 해?"

수화기 너머에서 들려오는 웃음기와 놀라움이 담긴 목소리에 위저우저우는 깜짝 놀라 하마터면 자리에서 뛰어오를 뻔했다.

"당신은…… 당신은……." 위저우저우는 그녀의 나이에 무척 미안해지는 말을 해버렸다. "혹시…… 신선이에요?"

전화 저편에서 하하 웃는 소리가 위저우저우의 눈물을 그치게 했다.

"맞아, 난 신선이야. 소원을 빌고 싶니?"

위저우저우는 바들바들 떨었다. 전화 저편의 신비로운 사람을 믿어야 할지 판단이 서지 않았다. 난감한 정적이 흐르고, 그녀는 결국 숨을 깊이 들이마시며 큰 소리로 말했다.

"저는……."

난 뭘 하고 싶지? 위저우저우는 정신이 멍해졌다. 사대부중에 가는 거? 수학 올림피아드 문제를 잘 푸는 거? 아니면…….

"뭔데?"

"전……." 다급해진 위저우저우는 거의 울 지경이었다. 신선들은 다들 바쁠 텐데, 이렇게 가까스로 전화가 연결된 마당에 이렇게 우물쭈물하면 신선도 짜증을 내지 않을까.

"제 소원은……, 저한테 다시 세 가지 소원을 들어주실 수 있을까요?"

신선은 숨이 넘어갈 듯 웃었다.

"위저우저우, 너 정말 얄짤없구나……."

위저우저우는 나중에야 깨달았다. 세상에 존재하는 기적의 대다수는 그저 우연에 불과하다는 걸 말이다. 천안이 전화번호를 다 누르고 미처 신호 연결음이 울리기도 전에 저쪽의 위저우저우가 눈물, 콧물을 흘리며 수화기를 들었던 것이다.

"에이, 신선이 아니었네."

"어?" 천안의 웃는 얼굴이 전화선을 사이에 두고도 충분히 느껴졌다. "누, 가, 아, 니, 래?"

"사실 저녁때가 더 좋아. 오색 조명이 켜져서 훨씬 예쁘거든. 하지만 낮에는 사람이 적어서 얼음 미끄럼틀을 서로 타겠다고 경쟁할 필요가 없지."

위저우저우는 지금까지도 어리둥절할 뿐이었다. 그녀가 바들바들 우물쭈물하며 신선에게 자신은 너무 두렵고 즐겁지가 않다고 말했더니, 신선은 구체적인 이유도 묻지 않고 토요일에 같이 강변에 있는 얼음 놀이공원에 가자고 초대한 것이다.

"천안 오빠." 위저우저우는 결국 용기를 내서 물었다. "오빠는 몇 살인데 아직도 얼음 미끄럼틀을 타……."

천안은 손으로 귀를 비비다가 이제 막 생각난 듯 검정 배낭 안에서 귀마개를 꺼내 쓰고는 코를 만지작거렸다. "하하, 어릴 때 놀아본 적이 없어서." 놀랍게도 약간은 서글픈 말투였다.

위저우저우는 그를 따라 입구로 들어갔다. 입장권은 저렴하지 않았지만, 천안은 신선들은 모두 돈이 많다며 꼭 자신이 내야 한다고 했다.

"우리 뭐부터 놀아볼까?" 천안은 두 손을 주머니에 찔러 넣고 광활한 놀이공원을 둘러봤다. 끝이 보이지 않는 하늘은 씻은 듯이 맑고 푸르렀다. 고개를 들어 숨을 깊이 들이마시니 차가운 공기가 폐 안쪽에 가득 들어차면서 가슴이 살짝 욱신거렸지만, 한편으로는 그렇게나 상쾌할 수가 없었다. 다시 숨을 천천히 내뱉으니 상처가 조금씩 치유되는 느낌이었다.

위저우저우는 여전히 침울하고도 걱정스러운 표정이었다. 놀이동산에 드넓게 펼쳐진 하얀 눈과 얼음 세상은 신기하고 흥분을 자아냈지만, 이런 즐거움은 늘 족쇄를 차고 있어서 그녀 혼자서는 풀 수 없었다.

천안은 그 점을 눈치챘는지 위저우저우의 작은 책가방을 잡아당겨 그녀를 얼음 미끄럼틀의 높은 꼭대기까지 거꾸로 끌고 갔다.

"우리 이거 타자." 그는 어디서 구해 왔는지 모를 커다란 갈색 판지를 내밀었다. 종이 박스를 펴서 자른 것처럼 보였다. 천안은 위저우저우의 어깨를 눌러 그녀를 판지 위에 앉힌 다음, 그 뒤에 앉아 그녀의 어깨를 꽉 감싸며 조용히 말했다. "하나, 둘, 셋, 출발!"

위저우저우는 소리를 지르거나 눈을 감을 겨를도 없었다. 정면에서 불어오는 바람이 눈 속으로 들어가며 안개를 모조리 싹 씻어내 준 것만 같았다. 등 뒤에는 탄탄한 가슴이 받치고 있어서 그녀는 두 팔을 벌려 상상도 못 한 속도로 새하얀 망망 대지를 향해 돌진했다. 무중력상태가 되었기에 그녀는 더 이상 묵직하지 않았다.

린양이 그녀와 잔옌페이를 데려가서 함께 놀았던 작은 흙 언덕과는 달랐고, 그런 작은 즐거움과도 달랐다. 판지가 바닥 멀리까지 미끄러져 내려가 천천히 멈췄을 때, 위저우저우는 이제 막 활공을 배워 가볍게 착지한 철새가 된 기분이었다. 무척이나 통쾌했다.

"또 탈래?"

"응!"

위저우저우는 거의 바로 펄쩍 튀어 올라 천안의 엉덩이 밑에 깔린 판지를 빼냈고, 그 바람에 천안은 하마터면 그대로 나동그라질 뻔했다.

"야, 날 데려가야지!"

"이번엔 오빠랑 같이 안 탈 거야!" 무산계급 무신론 계승자의 본성을 회복한 위저우저우는 신선을 등 뒤에 버려둔 채, 자신의 두 배나 되는 커다란 판지를 끌며 굼뜨게 얼음 계단을 기어 올라갔다.

하늘을 나는 건 중독성이 있었다. 위저우저우는 미끄럼틀을 내려오는 동안에는 자신이 누군지도 거의 잊어버렸다. 자신은 그저 한 마리 새, 그저 지나가던 한 마리 철새일 뿐이었고 잠깐 쉬다가 먼 곳으로 날아가야 했다.

아주 멀고 먼 곳으로.

마침내 피곤해진 위저우저우는 이마에 송글송글 맺힌 땀을 닦으며 고개를 들었다가 가로등에 기대어 웃고 있는 천안을 발견했다.

그녀는 벌떡 일어나 판지를 주워 미안하다는 듯 건넸다.

"오빠…… 오빠도 탈래?"

위저우저우는 진심으로 부끄러웠다. 신선은 어릴 때 이런 놀이를 해본 적도 없다는데, 그런 그에게서 놀 기회를 빼앗다니.

"고마워, 넌 참 통이 크구나."

천안의 웃음기 섞인 야유에 위저우저우는 고개를 푹 숙였다.

"가자, 개썰매 타러!"

"이게 개썰매인 거 확실한가요, 신선님?"

천안은 웃을 수도 울 수도 없었다. 눈썹을 치켜올리며 불만스러운 표정을 한 위저우저우 앞에서 사죄할 수밖에 없었다.

위저우저우와 천안은 각각 밧줄을 하나씩 잡고 조심스럽게 빙판 위를 천천히 나아갔다. 썰매 위에는 꾀죄죄한 회색 개 한 마리가 앉아 있고, 옆에는 검은 개가 고개를 푹 숙이고 따라갔다.

그들은 개썰매를 타고 멀리까지 갔는데, 검은 개의 속도를 계속 따라가지 못해 썰매를 자꾸만 오른쪽으로 돌게 만들었던 회색 개가 결국 휘청거리다 쓰러지고 말았다.

그들은 끙끙거리며 울부짖는 회색 개를 썰매 위로 올린 후, 썰매 밧줄을 잡고 장례식에 참석한 것마냥 침통해하는 검은 개와 함께 멀리 떨어진 베이스캠프를 향해 나아갔다.

"정말 운도 없네."

"오빠가 너무 무거워서 그래." 천안의 어쩔 수 없다는 말에 위저우저우가 정색하며 대꾸했다.

천안은 고개를 돌려 회색 개를 매섭게 째려봤다.

그런 다음 자신을 노려보는 위저우저우를 봤다.

"신선을 이렇게 대하기야?"

위저우저우는 이번에는 대꾸하지 않고 고개를 숙인 채 열심히 밧줄을 끌었다. 발밑이 살짝 미끄러웠다.

"오빠가 진짜로 신선이면 좋을 텐데."

14.

넌 대체 누굴 믿는 거야

"천안 오빠, 오빠도 곧 대학 입학시험 봐?" 위저우저우는 재빨리 화제를 돌렸다.

"응. 내년 7월에."

"공부해야 하지 않아? 우리 언니도 곧 대학 시험 보는데 맨날 먹고 자고 화장실 가는 시간 빼고 공부만 하거든. 게다가 늘 부모님이랑 싸워. 엄청 짜증이 나나 봐."

"내가 공부 안 한다고 누가 그래?" 천안이 눈썹을 치켜올리며 웃었다.

"그럼 왜 여기까지 와서 미끄럼틀을 타?"

천안이 유쾌하게 웃었다. "그게 다 무슨 말이야? 쉬지 않고 문제만 풀면 사람은 바보가 된다구."

"그럼 왜 나보고 놀러가자고 한 거야?"

천안은 텅 빈 왼손으로 코를 문질렀다. "지금은 안 가르쳐줄 거야. 이따가 다시 얘기하자."

위저우저우는 문득 떠오르는 일이 있었다. "맞다, 예전에 오빠가 오케스트라를 떠날 때, 무슨 대회에 나가면 대학에 추천입학으로 들어갈 수 있다고 하지 않았어?"

"아, 물리 경시대회?" 천안은 웃으면서 마치 아주 오래전 일이라는 듯 가볍게 이야기했다. "본선 때 배탈이 나는 바람에 시험을 잘 못 봤어. 그래서 2등상을 받았는데, 그걸로 선택할 수 있는 대학은 죄다 마음에 들지 않아서 대입시험 봐서 들어가려구."

위저우저우의 직감에 그건 운명이 달린 경시대회였다. 그런데 그날 그렇게나 운이 나빴던 천안에게서는 오히려 난처함이라든지 아쉬움을 전혀 찾아볼 수 없었다. 그녀는 절로 숙연해졌다. 천안은 1등상을 수상할 가능성이 있었는데도 원망하지 않았다. 그렇다면 줄곧 수학 올림피아드 문제를 풀 줄 몰랐던 위저우저우는 원래도 그녀의 것이 아니었던 예선 탈락 때문에 속상해할 자격이 있을까?

그녀는 고개를 돌려 천안을 바라봤다. 푸른 하늘과 하얀 눈밭 배경에서 소년의 온화하고 차분한 옆모습은 마음을 안정시켜 주었다. 그는 등 뒤로 묵직한 썰매를 끌면서도 줄곧 가뿐한 모습이었다. 그의 선천적인 음악 재능과 전화고 학생이라는 점, 그리고 실내에 계단이 있는 궁전 같은 커다란 집……. 이 모든 건 충분히 다른 사람들이 그의 우수함과 행운을 부러워하게끔 했다. 하지만 지금 그 속에 끼어 있는 오묘함을 엿보고 나니 그렇게 순조롭기만 한 건 아닌 것 같았고, 천안의 미소 뒤에는 다른 비밀이 있는 듯했다.

"오빠는 칭화대에 꼭 합격할 거야." 위저우저우는 지극히 진지하게 그를 바라보며 말했다.

천안이 웃었다. "큰일 났네, 난 베이징대에 가고 싶은데 어떡하지? 좀 봐주라, 허락해줄 수 있어?"

대번에 얼굴이 빨개진 위저우저우는 고개를 숙이고 조그맣게 말했다. "…… 아쉬운 대로 베이징대도……."

천안이 하하 웃음을 터뜨렸다. "그래, 그럼 좀 억울하긴 하지만 아쉬운 대로 베이징대에 가지 뭐."

위저우저우는 고개를 들어 하늘을 바라봤다. 지극히 푸른 세상의 끝은 대체 얼마나 멀리 떨어져 있을까? 그녀는 천안이 아주아주 먼 곳까지 날아갈 수 있을 거라고 줄곧 믿어왔다. 그는 그녀가 본 모든 사람들 중에서 가장 주인공 같은 사람이었다. 추천입학 실패는 그저 결말이 오기 전에 겪는 작은 시련일 뿐이고, 모든 불행은 그저 디딤돌 역할을 하며 그를 꼭대기로 올려 날아가게 만들어줄 것이다.

"정말 좋다, 그럼 베이징에 갈 수 있겠네." 그녀가 얼빠진 표정으로 말했다

"베이징 좋아해?" 천안이 호기심을 보였다.

"아니." 위저우저우가 웃으며 설명했다. "베이징에는 가본 적도 없는걸. 어렸을 때부터 집을 떠나본 적이 없어. 여름

방학 때 다른 애들은 황산黃山이며 타이산太山이며 또는 바닷가에 가서 노는데, 난 한 번도 이 도시를 떠나지 못했어. 그래도 오빠가 참 부럽다. 집에서 아주 먼 곳으로 떠날 수도 있잖아. 며칠 여행 가는 게 아니라…… 완전히 떠나는 거니까."

천안은 웃음을 그치고 옆에 있는 막막한 눈빛과 동경하는 표정의 꼬마 아가씨를 진지하게 쳐다보다가, 고개를 돌려 멀리 하늘가로 시선을 던졌다.

"맞아, 난 떠나고 싶어."

아주 짧은 한마디였지만 위저우저우는 무척 의아하다는 듯 그를 바라봤다. 왜냐하면 천안은 자신에 대해 말하는 경우가 무척 드물었기 때문이었다. 그는 항상 웃었고, 항상 다른 사람을 위로하며 다른 사람의 일을 분석해주곤 했지만, 그가 먼저 나서서 "난 뭘 좋아해", "난 뭘 싫어해", "난 뭘 원해" 같은 말을 한 적은 한 번도 없었다.

"왜?"

천안이 위저우저우의 얼굴을 꼬집었다. "이유는 없어."

그리하여 위저우저우도 더는 묻지 않았다. 늘 남의 마음을 잘 이해하는 위저우저우는 산제제나 다른 여자애들처럼 다른 사람이 말하고 싶지 않은 일을 꼬치꼬치 캐묻지 않았다.

"저우저우, 넌 왜 기분이 안 좋아?"

위저우저우는 살짝 놀랐지만 습관적으로 부인하는 대신 반문했다. "어떻게 알았어?"

천안이 눈을 깜빡이며 웃었다. "난 신선이잖아."

위저우저우가 명탐정 코난처럼 눈을 내리까는 걸 보고 천안은 하품을 하며 말했다. "사실 동짓날 가족 모임에서 산제제한테 네 얘기를 들었어. 요즘 네가 좀 이상한데 왜 그러는지 이유를 말해주지 않는다고 말야. 네가 수학 올림피아드 때문에 시달리느라 미친 건 아닐까 추측하던데."

당연한 대답이었지만, 위저우저우는 그래도 살짝 실망스러웠다.

그 순간 그녀는 문득 자신의 변화를 깨달았다. 예전에는 두 마리 귀족 토끼만 앞에 있으면 조그마한 고민거리를 털어버릴 수 있었다. 그런데 고민거리가 갈수록 복잡하게 커지고 토끼도 잃어버린 지금, 그녀는 누군가 토끼들처럼 자신의 모든 두려움과 걱정거리를 받아주기를 기대하고 있었다. 게다가 그 사람은 반드시 신선처럼 자신이 아무 말도 하지 않아도 다 알아야 했다. 고민을 털어놓는 과정에서 오는 민망하고도 난처한 침묵을 생략할 수 있으니 말이다.

천안은 확실히 신선은 아니었다.

위저우저우는 그래도 예의 바르게 대답했다. "시험을 망쳤거든. 난 머리가 둔해서 아무리 공부해도 수학 올림피아드 문제는 모르겠어."

천안은 남들처럼 "계속 노력하면 언젠간 알게 될 거야"라고 위로하지 않고, 기이한 표정을 지으며 물었다. "넌 왜 수학 올림피아드를 준비해야 하는 거야? 그게 그렇게 좋아?

산제제도 안 하던데, 넌 왜…….”

위저우저우는 얼른 고개를 저었지만 어째서 수학 올림피아드를 준비할 수밖에 없는지 이유를 확실히 설명할 수 없었다. 그런 이유는 너무 세속적이었고 너무 구차했다. 천안 앞에서, 대학 입시를 앞둔 이렇게 우수한 천안 앞에서는 그 조그만 위기와 상처를 보여주기가 쑥스러웠다.

더구나 산제제는 수학 올림피아드 공부는 안 했어도 영어는 미리 배웠다. 많은 아이들이 3, 4학년 때부터 학교 밖에서 영어 수업을 들었다. 린양도 가끔 친구들과 수다를 떨 때 약간 뽐내듯 고개를 저으며 “I don’t think so(난 그렇게 생각하지 않아).”라고 말했고, 산제제도 전에 위저우저우가 쓰는 볼펜 펜대를 가리키며 “‘banana’ 철자가 틀렸잖아!”라고 놀라 외친 적이 있었다.

‘Banana(바나나)’ 철자가 맞는지 틀리는지 위저우저우는 몰랐지만, 그 후로는 그 볼펜을 집어넣고 다시는 꺼내 쓰지 않았다.

방금 얼음 미끄럼틀을 타며 날려버렸던 우울함이 몸에 다시 달라붙었다.

그리고 끝내 위저우저우는 용기를 내어 사실을 털어놓았다.

“난 사대 부중으로 바로 진학할 수 없어서 시험 쳐서 들어가야 해. 시험을 보려면 수학 올림피아드를 봐야 하고……. 그뿐만이 아냐. 선생님이 그러는데…….” 위저우저우는 숨을 깊이 들이마셨다. “여자애들은 중학교에 들어가면 공부를 따라가기 어렵대. 그래서 수학 올림피아드 훈련을 받지 않거나 수학 올림피아드 문제를 풀 줄 모르면 머리가 나쁜 거고, 그럼 중학교에 가서도……, 난 사대 부중에 떨어지면 좋은 중학교에 갈 수 없어. 그리고, 그리고…….” 위저우저우는 자신이 횡설수설한다는 걸 깨달았고, 나중엔 자신도 그 이유들 뒤에 대체 뭐가 감춰져 있는지 알 수 없어 입을 다물고 고개를 숙인 채 얼어붙은 강물만 멍하니 보고 있었다.

천안은 오랫동안 말이 없었다. 위저우저우는 그가 짜지도 싱겁지도 않게 자신을 위로할 말을 고민 중이겠거니 생각했는데, 예상외로 그는 마치 곤란해하는 강아지를 보는 것처럼 내내 미소만 지었다.

“왜 웃어?”

“꼭 수학 올림피아드를 준비해야 해? 반드시 사대 부중에 가야만 해? 다른 사람들이 수학 올림피아드 공부를 안 하면 중학교에 가서도 뒤쳐진다고 해서, 중학교에서 뒤쳐지면 좋은 고등학교에 못 간다고 해서, 좋은 고등학교에 못 가면 좋은 대학에 못 간다고 해서…….” 천안은 단숨에 말을 쏟아내곤 몇 초간 쉬다가 다시 말을 이었다. “그래서 넌 그런 말을 믿은 거야?”

위저우저우는 멍해졌다.

“설마…… 아니야?”

천안은 자신의 코를 가리켰다. “난 수학 올림피아드 공부

를 해본 적 없고, 사대 부중에도 가지 않았어. 어쩌면 베이징
대는 날 아쉬워하지 않겠지만, 그래도 난 그럭저럭 전화고
에 들어갔어. 네가 믿는 건 그 사람들이야, 아니면 나야?"

위저우저우는 천안이 하얀 이를 드러내고 활짝 웃으며 자
신에게 큰 소리로 말하는 모습을 물끄러미 바라봤다. "넌 대
체 누굴 믿는 거야? 내가 바로 살아 있는 예시라구."

그 순간, 위저우저우는 기쁨과 놀라움으로 솟구치는 눈물
을 훔치며 인정할 수밖에 없었다. 천안은 확실히 신선이었다.

최소한 그녀 한 사람만의 신선이었다.

15.
주인공 게임

위저우저우는 꿈꾸는 듯 미소를 지었다. 가슴속에 쿵 하고 떨어졌던 바위는 이렇게 천안에게 꺼내져 하늘 멀리 던져졌다. 심지어 그 바위가 쾅 하고 얼어붙은 강물 위로 떨어지는 소리까지 들리는 듯했다.

이러니저러니 해도 아무도 믿지 않는 길을 가는 건 두려웠다. 하지만 지금은 이 길을 천안이 예전에 걸었고 그것도 성공적으로 걸어 나왔다는 걸 아는 위저우저우가 어찌 믿지 않겠는가?

"설마, 그게 다야?"

천안은 입꼬리를 끌어 올리며 위저우저우가 느닷없는 기쁨에 더는 오랫동안 빠져 있지 않도록 했다.

"뭐?"

"네가 즐겁지 않은 이유가 단지 그거 때문이냐고."

위저우저우는 문득 깃털 하나가 심장을 가만히 쓸고 지나가는 느낌이 들었다.

그녀에게는 다른 사람을 위로할 때 쓸 수 있는 슬픔이 많았지만, 딱 그 두 가지 일은 예외였다.

그녀에게는 신선에게 도움을 구하고 싶은 어려움이 많았지만, 딱 그 두 가지 일은 예외였다.

어쩌면 천안은 그냥 물어본 것일 수도 있다. 하지만 그가 무심코 던진 '좀 더 깊이 들어간' 질문은 위저우저우의 감정을 북받치게 했다.

제가 말해도 될까요, 신선님?

그녀가 여전히 망설이고 있을 때, 등 뒤에서 검은 개가 나지막하게 짖더니 곧장 앞으로 달려나갔다. 개썰매를 대여해준 노점상이 그제야 그들을 발견하고 얼른 맞이하러 나왔다.

노점상은 천안이 혹시라도 환불을 요구할까 봐 걱정이었는지 웃으면서 끝없이 사과를 했다. 심지어 그 일을 제대로 하지 않은 회색 개를 발로 걷어차면서 두 사람이 그걸 보고 화가 풀리기를 기대하는 것 같았다. 천안은 괜찮다고 손을 내저었고, 위저우저우는 옆에서 "개를 괴롭히지 마세요"라고 덧붙였다. 그들은 노점상의 알랑거리는 웃음을 받으며 몸을 돌려 자리를 떠났다.

"봤지?" 천안이 고개를 흔들었다. "개로 사는 것도 참 쉽지 않아."

주변에 관광객들이 점점 많아져 얼음 미끄럼틀 옆에도 줄이 늘어서기 시작했다. 사람들의 시끌벅적한 분위기에 위저우저우는 방금까지 아득한 세상을 신선과 함께 누비던 호방한 기개에서 정신을 차리고 깨어나 여러 현실적인 문제를 고민하기 시작했다. 어쩌면 천안이 수학 올림피아드 공부를 한 적 없고, 명문 중학교에도 가지 않았다 해도, 그래도 분명 천안은 천안일 것이다.

"…… 난 수학 올림피아드 공부를 못 따라가는 것뿐만 아니라, 영어도 미리 배운 적 없어. 난…….” 위저우저우는 말을 마치기도 전에 천안이 경멸하듯 웃는 걸 봤다.

"초등학교 때 중학교 과목을 미리 배우고, 중학교 때 고등학교 과정을 미리 배우고, 경시대회에 나갈 때는 대학 때 배우는 것까지 대강 훑어야 하고……. 어째서 꼭 미리 출발해야 하는 거야? 오늘은 내일의 일을 하고, 내일은 모레의 일을 하고, 뭐가 그리 급해서? 얼른 죽어서 미리 환생하려고?"

위저우저우는 깜짝 놀랐다. 천안의 말투는 여전히 부드러웠지만, 세상에 대한 분개와 증오심이 강렬하게 느껴졌다. 처음 보는 천안의 모습이었다. 뭐든 눈에 거슬리는 분노에 찬 소년처럼 살짝 미간을 찌푸린 채 먼 곳 어느 지점을 주시하는 그가 무슨 생각을 하는지는 알 수 없었다.

위저우저우가 그의 소매를 잡아당기자, 천안은 비로소 웃는 얼굴로 돌아와 그녀의 머리를 토닥거렸다. "놀랐어?"

"아니." 위저우저우가 고개를 저었다. "맞는 말이야."

위저우저우는 처음으로 피자를 먹어봤다. 얼음 놀이공원에서 꽁꽁 얼어 말도 나오지 않은 상태가 되어서야 그들은 아쉽다는 듯 놀이공원을 나왔다. 천안이 위저우저우에게 피자 먹어본 적 있냐고 불쑥 물었다.

그 당시에는 피자 가게가 이 도시에 생긴 지 얼마 안 되었던 때라, 처음 KFC가 생겼을 때처럼 모든 아이들이 가보고 싶어 했다. 위저우저우가 KFC를 좋아하게 되었을 때, 엄마는 위저우저우가 먹다 질려 토할 때까지 매일 저녁 핫윙과 매시포테이토를 포장해 왔었다.

물질적인 면에서 엄마가 최대한 보상하려 했다는 걸 위저우저우가 느끼지 못한 건 아니었다.

주변의 다른 손님들은 나이프로 가볍게 피자를 잘라 먹고 있었는데, 그들의 테이블에 피자가 올라오자마자 위저우저우는 손을 뻗어 한 조각을 집었다. 진한 치즈가 길게 쭉 늘어나는 게 굉장히 먹음직스럽게 보였다.

천안이 웃었다.

"너도 손으로 집어 먹는 게 좋아?"

"왜?" 위저우저우는 사방을 둘러봤다가 피자를 손으로 잡고 입가로 가져가는 사람은 자기가 유일하다는 걸 깨닫고 부끄러운 듯 삼각형 피자 조각을 내려놓았다.

"…… 닌자 거북이는 이렇게 먹잖아……."

천안은 즐겁게 웃으며 똑같이 오른손으로 한 조각을 집어

들었다. "너무 맞는 말이야."

마음이 괴로울 때는 먹어야 한다. 위장은 심장과 아주 가까이 있기 때문에 배부르게 먹으면 따뜻해진 위장이 심장의 위치를 차지하게 되고, 그러면 마음도 그렇게 썰렁하거나 허전하지 않게 된다.

"저우저우, 상하이음대 부중 시험은 안 볼 거야?"

"안 볼래." 위저우저우가 입안에 어니언링을 집어넣으며 대답했다. 기분이 나아지자 말도 솔직해져서, 마침내 어린아이다운 모습이 보이기 시작했다. "재미없을 거 같아."

"재미없다구?"

"내가 좋아하지 않으니까. 난 첼로를 좋아하지만, 그렇게까지 좋아하는 건 아냐. 난…… 뭐라고 설명해야 할지 모르겠어."

"그럼 넌 뭘 하고 싶은데?"

위저우저우는 손가락을 쪽쪽 빨고는 먼 곳을 바라보며 진지하게 생각했다. "몰라. 진짜로 모르겠어. 그치만 언젠가는 엄마를 편하게 살게 해주고 싶어. 내가 돈을 아주아주 많이 벌어서 굉장히 큰 집을 사면, 우린 다시 예전처럼 돌아갈 수 있을 거야. 그리고…… 또……." 그리고 남들이 다시는 날 무시하지 않았으면 좋겠고, 위 선생님과 저우선란과 링샹첸을 다시 보고 싶지 않아. 다시는…….

손가락을 입에 문 채 한동안 멍하니 있던 위저우저우는 고개를 들었다가 천안의 다정한 눈빛을 봤다. 소원을 말할 때는 딱히 많은 감정이 동하지 않았는데, 이런 눈빛을 마주하니 별안간 코끝이 찡해졌다.

"어째서 엄마뿐이야?"

그의 말은 한 자루의 칼처럼 부드러운 광택을 띠면서도 날카로운 칼날이 있었다.

위저우저우는 고개를 들어 침을 네다섯 번 삼켰다. 천안의 눈빛은 확고했고 격려를 담고 있었다.

그녀는 포크를 내려놓고 입을 닦은 후, 깊이 숨을 들이마셨다.

"왜냐하면 나한테는 엄마밖에 없으니까."

…… 결국, 말해버렸다.

위저우저우는 인생에서 처음으로 누군가에게 완전하고도 차분하게 자신에 대해 말하기 시작했다. 엄마, 아빠는 젊었을 때 연인이었는데 아빠는 아주 돈 많고 배경 좋은 집안 딸과 결혼했다. 하지만 엄마는 그래도 자신을 낳았다. 너무 늦어서 낙태하기에는 너무 위험했기 때문이기도 했다.

사실 위저우저우도 당시 사정에 대해서는 잘 알지 못했다. 단지 어릴 때 '아빠'와 엄마가 말다툼할 때 들었던 단편적인 말과 이웃들이 수군거리던 말과 엄마가 술에 취했을 때 그녀를 안고 흐느끼면서 중얼거리던 "애당초 그러지 말았어야 했는데", "한시도 잊은 적 없어"라는 말을 들었을 뿐이었다.

그래서 천안에게는 그 애들이 왜 그녀와 놀기 싫어했는지, 린양이 어쩌다 그녀와 엮이게 된 것인지와 수학 올림피아드에 대해서만 말해줄 수밖에 없었다. 수학 올림피아드 문제를 풀 줄 모르는 건 그녀가 멍청해서일 뿐만이 아니라, 단숨에 성적을 끌어올리고 싶고, 가장 잘하고 싶고, 만화영화에서처럼 대반전을 일으켜 모든 적을 발밑에 두고 환한 결말을 맞이하고 싶다는 생각이 너무나도 절실했기 때문이었다.

하지만 울지는 않았다.

"사실 줄곧 그 사람들한테 복수하고 싶었어. 난 굉장히 뛰어난 사람이 되고 싶어. 난 그 사람들이 싫어."

증오는 사람을 더욱 강하게 만든다.

"그치만 난 너무 멍청해. 난 내가 대대위원이 되고 첼로도 배우면 다들 날 다재다능하다고 할 줄 알았는데, 지금에야 알았지 뭐야. 그런 건 다 쓸모없다는 걸."

천안은 줄곧 말이 없다가, 위저우저우가 오랫동안 침묵하자 살며시 그녀의 손을 잡았다.

"저우저우, 우리 게임하자."

"응?"

"주인공 게임을 하는 거야."

"주인공 게임?"

"사람들에게 비웃음과 무시와 모함을 받던 주인공이 갑자기 절벽 아래로 떨어져서 행방이 묘연해지고 생사도 모르게 돼. 그런데 절벽 밑에는 동굴이 있었고, 동굴 안에는 비급 秘笈이 있었던 거지. 그가 다시 강호에 모습을 드러냈을 때, 사람들은 그가 아무도 대적할 수 없는 천하제일이 되었다는 걸 깨닫게 되고…….” 천안은 말하면서 민망했는지 웃음을 터뜨렸다. “바로 이런 게임이야.”

위저우저우는 알 것 같기도 하고 모를 것 같기도 했다.

“아무도 널 모르는 학교로 가서 새로운 출발선을 그려봐. 옆에서 방해하는 사람이 없으면 더 빨리 달릴 수 있을 거야. 3년이라는 시간은 네가 꼬마 여협이 되기에 충분해.”

위저우저우는 눈앞에 창문이 열리며 또 다른 세계가 보이는 것 같았다. 이렇게 살아도 되는 거였다. 분노와 증오도 이런 방식으로 해소할 수 있었다.

게다가 그는 그녀가 여협이라는 것도 알고 있었다.

위저우저우는 웃었다. 이렇게 즐겁게 웃어본 적도 참 오랜만인 것 같았다. 그녀는 천안의 눈동자 속에서 자신의 얼굴에 떠오른 구부러진 초승달을 봤다.

“응.” 위저우저우는 힘껏 고개를 끄덕였다. “이 게임은 내가 꼭 클리어할 수 있을 거야!” 그러고는 잠시 생각하다가 덧붙였다. “나도 오빠가 다니는 전화고에 합격할 거고!”

그러나 마지막에는 약간 자신이 없는 듯 덧붙였다. “…… 전화고에 들어가려면…… 수학 올림피아드를 볼 필요는 없지?”

천안은 크게 웃으며 위저우저우의 머리를 토닥였다. 위저우저우는 쑥스러운 듯 코끝을 긁적이다가 갑자기 뭔가 생각난 듯이 고개를 들고 물었다. "그런데 절벽 아래에 동굴이랑 비급이 없으면 어떡해? 떨어져서 죽으면 어떡해?"

천안이 새끼손가락을 내밀어 그녀의 손가락에 걸었다. "저우저우, 내가 바로 네 비급이야."

"응." 위저우저우가 미소 지었다. "믿을게."

외할머니 집 앞에 도착한 위저우저우가 천안에게 손을 흔들며 작별 인사를 하는데, 천안이 갑자기 그녀를 불러 세웠다.

"저우저우, 이거 진작에 주고 싶었는데 매번 만날 때마다 깜빡했지 뭐야. 늘 나중에 만나면 줘야지 생각했는데, 이번엔 드디어 잊어버리지 않았네."

위저우저우는 두꺼운 편지봉투를 받아 들고 궁금해하며 열어봤다.

사진 속 꼬마 아가씨는 홀로 무대 위에 서서 커다란 트로피를 안고 상상도 못 할 만큼 환하게 웃고 있었다.

위저우저우는 자신이 예전에 이렇게 웃었다는 걸 거의 잊고 있었다.

"그때 네가 참가한 이야기 콘테스트 있잖아, 원래는 우리 제제 찍어주려고 카메라를 들고 간 거였는데, 걔가 순위권에 들지 못했다고 무대에서 내내 울상을 짓고 있어서 필름을 몽땅 너한테 썼었어. 사진을 인화해서 주려고 했는데 맨

날 잊어버렸지 뭐야. 아마도 사진이 너무 귀여워서 좀 더 오래 간직하고 싶었나 봐."

위저우저우는 눈시울이 촉촉해져서는 사진 속 그 작디작은 꼬마를 손가락으로 가만히 어루만졌다.

"저우저우, 앞으로는 사진 속 모습처럼 웃도록 해." 천안이 몸을 숙여 그녀를 바라봤다. "꼭 저렇게 환하게 웃어야 예쁘니까."

위저우저우는 사진을 봉투에 넣은 후 다시 천안 손에 건넸다.

"오빠가 가지고 있어. 오빠가 마음에 든다면 가지고 있어."

천안은 깜짝 놀랐다. "필요 없어? 사진에 웃는 모습이 얼마나 예쁘게 찍혔는데."

위저우저우는 고개를 젓더니 사진보다 더욱 환한 미소를 지었다. 부드러운 석양빛 아래에서는 심지어 소녀의 청아한 아름다움도 약간 보였다.

"기념으로 간직해줘. 난…… 봐, 거울을 보면 되니까."

16.
넌 다른 사람과 달라

위저우저우의 변화는 봄비가 한바탕 쏟아진 후 갑자기 푸르러진 가로수와도 같았다. 어느 날 아침 책가방을 메고 잠이 덜 깬 눈으로 대문을 나섰다가 고개를 들어 그 모습을 보면 놀라서 입을 다물지 못하는 것처럼 말이다.

그녀는 갈수록 웃음이 많아졌지만 말수는 적어졌다. 엄청난 비밀을 품고 뭔가를 기다리는 것만 같았다.

더는 못 기다릴 것 같은 싱숭생숭함과 속에서 우러나오는 즐거움을 떠들썩하게 발산하지 않는 대신, 오히려 더욱 내성적이고 더욱 차분하게 굴었다. 주변 또래 아이들의 기쁨과 슬픔과 걱정은 모두 소아과에 속한다는 듯이 말이다. 그녀는 자신도 의식하지 못하는 사이에 이미 또 다른 세계에 발을 내딛었다. 더욱 성숙하고도 더욱 신비로운 세계로.

이제 더는 꼬마 여자애가 아닌, 소녀였다.

위저우저우는 계속해서 해마다 여름에 있는 첼로 급수 시험을 준비했다. 마지막 10급이 하나의 마침표처럼 누군가와 어느 세계에 원만한 작별이 되어줄 것만 같았다. 수학 올림피아드반에는 다시 가지 않았고, 심지어 위 선생님이 흘겨보는 것도 가볍게 무시했다. 산제제는 결국 참지 못하고 어느 날 넌지시 물었다. "저우저우, 너 왜 그래?"

위저우저우는 필통을 똑바로 놓은 후 서점에서 빌려온 『명탐정 코난』을 책상 속에 밀어 넣고 고개를 갸우뚱하며 웃었다. "내가 뭐?"

"너 좀 이상해진 것 같아." 산제제가 조그맣게 투덜거렸다. 위저우저우가 해명할 생각이 없는 걸 보고 비로소 뾰로통하게 진짜 의도를 말했다.

"너 왜 잔옌페이랑 친하게 지내는 거야?"

"넌 걔 싫어?"

"아니!" 산제제가 보기에 위저우저우는 날이 갈수록 '건곤대나이' 실력이 좋아졌고 갈수록…… 자신의 그 사촌 오빠와 닮아가고 있었다. 그녀가 얼른 웃으며 말했다. "내가 왜 걔를 싫어해? 난 그냥…… 봐, 넌 날 상대도 안 해주잖아."

산제제의 목소리가 점점 기어들어 가자, 위저우저우는 웃으며 그녀의 손을 잡아당겼다. "내가 왜 널 상대하지 않는다는 거야?"

"어제 다 같이 동창 노트 사러 도매시장 가자고 했는데, 넌 우리랑 같이 안 갔잖아."

"아……." 위저우저우는 뒤통수를 긁적이며 웃었다. "난 동창 노트 안 살 거라 가고 싶지 않았어."

"설마 벌써 산 거야?" 산제제가 경악했다. "왜 나한테 말 안 했어!"

위저우저우는 고개를 저었다. "안 샀어. 사고 싶지도 않고."

"동창 노트를 안 쓴다고?" 산제제는 괴물을 보는 것만 같았다.

그해 초여름에는 거의 모든 아이들이 서로 동창 노트를 돌리는 데 열광적으로 빠져 있었다. 여자아이들은 함께 모여 어떤 디자인과 무늬의 노트를 고를지 고민했다. 큰 노트냐 작은 노트냐, 분홍색이냐 파란색이냐, 풍경 이미지냐 만화 캐릭터냐, 바인더형이냐 폴더형이냐에서부터 질문 항목이 완전히 갖춰졌는지, 필수 기입 항목에 별자리와 혈액형이 있는지, 좌우명이나 좋아하는 연예인, 좋아하는 음식 항목이 있는지 등등…….

동창 노트의 두툼한 정도는 초등학교 6년간의 인간관계를 증명했기에 모두들 상당히 중요하게 여겼다. 위저우저우의 손에도 오른쪽 상단에 연필로 주인 이름이 쓰여 있는 바인더 종이가 한 무더기 쌓였다. 그녀는 한 장 한 장 신속하게 자신의 이름과 별명, 별자리, 생일 등을 써넣은 다음, 뒷면의 졸업 기념 메시지 부분을 열심히 적었다. "앞길이 창창하고, 늘 즐겁고, 하는 일마다 순조롭고, 모든 일이 바라는 대로 이뤄지길 바라."

　장난스러운 글, 감동적인 글, 다정한 글……. 모두들 각양 각색의 개성 있는 메시지를 남기느라 분주했다. 특히 아직 서로 고백하지 않은 애매한 사이인 경우 이 동창 노트를 무척이나 소중하게 생각했다. 다들 속으로는 고민이었다. 앞으로 들어갈 학교가 사대 부중이냐 제8중이냐는 늘 그들의 마음을 짓누르는 커다란 바위였지만, 많은 말을 할 수도 없어 그저 "우린 영원히 좋은 친구야"라는 한마디로만 살짝 언급할 수밖에 없었다.

　위저우저우의 기념 메시지는 시종일관 똑같았고, 오직 산제제, 리샤오즈와 잔옌페이, 세 사람의 동창 노트에만 옛일을 추억하는 몇 문장이 더 추가되었다.

　그녀가 그 어떠한 흔적도 남기고 싶어 하지 않는다는 건 아무도 몰랐다. 살면서 많은 이별을 겪어온 위저우저우는 또래 아이들보다 훨씬 일찍 '영원히 좋은 친구'라는 약속이 얼마나 취약한지를 예견한 듯했다. 시간과 거리 앞에서는 모두가 무력한 데다, 심지어 자신의 건망증과 무정함에 저항할 수도 없으니 말이다. 성장하는 과정에서 사람들은 전보다 더 신기한 일과 더 재미있는 새 친구를 만나게 된다. 하지만 사람의 마음은 크기가 작아서 모두 다 넣지는 못하고, 계속해서 버리면서 앞으로 나아가야 한다.

　그러던 6월 중순의 화요일, 린양이 하굣길에 그녀를 막아섰다.

공청단 경축 행사에 참가하는 4학년 고적대와 꽃다발 환영대가 오후에 시끄럽게 단체 연습을 할 예정이라 전교생은 오후 수업이 취소되었다. 위저우저우는 책가방을 메고 운동장을 지나가다가 초록색 고적대 복장을 하고 뙤약볕 아래에 줄 서 있는 아이들을 보고 퍼뜩 고개를 들어 회색 교실 건물을 바라봤다. 뭔가 돌고 도는 것 같아서 좀 우스웠다.

생명은 팽이처럼 뱅글뱅글 돌며 끊임없이 생장하고 번성한다.

그녀는 감탄을 마치자마자 린양이 책가방을 들고 담장에 기대어 자신을 노려보는 걸 봤다.

"무슨 일이야?"

린양이 등 뒤에서 연녹색 종이 한 장을 꺼냈다. "뻔뻔스럽게 그걸 묻냐? 네가 나한테 뭘 써줬는지 보라구!"

"린양, 앞길이 창창하고, 늘 즐겁고, 하는 일마다 순조롭길 바라."

위저우저우가 여러 번 반복해서 살펴보곤 반문했다. "이게 뭐?" 틀리게 쓴 글자도 없었다.

"넌 어떻게…… 어떻게……." 린양은 한참 애를 태우면서도 시원하게 말하지 못했다.

그는 잔옌페이에게 자신의 동창 노트를 위저우저우에게 전해달라고 부탁하고는 오랫동안 은근히 기대하고 있었다. 그러다 마침내 오늘 돌려받았는데, 이렇게 아무런 특징도 없는 말만 쓰여 있었다.

게다가 더욱 중요한 건, 위저우저우가 다른 애들의 동창 노트에도 똑같은 말을 썼다는 것이었다.

나한테 써주는 말을 어떻게 다른 애들과 똑같이 적을 수 있지? 린양은 무척이나 굴욕적이었지만, 종이를 쥐고 한참을 부들부들 떨다가 결국 이를 악물며 말했다. "나한테 써준 거랑 다른 사람한테 써준 거랑 똑같잖아. 심지어…… 심지어…… 한 구절이 빠지기까지 했어!!!"

위저우저우는 그제야 '모든 일이 바라는 대로 이뤄지길' 부분을 빼먹은 걸 깨달았다.

"미안, 내가 지금 바로 써줄게."

린양은 화가 나서 콧김을 뿜을 지경이었다. "중요한 건 그게 아냐! 나한테 다시 써줘!"

"다시 쓰라고?" 위저우저우는 자신이 써준 종이를 내려다보며 난처하기 짝이 없었다. 린양의 동창 노트는 무척이나 컸다. 위저우저우는 그 메시지 쓰는 부분이 너무 텅 비어 보이지 않도록 일부러 글자를 큼직큼직하게 세로로 썼기 때문에 지금은 어떻게 보충해서 손을 쓸 여지가 없었다.

"내가 종이 새걸로 줄 테니까 처음부터 다시 써!" 린양은 말을 마치고는 책가방 안을 뒤적거리며 샅샅이 뒤졌지만, 새 종이는 보이지 않았다.

"아니면 내일 줘." 위저우저우는 손으로 이마 위를 받치며 서서히 뜨거워지기 시작한 초여름의 태양빛을 가렸다.

"안 돼, 넌 질질 끌잖아. 이것도 열 몇 자밖에 안 되는데 넌 2주나 걸렸어. 내일? 어쩌면 졸업한 후에도 나한테 못 줄걸!"

위저우저우는 어쩔 수 없다는 듯 손을 풀었다. "그럼 나보고 어쩌라고?"

린양은 제자리에 서서 한참 생각하다가 별안간 얼굴을 붉히며 더듬더듬 어색하게 말했다. "…… 우리 집에 같이 가자."

부모님은 출근해서 집에 없으니 모를 것이다. 위저우저우를 집으로 데려와 제대로 쓰게 하고, 제대로 쓰지 않으면 다시 쓰게 해야지. 린양은 잽싸게 계획을 세우면서 순간 교실로 달려가 장 선생님에게 교편을 빌려오고 싶다는 생각까지 들었다.

"난 안 가." 위저우저우가 고개를 가로저었다.

실은 일부러 다른 사람과 똑같은 졸업 기념 메시지를 적은 거였다. 그 꼬마 여우가 그려진, 짙푸른 청보리 물결 같은 린양의 동창 노트를 마주하곤 어쩔 줄 몰라서 계속 시일을 끌다가 겨우겨우 써 내려간 것이다.

남들과 똑같은 문구를 쓴 건, 그가 남들과는 다르기 때문이었다.

위저우저우도 자신이 왜 당황하는 건지, 어쩌다 한 구절을 빠트릴 정도로 당황했는지 이해가 가지 않았다.

"안 가면 안 돼!" 린양은 위저우저우의 태도에 격분했다. 혹은 무척이나 고대하던 일에 찬물이 끼얹어진 사실이 부끄러워 도리어 벌컥 화를 내느라 부모님에 대한 두려움도 잊어버렸다고 할 수 있었다. 그는 아예 그녀의 손을 잡아채 교문 밖으로 달려나갔다.

"뭐 하는 거야?" 위저우저우는 손을 빼내려고 한참을 낑낑댔지만 손목만 빨개질 뿐 소용이 없었다. 린양이 이렇게 힘이 센 줄은 전혀 몰랐다.

실컷 달려 운동장을 벗어나자, 린양은 화가 조금씩 가라앉으면서 별안간 이상한 기분이 들기 시작했다.

그는 조금씩 손에 힘을 빼면서도 뒤쪽의 여자아이가 대체 무슨 표정을 짓고 있을지 감히 돌아볼 용기가 나지 않았다. 하지만 지금 이렇게 손을 느슨하게 잡고 있는데도 상대방은 더는 버둥거리지 않고 말없이 조용히 그가 이끄는 대로 가고 있었다.

그들은 이렇게 앞뒤로 이상한 자세를 유지했다. 팔은 꺾이고 고개는 숙이고, 발걸음은 가볍고 손바닥은 뜨겁게.

주변 풍경이 서서히 흐릿해지며 아무 의미 없는 배경판이 되었다. 린양은 목구멍이 갑갑한 데다 팔이 꺾인 자세라 무척 아파서 뒤에 있는 여자아이가 달콤한 부담이 되었다. 손을 살짝 풀어 팔을 좀 쉬게 하고 싶었지만 그러기에는 또 아쉬워서 이러지도 저러지도 못할 때, 줄곧 뒤쪽에서 먹먹하게 들려오던 발걸음 소리가 갑자기 빨라졌다. 그의 심장박동이 한 박자를 건너뛰었다. 고개를 돌려보니 위저우저우가 어느새 옆으로 걸어와 있었다.

게다가 그의 손을 풀지도 않았다.

린양은 꿈속을 걷는 듯 발걸음이 가벼웠으나, 이 꿈이 언제부터 시작된 건지는 알지 못했다. 마치 사람은 자신이 언제 잠들었는지 영원히 알 수 없는 것처럼 말이다.

"저우저우?"

"응?"

"아냐."

고개를 숙인 린양의 입꼬리가 서서히 위로 올라가며 말로 설명할 수 없는 달콤함이 퍼져나갔다.

17.
모든 일이 바라는 것보다 잘되기를

위저우저우는 현관에서 신발을 갈아 신고 거실로 들어갔다. 린양의 집은 예전과 조금 달라진 것 같았지만, 어디가 달라졌는지는 기억이 나지 않았다.

어릴 때의 기억은 확실히 선택적이었다. 위저우저우는 린양이 성정부 유치원의 미끄럼틀 앞에서 지었던 심통 부리는 표정과 자신이 던진 도시락에 맞아서 온몸이 국물로 젖어버린 낭패스러운 모습은 기억했지만, 그 시절 린양의 집 벽지가 무슨 색이었는지는 기억나지 않았다.

"무슨 과일 좋아해? 내가 주스 따라줄게. 어떤 맛이 좋아? 복숭아? 키위? 아니면 파인애플? 참, 초콜릿파이랑 건매실도 있어. 이따가 가져올게!"

린양은 교편과 관련된 일은 완전히 까먹고 돼지를 먹이는 대업에 열중하기 시작했다.

그가 쟁반을 들고 조심스럽게 자기 방 앞으로 걸어와 고개를 드니, 위저우저우가 살짝 앞으로 몸을 기울이고 자신의 책꽂이를 집중해서 바라보는 게 보였다. 그녀의 시선이 나란히 꽂힌 책등을 따라 조금씩 움직이고 있었다.

약간은 가녀려 보이는 허리가 이제 막 발육이 시작된 풋풋함을 더욱 두드러져 보이게 했다. 위저우저우는 오늘 말총머리를 하지 않고 공주 머리를 해서, 머리카락 일부분만 뒤통수에 연청색 조개 머리핀으로 고정하고 나머지 부드러운 긴 머리는 어깨 위로 늘어뜨려 움직일 때마다 주단처럼 찰랑거렸다. 린양의 눈빛이 머리카락의 종적을 쫓다가 무심코 위저우저우의 야윈 어깨 위로 떨어졌다. 학교에서 조잡하게 만든 하얀 교복은 여름엔 약간의 투시 작용을 해서 무심결에 옷깃 근처의 연청색 브래지어 어깨끈이 눈에 들어왔다……

"린양?"

그 갑작스런 소환에 뜨끔해진 린양은 하마터면 사레가 들려 죽을 뻔했다.

위저우저우는 격렬하게 기침하는 린양의 손에서 쟁반을 받아 책상 위에 올려놓고 의심스러운 눈길로 그를 바라봤다. "너 괜찮아?"

"아니!" 린양은 얼른 고개를 숙이고 책상 밑에 있는 상자를 뒤져 하늘색 캐릭터 폴더를 꺼내더니, 안에서 바인더 종이 한 장을 뽑아 위저우저우에게 건넸다. "자, 다시 써."

위저우저우는 그 종이를 받아 들고 신속하게 앞면의 기본 정보를 기입한 다음, 뒷면의 드넓은 공백 앞에서 멍하니 있었다.

"잘 써. 제대로 안 쓰면 다시 쓰라고 할 거야. 어차피 종이는 많으니까!"

"못 쓰겠어."

린양은 잔뜩 화가 나서 식식거렸다. "대체 어쩌려는 건데?"

"다른 애들이 써준 동창 노트 나한테 보여주면 안 돼?"

어안이 벙벙해진 린양은 손에 들고 있던 커다란 폴더를 위저우저우에게 건넨 후, 그녀 곁에 앉아 하얗고 가느다란 손가락이 자신의 동창 노트를 한 장씩 넘기는 걸 흥미진진하게 바라봤다. 폴더 안에 담긴 건 모두 그의 자랑스러운 성과였다.

모두가 그에게 좋은 말을 가득 적어주었다. 칭찬과 아름다운 축복, 성의 없이 대충 적은 말은 조금도 찾아볼 수 없었다. 위저우저우가 쓴 것만 빼고.

앞길이 창창하고, 하는 일마다 순조롭길. 촌스러워, 이런 말을 생각해내다니 참.

위저우저우는 링샹첸의 페이지를 봤다. 뒷면의 메시지는 슬픔이라곤 전혀 담겨 있지 않은 축복의 말과 시시콜콜한 추억뿐이었다. 글자와 행간에 담긴 허물없는 친근함은 조금도 꾸밈없어 보였다. 그건 타고난 자신감이었다. 앞으로도 그들은 여전히 함께할 거라는 걸 추호도 의심하지 않는 듯했다.

그렇게나 자연스럽고 친근한 건 마치 장촨이 동창 노트 뒷면에 쓴 오자투성이에 무슨 말인지 알 수 없는 메시지 끝에 이 한마디를 추가한 것과 같았다. "린양, 넌 가서 똥이나 먹어! 따뜻할 때!"

그다음은 위팅팅의 페이지였다.

정석대로 쓴 축하 메시지에 유려한 글씨체, 언뜻 보면 딱히 특별할 게 없었다. 그러나 마지막 한 문장이 차분하게 거기 놓여 있었다.

"넌 영원히 내 마음속 가장 우수한 대대장이야."

다만 이번에는 '생일 축하해'라는 말이 빠져 있을 뿐이었다. 위저우저우는 고개를 돌려 린양을 바라봤다. 그는 한창 흥미진진하게 메시지를 읽고 있었다. 예전에 그 이름 없는 유리 사과의 존재는 까맣게 잊은 듯했다.

위저우저우는 동창 노트를 덮었다. "자, 이제 내가 써줄게."

린양은 신이 나서 종이를 책상 위에 펼치며 굽신거리듯이 파란 수성펜도 알아서 대령했다.

그러나 뜻밖에도 위저우저우는 길게 쓸 생각이 전혀 없었다. 그녀는 일필휘지로 딱 한 문장만 쓱쓱 적었다.

"모든 일이 바라는 것보다 잘되기를."

린양은 피를 토할 뻔했다. "뭐야, 내가 널 집에까지 데려왔는데 설마 겨우 이 한 구절을 채워 넣는 거야?"

위저우저우는 고개를 가로저었다. "자세히 봐. 이번에 쓴 건 저번 거랑 다르다구!"

'모든 일이 바라는 것보다 잘되기를萬事勝意'이지, '모든 일이 바라는 대로 이뤄지길萬事如意'이 아니었다.

"넌 이미 모든 일이 바라는 대로 이뤄졌잖아. 무슨 일이든 다 네 뜻대로 되니까, 그런 축복은 하지 않을게. 이 구절은 우리 외할머니가 나한테 알려준 거야. 난 이게 가장 좋은 축복의 말이라고 생각해. 너한테만 써주는 거야."

위저우저우는 자못 진지한 표정이었다. 린양은 감히 고개를 들고 그녀의 반짝이는 눈을 똑바로 볼 수 없어 발밑의 연회색 슬리퍼에 시선을 고정한 채 불퉁하게 물었다. "뭐가 좋은데?"

"모든 일이 바라는 것보다 잘된다는 말은, 모든 일의 결과가 네가 처음에 상상했던 것보다 조금 더 좋다는 뜻이잖아."

위저우저우가 오른손을 들어 검지와 엄지로 '조금'이라는 시늉을 할 때, 린양의 시선은 엄지와 검지 사이의 틈으로 들어가 위저우저우의 웃음기 가득한 눈을 똑바로 마주했다.

그는 고개를 숙이고 그녀의 손에서 종이를 낚아채며 어색하게 말했다. "어, 그래, 그럼 그렇게 하자."

그러나 린양은 곧 후회했다. 임무를 완수한 위저우저우는 이제 가도 되었다. 린양은 그녀를 보내기엔 아쉬웠지만, 계속 붙잡고 있을 만한 핑계가 생각나지 않았다.

그런데 오늘 위저우저우는 무척이나 협조적이어서 그에

게 조금도 맞서지 않았고…… 괴롭히지도 않았다.

"너네 집에 디즈니 만화영화 세트 있어?"

"응, 어릴 적에 봤었어." 린양이 낑낑거리며 의자를 딛고 올라가 옷장 위에서 비디오테이프를 한 아름 들고 내려왔다. "볼래?"

"좋아, 나 본 적 없거든." 위저우저우가 그중에서 하나를 뽑았다. "〈백설 공주〉 보자!"

'정말 바보 같긴.' 린양은 그 말을 뱃속으로 삼키고 싱글벙글하며 텔레비전을 켰다. 영화가 시작되자, 린양은 쟁반에서 사과 하나를 집어 들어 한 입 깨문 다음 위저우저우에게 왕왕쌀과자*한 봉지를 건넸다.

위저우저우는 아주 조용히 만화영화를 보다가, 린양이 지루해서 거의 잠이 들 때쯤 불쑥 입을 열었다. "아냐, 이건 틀렸어."

"뭐가 틀렸는데?" 린양이 사과를 우물거리며 눈썹을 치켜올렸다.

"백설 공주처럼 안 생겼잖아."

"하하." 린양이 웃었다. "살아 있는 백설 공주를 보기나 한 거야?"

"넌 몰라." 위저우저우는 고개를 저었다. "안 볼래. 재미없어."

---

* 旺旺仙貝, 중국의 10대 간식으로 손꼽히는 짭짤하고 고소한 맛의 쌀과자.

린양은 텔레비전을 끄고 약간 막막한 듯이 위저우저우를 바라봤다. 그녀는 소파에 앉아서 무슨 생각을 하는지, 어딘가 슬프게 보였다.

"린양, 네가 가장 좋아하는 동화는 뭐야?"

뜻밖의 질문에 린양은 한참을 생각하다 겨우 대답했다. "『신데렐라』. …… 넌?"

위저우저우는 웃었다. "『밤 꾀꼬리』. 안데르센이 쓴 건데, 한 국왕과 밤 꾀꼬리 얘기야."

"내가 안 본 거네." 린양은 위저우저우가 흥미로워하는 모든 게 아주 궁금했다. "얘기해줄래?"

"나중에." 위저우저우는 말을 마치고 혼자 멈칫하더니 약간 부자연스럽게 고개를 돌려 린양의 책상을 바라봤다. "어, 너네 집 컴퓨터 샀어?"

"응." 린양이 고개를 끄덕였다. "우리 학교 컴퓨터 수업 때 쓰는 시스템은 너무 후졌어. 아직도 win32를 쓰다니."

그러나 위저우저우는 win32 시스템이 대체 얼마나 후진 건지 전혀 관심이 없었다. 린양은 그녀가 뭔가 걱정거리가 있는 듯 안절부절못하는 것처럼 보였다. 위저우저우는 다시금 책꽂이에 시선을 던지고 한참을 멍하니 바라봤다.

린양도 고개를 들자마자 책꽂이 맨 위 칸 왼쪽에 둔 노란색 게임팩을 발견했다. 64게임 합본팩. 예전에 굉장히 조심스럽게 의자를 밟고 올라가 그곳에 두고서는 한 번도 놀아 본 적 없었다.

"저우저우, 너 예전에 왜 나랑 안 놀려고 한 거야?" 이런 질문이 무척 유치하게 느껴졌지만 그는 알고 싶었다.

"이유는 없어." 위저우저우는 고개를 가로젓다가 별안간 웃었다. "린양, 우리 같이 게임하자. 저 게임팩으로."

불쌍한 게임팩, 이렇게 여러 해가 지나는 동안 위차오 오빠를 포함한 세 사람이 아무도 놀아주지 않다니.

또 '콘트라'였고, 또 세 번째 스테이지였다. 위저우저우는 조금도 나아지지 않은 것 같았다. 하지만 그녀는 전혀 초조해하지 않고 편안한 마음으로 린양의 발목을 잡았고, 린양도 뭐라고 하지 않고 한쪽에 서서 총을 쏴 엄호하며 그녀가 굼뜨게 자신을 쫓아올 때까지 기다렸다.

단순한 게임을, 아주 길게 싸웠다.

'칩과 데일의 대작전'을 할 때, 위저우저우는 연신 자신의 모자 쓴 다람쥐로 파트너 린양을 뒤에서 습격해서는, 그의 다람쥐를 들어 코브라에게로 던졌다. 결국 더는 참지 못한 린양이 조이스틱을 내려놓고 그녀에게 소리쳤다. "날 좀 그만 괴롭히면 안 돼?!"

위저우저우가 그를 흘겨봤다. "네가 그러고 싶어 하는 거잖아! 누가 너보고 피하지 말래?"

린양은 말문이 막혔다. 확실히 그는 기꺼이 그랬다. 그는 한 번도 피하지 않았다. 게임에서나 게임 밖에서나.

그는 몸을 숙여 오른손으로 턱을 받치고 'GAME OVER'라고 뜬 화면을 보며 미소를 지었다.

"그래, 내가 그러고 싶었던 거야."

그날, 위저우저우는 하늘 가득 붉게 깔린 노을을 마주 보며 집으로 향했다. 뒤를 돌아보니 린양이 아직도 발코니에 서서 그녀에게 손을 흔들고 있었다. 그의 얼굴에 바보 같은 미소가 걸려 있으리라는 것도 상상할 수 있었다.

그녀는 고개를 숙였다. 코끝이 살짝 찡해져서 다시 뒤를 돌아보지도 않고 성큼성큼 집으로 돌아갔다.

지루한 졸업식이 마침내 끝났다. 어찌 됐든 잔옌페이와 위저우저우는 이번 졸업생들 중 나름 풍운아였기에 린양, 링샹첸 등과 함께 졸업식에 등장해 시를 낭송하거나 학생 대표로 연설을 하는 등 각자의 마지막 공연을 마쳤다.

"그래서 넌 청시로 돌아가서 다니는 거야?"

"응, 제35중학교. 저우저우, 넌 어느 중학교에 가기로 했어?"

위저우저우는 비밀스럽게 고개를 저었다. "안 가르쳐줘. 하지만 나중에 내가 편지 써줄게."

잔옌페이의 눈에 눈물이 어렸다. "저우저우, 넌 내가 본 여자애들 중에 가장 좋은 애야."

위저우저우가 미소 지었다. "넌 내 마음속에서 영원한 꼬마 제비야."

다행히 두 사람 모두 "우린 영원히 좋은 친구야"라는 말은 하지 않았다.

위저우저우는 한 무리의 학생들과 학부모가 꽃다발을 안고 있는 위 선생님을 에워싸고 있는 걸 보고 멀리 떨어진 곳에 서서 한참 동안 지켜봤다.

위 선생님은 위저우저우에게 부모님과 상담을 해야겠다고 몇 번이나 말했지만, 엄마는 늘 차갑게 코웃음을 치며 탐욕이 끝이 없다고 말할 뿐이었다. 몇 달 전, 엄마는 마침내 시간을 내서 위저우저우와 진학 문제에 대해 오랫동안 이야기를 나누었다.

"너희 선생님이 뭘 도와줄 수 있겠어? 그저 이번 기회를 틈타서 마지막으로 뇌물을 더 받으려는 속셈이지. 사대 부중 가는 일은 내가 다 알아봤으니까 걱정 마, 저우저우."

"뭐라고?" 위저우저우는 무척이나 깜짝 놀랐다. "내가 사대 부중에 갈 수 있어?"

"왜 못 가?" 엄마는 이해할 수 없다는 듯 그녀를 바라봤다. "사대 부중에서도 정원 외 학생을 받아. 연줄을 찾아서 학교 발전 기금으로 2만 위안 내면 되는 거야. 원한다면 가장 좋은 학급에 넣어달라고 부탁도 할 수 있고. 뭐가 어려워? 내가 이제까지 너무 바빠서 신경을 못 썼는데, 내일 바로 찾아가서 이 일을 마무리하고 올게."

그동안 줄곧 수학 올림피아드와 앞으로의 진로에 대한 모든 문제들은 사실 이렇게 연줄하고 돈만 있으면 아주 순조롭게 해결되는 거였다. 그녀는 절망적인 상황이라고 생각했는데 말이다.

위저우저우의 얼굴에 당황스러운 기쁨이 떠올랐다.

그리고 곧 사그라졌다.

"그치만 엄마, 난 사대 부중에 가고 싶지 않아." 위저우저우는 한 글자 한 글자 또박또박 말했다.

아무도 그녀에게 강요하지 않았다.

여협 위저우저우는 자발적으로 절벽 위에서 뛰어내렸다.

낯설고도 아름다운 새로운 세계를 위해.

사람들이 서서히 흩어지고 나서야 위저우저우는 용기를 내어 위 선생님 앞으로 걸어갔다. 고개를 숙이고 꽃다발을 정리 중이던 위 선생님은 고개를 든 후에야 눈앞에 있는 예쁘장한 얼굴을 봤다. 그녀는 작별 인사는커녕, 오히려 미간을 찌푸리며 또다시 진학 이야기를 꺼냈다.

"위저우저우, 마지막에 대체 무슨 생각이었니? 너처럼 엉뚱한 학생은 정말 처음 본다. 네 학적부는 결국……."

"위 선생님." 위저우저우는 처음으로 그녀의 말을 끊었다.

"위 선생님, 사실 선생님은 좋은 선생님이 될 수 있었어요."

그 말에 멈칫한 위 선생님은 어쩔 줄 몰라 하며 위저우저우를 바라봤다.

"하지만 선생님은 아예 그럴 생각이 없으셨어요."

위저우저우는 마침내 1학년 때의 자신을 대신해 마음속 깊이 쌓아두었던 말을 내뱉고는 뒤도 돌아보지 않고 주저

없이 자리를 떠났다.

린양은 마침내 학부모와 학생들로 가득한 무대 뒤를 벗어나 극장 정문을 달려나가다가, 마침 책가방을 메고 나가는 위저우저우의 뒷모습을 봤다.

"저우저우!" 그는 아무 거리낌 없이 큰 소리로 위저우저우를 불렀다. 왜냐하면 부모님이 출장을 가셨기 때문이었다.

위저우저우가 뒤를 돌아보자, 린양은 신이 나서 그녀의 책가방 끈을 잡아당겼다. "저우저우, 집에 같이 갈까?"

"오늘은 다른 일이 있어." 위저우저우는 고개를 숙이고 그를 보지 않았다.

린양은 무척 실망스럽다는 듯이 한숨을 내쉬었다. "그렇구나, 그럼 다시 만나려면 개학 때까지 기다려야겠네. 난 여름방학 때 부모님이랑 유럽에 가거든. 아빠가 사업차 가는 길에 나랑 엄마도 여행할 겸 같이 데리고 갈 거래. 가면 꽤 오래 있어야 해서 방학 땐 못 만날 거야. 하지만 개학하면 다시 볼 수 있어. 내가 선물 가져올게. 여러 나라를 돌아보고 올 거거든."

위저우저우는 억지로 웃음을 지었다. "어, 재밌게 놀고 잘 다녀와."

린양은 그녀가 이상하다는 걸 조금도 눈치채지 못한 채 혼자 주절주절 떠들었다.

"있잖아, 이번엔 우리가 같은 반이 될 수 있을까?"

위저우저우는 눈을 들었다. 눈동자에 그가 이해할 수 없는 감정이 일렁이고 있었다. 그녀는 무슨 말을 하려는 듯 입술을 달싹이다가, 결국은 미소만 짓고 말았다.

"응. 어쩌면, 어쩌면…… 같은 반이 될 수도 있겠지."

그때 가서 보자.

린양은 뒤통수를 어루만졌다. 마치 1학년 입학식 때 도시락으로 맞은 곳이 여전히 욱신거리는 듯했다.

9월 1일, 날씨가 무척이나 음침했다.

그는 고집스럽게 학교에 있는 사람들이 모두 빠져나갈 때까지 기다렸다가 벽에 붙은 분반 명단을 한 장 한 장 훑어봤다.

위저우저우라는 이름은 아예 없었다.

날 속였어. 벽에 붙은 붉은 종이에 적힌 검은 글씨를 린양은 말없이 뚫어져라 노려봤다.

위저우저우는 줄곧 그에게 거짓말을 했다.

옛날에 사황비는 황제에게 내일도 올 거라고 했었다.

그러나 그녀는 오지 않았다.

열세 살 린양은 이미 작은 사내대장부였지만, 비가 내리는 담장 옆에서 엉엉 울었다. 손에 쥐고 있던, 특별히 위저우저우에게 주려고 가져온 프랑스 초콜릿은 진작에 늦더위에 녹은 데다 빗물에 젖어 눈 뜨고 못 볼 상태가 되어 있었다.

위저우저우는 마지막으로 약속을 어기고 이별하는 것으로 그를 인정사정없이 괴롭혔다.

그녀는 말했다. 넌 이미 모든 일이 바라는 대로 이뤄졌잖
아, 그러니까 모든 일이 바라는 것보다 잘되기를 바랄게. 그
러니까 모든 일이 네가 상상했던 것보다 조금 더 좋게 된다
는 거야.

거짓말쟁이. 린양은 이를 악물었다.

그가 언제 모든 일이 바라는 대로 이루어졌다는 걸까?

이 세상 어느 구석에서, 어떤 사람은 한 번도 그의 뜻을
이뤄준 적 없었다.

18.

작별 인사부터

위저우저우는 고개를 들었다. 정오의 뜨거운 햇빛 때문에 눈을 뜨기가 힘들어서 발코니에 있는 외할머니의 모습이 흐릿하게만 보였고, 외할머니의 하얀 머리카락이 햇빛 아래에서 하얀 빛을 반짝이는 것만 볼 수 있었다.

엄마는 커다란 선글라스를 끼고서 얼굴을 반쯤 가린 채, 조수석 옆 차문에 기대어 똑같이 고개를 들고 있었지만 아무런 표정도 없었다. 몇 초 후, 엄마가 비로소 입을 열었다. "가자, 저우저우."

위저우저우는 힘껏 손을 흔들었다. 외할머니가 미세하게 고개를 끄덕이는 걸 본 것 같아 곧장 지프차 뒷좌석으로 파고들어 갔다.

차 안 냉기 덕분에 순식간에 속에서부터 편안해졌다.

"짐은 트렁크에 있는 게 다예요? 빠진 건 없고요?" 운전

석의 낯선 아저씨가 물었다.

"없어요." 엄마가 말을 마치자마자, 아저씨는 차를 출발시켰다. "일용품이랑 옷, 그리고 저우저우 책밖에 없으니까요. 가구를 옮길 필요가 없으니 당연히 가뿐할 수밖에요."

"내 기억에 그때 철거 이주로 분양 받은 집은 2년 넘게 비어 있었죠? 계속 인테리어를 질질 끌더니, 왜 갑자기 이사할 생각을 했어요? 어머니 집에서 사는 게 아주 좋다더니?"

"아주 좋았죠. 저우저우가 학교 다니기에 편하고, 밤에도 일부러 저녁 차려주러 일찍 들어갈 필요도 없고. 우리 올케가 눈치 주는 거 말고는 확실히 마음이 편했어요."

"저번에 저우저우가 사대 부중에 갈 거면 내가 아는 사람 통해서 도와준다고 했는데, 왜 연락도 안 했어요?"

엄마는 선글라스를 벗고 위저우저우를 돌아보며 웃었다.

"안 간대요. 죽어도 베이장취北江區에서 학교 다니겠다잖아요."

"그렇다고 애가 하자는 대로 해요? 애가 뭘 안다고, 베이장취 중점학교랑 사대 부중이랑 레벨이 같나?"

위저우저우는 그 말에 고개를 숙이고 손가락으로 품에 안은 책 표지를 어루만졌다.

엄마는 고개를 저었다. "얘가 싹수가 있으면 어디서 공부하든 잘할 거고, 싹수가 없으면 아무리 돈을 써서 베이징대나 칭화대에 보내도 쫓겨나겠죠."

위저우저우는 백미러를 통해 그 아저씨가 가타부타하지

않고 웃는 걸 봤다.

"게다가," 엄마가 계속해서 말을 이었다. "이사 가면 내가 일하기에도 편해질 거예요. 작년에 우리 사장님이 앞으로 빈장루濱江路에 있는 사무실을 나한테 맡길 거라고 하셨거든요. 베이장취에 살면 아무래도 가까우니까 애 돌보는 것도 편하겠죠. 그래서 언젠가 이사 갈 거 지금 가자 싶었어요."

"그런데," 그 아저씨는 문득 뭔가 생각난 듯 말했다. "예전에 내가 말했잖아요. 이주 보상으로 받은 그 집은 건물 자체부터 위치, 관리 등 여러 면에서 그다지 좋지가 않다고요. 그 집 팔고 다른 집을 사는 게 나을 텐데……."

"그 집은 못 팔아요." 엄마는 느닷없이 아저씨의 말을 끊고는 이유도 설명하지 않았다. 아저씨는 계면쩍게 웃으며 대꾸했다. "안 팔아도…… 괜찮긴 한데, 그래도 돈이 없는 것도 아닌데 이왕이면 좀 더 좋은 집에 사는 게 더 편하지 않을까요? 강변에 새로 분양하는 성스텐화盛世天華 단지가 참 괜찮던데, 요 몇 년간 악착같이 돈 모았잖아요. 소문을 듣자 하니 주식으로도 짭짤하게 벌었다던데, 손에 쥐고 있어봤자 돈이 불어나는 것도 아니고……."

"저우저우의 미래를 위해서는 돈을 모아야 해요." 엄마는 자연스럽게 아저씨의 말을 잘랐다. "난 평생 이렇게밖에 못 살았는데, 내 딸은 남들보다 잘살아야죠. 내가 아침부터 저녁까지 이렇게 바쁘게 뛰어다니는 게 날 위해서인 줄 알아요?"

위저우저우의 속눈썹이 미세하게 떨렸다.

아저씨가 잠시 말이 없는 사이에 차 안 공기는 순간적으로 살짝 얼어붙었다. 아저씨는 그제야 천천히 입을 열었다.

"…… 누가…… 평생 이렇게밖에 못 살았다고 누가 그래요?"

낮게 가라앉은 목소리와 느릿느릿한 말투, 어렴풋이 안쓰러움이 담겨 있었다. 위저우저우는 당시엔 이게 무슨 느낌인지 확실히 설명하기 어려웠고, 다만 분위기가 이상하다는 것만 느낄 수 있었다. 공기 중에 애매하게 달콤한 향기가 떠다니고 있었다.

안쓰러움. 오래전에 엄마와 결혼하고 싶다고, 엄마를 아껴주고 싶다고 했다가 결국엔 갑자기 사라져버린 그 아저씨처럼.

안쓰러움은 어쩌면 사랑의 시작일지도 모른다.

나는 당신이 안쓰러워서 당신을 사랑하게 되었다. 그리고 난 나 자신을 더욱 안쓰러워하기에 당신을 떠난다.

그러나 엄마는 별안간 해맑게 웃으며 이런 분위기를 깨뜨리곤 아무렇지도 않다는 듯 가볍게 말했다. "이미 이렇게나 나이를 먹었는데, 이번 생을 뭘 더 어떻게 하겠어요? 참, 방금 물어본다는 걸 깜빡했네요. 부인분 전근 일은 어떻게 됐어요? 예전에 인테리어 바닥재 살 때 폐를 많이 끼쳤는데, 지금 이렇게 이사한답시고 또 당신을 수고롭게 하잖아요. 원래는 택시 불러서 우리 모녀끼리 짐을 옮겨도 됐을 텐데, 결국 이렇게 당신들한테 폐만 끼쳐서……"

아저씨의 눈가에 순간 난처한 기색이 스쳤으나 곧장 말투를 고쳐 똑같이 호쾌하게 웃었다.

"그 사람은 하루 종일 괜히 난리를 부리는 거예요. 갱년기라. 그 직장 일도 사실은 다 본인이 자초한 거죠, 뭐……."

마치 방금 그 이상한 분위기는 원래부터 존재하지 않은 것 같았다.

그 시절 위저우저우는 그저 작은 동물처럼 눈치로 약간의 이상함을 읽어냈지만, 그게 뭔지 자신에게 설명할 순 없었다. 그러나 아주 여러 해가 지난 뒤 그녀가 모든 걸 이해했을 때, 시간의 강가에 서서 맞은편 기슭의 그 선글라스를 만지작거리며 경쾌하고도 강인한 미소를 짓는 똑똑한 여인을 바라봤을 때는 짙은 슬픔과 씁쓸한 아픔을 느낄 수 있었다.

그녀는 엄마에게 이 아저씨들이 누군지, 어째서 그녀의 머리를 쓰다듬으며 "안녕"이라고 인사했다가 어째서 갑자기 사라지는지 한 번도 물어보지 않았다.

엄마가 나무라지 않을 거라는 걸 알지만 말이다.

위저우저우는 이미 조용히 성장했고, 다른 사람의 마음속 금지 구역을 건드리지 않는 법을 더욱 깊이 이해했다.

아무리 친해도 안 되는 거였고, 엄마라도 안 되는 거였다.

차가 천천히 멈춰 섰다. 위저우저우는 차에서 내려 엄마를 도와 짐을 내리면서, 엄마가 짐을 집까지 올려다 주겠다는 아저씨의 호의를 정중히 거절하는 모습을 봤다.

그래서 위저우저우도 웃으면서 힘겹게 옷 보따리를 들고

말했다. "고맙습니다, 아저씨. 고생 많으셨어요."

고개를 드니 엄마의 흠잡을 곳 없이 부드럽게 웃는 얼굴이 보였다.

세월이 흘러 엄마는 더 이상 굽 낮은 신발을 신지도, 부드럽게 말하지도, 장편소설을 읽지도 않았다.

그러나 엄마는 영원히 이렇게 아름다웠다.

새로운 집은 상상했던 것만큼 좋지는 않았다. 동네에는 잡초가 무성했고 건축 잔토가 여기저기 쌓여 있는 것으로 보아, 아직 많은 건물이 완공되지 않은 듯했다. 그러나 위저우저우는 매우 만족스러웠다.

그녀는 이제까지 이사를 세 번 했다. 철거된 곳에서 쫓겨나 대잡원으로 옮겨갔다가, 다시 번번과 아쉬운 작별을 하고 외할머니 집으로 돌아갔었다. 오직 이번에만 위저우저우는 울지 않았다.

이곳은 그녀의 집이었고, 새로운 세계의 시작점이었다.

새로운 시작은 모두 이별 속에서 핀 꽃이다.

그리고 한 사람의 이별은 종종 또 다른 사람의 시작이 된다.

위저우저우는 항상 떠나는 사람 쪽이었는데, 이번에는 제자리에 서서 천안을 배웅해야 했다.

위링링이 재수를 하느냐 마느냐로 가족들과 말다툼을 벌이고 있을 때, 천안은 그럭저럭 베이징대에 합격했다. 위저우저우는 그를 걱정해본 적이 없었다. 왜냐하면 천안은 신선이었기 때문이다.

놀이공원에서 헤어진 후로 그녀는 그를 다시 만나지 못했다. 마침내 용기를 내어 전화를 했을 때, 천안이 웃으며 물었다. "기차역으로 배웅하러 올래?"

위저우저우는 유리병을 안고 사람들로 붐비는 역 앞 광장을 서성거렸다. 손바닥의 끈적이는 땀 때문에 병이 미끌거렸다. 그녀는 조심스러웠고 잔뜩 긴장했다. 팔이 저려서 아파올 때쯤 드디어 멀리서 천안과 한 무리의 사람들이 기차역 거대한 시계탑 아래에 서 있는 걸 봤다.

그 눈과 얼음으로 가득한 곳에서 불합리한 세상에 대해 약간의 분개를 표출하던 소년이, 지금은 환한 달처럼 너무 멀어 잡히지 않을 것 같은 미소를 지으며 주변 사람들과 인사말을 나누고 있었다. 위저우저우는 문득 아주 오래전, 그이야기 콘테스트가 열리기 전 복도에서 똑같이 뭔가에 가로막혀 어렴풋이 경계가 나눠졌던 게 생각났다.

그는 몸을 굽히면 그녀의 머리에 손이 닿았지만, 그녀는 까치발을 들고 두 팔을 쫙 뻗어도 그가 속한 세계의 가장자리에도 닿을 수 없었다.

그래도 위저우저우는 눈 딱 감고 그에게로 다가갔다. 산제제는 거기 없었다. 천안의 친구들은 그녀를 친척 여동생으로 여기곤 그녀의 존재에 대해 전혀 관심을 두지 않았다.

천안도 그저 놀란 듯이 눈썹을 치켜올리더니 고개를 숙여 재빨리 속삭였다. "이따가 쟤들이 플랫폼 티켓 사 오면 너한 테도 한 장 줄게." 그러고는 다시 다른 사람들과 떠들기 시작했다. 위저우저우는 오랫동안 준비한 "축하해"라는 말을 입 밖으로도 내지 못한 채, 한껏 들려 올라간 입꼬리가 결국에는 잔잔한 곡선이 되도록 미소를 지으며 조용히 한쪽에 서 있었다.

그들은 플랫폼으로 올라갔고 천안도 기차에 오를 준비를 마쳤다. 그의 입가에 걸린 웃음기는 마침내 더는 모호하지 않으며 약간의 패기도 담겨 있었다. 당황한 위저우저우는 겨우 그의 눈빛을 붙잡아 다급하게 눈짓했다. "잠깐만."

천안은 과연 발걸음을 멈추더니 그녀 곁으로 다가왔다. "저우저우?"

"자, 이거!" 위저우저우가 얼른 유리병을 건넸다.

안에는 종이학 천 마리가 담겨 있었다. 색색의 종이학이 햇빛 아래에서 부드러운 광택을 발했다.

위저우저우의 손재주는 그다지 좋지 않아서 노동 기술 수업 때 만든 대다수 작품의 점수는 '양호'*에 그쳤다. 많은 여학생들이 알록달록한 빨대로 별을 접거나 색종이로 종이학과 모빌을 접는 데 푹 빠져 있을 때, 그녀는 그저 한쪽에서 빤히 구경만 할 뿐이었다. 그나마 졸업하기 전에 산제제가 오랫동안 가르친 끝에 종이학 접는 법은 간신히 익혔다.

---

* 良好, 중국의 성적 등급은 우수, 양호, 중등, 통과, 낙제, 다섯 단계로 나뉜다.

그러나 그녀가 접은 종이학은 남들이 접은 것처럼 유연하지 않았다. 진정한 종이학은 앞뒤로 머리와 꼬리를 살살 움직일 수 있고 날개도 진짜로 나는 것처럼 살짝 너풀거릴 수 있었지만, 위저우저우가 접은 종이학은 시체처럼 움직이지 않는 멍청한 학이었다.

게다가 아주 못생겼다.

그래서 그녀는 아주 많이 접어서 병에 넣어 못생긴 걸 감췄고, 혹시라도 탄로 날까 봐 입구도 단단히 막았다.

그런데 천안은 여유롭게 병뚜껑을 돌려 열더니, 안쪽에 양면테이프로 막아놓은 입구를 가리키며 말했다. "이건……."

민망해진 위저우저우는 고개를 숙이고 더듬더듬 둘러댔다. "잘, 잘 막아놔야…… 애네들이 도망가지 않지……."

천안이 크게 웃음을 터뜨렸다. "맞네, 날아가 버리면 안 되잖아."

그러고는 고개를 숙여 웃음기 가득 담긴 눈으로 그녀를 똑바로 바라봤다. "저우저우, 고마워."

위저우저우는 조심스럽게 그녀가 가장 하고 싶었던 말을 했다.

"오빠한테 편지 써도 돼?"

천안은 놀란 듯이 입을 살짝 벌리더니, 곧 다시 웃었다.

"그래, 당연하지, 저우저우……." 그는 보도블록을 뚫어져라 바라봤다.

위저우저우는 길게 한숨을 내쉬었다.

"하지만 난 답장을 안 할 것 같아." 그가 이어서 말했다.

순간 표정이 굳은 위저우저우는 "왜"라는 말이 본능적으로 입술까지 올라왔지만 억지로 목구멍 뒤로 삼켰다.

뒤에서 어리둥절하게 바라보고 있는 사람들의 시선이 느껴지는 것 같아 목덜미가 화끈거렸다.

천안은 웃지 않았다. 약간은 내키지 않는 눈빛이었지만, 그래도 여전히 뜻을 굽히지 않은 채 조용하고도 단호하게 위저우저우를 바라봤다.

위저우저우는 고개를 숙이고 몇 초간 멍하니 있다가 다시 고개를 들고 미소를 지었다.

"괜찮아."

위저우저우는 천안이 답장을 하지 않을 거라고 딱 잘라 말한 이유는 알지 못했다. 그녀는 어른들의 행동을 관찰하며 몰래 짐작해보는 걸 좋아했다. 마치 일종의 고독한 놀이처럼 말이다. 그러나 이제껏 눈앞의 신선에 대해 연구해본 적은 없었다. 어쩌면 자신이 이해하지 못할 거라는 직감 때문에, 또는 일종의 존경심 또는 두려움 때문일지도 모른다.

위저우저우는 남을 귀찮게 하는 법이 없었고 뭔가를 계속 고집하는 경우도 드물었지만, 이번에는 고집스럽게 자신이 새로 이사 간 집 전화번호가 적힌 종이를 네모반듯하게 접어서 그의 손에 쥐여주었다.

"답장은 안 해도 되는데, 거기 도착하면 나한테 꼭 주소 알려줘."

천안은 웃지도 울지도 못하는 표정으로, 마치 억지를 부리는 어린아이를 보듯 위저우저우를 바라봤다. 그런 표정이 약간 실망스러웠고 순간 불만스럽기도 했지만, 그녀는 애써 끓어오르는 마음을 다잡고 하고 싶은 말을 확실히 하자고 스스로를 독려했다.

"오빠는…… 앞으로 분명……, 오빠가 거기서 아주 잘 지내기를 바라. 낯선 사람들도 많이 사귀고, 예전에 시도해보지 않았던 일들도 해보면서 말야. 날 기억할 필요는 없어. 난 그냥 오빠한테 편지를 쓰고 싶을 뿐이야. 답장을 안 하면 딱 좋지, 내가 답장을 기다려서 받은 후에 새 편지를 쓰지 않아도 되니까. 게다가 오빠는 답장을 한다 해도 무척 느릿느릿 보낼 텐데, 그럼 내가 편지를 쓰는 게 늦춰질 거야."

이런 이유는 마침내 천안의 표정을 살짝 풀어줬다. 그는 아까보다 부드러워진 눈빛으로 다시금 보도블록을 주시했다.

"그러니까…… 그러니까 아예 답장하지 말아줘. 난 쓰고 싶을 때 쓸 거고 아주 많이 쓸 거니까, 오빠는 보고 싶으면 보고 아니면 마!"

마지막 말은 사실 천안에게 부담을 주고 싶지 않아서였지만, 막상 말할 때 지나치게 초조하고 긴장해서인지 오히려 볼멘소리처럼 들렸다. 위저우저우도 그걸 느끼곤 민망해져 수습을 하려는데 천안의 가벼운 웃음소리가 들렸다.

그는 주머니에서 지갑을 꺼내 손바닥에 쥐고 있던 종이쪽지를 그 안에 넣었다.

"그래."

쓸데없는 설명 하나 없는 짧고도 힘 있는 대답에, 방금까지 장황하게 말을 늘어놓았던 위저우저우는 살짝 적응이 되지 않았다.

그는 고개를 끄덕이더니, 바닥에 내려놓았던 짐을 들고 친구들에게 마지막으로 몇 마디 한 다음 몸을 돌려 기차에 올랐다.

위저우저우는 그제야 그의 부모님이 줄곧 사람들 바깥에서 있었다는 걸 깨달았다. 천안은 기차에 탈 때도 그들에게 거의 눈빛조차 주지 않았으며 작별 인사는 말할 것도 없었다. 그의 아버지는 잘생긴 중년 남자로, 약간 살집이 있고 피부가 무척 하얬으며 표정은 엄숙했다. 그의 어머니는 시종일관 아무것에도 관심이 없는 담담한 모습이었다.

위저우저우는 플랫폼에 잠시 멍하니 서 있었다. 기차가 삐이익 경적을 울리며 천천히 움직이기 시작했다. 사실 기차역에는 처음 와본 거였고, 줄곧 텔레비전에서만 봤었다. 이 거대한 물체는 조금씩 가속하더니 기다란 꼬리를 끌며 차츰 시선 끝으로 사라져갔다.

그녀는 조금도 슬프지 않았다. 완전히 뜻밖이었다.

위저우저우는 처음으로 알았다. 무더운 날씨, 끈적이는 땀, 눈꼬리와 눈썹 끝에 드러나는 사소한 부분 — 예를 들면

천안이 웃는 듯 마는 듯 미간을 살짝 찡그리는 표정이라든
지 ─ 은 모두 감정과 허황된 환상을 조금씩 와해시켜 모든
걸 가장 꾸밈없는 모습으로 돌아오게 만든다는 걸 말이다.

하지만 그녀는 그래도 일말의 동경을 느끼며 자신도 해보
고 싶다는 생각이 들었다.

어느 날, 나도 이렇게 긴 꼬리를 끌고 가는 녀석을 타고
멀리 갈 거라고.

"천안 오빠,"

위저우저우는 새로 산 베이지색 책상 앞에 앉아 연한 빨
간 격자가 인쇄된 원고지를 평평하게 펼쳐 영웅 만년필* 뚜
껑을 열어 이 두 글자와 쉼표 하나를 적었다. 그리고 펜 끝은
한참 동안 허공에 머물렀다.

무슨 말을 써야 할지 모르는 게 아니라, 별것 아닌 사소한
문제를 마주쳤기 때문이었다.

예전에 텔레비전에서 편지를 읽는 장면을 볼 때면 늘 "소
식 전합니다. 평안하신지요?" 또는 "글자로 만남을 대신하
겠습니다" 같은 말로 시작했던 것 같은데, 그녀는 자신이 이
해한 글자가 맞는지 확신할 수 없었다. 그래서 머뭇거리며
쓰지 못하다가, 결국엔 이를 악물고 "안녕"이라고 썼다.

바보 같으니라고. 그녀는 코를 문지르며 더는 이런 사소

---

* Hero, 중국의 대표적인 만년필 브랜드.

한 것에 얽매이지 말자고 결심하며 계속 써 내려갔다.

"오늘은 중학교 입학 등록하는 날이야. 난 베이장취 제13
중학교에 도착했어. 낮에는 계속 바빴어. 학교에서는 공평성
을 위해 각 반 담임선생님을 추첨 방식으로 배정했어. 듣자
하니 우리 반 담임선생님은 이제 막 사범전문학교를 졸업한
분이래. 난 대열에 서서 선생님이 멀리서부터 걸어오는 걸
봤는데…… 글쎄, 선생님이 입은 옷에 일곱 가지 색이 모두
들어 있는 거 있지. 난 또 누가 무지개를 떼어다가 옮겨오는
줄 알았어. 초등학교 졸업 앞두고 신체검사를 할 때 색맹검
사도 있었는데, 그때 이분한테 도와달라고 했어야 했나 봐."

펜을 멈추고 나서야 쓰다 보니 머릿속에 정리되지 않은
생각까지 모두 써버렸다는 걸 깨달았다. 흠칫해서 얼른 그
원고지를 찢어냈지만, 손에 쥐고 잠시 생각하다가 책받침
위에 다시 잘 폈다.

위저우저우는 천안에게 편지를 쓰고 싶었다. 어째서인지
는 그녀도 알지 못했다. 마치 어린 새가 본능적으로 따스하
고 편안한 곳을 찾는 것처럼 말이다. 그러나 이런 편지를 통
해 칭찬을 받거나 보답을 받을 생각은 전혀 없었다. 심지어
"저우저우, 네가 최고야. 저우저우는 분명 꿈을 이룰 수 있
을 거야" 같은 격려 한마디도 바라본 적 없었다.

털어놓는 행위에는 중독성이 있었다. 피자 가게에서 그에
게 "나에게는 엄마밖에 없어"라고 말한 순간, 위저우저우의
마음속 수문이 활짝 열리며 여러 해 동안 축적되었던 감정

이 강줄기를 따라 세차게 바다로 흘러갔다.

천안은 바로 그 바다였다. 그녀는 수문을 닫지도 못하고, 강줄기를 바꿀 수도 없었다.

위저우저우는 어설픈 윗글에 이어 계속해서 써 내려갔다. 아무리 듣기 거북해도 사실은 사실이었으니까.

그녀는 태연하게 웃음을 터뜨렸다.

"이 학교는 내가 생각했던 것보다 훨씬 좋아. 건물이 좀 낡긴 했지만 말야. 한쪽 벽은 담쟁이덩굴로 뒤덮여 있는데 날이 선선해지니까 살짝 붉게 물들었어. 석양 아래에 찬란하게 펼쳐져 있는 걸 보면 너무너무 아름다워. 원래는 이 학교를 굉장히 나쁘게 상상했었어. 그래야 실망하지 않을 테니까. 엄마는 예전에 늘 '일이 뜻대로 되지 않는다事與願違'는 말을 달고 살았는데, 『현대중국어사전』을 찾아보고 나서야 그게 무슨 뜻인지 알았어. 그럼 만약에 늘 아주 엉망으로 망치기를 소원하면 실제 상황은 아주 좋게 변하지 않을까?"

얘기가 또 딴 곳으로 샜다. 위저우저우의 검지가 실수로 펜 끝에 닿자 곧 파란색으로 물들었다. 얼른 일어나 티슈를 찾으려고 고개를 숙였다가 책상 위에 놓인 책을 봤다. 제목은 『17세는 울지 않아』.

표지는 약간 구겨졌고 얼룩도 묻어 있었다.

위저우저우는 먼저 북적이는 인파 속을 파고들어 가 벽에 붙은 분반 배정표를 살펴본 후, 다시 기나긴 추첨 과정이 끝나기를 무료하게 기다리다가 무심코 한 여자아이가 옆 화단가에 앉아 책을 보고 있는 걸 봤다. 고개를 숙이고 등도 굽어 있어서 마치 거대한 새우처럼 보였다.

이 비유는 그다지 관대하진 않았지만 이보다 더 딱 들어맞을 수가 없었다. 여자아이는 키가 크지 않고 살짝 뚱뚱했다. 약간 꽉 끼어 보이는 분홍색 티셔츠가 허리를 굽힐 때 복부 둘레의 '타이어'를 더욱 두드러져 보이게 했고, 검정 반바지 아래로 드러난 종아리에는 넘어져서 남은 상처가 아직 딱지가 떨어지지 않은 채 있었다. 끈이 떨어진 샌들은 비닐 끈으로 가까스로 묶여 있었고, 게다가…… 발가락이 무척 더러웠다.

그러나 위저우저우는 주체할 수 없이 그 아이를 멍하니 바라보다가 문득 감동을 느꼈다. 들뜨고도 음울한 흐린 날 오후, 여자아이는 주변의 재잘거리는 사람들을 음소거한 채 다리 위에 놓인 책을 집중해서 보고 있었다. 거의 탐욕스럽다고 형용할 수 있을 정도로.

위저우저우는 어느 유명인이 '그는 배고픈 사람이 빵에 달려들 듯이 책 위로 달려들었다'라고 말한 걸 떠올렸다. 예전에는 그 말이 무척 바보같이 느껴졌지만, 지금에야 비로소 그 명언은 영원히 무시할 수 없다는 걸 깨달았다.

얼마나 오래 서 있었을까. 왼발이 살짝 저릿저릿했다. 위저우저우는 자세를 바꿨다가 날카로운 호통 소리를 들었다. "너 여기서 뭐 해?! 망할 것아, 한참을 찾았잖아. 너도 네 그

망할 애비처럼 날 못살게 굴 줄만 알지? 염병, 내가 대체 전생에 네놈들한테 무슨 죄를 지었다고?!"

사람들 속에서 튀어나온 여자가 소리를 꽥 질렀지만, 목소리가 잔뜩 쉬어 힘이 부족했기에 거의 아무도 신경 쓰지 않았다. 그러나 위저우저우는 그 고함 소리가 유난히 귀에 거슬렸다. 화단가에 앉아 있던 꼬마 아가씨는 깜짝 놀라 일어나서는 본능적으로 머리를 감싸 쥐었다. 벌벌 떨며 눈도 뜨지 못한 채, 무릎 위에서 떨어진 책을 밟기까지 했다.

결국 여자아이는 엄마에게 팔뚝을 꼬집히며 끌려갔다. 위저우저우는 눈을 휘둥그렇게 뜨고 그 광경을 지켜보다가 천천히 다가가 바닥에 떨어진 그 지저분한 책을 집어 들었다.

『17세는 울지 않아』.

어째서일까? 제목을 한참 들여다봤지만 여전히 당혹스러웠다.

울지 못하는 걸까, 울면 안 된다는 걸까?

위저우저우는 '17세'라는 말이 상상이 되지 않았다. 열세 살 위저우저우가 보기에 사람의 연령에는 그다지 큰 의의가 없었다. 열일곱 살 위차오 오빠와 열일곱 살 위링링, 심지어 열일곱 살 천안은 완전히 달랐으니 말이다.

"저우저우? 왜 여기 와 있어? 얼른 가서 줄 서자. 추첨 끝났으니까 담임선생님 만나러 가야지."

엄마가 다가와 손을 뻗어 그녀의 손목을 이끌었다. 따스하고 부드러운 손길이었다. 위저우저우는 고개를 들어 엄마

를 보고 방금 봤던 장면을 떠올리며 처음으로 강렬한 동정
심이 들었다. 심지어 잔인한 우월감까지 느껴졌다.

정말 불쌍한 여자애야. 위저우저우는 생각했다.

"그게 뭐니?" 엄마는 그제야 그녀의 손에 들린 책을 발견
했다. "어디서 주웠어? 더럽지도 않아?"

위저우저우는 엄지와 검지로 책을 쥐고 고개를 저었다.
"다른 사람 거야. 내가…… 나중에 돌려주려고."

위저우저우는 꼬질꼬질한 책을 책꽂이에 꽂은 다음, 잉크
를 닦고 다시금 책상 앞에 앉아 천안에게 쓰는 첫 번째 편지
의 마지막 단락을 써 내려갔다.

"난 오늘 문득 내가 아주 행복하다고 느꼈어. 알고 보니
행복이란 단어는 대비가 필요한 거였어. 더욱 비참한 사람
과의 대비 말이야. 그런 식으로 생각하는 건 아주 나쁘고 음
침한 것 같지만, 그래도 난 꼭 오빠에게 알려주고 싶어. 대비
를 통해 느낀 행복이야말로 실질적인 거라고, 볼 수 있고 만
질 수 있는 즐거움이라고 말야."

소중한 추억 5 ─

아름다운
신세계

1.
새로운 생활

"천안 오빠, 안녕!"

"내가 어릴 때 병음자모 배우던 얘기 안 했었지?"

위저우저우는 왼손으로 턱을 괴고 칠판에 나란히 적힌 'Aa Bb Cc Dd Ee'를 바라보며, 오른손으로는 만년필을 쥐고 새 노트 위에 진지하게 필기를 했다. 옆의 짝꿍은 이런 지루한 내용에 진작에 책상 위에 엎드려 하품을 하고 있었다. 위저우저우는 짝꿍을 흘끔 내려다보곤 살짝 입꼬리를 올렸다.

그 일렬로 쓰여 있는 알파벳 자모를 보니 문득 초등학교 1학년 첫 시간에 병음자모를 배우던 때가 생각났다. 다만 이번에는 의심과 당황스러움으로 가득 차 칠판을 노려보거나, 펜대로 리샤오즈를 찌르며 "저게 뭐야?" 하고 묻지도 않았다. 초등학교 입학 전에 병음자모를 미리 배우지 않았던 그녀는 중학교 입학 전에도 영어를 미리 배우지 않았지만, 기분은 완전히 달랐다.

위저우저우는 속으로 자신이 살면서 겪었던 몇 번의 어려움을 돌아보며 그것들이 가져온 의미를 처음으로 어렴풋이 생각해봤다. 예전에 40점짜리 시험지를 들고 모두의 시선을 받으며 교실을 가로질러 자리로 돌아갈 때 어떤 기분이었는지는 이미 기억도 나지 않았지만, 만약 그때의 민망함과 당황을 경험해보지 못했다면 나중에 가슴이 탁 트이는 깨달음과 후회막급도 없었을 거고, 그럼 지금도 이렇게 차분하게 영어라는 미지의 영역을 마주하지 못했으리라는 건 잘 알고 있었다.

소위 새로운 시작은 지난 일을 좀 더 높은 난이도로 한번 더 해보는 것에 불과했다. 그녀가 할 수 있는 건 기다림을 배우는 거였다.

"그거 알아? 나 문득 시간이 아주 굉장히 위대하다는 걸 깨달았어. 예전에도 알긴 했지만, 그땐 이해하지 못했거든."

이런 약간 가식적인 말을 쓰면 천안이 비웃지 않을까 싶기도 했지만, 그녀는 진심으로 감격했다. 누구에게 감격해야 하는 건지는 모르겠지만 말이다.

벽에 걸린 괘종시계는 똑딱똑딱, 빠르지도 느리지도 않게 움직인다. 지금 처한 환경 때문에 걸음이 빨라지거나, 행복하고 만족스러워서 천천히 걸어가지도 않는다.

시간은 가장 공평한 마법사다.

위저우저우는 국어 시간에 공포에 질려 울부짖는 소리
를 들었다. 마치 위층에서 맹수가 뛰어 내려오기라도 했는
지, 곧이어 쿵쾅쿵쾅 하고 천둥 같은 발걸음 소리가 들려왔
다. 깜짝 놀라 뒤를 돌아보니 뒷문 유리창 밖에서 빠르게 올
라갔다가 곧장 내리치는 손 하나가 보였다. 손에 휘두르는
긴 목판은 하얀 페인트가 칠해진 걸로 보아 교실 책상에서
떼어낸 거였다. 여러 사람이 크게 떠드는 소리와 욕하는 소
리와 우당탕탕 부딪히는 소리 때문에 복도는 마치 인간 지
옥이라도 된 것 같았다. 교실 안에 있던 학생들이 여전히 어
리둥절해하고 있을 때, 뒷줄에 앉아 있던 세 남학생이 벌떡
일어나 뒷문에 딱 붙어 밖의 상황을 흥미진진하게 구경하기
시작했다.

"와 씨, 3학년 자오추 아냐?"

"제기랄, 내가 그랬지? 저 자식 꼴값하는 것도 며칠 못 갈
거라고. 삼직* 그놈들이 자기 패거리 열 몇 명을 데리고 와
서 맨날 교문을 지키고 있으니까 담을 넘어 도망갔잖아. 그
랬더니 오늘은 아예 교실로 찾아왔네. 지가 뛰어봤자 벼룩
이지……."

국어 선생님은 키가 작고 단발머리를 한 삼십 대 여성으
로, 항상 얼음으로 조각해놓은 듯한 표정을 짓고 있었다. 그
녀는 대수롭지 않게 문밖을 흘끗 보고는 손에 잡히는 대로

---

* 제3직업학교.

582

수학 선생님의 교구를 들어 칠판에 힘껏 집어 던졌다. 갑작스런 거대한 굉음에 학생들은 단체로 몸서리를 쳤다.

"다들 자리로 가서 앉아! 버르장머리가 없어도 유분수지!"

세 남학생은 씩씩거리며 뒷문에서 떨어져 자리로 돌아갔고, 위저우저우도 여전히 두려움이 가시지 않은 채로 고개를 돌려 교과서를 펼쳐 오늘 배울 내용을 훑어봤다. 모화이치莫懷戚의 「산책」이라는 수필이었다.

두 페이지를 넘기고 다시 고개를 돌려 뒤를 바라봤다.

뒤에서 두 번째 줄 창가 쪽 구석, 초등학교 1학년 때의 위저우저우와 같은 위치에 짙은 남색 레인코트를 입은 여자아이가 앉아 있었다. 방금 소동은 그녀와 전혀 무관한 듯이 고개를 푹 숙인 채, 높이 올려 묶은 말총머리는 마치 당황해서 푸드덕거리는 수탉 꼬리 같았다.

그 여자아이는 바로 『17세는 울지 않아』의 주인이었다. 위저우저우는 개학 첫날 그 애가 자신과 같은 반이 된 걸 보고 무척 신기하기도 하고 기쁘기도 했다. 그러나 그 애에게 다가가 "네 책 나한테 있어"라고 말하려다가 발걸음을 멈췄다.

그건 상대방에게 털어놓는 거나 마찬가지였다. 네가 엄마한테 얻어맞고 욕먹는 걸 내가 다 봤다고.

그래서 위저우저우는 하려던 말을 참았다.

개학하고 한 달 넘게 지났지만 위저우저우는 아직 그 여자아이와 한마디도 나누지 못했다.

국어 선생님은 단조로운 목소리로 수업을 계속했다. "그래서 여기에는 두 어머니와 두 아들이 등장하는데, 작가가 이렇게 쓴 의도는 뭘까? 누가 말해볼래?"

마지막 한마디는 그저 형식적인 것에 불과했다. 선생님은 누가 손을 들어 발표하는 건 기대하지도 않고 바로 출석부를 내려다봤다.

"신메이샹?"

"신메이샹?"

교탁 아래에서 조그맣게 웃음소리가 터져 나왔다. 뒤에서 두 번째 줄에 앉은 그 여자아이는 깜짝 놀라 일어나서는 고개를 숙이고 나무토막처럼 말없이 서 있었다.

"말해봐!" 국어 선생님은 미간을 찌푸리며 한숨을 내쉬고는, 상대방이 수업 시간에 딴짓을 하느라 질문을 못 들었다고 여겼는지 아까 한 질문을 다시 한 번 반복했다. "방금 선생님이 물었잖아, 이 글에 두 어머니와 두 아들이 등장하는데 이렇게 쓴 작가의 의도가 뭐냐고."

위대한 마법사인 시간은 누구에게도 멈춰주지 않는다. 그러나 신메이샹은 시간과 함께 정지할 수 있는 사람이었다. 위저우저우는 대체 누가 누구에게 저주를 건 건지 아리송했다.

1분이 지났다. 영문을 모르는 국어 선생님은 고개 숙인 여학생을 뚫어져라 바라봤다. 교실 안의 웃음소리는 점점 커졌다가 국어 선생님의 무서운 표정에 압도되어 다시금 쥐 죽은 듯이 고요해졌다.

"쟤 왜 저러니? 일부러 저러는 거야?" 그녀가 첫째 줄에 앉은 위저우저우를 내려다보며 물었다.

담임선생님은 서류를 보고 위저우저우가 사대 부초 출신이라는 걸 알고는 그녀를 무척 좋게 봐서 자리를 배치할 때도 맨 앞줄에 앉게 했다.

위저우저우는 고개를 저으며 조그맣게 말했다. "쟤는…… 일부러 그러는 거 아니에요."

저런 행동을 과연 고의와 고의가 아닌 걸로 나눌 수 있는 건지 알 수 없었다. 국어 선생님은 처음으로 신메이샹에게 질문을 하고 어처구니가 없어 했지만, 사실 똑같은 상황이 영어 수업 때도 무수히 많이 벌어졌었다.

원래는 담임이 되었어야 할 영어 선생님이 일반 과목 담당 선생님이 되었고, 수학을 가르치는 중년 여성이 이 학급의 담임을 맡게 되었다. 위저우저우는 전혀 이상하지 않았다. 추첨이란 건 일시적인 공평함을 보장해줄 수 있지만 사후의 모든 건 역시나 별도의 논의와 협상이 가능한 것이니 말이다.

여전히 팔레트처럼 알록달록한 옷차림의 영어 선생님은 '기차 운행' 방식으로 질문하는 걸 좋아했다. 첫째 줄 학생부터 차례로 일어나 대답을 하고, 맨 뒷줄에 다다르면 다시 뒤에서부터 앞으로 대답을 하는 거였다. 선생님은 아주 빠른 속도로 새로 배운 본문 내용을 묻고 답하기 방식으로 아주 여러 번 반복했다.

"How are you(어떻게 지내)?"

"Fine, thank you, and you(좋아, 고마워. 넌)?"

……

신메이샹은 망가진 철도 구간이었다.

그녀는 일어나서 그 구간을 꽉 막은 채 한마디도 하지 않았다. 선생님이 그녀를 어떻게 대하든 — 처음에는 차근차근 일깨워 주며 다정한 얼굴로 격려하고 타이르다가, 나중에는 미간을 찌푸리며 혼내다가, 지금은 기차를 아예 다른 길로 돌아가게 했다 — 신메이샹은 이제껏 쭉 아무 표정이 없었다. 난감한 표정이라든지, 얼굴을 붉힌다든지, 운다든지…… 그런 건 전혀 없었다.

위저우저우는 고개를 들어 국어 선생님을 바라봤다. 그들 모두 국어 선생님이 화낼 때의 공포스러운 광경을 익히 보았기에 속으로는 신메이샹을 대신해 진땀을 흘렸다.

그러나 국어 선생님은 그저 고개를 끄덕이며 이렇게 말할 뿐이었다. "앉아."

그러고는 위저우저우의 필통에서 펜 한 자루를 꺼내 출석부에 가위표를 쳤다.

위저우저우의 기분이 좋지 않은 데는 또 다른 이유가 있었다.

제13중은 베이장취의 중점학교라고는 하나, 학생 자원과 관리 면에서 확실히 진정한 명문 학교와는 차이가 있었다.

교실에는 갓 개학했을 때의 쭈뼛거리던 조용함이 다시는 나타나지 않았다. 수업 시간 때는 몰래 귓속말로 소곤거렸고, 수업이 끝나면 남녀 학생들이 한데 어울려 있었다. 첫째 줄에 앉은 위저우저우는 딱히 그 영향을 받지 않았지만, 뒷줄에 앉은 학생들은 수업 시간에 선생님 목소리가 잘 안 들린다고 투덜거렸다.

화가 난 담임선생님은 수학 수업 시간을 자습 시간으로 바꾸고, 착실한 학생들 몇 명을 하나씩 교실 밖으로 불러내 면담을 했다.

그러나 멀리 가지 않았기 때문에 교실에서도 그들의 목소리가 아주 또랑또랑하게 들렸다.

"지금 우리 반 상황을 너도 알지. 선생님은 네가 학급 분위기를 어지럽히는 애들을 찾는 걸 도와줬으면 해. 지금부터 넌 선생님의 스파이가 되는 거야. 다른 애들한테는 비밀로 하고, 매일 다른 선생님 수업 때 떠드는 애들 이름을 적어서 나한테 가져오렴……."

교실에 앉아 있던 위저우저우는 영어책에 고개를 푹 파묻었다. 참으로 웃지도 울지도 못할 상황이었다.

"천안 오빠, 너무 예의가 아닌 거 같아서 말하면 안 될 것 같은데, 오빠한테는 진짜 말하고 싶으니까 뭐라고 하지 마. 있지, 우리 반 담임선생님은 좀 바보 같아."

수학을 가르치는 담임선생님의 이름은 장민이었다.

개학하던 날, 그녀는 일필휘지로 칠판에 자신의 이름을

크게 적은 다음 정색하며 말했다. "내 소개를 하겠다. 난 너희들의 담임선생님이고 수학을 가르칠 거야. 이름은 장민, '민첩할 민敏'을 써."

더구나 교탁 아래의 학생들이 어째서 웃는지 조금도 눈치채지 못했다.

장민은 까무잡잡한, 무척이나 까무잡잡한 사람이었다. 게다가 뚱뚱하고 못생겼고 옷을 잘 입거나 꾸밀 줄도 몰랐다. 개학 첫날부터 훈화를 하려다가 출석부를 못 찾은 그녀는 황급히 자신의 그 짙은 남색 천 가방을 교탁 위에 뒤집어 쏟고는 한참을 찾다가 결국엔 초연하게 말했다. "됐다, 쓸데없는 말은 그만하고 수업 시작하자."

그건 위저우저우가 중학교에서 들은 첫 수학 수업이었다. 그녀는 칠판을 주시하는 자신의 눈빛이 얼마나 간절하고 집중되어 있는지, 얼마나 조심스러워하고 쩔쩔맸는지 의식하지 못했다. 그런 눈빛은 장민을 거의 놀라게 할 정도였다.

"난 반장이 됐고 자리도 첫째 줄로 옮겨졌어. 원래는 선생님이 내가 사대 부초 출신이라서 잘해주는 줄 알았는데, 보니까 선생님은 내가 누군지 전혀 모르고 있더라. 나중에 내 서류를 보고는 나한테 더 잘해주셨고.

선생님이 그러는데, 내가 수학 시간에 눈빛이 아주 뜨거웠대. 만약 남자 선생님이었다면 내가 자기한테 사랑에 빠진 줄 알았을 거라나.

근데 무슨 선생님이 말을 이렇게 해?

그래서 난 선생님이 좀 멍청한 게 아닌가 싶어.

하지만 난 선생님이 좋아. 좋은 사람 같아."

위저우저우는 펜을 멈추고 마지막 문장을 바라보며 돌연 멍하니 생각에 잠겼다. 꿈결 같았던 어느 깊은 밤에 천안이 해준 말이 떠올랐다. 너한테 잘해주면 좋은 사람이고, 잘해주지 않으면 나쁜 사람이라고.

예전에는 그걸 인정하지 않았다. 그런데 지금은 판단할 수 있는 이유가 어느새 조용히 혈액에 스며들어 있었다. 그녀는 직감인 줄 알았지만, 사실 그 뒤에는 항상 현명하지도 공평하지도 않은 원인이 있었다.

2.
작아서 깨진 유리 구두

위저우저우는 살금살금 신메이샹의 자리로 다가가 손에 들고 있던 『17세는 울지 않아』를 가만히 책상 서랍 안에 넣었다.

신메이샹의 책상은 아주 지저분했고 서랍 안쪽에는 뭔지 모를 것들이 잔뜩 들어 있었다. 위저우저우가 무심코 건드리자 잡지와 문제집들이 우르르 쏟아져 떨어졌다. 깜짝 놀라 얼른 쭈그리고 앉아 허둥지둥 주워 다시 서랍 안에 넣다가, 문득 알록달록한 무언가를 보고 저도 모르게 손을 멈췄다.

〈미소녀 전사 세일러 문〉 젤리 스티커와 〈황제의 딸〉 씰 스티커였다.

위저우저우는 어안이 벙벙했다. 이렇게 알록달록하고 조잡한 소품은 많은 여자아이들이 특히 좋아하는 것이긴 했지만, 그 '많은 여자아이' 중에 신메이샹 같은 여학생은 포함되지 않는 것 같아서였다.

사람은 양심에 거리끼는 일을 할 때면 감각기관이 유난히 예민해진다. 위저우저우는 문득 등 뒤로 미세한 인기척을 느끼고 고개를 획 돌렸다가 신메이샹의 검누른 얼굴을 봤다. 아무 표정 없이 그녀를 빤히 쳐다보고 있는 모습은 마치 소리 없이 나타난 유령 같았다.

위저우저우는 깜짝 놀라 혼이 나갈 뻔했다.

"난……." 위저우저우는 침을 꼴깍 삼켰다.

체육 시간이 끝나자마자, 위저우저우는 종종걸음으로 교실로 돌아왔다. 교실에 아무도 없는 틈을 타 그 소설을 신메이샹의 책상에 쥐도 새도 모르게 넣어둘 생각이었다.

예전에는 어떻게 해야 할지 몰라서 내버려 뒀는데, 나중에 책을 돌려줘야겠다는 생각이 들고 나서 귀신에 홀린 듯 첫 페이지를 펼치고 말았다. 그러다 어제저녁에야 비로소 끝까지 다 읽고 마침내 오늘 원래 주인에게 돌려줄 결심을 한 거였다.

그런데 현장에서 딱 걸리다니.

남몰래 움직이려고 노력한 게 다 소용없게 되었다.

신메이샹은 다시 석상처럼 딱딱하게, 영어 시간의 그 어긋난 철도 구간처럼 변했다. 표정에서는 분노가 드러나지 않았지만 보는 사람은 오싹함이 느껴졌다.

위저우저우는 마음을 굳게 먹고 고개를 숙여 서랍 안에서 『17세는 울지 않아』를 힘껏 잡아당겼다. 그 바람에 서랍 안의 각종 잡동사니가 다시 우르르 쏟아졌다.

"난 책을 돌려주려던 거였어." 위저우저우는 심지어 달력 종이로 책에 하얀 커버를 씌워놓기까지 했다. "이 책 기억해?"

신메이샹의 표정이 마침내 살짝 풀어졌다. 그녀는 입술을 달싹이며 손을 뻗어 그 책을 받아 들었다.

"재미있어?"

"뭐?" 여전히 어떻게 책을 주웠는지에 대한 이유를 둘러 대려고 머리를 짜내던 위저우저우는 어리둥절해서 반문했다. "뭐라고 그랬어?"

"책 봤냐구. 재미있어?"

신메이샹에게서 기이한 집착이 느껴졌다. 말문이 막힌 위저우저우는 잠시 후에야 제대로 반응할 수 있었다.

"재미있었어." 위저우저우가 웃으며 고개를 끄덕였다. "아주 재밌더라. 이 책 드라마로도 만들어졌던데, 엄마한테 말했더니 VCD로 사주셨어! 넌 봤어?"

신메이샹이 고개를 저었다. "난 책도 아직 다 못 봤는걸. 젠닝이랑 양위링 나중에 사귀어?"

위저우저우는 입술을 깨물고 얼굴을 살짝 붉히며 고개를 숙였다. "아니. 안 사귀어. 왜냐하면…… 열심히 공부하려고, 그래서……." 눈을 드니 신메이샹의 약간 실망한 표정이 보여 얼른 한마디 덧붙였다. "하지만 나중엔 사귀었을 수도 있어. 난 그럴 거라고 생각해……. 내가 장담해!"

말을 마치고서는 자신도 좀 웃었다. 내가 보장한들 무슨 소용일까?

두 사람은 서로의 얼굴을 마주 봤다. 위저우저우는 잠시 생각하다가 조그맣게 물었다. "너 젠닝 좋아해?"

그 신중하고 절제할 줄 알고 똑똑하고 부지런한, 온화하고 우아한 흰옷의 소년.

신메이샹은 단번에 얼굴을 붉히더니 대답도 없이 곧장 교실 뒷문으로 나가버렸다. 위저우저우 혼자 교실에 남겨둔 채.

위저우저우는 고개를 숙여 책 커버를 살며시 어루만지고는 아쉽다는 듯 책을 다시 신메이샹의 책상 서랍에 다시 밀어 넣었다.

만약 방금 신메이샹이 "좋아해"라고 대답했다면 그녀도 곧장 "응, 나도 그래"라고 맞장구쳤을 것이다.

위저우저우는 중학교 시작점에 서서 까치발을 들고 멀리 떨어져 있는 고등학교를 바라봤다. 열일곱 살은 그렇게나 아름다워 보였다. 거기에는 준수하고 뛰어난 흰옷의 소년이 있을 거고, 진실한 우정과 소탈한 생활이 있을 것이다. 심지어 어쩔 수 없이 포기해야 하는 어렴풋한 사랑과 시험을 앞두고 괴로워하는 아우성마저도 위저우저우에게는 부럽게만 보였다.

게다가 그 학교 이름도 전화고였다.

책 속의 전화고에는 허구의 젠닝이 있었고, 이곳의 전화고에는 예전의 천안이 있었다.

위저우저우의 중학교 생활은 상상할 수 없을 정도로 순조로웠다. 수학 공포증은 장민의 우대 덕분에 조금씩 치유되었다. 장민은 칠판 앞에서 계산 문제를 풀어낸 위저우저우에게 "넌 정말 똑똑하구나"라고 칭찬하기까지 했다.

언어 방면의 타고난 재능도 국어와 영어, 두 과목에서 선생님의 총애를 받게끔 해주었다.

진정으로 위저우저우를 최고점까지 끌어올린 건 바로 중간고사였다.

위저우저우는 중간고사를 아주 오랫동안 준비했고, 그 결과는 학급 1등, 전교 2등이었다.

과목별 성적이 나오기 전에 미리 교무실로 달려가 염탐하는 학생들은 꼭 있었다. 위저우저우는 누구보다도 마음이 초조했지만 애써 아무렇지도 않게 자리에 딱 붙어 앉아 눈길도 돌리지 않고 자신의 쿵쿵 방망이질 치는 심장 소리가 전혀 안 들리는 척했다.

반 아이들이 그녀를 축하해주었다. "위저우저우, 너 정말 대단하다."

위저우저우는 살짝 상기된 얼굴로 뻣뻣한 미소를 지으며 조금도 침착하지 않게 대꾸했다. "뻥치지 마, 내가 대단하다고 누가 그래……. 난 하나도 안 대단한데……."

그러면 모두들 성적과 등수를 증거로 들어 계속해서 법석을 떨었고, 위저우저우가 더욱 어색하게 몸 둘 바를 몰라 하면 다시 또 대단하다며 떠들어댔다.

위저우저우는 잘 모르는 친구들에게 둘러싸여 화제의 주
인공이 되는 것에 처음으로 거부감이 느껴지지 않았다. 그
들이 시끌벅적하게 떠드는 소리는 달콤하게만 들렸고, 반
친구들 하나하나도 예쁘게 느껴졌다.

"천안 오빠, 교만함과 성급함을 경계해야 한다는 거 잘 알
아. 이건 첫 시험일 뿐이고, 앞으로 아주 많은 시험을 치러야
겠지. 난 절대로 자만하지 않을 거야. 아직 가야 할 길이 길
거든!"

펜 끝이 종이 위에 멈췄다. 그녀는 더는 겸손한 표정을 짓
지 않고 바보처럼 웃더니, 코를 쓱 문지르고는 한 문장 더 추
가했다.

"그치만…… 지금은 우쭐거리고 싶어!

난 정말 기뻐."

천안은 진짜로 한 번도 답장을 하지 않았다. 위저우저우
는 희망을 버린 지 오래였다. 첫 번째 편지를 보낸 후 상징적
으로 일주일을 기다렸고, 약간의 실망을 한 후로는 아예 마
음을 내려놓았다. 편지지도 더는 일부러 고르지 않고 손에
잡히는 대로 연습장을 찢어 편지를 썼다.

줄곧 답장 없는 편지를 쓰면서도 위저우저우는 슬프지 않
았다. 지금은 늘 무뚝뚝한 표정의 국어 선생님조차 그녀의
작문을 보면 얼굴 가득 미소를 띠며 머리를 쓰다듬어 주었
다. 평균 성적이 전교 중하위권인 6반에서 위저우저우는 선
생님들의 가장 큰 자랑거리였다. 심지어 친구도 많이 생겼

다. 많은 아이들이 그녀를 좋아했다. 다들 그녀가 예쁘다고, 성적이 좋다고, 상냥하다고 했다. 주말이면 친한 여자아이들이 그녀의 팔짱을 끼고 문구점에 가서 예쁜 노트와 각양각색의 볼펜을 골랐고, 수업이 끝나면 많은 아이들이 그녀의 책상 주변을 에워싸고 집에서 무슨 문제집을 푸냐고 물어봤다…….

운명이 아무런 예고 없이 한쪽 무릎을 땅에 꿇더니 그녀에게 아주 공손하게 유리 구두를 신겨주었다. 꼬마 신데렐라는 너무나도 황송해서 감사 인사를 할 겨를도 없었다.

"천안 오빠, 오빠는 모를 거야. 내가 지금 얼마나 즐거운지."

그러나 위저우저우는 잊고 있었다. 운명이라는 이 변덕스러운 왕자님은 키스를 하든 포옹을 하든, 또는 뺨을 때려 가정폭력을 실행하든, 사전에 미리 알려주지 않는다는 걸 말이다.

자습 시간, 담임 장민이 경계하면서도 음험한 표정으로 아무런 예고도 없이 교실에 불쑥 들어왔을 때, 학생들 대부분은 웃고 떠들며 장난을 치고 있었다. 심지어 맨 뒷줄의 남학생 셋은 책상 위에 올려둔 발을 미처 거두지도 못한 채였다.

아무리 제멋대로 날뛰는 아이라도 "부모님 모셔와" 한마디면 덜덜 떠는 법이었다.

"쉬즈창, 너 뭐야? 저번에도 혼났으면서 염치도 없니?!"

"아이씨, 제가 뭘요?!" 쉬즈창은 책상 위에 올린 발을 내리며 장민에게 고래고래 소리쳤다. 쉬즈창은 얼굴이 말처럼 길고 수염이 숭숭 자라 있었으며, 늘 반짝이가 달린 검은 옷을 입었다. 반에서 유일하게 휴대폰을 가진 남학생이었는데, 입을 열 때마다 상스러운 말이 튀어나왔다.

"방금 떠들고 있었잖아. 주변 친구들 공부를 방해하면서 부끄럽지도 않아?! 나한테 뭘 소리쳐? 네가 그렇게 잘났어?!"

교실의 남녀 한 쌍이 서로 욕을 퍼부었지만 금방 승부가 나지 않았다. 쉬즈창은 건방지게 벽에 기대어 이를 악물고 한마디 내뱉었다. "내가 떠드는 거 누가 봤대요?" 그는 교실 학생들을 향해 턱짓을 했다. "물어보시라고요. 내가 방금 떠들었다고 누가 감히 말하는지 보자고요."

화가 나서 얼굴이 새빨개진 장민은 일단 시작한 일 끝을 보겠다는 듯 위저우저우를 가리키며 큰 소리로 물었다. "위저우저우, 네가 선생님한테 말해봐. 방금 쉬즈창이 자습 시간에 욕하고 떠든 거 들었어, 못 들었어?"

위저우저우는 흠칫해서 천천히 자리에서 일어났다. 장민의 눈빛에는 신뢰가 가득 담겨 있었고, 쉬즈창의 째려보는 눈빛에 위협적인 의미가 담겨 있다는 건 굳이 말하지 않아도 알 수 있었다.

모두가 그녀를 바라보고 있었다. 당황스러웠다. 그녀에겐 선택할 수 있는 중간 길이 없었다.

"저는……."

중학교 입학 후부터 지금까지 교실 안은 지금처럼 '바늘 하나 떨어지는 소리까지 똑똑히 들릴 정도'로 조용한 적 없었다.

위저우저우는 가볍게 고개를 끄덕였다.

"네, 쟤가 떠들었어요."

장민은 '스파이'의 신분을 밝히는 걸로 모자라 모두의 앞에서 밀고를 하도록 강요하기까지 했다. 그러나 위저우저우는 두려움을 견디고 그녀의 편에 섰다. 단지 자신에게 "넌 정말 똑똑하구나"라고 말해줬기 때문이었다.

이 상황에 반응할 새도 없이 입을 쩍 벌린 쉬즈창은 "씨발"이라고 입을 떼자마자 장민에게 귀를 잡혀 교실 밖으로 끌려나갔다.

위저우저우는 쉬즈창이 잔뜩 위협적인 눈길로 자신을 노려보는 걸 보고 순간 머릿속이 새하�‍얘졌다.

복도에서는 장민이 일방적으로 혼내는 소리가 들려왔다. 쉬즈창은 더는 반박하지 않았지만 그런 침묵은 오히려 위저우저우를 몸서리치게 했다. 얼마나 흘렀을까, 장민이 말투를 바꿔 전화를 받는 소리가 들리더니 딱 한마디를 남기고 하이힐을 또각거리며 총총 떠났다. "일단 교실로 돌아가. 이따가 네 아버지한테 전화할 거니까!"

몇 초 후, 교실 뒷문이 쾅 하고 부딪혀 열렸다. 얼마나 세차게 열었는지 유리창까지 떨릴 정도였다.

"씨발, 내가 네 조상까지 가만 안 둘 줄 알아!"

위저우저우는 힘없이 고개를 돌렸다가 쉬즈창의 '형제'들이 그를 말리며 이러쿵저러쿵 떠드는 걸 봤다. "사고 치지마, 때렸다가 물어주지도 못한다구. 여자애들 상대해서 뭐하게." 마치 쉽게 깨지는 꽃병에 대해 말하는 것 같았다.

그녀는 말없이 고개를 숙였다.

"그거 알아? 천안 오빠, 난 내가 특히나 무능하게 느껴졌어. 걔가 욕하는 건 정말 듣기 거북했지만, 감히 뭐라고 대들수도 없었어. 맞아, 걔가 날 때릴까 봐 무서웠어. 사람이 욕을 이렇게까지 듣기 싫게 할 수 있단 걸 처음 알았어. 하지만난 울지 않았어. 걔는 10분 동안 쉬지도 않고 욕을 퍼부었어. 그리고 아무도 날 위해 나서주지 않았지. 나한텐 '친한 친구'가 많았는데 아무도 날 위해 말을 해주지 않더라고.

아무도 없었어.

걔네들은 그 남자애가 교실을 떠나고 한참이 지나고서야 쭈뼛쭈뼛 다가와서는 걔를 상대하지 말라고 그러더라.

걔네들을 원망하지는 않아. 봐, 나 자신도 감히 일어나지 못했는걸.

그렇지만 가장 속상한 건, 내가 그래도 웃으면서 난 괜찮다고, 하나도 화 안 났다고, 누가 그런 건달을 상대하냐고 말해야 한다는 거였어. 그렇게 말해야 내 체면을 만회할 수 있는 것처럼 말야.

사실 나도 알아. 내가 웃는 게 무척 가식적이라는 거."

위저우저우는 눈앞의 예쁜 분홍색 거품들을 조심스레 터뜨리며 굴욕적으로 고개를 숙였고, 거품 뒤에 숨겨진 사람의 마음을 똑똑히 봤다.

"하지만 기분 좋은 일도 하나 있어."

위저우저우가 펜을 놓자 눈앞에 신메이샹의 기이한 미소가 떠올랐다.

그날 중간 체조 시간에 신메이샹이 느닷없이 곁으로 다가오더니 입꼬리를 끌어 올려 약간은 공포스럽게 웃었다.

"내가 걔 의자 위에 압정을 한 주먹 뿌려놨어."

3.

영웅은 다시 오지 않는다

신메이샹은 그 한마디만 남기고 갔다. 굼뜬 뒷모습이 위저우저우의 눈에 살짝 멋있게 보였다. 위저우저우는 그 말뜻을 이해하지 못하고 있다가, 반 아이들이 모두 중간 체조를 마치고 속속 교실로 들어갔을 때, 쉬즈창이 별안간 지붕이 떠나가라 내지른 수탉 같은 비명 소리에 퍼뜩 깨달았다. 모두가 눈을 휘둥그렇게 뜨고 쉬즈창을 바라보며 깜짝 놀랄 때, 위저우저우는 내심 기뻤다.

쉬즈창이 형제들과 떠들며 득의양양하게 들어와 의자 위를 쳐다보지도 않고 털썩 앉았다가 로켓처럼 벌떡 튀어 오른 것이다.

사실 엉덩이에 박힌 건 두 개뿐이었지만…… 그걸로 충분했다.

담임 장민이 반에서 전체 사건의 자초지종을 파악하는 동안, 쉬즈창은 업혀서 양호실로 이송되었다. 위저우저우는 고개를 돌려 둘째 줄 구석에 앉은 신메이샹에게 살짝 눈을 찡긋하며 소리 없이 말했다. 고마워.

신메이샹은 얼른 고개를 숙였다. 아무것도 못 본 것처럼.

"천안 오빠, 난 여전히 예전과 똑같아. 다만 다른 애들이 놀러 가자고 할 때 핑계를 대서 거절할 뿐이야. 내가 그 일을 엄마한테 말했더니, 엄마는 앞으로 크면 그렇게 '각자 제 집 앞의 눈만 쓰는 것'에 익숙해질 거라고, 남들을 탓하지 않게 될 거라고 하셨어. 나보고 너무 이상적으로 생각하지도, 너무 엄격하게 굴지도 말래. 인간관계는 고만고만하면 된다고, 안 그럼 즐겁지 않을 수도 있다고 말야. 사실 엄마 말이 잘 이해가 안 돼. 엄마는 사업을 하는 사람이니까 계약서만 있으면 되고 진심은 필요 없잖아. 하지만 난 진심이 필요해.

천안 오빠, 오빠는 친구 있어? 오빠 주변에 있는 사람들은 내 주변 사람들보다 훨씬 많겠지? 그런데 친구는 있어?"

우연히 만난 동창들은 몇 년 후면 뿔뿔이 흩어져 각자의 길을 가게 된다. 그들이 자신의 길에 편하게 함께해준 걸 고마워해야 할까, 아니면 진심으로 교류하지 않은 걸 아쉬워해야 할까?

위저우저우의 마음속에 끓어오른 곤혹스러움은 오랫동안 가시지 않았다. 그녀는 여전히 웃으며 학급 친구들을 대했고, 여전히 전화고에 가기 위해 열심히 공부했다. 하지만 수치스러움과 뻔뻔함으로 가득했던 그 10분은 마음속에 갇힌 짐승처럼 수시로 답답한 듯 으르렁거리곤 했다.

그리고 곧 또 다른 일이 그녀를 걱정스럽게 했다.

사흘간 병가를 낸 쉬즈창은 다시 교실로 돌아온 뒤로 가장 먼저 그를 보자마자 웃음을 터뜨린 남학생을 주먹으로 혼내주었고, 아무도 감히 그의 엉덩이에 압정이 박힌 일을 언급하지 못하도록 엄포를 놓았다.

위저우저우는 진작부터 감히 뒷문으로 드나들지 못했다. 그녀는 첫째 줄이고 쉬즈창은 맨 뒷줄에 앉았다. 서로 적대적인 사이니 각자의 영역을 지키며 눈에 보이지 않는 게 마음이 편했다. 그런데 체육 시간이 끝나고 교실로 돌아갈 때, 위저우저우는 그들 남학생 무리가 앞문을 지키고 서서 시시덕거리는 걸 봤다. 쉬즈창은 멀리서 그녀를 보고 씨익 웃기까지 했다.

의미를 알 수 없는 미소였다.

위저우저우는 허리에서부터 뒷목까지 한기가 쭉 타고 올라가는 걸 느꼈다. 고양이가 털을 쭈뼛 세울 때처럼 말이다.

그래서 두말하지 않고 몸을 돌려 뒷문으로 들어가, 교실을 가로질러 맨 앞 자기 자리로 돌아갔다. 그런데 고개를 드니 그 무리가 앞문을 떠나긴커녕, 일제히 자신을 바라보고 있었다. 간혹 졸개처럼 보이는 남자아이가 쉬즈창을 어깨로 쿡쿡 찌르며 위저우저우 방향으로 입을 삐죽거렸다.

위저우저우는 눈을 감았다. 머릿속에 뜬금없이 한 장면

이 떠올랐다⋯⋯. 옛날 상하이의 조계지 번화가(사실 위저우저우는 '조계지'가 뭔지 전혀 몰랐지만), 그녀가 치파오 차림으로 우아하게 거리를 걷고 있는데 느닷없이 비열하게 생긴 불량배들이 그녀를 에워싸더니 직업 정신도 투철하게 뻔한 대사를 날린다. "예쁜 아가씨, 우리랑 놀지 않을래?"

이때 군관 제복을 입은 잘생긴 남자가 등장해 손발을 휘둘러 그들을 밤하늘에 반짝이는 별이 되도록 멀리 날려버리고, 불량배들은 "두고 봐라, 이 몸이 가만두지 않겠다!"라는 외침만 남기고 사라진다. 그녀가 눈을 들면 군관의 잘생긴 얼굴이 따스한 봄바람처럼 다정하게 묻는다. "괜찮으세요?"

위저우저우는 고개를 푹 숙인 채 얼굴을 붉혔다.

"내가 몇 번이나 말했니? 누가 너희보고 문 앞을 막고 어슬렁거리래? 예비종도 울렸는데 귀가 먹었어?!"

날카로운 목소리가 그녀를 다시 현실로 소환했다. 위저우저우는 고개를 들어 담임 장민이 비대한 몸을 흔들며 교실로 들어오는 것과 그 남학생 무리가 고개를 푹 숙이고 내키지 않는다는 듯 뒷자리로 돌아가는 걸 봤다.

⋯⋯ 미인을 구했구나. 비록 영웅은 여인이었지만.

게다가⋯⋯ 장민은 스웨터를 거꾸로 입은 것 같았다.

위저우저우는 고개를 저으며 체념하듯 수학책을 펼쳤다. 각종 부호가 머릿속으로 돌진하며 옛 상하이의 조계지 번화가를 흐트러뜨리더니 별안간 얼굴 하나가 유난히 또렷하게 보였다.

작은 그림자 하나가 무척이나 어색하게 고개를 돌리며 '엉덩이'라는 단어를 고상하게 말할 방법을 찾고 있었다.

또 다른 그림자와 계단실에서 실랑이를 벌이며 "쟤가 사생아면 넌 쓸모없는 자식이야!"라고 소리치기도 했다.

자신은 몰랐지만, 그는 확실히 그녀의 영웅이었다.

위저우저우는 필통을 한참 동안 멍하니 바라보다가 결국 가볍게 한숨을 내쉬었다.

학교가 파한 후, 위저우저우는 서두르지 않고 가방을 챙긴 다음 교탁 앞으로 걸어가 젖은 걸레를 짜서 칠판을 닦기 시작했다.

"저우저우, 칠판 가장자리도 깨끗하게 닦아야 해. 저번에 칠판 가장자리에 남은 분필 가루 때문에 점수를 너무 많이 깎였어!" 당번장이 멀리서 외쳤다. 위저우저우는 "어"하고 대답하곤 열심히 칠판 아래쪽 분필받이를 청소했다. 얼마 후, 잿빛 걸레에 새하얀 얼룩이 가득 묻었다.

"야, 위저우저우!"

위저우저우가 뒤를 돌아보니, 쉬즈창의 그 졸개가 작은 눈을 두리번거리며 그녀를 조심스럽게 부르면서 교실 앞문에서 학부모와 이야기 중인 장민을 수시로 흘끔거리고 있었다.

생각할 필요도 없이 무슨 꿍꿍이가 있는 게 분명했다.

"무슨 일이야?" 위저우저우는 아주 쌀쌀맞게 고개를 돌려 계속해서 칠판을 닦았다.

"쉬즈창이 너한테 할 말 있대! 남자 화장실 앞으로 좀 와!"

작은 고양이 위저우저우는 다시금 털을 쭈뼛 세웠다.

그녀는 긴장해서 침을 삼켰고 손까지 약간 떨었다.

"난 안 가." 위저우저우도 장민을 흘끔거리기 시작했다. 그녀는 학부모에게 자신이 학급을 맡으며 느낀 소감을 신나게 이야기하고 있었다.

"첫날은 피할 수 있어도 열다섯, 아니 보름날은 피할 수 없을걸?" 남학생이 약간 더듬거리는 것으로 보아 그 속담을 배운 지 얼마 되지 않아 활용에 익숙하지 않은 듯했다.

위저우저우는 그를 무시하고 계속해서 고개를 숙인 채 칠판 분필받이를 청소했다.

"중은 도망쳐도 절은 도망칠 수 없지. 내가 경고하는데……." 남학생의 목소리가 높아지자마자, 장민이 고개를 돌려 빽 소리쳤다. "뭘 그렇게 떠들어? 왜 아직도 집에 안 가고 있어?!"

남학생은 깜짝 놀라 곧장 몸을 돌려 도망갔다. 위저우저우는 안도의 한숨을 내쉬었다. 장민에 대한 호감도 더 높아졌다. 비록 약간 바보 같긴 하지만, 그래도 중요한 순간에는 도움이 되었다.

"야, 위저우저우!"

위저우저우는 하는 수 없이 다시 뒤를 돌아봤다. 이번에는 다른 사람이었다.

"무서워할 거 없어. 쉬 형님이 저번 일은 완전히 끝난 거라고 했어. 네가 철이 없어서 그런 거니까 네가 고자질한 걸 탓하진 않을 거야. 쉬 형님은 도량이 넓다고. 걱정할 필요 없어."

방금 장민의 행동에 위저우저우는 한결 안심이 되었다. 두려움도 서서히 분노의 불길에 깡그리 타 없어졌다. 그녀는 강단 위에 서서, 자신에게 말을 전하러 온 남학생을 사납게 쏘아봤다.

"방귀 뀔 거면 빨리 뀌어!"

남학생은 병아리 모이 쪼듯 고개를 주억거렸다. "어, 본론만 말할게……. 너 남자 화장실에 좀 가봐……."

"할 말 있으면 뒷문에서 말하라고 해."

남학생은 쪼르르 달려가 말을 전하더니 다시 촐랑거리며 달려왔다. "그래, 그럼 뒷문, 뒷문에서."

위저우저우는 흑백이 섞인 걸레를 들었다. 심지어 어떻게 할지 미리 생각도 다 해놓았다. 만약 저 남학생이 계속해서 그녀를 귀찮게 군다면 그 결과가 어떻든 이 걸레로 때려줄 작정이었다. 오랫동안 사라졌던 호방한 마음이 조금씩 마음 속에서 되살아났다. 그녀가 두려울 것 뭐 있겠는가? 이 세상에는 영웅이 없다. 그러니 대담하게 너의 걸레를 들어라!!

그러나 여협의 무공은 기본기가 부족해 큰 화를 초래하고 말았다. 위저우저우가 뒷문에서 머리를 내밀자마자 누군가 그녀의 입을 막고 모퉁이로 끌고 가서 숨었다. 마침 장민의 시선이 미치지 않는 사각지대였다.

위저우저우는 머릿속이 새하얘졌다. 걸레를 든 오른손에 힘이 들어가 구정물이 뚝뚝 떨어졌다.

눈앞의 남자 화장실 입구에는 남학생들이 새카맣게 모여 있었다.

4.
재회

위저우저우는 깜짝 놀라 눈앞의 무리를 바라봤다. 가식적인 표정을 짓고 있는 앳된 남자아이 십여 명은 딱 봐도 1학년이었다. 그리고 3학년처럼 보이는 서너 명이 느긋하게 벽에 기대어 서서 입가에 웃음을 띠고 있었다. 마치 재미난 구경거리를 볼 준비가 된 듯했다.

위저우저우는 침을 꿀꺽 삼키고 자신의 유일한 무기인 걸레를 꽉 움켜쥐었다.

…… 이런 상황에서는 걸레 한 장으로는 물리치기 어려워 보이긴 하지만.

맞은편의 쉬즈창은 여전히 얼굴이 길쭉했고 안색이 평소보다 시커멨다.

위저우저우는 기왕 도적 떼를 칠 거면 먼저 두목을 치기로 결심했다.

벌써부터 어깨가 미세하게 떨리는 게 느껴져 아예 입을 꾹 다물기로 했다. 떨리는 목소리가 자신의 두려움을 드러낼까 봐서였다.

"야, 몇 신데 이제 오냐? 얼른 시작해!" 맨 뒷줄의 얼굴에 곰보 자국이 있는 3학년 남학생이 목청 높여 소리쳤다. 쉬즈창은 그제야 살짝 웃으며 고개를 돌려 선배에게 한바탕 굽신거리더니, 다시 목소리를 가다듬고 등 뒤의 형제들을 지휘하기 시작했다.

"하나, 둘, 셋!" 쉬즈창이 나지막하게 외쳤다.

남자 화장실 앞에 있던 1학년 남학생들은 마치 미리 연습을 한 것처럼 모두가 일제히 한쪽 무릎을 굽히고 한목소리로 외쳤다.

"형수님!"

손쓸 새도 없이 깜짝 놀란 위저우저우는 벽에 바짝 기댄 채 당황한 눈으로 쉬즈창과 눈앞에 새카맣게 모인 남학생들을 바라봤다. 남학생들은 모두 재미난 구경을 할 거라는 흥분에 찬 눈동자를 빛내며 고개를 쳐들고 그녀를 바라보고 있었다.

"이, 일어나……."

말이 채 떨어지기도 전에 남학생들은 일제히 튀어 오르더니 쉬즈창의 어깨를 잇달아 툭툭 치며 축하한다고 말했다.

그제야 차츰 냉정을 되찾은 위저우저우는 새끼손가락으로 살살 벽면을 긁었다. 벽면이 조각조각 바스러지며 발밑으로 떨어지는 게 느껴졌다.

반드시 얼른 도망쳐야 해. 위저우저우는 고개를 돌려 남학생들이 막고 있는 복도를 관찰했다. 그들이 방심한 틈을 타 잽싸게 달려나가면 얼마나 승산이 있을지 계산하고 있을 때, 갑자기 누군가 오른손을 잡는 게 느껴졌다.

쉬즈창의 작은 눈에 가득 담긴 감정에 위저우저우는 저도 모르게 몸서리를 쳤다. 그는 마치 어설픈 충야오* 드라마의 남자 주인공처럼 위저우저우를 바라보면서, 왼손으로 그녀의 손을 잡고 오른손은 주머니에 찔러 넣은 채 껌을 씹으면서 다리까지 떨었다.

"사실 난 줄곧 아주 위선적이었어. 인생을 방랑하면서 여자를 대수롭지 않게 여겼지. 널 만나기 전까지는 말이야."

위저우저우는 멍하니 그를 바라봤다. 눈앞의 남학생이 하는 고백을 끊고 진지하게 제안하고 싶었다. 차라리 날 때리는 편이 더 낫겠다고.

"네가 도망치는 건 날 사랑하지 않아서야, 아니면 날 사랑하지만 믿지 않아서야?"

위저우저우는 당장 그의 까무잡잡하고 털 많은 손에서 자신의 손을 빼내고 싶었지만, 상대방 수가 많아서 감히 힘을 줄 수 없었다. 자신이 "장 선생님!" 하고 목청껏 소리치면 어

---

* 瓊瑤, 대만의 인기 로맨스 소설 작가.

쩌면 장민이 멀리서 달려올 수도 있겠지만, 만약…… 만약 그러지 않으면?

그 순간, 느닷없이 또 린양이 생각났다. 사대 부중에는 이런 '불량배 패거리'가 없을 것이다. 설령 있다 해도, 그녀가 쉬즈창에게 욕을 먹고 있을 때 린양은 분명 대신 나섰을 거고, 더구나 지금과 같은 상황은 말할 것도 없겠지?

그러나 13중에 온 건 그녀 자신의 선택이었다.

절세 무공 비급을 위해 절벽 아래로 뛰어내린 영웅은 얼룩덜룩한 맹호를 만났다고 해서 퇴각할 수는 없는 노릇이었다.

"그런 것들은 모두 금방 사라져버리지. 내가 하고 싶은 말은 딱 한마디야. 난 널……."

"쉬즈창!" 위저우저우가 마침내 입을 열었다. 목소리는 상상했던 것만큼 떨리지 않았다.

'시 낭송'이 도중에 끊겨버린 쉬즈창은 어리둥절한 눈빛으로 그녀의 손이 자신의 손바닥 안에서 빠져나가는 걸 바라봤다.

"난 널 좋아하지 않아." 위저우저우가 큰 소리로 말했다. 주변 사람들은 즉시 복잡한 표정으로 수군거리기 시작했다. 쉬즈창은 어느새 사랑꾼에 빙의했을 때의 느끼함이 싹 빠지고 그 긴 얼굴의 흉악한 근육을 불끈거리기 시작했다.

"네가 날 좋아한다고 해서 내가 반드시 널 좋아할 거라고 누가 정한 건데? 하지만 만약 네가 이 일로 나한테 복수를 한다면 말야, 넌…… 그 정도 도량으로는 남자라고 할 수도 없어!"

뒤에서 구경하던 3학년 남학생들은 웃느라 뒤집어졌다. 그들이 훤칠하고 말쑥한 남자아이에게 턱짓을 하자, 그 남자아이가 손에 책 한 권을 들고 다가와 책등으로 쉬즈창의 머리를 쳤다.

"오늘 학교 끝나고 바로 갔으면 재미있는 구경을 놓칠 뻔했네. 자오 형님이 네가 책을 보고는 주화입마를 해서 거기 나온 대로 며칠을 연습했다더라?"

책을 봤다고? 위저우저우는 고개를 들어 그 남자아이의 손에 들린 책을 뚫어지게 쳐다봤다.

표지에는 일본 세일러복을 입은 여자아이가 그려져 있고 분홍색 글씨로 커다랗게 적혀 있었다. '장난꾸러기 우등생을 사랑하게 되었다'.

그런 책을 모르는 건 아니었고, 다른 여학생들이 언급하는 것도 들어본 적 있었다. 모두 '불건전한' 책이었다. 위저우저우가 이게 다 무슨 연관이 있는 건지 파악하지 못한 사이, 남학생들은 포복절도해서는 쉬즈창에게 다가가 장난스럽게 주먹으로 치고 발로 차면서 미친놈이라고 욕을 해댔다.

위저우저우가 이 틈에 달아나려고 벽에 바짝 붙어 고개를 숙이고 종종걸음을 치려는데, 어떤 손 하나가 그녀의 교복 뒷덜미를 잡아끌고 왔다.

"위저우저우, 내가 오늘은 씨, 그냥 넘어가 주는데……."
'연기'를 끝내고 본색을 드러낸 쉬즈창은 굉장히 부끄럽고도 분한 것처럼 보였다.

"위저우저우?" 방금 그 책을 들고 쉬즈창을 놀리던 말쑥
한 소년이 깜짝 놀란 듯 그녀의 이름을 불렀다. 위저우저우
는 쉬즈창을 마주 보며 이를 갈고 있어서 그 소년의 표정을
제대로 보지 못했다.

"쉬즈창!"

그 소년이 그들에게 다시 큰 소리로 외쳤고, 위저우저우
는 그제야 그에게로 눈길을 던졌다. 소년의 말쑥하고 또렷
한 이목구비는 어딘가 낯이 익었지만 모르는 사람이었다.
…… 당연했다. 그녀가 어떻게 이런 불량소년을 알겠는가.

"쉬즈창, 이제 생각났는데 저 여자애 내가 아는 애야. 날
봐서라도 그냥 보내주라."

이미 체면이 깎일 대로 깎인 쉬즈창이 그 말을 들을 리 없
었다. 그는 귀밑까지 새빨갛게 달아올라 위저우저우의 옷깃
을 잡고 놓아주지 않았다.

"공부 잘하는 여자애들은 수두룩하다고. 호의도 모르는
애 대신 다른 애로 바꾸면 되잖아? 어…… 억지로 딴 참외는
달지 않은 법이야." 그러더니 웃으면서 손에 든 알록달록한
책을 가리켰다. "아야랑 후유키는 서로 좋아한다고. 누가 너
처럼 산적 두목이 부인 납치해 오듯 하나?"

아무리 거친 양아치라 해도 까놓고 말해 아직 열네 살도
안 된 아이였다. 체면을 구긴 쉬즈창은 위저우저우를 사납

게 노려봤다. "꺼져! 못생기고 뚱뚱한 책벌레 주제에, 눈이 멀었냐? 널 좋아하게!"

방금은 누가 눈이 멀었는지 모르겠네. 위저우저우는 그의 손아귀에서 옷깃을 빼내 정돈한 다음 조용히 한마디 했다. "다시 앞을 보게 된 걸 축하해."

그러고는 냅다 줄행랑을 쳤다. 뒤에서 얼마나 많은 사람들이 비웃든지는 상관없었다.

교실 앞에 도착해보니 장민은 어디로 갔는지 보이지 않았다. 배낭과 답안지는 여전히 교탁 위에 놓여 있었지만 말이다. 당번장은 위저우저우가 숨을 헐떡이며 돌아와 걸레를 들고 다시 칠판 분필받이 앞으로 가서 쌓여 있는 분필 가루를 조금씩 긁어내는 걸 이상하다는 눈길로 바라봤다.

위저우저우의 등은 식은땀으로 푹 젖어서 차가워진 지 오래였다.

그들은 마침내 청소를 끝냈고, 위저우저우는 손을 깨끗이 씻어 걸레와 아쉬운 작별을 했다.

눈을 드니 아까 그 말쑥한 남학생과 생쥐처럼 생긴 남자아이가 가방을 비스듬히 메고 교실 앞을 지나가며 안쪽을 바라보고 있었다.

"잠깐만!" 위저우저우는 책가방을 들고 문밖으로 달려나갔다. 두 남학생은 그 자리에 멈춰 섰고, 생쥐 같은 남학생이 낄낄거리며 웃었다.

위저우저우는 그 생쥐를 흘겨보며 방금 자신을 곤경에서

구해준 남자아이에게 허리를 굽혔다.

"고마워."

남자아이가 활짝 웃었다. "나 기억 안 나?"

위저우저우는 의심스러운 눈길로 그를 바라봤고, 옆에 있던 생쥐의 얼굴에도 호기심이 떠올랐다.

"난……." 남자아이의 절박한 표정이 그대로 멈추더니, 말을 하려다 말고 결국 미안하다는 듯 웃기만 했다.

"가자!" 그러고는 마치 병아리를 들어 옮기듯이 생쥐의 옷깃을 잡아끌고 갔다. 위저우저우는 그들의 뒷모습을 보며 잠시 멍하니 있다가 가슴을 쓸어내리며 한숨을 내쉬고, 벽에 기대어 천천히 주저앉았다.

사실 그녀는 진짜로 너무 무서웠다.

저녁때 집으로 돌아오니 엄마는 이미 밥을 다 차려놓고 있었다. 위저우저우는 고민이 있는 것처럼 젓가락을 들고 밥알만 깨작거렸다.

"저우저우, 왜 그러니?"

위저우저우는 심사숙고 끝에 마침내 입을 열며 "우와앙" 하고 울음을 터뜨렸다.

"엄마, 누가 날 좋아한대……."

위저우저우의 엄마는 웃지도 울지도 못하고 얼른 티슈를 뽑아 눈물을 닦아주었다. "누가 널 좋아하는 건 좋은 일인데 왜 울고 그래? 설마 널 좋아한다고 해서 감동해서 이러는 거야?"

위저우저우는 얼른 고개를 저었다. 아까의 긴장감과 두려움을 분출할 곳을 마침내 찾은 그녀는 훌쩍거리며 털어놓았다. 남자 화장실 앞에 까맣게 모여 있는 불량소년들을 봤을 때 얼마나 두려움에 떨었는지는 말로 명확하게 설명하기 어려웠다.

이 일을 위저우저우는 끝내 천안에게 편지로 쓰지 않았다. 그녀는 여전히 시시콜콜한 일과 느낀 점들을 다양한 종이의 뒷면에 써서 그에게 보냈지만, 이 일만큼은 한 글자도 언급하지 않았다.

바로 곁에서 공포와 위협을 겪고 나니 달이 너무나도 멀리 떨어져 있다는 걸 비로소 깨달을 수 있었다.

인간 세상에서 벌어지는 갖가지 일들을 달은 그저 하늘 위에서 멀리 바라볼 수밖에 없었다. 위저우저우가 가진 건 고작 지저분한 걸레 하나에 불과했다.

그 일이 있고 다음 날 아침, 엄마는 위저우저우를 직접 학교까지 데려다줬다. 위저우저우가 가장 완곡한 방식으로 장민의 무능함을 거듭 이야기한 끝에 엄마는 그 일을 담임선생님에게 알릴 생각을 접었다.

보복과 추궁은 가장 좋은 문제 해결 방식이 아니었다. 많은 일은 그저 참고 있으면 조금씩 가라앉았다.

그나마 위저우저우를 안심시킨 건, 쉬즈창이 그저 그녀를 노려볼 뿐 계속해서 귀찮게 굴지 않았다는 것이다. 며칠 지나지 않아 쉬즈창에게 여자친구가 생겼다는 소식을 들었다.

옆 반 여자아이인데 모범생이라고 했다.

이 폭발적인 뉴스는 1학년들 사이에 며칠간 암암리에 퍼져나갔고, 쉬즈창이 형제들을 이끌고 형수님이라고 외쳤던 낭만적인 행동은 널리 추앙을 받았다. 위저우저우는 어이가 없어 입꼬리를 실룩거렸다.

엄마는 며칠간 등하교를 함께하며 아무 일 없다는 걸 확인하곤 다시 하교 후 위저우저우 혼자 집으로 돌아오게 했다. 금요일 저녁, 위저우저우는 학교 부근 반지하에 있는 도서 대여점을 지나다가 안에 아무도 없는 걸 보고 충동적으로 걸어 들어갔다.

사람 기억하는 능력이 뛰어난 사장님은 그녀가 들어서는 걸 보고 두꺼운 합본판 만화 『샤먼킹』 두 권을 카운터 위에 올려놓았다.

"얘, 네가 저번에 찾았던 책이야!"

위저우저우는 깜짝 놀라 얼른 주머니에서 10위안을 꺼내 보증금으로 사장님에게 건넨 후, 지저분한 만화책을 품에 안고 고맙다고 인사했다. 내부를 쓱 둘러보니 어두운 도서 대여점 안은 심히 난잡해서 각종 책이며 잡동사니가 책꽂이에, 탁자에, 바닥에 쌓여 있었다…….

"좀 더 둘러볼게요." 위저우저우는 조그맣게 말한 후 고개를 숙이고 만화책 구역으로 가서는 책등에 적힌 제목을 진지하게 살펴보는 척하며 곁눈질로 사장님을 흘끔거렸다.

로맨스 소설이 어지럽게 잔뜩 꽂힌 책꽂이 앞으로 가서 찾아보고 싶다는 마음이 간절했지만, 그러기에는 또 너무 민망했다.

마침내 사장님이 안쪽 방으로 들어가는 걸 확인한 후, 위저우저우는 잽싸게 '사상이 불건전한' 구역으로 걸어가 책 제목과 알록달록한 표지를 빠르게 훑기 시작했다.

그리고 결국 찾아냈다. 『장난꾸러기 우등생을 사랑하게 되었다』.

위저우저우는 그 책을 뽑아 잔뜩 경계하며 만화책 구역으로 돌아와 표지를 넘겼다.

몇 분간 빠르게 훑어보니 대강 줄거리를 알 수 있었다.

양아치 후유키와 우등생 아야는 싸우면서 정이 들어 연인이 된다는 이야기였다.

흥! 위저우저우는 거들떠볼 가치도 없다는 듯 휘리릭 책장을 넘기다가, 문득 어느 페이지에 그려진 삽화를 보고 깜짝 놀라 하마터면 책을 던져버릴 뻔했다. 재빨리 책을 덮었지만 표지가 손이 데일 정도로 뜨겁게 느껴졌다.

…… 두 사람이…… 키스를 하고 있었다……. 옷을 그렇게나 적게 입은 채로…….

위저우저우는 잇몸이 시큰거릴 정도로 이를 악물었다. 쉬즈창, 너 진짜 역겨워!

그러나 그가 바보스럽게 책에서 본 대로 고백을 하고, 심지어 어설프게 대사까지 외웠다는 걸 떠올리니 왠지 쌤통인 것 같아 즐거워졌다. 마치 건달패 두목의 남에게 밝힐 수 없는 비밀을 몰래 엿본 것처럼 말이다.

참 멍청하네. 위저우저우는 생각했다.

그러나 자신도 그와 비슷하게 만화와 드라마를 따라서 멍청한 일을 적지 않게 했다는 건 잊고 있었다.

위저우저우가 한숨을 내쉬고 책을 다시 책꽂이에 꽂아두려는데, 문득 뒤통수에 뜨거운 입김이 느껴졌다. 누군가 가까이에서 숨을 쉬는 것 같았다.

뒤로 고개를 홱 돌리니 눈앞에 있는 사람은 바로 그날 자신을 곤경에서 구해준 소년이었다.

"앗, 너구나……. 왜 인기척도 없이…… 누굴 놀래 죽이려고……." 위저우저우는 두 손을 뒤로 돌려 책을 감췄다.

"뭐 보고 있었어?" 소년은 흥미로운 듯 그녀의 뒤쪽을 흘끔거렸다.

"아니야, 아무것도. 난……." 위저우저우는 아무것도 들지 않은 한 손으로 탁자 위에 잠시 내려놓은 『샤먼킹』을 가리켰다. "저 만화책 빌렸어."

소년이 몸을 돌려 탁자 위에 놓인 『샤먼킹』을 보러 간 틈을 타, 위저우저우는 얼른 만화 구역의 빈자리를 찾아 그 『장난꾸러기 우등생을 사랑하게 되었다』를 집어넣었다.

"난 보증금도 이미 냈으니까 먼저 갈게." 위저우저우가 가식적으로 웃으며 탁자 위에 놓인 만화책을 집어 들었다.

"안녕!"

그런데 소년은 그녀의 소맷자락을 붙잡더니 활짝 웃으며 말했다. "저우저우, 너 정말 나 모르겠어?"

"네가 누군데?"

이번에 그는 저번처럼 옆에 있던 친구를 의식하지 않고 아주 즐겁게 웃으며 큰 소리로 말했다.

"나 번번이야!"

위저우저우는 입을 쩍 벌린 채 멍하니 그를 바라봤다.

사실 번번의 얼굴은 기억 속에서 이미 흐릿해져 그저 어렴풋한 윤곽만 남아 있을 뿐이었다. 하지만 그건 중요하지 않았다. 키가 컸든, 모습이 변했든, 번번은 영원히 번번이었으니까.

위저우저우는 비명을 질렀다. 사장님이 다급히 안쪽 방에서 주렴을 걷고 밖을 내다봤다가, 한 꼬마 아가씨가 활짝 웃으면서 한 소년의 목을 쥐고 흔드는 걸 봤다.

그는 웃으며 주렴을 내려놓고 다시 방으로 들어갔다.

흥분한 위저우저우는 한참 후에야 비로소 진정하고 살짝 미안한 듯 코를 문지르며 물었다. "왜 나만 이렇게 기뻐해? 넌 왜 나한테 말도 안 하고……."

번번은 고개를 갸우뚱하며 웃었다. "난 며칠 전에 이미 기뻐했는걸!"

날 곤경에서 구해준 그날이겠지? 위저우저우는 그저 바보같이 웃기만 했다. 하하하, 하하하. 그녀는 번번의 소매를 잡고 이리저리 흔들다가, 결국엔 자신조차 자신의 바보 같은 행동을 더는 참을 수가 없어 애써 웃음을 거두었다.

"그럼…… 그날 왜 나한테 네가 번번이라고 말해주지 않았어?"

번번은 그 말에 약간 부끄러운 듯 고개를 숙였다. 그 순간, 위저우저우는 마침내 어린 시절 그 조용하고 수줍던 친구를 다시 볼 수 있었다.

"옆에 형제가 있는데…… 어떻게 말해……."

위저우저우는 알겠다는 듯 고개를 끄덕였다.

암흑가 두목 이름이 번번이라면…… 어찌 됐든 도저히 받아들일 수 없겠지.

안녕, 우리들의 시간 1
你好,舊時光

초판 1쇄 발행 2021년 11월 30일

지은이　　｜　바웨창안
옮긴이　　｜　강은혜

펴낸이　　｜　조미현
책임편집　｜　황정원
디자인　　｜　나윤영

펴낸곳　　｜　(주)현암사
등록　　　｜　1951년 12월 24일 · 제10-126호
주소　　　｜　04029 서울시 마포구 동교로12안길 35
전화　　　｜　02-365-5051
팩스　　　｜　02-313-2729
전자우편　｜　dalda@hyeonamsa.com
홈페이지　｜　www.hyeonamsa.com
블로그　　｜　blog.naver.com/hyeonamsa

ISBN 978-89-323-2168-4 04820
ISBN 978-89-323-2167-7 (세트)